BASTEI
LÜBBE
TASCHENBUCH

Weitere Titel des Autors:

Die Shepherd-Serie:
Ich bin die Nacht
Ich bin die Angst
Ich bin der Schmerz
Ich bin der Zorn
Ich bin die Rache

Racheopfer (Erzählung)

Die Burke-Serie
Spectrum

Titel auch als Hörbuch erhältlich

Über den Autor:

Ethan Cross ist das Pseudonym eines amerikanischen Thriller-Autors. Nach einer Zeit als Musiker gelang es Ethan Cross, die Welt fiktiver Serienkiller um ein besonderes Exemplar zu bereichern: Francis Ackerman junior. Der gnadenlose Serienkiller erfreut sich seitdem großer Beliebtheit: Jeder Band der Reihe stand wochenlang auf der Spiegel-Bestsellerliste. Der Autor lebt mit seiner Frau und drei Kindern in Illinois.

Ethan Cross

ICH BIN DIE RACHE

Thriller

Aus dem amerikanischen Englisch von
Dietmar Schmidt

BASTEI LÜBBE
TASCHENBUCH

BASTEI LÜBBE TASCHENBUCH
Band 17778

MIX
Papier aus verantwortungsvollen Quellen
FSC® C083411
FSC
www.fsc.org

Vollständige Taschenbuchausgabe

Deutsche Erstausgabe

Titel der amerikanischen Originalausgabe: »The Taker«

Published in agreement with the author,
c/o BAROR INTERNATIONAL, INC., Armonk, New York, USA

Textredaktion: Wolfgang Neuhaus
Titelillustration: © STILLFX/shutterstock
Umschlaggestaltung: Sandra Taufer, München
Satz: hanseatenSatz-bremen, Bremen
Gesetzt aus der Adobe Caslon Pro
Druck und Verarbeitung: CPI books GmbH, Leck – Germany
ISBN 978-3-404-17778-3

2 4 5 3 1

Sie finden uns im Internet unter
www.luebbe.de
Bitte beachten Sie auch: www.lesejury.de

Erster Teil

Kapitel 1

Maggie Carlisle schrie und schrie, als sie auf einem Meer aus bleichen Knochen erwachte. Manche waren spröde und zerbarsten unter ihrem Gewicht, sodass Wolken aus Staub und Sporen emporstoben, die sich als widerliche dünne Schicht auf ihr Gesicht legten. Andere waren hart, feucht und klebrig und verströmten Verwesungsgeruch.

Kreischend warf Maggie sich herum und würgte von dem Gestank, der das Erdloch erfüllte. Als sie sich vor Ekel verkrampfte, durchzuckte Schmerz ihre Hüfte. Sie riss ihr Shirt hoch und sah, dass ein Rippenknochen in ihr Fleisch eingedrungen war. Schaudernd fragte sie sich, ob es besser wäre, den Knochen herauszuziehen, der im trüben Licht bleich schimmerte.

Trübes Licht?

Erst in diesem Augenblick wurde Maggie bewusst, dass sie sehen konnte, obwohl es hier unten stockdunkel gewesen war, als ihr Entführer den sandbedeckten Blechdeckel weggezogen hatte, unter dem sich seine sieben Meter tiefe persönliche Kammer des Schreckens verbarg.

Fieberhaft machte Maggie sich auf die Suche nach der Lichtquelle, kroch auf das schwache Leuchten zu, bis sie die Handlampe fand. Die Lampe benötigte keine Batterie; sie wurde mechanisch betrieben, indem man an einer Kurbel drehte. Maggie bemerkte, dass der Lichtstrahl bereits schwächer wurde. Erlosch die Lampe, würde sich wieder Finsternis ausbreiten, erfüllt von Staub und Gestank.

Vielleicht wäre es besser so, ging es Maggie durch den Kopf, denn der Anblick, der sich ihr bot, war kaum zu ertragen. Dem Verwesungsgestank allerdings würde sie auch in der Dunkelheit nicht entrinnen.

Im gelben Licht der Lampe sah Maggie, dass der gesamte Boden der tränenförmigen Höhle mit Knochen und anderen Überresten bedeckt war, die allesamt menschlicher Herkunft zu sein schienen. Die meisten Knochen waren weiß und trocken, ohne eine Spur von Blut oder Gewebe. Andere schimmerten feucht und stanken nach Verwesung. Maggie sah schwarze Käfer, die über die frischen Leichen wimmelten und sich am verrottenden Fleisch mästeten. Sie schloss die Augen und sehnte die Finsternis herbei, um das Festmahl der Insekten nicht mit ansehen zu müssen. Doch sie wusste, sie hätte dieses grauenhafte Bild auch im Dunkeln vor Augen. Der Gedanke, die schwarzen Käfer könnten sich in der Finsternis unter ihre Haut fressen und ihr Mahl fortsetzen, war so schrecklich, dass Maggie so heftig würgen musste, dass ihr Tränen über die Wangen liefen.

Sie beschloss, den Rippenknochen in der Wunde stecken zu lassen, denn sie fürchtete Blutverlust und Dehydrierung mehr als eine Infektion – obwohl es letztendlich wohl keine Rolle spielte. Maggie glaubte nicht, jemals wieder aus dieser Gruft herauszukommen.

In diesem Augenblick erlosch das Licht. Nach einer Schrecksekunde nahm Maggie alle Energie zusammen und kämpfte darum, ihre körperlichen Reaktionen in den Griff zu bekommen. Entschlossen schob sie die Gedanken an ihren bevorstehenden Tod beiseite, konzentrierte sich auf Erinnerungen an glückliche Zeiten und versuchte, die Abscheulichkeiten um sie her wenigstens für kurze Zeit zu vergessen.

Inmitten von Verfall und Dunkelheit richtete sie ihre Gedanken auf Tommy, ihren kleinen Bruder, und auf Erinnerungen an ihre gemeinsame Vergangenheit. Sie hatten gern Verstecken gespielt, sie beide, getrieben vom kindlichen Ehrgeiz, den anderen zuerst aufzustöbern. Einmal war Tommy auf der Farm ihrer Großeltern bis hinauf unters Dach der Scheune geklettert, um sich dort zu verstecken, hatte aber kapituliert, als Maggie ihn fand, und seine Niederlage eingestanden.

Doch einige Zeit später, nachdem Tommy entführt worden war, hatte Maggie einsehen müssen, dass sie sich nicht halb so gut auf das Entdecken verschwundener Menschen verstand, wie sie geglaubt hatte.

Inzwischen hatte sie viele Jahre der vergeblichen Suche nach ihrem verschollenen Bruder und dessen Entführer hinter sich, ohne nennenswerte Fortschritte gemacht zu haben. In jüngster Zeit jedoch hatte sie Hilfe aus denkbar unwahrscheinlichen Quellen erhalten. Zum einen von Francis Ackerman jr., dem berüchtigten Serienkiller, der nun in Diensten der Regierung stand. Ackerman hatte mit seinem scharfem Verstand alte Unterlagen analysiert, bei denen Maggie trotz intensiven Studierens und Brütens nicht weitergekommen war, und darin mehrere Hinweise entdeckt, die bislang übersehen worden waren.

Maggies zweite Hoffung war ein Foto, das man ihr ein paar Monate zuvor anonym mit der Post zugeschickt hatte und das auf der Rückseite mit Initialen oder ähnlichen Kürzeln beschriftet war. Es war eine rätselhafte Aufnahme, stellte aber die womöglich einzige Chance Maggies dar, das Schicksal ihres verschwundenen Bruders vielleicht doch noch aufzuklären.

Maggies Gedanken schweiften zu Ackerman, dem Serienmörder, der inzwischen die Seiten gewechselt hatte und ihr Verbündeter geworden war. Inzwischen arbeitete Ackerman, so wie Maggie, für die Shepherd Organization, deren Aufgabe darin bestand, die gefährlichsten Psychopathen der Welt zur Strecke zu bringen, gegen die es sonst keine Mittel gab, weder juristischer noch kriminalistischer Art. Ackerman hatte Hunderten von Menschen das Leben gerettet, darunter Maggie selbst. Sie bezweifelte keine Sekunde, dass Francis Ackerman jr. ein anderer war als zu der Zeit, die er selbst als seine »dunklen Jahre« bezeichnete – und ein vorurteilsfreierer Mensch als Maggie hätte vielleicht den nächsten Schritt getan und einen neuen Anfang mit ihm gewagt. Doch Maggie brachte es einfach nicht fertig. Sie konnte sich nicht dazu überwinden, Ackerman seine Verbrechen zu vergeben, zu denen auch der Mord an einem ihrer engsten Freunde gehörte.

Umso mehr staunte Maggie über Frauen wie Emily Morgan. Ackerman hatte ihren Mann ermordet und sie selbst entführt; dennoch war Emily von seinem Opfer zu seiner Psychologin und später zu einer engen Freundin geworden. Maggie jedoch verabscheute Ackerman, obwohl sie ihm ihr Leben verdankte und fest daran glaubte, dass er ein anderer, besserer Mensch geworden war.

Doch Gefühle hin oder her – als Special Agent Maggie Carlisle nun in undurchdringlicher Dunkelheit auf einem Meer aus verrottenden Knochen trieb, tröstete sie allein der Gedanke, dass Ackerman ihre Überreste finden und die Bestie töten würde, die ihr den Bruder geraubt hatte und die nun auch für ihren Tod verantwortlich sein würde. Den Mann, den sämtliche Fahnder nur als den »Taker« kannten.

Maggie wusste, dass Ackerman dem Taker keine Gnade entgegenbringen würde. Ackerman war ein Jäger. Man brauchte ihm nur eine Zielperson und einen triftigen Grund zu nennen, in Aktion zu treten. Ließ man ihn dann von der Leine, war die Beute so gut wie tot.

Wenn Ackerman ihre Überreste in diesem Massengrab fand, würde er den Taker dafür büßen lassen, das wusste Maggie.

Doch selbst wenn Ackerman auf Rache verzichtete – den Mann, den Maggie liebte, konnte keine Macht auf Erden davon abhalten, den Taker zur Rechenschaft zu ziehen.

Special Agent Marcus Williams war Ackermans Bruder und selbst ein höllisch gefährlicher Mann. Zugleich war er aufrichtig, humorvoll und treu wie Gold. Maggie zweifelte keine Sekunde daran, dass Marcus für sie sterben würde, ohne auch nur eine Sekunde zu zögern.

Umso stärker schmerzten sie ihre Schuldgefühle. Denn sie war nicht zufällig in diese Situation geraten. Sie hatte sie selbst herbeigeführt. Aber Maggie war keine andere Möglichkeit eingefallen, das Ungeheuer, das ihren Bruder entführt hatte, aus der Reserve zu locken. Sie hatte sich ihm als Opfer anbieten müssen.

Maggie wusste, dass Marcus und Ackerman sich schnell und gnadenlos des Takers annehmen würden. Das Spiel war bereits gewonnen, der Fall praktisch abgeschlossen. Durch ihren Tod würde sie, Maggie, der Gerechtigkeit den Weg ebnen. Wenn sie an das Meer aus Knochen dachte, die um sie herum verrotteten, und an die vielen Leben, die der Taker geraubt hatte, erschien ihr die eigene Existenz als geringer Preis. Hauptsache, es wurden nicht weitere Familien zerstört, weiteres Blut vergossen, weitere Geschwister auseinandergerissen.

Bald hatten die Perversionen des Takers ein Ende. Bald würden seine Opfer gerächt sein.

Bald schmorst du in der Hölle, verfluchtes Monster.

Kapitel 2

Zwei Tage später

Nachdem Liana Nakai im Alter von acht Jahren zum ersten Mal den Spielfilm *Annie* gesehen hatte, betete sie zum Großen Geist, er möge sie aus dem Reservat holen, damit sie bei einem reichen Weißen leben könne wie das Waisenmädchen in dem Film.

Als Liana am Morgen nach dem Kinobesuch mutterseelenallein im elterlichen Hogan aufwachte, dem traditionellen Haus der Navajo-Indianer, hatte sie das Schlimmste befürchtet und geglaubt, ihrem Volk würde ihretwegen eine bittere Lehre erteilt. War die Navajo-Geschichte von dem Mädchen, das die Welt wegwünschte, durch sie, Liana, Wirklichkeit geworden? War sie jetzt ganz allein?

Zu Lianas unendlicher Erleichterung stellte sich bald heraus, dass ihre Mutter nur aufs Feld gegangen war, um den blauen Mais zu wässern, den ihre Familie im Tal anbaute. Lianas Ängste hatten sich als unbegründet erwiesen, als flüchtige Schatten. Dennoch wurde die junge Navajo monatelang von Albträumen geplagt.

Seitdem waren Jahre vergangen, und Liana – inzwischen Police Officer im Indianerreservat – war davon überzeugt, die Lektion von damals gelernt zu haben. Doch sie schien das Pech zu haben, jedes Mal den falschen Wunschträumen nachzuhängen. Damals, als kleines Mädchen, war es der Traum gewesen, von einem reichen Weißen aus der Armut im Reservat befreit zu werden. Diesmal, in jener folgenschweren Nacht, die ihrer aller Leben verändern sollte, war es der Wunschtraum, ein starker Mann möge erscheinen und sie, Liana, aus der Tristesse ihres Lebens befreien.

Es war die ereignisloseste Nacht der Woche und die langweiligste Schicht des Tages, als Liana wieder einmal zum Schreibtischdienst auf der Roanhorse Police Substation im Navajo-Reservat eingeteilt war. Die beiden anderen Beamten des winzigen Postens behandelten sie wie ein kleines Mädchen, das behütet werden musste, und hielten an der Tradition ihres Volkes fest, nach der männliche Krieger die schwachen Frauen zu beschützen hatten.

Sie unterschätzten Liana, und das verübelte sie ihnen. Körperlich konnte sie es mit ihren männlichen Kollegen aufnehmen, und was Verstand und Ausbildung betraf, war sie ihnen überlegen. Oft fragte sie sich, weshalb sie trotz ihres Abschlusses in Strafrecht wieder im Reservat gestrandet war und bei der Navajo Nation Police arbeitete, wo man ihr ein Viertel von dem bezahlte, was sie als Anwaltsgehilfin in einer Stadt der Bilagáana – das Navajo-Wort für »Weiße« – verdienen konnte.

Andererseits hatte sie einen triftigen Grund für ihre Rückkehr in die Reservation. Großmutter war krank und weigerte sich, das einzige Zuhause zu verlassen, das sie je gekannt hatte. Liana konnte es der alten Frau nicht verdenken. Die Vorstellung, unter Weißen zu leben, hatte sie selbst eingeschüchtert, zu Anfang jedenfalls. Viel Entscheidungsspielraum war Liana deshalb nicht geblieben. Sie konnte Großmutter ja schwerlich im Stich lassen, und die alternde Matriarchin gab nicht nach. Deshalb war Liana vorerst in dem Käfig gefangen, dem zu entkommen sie sich ihr bisheriges Leben lang abgestrampelt hatte.

Liana hatte eine langweilige Nacht erwartet, in der sie mal wieder so tun musste, als würde sie Berichte schreiben, während sie sich in Wahrheit die Zeit mit einem Hörbuch vertrieb, als es geschah: Eine Stunde nach Schichtbeginn flog die Tür des Polizeipostens auf, und der attraktivste Mann, den Liana je gesehen hatte, kam herein. Er trug Bluejeans, aber kein Hemd. Sein Oberkörper war nackt, sehnig und muskulös.

Und von oben bis unten voller Blut.

Lianas erster Gedanke war, dass der Fremde einen schlimmen Unfall erlitten hatte. Aber er schien keine Schmerzen zu haben und wirkte überhaupt nicht aufgeregt oder geschockt. Er schien vor nichts auf der Welt Angst zu haben. Ein Mann ohne Furcht.

Da stimmt was nicht, schrie es in Liana.

»Bleiben Sie ganz ruhig, Sir. Sagen Sie mir bitte, was passiert ist«, sprach sie ihn an. »Hatten Sie einen Unfall?«

»Wie kommen Sie darauf? Ach so, das Blut. Keine Bange, das ist nicht meins.«

»Aber … wessen Blut ist es dann?« Liana hatte die rechte Hand immer näher an den Taser geschoben, den sie an der Hüfte trug. Unbemerkt legte sie die Handfläche auf den Griff der Schockwaffe. »Sir, ich muss Sie bitten, mir Ihre Hände zu zeigen.«

Der Mann reagierte nicht. »Wie viele Officers sind zurzeit im Dienst?«, fragte er stattdessen. »Sind Sie hier die Einzige?«

»Zeigen Sie mir Ihre Hände. Sofort!« Liana zog den Taser und richtete ihn auf den gut aussehenden Fremden.

Der Fremde grinste. »Kein besonders netter Empfang, Blume der Apachen.«

»Ich bin Navajo«, rief Liana empört.

»Tja«, sagte der Fremde. »Shit happens. Sagen Sie mal, wenn ich ein Verbrechen melden möchte, muss ich da ein Formular ausfüllen?«

Liana zielte mitten auf die Brust des blutüberströmten Mannes. Mit der freien Hand knipste sie das Funkgerät an ihrer Schulter ein. »Hier Officer Nakai, Roanhorse. Ich brauche Verstärkung. Sofort.«

Die Stimme eines Kollegen antwortete. »Pitka hier. Bin in zwei Minuten bei dir. Was ist los?«

»Möglicherweise ein Mord. Beeil dich! Ich …« Liana versagte die Stimme.

Der blutüberströmte weiße Mann sah sich derweil in dem winzigen Posten um, als hätte er etwas Alltägliches zu erledigen; als wollte er eine Ruhestörung melden oder den Diebstahl seines Rasenmähers anzeigen.

Liana riss sich zusammen. »Ich bitte Sie nicht noch einmal, Sir. Heben Sie die Hände. Schön langsam. Keine plötzliche Bewegung.«

Der Fremde verdrehte die Augen, gehorchte dann aber und hob die Arme. Unter dem schimmernden Blut auf seiner nackten Haut spielten seine beeindruckenden Muskeln.

Liana stutzte, als sie in seinen Händen etwas Silbernes funkeln sah. *Was ist das?*

»Was haben Sie da in den Händen?«, fragte sie. »Fallen lassen, oder ich drücke ab!«

»Ich fürchte, das könnte ein Problem werden. Wissen Sie, die Dinger sind an meinen Handflächen festgeklebt.«

»Aber … *wieso?*« Liana war verwirrt. Im Polizeihandbuch stand nicht, wie man mit einem erkennbar Verrückten umgehen sollte, zumal in einer solchen Situation, und die Ausbildung an der Akademie half ihr auch nicht weiter. Liana war ratlos. Also hielt sie den Taser weiter auf den blutüberströmten Fremden gerichtet in der Hoffnung, dass endlich Ernie Pitka erschien, ihre Verstärkung.

Der Fremde sagte: »Oh, die habe ich selbst festgeklebt.«

Liana erstarrte. »Aber … *warum?* Und von wem ist das viele Blut?«

Der halbnackte Fremde lächelte. »Darauf wollte ich gerade zu sprechen kommen. Ich bin hier, um einen Mord zu melden.«

»Einen Mord?«

»Eigentlich sogar mehrere.«

Kapitel 3

Francis Ackerman jr. mochte die junge Beamtin der Navajo Nation Police auf den ersten Blick. Sie erinnerte ihn an die jugendliche Maya, an die er vor langer Zeit seine Unschuld verloren hatte. Aber da war noch mehr. Diese Indianerin hatte etwas an sich, das sie überaus anziehend machte – ein Funkeln in den Augen, ein inneres Feuer, das nur darauf wartete, entfacht zu werden und hell aufzulodern.

Der frühere Ackerman hätte es genossen, dieses innere Feuer mit Blut und Schmerzen langsam und genüsslich auszulöschen. Seine derzeitige Version, die er mittlerweile als »Ackerman 2.0« betrachtete, verspürte zwar auch das Verlangen, seine Macht zu demonstrieren und seine Überlegenheit durchzusetzen; auf der anderen Seite hatte er sich einem heiligen Auftrag verschrieben, der ihm ein hohes Maß an Selbstbeherrschung abverlangte.

Ackerman seufzte. Er wusste, er kam nicht daran vorbei, der jungen Indianerin physische Schäden zuzufügen – aber nur, weil es zum Plan gehörte, nicht zu seiner Erbauung. Natürlich würde er den Kick, den der Kampf ihm verschaffte, in vollen Zügen genießen, aber diesmal stürzte er sich nicht um des Vergnügens willen ins Handgemenge.

Und das ist ein weiterer Schritt in die richtige Richtung, ging es ihm durch den Kopf.

In diesem Moment meldete Officer Ernie Pitka – die Verstärkung, die Liana angefunkt hatte – mit atemloser Stimme über Funk, er sei jeden Augenblick bei ihr. Ackerman wusste nichts über die diensthabenden Officers und hatte keine Ahnung, ob die rasche Reaktion der Cops auf dessen Hingabe an den Polizeidienst zurückzuführen war oder ob zwischen Ernie und der jungen Polizistin etwas lief.

Ackerman speicherte diese Beobachtung zwischen Millionen anderen ab, um sie sich gegebenenfalls zunutze zu machen. Ihm war klar, dass seine Methoden und Machenschaften viele Menschen irritierten, aber die kürzeste Verbindung zwischen zwei Punkten war nun mal eine Gerade. Wenn jemand, der ihm wichtig war, vermisst wurde, so wie jetzt, zögerte Ackerman nicht, jeden zu überrollen, der ihm auf dieser Geraden in die Quere kam.

Und diesmal standen ihm – ohne eigenes Verschulden – Liana und Ernie im Weg.

Die Tür flog auf, und ein untersetzter Indianer stürmte herein, verschwitzt, mit wirrem Blick, den Taser im Anschlag. Ernie Pitka war klein und muskulös und trug die erdfarbene Uniform der Navajo Nation Police. Er schwenkte den Taser wie ein Totem zur Abwehr böser Geister. Kaum erblickte er Ackerman, brüllte er: »Auf den Boden! Na los!«

Liana nutzte die Gelegenheit, um hinter dem Schreibtisch hervorzukommen und eine Position einzunehmen, in der sie ihrem Kollegen beistehen konnte. »Wird's bald?«, rief sie. »Runter auf den Boden!«

»Ich hab aber keinen Bock«, sagte Ackerman.

»Auf den Boden, oder du kriegst eins mit dem Taser verpasst!«, brüllte Ernie.

Ackerman lachte. »Das wäre cool. Ich stehe total auf Elektroschocks. Nur muss ich Ihr nettes Angebot leider ablehnen, Kumpel. Kommen noch mehr von Ihrer Sorte, oder sind Sie beide heute Abend meine einzigen Spielgefährten?«

Ernie ignorierte Ackermans Bemerkung. »Ich sagte, auf den …«

Er hatte noch nicht ausgesprochen, als Ackerman handelte.

Eine kaum merkliche Bewegung beider Arme, ein Zucken der Handgelenke, und die Teleskopschlagstöcke, die er in beiden Händen hielt, schossen hervor. Es waren Waffen, wie sie an den Gürteln der meisten Polizeibeamten hingen. Kaum waren sie zu ihrer vollen Länge von fast einem Meter hervorgeschnellt, vergrößerten sie Ackermans Reichweite so sehr, dass der Abstand, den die beiden Cops zu ihm hielten, völlig bedeutungslos wurde.

Ackerman duckte sich leicht, wirbelte blitzschnell auf den Fersen herum und überraschte die beiden Cops damit völlig. Er hörte, wie ein Taser sich entlud und spürte, wie das Geschoss an seiner rechten Schulter vorbeizischte. Mit lautem Pochen gruben sich die dornigen Zinken in die Holzverschalung der Wand.

Ackerman reagierte gar nicht darauf. Er wusste, er wurde schnell und problemlos mit den beiden Gegnern fertig. Er beherrschte fast sämtliche Kampfsportarten und hatte seine Fähigkeiten im Lauf der Jahre an zahllosen und viel gefährlicheren Gegnern perfektioniert. Aber noch entscheidender war das psychologische Element: Aufgrund der neurochirurgischen Experimente, die sein wahnsinniger Vater an ihm vorgenommen hatte, kannte Ackerman keine Angst.

Früher war er voller Hass gewesen wegen der jahrelangen Folter durch seinen Erzeuger, und seine Wut auf die ganze Welt hatte ein Monster aus ihm gemacht – genau die perfekte Tötungsmaschine, zu der sein Vater ihn hatte formen wollen. Doch als Ackerman mit einem Bruder in Kontakt kam, von dem er bis dahin nichts gewusst hatte, änderte sich alles. Er erkannte, dass seine düstere Vergangenheit ihn auf genau jene gefahrvollen Missionen vorbereitet hatte, die er von nun an übernehmen sollte.

Und noch etwas war Ackerman bewusst geworden: Seine Furchtlosigkeit verschaffte ihm in fast jeder Situation einen Vorteil, denn er handelte einen winzigen Sekundenbruchteil schneller als alle anderen. Während seine Gegner einen Augenblick des

Zweifels und der Unentschlossenheit durchlebten, analysierte Ackerman bereits die Situation und verhielt sich entsprechend.

Diesmal reagierte er, indem er sich auf dem Boden abrollte und mit dem Teleskopschlagstock einen kraftvollen Hieb auf Ernies Achillessehne führte. Als der Navajo zu Boden ging, drosch Ackerman ihm dem anderen Schlagstock auf die Brust, trieb ihm die Luft aus der Lunge und setzte ihn vorübergehend außer Gefecht.

Liana feuerte einen Schuss ab, der Ackerman jedoch verfehlte. Er schleuderte einen der Schlagstöcke nach ihr. Die junge Navajo wurde von den Beinen gerissen, als die Metallwaffe sie in Höhe des Herzens traf, genau auf den Punkt.

Bevor der geschleuderte Schlagstock den Boden berührte, fischte Ackerman ihn aus der Luft und schmetterte ihn auf Lianas rechten Arm. Sie schrie auf. Ihr Taser fiel ihr aus der plötzlich kraftlosen Hand auf das stumpfe, abgetretene Linoleum, doch sie verbiss sich den Schmerz. Mit der Linken riss sie eine Dose Pfefferspray hervor, war aber viel zu langsam: Ackerman schlug ihr von hinten auf die Oberschenkel. Ihre Knie knickten ein, und sie ging erneut zu Boden. Leise klirrend rollte die Pfefferspraydose davon.

In diesem Moment hatte Ernie sich aufgerappelt, richtete die Glock 22 auf Ackerman und brüllte mit seltsam hoher Stimme: »Keine Bewegung!«

»Ach, Ernie …« Ackerman seufzte tief. Drei Sekunden später lag der junge Stammespolizist am Boden.

Als die beiden Cops sich stöhnend auf den Brettern wälzten, nahm Ackerman ihre Schusswaffen an sich, warf die Magazine und die Patronen in den Kammern aus, löste die Verriegelungen der Verschlüsse und trennte sie von den Griffstücken, was die Waffen vorerst unbrauchbar machte. Sobald das erledigt war, hob Ackerman die Taser auf und entfernte die Batterien, wobei er das

Lied von Disneys sieben Zwergen vor sich hin pfiff: *Heiho, heiho, wir sind vergnügt und froh.*

Schließlich zog er sich einen Klappstuhl aus Stahlrohr heran, setzte sich und wartete, dass die beiden sich in ihre Niederlage fügten.

»Diese Dinger an Ihren Händen«, sagte Liana. »Die waren gar nicht angeklebt.«

»Wow!« Ackerman lächelte. »Sie sind ja ein kleiner Schnelldenker.«

»Wer sind Sie?«, fragte Liana mit zittriger Stimme.

»Haben Sie schon mal von der Büchse der Pandora gehört? Ich bin deren menschliche Version, sozusagen. Wenn Sie alles Böse, allen Schmerz und alle Schlechtigkeit, zu der Menschen fähig sind, über ein unschuldiges Kind ausschütten, und dieses Kind überlebt, kommt eine Kreatur wie ich dabei heraus. Ich bin die Quintessenz der schlimmsten Ungeheuer auf Erden. Ich bin die Nacht, erfüllt von einer Dunkelheit, die nur wenige gesehen haben, die aber alle fürchten.«

Liana starrte ihn an, als hätte er sich soeben zum wiedergeborenen Elvis erklärt. »Was … wollen Sie?«, fragte sie flüsternd.

Zur Antwort hielt er ihr beide Arme hin, als wollte er sie auffordern, ihm Handschellen anzulegen. »Ich bin hier, um mich zu stellen.«

Kapitel 4

Aus Gründen des Budgets gab es nur in den größeren Substationen der Navajo Nation Police Gefängniszellen, die diesen Namen verdienten. Die nächste Zelle befand sich in der mehr als hundert Meilen entfernten Polizeizentrale in Shiprock. Liana konnte sich nicht für die Aussicht begeistern, mit einem erkennbar geistesgestörten und obendrein brandgefährlichen weißen Mann auf dem Rücksitz mehr als zwei Autostunden fahren zu müssen. Hoffentlich erteilte der Captain ihr keinen entsprechenden Befehl, sobald er eintraf.

Liana und Ernie hatten den inzwischen gefügigen Angreifer in den kleinen Haftraum in einer Ecke der Roanhorse Substation gesperrt. Eine echte Zelle war es nicht, nur ein durch Gitter abgetrenntes Areal von zwei mal zwei Metern mit einer Pritsche an der Rückwand. Der Verschlag war nie dafür vorgesehen gewesen, Verbrecher festzuhalten. Die Officers in Roanhorse waren es einfach nur leid, zwei Stunden Autofahrt auf sich zu nehmen, um jemand in die Ausnüchterungszelle zu stecken. Ihr häufigster Kunde neigte dazu, Blase und Darm zu entleeren, ohne die Toilette aufzusuchen. Liana und Ernie hatten sich abgewechselt bei dem höchst undankbaren Job, den übelriechenden Streifenwagen zur Zentrale in Shiprock zu steuern. Doch vor die Wahl gestellt, hätte Liana einen nach Fäkalien stinkenden Betrunkenen jederzeit einem blutüberströmten Irrsinnigen vorgezogen.

Der Fremde saß kerzengerade auf der Pritsche und ließ Liana und Ernie keine Sekunde aus den Augen. Die junge Navajo versuchte, den Ausdruck im Gesicht des Weißen zu deuten. Es war Neugier, in die sich ein Hauch von Spott mischte.

»Meine Güte«, murmelte Ernie. »So viel Blut.«

Ackerman zuckte die Achseln. »Man gönnt sich ja sonst nichts.«

»Wo ist das Blut her?«, fragte Liana. »Ist jemand verletzt? Haben Sie jemanden angegriffen?«

»Im Lauf der Jahre habe ich vielen Menschen furchtbare Dinge zugefügt, allerdings weit Schlimmeres als den Schaden, den ich heute Nacht zu verantworten habe.« Ackerman zuckte die Achseln. »Trotzdem werden mehrere Bewohner Ihres Kuhdorfes eine unvergessliche Nacht erleben. Und das ist erst der Anfang.«

»Was soll das heißen?«

»Gute Frage, aber ich fürchte, ich kann die Antwort nur dem Mann anvertrauen, der in diesem Kaff das Sagen hat.«

»Captain Yazzie ist unterwegs. Aber wenn Sie …«

»Ich meinte nicht Ihren vorgesetzten Officer, sondern den Mann, der die Fäden Ihres Vorgesetzten zieht.«

Liana dachte über diese Worte nach. In Roanhorse gab nur einen, auf den diese Umschreibung passte: John Canyon, ihr aller Wohltäter, der den Ort gegründet hatte und fast sämtliche Einwohner auf seiner Ranch beschäftigte. Canyon hatte von seinem Vater eine kleine Schafzucht geerbt und eine der größten Schaf- und Rinderfarmen im Südwesten daraus gemacht. Jeder hier nahm stillschweigend hin, dass Canyon mit noch ganz anderen Dingen als mit Schafen handelte und dass nicht alle seine Aktivitäten legal waren.

Liana fragte sich, welche Verbindung der Fremde zu Canyon besaß. In was für dunkle Geschäfte mochte John Canyon verstrickt sein? Eines stand fest: Falls Canyon auf irgendeine Weise mit diesem narbigen Fremden zu tun hatte, würde Captain Yazzie die Sache persönlich in die Hand nehmen, um Canyon zu schützen.

Gleich an ihrem ersten Tag hatte Yazzie Liana ins Bild gesetzt, dass mit Canyon und der Ranch äußerst behutsam zu verfahren sei. Canyon war bei fast jedem im County beliebt und hatte beste Beziehungen sowohl zum Stammesrat als auch zur Regierung außerhalb der Reservatsgrenzen. Captain Yazzie hatte darauf bestanden, dass ihm jede Anzeige, jedes Problem, das mit John Canyon zu tun hatte, persönlich vorgelegt werden müsse. Sein Tonfall hatte deutlich gemacht, dass John Canyon über alle Zweifel erhaben und für den Arm des Gesetzes unantastbar sei, zumindest hier im Tal.

Liana hatte keine großen Probleme mit John Canyon, schon deshalb nicht, weil sie seinen Sohn Toby kannte. Sie seufzte. So lief es nun mal. Leute mit Geld und Macht manipulierten andere, um ihre Macht und ihren Reichtum zu vergrößern. Zumindest galt das für die Welt der Weißen, der Bilagáana. Deshalb hatte Liana John Canyon als notwendiges Übel akzeptiert. Außerdem musste sie ihm zugutehalten, dass Canyon illegale Umtriebe im County stärker eindämmte, als ein Cop es sich je erhoffen konnte. Trotzdem wurde sie den Gedanken nicht los, dass der Pakt, den Roanhorse mit dem Teufel geschlossen hatte, irgendwann die ganze Ortschaft ins Verderben reißen würde.

Sie schaute auf den seltsamen Fremden in der Ausnüchterungszelle und versuchte zu ergründen, welches Spiel er trieb. War zugleich mit diesem bedrohlichen Mann der Tag der Abrechnung gekommen?

Als die Hintertür des Postens sich öffnete und Captain Yazzie ins Office stapfte, fiel Liana ein Stein vom Herzen. Normalerweise spannte sie sich innerlich an, wenn Yazzie auftauchte; diesmal aber war sie froh, ihren Chef zu sehen.

Die hellbraune Uniform der Navajo Nation Police saß Yazzie wie angegossen. Der eins fünfundsechzig kleine Mann trug vom Hals abwärts die offizielle Dienstkleidung; der Revenger-Stetson aus Büffelleder allerdings, um den er ein Hutband aus der Haut einer Kupferkopfschlange gewunden hatte, widersprach sämtlichen Vorschriften. Die unvermeidliche John-Lennon-Brille mit kleinen Gläsern, die sich dem Licht anpassten, sodass er sie bei Tag und bei Nacht tragen konnte, draußen wie drinnen, verbarg seine Augen.

Der Captain kam zu ihr und tätschelte ihre Schulter. »Alles in Ordnung mit Ihnen?«

»Alles okay, Sir.«

»Wie gut, dass Pitka in der Nähe war.«

»Ich kann nicht behaupten, dass ich eine große Hilfe gewesen bin«, meldete Ernie sich betreten zu Wort. »Der Kerl hat uns fertiggemacht. Er sitzt nur deshalb in der Zelle, weil er von sich aus reinwollte. Ehrlich, Sir, das macht mir 'ne Scheißangst.«

»Beruhigen Sie sich, Officer«, entgegnete Yazzie. »Finden wir erst mal heraus, was hier los ist.«

»Da gibt es leider ein Problem, Sir«, sagte Liana. Sie hatte aus der Beobachtung des Gefangenen hundert Schlüsse gezogen und konnte sich tausend Möglichkeiten vorstellen, woher das Blut gekommen war, im Augenblick aber war ihr Kopf leer. »Der Fremde sagt, er spricht nur mit Mr. Canyon.«

Yazzies Gesicht wurde hart und abweisend. »Er hat sich namentlich nach Canyon erkundigt?«

Liana zuckte innerlich zusammen, als ihr klar wurde, dass ihr ein Fehler unterlaufen war.

Hat der Fremde Canyons Namen erwähnt? Oder habe ich nur meine eigene Schlussfolgerung ausgesprochen?

Liana versuchte, sich an das Gespräch zu erinnern, und antwortete schließlich: »Er sagte, er will mit dem Drahtzieher sprechen … oder so ähnlich.«

»Oder so ähnlich!«, rief Yazzie spöttisch. »Hat man Ihnen diesen bewundernswerten Scharfsinn auf der teuren Bilagáana-Schule beigebracht? Was genau hat der Kerl gesagt?«

Liana spürte, wie ihr das Blut in die Wangen schoss. Hilfesuchend schaute sie zu Ernie, der seit der Junior High hinter ihr her war, doch Ernie zuckte nur hilflos mit den Schultern. »Der Gefangene sagte«, erklärte Liana schließlich, »dass er auf den Mann wartet, der die Fäden unseres Vorgesetzten zieht.«

»Was? Unser Gefangener spricht von jemandem, der *meine* Fäden zieht? Und Sie gehen sofort davon aus, dass Canyon damit gemeint ist? Eine interessante Schlussfolgerung.«

»Tut mir leid, Sir«, flüsterte Liana, den Kopf gesenkt. »Ich wollte damit nicht andeuten …«

Yazzie hob die Hand. »Es reicht, Nakai. Sie wurden angegriffen und können nicht mehr klar denken. Ich hätte Sie nicht bedrängen dürfen. Wie auch immer, es wird Zeit, dass ich mir diese Geschichte aus erster Hand anhöre.«

Kapitel 5

Als der Möchtegern-Cowboy an die Gitterstäbe trat, hieß Ackerman ihn mit einem freundlichen Lächeln willkommen. »Ich würde Ihnen ja die Hand schütteln, Mister«, sagte er, »aber Ihre beiden Mitarbeiter haben darauf bestanden, mir Handschellen anzulegen.«

Yazzie gab keine Antwort, beobachtete Ackerman mit steinerner Miene. Der Ausdruck seiner Augen blieb hinter der runden Nickelbrille verborgen.

Ackerman fiel die Waffe auf, die der Captain an der Hüfte trug – ein Colt Peacemaker mit weißen Perlmuttgriffschalen. »Ihr Sechsschüsser gefällt mir«, sagte er. »Ein klassisches Beispiel für Americana. Bekannt als die ›Waffe, die den Westen gewann‹.«

Der Captain schwieg.

»Sie erinnern mich an einen anderen Polizeicaptain, den ich in Mexiko getroffen habe, auf der Straße nach Cancún. Es war das letzte Mal, dass ich im Ausland gewesen bin. In dem Zusammenhang muss ich Ihnen ein Kompliment machen. Ihre Leute hier sind viel gastfreundlicher als ihre mexikanischen Nachbarn im Süden. Jedenfalls, dieser längst verblichene Polizei-Capitán unterschätzte meine Ausdauer und die Mühen, die ich auf mich zu nehmen bereit bin, um Rache zu üben. Ich erwähne es nur, weil ich Parallelen zwischen Ihrer derzeitigen Situation und dem tragischen Ableben ziemlich vieler Menschen südlich der Grenze erkenne. Wissen Sie … dieser mexikanische Capitán hatte mir damals jemanden geraubt, an dem mein Herz hing. Genau wie Ihr Freund Canyon mir jetzt jemanden genommen hat, der mir nahesteht. Möchten Sie wissen, welches Schicksal Ihren Polizeikollegen südlich der Grenze ereilt hat?«

Yazzie verzog die Lippen. Ohne auf Ackermans Frage einzugehen, wandte er sich an Ernie. »Gehen Sie zum Tank draußen, Pitka, holen Sie ein paar Eimer Wasser und verpassen Sie unserem Freund hier eine kalte Dusche. Ich will diese blutige Schweinerei nicht mehr sehen.«

Liana fuhr auf. »Aber Sir, das Blut könnte ein Beweismittel sein. Wir können doch nicht …«

»Wir haben Blutspuren an den Griffen seiner Schlagstöcke«, fiel Yazzie ihr ins Wort. »Das reicht.«

Ackerman lächelte die junge Navajo an. »*Li-änna.* Der Name passt zu Ihnen, Blume der Prärie. Nehmen Sie einen Drink mit mir, sobald ich hier raus bin?«

»Die Wassereimer, Pitka«, befahl der Captain. »Sofort!«

Der junge Officer nahm Haltung an, nickte und eilte nach draußen.

Als die Tür krachend zuschlug, geschah etwas Unerwartetes.

Ackerman schnellte urplötzlich hoch und attackierte die Gitterstäbe mit explosiver Kraft und Wildheit. Sein Drehtritt traf mit solcher Wucht, dass sich das Eisen verbog und das ganze Gebäude klirrte und bebte.

Liana schrie auf. Erschrocken wichen sie und der Captain zurück.

Ackerman lachte. »Dieser mexikanische Cop, den ich erwähnt habe, der Typ, der mich beraubt hat, hat in meiner Obhut mehrere Wochen überlebt. Ich habe ihn mit seinem eigenen Fleisch gefüttert. Wir hatten ein kleines Spiel daraus gemacht. Vielleicht spiele ich es auch mit Ihnen, Captain. Würden Sie gern wissen, wie Sie schmecken? Ich muss gestehen, ich bin neugierig. Vielleicht teilen wir uns ein schönes Filet à la Yazzie, dazu ein kalifornischer Rotwein.«

Als Pitka mit den Wassereimern zurückkehrte, zuckte er zusammen, als er die weißen Gesichter Yazzies und Lianas bemerkte. »Was ist hier los?«, fragte er.

»Duschen Sie ihn ab«, sagte Yazzie mit rauer Stimme. »Wir wollen uns den Vogel mal genauer anschauen.«

Ackerman konnte die Beweggründe des Captains gut nachvollziehen. Auf einen normalen Menschen musste der Anblick eines Mannes, dessen Oberkörper in frisches Blut gebadet war, entnervend wirken. Ackerman grinste. Wenn Yazzie erst sah, was sich unter der Blutschicht verbarg, würde sein Entsetzen geradezu explodieren. Ackermans Körper wurde zu einem großen Teil von Narbengewebe verunstaltet. Einige der Wunden waren ihm vom eigenen Vater zugefügt worden. Ackerman senior hatte ihn unbeschreiblichen Torturen ausgesetzt, jeder nur vorstellbaren Qual, um ihn zu einer perfekten Mordmaschine zu formen. Andere Narben stammten von Kämpfen. Wieder andere hatte Ackerman sich selbst beigebracht.

Sein Vater war schlussendlich gescheitert. Ohne invasive Hirnchirurgie hatte er sein Ziel, seinen Sohn zum perfekten Killer zu formen, nicht erreichen können. Deshalb hatte er komplizierte Eingriffe an der Amygdala seines Sohnes vorgenommen und chirurgisch jene Bereiche des Gehirns verstümmelt, in denen die Angst und die primitiven Kampf-oder-Flucht-Reaktionen entstanden. Das alles hatte unauslöschliche Narben an Körper und Seele hinterlassen.

Ackerman trat vor und grinste den Deputy an. »Wasser Marsch, Ernie.«

Der Wasserschwall traf ihn voll. Das meiste Blut würde sich nur mit einer Bürste entfernen lassen, doch binnen weniger Sekunden spülte Ernie so viel davon ab, dass Ackermans Gesicht und seine Narben sichtbar wurden.

Liana schnappte nach Luft und schlug eine Hand vor den

Mund, als ihr Blick auf die grauenerregende Reliefkarte fiel, zu der Ackermans Haut geworden war. Ackerman schaute an sich hinunter, was er nur selten tat; er dachte ungern an die Vergangenheit. Diesmal jedoch betrachtete er seine Wundmale mit analytischem Blick und versuchte, die Narben so zu sehen, wie Liana sie sehen würde. Er spannte die dicken Stricke seiner Armsehnen und beobachtete, wie die Relikte der zahllosen Schnitte, Verbrennungen und Schusswunden sich im künstlichen Schein der Leuchtstofflampen auf beinahe obszöne Weise bewegten.

Stieß sein nackter Oberkörper die junge Navajo ab, oder erregte er sie? Ein bisschen von beidem? Die Antwort auf diese Frage interessierte Ackerman sehr. »Es geht doch nichts über eine kalte Dusche«, sagte er zu Yazzie. »Ich fühle mich erfrischt. Ist Mr. Canyon bereits unterwegs?«

»Warum sollte er?«, fragte Yazzie.

»Beleidigen Sie mich nicht mit dem Versuch, so zu tun, als wären Sie ein echter Cop. Sie sind nur ein besserer Nachtwächter. Das gilt für alle hier. Sie bewachen Canyons Stadt und seine dreckigen Geschäfte, Yazzie. Ich nehme an, Sie haben mit ihm telefoniert, als Liana ihren Notruf abgesetzt hat. Oder haben Sie Ihren Herrn und Meister von unterwegs angerufen?«

»Herr und Meister? Unsinn! Aber Sie haben recht. Ich habe tatsächlich mit Canyon telefoniert. Er ist hierher unterwegs. Ich schlage vor, Sie trinken jetzt einen großen Schluck Wasser, und dann reden Sie. Sie können mit mir oder mit John Canyon sprechen. Aber ich muss Sie warnen. Wenn Canyon Ihnen eine Frage stellt, und die Antwort gefällt ihm nicht, reißt er Ihnen sämtliche Fingernägel aus.«

Ackerman grinste. »Ist eine Weile her, seit ich einen Partner hatte, der wirklich wusste, wie man Tango tanzt. Eine gute Folter weiß ich jederzeit zu schätzen.«

»Wir werden sehen, was von Ihrer großen Klappe übrig bleibt, wenn Big John erst hier ist«, höhnte Yazzie. »Sie wären verdammt noch mal besser dran, wenn Sie mir einfach sagen würden, was passiert ist.«

»Geduld, mein Freund. Geduld ist die erste der beiden Lektionen, die ein Jäger lernen muss.«

»Ach? Und die andere?«

»Sich stets auf der windabgewandten Seite der Beute zu halten. Sonst geht der Jäger hungrig nach Hause, oder er landet am Ende selbst in einem fremden Magen.«

»Und Sie sind ein Meisterjäger, was?«

»Ich bin Meister auf vielen Gebieten. Das Jagen ist nur eines davon. Ich genieße die Jagd. Aber mir macht der Todesstoß mehr Spaß als die Hatz.«

»Hören Sie.« Yazzie zog sich einen Stahlrohrsessel heran, dessen Beine über den Linoleumboden scharrten, und setzte sich. »Wir haben das technische Equipment, um ermitteln zu können, ob Ihr Körper mit menschlichem oder tierischem Blut bedeckt war. Aber wenn Sie es mir einfach sagen, ersparen wir uns den langwierigen Test.«

»Wissen Sie, Captain, ich liebe den Geruch von Blut. Schwedische Forscher haben vor Kurzem herausgefunden, dass ein einziges Molekül der Substanz, die freigesetzt wird, wenn die Lipide im Blut sich an der Luft zersetzen, schon genügt, um Menschen zurückschrecken zu lassen. Raubtiere hingegen lecken sich erwartungsvoll die Lefzen – genau wie ich. Blutgeruch regt bei mir den Speichelfluss an. Für mich ist dieser Geruch süß und verlockend, während er bei Normalsterblichen wie Ihnen Angst und Abscheu weckt. Das nennt man wohl Relativität der Wahrnehmung.«

»Ich bin beeindruckt. Aber wie wär's, wenn Sie mir jetzt Ihren Namen sagen?«

Ackerman dachte nach. Seinen echten Namen musste er verschweigen, denn der Serienkiller Francis Ackerman jr. galt offiziell als tot. Die Shepherd Organization war sogar so weit gegangen, Ackermans Gesicht von einem plastischen Chirurgen drastisch verändern zu lassen, damit ihn niemand mehr erkannte.

»Nennen Sie mich Frankenstein«, sagte Ackerman schließlich. »Oder einfach nur Frank.«

Kapitel 6

Ackerman fand, dass seine körperlichen Entstellungen im breiten Spektrum möglicher Verunstaltungen irgendwo zwischen den Brandnarben Freddy Kruegers und den Kriegsverletzungen Rambos anzusiedeln waren. Zum Glück hatte sein Vater die Misshandlungen strategisch platziert, damit sie nicht sofort ins Auge stachen. Die Narben ließen sich allesamt unter einem T-Shirt mit langen Ärmeln verbergen, doch im Moment legte Ackerman es darauf an, dass jeder die Spuren der Feuerprobe, die sein Leben war, sehen konnte.

Er bemerkte, dass die junge Navajo den Blick nicht von seinem Oberkörper lösen konnte, doch ihm war klar, dass es nicht seine beneidenswerte Physis war, die Lianas Aufmerksamkeit fesselte. Er sah, wie sie die Narben analysierte und versuchte, auf eine Methode hinter dem Wahnsinn zu kommen. Ackerman nahm sich vor, sie später zu fragen, zu welchen Ergebnissen sie gelangt sei.

»Frankenstein«, sagte Captain Yazzie. »Frank. Wie niedlich. Ich sehe an der Kartenskizze Ihres Leidensweges, die Sie vermutlich Haut nennen, dass Folter bei Ihnen nicht viel ausrichten wird. Wie wär's, wenn ich rede und Sie mich wissen lassen, ob ich auf der richtigen Fährte bin?«

In diesem Moment geschah es.

Ackerman spürte die Veränderung, gab sich aber alle Mühe, die Konzentration weiter auf den Polizeicaptain und die aktuelle Situation zu richten. Doch er spürte bereits den Atem im Nacken, den Schatten in seinem Rücken. Dann hörte er, wie sein Vater ihm über seine Schulter hinweg zuraunte: *»Ich finde, du solltest diese Trottel töten, damit das Gelaber aufhört. Die Leute langweilen mich zu Tode.«*

Und dann erschien er in Ackermans Blickfeld. Sein Vater, der als Serienmörder unter dem Namen Thomas White sein Unwesen getrieben hatte, kam zur Vorderseite der Zelle und baute sich vor Yazzie auf.

Ackerman verzog keine Miene, obwohl er innerlich aufschrie. In letzter Zeit hatte er immer wieder die Stimme seines Vaters gehört, ein Raunen und Flüstern in seinem Kopf, aber die Stimme hatte nur Sätze von sich gegeben, die Ackermans eigener Erinnerung entstammten. Vor ein paar Wochen jedoch, während der tödlichen Auseinandersetzung mit einem Serienmörder, der sich »Gladiator« nannte, hatte die Stimme sich verändert und Dinge gesagt, die auf ein eigenes Bewusstsein schließen ließen, eigene Erinnerungen. Und das war erst der Anfang gewesen. Als Ackerman nach dem Sieg über den Gladiator längere Zeit im Krankenhaus verbringen musste, war ihm Thomas White in Fleisch und Blut erschienen – zumindest hatte Ackerman es so wahrgenommen. Die Halluzination war derart lebhaft gewesen, dass er nach der Schwester geklingelt und sich erkundigt hatte, ob auch sie den durchgeknallten Arzt im Dreiteiler sah. Statt zu antworten, hatte die Schwester ihn fassungslos angestarrt, als wäre seine Zunge wie ein großer, rosaroter Blutegel aus seinem Mund gekrochen.

»Ist es nicht wundervoll, dass wir wieder vereint sind, Junior?«, sagte White.

In diesem Moment fragte Yazzie: »Was ist? Sind Sie noch da, Frank? Wie sieht es mit meinem Vorschlag aus? Wenn ich die Geschichte richtig erzähle, füllen Sie dann die Lücken?«

»Ich kann Sie nicht am Reden hindern«, entgegnete Ackerman. »Genauso wenig, wie Sie mich davon abhalten können, Sie zu ignorieren.«

Thomas White lachte auf. *»Das ist die richtige Einstellung, Junior. Mach ein Spiel daraus, wie du es damals getan hast, um den Schmerz und die Angst zu überstehen, bis ich dich gelehrt habe, auf andere Weise damit fertigzuwerden.«*

»Sie hatten recht«, sagte in diesem Moment Captain Yazzie. »Mr. Canyon hatte mich angerufen, nachdem ein Verrückter seine Ranch überfallen hatte.«

»Ich habe niemanden überfallen«, widersprach Ackerman. »Ich habe nur die Lage ausgekundschaftet und an den Stellen Druck ausgeübt, wo es angebracht war.«

»Mr. Canyon behauptet, Sie hätten einen seiner Trucks in Brand gesetzt und ihn dann in sein Treibstoffdepot rollen lassen.«

»Da hat er recht.« Ackerman nickte. »Es war das erforderliche Maß an Druck in der gegebenen Situation.«

»Und welche Situation war das? Wieso hatten Sie überhaupt das Bedürfnis, John zu schaden?«

»Ich musste seine Aufmerksamkeit erregen.«

Thomas White lehnte sich mit verschränkten Armen an die Gitterstäbe und schaute gelangweilt drein. *»Du hättest seine ganze Familie aus dem Haus zerren und diese Kreaturen nacheinander töten sollen. Einer von ihnen hätte dir früher oder später verraten, was dieser Canyon der Konkubine deines Bruders Marcus angetan hat.«*

Ackerman biss die Zähne zusammen und widersetzte sich dem heftigen Impuls, Maggies Ehre zu verteidigen.

Er ist bloß ein Trugbild, rief er sich ins Bewusstsein. *Ein Geist, ein Hirngespinst, ein Gebilde deiner Fantasie …*

Wie durch Watte hörte Ackerman den Captain sagen: »Sie wollten Canyon nur auf sich aufmerksam machen? Warum haben Sie dann nicht einfach sein Büro angerufen und einen Termin vereinbart? Das reicht normalerweise, um sich bemerkbar zu machen.«

Ackerman zuckte mit den Schultern. »Na klar. Ich hätte Sie

auch hinaus die Nacht zerren können, um Ihnen mit einer Kettensäge einen Körperteil nach dem anderen abzutrennen, bis Canyon meine Botschaft kapiert. Aber das wäre vielleicht ein wenig übertrieben gewesen. Also lassen Sie die Haarspaltereien. Ich finde, mein Vorgehen war angemessen.«

»Sie hätten zahlreiche Menschen töten können. Auf Canyons Farm stehen die Schlafbaracken seiner Leute.«

»Diese Variablen waren berücksichtigt. Gehen Sie davon aus, dass ich Ihrem matten Verstand stets zehn Schritte voraus bin. Außerdem ist Ihr Vorwurf gegenstandslos, weil bei der Explosion des Trucks niemand getötet wurde. Es war nur eine Ablenkung.«

»Eine Ablenkung wofür? Wozu brauchten Sie überhaupt Canyons Aufmerksamkeit?«

»Sie haben mich noch nicht nach dem Blut gefragt.«

»Ich wollte mich langsam bis dort vorarbeiten. Vorher aber möchte ich Sie etwas anderes fragen.«

Ehe Ackerman antworten konnte, trat Thomas White hinter ihn und legte ihm beide Hände auf die Schultern. Ackerman hätte schwören können, dass er die Berührung *spürte.*

»Darf ich eine kleine Änderung deines Plans vorschlagen?«, kroch Whites Stimme in Ackermans Kopf.

Zu beiden, zum Captain und seinem Vater, sagte er: »Ich höre.«

Yazzie beugte sich vor, beide Ellbogen auf die Knie gestützt. »Was haben Sie mit Tobias Canyon und seinen Begleitern gemacht? Sind sie tot?«

Ehe Ackerman antworten konnte, meldete sich White erneut zu Wort. *»Ich gebe dir einen Rat. Du solltest die drei Cops töten, ihre Leichen wie Marionetten arrangieren, dich dann in der Zelle einschließen und dich selbst fesseln. Damit würdest du die ungeteilte Aufmerksamkeit dieses Mr. Canyon erregen, jede Wette.«*

Wieder antwortete Ackerman beiden Männern zugleich:

»Niemand muss hier sterben.« Er schaute zu Yazzie. »John Canyon, Ihr Wohltäter, hat mir jemanden weggenommen. Ich habe nur Gleiches mit Gleichem vergolten und mir seinen Sohn geschnappt. Gibt Canyon mir mein Herzblatt wieder, bekommt er seines zurück.«

Er konnte sich vorstellen, wie es hinter Yazzies John-Lennon-Brille arbeitete, wie sich die kleinen Rädchen im Hirn des Captains drehten. »Wer ist Ihr Freund? Wen genau soll John Canyon gekidnappt haben?«

»Eine Bundesagentin. Sie ist verschwunden, als sie hier bei Ihnen ermittelt hat. Ihr Name ist Maggie Carlisle. Sie erinnern sich bestimmt, Captain.«

»Ich fürchte, nein. Wie ich bereits dem FBI-Agenten und den Leuten vom Bureau of Indian Affairs gesagt habe: Diese Frau ist nie hier gewesen.«

Die bleiche Gestalt von Thomas White erschien hinter dem Captain, neigte den Kopf zur Seite und sagte zu Ackerman: *»Er lügt dir ins Gesicht. Lässt du dir eine solche Respektlosigkeit gefallen, Junior?«*

Ackerman ignorierte ihn. »Wirklich nicht?«, fragt er den Captain. »Wir konnten Maggies Mobiltelefon bis zu dieser Position hier zurückverfolgen. Sie hat einen Anruf getätigt, während sie hier war – eines ihrer letzten Gespräche, bevor sie spurlos verschwunden ist.«

»Dann muss sie hier gewesen sein, als wir alle unterwegs waren. Keiner meiner Officers hat die Frau gesehen. Aber darüber können wir später reden. Ich will Ihnen helfen, Ihre Freundin zu finden, Frank, wirklich. Aber zuerst muss ich wissen, ob es Canyons Sohn Toby und den anderen drei Jungs gut geht. Oder brauchen sie ärztliche Hilfe?«

Ackerman verdrehte die Augen und ließ sich auf die Pritsche an der Rückwand fallen. »Wenn Sie und Ihre Officers doch endlich aufhören würden, mir dämliche Fragen zu stellen! Ich will Ihnen etwas anvertrauen. Ich habe Dinge gesehen, die Sie sich nicht einmal vorstellen können. Ich habe Schmerzen erlitten, die Sie um den Verstand bringen würden. Ich habe jede Verderbtheit kennengelernt. Ich habe die Höhen sadistischer Ekstase erlebt, die Qualen der Hölle erduldet, das Tal des Todes durchschritten. Und jetzt schauen Sie mir in die Augen und beantworten Sie mir eine einzige Frage: Wissen Sie, wo Maggie Carlisle im Augenblick ist?«

Mit einem entschiedenen Kopfschütteln sagte der Captain: »Keine Ahnung.«

»Dann sind Sie nutzlos für mich. Ich habe einen Vorschlag. Wir alle warten hier in friedlicher Eintracht, bis der Mann auftaucht, der meine Frage beantworten kann.«

»Und wenn Mr. Canyon auch keine Antworten auf Ihre Fragen hat?«, wagte Liana sich vor. »Oder wenn Ihre Freundin tot ist? Was dann?«

Ackerman erkannte, dass ihre Frage aufrichtig war. Sie versuchte nicht, zynisch zu sein; sie fragte aus Angst vor seiner Vergeltung.

Thomas White warf ein: *»Eine gute Frage, Junior. Was wirst du tun, wenn Maggie nicht mehr unter uns weilt? Vielleicht würde ihr Tod mir die Gelegenheit bieten, in deinem fleischlichen Gewand auf eine kleine Spritztour zu gehen. Es sei denn, du besinnst dich auf deine wahre Natur und tust, wozu du geboren wurdest. Es könnte sein wie in den guten alten Zeiten. Vater und Sohn, wieder vereint im Blutrausch.«*

Ackerman hob den Blick, schaute der verängstigten jungen Navajo in die Augen und antwortete düster: »Wenn Maggie tot ist, dann Gnade Gott euch allen.«

Kapitel 7

Ein Monat zuvor

Es war acht Jahre her, seit Maggie Carlisle das letzte Mal zu Hause gewesen war, aber in dieser Zeit hatte sich kaum etwas verändert. Alles war tadellos in Schuss. Dafür sorgte schon Helen, ihre Großmutter, obwohl sie bereits über siebzig war. Einmal wöchentlich scheuerte sie die Spülbecken mit ihrem Spezialmittel aus. Auch diesmal stieg Maggie der kräftige Geruch von Helens selbstgemachtem Essigreiniger in die Nase.

»Grandma?«, rief sie. »Mom?«

Nichts.

Maggie hatte angerufen und eine Nachricht hinterlassen, damit Grandma Helen ihr Zimmer vorbereiten konnte; deshalb hätte sie mit einer Begrüßung gerechnet. Zögernd betrat sie das Haus, lauschte. Der Stille nach zu urteilen war die Familie nicht daheim. Maggie durchquerte die Küche und sah die alten Magnete am Kühlschrank, unter denen verblasste Zettel steckten, die davor warnten, dass Softdrinks und Handys Krebs erzeugten. An die Küche schloss sich das Esszimmer an. Von dort folgte Maggie dem Flur zu ihrem alten Zimmer. Leise rumpelnd sprangen die Rollen ihres Trolleys über den knarrenden Holzboden. Dank Grandmas sorgfältiger Pflege glänzten die Bretter wie poliertes Kupfer.

In Maggis Zimmer roch es wie im ganzen Haus nach Essig, was darauf hindeutete, dass Helen es in Erwartung der Ankunft ihrer Enkelin frisch geputzt hatte. Maggie ging zum Fenstersitz und stellte ihr Gepäck ab. Behutsam schob sie die geliebten Stofftiere aus ihrer Kindheit beiseite, öffnete den Koffer, nahm ein sauberes, gefaltetes Bettlaken heraus, das ganz oben lag, und breitete es über dem Fenstersitz aus. Dann machte sie sich daran, ihre Kleidung auszupacken. Die perfekt gefalteten Stoffquadrate waren nach Tagen geordnet und auf die vorhergesagte Witterung abgestimmt. Als sie fertig war, baute sie ihre Toilettenartikel auf der Kommode auf, ging zum Bett und zog die frisch duftenden Bezüge ab, um sie noch einmal zu waschen. Maggie ging kein Risiko ein. Bettwanzen breiteten sich bekanntlich epidemisch aus. Bei dem Gedanken an Ungeziefer überlief sie eine Gänsehaut.

Schließlich hob sie die Matratze an, zog das Bettlaken ab und brachte alles in die Waschküche am Ende des Flures. Dort schnappte sie sich eine große Flasche vom Essigreiniger und einen Putzlappen und kehrte in ihr Zimmer zurück. Ihre alten Tagebücher und Zeichnungen lagen in den Schubladen des Nachttisches; deshalb wusste sie, dass Grandma Helen weder die Kommode noch den Nachttisch ausgewischt hatte, seit sie, Maggie, hier ausgezogen war. Helen legte großen Wert auf Privatsphäre. Wahrscheinlich hatte sie die Schubladen seit Maggies Weggang kein einziges Mal geöffnet.

Als Maggie sich über die Schubladen beugte, um sie auszuwischen, fiel ihr das kurze blonde Haar in die Stirn, und sie strich es nach hinten. Bald hatte sie sich von der obersten der drei Kommodenschubladen zur untersten vorgearbeitet. Die oberen beiden enthielten Erinnerungsstücke aus ihrer Kindheit – alte Fotos von Freunden und Familie, Auszeichnungen für schulische Leistungen, Buntstifte und anderen Krimskrams.

Das unterste Schubfach war dermaßen vollgestopft, dass Maggie es kaum aufbekam. Sie zog und zerrte; beinahe wäre sie nach hinten gekippt, als das Fach sich plötzlich mit einem Ruck öffnete. Drinnen fand sie ihre Beanie-Baby-Sammlung. Sie lächelte und arrangierte die kleinen Tierchen auf dem Stuhl. Weshalb sie die Figuren so geliebt hatte, wusste sie nicht mehr, konnte sich aber gut daran erinnern, dass sie ihr Glück geschenkt hatten.

Auf dem Boden der Schublade fand sie ein buntes Lisa-Frank-Notizbuch mit einem funkelnden Einhorn auf dem Einband, an das sie sich verschwommen erinnerte.

Nachdem sie das spiralgebundene Buch aus seinem Versteck geborgen hatte, widerstand sie dem Verlangen, sich das vierte Mal in dieser Stunde die Hände zu waschen, denn ihre sonnengebräunte Haut war bereits rot und kratzig. Während sie darauf wartete, dass die Familie zurückkehrte und der Essig in den Schubladen trocknete, hätte sie eigentlich ihr MacBook auspacken und ihre Notizen zum Taker-Fall durchgehen sollen, aber das grellbunte Notizbuch mit dem Einhorn hielt ihren Blick fest.

Na los, mach schon, sagte sie sich. *Du kannst ja doch nicht widerstehen.*

Erwartungsvoll schlug sie das Notizbuch auf, blätterte die Seiten durch und kicherte, als sie ihre kindliche Krakelschrift sah. Sie überflog ein paar Seiten und wollte das Buch schon zurücklegen, als sie im Buchblock etwas Steifes bemerkte.

Die Fotos, die Maggie zwischen den knittrigen Seiten fand, weckten eine Flut vergessener Erinnerungen. Es waren Familienfotos aus glücklichen Tagen. Eines zeigte ihren kleinen Bruder Tommy mit ihr selbst und ihrer Mutter auf einer Holzbank, die lächelnden Gesichter mit Butter und Zuckermais verschmiert. Maggie erinnerte sich verschwommen an diesen Tag; an der örtlichen Universität war damals ein Indianer-Event, »Powwow« genannt, veranstaltet worden. Ihr Dad, ein Fan des Discovery Channel, hatte darauf bestanden, dass sie das Powwow gemeinsam besuchten. Dabei hatte er dieses Foto geknipst.

Maggie erinnerte sich nur vage an die Empfindungen, die dieser Tag in ihr geweckt hatte. Wenn sie sich doch nur besser an diese glückliche Zeit erinnern könnte! Es musste einer der letzten Ausflüge gewesen sein, bei denen die Familie intakt gewesen war.

Das alles war so lange her, dass Maggie ihre Kindheit nur noch als Ansammlung blasser Schemen erschien – mit einer Ausnahme: Der Tag, an dem der Taker ihren Bruder entführt hatte, stand ihr noch klar und deutlich vor Augen.

Zwischen den Fotos lag ein vergilbtes Stück Papier. Maggie faltete es behutsam auseinander und entdeckte eine Zeichnung, einen kindlichen Blick auf das Powwow – grelle Farben und dreieckige Tipis, durchsetzt mit Federn, die wie Katzenschwänze aussahen. In der Mitte befand sich eine Gruppe indianischer Tänzer, mit Buntstiften ausgemalt. Die tanzenden Männer waren von der Seite zu sehen. Die Arme waren auf seltsame, unbeholfene Weise verdreht, um ihre Bewegungen anzudeuten.

Einen Tänzer jedoch hatte Maggie so gezeichnet, dass sein Gesicht dem Betrachter zugewandt war. Er war wie die anderen gekleidet; seine Augen jedoch waren durchdringende schwarze Löcher. Maggie überlief ein Frösteln; die Härchen auf ihren Armen und im Nacken stellten sich auf. Sie hatte das plötzliche Gefühl, sich übergeben zu müssen, während ein Sturm der Angst über sie hinwegfegte. Angespannt starrte sie auf die Zeichnung. Sie konnte nicht begreifen, weshalb diese schwarzen Augen eine solch verheerende Wirkung auf sie ausübten.

Im nächsten Moment zuckte sie heftig zusammen. Das Geräusch von Autotüren, die vor dem Haus zugeschlagen wurden, drang an ihre empfindlichen Ohren, die durch jahrelanges Training geschärft waren. Maggie faltete die Zeichnung zusammen, steckte sie mitsamt den Fotos zurück in das alte Notizbuch, erhob sich und ging den Neuankömmlingen entgegen. Bestimmt waren es Mom und Grandma Helen. Vielleicht sogar Marcus, der sie aufgestöbert hatte. Zwar hatte Maggie ihn über ein inzwischen beseitigtes Wegwerfhandy angerufen und ihn wissen lassen, dass er ihr nicht folgen solle, aber wenn Marcus sich auf ihre Fährte gesetzt hatte, war es nur eine Frage der Zeit, bis er sie fand.

Maggie verspürte Gewissensbisse wegen ihrer Heimlichtuerei, aber es ging nicht anders. Sie durfte Marcus nicht die ganze Wahrheit anvertrauen; dann würde er alles stehen und liegen lassen, um ihr zu helfen. Maggie wollte seine Hilfe aber erst dann, wenn es nicht mehr anders ging. Die Suche nach dem Taker war ihr Job, nicht seiner.

Am Wohnzimmerfenster zur Einfahrt blieb sie stehen, teilte den Spitzenvorhang und sah einen alten silbernen Buick und zwei Frauen, die Einkaufstaschen zum Haus trugen. Maggie stieß einen leisen Freudenschrei aus, rannte die Treppe hinunter und beeilte sich, die Tür zu öffnen. Sie lächelte, als sie das Erstaunen in den Augen ihrer Großmutter sah. Helens silbernes Haar war kurz geschnitten und wurde, wie Maggie wusste, nachts mit Wicklern gelockt. Auf ihrem noch immer attraktiven Gesicht spiegelte sich ihr eigenwilliges, manchmal ein wenig schwieriges Wesen.

»Du?«, rief Helen.

»In voller Schönheit.« Maggie streckte die Hände nach den Einkaufstüten aus. »Lass mich dir helfen.«

Helen schüttelte den Kopf. »Ich schaff das schon. Hilf lieber deiner Mutter.«

Erst jetzt wandte Maggie sich der anderen Frau zu. Zögernd sagte sie: »Hi, Mom.«

Die Frau, die wie eine ältere Version Maggies aussah, erwiderte nichts. Sie reichte ihr die Taschen, verriet aber durch keinen Blick und keine Geste, ob sie ihre Tochter erkannte. Ihre blonden Haare ergrauten bereits und waren zu dem gleichen französischen Zopf zurückgebunden, zu dem Helen jahrelang Maggies Haar geflochten hatte. Als Maggie ihrer Mutter ins blasse Gesicht schaute, sah sie das Blau der Venen dicht unter der Haut.

Plötzlich hellte das Gesicht ihrer Mutter sich auf. Zum ersten

Mal schaute sie Maggie an, blickte aber auf seltsame Weise durch sie hindurch. »Hallo, Magpie«, murmelte sie.

Maggie lächelte wehmütig, als sie ihren alten Spitznamen hörte, der »Elster« bedeutete. Sie beobachtete, wie ihre Mutter mit müden Schritten zur Tür ging, ohne ihre Umgebung wahrzunehmen. Dabei lachte sie leise in sich hinein. »Elstern«, murmelte sie, »sind die klügsten Vögel der Welt. Sie gehören zu den wenigen Tieren, die sich selbst im Spiegel erkennen.«

Maggie kämpfte gegen die Tränen an. Naiv, wie sie manchmal war, hatte sie gehofft, dass es Mom besser ging, aber wie es schien, schlafwandelte sie weiterhin durch das Leben. Der Nebel, der ihren Verstand umhüllte, war hauptsächlich auf Medikamente zurückzuführen, von Antidepressiva bis hin zu Neuroleptika. Maggie und Helen hatten jahrelang über die Medikation und deren Dosierung gestritten; für Helen war es stets oberste Priorität gewesen, dass ihre einzige Tochter ruhig blieb und nicht versuchte, sich zu verletzen oder Schlimmeres.

Maggie ließ Helen und ihre Mutter zuerst das Haus betreten und jonglierte mit den Einkaufstaschen, als sie hinter den beiden die Tür verriegelte; dann folgte sie ihnen in die Küche, wo Helen sich daranmachte, die Einkäufe in die Schränke einzusortieren.

»Ich habe dich erst später erwartet, Maggie«, sagte sie. »Wie lange bist du schon hier?«

»Eine halbe Stunde vielleicht.« Maggie achtete darauf, ihrer Großmutter nicht in den Weg zu geraten, während sie in der Küche hantierte, denn Helen pflegte sie dann schmerzhaft ins Ohr zu zwicken. Die alte Dame hatte noch den strengen Ordnungssinn von früher, wie sich zeigte. Alle Konserven wanderten in den gleichen Schrank, sortiert nach Gemüse oder Obst, die wiederum sortiert waren nach Farbe, Schnitt und Dosengröße.

»Erzähl schon, Maggie«, forderte Helen sie auf. »Wie läuft es mit deinem Freund? Marcus, nicht wahr?«

Maggie musterte Helen verblüfft.

Woher weiß sie, dass ich einen Freund habe? Und woher kennt sie seinen Namen?

Sie hatte Helen nie von Marcus erzählt. Sie sprach mit niemandem über ihre Beziehungen. Mit wem auch? Dass sie Freundinnen gehabt hatte, lag ein paar Jahre zurück. Erst in letzter Zeit hatte sie neue Freundschaften geschlossen – mit Emily Morgan beispielsweise und mit Lisa Spinelli. Doch beide waren von vornherein über Marcus im Bilde gewesen.

Maggie öffnete den Mund, schloss ihn aber wieder. Was sollte sie auch antworten?

Helen schien die Ratlosigkeit ihrer Enkelin nicht zu bemerken. Sie begann mit den Vorbereitungen für das Abendessen, wusch und schälte Kartoffeln, die sie aus der Speisekammer geholt hatte. Dabei warf sie hin und wieder vorwurfsvolle Blicke auf Maggie, als hätte sie mit ihrer Enkelin ein Hühnchen zu rupfen.

»Hat Marcus angerufen und sich nach mir erkundigt?«, fragte Maggie schließlich.

»Er macht sich Sorgen um dich.«

»Ich weiß.«

»Ich übrigens auch.«

»Dafür gibt es keinen Grund, Grandma.«

»Marcus kommt mir wie ein netter junger Mann vor.«

»Oh, das ist er.«

Helen hielt beim Kartoffelschälen inne, drehte sich um und schaute ihrer Enkelin in die Augen. »Magpie, ich muss dich etwas fragen. Etwas Wichtiges über dich und deinen Freund.«

»Okay.« Maggie seufzte unhörbar, denn sie befürchtete, sich einen Vortrag über vorehelichen Sex anhören zu müssen.

Helen nickte bedächtig und fragte mit traurigem Blick: »Ernährt ihr beide euch nachhaltig?«

Mit allem hatte Maggie gerechnet, nur damit nicht. »Äh …«, setzte sie an. »Ich …«

»Es ist schwer durchzuhalten, wenn man so viel unterwegs ist wie ihr, das weiß ich«, unterbrach Helen sie, »aber dann müsst ihr eben vorausplanen.«

»Grandma …«

»Der Staat versucht uns mit den vielen Chemikalien im Essen umzubringen. Du musst dich davor schützen. Stell dir vor, du kannst keine Kinder bekommen, weil du unfruchtbar bist von den ganzen Konservierungsmitteln und Pestiziden und Gott weiß was sonst noch.«

Maggie, die tatsächlich keine Kinder bekommen konnte, schmerzte die Bemerkung, aber Helen konnte unmöglich davon wissen. »Wir passen gut auf uns auf, Grandma.«

»Wirklich? Ihr trinkt keine Softdrinks? Ich erinnere mich, wie du dir immer diesen ungesunden Süßstoff in den Kaffee getan hast. Ich habe dich oft dabei erwischt. Nichts Künstliches, das habe ich dir schon tausendmal gesagt.«

»Keine Bange, Grandma, wir ernähren uns ausschließlich von Naturprodukten. Biologischer Anbau und so. Ich trinke nur Wasser und schwarzen Kaffee.«

Helen kniff die Augen zu einem Ausdruck zusammen, den sie im Lauf der Jahre perfektioniert hatte und der »Lüg mich nicht an« bedeutete.

Maggie hob kapitulierend die Hände. »Möchtest du eine Probe von meinen nächsten Körperausscheidungen untersuchen?«

»Ich würde lieber in den Fußraum deines Autos schauen, was da so an leeren Tüten liegt, in denen das reinste Gift gesteckt hat.«

Maggie verzog das Gesicht. Sie wusste, dass sie aufgeflogen war.

»Lass uns beim Abendessen weiter darüber reden«, sagte Helen. »Pack jetzt deine restlichen Sachen aus und wasch dich. Es muss eine lange Fahrt gewesen sein.« Mit einem neckischen Lächeln fügte sie hinzu: »Und jetzt raus aus meiner Küche, damit ich dir ein vernünftiges Essen kochen kann.«

Maggie überließ Helen ihren Vorbereitungen und kehrte in ihr Zimmer zurück. Die Schubladen waren inzwischen trocken, sodass sie ihre Kleidung verstauen, ihre persönlichen Gegenstände auspacken und das Bett neu beziehen konnte.

Sie war gerade damit fertig, als Helen sie zum Essen rief. Erstaunt erkannte Maggie, dass sie fast eine Stunde gebraucht hatte, sich so einzurichten, wie sie wollte.

Schweigend nahmen sie und ihre Mutter am Tisch Platz, während Helen das Essen auftrug. Als sie ihrer Enkelin die Schüssel mit den Bratkartoffeln reichte, sagte sie: »Erzähl mir mehr über Marcus.«

Maggie nahm die Schüssel entgegen und schaufelte Kartoffeln auf ihren Teller. »Ich dachte, das Thema wäre erledigt.«

Grandma lachte. »Dachtest du? Tja, ich möchte aber gern genauer wissen, auf wen du da ein Auge geworfen hast, Miss Magdalania.«

Magdalania. Maggie verzog das Gesicht. Sie hasste ihren altmodischen Vornamen. Als sie ein kleines Mädchen gewesen war, hatte Großvater sie nur mit diesem Namen angeredet. »Na gut. Was möchtest du wissen?«

»Was wohl? Ist er ein guter Liebhaber?«

Helen lachte, als ihre Enkelin errötete.

Maggie räusperte sich. »Auf jeden Fall ist er sehr intelligent. Genau wie Frank, sein älterer Bruder, der ebenfalls bei uns arbeitet. Erinnerst du dich an die Denksportaufgaben, die Tommy und ich so gern mit Grandpa gespielt haben? Marcus und Frank könnten diese Aufgaben im Schlaf lösen.«

»Hört sich vielversprechend an«, meinte Helen. »Erzähl mir mehr.«

Maggie erwärmte sich für das Thema, beließ es aber bei einer gekürzten und zensierten Fassung über Marcus' und Ackermans Vorzüge. Hin und wieder tauschte sie einen Blick mit ihrer Mutter. Einmal glaubte sie, ein schwaches Aufblitzen von Interesse zu entdecken, doch sofort zog der Nebel wieder auf und umhüllte Moms Verstand, und sie murmelte nur: »Hört sich nett an.«

Die drei Frauen setzten ihr Gespräch, das immer belangloser wurde, bis zum Ende der Mahlzeit fort. Erst als sie gemeinsam den Tisch abräumten, fand Maggie den Mut zu einer Frage, die ihr auf dem Herzen lag, seit sie nach Hause gekommen war. Sie wandte sich ihrer Mutter zu. »Mom, ich muss etwas Wichtiges wissen – über einen bestimmten Tag.«

Geistesabwesend fragte Mom: »Über welchen Tag?«

»Der Tag, an dem Tommy entführt wurde.«

Abrupt blieb ihre Mutter auf halbem Weg zwischen Tisch und Spüle stehen und starrte auf den Teller in ihren Händen, als stünde das Geheimnis der menschlichen Existenz darauf geschrieben. Ihr Gesicht zuckte, und ihre Hände begannen zu zittern.

»Ich weiß, es ist schwer, Mom«, sagte Maggie. »Aber ich *muss* es wissen. Was ist an dem Tag passiert, als wir Tommy verloren haben? Ich muss alles wissen, woran du dich erinnerst.«

Der Teller rutschte ihrer Mutter aus den Händen und zerschellte mit lautem Knall auf dem Fliesenboden. Ein paar Sekunden lang stand sie da wie im Trance; dann löste sie sich aus der Starre und rannte fluchtartig aus der Küche, einen merkwürdigen Ausdruck der Angst und Verwirrung auf dem Gesicht. Maggie hörte, wie sie die Tür ihres Zimmers hinter sich zuschlug, denn war es still.

In der Küche herrschte gespenstisches Schweigen.

Schließlich seufzte Grandma Helen und sagte vorwurfsvoll: »Du müsstest eigentlich wissen, dass du nicht über Tommy reden darfst, wenn deine Mutter in der Nähe ist.«

»Ich will die Bestie finden, die Tommy entführt hat. Er könnte noch am Leben sein!«

Helen schaute Maggie in die Augen und nahm sie bei der Hand. Maggie staunte, denn Helen zeigte ihre Zuneigung nur selten durch Berührungen. In ihrem Haus gab es keine Umarmungen, kein Händchenhalten. Die Augen der alten Frau blickten ernst, als sie sagte: »Ich weiß, dass du diese Kreatur finden möchtest, und vielleicht gelingt es dir. Aber Tommy ist tot, Maggie. Wir bekommen ihn niemals zurück.«

Maggie sah die Tränen in Grandmas Augen und versuchte sich zu erinnern, wann sie Helen zum letzten Mal hatte weinen sehen. Auf Grandpas Beerdigung?

Helen fuhr fort: »Dieses Monster hat uns fast alles genommen. Er hat meinen Enkel entführt und unsere Familie zerstört. Er hat deiner Mutter erst das Herz gebrochen und dann ihren Verstand zerrüttet. Er hat unserer Familie alles an Freude und Glück geraubt. Bitte, Maggie, lass nicht zu, dass er uns auch dich wegnimmt.«

Auch Maggie konnte die Tränen jetzt nicht mehr zurückhalten. Sie senkte den Kopf und weinte mit Helen um das Leben, das der Taker ihnen geraubt hatte.

Kapitel 8

John Canyon hatte mehr als einen Menschen getötet. Manchmal kaltblütig, manchmal voll lodernder Wut. Seine ersten Erfahrungen mit der Gewalt hatte er in den Jugendbanden des Reservats gesammelt; seine Narben und Tattoos bewiesen es. Nachdem er den Entschluss gefasst hatte, dem Leben als Outlaw zu entkommen und dem Militär beizutreten, hatte er sich die Tränen aus Tinte, die auf seine linke Wange tätowiert waren, von einem Tattoo-Künstler in winzige Adlerfedern verwandeln lassen. Canyon hatte diese Vorliebe für Tattoos seither beibehalten. Als er nach dem ersten Golfkrieg als Kriegsheld ins Reservat zurückkehrte, war fast die Hälfte seines Gesicht von Federn und anderen Symbolen bedeckt, und jedes hatte mit einem Menschen zu tun, den er eigenhändig getötet hatte.

Nach John Canyons Rückkehr ins Zivilleben hatte die Gang versucht, ihn wieder ins Boot zu holen. Erst hatte er freudiges Interesse bekundet, dann tötete er mehrere Bandenbosse, um ein Exempel zu statuieren. Damit begann sein rasanter Aufstieg. Die Gangs im Reservat hatten üblicherweise keine Verbindungen zu den großen Verbrecherorganisationen, von denen sich ihre Namen herleiteten. Sie waren nur Kids, die neue unterdrückerische Strukturen aufbauten, die ihnen Geld und Macht einbrachten. John Canyon jedoch hatte eine Vision, den Traum von einer besseren Zukunft für sein indianisches Volk. Und mit dem, was er bisher für die Diné getan hatte, war er sehr zufrieden. Er hatte mehrere Gangs zu einem Verbrecherimperium vereint und sich die Gier der Bilagáana zunutze gemacht, um selbst ein Vermögen zu scheffeln.

Um die weit verstreuten Gangmitglieder der Navajo-Nation zu vereinen, hatte Canyon eiskalt getötet und sämtliche Hindernisse mit brutaler Gewalt aus dem Weg geräumt. Gewissensbisse kannte er nicht. Schließlich, redete er sich ein, geschah das alles zum Wohl seines Volkes.

Doch in dieser Nacht, als Canyon seinen nagelneuen Ford F-150-Pick-up vor der Roanhorse Substation der Navajo Nation Police in einer Staubwolke zum Stehen brachte, kochte sein Blut, und Mordlust loderte in seinen Augen.

Er hatte in diesem Tal etwas Großes aufgebaut, hatte mit eiserner Hand ein Königreich errichtet. Er hatte eine mächtige, geachtete Familie und einen guten Namen und hätte seinem Sohn ein beachtliches Vermächtnis hinterlassen. Dann aber war diese Agentin des Justizministeriums mit ihren blonden Haaren und den blauen Augen aufgetaucht, hatte in der Vergangenheit gewühlt, die Namen der Toten ausgesprochen und deren *Chindi* in Canyons Haus eingeladen. Und wie zu befürchten stand, hatten die Geister der Ahnen einen Sturm heraufbeschworen, indem sie einen Fremden ins Tal schickten – dieses narbige Ungeheuer, das mit Canyons Sohn verschwunden war.

John Canyon war froh, dass er mit dem alten Aberglauben seines Volkes nicht viel anfangen konnte. Er glaubte nur, was er sah und was sich mit den Händen berühren ließ. Und im Augenblick war er dabei, die Hände nach dem Entführer seines Sohnes auszustrecken.

Die Roanhorse Police Substation gehörte zu den mobilen Büros aus den Achtzigern, der Liebling von Schulen und Bürokraten. Im Grunde war sie ein besseres, doppelt breites Wohnmobil. Wie alles, was den häufigen Sandstürmen und der unbarmherzigen Sonne dieses Landes widerstehen musste, war der Anstrich ausgebleicht, stellenweise sogar bis auf das Wellblech blankgeschmirgelt, und musste dringend erneuert werden.

Canyon kannte das Innere der Substation. Von innen sah der Posten kaum besser aus als von außen. Im Grunde bestand er nur aus einem offenen Raum mit zwei Trennwänden – eine vor dem Büro des Captains, eine weitere für die Ausnüchterungszelle. Doch als John Canyon nun die Tür der Substation aufriss, hatte er nur Augen für seinen Feind und verspürte nichts als heiße Wut. Ehe er aus dem Pick-up gestiegen war, hatte er seine halbautomatische Remington-Flinte vom Waffengestell genommen und mit grobem 00-Schrot geladen.

Er betrat das Gebäude, ohne die drei Uniformierten auch nur eines Blickes zu würdigen. Geradewegs ging er zur Ausnüchterungszelle und baute sich vor dem Mann auf, der an der Rückwand des Käfigs auf einer Pritsche saß.

Der seltsame Weiße auf der falschen Seite der Gitterstäbe zuckte mit keiner Wimper, als Canyon die Flinte hob und anlegte. Stattdessen neigte er neugierig den Kopf zur Seite. *Der Mistkerl blinzelt nicht mal*, schoss es Canyon durch den Kopf, als er abdrückte und eine Salve aus Schrotkugeln dicht neben dem Fremden in die Wand jagte, dass der Putz durch die Gegend flog.

»Zum Teufel! Hast du den Verstand verloren, John?«, brüllte Yazzie.

Canyon beachtete ihn gar nicht. Er richtete die Mündung auf die Brust des Gefangenen. »Sag mir, wo ich meinen Sohn finde, oder ich schwöre bei den Geistern meiner Ahnen, ich mach dich auf der Stelle kalt!«

»Sie wirken ziemlich aufgebracht, Mr. Canyon«, sagte der Gefangene. »Das ist nicht gut für den Blutdruck. Vielleicht sollten Sie sich ein bisschen hinlegen.«

»Was hast du mit Toby gemacht, Hurensohn?«

»Damit das klar ist, ein für alle Mal: Sie werden nie wieder so über meine Mutter reden, oder ich zwinge Sie, Ihr eigenes Geschlechtsteil zu essen.«

Canyon durchlief es eiskalt. Aus unerfindlichen Gründen glaubte er dem Fremden jedes Wort.

»Ich würde Sie ja bitten, sich zu setzen«, fuhr der Narbige fort, »damit wir uns gepflegt unterhalten können, aber Sie sind offenbar in keiner besonders empfänglichen Stimmung. Vielleicht möchten Sie den Raum verlassen und wieder reinkommen – diesmal ohne kindischen Wutanfall?«

So sehr wie in diesem Augenblick hatte John Canyon sich noch nie danach gesehnt, einen Menschen zu töten. Er zitterte vor Wut. Es war lange her, dass jemand ihn respektlos behandelte wie dieser Bilagáana. Wäre er jünger gewesen – er hätte diesem Kerl den Kopf weggeschossen und sich später mit den Folgen befasst. Doch so gern er den Fremden getötet hätte, langsam und qualvoll – der mögliche Preis war zu hoch.

Ohne auf die Cops zu achten, die ihre Waffen gezogen und auf ihn gerichtet hatten, ging Canyon zu einem alten Schreibtisch in der Nähe, legte seine Flinte auf die Holzimitatplatte, kehrte an die Gitterstäbe zurück und fragte: »Lebt mein Sohn noch?«

»Noch.«

»Was ist mit den Schafen?«

»Wie meinen?«

»Was haben Sie mit dem Truck gemacht, den Sie auf meiner Ranch gestohlen haben? Sie haben meinen Sohn gekidnappt und einen Truck gestohlen, der mit Schafen beladen war. Wollen Sie das leugnen, Sie geistesgestörter Hur…« Canyon verstummte hastig, ehe die Beleidigung ausgesprochen war.

Der unheimliche Fremde lächelte. »Geistesstörung ist eine Sache des Standpunkts. Und ich will überhaupt nichts leugnen. Seien Sie versichert, Mr. Canyon, Ihr Eigentum ist unversehrt. Meine Forderung ist ganz simpel. Übergeben Sie mir Maggie Carlisle, und Sie bekommen Ihren Sprössling zurück.«

»Hören Sie«, erwiderte Canyon mühsam beherrscht. »Ich

habe nichts mit dem Verschwinden dieser Agentin zu tun. Das FBI und das Amt für indianische Angelegenheiten haben uns bereits vernommen. Ich kann Ihnen nicht mehr sagen, als ich denen gesagt habe.«

Der von Narben entstellte Fremde schüttelte den Kopf und seufzte. »Ihre Antwort ist inakzeptabel. Versuchen Sie es noch einmal.«

»Die Wahrheit ändert sich nicht dadurch, dass man sie anders ausdrückt!«

»Nett gesagt, aber Wahrheit ist ein subjektiver Begriff und noch dazu ein schwer fassbares Konzept. Lassen Sie es mich Ihnen mit schlichten Worten sagen: Sie haben vier Stunden, um mir Miss Carlisle unverletzt zu übergeben, oder Ihr Sohn verblutet an seinen Wunden.«

»Ich kann Ihnen nicht geben, was ich nicht habe!«, brüllte Canyon.

»Wenn das wirklich der Fall wäre und Sie tatsächlich nicht wüssten, wo Maggie ist, würde ich Ihnen dringend raten, jedes Quäntchen Ihrer Macht und Ihres Einflusses geltend zu machen, damit Maggie gefunden wird. Sie sollten wissen, dass ich es nicht dabei bewenden lasse, Ihren Sohn abzuschlachten, wenn meine Forderung nicht in den nächsten vier Stunden erfüllt wird. In diesem Fall komme ich wie eine biblische Plage über Sie und Ihr Königreich. Ich werde Sie heimsuchen, wie der Engel des Todes die Ägypter heimgesucht hat. Ich werde meinen Zorn gegen Sie und alles entfesseln, was Ihnen am Herzen liegt – so lange, bis Sie Maggie gehen lassen.«

»Sie vergessen eine Kleinigkeit. *Sie* sind es, der hinter Gittern sitzt. Sie sind nicht in der Position, Forderungen zu stellen.«

Der Fremde lachte leise. »Sind Sie mit den Schriften Laotses vertraut?«

Canyon unterdrückte das heftige Verlangen, sich mit bloßen

Händen einen Weg in die Zelle zu bahnen. Er biss die Zähne zusammen und verneinte.

»Laotse war ein chinesischer Philosoph«, erklärte der Mann hinter Gittern. »Im Daoismus und anderen chinesischen Religionen hat er den Rang einer Gottheit. Eines meiner liebsten Zitate von ihm lautet: ›Nichts ist gefährlicher, als seinen Gegner zu unterschätzen.‹«

»Wie kommen Sie auf den Gedanken, dass ich Sie unterschätze?«

»Weil Sie die Unausweichlichkeit meines Sieges noch nicht akzeptiert haben. Jetzt ist nicht die Zeit, sich zu erheben und zu kämpfen, Canyon. Jetzt ist die Zeit, die weiße Fahne abzustauben und sie zu schwenken. Sie haben noch drei Stunden, achtundfünfzig Minuten und siebenunddreißig Sekunden, um mir Miss Carlisle zu übergeben. Das ist meine Forderung. Sie ist nicht verhandelbar. Was Sie hier erleben, ist eine feindliche Übernahme durch eine überlegene Macht. Ich werde jetzt ein Nickerchen machen. Was Sie betrifft – ich glaube, Sie haben genug zu tun.«

»Und was ist, wenn ich mir diese vermisste Agentin nicht aus dem Hintern ziehen kann?«

Der narbige Fremde legte sich auf die Metallpritsche der Ausnüchterungszelle und schloss die Augen. »Dann, Mr. Canyon«, sagte er, »lege ich Ihre Welt in Schutt und Asche.«

Kapitel 9

Officer Liana Nakai setzte sich an den Schreibtisch in ihrem Polizeiposten. Sie hatte nur einen Wunsch: dass ihre Hände zu zittern aufhörten. Was sich hier abspielte, war ein Ding der Unmöglichkeit.

Als Officer der Navajo Nation Police im größten Indianerreservat der Vereinigten Staaten hatte Liana die gleichen Pflichten wie ein Bilagáana-Cop, musste allerdings mit geringeren Mitteln auskommen und war für ein größeres Gebiet zuständig. Früher hatte sie davon geträumt, nach Osten zu gehen und Kriminalbeamtin zu werden oder sich sogar an der FBI-Akademie zu bewerben. Die Arbeit im Reservat sollte nur eine Sprosse auf ihrer Karriereleiter sein.

Und dann schneite während ihrer Schicht dieser blutüberströmte Fremde ins Revier, der Mann, der sich Frank nannte, und änderte den Lauf ihres Lebens auf unumkehrbare Weise. Eine Bundesagentin wurde vermisst. Und Liana, Captain Yazzie sowie John Canyon, der mächtigste Mann im Tal, schienen in das Verschwinden dieser Frau verwickelt, wenn nicht sogar daran beteiligt zu sein.

Wenn das stimmte, war sie, Liana, zumindest der Begünstigung schuldig.

Sie hatte immer gewusst, dass Polizeiarbeit gefährlich ist, hatte aber nur selten in Betracht gezogen, dass der Job sogar tödlich enden konnte. Doch wie es jetzt aussah, würde sie diese Hinterwäldler-Version einer Polizeiwache nicht lebend verlassen. Und falls doch, war ihre Karriere zerstört.

Sie nahm ihre Glock 22, die Standardwaffe der Navajo Nation Police, warf das Magazin aus, prüfte die Pistole und vergewisserte sich, dass sie schussbereit war. Dabei musste sie an eine alte Geschichte ihres Volkes denken, nach der jedem Menschen zwei Kojoten folgten, egal wohin er ging. Der eine Kojote war die Liebe, der andere die Angst. Beide standen in ständigem Widerstreit, doch der Kojote, den zu füttern sich der jeweilige Mensch entschied, bestimmte fortan dessen Leben.

Während Liana an ihrem Schreibtisch saß, ihre Waffe überprüfte und nach einem Ausweg suchte, stellte sie sich vor, dass *Liebe* sich unter dem Tisch versteckte, während *Angst* an ihrem Bein kratzte und verlangte, gefüttert zu werden.

Liana wusste, dass ein einziger Entschluss, mochte er noch so unbedeutend erscheinen, die Zukunft für immer verändern konnte. Simple Entscheidungen, tiefgreifende Folgen. Ihr Vater hatte vor vielen Jahren beschlossen, in Albuquerque einen gepanzerten Geldtransporter zu überfallen, und sich dabei eine Kugel eingefangen. Pech. Liana selbst hatte ihre unglückliche Entscheidung vor zwei Tagen gefällt, als das FBI und das BIA, das Amt für indianische Angelegenheiten, bei ihnen angeklopft und sich nach der verschwundenen Bundesagentin erkundigt hatten. Natürlich hatte Liana die Agentin gesehen, als diese in den Posten gekommen war und mit dem Captain gesprochen hatte, doch sie hatte sich an Yazzies Anweisungen gehalten und es verleugnet.

Beim Besuch der Agentin hatte Liana sich nichts weiter gedacht. Am nächsten Morgen aber war sie von Yazzie in dessen Büro gerufen worden. »Vergessen Sie nicht«, hatte er gesagt, »was ich Ihnen damals beim Einstellungsgespräch deutlich gemacht habe. Dass Sie hier in Roanhorse manchmal einfach nur meine Befehle befolgen müssen, weil in bestimmten Situationen die Loyalität zu unserem Volk ganz oben steht und das Gesetz erst an zweiter Stelle kommt. Ein solcher Fall ist jetzt eingetreten: Wir haben hier in unserem Posten niemals eine Bundesagentin gesehen, wenn jemand Sie danach fragt, egal ob vom BIA oder vom FBI. Ist das klar?«

In der Nacht hatte Liana keinen Schlaf gefunden. Damals, beim Einstellungsgespräch, war sie davon ausgegangen, Yazzies geheimnisvolle Worte, »zum Wohl des größeren Ganzen auch mal wegzusehen« bezögen sich darauf, die Kids der Stadträte laufenzulassen, wenn sie beim Trinken erwischt wurden, denn Alkohol war im Reservat streng verboten. Nun aber ging es um eine Bundesagentin, die Fragen über John Canyon gestellt hatte – einen Mann, bei dem Liana sich sicher war, dass er weit mehr auf dem Kerbholz hatte, als in ihrem Stationsgebäude eine Schrotflinte abgefeuert zu haben.

Liana brauchte ihre juristischen Kenntnisse nicht zu bemühen, um die Puzzleteile zusammenzusetzen: Maggie Carlisle war hierher ins Reservat gekommen, weil sie gegen John Canyon ermittelte – und der hatte sie wahrscheinlich ermordet und die Leiche in der Wüste verscharrt.

Das eigene Volk beschützen und dem »großen Ganzen« dienen, gut und schön. Aber ein Mörder musste für sein Verbrechen bestraft werden, ob er nun eine Stütze der Gesellschaft war oder ein biertrinkender Teenager. Trotzdem hatte sie die FBI-Leute belogen. Das konnte sie alle in ein Bundesgefängnis bringen – falls sie die Nacht lebend überstanden.

Liana zuckte heftig zusammen, als sie heißen Atem im Nacken spürte.

Der Fremde, schoss es ihr durch den Kopf. *Er hat sich aus der Zelle befreit!*

Sie hob die Pistole und fuhr herum, bereit, aus nächster Nähe zu feuern.

Officer Ernie Pitka riss erschrocken die Hände hoch. Die tiefliegenden Augen in seinem unattraktiven Gesicht mit den ausgeprägten Jochbeinen und der vorstehenden Stirn waren weit aufgerissen.

Aufatmend senkte Liana die Waffe und steckte sie zurück ins Holster. »Tut mir leid, Ernie. Ich bin ziemlich mit den Nerven runter.«

»Schon okay.« Ernie entspannte sich und ließ die Arme sinken. »Geht mir ja nicht anders.«

Liana wusste, dass Ernie scharf auf sie war, aber er hatte irgendetwas an sich, das sie abstieß. Sie war schon mit übleren Kerlen ausgegangen, und auf seine Weise konnte Ernie ganz nett sein, aber ihm fehlte es an Schliff, an Bildung, an geistigen Interessen. Wenn Liana über irgendetwas von Bedeutung sprach, nickte er nur oder gab etwas Belangloses von sich. Liana aber wollte jemanden, der sie geistig herausforderte und ihren Horizont erweiterte, und dafür war Ernie definitiv nicht der Richtige.

Ernie setzte sich auf Lianas Schreibtisch und holte tief Luft. »Ich dachte schon, jetzt ist es aus.«

»Tut mir leid.«

»Schon gut.« Ernie grinste. »Ist ja verständlich bei dem, was heute Nacht hier los ist.«

Liana folgte Ernies Blick, als er zu dem rätselhaften Gefangenen schaute. Der narbige Mann lag noch immer mit geschlossenen Augen auf der Pritsche an der hinteren Zellenwand.

»Was glaubst du, wer ist der Kerl wirklich?«, fragte Ernie leise.

»Das frage ich mich schon die ganze Zeit. Er sagt, er sucht die vermisste Agentin, aber kommt er dir wie ein FBI-Mann vor? Und dieses ganze Gerede, er sei der Engel des Todes! Und schau dir seine Narben an. Der Kerl macht mir Angst.«

»Mir auch. Hast du sein Gesicht gesehen, als Canyon den Schrotschuss abgefeuert hat? Der Typ hat keine Miene verzogen. Sah eher so aus, als würde es ihm einen Heidenspaß machen.«

Lianas Kehle war trocken wie Sandpapier. Sie nahm die Kaffeetasse vom Schreibtisch, trank einen großen Schluck und verzog das Gesicht. Die Brühe war kalt und bitter wie Galle. Erst jetzt fiel ihr ein, dass die Tasse seit dem Vortag dort stand.

»Hältst du Frank für einen Mörder?«, fragte sie.

»Frank?« Ernie musterte sie verwirrt.

»So heißt unser Gefangener, schon vergessen?«

»Der Typ ist irre, wenn du mich fragst. Der hat diese verschwundene Agentin selbst auf dem Gewissen, jede Wette. Wo sonst soll das ganze Blut an seinem Körper hergekommen sein?«

Liana schloss die Augen, damit Ernie ihren Blick nicht sah. »Weshalb sollte Frank verlangen, dass John Canyon ihm die vermisste Agentin ausliefert, wenn er selbst sie getötet hat?«

»Na ja ... da ist was dran«, räumte Ernie ein. »Was glaubst du denn, wie es gelaufen ist?«

»Ich glaube, dass Canyon selbst die vermisste Agentin ermordet hat – und der Captain weiß etwas darüber.«

»Nicht so laut«, zischte Ernie und ließ den Blick furchtsam durch die Station huschen. Der Gefangene lag noch immer auf der Pritsche, die Augen geschlossen, und schien tief und fest zu schlafen. »Ich glaube, dein Freund Frank ist total wahnsinnig.«

Liana verdrehte die Augen. »Ist das deine professionelle Meinung?«

»Ja. Ich glaube eher dem Wort zweier Männer, die ich respektiere, als den Behauptungen eines bekifften Irren. Ich meine, sieh ihn dir an. Der hat doch was genommen. Badesalz wahrscheinlich.«

Beide schauten zur Ausnüchterungszelle.

Und erschraken bis ins Mark.

Der Gefangene war völlig unbemerkt an sie herangerückt, zum Greifen nahe, und drückte sich gegen die Gitterstäbe. Er musste sich bewegt haben wie ein Schatten, ohne den geringsten Laut – als wäre er an einem Punkt verschwunden und an einem anderen wieder aufgetaucht. Jetzt neigte er den Kopf und fragte: »Ist Ihnen klar, Ernie, dass ich gehört habe, was Sie gesprochen haben? Jedes einzelne Wort. Um ehrlich zu sein, verüble ich Ihnen die Unterstellung, mein Auftritt sei von synthetischen Canthinonen induziert, die Sie als Badesalz bezeichnen. So etwas konsumiere ich nicht. Selbst Alkohol trinke ich nur selten.«

Ernie legte die Hand auf seinen Taser und sagte scharf: »Sir, Sie werden jetzt von den Gitterstäben zurücktreten.«

Frank lachte. »Oder was? Sie haben doch gerade noch erwähnt, dass ich vor Mr. Canyon und seiner Flinte keine Angst hatte. Trotzdem drohen Sie mir mit einem läppischen Taser? Wie niedlich.«

Diesmal zog Ernie anstelle des Tasers die Glock. »Ehe der Captain zur Ranch gefahren ist, hat er uns angewiesen, bei Ihnen kein Risiko einzugehen. Also, Mister. Wenn Sie sich nicht sofort wieder mit dem Arsch auf die Pritsche setzen, schieße ich Ihnen ins Bein. Finden Sie das auch niedlich?«

Der Gefangene gab keine Antwort. Er lächelte nur und hielt Ernies Blick einen Moment fest. Dann wich er so plötzlich von den Gitterstäben zurück, dass Liana und Ernie erschrocken zusammenzuckten.

»Ihr seid mir schöne Cops!« Der Fremde lachte.

Kapitel 10

John Canyon hatte sich bereit erklärt, bei Yazzie mitzufahren – eine Entscheidung, die er inzwischen bereute, denn der Captain schien alle Zeit der Welt zu haben.

»Verdammt, kannst du nicht schneller fahren?«, schimpfte Canyon. »Tobys Pick-up wurde ungefähr eine Meile diese Straße rauf gefunden!« Er wies auf die mit Schotter befestigte Wüstenstraße vor ihnen, die sich in der Dunkelheit verlor. »Bei deiner Geschwindigkeit ist der Wagen verrostet, bevor wir ihn finden.«

Yazzie nahm den Blick nicht von der Fahrbahn. »Du bezahlst mich für eine Arbeit, die ich besser mache als alle anderen, also halt die Klappe und lass mich meinen Job tun.«

Canyon dachte an das Jagdmesser, das er in einer Scheide am Gürtel trug. Nicht zum ersten Mal überlegte er, wie es wäre, Yazzie die Kehle durchzuschneiden. »Wenn du jemand anders wärst …«

»Bin ich aber nicht. Ich bin der Mann, der in diesem Tal für Sicherheit und Ordnung sorgt und dafür, dass es unserem Volk besser geht. Du steuerst das nötige Geld bei. Aber wenn es dir lieber ist, dass wir das Amt für indianische Angelegenheiten einschalten …«

Canyon, der Yazzie am liebsten den Schädel eingeschlagen hätte, knackte mit den Fingerknöcheln. »Es ist gleich hinter dem nächsten Hügel.«

Nachdem sie die Kuppe überquert hatten, verwandelte sich die holprige Wüstenstraße in einen ebenen Fahrweg, der nach ein paar hundert Metern in eine asphaltierte Fernstraße mündete. Ein Stück weiter, von den Scheinwerfern des Ford beleuchtet, ragte das Wrack eines aufgemotzten Chevys aus einem trockenen Bachbett am Straßenrand.

Yazzie und Canyon stiegen aus, knipsten ihre Taschenlampen ein und näherten sich dem Wagen, dessen Wrack gespenstisch in den dunklen Himmel ragte.

»Du hast gesagt, es gibt Schleifspuren?«, fragte Yazzie.

»Ja.«

»Du bist doch wohl nicht am Tatort einer Entführung herumgestiefelt?«

Canyon seufzte. »Was soll die Fragerei?«

»Zeig mir deine Schuhsohlen.«

Canyon verdrehte die Augen, hob aber das linke Bein und ließ den Captain auf seine Stiefelsohle schauen. Yazzie nickte zufrieden. Dann kletterte er auf das Unfallfahrzeug und leuchtete mit der Taschenlampe erst ins Innere, dann auf das Gelände ringsum.

Canyon folgte ihm. »Wie ich dir schon sagte«, erklärte er, »sind Toby und seine Freunde mit ihrem Pick-up von der Straße abgekommen. Der Wagen überschlug sich. Dieser Frank hat sie sich geschnappt und sie aus dem Pick-up in den Truck gezerrt, den er mir gestohlen hat.«

»Er ganz allein? Bist du sicher?«

»Ich glaube, schon. Hast du nicht die Muskeln von dem Kerl gesehen? Wir verschwenden hier nur unsere Zeit.«

»Du glaubst wirklich, dieser narbige Verrückte hat deinen Sohn und seine drei Kumpane ohne jede Hilfe in den Truck verfrachtet?«

»Wie soll es denn sonst gewesen ein? Kräftig genug ist er jedenfalls.«

Yazzie leuchtete mit der Lampe über die geplatzten Vorder- und Hinterreifen des Pick-ups. »Toby und die anderen sind von der Straße abgekommen, weil jemand alle vier Reifen mit einer Nagelsperre zerstochen hat. Du kennst ja diese Dinger. Wir benutzen sie, um flüchtige Fahrer zu stoppen.« Yazzie rieb sich das Kinn. »Mir ist vorhin die Straße rauf eine Stelle aufgefallen, an der die Sperre ausgelegt worden sein könnte.«

»Du meinst, dieser Frank wollte uns aufscheuchen wie einen Vogelschwarm und dann Toby und die anderen hierherlocken, um sie zu kidnappen?«

»Ja. Aber wer hat die Nagelsperre ausgelegt? Die Reifen vom Truck sind offenbar nicht geplatzt. Aber als Frank an der Stelle vorbeigefahren ist, lag dort die Nagelsperre auf der Fahrbahn. Wenn Frank nicht an zwei Stellen gleichzeitig sein kann, was ich für höchst unwahrscheinlich halte, muss er Hilfe gehabt haben.«

»Verdammt«, fluchte Canyon. »Wer?«

»Gute Frage.«

»Und wohin haben sie Toby gebracht?«

»Da liegt das Problem. Weiter vorn, wo die Straße geteert ist, werden wir keine Spuren mehr finden.«

»Na toll. Dann war diese Fahrt reine Zeitverschwendung.«

Yazzie zuckte mit den Schultern und rückte seine Nickelbrille zurecht. »Ich finde, wir haben eine ganze Menge herausgefunden. Wir wissen jetzt zumindest, dass Frank Helfer hat. Und an den Spuren hier kann man sehen, dass er tatsächlich mit deinem Truck unterwegs war. Was war noch mal im Auflieger?«

»Schafe.«

»Nur Schafe?«

»Was macht das für einen Unterschied?«, versetzte Canyon.

»Es macht einen Unterschied, wenn es so ist, wie ich glaube.«

»Ach ja?« Canyon lachte spöttisch auf. »Und *was* glaubst du?«

»Das irgendjemand stinksauer ist, wenn der Truck nicht auftaucht. Vielleicht sauer genug, um ein paar eigene Leute zu schicken, die nach der verschwundenen Ladung suchen.«

»Ein Grund mehr für uns, den beschissenen Truck zu finden.«

»Da ist noch etwas, John.« Yazzie wischte sich den Schweiß

von der Stirn und rieb sich über das kurzgeschnittene Haar. »Weißt du etwas über diese Maggie Carlisle? Darüber, was mit ihr passiert ist?«

»Es geht dich zwar nichts an«, antwortete Canyon, »aber ich habe die Frau nie zu Gesicht bekommen. Irgendwo auf der Fahrt zu mir, nachdem sie mit dir gesprochen hat, muss ihr etwas passiert sein. Vielleicht wurde sie von einer Klapperschlange gebissen, oder sie ist in eine Schlucht gestürzt. Das hier ist ein gefährlicher Landstrich, wie du weißt. Jedenfalls habe ich nicht die leiseste Ahnung, wo man nach der Frau suchen soll. Dieser Verrückte in deinem Käfig verlangt etwas, das ich ihm nicht geben kann.«

Yazzie verzog das Gesicht. »Das hatte ich befürchtet. Ich habe vor nichts und niemandem Angst, aber dieser Frank ... Ich weiß nicht, wer der Kerl wirklich ist, aber ich weiß, *was* er ist. Eine Bestie, eine Art Raubtier an der Spitze der Nahrungskette. Mit ›Ich weiß es nicht‹ als Antwort gibt der sich niemals zufrieden.«

»Dann sollten wir deine kombinatorischen Fähigkeiten nutzen, um meinen Sohn zu finden. Weit kann er nicht sein.«

»Weit genug, dass die Suche nach einem verdammten Truck, der in jedem der tausend baufälligen Schuppen überall hier im Tal versteckt sein könnte, zur Suche nach einer Nadel im Kaktusfeld wird.«

Wieder verspürte Canyon das Verlagen, Yazzie die Kehle durchzuschneiden. »Und was sollen wir tun, Klugscheißer?«

»Betest du zu den Geistern der Ahnen, John?«

»Nein.«

»Dann solltest damit anfangen.«

Canyon sagte mit kalter Stimme: »Ich hoffe, du hast einen Plan B, Yazzie. Sonst verwandle ich deinen Posten in ein Schlachthaus.«

Der Captain hob die Hände. »Eins nach dem anderen. Zuerst würde ich gern ein Schwätzchen mit unserem Gefangenen halten.«

Kapitel 11

Dreißig Jahre zuvor

Der Junge hasste alle Männer, die zu seiner Mutter kamen, besonders die regelmäßigen Kunden. Doch Mutter sagte immer, er sollte dankbar sein für die Stammkundschaft. Das seien schließlich die Leute, von denen sie beide lebten. Aber der Junge konnte nicht anders, als sich in seinen Tagträumen auszumalen, wie er sie tötete, diese Männer mit den feuchten Handflächen und den hungrigen Augen. In der Schule malte er düstere Bilder von ihnen in seine kleinen gesprenkelten Notizbücher.

Natürlich hielt er diese Notizbücher versteckt, was nicht allzu schwierig war. Sein Lehrer war oft verkatert und begnügte sich damit, Arbeitsblätter auszuteilen, statt zu unterrichten. Doch der Junge wusste genau, dass er zum Rektor bestellt würde, wenn jemand seine Bilder voller Blut und abgetrennten männlichen Genitalien sah. Und der Rektor würde dann seine Mutter anrufen und sie zwingen, ihn zu einem anderen Therapeuten zu bringen – wieder einmal. Deshalb benutzte der Junge Notizbücher, die klein genug waren, dass er sie sich vorn in die Hose schieben konnte, sobald ein Lehrer in seine Nähe kam. Die kleinen Bücher enthielten schließlich seine intimsten Gedanken. Sie waren sein Schatz, sein persönliches Geheimnis.

Der Junge war fast zwölf. Nicht mehr lange, und er war Teenager. Dann war er erwachsen genug, um auf eigenen Füßen zu stehen und die Geschäfte der Familie zu leiten, also auch die seiner Mutter und ihrer Freier. So gern er diese Männer getötet hatte –

wenn er ein guter Geschäftsmann sein wollte, konnte er nicht einfach hingehen und die Kunden umbringen. Sie waren schließlich auch *seine* Kunden. Deshalb musste er den Wunsch nach Rache im Reich der Fantasie lassen. Aber seine Tagträume konnte ihm niemand verbieten. Er würde auch weiterhin seine blutigen Kunstwerke in die kleinen, geheimen Notizbücher zeichnen.

Seit er rechnen und schreiben und Daten in einen Kalender eintragen konnte, machte er für seine Mutter die Termine, nahm die Freier in Empfang und kassierte sie ab. Die Quittung für Dr. Chee, einen der treuesten Kunden, stellte er aus, ohne auch nur einen Blick auf das Papier zu werfen. Wie allen Quittungen ging auch diese an seine Mutter; sie diente als Beleg für die Transaktion und enthielt mehrere wichtige Informationen. Erstens die Zeitspanne, die der jeweilige Kunde mit Mom verbringen durfte. Zweitens eine Auflistung der sexuellen Handlungen, für die der Kunde bezahlte. Die dritte Info schließlich steckte in einem Zahlencode, den der Junge selbst entwickelt hatte, um persönliche Daten des Kunden festzuhalten, darunter Familienstand, Zahl der Kinder, und ob er in der Vergangenheit schon einmal gewalttätig geworden war.

Dr. Chee, ein Arzt, war an diesem Tag Moms nächster Freier. Er stand im Empfangsraum und schwitzte sein Cattleman-Westernhemd durch, sodass sich hässliche dunkle Flecken auf seinem gewaltigen Bierbauch ausbreiteten. Dr. Chee gehörte zu den Kunden, die Mom gelegentlich prügelten. Mom hatte dem Jungen gesagt, er solle bei Chee beide Augen zudrücken; erst wenn die Sache aus dem Ruder liefe, solle er seinen Onkel Red rufen. Doch der Junge hatte nicht die Absicht, Beistand zu holen. Falls er eingreifen musste, würde er das Problem mithilfe des alten Jagdmessers seines Großvaters lösen, das in seiner Nähe lag, griffbereit im Schubfach des kleinen Tisches neben dem Sofa, das dem Jungen als Bett diente.

Der Junge reichte dem Arzt das Wechselgeld und sagte: »Ich schau mal schnell nach, ob Mom für Sie bereit ist, ja?« Er zeigte auf einen grünen Plastikstuhl, der auf dem Gang stand, der zum Schlafzimmer seiner Mutter führte.

Dr. Chee kannte den Ablauf. Schließlich war er nicht zum ersten Mal hier.

Er wusste allerdings nicht, dass er als Stammkunde, der Mom gern verprügelte, im Mittelpunkt vieler Kunstwerke des Jungen stand …

Auf dem Flur roch es nach Schweiß und verbranntem Plastik. Mom musste in der Pause zwischen zwei Freiern etwas von ihrem billigen Crystal Meth geraucht haben. Vor zwei, drei Jahren hatte der Junge versucht, sie vom Rauschgift abzubringen, war aber kläglich gescheitert. Doch je älter er wurde, desto gleichgültiger war es ihm. Seine Mom war eine dumme Kuh, die er melken würde, bis sie keine Milch mehr gab. Wenn das Rauchen billiger Drogen dieser Kuh half, mehr Milch zu produzieren – umso besser für ihn, den Farmer.

Er klopfte an. Leises Rascheln und Schlurfen hinter der Tür; dann öffnete ihm seine Mom im Bademantel. Sie war noch immer eine ziemlich attraktive Frau; zumindest war sie es in ihrer Jugend gewesen. Die Schwester des Jungen, knapp ein Jahr jünger als er, war grazil und wunderschön. Nun, als Mom vor ihm stand, sah der Junge wieder einmal den schwachen Abglanz der gleichen Schönheit. Doch Mom war alles andere als grazil: Sie hatte breite Hüften, ein rundes, verlebtes Gesicht und faulige Zähne.

Sie hustete, als sie die Tür einen Spaltbreit öffnete. »Ich dachte, mein nächster Termin ist erst um vier.«

»Wir haben zehn nach vier«, ließ der Junge sie wissen. »Ich hab mir Zeit gelassen, um ihm rauszugeben und den nächsten Termin zu vereinbaren, damit du ein paar Minuten mehr für dich hast.«

»Danke, Baby. Du bist ein guter Junge.« Sie strich ihm über die Wange, die trügerische Verträumtheit ihres Drogenrausches in den Augen.

»Ich schick ihn jetzt nach hinten«, sagte der Junge mit steinerner Miene. Ehe er die Tür schloss, nahm er eine Dose Lufterfrischer von dem Spanplattentisch auf dem Gang und sprühte Schlafzimmer und Flur ein.

»So ein guter Junge«, sagte Mom mit schwerer Zunge und ließ sich auf die Matratze sinken, die auf dem kahlen Fußboden lag.

Dr. Chee wartete geduldig am Ende des Korridors. Der Junge sprach ihn an. »Ich schenke Ihnen ein paar Minuten, bevor ich Ihren Timer starte, weil Sie warten mussten, Dr. Chee.«

Der Hinterwäldlerarzt stand auf und rückte Gürtel und Bierbauch zurecht. »Lass endlich die dämliche Anrede, Junge. Vergiss nicht, die Freunde deiner Mom heißen alle John.« Er zwinkerte dem Jungen zu.

»Okay, John. Dann pass auf, dass du bei meiner Mom nicht zu grob wirst.«

Mit einem glucksenden Lachen trat der massige Chee auf den Jungen zu und rammte ihn mit aller Kraft, sodass der schmächtige Körper gegen die Holzverschalung der Trailerwand geschleudert wurde. Ein lautes Krachen; dann rutschte der Junge mit dem Rücken die Wand hinunter und krümmte sich am Boden. Schmerz jagte sein Rückgrat hinauf. Tränen schossen ihm in die Augen.

Der Arzt baute sich vor ihm auf. »Ich will verdammt sein, wenn ich mir von einem kleinen Dreckspatz wie dir oder deiner süchtigen Hure von Mutter sagen lasse, was ich zu tun habe!«, brüllte er. »Und die Mühe, in deiner Kartei zu blättern, kannst du dir sparen, du hässliche Missgeburt mit deinen verfluchten Geisteraugen. Ich habe mir meine Akte schon genommen, als du Mommy saubergemacht hast. Mach dir keine Hoffnungen. Meine Frau ist tot, und ich habe keine Kinder. Du kannst mich nicht erpressen, du kleiner Mistkerl. Wenn ich das nächste Mal komme, behältst du deine Kommentare für dich, klar? Sonst breche ich dir den Arm.«

Der Junge hielt den Blick gesenkt. Er hatte gelernt, dass es in manchen Situationen am besten war, sich wie ein Opossum zu verhalten und sich tot zu stellen.

Dr. Chee war bereits am anderen Ende des Flures, als der Junge den Blick vom Boden löste. Wie hatte der fette Mistkerl ihn genannt? Eine hässliche Missgeburt? Mit verfluchten Geisteraugen?

Der Junge war als »partieller okulärer Albino« zur Welt gekommen, wie die Mediziner es nannten. Es bedeutete, dass der Iris und der Netzhaut eines Auges, in seinem Fall dem rechten, die Pigmente fehlten, sodass es gespenstisch weiß war. Der Junge konnte auf dem Auge ganz normal sehen, aber der Anblick beunruhigte viele Leute. Als er noch ein Baby gewesen war, hatte einer der Alten vom Volk der Navajos zum Großen Geist gebetet, weil er befürchtete, das weiße Auge des Jungen bedeute, dass dieser ein Dämon sei, der halb im Geisterreich lebe und halb in dieser Welt.

Die anderen Kinder verspotteten ihn wegen seines Aussehens, und Erwachsene schienen sich in seiner Nähe unwohl zu fühlen. Oft hatte er sich gefragt, ob es besser sei, eine Augenklappe zu tragen, auch wenn sie in seinem Fall unnötig war. In einem Wissenschaftsmagazin las er, dass es getönte Kontaktlinsen gab, aber das Geld reichte nicht. Seine Familie hatte kaum genug zu essen.

Einmal, als der Junge weinend von der Schule nach Hause kam, setzte Mom sich zu ihm und sagte tröstend: »Jeder, der es wert ist, dass man ihn kennt, wird sich die Zeit nehmen, dich so kennenzulernen, wie du bist.«

Und was, wenn ich auch im Innern eine Missgeburt bin?, hatte der Junge sich gefragt, ohne es auszusprechen.

Jetzt, da er auf dem Boden kauerte, inmitten von Spänen aus

verrottendem Holz, gedemütigt und voller Wut und Schmerz, richteten seine Gedanken sich auf Großvaters Messer. Doch statt die Waffe zu holen, nahm er eines der kleinen Notizbücher aus der Schublade und begann zu zeichnen. Sein Bleistift flog nur so über das Weiß der Seite und bedeckte es wie ein Buschfeuer, das blitzschnell um sich griff, als er sich ausmalte, welche Grausamkeiten er Dr. Chee antun würde.

Der huschende Bleistift verharrte abrupt, als der Junge einen gellenden Schrei aus dem Schlafzimmer hörte.

Sein Blick schweifte zu dem Schubfach, in dem Jagdmesser lag, nur ein paar Handbreit entfernt.

Kapitel 12

Ackerman hatte sich oft gefragt, wie es wohl wäre, am Ufer des Meeres zu stehen, wenn eine Tsunamiwelle heranrast. Er stellte sich vor, wie das Wasser Stunden vor der Katastrophe vom Strand wegströmte – ein gigantisches Atemholen des Ozeans – und dabei wie ein sich teilender, gigantischer Vorhang ein verborgenes Unterwasserreich offenbarte. Wesen aller Arten blieben zappelnd zurück, warfen sich hin und her, voller Panik, so plötzlich in eine vollkommen fremde Umgebung versetzt worden zu sein. Dann gewann die Welle an Kraft, ballte sich zusammen wie ein Titan, der einen tiefen Atemzug nahm, und brandete schließlich auf ihn zu, hoch wie ein Gebirge. Alle Wildheit und Kraft der Natur waren zu einem einzigen, gewaltigen Vernichtungsschlag verschmolzen, als würde Gott selbst seine Faust auf die Küste schmettern.

Wie sehr er diese Vorstellung genossen hatte! Deshalb gefiel es ihm gar nicht, von diesen Wüstencops immer wieder aus dem funkelnden Palast seiner Fantasie gerissen zu werden. Andererseits – er nahm hier an einer Vergnügungstour teil. Er hatte einen Auftrag, und die beiden jungen Cops gehörten zu seiner Mission. Außerdem war es an der Zeit, sich die Tatsache zunutze zu machen, dass er die beiden für sich allein hatte.

Ackerman kam an die Gitterstäbe. »Wie wär's mit einem Spielchen? Ich langweile mich zu Tode.«

Im Lauf der Jahre hatte er mit diesen oder ganz ähnlichen Worten zahllosen Opfern eines der Spiele aus seinem riesigen zerebralen Lagerstand angeboten. Meist ging es ihm darum, das Verhalten von »Normalos«, wie er sie nannte, in bestimmten Situationen zu erforschen. In letzter Zeit hatte er sich allerdings selten mit solchen Fragen beschäftigt; deshalb fiel ihm aus dem Stegreif kein Spiel ein, das sich für diese Situation eignete.

Umso besser. Er improvisierte für sein Leben gern.

»Treten Sie zurück, Sir«, sagte Ernie höflich, aber bestimmt, »oder ich bin gezwungen, Sie bewegungsunfähig zu machen.«

Ackerman öffnete den Mund, um Ernie zu antworten, als Liana ihn wieder einmal überraschte. »Warum eigentlich nicht«, sagte sie zu Ernie und zwinkerte ihm zu. »Vielleicht erfahren wir auf diese Weise mehr über unseren Gast.«

Ackerman lächelte. »Ganz schön clever, Süße. Wie wär's mit einem Frage-und-Antwort-Spiel?«

»Was für eins?«, wollte Liana wissen.

»Lassen Sie mich die erste Frage stellen, dann wissen Sie's.«

»Na gut«, sagte Liana.

»Warum belügt Ihr Captain mich?«

Ernie sprudelte hastig hervor: »Sag ihm nichts, Liana! Wir dürften nicht einmal mit ihm reden!«

»Ich wiederhole meine Frage«, beharrte Ackerman. »Warum belügt Ihr Captain mich? Maggie Carlisle ist hier gewesen, nicht wahr? Leugnen Sie nicht, Liana. Ich habe Ihren Gesichtausdruck gesehen, als Ihr Captain es abgestritten hat. Sie wissen mehr, als Sie sagen. Haben Sie meine Freundin vor ihrem Verschwinden gesehen?«

Ohne auf Ernie zu achten, fragte Liana: »Wenn ich Ihnen die Wahrheit sage, beantworten Sie mir dann eine Frage?«

»Sie haben mein Wort.«

»Ich will Ihre Antwort aber zuerst.«

Ackerman kniff die Augen zusammen. »Wo bleibt Ihr Vertrauen? Aber ich bewundere Ihren Kampfgeist. Also gut, fragen Sie.«

Ackerman entging nicht, dass sie noch immer zitterte, auch

wenn es ihr gelungen war, das Beben in ihrer Stimme zu unterdrücken. Sie hatte Angst, das war nicht zu verkennen. Trotzdem gab sie sich alle Mühe, ihre Version der »Wahrheit« herauszufinden. Das nötigte Ackerman Respekt ab, denn es bedeutete, dass sie aus Mut handelte, nicht aus Trotz.

»Wer sind Sie wirklich?«, fragte sie.

Ackerman lachte auf. »Was für eine schreckliche Frage. Sie bräuchten ein Jahrzehnt, um herauszufinden, wer ich wirklich bin. Und glauben Sie mir – Sie möchten es gar nicht wissen. Sonst könnte es nämlich sein, dass ich mich in Ihrem Gehirn festsetze, und das wäre extrem gefährlich für Sie.«

Liana schauderte, fragte aber unberirrt: »Was ist Ihre Verbindung zu der vermissten Agentin?«

»Professionell oder persönlich?«

»Beides.«

Er lächelte. »Sie haben Mumm, das gefällt mir. Aber seien Sie vorsichtig, dass meine Stimmung nicht umschlägt. Sie kennen bestimmt den unglaublichen Hulk, der sich in ein Monster verwandelt, wenn er nervös wird. Bei mir ist es ähnlich. Sie würden meine Gesellschaft nicht besonders mögen, wenn ich mich aufrege.«

»Sie meinen, wenn Sie wütend werden. Der Hulk wird zum Ungeheuer, wenn er wütend …«

»Ich zeige es Ihnen«, sagte Ackerman.

Das Schöne an der geringen Größe der Ausnüchterungszelle war, dass Ackerman mit einem Schritt vom einen zum anderen Ende gelangte. Genau das tat er nun, umfasste die Gitterstäbe, schwang sich herum wie ein Turner am Reck und ließ die Sohlen seines Kampfstiefels gegen die Verschalung an der Rückwand des Käfigs krachen. Der wuchtige Tritt zielte genau auf jene Stelle der dünnen Wand, in die John Canyon seine Schrotladung gejagt hatte. Die gesamte Seitenwand des Gebäudes krachte und bebte und schien sich unter der Wucht des Aufpralls zu verformen. Sämtliche Lampen flackerten. Staub rieselte von der Decke.

Aus der Bewegung heraus kehrte Ackerman kraftvoll und elegant zugleich an den Ausgangspunkt seiner Bewegung zurück und stand dann so ruhig und gelassen da, als hätte er zuvor nicht einmal mit der Wimper gezuckt. Nur die Handschellen, die er noch immer trug, klirrten leise.

Beide Officers starrten den Gefangenen offenen Mundes an.

Ackerman lächelte. »Seht ihr? Das meine ich. Vergessen Sie keine Sekunde, dass ich nur deshalb auf dieser Seite der Gitterstäbe bin, weil ich es *will.*«

Liana riss sich aus ihrer Erstarrung, zog ihre Waffe und richtete sie auf Ackerman. »Sie haben meine Frage nicht beantwortet.«

»In Sachen Maggie, meinen Sie? Maggie Carlisle ist Mitglied meines Teams und so etwas wie eine kleine Schwester für mich, auch wenn sie mit meinem Bruder liiert ist.«

Ohne die Waffe von Ackerman zu nehmen, fragte Liana: »Sie und die verschwundene Agentin sind im gleichen Team? Heißt das, Sie sind ebenfalls Bundesagent?«

»Das ist Frage Nummer zwei, und ich habe noch nicht einmal Ihre erste Antwort bekommen. Haben Sie Maggie gesehen?«

»Ja. Ich habe sie kurz gesehen, ehe sie verschwunden ist.«

»Warum haben Sie den FBI-Ermittlern gegenüber das Gegenteil behauptet?«

»Woher wissen Sie das? Sie *sind* Bundesagent, nicht wahr?«

»Technisch gesehen bin ich es nicht. Ich bin mehr eine Art beratender Experte.«

»Ich habe es gewusst!«, stieß Liana hervor. »Sie nehmen bei uns eine verdeckte Ermittlung vor, nicht wahr?«

»Ich frage Sie noch einmal. Warum haben Sie die FBI-Leute belogen?« Ackerman fixierte sie mit einem durchdringenden

Blick und ließ zu, dass eine Winzigkeit von seinem alten Wahnsinn den Weg in seine Augen fand.

»Ich … stand unter Befehl.«

»Mit Befehlsnotstand kommen Sie vor Gericht nicht durch. Das sollten Sie eigentlich wissen. Oder haben Sie bei Ihrem Studium des Strafrechts nichts gelernt?«

»Woher wissen Sie, dass ich Strafrecht studiert habe?« Liana steckte die Waffe ins Holster, während Ernie weiterhin mit schussbereiter Pistole auf Ackerman zielte.

»Auf Ihrem Schreibtisch steht ein gerahmtes Zeugnis, als wollten Sie sich ständig daran erinnern, was Sie da Tolles geleistet haben.« Er starrte sie an. »Sie haben aus Angst gelogen, nicht wahr? Nicht aus Angst vor der Vergeltung Ihres Captains oder seines Strippenziehers Mr. Canyon, sondern aus Angst, dass Sie beim Untergang der beiden mit in den Abgrund gerissen werden, stimmt's? Dass Sie nie mehr aus diesem Reservat herauskommen. Denn das ist Ihre allergrößte Angst, nicht wahr?«

»Ich habe genug gehört«, sagte Liana. »Ich rufe beim BIA an. Sollen die Klarheit in diesen Schlamassel hier bringen. Wenn Sie wirklich als beratender Experte für die Regierung arbeiten, müssten Sie damit einverstanden sein.«

»Bin ich aber nicht.«

»Für was genau sind Sie Experte?«, wollte Ernie wissen.

»Es gibt zahlreiche Gebiete, auf die ich Tausende von Übungsstunden verwendet habe«, antwortete Ackerman, ohne den Blick von Liana zu nehmen. »Sie haben mich gefragt, wer ich wirklich bin. Ich will es Ihnen sagen. Ich bin ein berüchtigter Serienmörder, den die Regierung eingestellt hat, um als Teil einer geheimen Einsatztruppe Leute zu jagen, die so sind wie ich – Psychos, die genau wie ich selbst Geschmack an blutigen Freizeitvergnügungen finden. In meiner Kindheit und Jugend wurde ich von meinem Vater gefoltert und gezwungen, mir Gräueltaten anzusehen, die Sie sich nicht einmal in Ihren schlimmsten Träumen vorstellen könnten. Das hat es meinem Erzeuger erlaubt, mich in eine Kreatur zu verwandeln, die beinahe schon einer anderen Spezies angehört. Eine abnorme Mutation, könnte man sagen.« Er hielt inne, lächelte Liana freundlich an. »Na? Wie fühlen Sie sich nach dieser Offenbarung? Das würde mich sehr interessieren, besonders unter Berücksichtigung Ihrer derzeitigen Situation. Fühlen Sie sich besser oder schlechter?«

Liana musterte ihn fassungslos. Dann griff sie nach dem Telefon auf ihrem Tisch.

»Stopp«, sagte Ackerman. »Ich kann Ihnen nicht gestatten, Ihre Kollegen beim BIA zu verständigen. Das Amt für indianische Angelegenheiten ist nicht in diesen Einsatz eingeweiht.«

»Ich wüsste nicht, wie Sie mich daran hindern könnten. Ich hätte längst auspacken sollen!«

Sie nahm den Hörer ab, zog eine Visitenkarte aus der Schreibtischschublade und wählte eine Nummer.

»Starrsinn und Naivität sind momentan nicht angebracht«, sagte Ackerman. »Ich habe Ihnen Details aus meinem früheren Leben anvertraut, damit Sie wissen, dass ich keine leeren Drohungen ausstoße. Bringt John Canyon meine kleine Schwester nicht innerhalb der nächsten drei Stunden und neunundzwanzig Minuten zurück, lasse ich den Dämon frei, der in mir schlummert. Und wenn Sie jetzt nicht auf der Stelle den Hörer auflegen, werden Sie die Erste sein, die nähere Bekanntschaft mit ihm schließt.«

Lianas Finger schwebte zitternd über der letzten Nummer. Sekunden verstrichen, dann legte sie auf. »Ihre Freundin war hier. Ich hatte gerade Verhaftungsprotokolle ausgefüllt und spielte die Empfangsdame. Die Wände von Captain Yazzies Büro sind dünn wie Papier. Wir können alles hören, was darin gesprochen wird. Ich glaube, er ahnt es gar nicht.«

»Und *was* haben Sie gehört?«

»Nichts. Ihre Freundin hat Yazzie ein paar Fragen gestellt, das Übliche. Es gab keinen Wortwechsel, nur ein ganz normales Gespräch. Ich habe allerdings gesehen, wie sie ihr Handy aus der Tasche zog, bevor sie Yazzies Büro und die Station verließ. Dann war sie verschwunden.«

»Sie hat Yazzie keine Fragen über Canyon gestellt?«

»Ich nehme an, sie hatte darauf hingearbeitet, aber der Anruf, den sie bekam, muss wichtiger gewesen sein, als mit Yazzie zu reden. Sie sollten ermitteln, mit wem Ihre Freundin telefoniert hat.«

»Das haben wir versucht. Das Gespräch wurde über ein Wegwerfhandy geführt, das sich nicht nachverfolgen lässt. Es wurde bar bezahlt, in einem Laden ohne Überwachungskamera.«

Liana senkte die Stimme, als wären sie und Ackerman eine verschworene Gemeinschaft. »Für einen psychopathischen Killer reden Sie fast wie ein Cop. Aber bei mir können Sie die Schauspielerei lassen. Ich möchte Ihnen helfen, alles in Ordnung zu bringen.«

»Sie glauben, ich verstelle mich? Dass ich eine Art Cop bin, der nur so tut, als wäre er ein Killer? Also wirklich, dass Sie diesen Eindruck gewinnen, ist überaus beunruhigend. Geben Sie mir die Chance, mich zu rehabilitieren.«

»Das ist nicht nötig. Ich möchte kein …«

»Sagen Sie nichts. Ich ignoriere Sie sowieso. Machen wir noch ein kleines Spielchen, ja?«

Liana verzog das Gesicht. »Also bitte, ich habe wirklich keine …«

»Kommen Sie schon. Es ist ein sehr einfaches Spiel, das kulturelle Schranken überwindet, weil es ein universelles Kinderspiel ist.«

Liana blickte ihn verwirrt an. »Wie bitte?«

»Ich halte hinter dem Rücken mehrere Finger meiner rechten

Hand hoch. Sie raten die Zahl. Wenn Sie falsch raten, habe ich gewonnen, andernfalls gewinnen Sie und bekommen einen Überraschungspreis.«

»Einen was?

»Eine Überraschung.«

Liana warf Ernie einen Blick zu. »Sie wollen, dass ich rate, wie viele Finger Sie hinter dem Rücken hochhalten? Was soll das beweisen?«

»Kommen Sie schon, bisher hatten Sie doch Sportsgeist. Was kann es schaden?«

Ackerman hielt die Hände, die noch immer in Handschellen steckten, hinter dem Rücken. »Also, wie viele Finger halte ich hoch?«

Liana seufzte. »Drei.«

»Ihre endgültige Antwort?«

»Ja.«

»Volltreffer!« Nun kam der köstliche Augenblick, den Ackerman hinausgezögert hatte. Er hob die rechte Hand vor das Gesicht. »Und jetzt – Überraschung!«

Liana riss entsetzt die Augen auf, als sie die offene Handschelle sah, die plötzlich von seinem rechten Gelenk baumelte.

Ehe sie wieder zur Besinnung kam, handelte Ackerman mit explosiver Kraft.

Sein erstes Ziel war Ernie.

Kapitel 13

Die Stäbe des Käfigs sahen genauso aus, wie Ackerman sich das Gitter einer Zelle im Wilden Westen vorgestellt hätte. Amüsiert fragte er sich, ob das Material zum Bau dieser Ausnüchterungszelle tatsächlich aus jenen längst vergangenen Jahren stammte – den Zeiten eines Jesse James und Billy the Kid. Falls ja, hatten die Outlaws damals vielleicht auch durch die Stäbe gegriffen und irgendeinen Gesetzeshüter jener versunkenen Epoche gepackt.

Ackerman hatte das Manöver bereits choreografiert und war jede Bewegung im Geiste durchgegangen. Solche Vorbereitungen traf er jedes Mal, wenn er andere durch Bemerkungen ablenkte, um dann mit verheerender Kraft zu explodieren.

Er stieß den Arm durch die Gitterstäbe. Eine Handschelle war noch an seinem Gelenk befestigt, die andere hing frei. Wie er es vorhergesehen hatte, zögerte Ernie eine Winzigkeit zu lange, auf ihn zu feuern. Vielleicht eine halbe Sekunde, vielleicht weniger. Doch Ackerman wusste, dass ihm diese geringe Zeitspanne reichte. Bis Ernies Hirn seinem Finger den Befehl erteilt hatte, vom Abzugsbügel zum Abzug zu gleiten und zu feuern, hatte Ackerman seinen Plan längst in die Tat umgesetzt.

Mit einem kaum wahrnehmbaren Ruck des rechten Arms schleuderte er die zweite, offene Handschelle um Ernies Handgelenk. Der Stahlbügel rastete mit hörbarem Klicken ein. Ackerman riss Ernie bis an die Gitterstäbe. Es schepperte und klirrte, als der Kopf des jungen Cops die Stahlstangen rammte. Als Ernies Dienstpistole in hohem Bogen davonsegelte, löste sich ein Schuss, doch die Kugel schlug harmlos in die Decke.

Ackerman hatte sich genau gemerkt, in welche Gürteltasche Ernie den Schlüssel zur Zellentür gesteckt hatte. Während Liana ihn anschrie, Ernie loszulassen und sich auf den Boden zu legen, riss Ackerman erneut an Ernies Körper und zerrte sich den jungen Officer so zurecht, dass er ihm weiterhin als Schutzschild diente. Mit der Linken nestelte er den Schlüssel aus Ernies Gürteltasche, bugsierte ihn ins Zellenschloss und öffnete die Tür.

Als der Riegel einfuhr, riss Ackerman die rechte Hand aus der Handschelle. Der scharfkantige Stahl fetzte ihm die Haut weg, doch für Ackerman war der Schmerz wie ein kühler Luftzug im Gesicht.

Ernie schrie auf, als Ackerman ihm den Arm verdrehte und gleichzeitig die zweite Schelle um einen Querstab des Käfigs schloss, sodass der junge Cop außer Gefecht gesetzt war. Wie ein Schlangenmensch wand Ackerman sich auf die andere Seite der Gitterstäbe und zog den Taser aus Ernies Gürtel.

Wieder schrie Liana ihm irgendetwas zu und versuchte dabei, freies Schussfeld zu bekommen. Ein kräftiger Ruck mit dem Handgelenk, und Ackerman schleuderte den Taser wie einen Bumerang gegen die Stirn der jungen Frau. Aufschreiend taumelte sie zurück. Mit drei schnellen Schritten war Ackerman bei ihr und entwaffnete sie.

In diesem Moment hörte er, wie ein Fahrzeug draußen vor dem Posten hielt. Das mussten Canyon und Yazzie sein. Wahrscheinlich hatten sie Ernies Schuss gehört.

Zum Glück für die Cops der Roanhorse Police Substation hielt Ackerman weitere Gewaltanwendung für nicht erforderlich. Er hatte auf seine Weise gesagt, was er sagen wollte.

In aller Ruhe stieg er zurück in die Zelle und legte sich auf die Pritsche. Taser und Pistole ließ er liegen. Er schaute zu der geisterhaften Gestalt Thomas Whites, der in einer Ecke der Zelle erschienen war. »Bist du jetzt glücklich?«

Sein Vater lachte leise. »*Poesie in Bewegung. Aber du hättest sie beide töten sollen, dann wäre die Botschaft deutlicher gewesen. Ansonsten aber bin ich überaus zufrieden mit dir.*«

Ackerman lehnte sich zurück und schloss die Augen. »Siehst du?«, murmelte er. »Deshalb weiß ich, dass du nur ein Phantom bist. Mein echter Erzeuger hätte mir nie so viel Honig um den Bart geschmiert.«

Kapitel 14

John Canyon hatte schon viele furchterregende Dinge gesehen. Enthauptete Leichen. Die verkohlten Überreste von Kindern. Während seines zweiten Einsatzes am Persischen Golf hatte er unfassbare Grausamkeiten beobachtet, die den kuwaitischen Bürgern von den einmarschierten irakischen Soldaten angetan worden waren. Man konnte von organisierter Vergewaltigung und organisiertem Massenmord reden. Aber selbst damals hatte Canyon nie einem Gegner gegenübergestanden, der ihm eine so animalische Angst einflößte wie dieser Unheimliche im Käfig.

Canyon saß vor den Gitterstäben und betrachtete seinen Gegner, der wiederum ihn betrachtete. Er fühlte sich an einen Tiger im Käfig erinnert. Dieser Frank erschien ihm wie ein Raubtier – wild und unberechenbar. Eine innere Stimme schrien Canyon zu, die Flinte ohne Vorwarnung auf den Mann abzufeuern und die Konsequenzen einfach in Kauf zu nehmen.

»Ist mein Sohn tot?«, fragte er schließlich.

»Er lebt«, antwortete Frank, der entspannt auf der Pritsche lag. »Noch. Maggie Carlisle auch?«

»Ich weiß nicht, was Ihrer vermissten Agentin zugestoßen ist. Sie erklären dem falschen Mann den Krieg.«

Frank beugte sich vor. Die Pritsche ächzte unter seinem Gewicht, als er sich bewegte. »Sie verstehen noch immer nicht, Kumpel. Das ist kein Krieg. Es ist Schädlingsbekämpfung. Mag sein, dass es den Kakerlaken, die mit Gift besprüht werden, wie ein Vernichtungsfeldzug erscheint, für den Kammerjäger ist es nur ein Arbeitstag wie jeder andere.«

»Sie haben eine ziemlich große Klappe für einen Mann, der hinter Gittern sitzt.«

»Sehen Sie sich Ihre glorreichen Krieger an. Die haben das auch gedacht.«

Canyon schaute zum anderen Ende des Raumes, wo Yazzie die Wunde an Lianas Stirn verband.

»Ich hätte die beiden töten können«, fuhr Frank fort. »Es gab Zeiten, da hätte ich keine Sekunde gezögert. Ich hätte mir vorher noch ein bisschen Spaß mit dem Mädchen gegönnt. Sie hat Feuer. Sie hat Power. Ich wette, die Kleine wäre selbst erstaunt, *wie* stark sie ist.« Er zuckte mit den Schultern. »Was diesen Ernie angeht – den hätte ich entsorgt. Der Typ langweilt mich.«

»Für Sie ist das alles nur ein Spiel, was?«

»In einem bestimmten Licht betrachtet, ist das Leben immer ein Spiel. Ein Spiel ohne Regeln, aber definitiv ein Spiel mit Gewinnern und Verlierern.«

Canyon schüttelte den Kopf. »Ich kann es nicht fassen. Da sitze ich hier mitten in der Nacht und höre mir die Glückskeksphilosophie eines Wahnsinnigen an, der meinen Sohn entführt hat. Normalerweise würde ich mit dem Messer an Ihnen herumschnippeln, bis Sie meine Fragen beantwortet haben, aber ich habe das Gefühl, dass Sie trotzdem nicht reden würden, stimmt's? Schmerzen sind nichts Neues für Sie, das sehe ich an Ihren Narben. Was also stelle ich mit einem Mann an, den ich nicht zum Reden bringen kann?«

Frank zuckte mit den Schultern. »Das ist ein echtes Dilemma, Häuptling. Ihre einzige realistische Möglichkeit besteht darin, meinen Forderungen nachzugeben. Bringen Sie mir Maggie Carlisle, und Sie bekommen Ihren Sohn zurück.«

Canyon starrte ihn an. »Wirklich? Selbst wenn ich wüsste, was Ihrer Freundin zugestoßen ist – weshalb sollte ich darauf vertrauen, dass Sie Ihre Zusage einhalten? Und woher soll ich wissen, dass mein Sohn und seine Freunde überhaupt noch am Leben sind? Nein, ich glaube, ich habe eine andere Möglichkeit.«

Er stand auf, durchquerte den Raum und nahm seine Flinte, die er auf einen Schreibtisch gelegt hatte.

Vom anderen Ende des Postens fragte Yazzie: »Was tust du da, John?«

»Was ich von Anfang hätte tun sollen.« Canyon ging auf den Gefangenen zu und hob die Waffe, um zwischen den Gitterstäben hindurchzufeuern.

Ehe er zielen konnte, schnellte Frank hoch, katapultierte sich nach hinten und prallte mit der rechten Schulter gegen die Rückwand des behelfsmäßigen Gefängnisses. Er war ein großer, schwerer Mann, und er traf wieder jenen Teil der Wand, der von Canyons erster Schrottladung beschädigt worden war.

Den Kopf zwischen die gesenkten Schultern gezogen, durchbrach der Gefangene in einem Regen aus Staub und Splittern die Bretter und die Fiberglasisolierung der Gefängniswand.

Canyon stand da wie vom Donner gerührt, während Frank durch den Ausgang, den er selbst geschaffen hatte, in der Nacht verschwand. Wütend feuerte Canyon drei Schrotladungen in das gähnende Loch, in der Hoffnung auf einen Glückstreffer, doch als der Rauch sich verzogen hatte, sodass er durch die Öffnung nach draußen spähen konnte, sah er nur Dunkelheit.

Er drehte sich zu den drei Officers um, die ihre Waffen gezogen hatten, jedoch unschlüssig dastanden. Offenbar wussten sie nicht, was sie tun sollten.

»Worauf wartet ihr?«, fuhr Canyon sie an. »Da draußen ist ein flüchtiger Häftling! Schnappt ihn euch!«

Yazzie riss sich auf der Erstarrung und rief Liana und Ernie Befehle zu.

Sekunden später folgten Canyon und die drei Stammespolizisten dem Mann namens Frank in die Dunkelheit der Wüste.

Kapitel 15

Mit aller Kraft warf Ackerman sich gegen den schwächsten Punkt der Wand, dort, wo die Schrotladung getroffen und wo er seinen ersten Tritt gelandet hatte. Es krachte und splitterte. In einer Wolke aus Staub und Mörtelsplittern brach Ackerman aus der berstenden Wand hervor. Als er mit den Fußballen auf den Wüstenboden prallte und sich abrollte, durchfuhr ihn Schmerz, köstlicher, scharfer Schmerz, der ihm in die Seite biss – vermutlich eine Schnittwunde von einer messerscharfen Holzkante oder vom Fiberglas der zerstörten Wand.

Oder hatte Canyon ihn mit einem seiner Schüsse doch getroffen?

Ackerman wusste, dass John Canyon ein ausgezeichneter Soldat gewesen war. Und wie es aussah, hatte er sich seine Fähigkeiten bewahrt. Er hatte schnell wie der Wind auf Ackermans Flucht reagiert. Nicht ganz so blitzartig, wie Ackerman selbst gekontert hätte, aber sein Handeln verriet einen Exsoldaten, der keine Auseinandersetzung scheute.

Ackerman rannte los, an den geparkten Autos der Officers vorbei, eine flache Erhebung hinauf, einen steilen Pfad hinunter, dann über eine weitere kleine Anhöhe. Ein paar Sekunden lang gestattete er sich, den Schmerz zu genießen. Tentakel aus kaltem Feuer hatten sich von den Wunden ausgebreitet wie ein Spinnennetz, und je schneller er rannte, desto tiefer grub sich der Schmerz in seine Eingeweide. Aber es machte ihn nicht langsamer, im Gegenteil: Es belebte und erfrischte ihn.

Ackerman lauschte auf das Geräusch von Stimmen, von

schnellen Schritten auf hartem Boden, denn er vermutete, dass die Officers die Grenzen des Lichtkreises absuchten, den der Lampenmast des Postens warf. Das wäre ein Vorteil, denn es würde bedeuten, dass keiner von ihnen gesehen hatte, in welche Richtung der Gefangene geflohen war. Doch Yazzie, das wusste Ackerman, würde sehr bald seine Spuren entdecken und mit seinen Leuten die Verfolgung aufnehmen.

Blieben sie zu Fuß, hätte er keine Schwierigkeiten, sich ihrem Zugriff zu entziehen. Anders sah es aus, wenn sie in ihre SUVs stiegen, um ihm den Weg abzuschneiden oder in seinen Rücken zu gelangen. Einem SUV oder einer Kugel konnte er nicht davonlaufen. Beides hatte er schon mehrmals versucht, jedes Mal ohne Erfolg. Andererseits machte Übung bekanntlich den Meister. Bei diesem Gedanken musst Ackerman grinsen. Er konnte Dinge schaffen, von denen andere nur träumten.

Als er stolpernd eine steile, felsige Böschung hinuntereilte, die im schwachen Mondlicht kaum zu erkennen war, erschien Thomas White neben ihm und hielt mühelos mit ihm Schritt.

»Nicht übel, Alter«, sagte Ackerman. »Mein richtiger Vater konnte mir physisch nie das Wasser reichen.«

»Ich bin *dein richtiger Vater. Und an meiner intellektuellen Überlegenheit kann kein Zweifel bestehen.«*

»Red keinen Stuss.«

»Wer von uns beiden hat jahrelang Spitzenforschung betrieben und komplexe Hirnoperationen vorgenommen? Wer hat gefoltert und getötet, ohne je gefasst zu werden? Die Polizei glaubte sogar, ich wäre längst von dieser Welt gegangen. Vielen Dank übrigens für deine Hilfe, dass sie die Wahrheit über mein tragisches Ableben herausgefunden haben, zu dem du so tatkräftig beigetragen hast.«

»Ich würde es mit Freuden immer wieder tun.« Ackerman lachte auf. »Du warst der vielleicht profilierteste Killer aller Zeiten, aber was zählt das, wenn niemand je davon erfahren wird?«

»Du kannst den Teufel nicht ewig an die Kette legen, Junior. So steht es in der Offenbarung des Johannes.«

»Als würdest du an die Bibel glauben. Und der Teufel bist du auch nicht. Du bist nur ein kranker alter Mistkerl, der die meiste Zeit seines Lebens bibbernd vor Angst in irgendwelchen dunklen Löchern verbracht hat und nur weiterleben konnte, indem er seine Furcht und seinen Schmerz auf Schwächere abgeladen hat.«

»Ach ja?« White kicherte. *»Statt dummes Zeug zu reden, solltest du aufpassen, sonst schnappen dich diese Rothäute. Wir sind in einer Felswüste, Junge. Freies Gelände. Du könntest allerdings versuchen, dich bis zur Mesa durchzuschlagen und dort eine Höhle zu suchen. Oder du kämpfst dich bis zur nächsten Stadt durch und nimmst ein paar Geiseln. Aber wenn deine Verfolger keine Trottel sind, erwischen sie dich vorher.«*

»Du hast mich schon immer unterschätzt.«

»Nein. Ich habe dich angetrieben, besser zu sein, als wir beide es uns je vorstellen konnten – als irgendjemand es sich vorstellen kann. Trotzdem werden sie dich bald einholen. Sie könnten dir schon hinter der nächsten Erhebung auflauern.«

»Keine Bange. Ich hab keine Motorengeräusche gehört und keine Scheinwerfer gesehen.«

»Wenn sie dich finden, musst du sie umbringen. Alle.«

»Das sagst du jedes Mal, Daddy.«

»Canyon wird auf dich schießen, sobald er dich sieht. Wenn es so weit kommt, könnte es sein, dass ich die Kontrolle über deinen Geist und deinen Körper an mich reiße und Canyon und die Cops abserviere, hörst du?«

»Du kannst keine Kontrolle übernehmen. Du existierst ja nicht einmal. Du bist nur eine Ausgeburt meiner Fantasie. Ein vorübergehender Fehler in meiner Programmierung.«

»Oh, ich existiere sehr wohl. In stecke tief in dir. Und ich sehe

keinen Grund, wieso ich nicht eine Zeit lang die Zügel übernehmen sollte.«

Im nächsten Moment hörte Ackerman das Knirschen von Reifen auf steinigem Boden. Ein Fahrzeug näherte sich.

Und es gab weit und breit kein Versteck.

Kapitel 16

John Canyon schwenkte den Strahl der Taschenlampe über den kahlen Boden und die dürren Sträucher und suchte nach Spuren und möglichen Verstecken. Liana folgte ihm. Sie hatte Mühe, sein Tempo zu halten, als er eine Felszunge erkletterte und hinauf zur Kuppe der nächsten Erhebung stapfte. Oben angekommen blieb Canyon stehen und leuchtete mit der Taschenlampe in das kleine Tal unter ihnen.

Liana schloss zu ihm auf und verharrte keuchend, dankbar, ein wenig verschnaufen zu können. Nicht dass sie außer Form gewesen wäre: Yazzie hatte für seinen kleinen Außenposten strenge Fitness-Standards festgelegt. Obwohl er mehr als doppelt so alt war wie Liana, war er kräftig und ausdauernd. Dass er in dieser Nacht beschlossen hatte, einen der beiden Pick-ups zu nehmen – den anderen fuhr Ernie –, lag nur daran, dass er dem Fremden den Weg abschneiden wollte.

Canyon trat näher an Liana heran. »Ich habe die Fußspuren von dem Narbigen gefunden. Und Blutspritzer. Wie es aussieht, habe ich ihn mit einem meiner Schüsse erwischt.«

Liana nickte bloß.

»Was hat er zu Ihnen und Pitka im Posten gesagt?«, wollte Canyon wissen.

»Das habe ich Ihnen doch schon erzählt.«

»Erzählen Sie es noch einmal. In allen Einzelheiten.«

»Er sagte, er sei ein Serienmörder, der jetzt als Berater für die Regierung arbeitet, und diese vermisste Agentin ist angeblich seine Freundin und Kollegin. Er nannte sie ›kleine Schwester‹.

Aber ich bin überzeugt davon, dass das eine erfundene Geschichte ist, mit der er uns Angst einjagen will.«

Canyon verzog das Gesicht. »Da wäre ich mir nicht so sicher. Dem weißen Mann und seiner Regierung traue ich alles zu. In der Vergangenheit haben sie schon einmal Serienmörder beschäftigt.«

Liana blickte ihn verwundert an. »Wann denn?«

»Denken Sie an die Kavalleristen, die unseren Ahnen die Schädel eingeschlagen haben – mit Gewehrkolben, um Kugeln zu sparen.«

»Sie waren Soldaten, die auf Befehl gehandelt haben.«

»Soll das eine Rechtfertigung sein? Sie haben hilflose Frauen und Kinder getötet. Diese Bilagáana waren Massenmörder. Es sei denn, Sie betrachten unser Volk als minderwertig.«

Liana hörte Motorengeräusche in der Ferne. »Wir sollten jetzt weitergehen, Mr. Canyon.«

»Wenn wir diesen Frank finden, töte ich ihn. Haben Sie ein Problem damit, Officer Nakai?«

Am liebsten hätte Liana ihm klipp und klar gesagt, dass sie allerdings ein Problem damit habe, zügelte sich aber und wog ihre Worte sorgfältig ab. »Ich möchte Sie weder beleidigen noch respektlos erscheinen, aber wenn ich ehrlich sein soll, mache ich mir keine allzu großen Gedanken darüber, wie ich den Kerl vor Ihnen beschützen soll …«

Canyon lächelte. »Na also.«

»Umgekehrt allerdings schon«, fügte Liana hinzu.

Kapitel 17

Dreißig Jahre zuvor

»Wenn ich ein bisschen schreie und stöhne«, hatte Mom zu dem Jungen gesagt, »brauchst du keine Angst zu haben. Es gibt Männer, die müssen meine Schreie hören und sehen, wie ich Schmerzen erleide, um befriedigt zu werden. Du musst nur eingreifen, wenn ich laut und deutlich deinen Namen rufe und um Hilfe schreie, hast du verstanden?«

Der Junge hatte stumm genickt. Mom musste ihm nicht erst erklären, wieso manche Freier das Bedürfnis hatten, ihr Schmerzen zuzufügen, er kannte es aus eigener Erfahrung, denn er folterte gern kleine Tiere und stellte sich dabei vor, wie er den Freiern seiner Mom das Gleiche antat. Dabei fragte er sich dann immer, ob das schrille Kreischen, das Tiere ausstießen, wenn ihr Ende nahte, Hilfeschreie waren. Fürchteten sich Tiere auch vor dem Tod? Wussten sie, was es hieß, wenn man sterben musste? Oder reagierten seine tierischen Folteropfer nur auf den äußeren Reiz des Schmerzes?

Der Junge verscheuchte diese Gedanken, als er nun auf der versifften alten Couch saß, das Messer seines Großvaters an einem feuchten Wetzstein schärfte und sich dabei eine von seinen zehn Videokassetten anschaute. Er hatte jede einzelne bestimmt schon tausendmal gesehen.

Bugs Bunny hatte gerade Marvin den Marsmenschen kennengelernt, als irgendwo im Haus ein lautes Krachen zu hören war und Mom seinen verhassten Namen schrie, so schrill und verzweifelt, wie der Junge es nie zuvor erlebt hatte. »*Xavier! Hiiilfe!*«, kreischte sie langgezogen.

Xavier sprang auf, stand starr und kerzengerade da, unsicher, ob es nicht Tagträume waren, wie er es so oft erlebte. Aus den knisternden Lautsprechern drang Bugs Bunnys Stimme. Er fragte Marvin den Marsmenschen: »Na, Doc, was gibt's Neues?« Auf die Frage des Cartoonhasen folgten ein neuerliches Krachen und weitere gellende Hilferufe. Erneut schrie Mom: »*Xavier!*«

Der Junge löste sich aus seiner Starre und rannte zur Küche, wo ein minzgrünes Telefon mit Wählscheibe an der Wand hing. Hektisch, mit fliegenden Fingern wählte er die Nummer seines Onkels, der am anderen Ende des Tals wohnte.

»Bitte, nimm ab!«, flüsterte der Junge, als niemand sich meldete. »Bitte!«

Doch das Telefon klingelte weiter und weiter, und seine Mutter schrie erneut, qualvoll und in panischer Angst.

Der Junge überlegte fieberhaft. Sollte er einen Nachbarn verständigen? Die Polizei rufen?

Was soll ich tun, was soll ich nur tun?

Sein Blick fiel auf das Messer, das er in der rechten Hand hielt.

In diesem Moment wusste er, dass der Tag, auf den er geduldig gewartet hatte, endlich gekommen war.

Der Tag, an dem sein Wunschtraum sich erfüllte.

Er eilte den Gang hinunter zum Schlafzimmer, dem Arbeitsplatz seiner Mutter, hielt an der Tür jedoch inne. Im Zimmer hinter der Tür war es still geworden.

Bin ich zu spät? Habe ich versagt?

O Gott, sein Zögern hatte Mom das Leben gekostet! Er drückte das Ohr an die Tür, lauschte.

Das Türblatt bestand aus billigem Pressspan und hatte einen hohlen Kern, deshalb ließ es fast jedes Geräusch durch, sodass der Junge einen seltsamen Laut vernahm, als gurgelte jemand mit Wasser tief in der Kehle. Der Junge brauchte nicht lange, um sich dank seiner überbordenden Fantasie das Zimmer hinter der Tür bildhaft vorzustellen.

Dann erkannte er, was er da hörte.

Dr. Chee erwürgte seine Mutter.

Xavier sprang auf und trat gegen die Tür, die nach innen aufflog.

Dr. Chee war splitternackt. Er kniete rittlings auf Mom, die auf der Matratze lag, und hatte die großen Hände um ihren Hals geschlossen.

Die angestaute Wut aus all den Jahren, in denen Xavier hilflos hatte zusehen müssen, wie Freier bei seiner Mom ein und aus gingen, stachelte seinen Mut an. Er stieß einen kehligen Kriegsschrei aus und stürzte auf Chee zu, das Messer vor sich ausgesteckt, entschlossen, den Arzt abzustechen. Doch nach nur drei Schritten bekam der Junge zu spüren, dass er einen Fehler begangen hatte. Chee fuhr herum, machte sich die größere Reichweite des Erwachsenen zunutze und schlug dem Jungen mit dem Handrücken mitten ins Gesicht.

Der Hieb traf mit solcher Wucht, dass Xavier quer durchs Schlafzimmer geschleudert wurde und den kleinen Tisch mit dem Spiegel umriss, an dem seine Mutter nach jedem Kunden ihr Make-up instand setzte. Schmerz schoss seinen Arm hinunter, und ihm wurde schwarz vor Augen.

Kaum noch bei Bewusstsein hörte er Mom erneut seinen Namen schreien, während sie versuchte, sich zu befreien. Sein Angriff hatte ihr offenbar Gelegenheit zur Gegenwehr verschafft.

Die linke Hand des Jungen war voller Glasscherben und blutete aus etlichen Wunden. Er zog die größten Scherben heraus; den Rest beachtete er nicht. Als er versuchte, wieder auf die Beine zu kommen, schossen Feuerschlangen aus Schmerz durch seine

Schulter. Schwindel befiel ihn. Die Welt schwoll an und drehte sich in wildem Wirbel, während sein Magen revoltierte.

Dr. Chee schrie unverständliche Obszönitäten, trat auf Xaviers Mutter ein und ließ sich wieder auf sie fallen. In seinen weit aufgerissenen Augen loderte grelle Wut. In diesem Moment erkannte Xavier, dass Chee nicht die Absicht hatte, sich zu beruhigen. Wenn er jetzt nicht handelte, starb seine Mutter. Danach wäre er selbst an der Reihe, denn der durchgedrehte Arzt würde versuchen, sein Verbrechen zu vertuschen.

Jetzt oder nie.

Töten oder getötet werden.

Xavier verbiss sich den Schmerz, riss das Messer seines Großvaters vom Fußboden hoch und stürmte erneut auf Dr. Chee zu. Diesmal schrie er nicht. Er hatte seine Lektion gelernt. Diesmal würde er dem Feind seinen Angriff nicht ankündigen.

Er näherte sich Chee aus dem toten Winkel und bewegte sich dabei schnell und leise.

Der Arzt hatte sich über Mom gebeugt, den speckigen Hintern angespannt und hoch in die Luft gereckt, während er seinem Opfer mit aller Kraft die Kehle zudrückte.

Der Junge visierte das größte Ziel an: Chees fetten Hintern. Er legte sein ganzes Gewicht in den Hieb, als er Chee das Jagdmesser direkt zwischen die beiden haarigen Pobacken rammte.

Den Laut, den der Arzt ausstieß, sollte Xavier sein Leben lang nicht vergessen. Er war schrill und seltsam tierhaft, eher das Quieken einer sterbenden Kreatur als der Schrei eines Mannes. Doch anders als bei einem Tier lag Erkennen in diesem Schrei, das Wissen um die Niederlage und die Furcht vor dem bevorstehenden Tod, die bei den tierischen Opfern des Jungen nie zu hören gewesen waren. Der schaurige Klang von Chees Todeslied sandte Xavier wohlige Schauer über den Rücken.

Der Arzt wand sich, trat aus, drosch um sich und schleuderte den Jungen schließlich von sich herunter. Xavier wurde nach hinten geworfen, hielt das Messer aber fest, sodass es sich mit einem Ruck aus Chees Körper löste. Blut schoss aus Chees Hinterteil und spritzte durchs Zimmer, besprühte Fußboden und Wände, während der Arzt wild um sich drosch. Doch seine Bewegungen wurden rasch langsamer. Blutverlust und Schock bewirkten, dass Dr. Chee schließlich kraftlos auf die Matratze zurückfiel, wo er schwer atmend in einem sich rasch ausbreitenden Fleck aus tiefem Rot lag und aus weit aufgerissenen Augen an die Decke starrte, während sein Brustkorb sich bei jedem keuchenden Atemzug hob und senkte.

Mom, die sich inzwischen halbwegs erholt hatte, kam zu dem Jungen und half ihm von dem verfilzten grünen Teppich hoch. Sie versuchte, ihn aus dem Zimmer zu führen und ihm dabei die Augen zu verdecken, doch er stieß sie zur Seite. »Lass mich los!«, rief er. »Ich bleibe hier!«

Er trat auf den sterbenden Arzt zu, hielt aber sicheren Abstand. Unmittelbar vor ihrem Tod waren Tiere oft am gefährlichsten. Eine von Xaviers liebsten Freizeitbeschäftigungen bestand darin, Kaninchen und streunende Katzen zu fangen und ihnen die Kehle durchzuschneiden, nachdem er eine Zeit lang mit ihnen gespielt hatte. Sie sterben zu sehen, den Ausdruck in ihren Augen zu beobachten, wenn sie begriffen, dass der Tod nahte, war für den Jungen jedes Mal der absolute Höhepunkt.

In den Augen eines Menschen hatte er diesen Ausdruck noch nie gesehen. Nicht bis zu diesem Moment. Er hatte es sich vorgestellt, hatte davon fantasiert, und er wurde nicht enttäuscht. Chees Augen offenbarten ihm eine bisher unbekannte Intensität und Tiefe der Angst, wie kein Tier sie erreichen konnte. Es war eine Angst, die dem Jungen eine geradezu berauschende Macht über den Sterbenden verlieh.

Wie gebannt lauschte er, als Dr. Chee vor Schmerzen wimmerte. Fasziniert beobachtete er, wie der Sterbende sich mit letzter Kraft auf die Seite drehte und zur Tür zu kriechen versuchte. Sein Körper wurde mit jeder Sekunde weißer, denn noch immer strömte aus seinen Wunden Blut auf den Teppich. Schließlich rollte er sich auf den Rücken, schnappte nach Luft und streckte die Hände nach dem Jungen aus. »Bitte …«, flehte er. »Hilfe … Rettungswagen …«

Der Junge grinste zur Antwort. Genau wie Bugs Bunny auf der Videokassette fragte er: »Na, Doc, was gibt's Neues? Oh, wie konnte ich's vergessen. Bei dir gibt's nie wieder etwas Neues.«

Er fühlte sich wie ein Adler, der sich hinauf in einen wolkenlosen blauen Himmel schwang. Nie zuvor war er so leicht gewesen, nie hatte ihn ein solch berauschendes Glücksgefühl erfüllt. Hatte er bis zu diesem Augenblick kein wahres Glück gekannt?

Mit leiser Stimme sagte wieder und wieder, wie ein Mantra: »Doc. Doc. Docdocdoc …« Es war ein gespenstischer Singsang.

Als der Junge verstummte, begann er unkontrolliert zu lachen und konnte gar nicht aufhören, bis Dr. Chee regungslos dalag, die starren Augen, in denen sich namenloses Grauen spiegelte, zur Decke gerichtet.

Der Junge strich dem toten Arzt die Lider zu und kicherte bei dem Gedanken, dass eine kleine Missgeburt mit Geisteraugen das Letzte war, was Dr. Chee in diesem Leben gesehen hatte.

Kapitel 18

Der höhergelegte Jeep rumpelte über den hartgebackenen Wüstenboden auf ihn zu und walzte dabei Sträucher nieder wie ein Elefant aus Stahl. Der Fahrer hatte die Scheinwerfer ausgeschaltet; offenbar wollte er nicht gesehen werden. Ackerman grinste. Der schwere Motor dröhnte fast noch lauter als das Krachen und Knacken der Wüstenvegetation unter den dicken Reifen des Jeeps. Und die verräterische Staubwolke tat ein Übriges. Der Versuch, unbemerkt zu bleiben, war eine Übung in Vergeblichkeit.

Dennoch musste Ackerman seinem Bruder Respekt zollen. Marcus bemühte sich nach Kräften, so viel Zeit herauszuschinden wie nur möglich, indem er sämtliche Variablen änderte, auf die er Einfluss besaß.

Schließlich stoppte Special Agent Marcus Williams, Ackermans jüngerer Bruder, den Jeep. »Sieht aus, als könntest du ein Taxi brauchen, Großer«, rief er Ackerman zu.

»Ich hab die Lage voll im Griff, Kleiner.«

Marcus zuckte mit den Schultern. »Sagt ausgerechnet der Typ, dem das Blut in Strömen runterläuft.«

»Nur 'ne kleine Fleischwunde.«

»Bist du sicher? Sieht mir nach 'ner Menge Blut aus. Nur damit das klar ist: Um dich mache ich mir keine Sorgen. Aber der Jeep ist gemietet, deshalb muss ich dich bitten, mir mit deiner kleinen Fleischwunde nicht die Sitze zu versauen.«

Ackerman lachte. »Wenn dir die Kiste so wichtig ist, kann ich mir auch zu Fuß einen Weg suchen.«

»Steig endlich ein, Frank.« Marcus drehte den Kopf und hielt nach den Fahrzeugen der Navajo Nation Police Ausschau. Ackerman lächelte, als er es sah. Sein Bruder war der vielleicht härteste Bursche, dem er je begegnet war – sich selbst natürlich ausgenommen –, doch ganz gleich, wie unerschütterlich er sich gab, er hatte noch immer Angst vor dem Tod. Ackerman dagegen fürchtete sich vor nichts und niemandem.

Er ließ sich auf den Beifahrersitz des Jeeps sinken und sagte: »Fahren Sie mich zu meinem Lustschloss, James.«

Marcus legte den Gang ein und fuhr hangaufwärts durch dichtes Gestrüpp in Richtung der schroffen Felswand der Mesa, weg von ihren Verfolgern. Mühelos wühlten sich die dicken Reifen des Jeeps durch Sand und Felsgestein.

»Wie es aussieht, hat dein Plan nicht so funktioniert wie erhofft«, rief Marcus über das Dröhnen des Motors hinweg.

»Im Gegenteil, Bruderherz. Die Aufklärungsphase dieser Mission war ein durchschlagender Erfolg.«

»Aufklärungsphase? Ich dachte, Canyon sollte dich zu Maggie bringen, wo immer er sie gefangen hält.«

»Wie sagst du so gern? Improvisieren, anpassen, überwinden.«

»Maggie könnte die Zeit ausgehen. Wenn sie noch …« Marcus versagte die Stimme, und seine Augen glänzten feucht.

»Ich weiß, Kleiner. Ich bin mir intensiver als die meisten anderen des wahren Feindes der Menschheit bewusst«, sagte Ackerman. »Ihres unbesiegbaren Feindes.«

»Und wer ist das?« Marcus wischte sich über die Wange und schaltete einen Gang hoch. »Der Tod?«

»Nein.« Ackerman schüttelte den Kopf. »Der ist bloß ein Tor in eine andere Welt für alle, die glauben. Ich rede von einer Macht, die nur von Gott übertroffen wird: die Zeit. Sie ist der wahre *Taker.* Eine Kraft, die am Ende uns alle besiegt und uns nimmt, was wir lieben.«

»Tu mir den Gefallen, Frank, und bleib bei der Sache. Was hast du erfahren?«

»Zum Beispiel, dass Mr. Canyon fast genauso sehr um seine Schafe besorgt ist wie um seinen Sohn.«

Marcus nickte bloß und furchte nachdenklich die Stirn.

Ackerman mochte an seinem Bruder, dass er keine unnötigen Fragen stellte, wie die meisten Menschen es unausweichlich taten. Marcus zog stattdessen die Schlussfolgerungen aus den Informationen, die er bekam, und handelte.

Ackerman schmunzelte. Schon seltsam, dass er fast sein ganzes bisheriges Leben ohne seinen Bruder verbracht hatte. Und jetzt? Jetzt konnte er sich ein Leben ohne Marcus gar nicht mehr vorstellen.

Kapitel 19

Vergangenheit

»Deine Augen haben unterschiedliche Farben«, sagte Maggie beim Essen. »Das eine ist graugrün, das andere braun.«

»Stimmt. Die meisten Leute übersehen es. Man nennt es sektorielle Heterochromie.«

Maggie lachte. »Hört sich gefährlich an. Ist das eine Krankheit? Ansteckend ist es ja wohl nicht, oder?«

»Keine Bange. Ich bin bloß ein Typ mit einem komisch gefärbten Auge.«

»Und welches ist das komisch gefärbte? Das grüne oder das braune?«

»Such es dir aus.«

»Ich hab mir gleich gedacht, dass du Macken hast.«

»Was ist mit dir? Hast du keine?«, fragte Marcus.

Maggie richtete ihr Besteck aus und faltete die Serviette zu einem makellos symmetrischen Quadrat zusammen. »Nein, ich bin vollkommen normal.«

Er schmunzelte. »Niemand ist vollkommen normal.«

»Ich schon.«

»Du leidest nicht unter Zwangsstörungen?«

Sie furchte die Stirn. »Wie kommst du darauf?«

»Deine Wohnung ist zwanghaft ordentlich. Alles ist im perfekten Gleichgewicht. Und wenn du isst, schneidest du jeden Bissen gleich groß ab. Du vergewisserst dich, dass das Besteck, das du nicht benutzt, vollkommen gerade liegt. Deine Serviette hast du zu einem Quadrat

gefaltet. Und als du den Süßstoff in deinen Tee getan hast, musstest du unbedingt die Markierung beider Tütchen aneinander ausrichten, ehe du sie aufgerissen hast. Du hast sogar ein Tütchen zurückgelegt, weil es länger war als das andere.«

Maggie kam sich nackt vor. Sie setzte zu einer Antwort an, schwieg dann aber und starrte auf den Tisch.

Marcus streckte die Hand aus, legte sie auf Maggies Finger, die unruhig mit dem Salzstreuer spielten. »Der Wunsch nach einer sinnvollen Welt ist nicht verkehrt.«

»Aber mein Ordnungsfimmel ist nicht sinnvoll. Es gibt keinen triftigen Grund dafür. Den meisten Leuten fällt es gar nicht auf, und ich versuche es zu verbergen. Dabei komme ich mir vor wie eine Verrückte.«

»Ist es für dich denn sinnvoll, was du tust?«

»Wie meinst du das?«, fragte sie.

»Wir haben alle unsere kleinen Ticks. Ich zum Beispiel sitze immer mit dem Gesicht zum Eingang. Ich möchte jederzeit wissen, was sich hinter meinem Rücken abspielt. Wenn ich ein Zimmer betrete, achte ich als Erstes auf die Eingänge und Ausgänge. Ich überlege, was in dem Raum als Waffe benutzt werden könnte. Ich frage mich, was ich tun würde, wenn jemand mit einer Knarre in der Hand zur Tür reinkäme. Wo könnte ich am besten Deckung finden? Was sehe ich an ungewöhnlichen Dingen? Was fehlt? Das alles geht mir jedes Mal durch den Kopf, wenn ich einen Raum betrete. Manche Leute nennen es Cop-Instinkt. Ich nenne es Paranoia.«

Marcus drückte Maggies Hand, und sie begegnete seinem Blick.

»Genau wie du habe ich keinen triftigen Grund für dieses Verhalten«, fuhr er fort. »Niemand ist hinter mir her. Ich habe keine Feinde … jedenfalls keine, von denen ich weiß. Vielleicht wird mir diese Gewohnheit eines Tages das Leben retten, aber wahrscheinlich ist es nicht. Die Chancen stehen gut, dass ich niemals in eine entsprechende Situation gerate. Ich kann aber nicht anders, ich muss mein in-

neres Programm ablaufen lassen. Es liegt mir im Blut. Genau wie dir der Ordnungsfimmel.«

Sie strahlte ihn an. »Vielen Dank.«

»Wofür?«

»Dafür, dass du noch seltsamer bist als ich.«

Zweiter Teil

Kapitel 20

John Canyon starrte auf die Stelle, wo die unbefestigte Wüstenpiste in eine Asphaltstraße überging und die Spuren des Jeeps endeten, denen sie gefolgt waren. Abwechselnd ballte und öffnete er die Fäuste und schaute hinauf zu dem dunklen Umriss der Mesa und ihrer hügeligen Ausläufer. Der Wahnsinnige, der in sein Königreich eingedrungen war, hatte offensichtlich Helfer. Und soeben waren sie ihm durch die Finger geschlüpft.

Yazzie stand neben ihm und fragte: »Hast du einen GPS-Sender an deinem Truck? Hast du schon versucht …«

»Natürlich!«, fiel Canyon ihm ins Wort.

»Ich versuche nur, an alles zu denken. Das ist mein Job.«

»Finde meinen Sohn. *Das* ist dein Job!«

»Ich versuche es, John. Ich mag den Jungen. Mich macht das alles genauso krank wie dich. Wir wissen jetzt immerhin, dass die Entführer sich nicht irgendwo hier in Roanhorse verkrochen haben können, und die Spuren führen von Shiprock weg. Aber in den Hügeln gibt es Tausende von Höhlen und Cañons, wo diese Mistkerle die Jungs und den Truck abgestellt haben könnten. Es ist wie die berühmte …«

Canyon trat dicht an Yazzie heran. »Komm mir jetzt bloß nicht mit der Nadel im Heuhaufen. Wenn du die Sache so siehst, besorg dir einen fetten großen Magneten, dann findest du die beschissene Nadel.«

»Wir holen Toby nach Hause, John. Ich verspreche es dir. Was ist mit deinem anderen Problem?«

»Welches andere Problem?«

»Alvarez. Die Lieferung. Ihr müsst Abläufe und Zeitpläne einhalten, du und er. Er wird Antworten verlangen, wenn der Truck nicht auftaucht.«

»Mach dir keine Gedanken, wie ich meine Geschäfte führe. Aber wenn es dich beruhigt, ich rufe Alvarez an und frage ihn, ob er mir ein paar von seinen Leuten schickt, damit sie uns helfen.«

»Hältst du das für eine gute Idee? Er könnte es als Schwäche auffassen. Außerdem ... wollen wir wirklich, dass diese Kreaturen hierherkommen?«

»Es ist eine Vorkehrung. Statt zu warten, dass er mich wegen der verspäteten Lieferung anruft, rufe ich ihn an und bitte um Hilfe bei unserem Problem. Ich arbeite schließlich nicht für Alvarez und er nicht für mich. Wir sind unabhängige Dienstleister.«

»Und was, wenn der Kerl auf der nächsthöheren Ebene zu Alvarez geht und Fragen stellt?«

Canyon packte Yazzie am Saum seiner Schutzweste, riss ihn zu sich heran und hob ihn beinahe von den Füßen. Zwischen zusammengebissenen Zähnen stieß er hervor: »Wichtig ist für dich einzig und allein, dass du deinen Arsch zurück in deinen Posten bewegst und dir den Kopf darüber zerbrichst, wie du Toby findest!«

Was dann geschah, hätte jeden unbeteiligten Beobachter in Erstaunen versetzt. Yazzies Arme schossen vor. Im Bruchteil einer Sekunde sprengte er Canyons Griff, zog in einer fließenden Bewegung den Colt Peacemaker und drückte Canyon die Mündung unter das Kinn. Seine Miene war versteinert, und seine Augen hinter den kleinen dunklen Brillengläsern waren nicht zu erkennen. »Einer von uns, John«, flüsterte er, »hat Menschen getötet, und der andere ist ein Killer. Das ist ein großer Unterschied. Vergiss niemals, wer hier wer ist.«

»Komm mir nicht in die Quere, Yaz. Du bist schon lange kein Vollstrecker mehr wie damals, als wir noch jung waren.«

Yazzie steckte den Revolver ins Holster zurück und trat einen Schritt nach hinten. »Ich sage dir, was du tust. Ruf die Leute zusammen. Ich habe vor langer Zeit mein Geld auf dich gesetzt, John. Jetzt musst du den Schlamassel hier aus eigener Kraft aus der Welt schaffen.«

Canyon starrte Yazzie wütend hinterher, als dieser zu Liana und Ernie zurückkehrte, die im Streifenwagen warteten, einem der nagelneuen Ford Explorer, die Canyon finanziert hatte.

Nachdem der SUV davongerumpelt war, zog Canyon das Handy aus der Tasche und machte zwei Anrufe. Einen, um Alvarez über die Lieferprobleme zu informieren, den anderen bei seiner Ranch. Dem Mann, der an den Apparat ging, befahl er: »Ruf unsere Leute im Casino und in Shiprock an. Allen sollen zur Ranch kommen. Sofort. Und noch etwas: Jeder soll an Waffen mitbringen, so viel er tragen kann.«

Kapitel 21

Vom Eingang der aufgegebenen Uranmine aus blickte Ackerman auf die geöffneten Türen des geschlossenen Aufliegers, auf dessen Ladefläche sich Schafe drängten – jene Tiere, mit denen John Canyon offiziell seinen Lebensunterhalt bestritt. Nach allem, was sie über Canyon herausgefunden hatten, leitete ein Experte aus dem Baskenland die Schafzucht.

Canyon stammte von drei Generationen erfolgreicher Schaffarmer ab, doch die Schafzucht in seiner Familiengeschichte reichte noch länger zurück – mehrere Jahrhunderte, wie der baskische Experte herausgefunden hatte. Soweit es die US-Regierung anging, war Canyon ein erfolgreicher Geschäftsmann, der den Gewinn aus seinem Ranchbetrieb in ein blühendes Casino gesteckt hatte.

Doch Ackerman wusste es besser. Er hatte Canyon in die Augen geschaut. Und was er dort gesehen hatte, war die Gnadenlosigkeit und Grausamkeit eines brutalen Mörders. Ackerman wusste, dass Canyon ein Verbrecher war, ein Raubtier wie er selbst. Doch er konnte nicht sagen, ob Canyon der Killer war, den sie suchten.

Als er sich dem Auflieger näherte, zogen die Tiere sich in die hintersten Ecken ihrer Boxen zurück. Ackerman lächelte. Auch sie spürten die Nähe des Raubtieres. Er schaute zu Marcus. »Das sind die fettesten Schafe, die ich je gesehen habe.«

Marcus zog eine Braue hoch. »Tatsache? Wie viele Schafe hast du denn schon mit eigenen Augen gesehen?«

»Ich vergesse immer, dass du ein Stadtjunge bist. Wenn du es unbedingt wissen musst: Einmal habe ich mich auf einem Jahrmarkt in Texas inmitten preisgekrönter Schafe vor der Polizei versteckt. Aber keins davon war so dick und saftig wie diese wundervollen Exemplare hier.«

Marcus seufzte. »Okay, holen wir eins von ihnen vom Wagen. Und weil du hier der Experte bist, bist du für das Biest verantwortlich. Ich habe keine Lust, einem entlaufenen Schaf hinterherzurennen.«

Sie zogen die eingebaute Rampe aus, öffneten eine der Metallboxen und versuchten, eine Aue – ein Mutterschaf – ins Freie zu locken. Das starrsinnige Tier weigerte sich, auch nur einen Schritt zu tun. Nach einigem Hin und Her probten zwei weitere Auen den Aufstand. Ackerman versuchte, die beiden wieder die Rampe hinaufzutreiben, aber sie schenkten ihm nicht die geringste Beachtung.

Es dauerte mehr als zehn Minuten, bis er eines der aufgeregten Schafe zur näheren Untersuchung auf den Rücken geworfen hatte. Er hielt es im Schwitzkasten, während Marcus in den dicken Wollschichten tastete. »Hier ist nichts«, murmelte er. »Ich kann ihr bis auf den Rücken fühlen und … he, was ist das?«

»Was?«

»Die Haut fühlt sich eigenartig an.« Behutsam griff Marcus unter den Bauch des Tieres. »Verdammt, du hattest recht!« Er zog dem Tier einen künstlichen Schafspelz ab. »Das Vieh trägt eine Art Wollkostüm.«

Ackerman riss die Augen auf. »Echt abgefahren.«

Die Aue, deren eigene Wolle bis auf die Haut abgeschoren war, kam Marcus ziemlich mager vor, als er ihr das falsche Fell abgestreift hatte. Er warf das Vlies auf den Boden der Mine. Dabei kam ein Futter zum Vorschein, das mit Beuteln gefüllt war, in denen sich ein weißes Pulver befand.

»Na so was«, sagte Ackerman. »Koksende Schafe. Was es nicht alles gibt.«

Marcus schaute in den Auflieger, von dem sie nun wussten, dass er voller Schafe war, die als Kokainkuriere fungierten.

Ackerman glaubte beinahe zu sehen, wie sich hinter Marcus' Stirn die Rädchen drehten, als er berechnete, analysierte und mutmaßte. Einmal mehr sah Ackerman sich in seiner Vermutung bestätigt, dass Marcus an einer nicht diagnostizierten Form der Autismusspektrumstörung litt und eine Inselbegabung für logische Analysen besaß.

»Was ist? Reicht es, dass wir uns zur Ruhe setzen können?«, fragte Ackerman.

»Straßenwert zwölf bis fünfzehn Millionen Dollar. Ich glaube, jetzt haben wir ein weiteres Faustpfand gegen Canyon. Er hängt ganz bestimmt sehr an seinen Tierchen.«

»Immer langsam, Bruderherz. Denk daran – die Typen auf der Ranch hatten sich gerade eben auf die Abfahrt mit dieser Lieferung hier vorbereitet, als ich den Truck mitsamt den Schäfchen requiriert habe und dann mit Canyon junior und seinen drei Kumpels abgehauen bin. Falls die Lieferung nicht eintrifft, wo sie eintreffen sollte, stehen wir vor einem Berg neuer Probleme.«

»Es sind Canyons Probleme. Und ein Grund mehr für ihn, Maggie freizugeben.«

»Nachdem ich einige Zeit mit Mr. Canyon verbracht habe, bin ich nicht mehr ganz so sicher, dass er Maggie freigibt. Canyon ist mehr der Typ, der eine Gefahr auf Teufel komm raus beseitigt und sich erst dann über die Folgen seines Tuns Gedanken macht. Ich fürchte, wir müssen die Möglichkeit in Betracht ziehen, dass Maggie …«

Marcus hob die Hand. »Sprich es nicht aus. Solange ich nicht ihre Leiche sehe, lebt sie, ist hier irgendwo und hofft, dass wir sie retten. Und genau das werde ich tun. Und wenn ich dafür Canyon mitsamt seiner Clique vom Antlitz der Erde fegen muss. Wir *werden* Maggie finden.«

Ackerman legte ihm eine Hand auf die Schulter. »Keine Bange, ich folge dir bis ans Ende der Unendlichkeit, Bruder. Also, wohin jetzt?«

Marcus sah ihn finster an. »Wir bereiten uns auf den Krieg vor. Einen blutigen Krieg, wenn der Gegner es so haben will.«

»Heißt das, du erlaubst mir endlich den Gebrauch von Schusswaffen?«

»Du kannst so viele Kanonen tragen, wie du willst, und Säcke voller Munition«, antwortete Marcus. Den nächsten Satz unterstrich er, indem er mit dem Finger auf Ackermans Gesicht deutete. »Aber die Einsatz*regeln* bleiben die Gleichen. Nichts und niemand wird getötet.«

»Und wenn ein Querschläger jemanden ins Jenseits befördert? Oder wenn ich einem Gegner in den Fuß schieße, der unglücklicherweise an Hämophilie leidet und verblutet? Oder wenn sich jemand zu Tode erschickt? Schusswaffen sind viel zu unvorhersehbar in ihrer Wirkung, als dass man garantieren könnte …«

»Du hast mich gehört, Frank. Niemand wird getötet. Manchmal geht etwas schief, ich weiß. Aber der Einsatz von Waffen ist das letzte Mittel, selbst unter den gegebenen Umständen. Falls jemand stirbt, und wir hätten es verhindern können, werden wir beide es wissen, Frank.«

»Weil wir die Guten sind?«

»Genau.«

Als Marcus davonging, flüsterte Thomas White in Ackermans Ohr: *»Du wirst sehr bald aus diesem Traum erwachen, Junior, deshalb denk darüber nach: Sind wir beide, du und ich, wirklich die Guten? Wollen wir das? Marcus vielleicht, aber wir zwei? Nun, wir werden* *es herausfinden, sobald ich die Macht über dich habe. Vielleicht töte ich deinen Bruder als Ersten. Ich bin mir noch nicht ganz sicher.«*

Ackerman fuhr herum, als wollte er einen Gegner aus Fleisch und Blut attackieren, aber da war niemand außer ihm und der Nacht.

Kapitel 22

Ein Monat zuvor

Maggies Leihwagen roch nach Schweiß und Junkfood. Den Schweißgeruch verströmte das Wageninnere, der Geruch nach Junkfood stammte von ihr selbst.

Sie parkte den Ford Focus vor einem doppelt breiten Wohnwagen, den augenscheinlich nur sein frischer Anstrich zusammenhielt. Die Leute, die hier wohnten, hatten Maggie vor längerer Zeit anvertraut, dass sie nicht von hier wegziehen würden, solange sie die Hoffnung hegten, dass ihre vermisste Tochter Elisabeth eines Tages wieder nach Hause käme. Das Zu-verkaufen-Schild im Vorgarten sprach allerdings eine andere Sprache.

Maggie stieg aus und folgte dem Gehweg zu einer Fliegengittertür, die aussah, als könnte sie jederzeit aus den Angeln brechen. Durch das winzige Fenster blickte Maggie in ein kleines Wohnzimmer, das nur vom Schein des Fernsehers erhellt wurde. Sie wollte gegen den Holzrahmen des Fliegengitters klopfen, doch bevor sie die Hand heben konnte, tauchte im Innern des Wohnwagens das zerfurchte Gesicht von Mrs. Crenshaw auf, Elisabeths Mutter. Auch durch das schmutzige Fenster und bei dem starken Wind, der im Freien wehte, sah Maggie die Wolke aus Zigarettenqualm, von der die Frau umhüllt wurde. Obwohl sie beide sich kannten, starrte Mrs. Crenshaw feindselig durch das Fliegengitter, die Lippen zusammengepresst, ehe sie widerwillig öffnete, ohne Maggie zu begrüßen.

Maggie überging die feindselige Haltung. »Hallo, Mrs. Crenshaw, Sie kennen mich. Ich bin Agent Maggie Carlisle.«

»Ich weiß.« Mrs. Crenshaws Miene wurde kalt und abweisend.

»Ich bin gerade in der Gegend hier und wollte kurz nach Ihnen und Ihrem Mann sehen, weil ich schon eine Weile nichts mehr von Ihnen gehört habe. Ich hatte mehrmals angerufen, aber …«

Mrs. Crenshaw schloss die Augen, atmete tief durch und blickte kurz in das andere Zimmer. »Wir schicken Ihnen keine Sachen von Elisabeth mehr, Agentin Carlisle. Wir helfen Ihnen auch nicht mehr bei Ihren Ermittlungen, auf welche Weise auch immer. Bitte lassen Sie uns in Ruhe.«

»Aber Ma'am, Sie wären überrascht, wie viel selbst das kleinste Beweisstück in einem solchen Fall bedeuten kann.« Maggie wiederholte, was sie bereits damals gesagt hatte, als sie die Frau überzeugen konnte, ihr die Päckchen zu überlassen, die der Taker ihr jedes Mal zum Jahrestag der Entführung Elisabeths schickte, damit ihr Inhalt – Kleiderfetzen, Haarsträhnen, Knöpfe – eingehend untersucht werden konnte.

Mrs. Crenshaw lachte bitter auf, obwohl ihr Tränen über die Wangen liefen. »Jedes Jahr haben wir Ihnen alles geschickt, was uns von unserem kleinen Mädchen noch geblieben war. Und? Was haben Sie damit angestellt? Was hat es genutzt?«

»Ma'am, der Poststempel, der Karton oder Briefumschlag, das Verpackungsmaterial – alles könnte eine Spur enthalten, die …«

»Das ist mir egal«, fiel ihr die verzweifelte Frau ins Wort. »Sie haben nie auch nur das Geringste gefunden. Sie sind genauso weit davon entfernt, diese Bestie zu fassen, wie die Polizei vor all den Jahren!«

»Aber nein, Ma'am, keineswegs. Wir sind näher dran als je zuvor. Es hat mehrere neue Entwicklungen gegeben, und …«

»Haben Sie meine Tochter gefunden? Oder den Mann, der sie

entführt hat? Haben Sie Antworten für mich oder wieder nur einen Berg neuer Fragen?«

»Nun, ich …«

»Der Taker hat uns die Päckchen geschickt, um uns zu quälen! Er wollte unsere Hoffnungen am Leben erhalten und damit den Schmerz und die Leere. Wir wussten genau, wann die Päckchen kamen, und das Grauen vor diesem Tag hat uns jedes Mal den Rest des Jahres verdorben. Aber wenigstens hat dieses Ungeheuer gewusst, wann es aufhören muss, und ich bin dankbar, *dass* es aufgehört hat. Unsere Elisabeth ist tot, aber wir machen trotzdem weiter. Ich bin sicher, auch Ihr Bruder Tommy lebt schon lange nicht mehr, Miss Carlisle, deshalb sollten Sie das Gleiche tun wie wir – einfach weitermachen. Und jetzt gehen Sie bitte.«

»Aber …«

»Verlassen Sie auf der Stelle unser Grundstück, und bleiben Sie uns vom Leib!«

Sie knallte die innere Tür zu. Die Riegel schnappten hörbar ein.

Wie betäubt drehte Maggie sich um und ging zu ihrem Mietwagen. Vielleicht hatte Mrs. Crenshaw recht. Was hatte sie bei der Suche nach den Vermissten in all den Jahren erreicht? So gut wie nichts. Hatte sie wirklich ihre ganze Energie hineingesteckt und alles Menschenmögliche getan, um Elisabeth und die anderen Kinder zu finden – und die Bestie, die sie entführt hatte?

Sie ließ sich auf den Fahrersitz sinken und saß einen Augenblick reglos da. Im nächsten Moment schmetterte sie mit einem Schrei, aus dem Wut und Hilflosigkeit sprachen, die Faust aufs Lenkrad.

Sie hatte ihre ganze Hoffnung darauf gegründet, Elisabeths Päckchen zu bekommen, denn das Mädchen war nach dem Verschwinden Tommys als Nächste entführt worden, und Maggie hatte nun zwei Jahre in Folge keine Sendung mehr erhalten. Aus

Furcht, der Taker könnte gestorben sein, sodass sie die Wahrheit über Tommy nie erfahren würde, hatte sie darum gebetet, die Einzige zu sein, die keine Päckchen mehr bekam.

Doch Mrs. Crenshaw hatte ihre schlimmsten Befürchtungen wahr werden lassen. Und die Bemerkung der verbitterten Frau über die Päckchen des Takers gingen Maggie nicht mehr aus dem Sinn.

Wenigstens hat dieses Ungeheuer gewusst, wann es aufhören musste, und ich bin dankbar, dass *es aufgehört hat.*

Kapitel 23

Der verlassene Red Bluff Trading Post lag zwanzig Meilen westlich der Ortschaft Roanhorse und dreißig Meilen nördlich vom Grand Canyon Hotel and Casino an der US 491, einem einsamen Highway, den die Einheimischen noch immer bei seinem alten Namen nannten: Route 666. Der Posten war ein verwittertes Bauwerk in ausgebleichtem Rot und seit zwei Jahren nicht mehr in Betrieb. Das baufällige Gebäude stand auf einem kleinen Bluff, einem Steilfelsen, wie sie in der Wüste häufig anzutreffen sind. Eine schmale Straße führte hinauf; an der Rückseite lag ein schroffer, steil abfallender Hang. Der Red Bluff Trading Post eignete sich perfekt als vorläufige Operationsbasis. Die Uranmine, in der Ackerman und Marcus den Truck versteckt hatten, lag an der größtenteils ungepflasterten Straße, die hinauf ins Hügelland führte, nur fünfzehn Autominuten vom Handelsposten entfernt.

Das dritte Mitglied ihres Teams war Dr. Emily Morgan. Sie war zurückgeblieben, um die Gefangenen zu bewachen. Ackerman traf Emily im Lagerraum des Postens an. Die Gefangenen saßen hinter ihr auf dem Fußboden aus morschem Kiefernholz. Es roch nach verschwitzten jungen Männern, Staub und Motoröl, modrigem Holz und dem metallischen Aroma von getrocknetem Blut.

Ackerman verharrte, atmete tief ein und genoss den Geruch. Wie ein Hai, der Blut aus großer Ferne wittert, nahm er den süßlichen Kupfergeruch in sich auf und schwelgte in dem raubtierhaften Verlangen, seine Zähne in Fleisch zu graben, es zu zerreißen, zu zerfetzen und das warme Blut auf der Zunge zu schmecken.

»Frank?«, riss Emilys Stimme ihn aus seinen Fantastereien. »Alles in Ordnung?«

»Oh, Verzeihung. Ich habe mich nur einem dunklen, rauschhaften Tagtraum ergeben, wie ich es immer tue, wenn ich der lästigen Erdenschwere für einen köstlichen Augenblick entfliehen möchte.«

»Sie sollten Gedichte schreiben«, sagte Emily und lächelte spöttisch.

Ackerman musterte sie schweigend. Seit ihrer ersten Begegnung an jenem Tag, an dem er Emilys Mann ermordet hatte, war er fasziniert von dieser Frau. Ihre exotischen, katzenhaften Züge verdankte sie ihrer asiatisch-irischen Herkunft, und ihre Haut war rein und makellos wie die eines Kindes. Vor allem war Ackerman von ihrer inneren Kraft beeindruckt. Emily war einer der wenigen Menschen, die sich ihm ganz und gar verschließen konnten. Manchmal vermochte er nicht einmal zu sagen, was sie dachte. Als eifriger Student der menschlichen Natur war Ackerman nie zuvor auf ein so interessantes Studienobjekt getroffen wie Dr. Emily Morgan.

Er richtete seine Aufmerksamkeit auf die Gefangenen, vier junge Männer, von denen einer sein besonderes Interesse erregte: John Canyons Sohn Tobias. Er trug an Arm und Stirn Verbände und starrte aus leeren Augen vor sich hin. Wieder einmal fiel Ackerman auf, dass er seinem Erzeuger kein bisschen ähnlich sah.

Wie seltsam, überlegte Ackerman.

In diesem Moment trat die geisterhafte Erscheinung seines Vaters aus den Schatten im hinteren Teil des Lagerraums. *»Dieser Bengel ist der Schlüssel zum Erfolg, Junior«*, sagte er. *»Schneide ihm einen Körperteil ab und schick ihn seinem Dad, dann bekommst du alle Antworten, die du brauchst, um deine Freundin Maggie zu finden. Na los, schneide ihm eine Hand ab oder ein Ohr. Oder such nach Tätowie-*

rungen. Wenn er welche hat, ziehst du ihm die Haut ab und schickst sie seinem Alten als Fleischopfer.«

Ackerman hatte eine heftige Erwiderung auf der Zunge, wandte sich dann aber Emily zu. »Haben Sie Computer Man schon erreicht?« Ackerman bezog sich auf Stan Macallan, den Technikspezialisten des Teams.

Emily schüttelte den Kopf. »Leider nicht. Ich weiß nicht, woran es liegt, ob an den Cañons und Hügeln oder was auch immer, aber selbst mit unseren Verstärkern bekommen wir hier kein anständiges Signal.«

»Versuchen Sie es weiter«, sagte Ackerman. »Sobald Sie Stan erreichen, sagen Sie ihm bitte, dass er für mich alles herausfinden soll, was es über eine Beamtin der Navajo Nation Police namens Liana Nakai an Informationen gibt. Außerdem wüsste ich gern mehr über den hiesigen Polizeicaptain. Der Mann heißt Yazzie. Kann mich nicht erinnern, den Vornamen gehört zu haben.«

»In Ordnung. Vielleicht müssen wir auf die andere Seite der Mesa, damit wir eine Verbindung aufbauen können. Ich wünschte, wir hätten ein Satellitentelefon, aber bisher hatten wir dieses Problem noch nie. Die Mobilfunkverstärker reichen normalerweise, sogar mitten im Nirgendwo.«

»Muss Ihnen ganz schön zusetzen, keinen Kontakt zu Ihrer Tochter zu haben«, sagte Ackerman und staunte selbst über das Mitgefühl in seiner Stimme. »Ich weiß, dass Marcus für seinen Sohn Dylan das Gleiche empfindet. Er wird immer reizbarer, je länger er nichts von dem Jungen hört. Als müsste er Dylans Gesicht sehen und seine Stimme hören, um zu wissen, dass mit dem Jungen alles in Ordnung ist.«

Emilys Gesicht wirkte wie aus Stein gemeißelt, doch ihre Augen glänzten hell und feucht im Licht der Batterielaterne, die von den Dachbalken des Lagerraums hingen.

»Habe ich etwas Falsches gesagt?«, fragte Ackerman. »Dann tut es mir leid.«

Sie schaute ihm in die Augen. »Vermissen Sie Ihre Mutter, Frank?«

Ackerman ließ sich nur selten überrumpeln; nun aber traf es ihn unvorbereitet, dass Emily seine verstorbene Mutter erwähnte. »Ich habe sie nie richtig kennengelernt«, antwortete er. »Ich habe nur verschwommene Erinnerungen an die Zeit, bevor sie mit meinem noch ungeborenen Bruder verschwunden ist. Ich …«

Er stockte, als Thomas White ihm ins Ohr zischte: *»Deine Mutter, dieses Luder, hat dich im Stich gelassen! Dein Bruder war ihr wichtig genug, um ihn in ein besseres Leben zu entführen, du aber nicht. Ich glaube, sie hat von Anfang an gespürt, dass du ein Monster bist.«*

»Betrauern Sie denn nicht, dass Ihre Mutter nicht da war, wenn Sie in die Kindheit zurückschauen?«, hörte er Emilys Stimme wie aus der Ferne. »Wünschen Sie sich nicht, sie wäre bei Ihnen gewesen?«

»Sag es ihr, Junior!«, fauchte White. *»Sag dieser dummen Kuh, dass deine Mutter dich mir dargeboten hat wie ein Opferlamm, nur damit sie ihre erbärmliche Haut retten kann! Sag ihr, dass du deiner Mutter niemals verzeihen kannst, deinen Bruder dir vorgezogen zu haben. Sag ihr, dass deine Alte ein selbstgerechtes Miststück war. Sag es ihr!«*

Mühsam schüttelte Ackerman die Worte seines Vaters ab, legte Emily eine Hand auf die Schulter und flüsterte: »Meine Mutter war eine wunderbare Frau, die unter unerträglichen Umständen das Bestmögliche getan hat. Ich achte sie dafür, dass sie sich gegen das Monstrum gewehrt hat, das mein Vater ist. Wo ist Ihre Tochter jetzt?«

»Bei den Großeltern.«

»Die beiden müssen gute Menschen sein. Sie haben bei Ashley ein Wunder vollbracht.«

»Aber ich bin ihre Mutter, und ich bin nicht bei ihr!«

»Ashley weiß, dass Sie sie lieben. Dass Sie nicht da sind, wird die Entwicklung Ihrer Tochter nicht beeinträchtigen.«

»Darum geht es nicht. Jede Sekunde, die ich verpasse, ist eine Sekunde mit Ashley, die ich nie zurückbekomme. Sie wächst zu einer jungen Frau heran, und ich sitze hier draußen in der Wüste und passe auf Schlägertypen auf.«

Ackerman lachte leise. »Ich gehe mal davon aus, dass Sie sich auf unsere Gäste beziehen, nicht auf meinen Bruder und mich. Wir könnten mit vielen farbigen Ausdrücken charakterisiert werden, aber ›Schlägertypen‹ wäre eine grobe Vereinfachung. Außerdem brauchen wir Sie hier. Maggie braucht Sie. *Ich* brauche Sie.«

Emily blickte ihm in die Augen – mit einem Ausdruck, der ihn mit Wärme erfüllte. Es fühlte sich wundervoll an, von einem anderen Menschen ohne Entsetzen betrachtet zu werden, ohne Angst, ohne Verachtung.

Ackerman erwiderte den Blick, und zum ersten Mal seit Jahren lag so etwas wie Zärtlichkeit darin.

»Ohooo, zarte Bande!«, höhnte Thomas White. *»Vielleicht töte ich deinen Bruder doch nicht als Ersten. Sobald ich die Kontrolle über dich und deinen Körper habe, verbringe ich vorher ein paar intime Stunden mit dieser liebreizenden Schnecke. Das heißt … Moment mal. Bist* du *nicht der eigentliche Grund, weshalb die arme Emily von ihrer Tochter getrennt ist? Ich meine … Wärst du damals nicht in ihre Welt eingedrungen, würde sie noch immer glücklich in ihrem schönen Haus in Colorado wohnen, mit Ashley und ihrem Mann, diesem Staatspolizisten. Wie hieß er gleich? Ach ja, Jim. Jim Morgan. Du erinnerst dich bestimmt an ihn. Schließlich hast du ihn ausgeweidet wie ein Tier.«* Er lachte gackernd. *»Nun ja, als Bulle war er ja auch Schlachtvieh.«*

»Verschwinde«, flüsterte Ackerman und ballte die Fäuste. *»Geh!«*

Emily wischte sich über die Augen. »Könnten Sie ein paar

Minuten auf die Gefangenen aufpassen, ohne ihnen neue Verletzungen zuzufügen? Ich muss mich ein bisschen frisch machen. Die Hitze … außerdem riecht es hier drinnen nicht gerade wie in einer Parfümerie.«

Ackerman lächelte. »Ich gehe mal davon aus, dass ich mich bei unseren vier Freunden ein paar Minuten lang beherrschen kann.«

Kaum war Emily zur Hintertür hinaus, ergriff Thomas White erneut das Wort. *»Ich kann ja verstehen, dass du scharf auf das Luder bist. Ich bin leider ein bisschen zu alt für solche Dinge, aber wäre ich an deiner Stelle, würde ich die Kleine flachlegen, wann immer sich die Gelegenheit bietet. Aber halt! Das wird ja bald der Fall sein, wenn ich erst die Macht über dich habe. Ich werde die süße Emily nicht enttäuschen, ich versprech's!«*

Ackerman starrte dem Trugbild seines Vaters hasserfüllt in die Augen und stieß laut hervor: »Du wirst nie in meiner Haut stecken, und du wirst Emily niemals anrühren.«

Als White hämisch lächelte, wurde Ackerman sein Fehler bewusst. Er hatte soeben ein Scharmützel verloren, indem er dem eigenen, von ihm selbst geschaffenen Trugbild gedroht hatte. Und je mehr er seinen Vater als reale Person behandelte, desto realer wurde er. Wenn der Tag kam, an dem Thomas White so stark geworden war, dass er tatsächlich die Macht über Körper und Geist seines Sohnes an sich reißen konnte …

Ackerman schwor sich, es niemals so weit kommen zu lassen. Falls sich eine derartige Entwicklung abzeichnete, wollte er sich umbringen.

Thomas White wies auf die Gefangenen und zog die Brauen hoch. Ackerman folgte dem Blick seines Vaters und begriff erst jetzt, was er vollkommen vergessen hatte: Toby Canyon und seine drei Kumpane befanden sich im gleichen Raum mit ihm. Sie starrten ihn an, die Augen weit aufgerissen und voller banger Fragen. Vor allem die, mit wem zum Teufel Ackerman da sprach.

»Nun, meine Freunde, die Sache ist die«, wandte Ackerman sich an die jungen Männer. »Da sind Stimmen in meinem Kopf. Sie verlangen von mir, euch zu töten und dann zu verspeisen … vielleicht auch umgekehrt. Ihr glaubt mir nicht? Ich will euch was verraten: Einmal habe ich einen Mann über mehrere Wochen hinweg aufgegessen, Stück für Stück. Eine sehr sinnliche, intime Erfahrung. Mit kluger Planung und ein bisschen Voraussicht konnte ich ihn geradezu beängstigend lange am Leben erhalten. Leider hatte der Kerl seine besten Jahre hinter sich. Sein Fleisch war nicht annähernd so saftig und zart, wie es bei knackigen jungen Männern wie euch der Fall sein dürfte.«

Der Ausdruck des Entsetzens, der über die Gesichter der Gefangenen huschte, erfüllte Ackerman mit wohliger Wärme, wie vorhin bei Emily. Aber diesmal hatte er nicht die geringsten Schuldgefühle. Stattdessen genoss er die Angst der Gefangenen in vollen Zügen.

Kapitel 24

Es war alles seine Schuld.

Vom Verstand her wusste er es, und er spürte es im Herzen. Special Agent Marcus Williams hatte in vieler Hinsicht versagt – so vieler, dass er es nicht einmal zählen konnte. Er versuchte es dennoch, und zwar oft, viel zu oft. Er konnte stundenlang dasitzen und alte Fehler wiederkäuen. Es war so etwas wie seine Lieblingsbeschäftigung, der er immer dann nachging, wenn der Rest der Welt schlief. Es lag aber nicht nur an seinen Schuldgefühlen; es geschah auch aus dem Wunsch heraus, aus früheren Fehlentscheidungen zu lernen. Marcus hatte in seinem Leben vieles vermasselt. Als Sohn, als Vater und als Cop hatte er zugelassen, dass Wut und Selbstgerechtigkeit sein Urteilsvermögen trübten. Doch niemanden hatte er häufiger verletzt als Maggie Carlisle. Und nun schwebte sie in größter Gefahr – oder war vielleicht schon tot. Es war eine Vorstellung, die Marcus mit Furcht und Schrecken erfüllte. Er konnte den Gedanken an eine Welt ohne Maggies Lächeln nicht ertragen.

Marcus verscheuchte seine Ängste, richtete seine Aufmerksamkeit auf die bevorstehenden Auseinandersetzungen. Auch wenn es sich als seine bisher größte Fehlentscheidung erweisen mochte – er war dem Rat seines Bruders gefolgt und hatte John Canyons Imperium frontal attackiert. Ackerman schien alle Variablen berücksichtigt zu haben, aber mittlerweile war Marcus nicht mehr so sicher. Er befürchtete sogar, dass diese Mission ihn und sein Team das Leben kosten könnte, zumal ihre Kommunikationsmöglichkeiten stark eingeschränkt waren: Gleich nach

Ackermans Vorstoß auf Canyons Ranch war im gesamten Tal das Handynetz ausgefallen. Und Canyon gehörte praktisch das gesamte Tal und jeder, der darin wohnte. Das bedeutete, dass ein ganzes Waffenarsenal auf Marcus und Ackerman gerichtet war.

Alles schien gegen sie zu arbeiten, alles fiel auseinander.

Und das unter meiner Zuständigkeit, dachte Marcus düster. *Wegen meiner Fehler.*

Er hatte den gemieteten Jeep in dem kleinen Schuppen neben dem abbruchreifen Handelsposten abgestellt. Die baufälligen Gebäude auf dem Grundstück standen seit Jahren leer. Seinem Zustand nach zu urteilen hatte der Posten schon lange, bevor er aufgegeben worden war, auf dem letzten Loch gepfiffen.

Aus dem Laderaum des Jeeps nahm Marcus einen schweren schwarzen Waffenkoffer, der ein Barrett 82A1 Kaliber .50 BMG enthielt, ein beeindruckendes Scharfschützengewehr mit hoher Reichweite, das Kugeln von enormer Durchschlagskraft verschoss. Kaum hatte Marcus den Waffenkoffer abgestellt, erstarrte er.

Was war das?

In diesem Moment hörte er es wieder. Leise, kaum wahrnehmbare Atemgeräusche. Jemand näherte sich ihm von hinten durch die Dunkelheit.

Ansatzlos zückte Marcus die SIG Sauer P220 und fuhr herum.

»Nanu.« Verdutzt blickte Ackerman auf die Pistole, die auf seine Bauchgegend gerichtet war. »Ein bisschen nervös heute?«

»Verdammt, Frank, schleich dich nicht an!« Marcus steckte die P220 zurück ins Holster. »Was macht deine Seite? Ich habe gesehen, dass du blutest.«

»Ach, das ist nichts. Wir müssen unseren nächsten Schachzug planen, das ist wichtiger.«

»Vorher müssen wir die Bruchbuden hier auf Verteidigung trimmen. Du hast Canyon den Fehdehandschuh hingeworfen.

Jetzt wird er mit allem, was er hat, auf uns losgehen. Ich will nicht, dass er uns mit runtergelassener Hose erwischt.«

»Was schlägst du vor? Haben wir Sprengstoff? Mit Benzin und ein bisschen Arme-Leute-C4 könnte ich schon einiges Unheil stiften.«

»Ich weiß. Aber ich hoffe, wir können darauf verzichten, Feuer und Schwefel vom Himmel regnen zu lassen.«

»Ich kann präzise Richtladungen herstellen.«

»Ich zweifle nicht an deinem Können, aber als Erstes würde ich gern etwas versuchen, das weniger auf Holzhammer setzt, mehr auf Täuschung.«

»Okay, solange es schnell geht. Es ist nur eine Frage der Zeit, bis unsere Gäste eintreffen.«

»Wieso?« Marcus kniff die Augen zusammen. »Was hast du getan?«

»Ich habe ihnen eine Einladung zur Party hinterlassen.«

Marcus senkte den Kopf und kniff sich in den Nasenrücken. Er merkte, dass eine Migräne aufzog. »Was genau soll das heißen, Frank?«

»Ich hatte eine alte Quittung mit dem Namen des Handelspostens gefunden und mir einen Plan zurechtgelegt. Ich hab die Quittung unter die Matratze der Ausnüchterungszelle geschoben. Sobald Yazzie den Zettel findet, wird er Canyon informieren. Und dann rücken sie mit allem hier an, was sie haben.«

»Und wann hattest du vor, diesen Teil deines sogenannten Plans mit mir zu besprechen?« Marcus schüttelte den Kopf. »Ich will mal etwas klarstellen. Wenn wir im Einsatz sind, bin ich nicht dein kleiner Bruder, sondern dein Vorgesetzter. Und wenn ich auch nur einen *Teil* irgendeines Plans nicht kenne, ist der *ganze* Plan hinfällig.«

Ackerman neigte den Kopf zur Seite. »Du und ich, wir wissen beide, dass es bei diesem Einsatz keine Befehlskette gibt. Wir bekommen keine Unterstützung. Es gibt niemanden, an den wir uns wenden könnten. Wir sind zwei Brüder, die ihr Bestes tun, um ihre verschollene Schwester zu retten. Und wie du nur zu gut weißt, ändern sich die Variablen ständig. Wir müssen ständig improvisieren.«

Marcus' Kopfschmerzen wurden so unerträglich, dass er mit den Zähnen knirschte. »Komm mir jetzt bloß nicht mit Eingebungen. Du hast diese Quittung zum Polizeiposten mitgenommen. Das bedeutet, du hattest es von Anfang an geplant und mir nur nichts davon gesagt.«

»Ich bin nicht dein Schoßhund«, entgegnete Ackerman eingeschnappt. »Und nur um es mal festzuhalten: Würdest du dir den Kopf nicht immer wieder vor lauter Schuldgefühlen über alles Mögliche in den eigenen Hintern stecken, müsste ich mir keine Ausweichpläne einfallen lassen. Manchmal bist du ein richtiges Weichei.«

»Das reicht!«, explodierte Marcus. »Wir sind hier fertig. Wir packen zusammen. Ich übergebe den Fall an Valdas und seine Freunde beim FBI.« Er atmete tief durch. »In einer Hinsicht hattest du immerhin recht: Wir sind hier fehl am Platze. Es wird Zeit, die Sache zu beenden.«

Ackerman lachte. »Dann kannst du Maggie genauso gut selbst umbringen. Falls sie noch lebt, sind wir ihre einzige Hoffnung. Bis deine Bürokraten eine Untersuchung starten, ist jeder Beweis, dass sie jemals hier war, längst verschwunden. Wir haben uns festgelegt, Marcus! Wir können jetzt nur noch am Plan festhalten.«

»Und wie?«, entgegnete Marcus und fügte spöttisch hinzu: »Wenn man den Plan nicht kennt.«

Ackerman verdrehte die Augen. »Unsere neuen Freunde wissen nur von mir. Von dir und Emily ahnen sie nicht mal etwas.«

»Sie wissen, dass jemand dich abgeholt hat.«

»Nein. Ich hätte genauso gut ein Fluchtfahrzeug versteckt

haben können. Mit Sicherheit wissen sie gar nichts. Wir haben Canyons Sohn, und wir haben Canyons Drogen. Die Familie und den Broterwerb eines Mannes gleichzeitig aufs Korn zu nehmen, ist eine gute Methode, ihn aus dem Gleichgewicht zu bringen, sodass er Fehler begeht. Sobald Canyon die Brotkrume entdeckt, die ich ihm so großmütig hingeworfen habe, wird er herkommen. Mit allem, was er hat.«

Marcus dachte nach und nickte schließlich. »Und während sie hier mit dir beschäftigt sind, ist die Ranch so gut wie unbewacht … Was mir eine Gelegenheit verschafft, das Anwesen zu durchsuchen.«

»Dir und Emily.«

»Nein, ich schicke Emily fort. Wir dürfen auf keinen Fall riskieren, dass Emily in eine Gefahrensituation gerät und nicht einmal Hilfe anfordern kann. Sie wird den Rest des Teams auf den neuesten Stand bringen. Nur du und ich bleiben hier. So ist es besser.«

»Du meinst, auf diese Weise ist Emily juristisch auf der sicheren Seite, weil wir nicht wissen können, zu welchen Mitteln wir greifen müssen.«

»Ja, das auch. Wir ziehen in den Krieg. Ich will nicht, dass Emily zum Kollateralschaden wird.«

»Also gut.«

»Sie nimmt den Jeep. Ich selbst nehme das Geländemotorrad, um zur Ranch zu kommen. Von den Straßen halte ich mich ohnehin fern. Aber was ist mit dir? Du wirst dann alleine hier sein.«

Ackerman lächelte. »Das wissen die anderen aber nicht. Kümmere du dich darum, Maggie zu finden. Ich mache Canyon und seinen Leuten hier die Hölle heiß. Mann, ich kann es kaum erwarten. Du weißt ja: Ein echter Spieler hält immer Ausschau nach einem guten Spiel.«

Kapitel 25

Vergangenheit

»Du hast deine Sache gut gemacht. Mir ist klar geworden, dass unser Job nicht darin besteht, Killer zu jagen. Wir müssen unschuldige Menschen schützen. Und das hast du getan. Du hast einem Mann das Leben gerettet.«

Maggie blickte ihm in die Augen. Ihre Wangen waren gerötet, doch er konnte nicht sagen, ob es von der Verlegenheit kam oder der Kälte. »Danke.«

»Dank mir nicht. Du bist eine gute Agentin, und wenn ich ein brauchbarer Teamleiter wäre, wüsstest du das längst.« Marcus atmete tief aus. »Und wenn ich ein brauchbarer Mann wäre, wüsstest du, wie sehr ich dich liebe. Aber wir …«

Maggie zog ihn unvermittelt an sich und küsste ihn. Es war ein langer, leidenschaftlicher Kuss. Marcus schloss sie in die Arme. Er spürte, wie ihr Herz klopfte.

Als sie sich von ihm löste, murmelte sie: »Sag nichts mehr. Du verdirbst es nur.«

Kapitel 26

John Canyons Zuhause war nach dem Vorbild einer Luxuslodge im Wintersportort Aspen, Colorado, gestaltet, in der Canyon und seine Frau einmal gewohnt hatten. Das große, elegante Gebäude vermittelte die unmissverständliche Botschaft: *Seht her, ich habe es geschafft.* Zwar war ein solcher Überfluss bei den Diné unbekannt, aber Canyon sah keinen Grund, seinen Reichtum zu verstecken.

Als er stolz den Blick durch das zwei Stockwerke hohe Wohnzimmer des Hauses schweifen ließ, wurde ihm wieder einmal bewusst, welch weiten Weg er zurückgelegt hatte. Zwischen der Baracke, in der er zur Welt gekommen war, und dieser Villa lagen Welten.

Die einzigen Dekorelemente aus der Lodge in Aspen, die Canyon nicht übernommen hatte, waren ausgestopfte Tierköpfe an den Wänden. In seinem Zuhause schmückte stattdessen indianisches Kunsthandwerk die meisten Zimmer: Vitrinen mit uralten Töpferarbeiten, farbenprächtige Teppiche, Skulpturen und Gemälde der Diné. Er hatte sogar ein Stück Felswand aus einer Behausung der Anasazi gerettet, jener fast zweitausend Jahre alten indianischen Kultur; auf dem kostbaren Felsbrocken waren kunstvolle Petroglyphen zu sehen, die einen Jagdtrupp darstellten.

Canyon, der die indianischen Traditionen nicht immer einhielt, wusste, dass sein Herrenhaus den Traditionalisten unter seinen Männern ein Dorn im Auge war. Zu ihnen zählte auch George Todacheeney, sein Sicherheitschef und langjähriger Freund und Untergebener, der seine eigene Bande hatte gründen wollen, nach mehreren erfolglosen Jahren aber wieder in Canyons Reihen zurückgekehrt war. Canyon kannte den untersetzten, rundköpfigen, muskelbepackten Todacheeney als »Toad«, Kröte, seit sie bei den Gangs der Navajo-Nation ihre ersten gemeinsamen Erfahrungen gesammelt hatten. Toad gehorchte ihm aufs Wort.

Auch am heutigen Tag genügte ein Kopfnicken Canyons, und Toad brachte die fünfundzwanzig Männer, die sich in dem großen Raum versammelt hatten, zum Schweigen.

»Alles hinsetzen und Maul halten«, rief er. »Mr. Canyon hat euch Wichtiges zu sagen.«

Canyon suchte Blickkontakt zu seinen Leuten, als diese sich Plätze suchten, und starrte jedem Einzelnen fest in die Augen. Es war ein Verstoß gegen das ungeschriebene Gesetz der Diné, einem anderen niemals ins Gesicht zu starren, aber es war notwendig, um zu unterstreichen, dass es bei dieser Versammlung um Dinge von größter Wichtigkeit ging.

Schließlich trat er in die Mitte des großen Raumes, der mit Ledersofas und Barhockern möbliert war und nach Zigarrenrauch roch. »Wir alle sind vertraut mit den Alten, die ihre Heimstätten hoch droben in den Felsen der Cañons, Mesas und Hügel errichtet haben«, begann er. »Die meisten von uns haben als Kinder die Ruinen besucht. Nicht, um sie zu entweihen oder zu schänden, sondern um auf den Spuren unserer Ahnen zu wandeln. Die Bilagáana-Dreckwühler können bis heute nicht erklären, weshalb es die Alten in die Höhen zog, wo das Leben ungleich schwieriger ist, statt ihre Häuser in der Prärie zu errichten, wo Wasser und andere lebenswichtige Dinge viel näher waren.«

Während er sprach, ging Canyon zu einer Wand, schloss eine Vitrine auf und nahm ein Stück aus seiner Sammlung heraus. Der Tomahawk aus Stein war eine sorgfältig gefertigte Replik, kein Original. Niemals hätte Canyon ein Original besudelt, indem er es so benutzte, wie er es mit diesem indianischen Beil vorhatte. Es bestand aus einem Stiel aus Hickoryholz und einem abgerundeten steinernen Axtkopf, der mit Lederriemen festgeschnürt war. Seine indianischen Ahnen hatten solche Tomahawks, die so lang waren wie ein Unterarm, zur Arbeit und zum Kampf benutzt.

Gekonnt ließ Canyon die Waffe durch die Luft zischen. »Bei den Ansanzi haben die Archäologen Hinweise auf Kannibalismus gefunden. Viele unserer Brüder und Schwestern in diesem Land betrachten dies als Beleidigung und weisen diese Vorstellung zurück. Ich persönlich glaube daran. Ich kann sogar verstehen, wie es dazu gekommen ist. Seht euch die Diné heute an. Wir leben weit verstreut. Die Bilagáana haben uns gnadenlos unterworfen. Diese Niederlage und die systematische Zerstörung unserer Kultur und unseres Erbes durch die sogenannten Vereinigten Staaten hat unser Volk kannibalisiert. Die Weißen haben uns in ein Gefängnis ohne Mauern gesperrt, haben uns gezwungen, voneinander zu leben. Sie haben unsere heiligen Stätten entweiht. Sie haben Alkohol und Drogen in unser Land gebracht. Sie haben uns die jungen Leute gestohlen, haben sie fortgelockt mit dem falschen Traum von einem besseren Leben außerhalb des Reservats. Dies alles verzehrt seit Generationen das Volk der Diné!«

Er nickte Toad zu, die beiden Männer hereinzubringen, die in dieser Nacht versagt hatten.

Nachdem sein Vertrauter den Raum verlassen hatte, fuhr Canyon fort: »Wie können wir diesen langsamen Zerfall unseres Volkes aufhalten? Ich sage, wir müssen aus den Fehlern der Alten lernen. Ihr Volk starb aus und wurde versprengt. Weiße Invasoren mit ihrer Habgier und ihren Krankheiten haben die Alten gezwungen, in die Berge zu fliehen. Ihre Lebensweise, ihre Lieder und Geschichten sind mit der Zeit verlorengegangen. Mit unserem Volk ist es nicht anders. Wir haben vergessen, wer wir sind. Wir verlieren uns in der Zeit, ganz wie die Alten, die von den

Bilagáana-Dreckwühlern ›Anasazi‹ genannt werden, weil selbst der Name ihres Volkes in Vergessenheit geraten ist.«

Die Tür zum Westflügel der Villa öffnete sich, und Toad kam hindurch, gefolgt von den beiden Männern, die zugelassen hatten, dass Tobias, Canyons Sohn, gekidnappt werden konnte. Beide hatten geschwollene, blutige Gesichter. Canyon hatte sich die beiden vorgenommen, gleich nachdem er über Tobias' Entführung informiert worden war.

Seitdem er den narbigen Fremden kennengelernt hatte, der für Tobys Verschwinden verantwortlich war, stand für Canyon fest, dass seine Leute letztlich keine Schuld traf. Dieser Fremde war jedem seiner Männer haushoch überlegen. Aber das entschuldigte nicht ihr Versagen. Er musste ein Exempel an ihnen statuieren, und dafür gab es gute Gründe.

Wieder ließ Canyon den Tomahawk durch die Luft zischen. »Wir müssen aus den Fehlern der Alten lernen«, rief er. »Nur dann können wir dafür sorgen, dass den Diné das gleiche Schicksal erspart bleibt. Wir haben die Wirtschaft unserer Stadt angekurbelt. Wir haben aus unserem Tal eine blühende Landschaft gemacht, um die uns sogar die Bilagáana beneiden! Und wie ist uns das gelungen? Indem wir den Weißen ihr eigenes Gift zurückverkauft haben. Nicht nur ihre Drogen, auch ihre Kriegswaffen, die sie auf unserem heiligen Boden gefertigt haben, ohne sich daran zu stören, dass damit unser Lebensblut verseucht wurde. Die Arbeit, die wir tun, wird dafür sorgen, dass die Diné, die Zeugen des Aufstiegs der USA wurden, auch deren Zusammenbruch erleben. Wenn dieses Ziel erreicht ist, wird unser Volk stärker sein als je zuvor!«

Er ließ den Blick durch den Raum schweifen, richtete den Tomahawk auf jeden einzelnen Mann. »Gebt euch keinen Illusionen hin. Die Bilagáana und ihre Regierung wollen nicht, dass wir gedeihen. Sie wollen, dass wir ihre Lebensweise annehmen. Jetzt sind sie wieder in unser heiliges Land eingefallen und haben uns beraubt. Sie haben unsere Bodenschätze gestohlen, sogar unsere Söhne und Brüder Toby, Shinny, Tuchoney und Jim! Die Weißen haben gedroht, sie zu töten. Eure Freunde! Meinen Sohn! Sie haben gedroht, alles zu zerstören, was wir aufgebaut haben. Alles, was wir lieben. Sie möchten, dass unsere Kinder ohne Väter aufwachsen, schwach und mutlos. Sollen wir das zulassen?«

Zufrieden sah Canyon das Feuer in den Augen der anderen, sah, wie sie wütend die Köpfe schüttelten und die Fäuste reckten. Hätten einige seiner Leute nicht nach Dung gestunken – eine Begleiterscheinung der körperlichen Arbeit, die sie für ihn erledigten –, hätten sie einen Kriegstrupp gebildet, auf den seine Ahnen stolz gewesen wären.

Auf ein Nicken Canyons stieß Toad die beiden Versager nach vorn in die Mitte des Kriegstrupps. Beide stanken nach Schweiß, Angst und Blut. Das Halbblut Jamie Ramirez, ein gut aussehender, kräftiger Bursche, war ein ausgezeichneter Soldat gewesen, doch seit seiner Rückkehr ins Reservat war er den Drogen verfallen, die eigentlich die Kinder ihrer weißen Unterdrücker vergiften sollten, aber keinen Diné. Nicht einmal einen adoptierten Diné wie Ramirez.

Canyon blickte auf Ramirez' Gefährten, einen rattengesichtigen, dürren Kerl. Ihm fiel der Name dieses Mannes nicht ein, aber er war sich beinahe sicher, gehört zu haben, wie Ramirez ihn mit »Slim« anredete.

Canyon legte Ramirez eine Hand auf die Schulter, sprach aber noch immer zu seinem Kriegstrupp. »Macht euch nichts vor. Wir werden angegriffen, und die Invasoren haben ihre Absichten mit Wort und Tat offengelegt. Sie wollen uns tot sehen oder in einen ihrer Käfige gesperrt. Wir haben nur eine Chance: Wir müssen uns wehren. Für unser Volk und unsere Familien müssen wir mehr denn je Krieger sein. Aber niemals dürfen wir das Schicksal der

Alten vergessen. Die Dreckwühler behaupten, die Anasazi seien zugrunde gegangen, weil sie schwach und verweichlicht wurden. Ja, das leuchtet mir ein! Man muss sich nur diese beiden hier anschauen und hat den lebenden Beweis vor sich!«

»Sir, ich …«, begann Ramirez.

»Sei still. Hör einfach nur zu.« Canyon blickte zu der Versammlung seiner Krieger. »Diese beiden Versager hier haben sich berauscht, als mein Sohn entführt wurde!«

»Wir waren auf Wache, Sir«, sagte Ramirez verzweifelt. »Aber dieser Fremde, er ist ein Phantom, er …«

Canyon brachte das Halbblut mit einem eisigen Blick zum Schweigen. Zu Ramirez' Erstaunen reichte er ihm den Steintomahawk. Kaum hielt Ramirez die Waffe in der Hand, wandte Canyon sich wieder an die Versammlung. »Diese beiden Nieten waren nicht bereit zum Kampf, Brüder.«

Mit einer raschen Bewegung riss er die Pistole aus dem Gürtel und drückte Ramirez die Mündung an den Kopf. »Unsere Heimat vor Angriffen zu schützen verlangt uns vieles ab. Vor allem Treue, Disziplin und einen klaren Kopf.«

Mit bebender Stimme, die Augen geschlossen, sagte Ramirez: »Sir, bitte, wir …«

»Sei still!«, fuhr Canyon ihn an und drückte ihm die Mündung fester an den Schädel. »Wer einer meiner Krieger sein will, ohne die nötigen Eigenschaften zu besitzen, mästet sich an der Lebenskraft seines eigenen Volkes.« Er bewegte die Mündung der Pistole langsam bis an Ramirez' Schläfe. »Mach die Augen auf. Schau die Krieger an.«

Ramirez gehorchte. Tränen liefen ihm über die Wangen.

»Hasst du deine Brüder, Sergeant?«

»Nein, Sir.«

»Trotzdem hast du ihnen Schaden zugefügt. Also musst du oder dein Gefährte dafür bezahlen, dass ihr dazu beigetragen habt, die Lebenskraft der Diné zu schwächen. Soll ich nun dich bestrafen, Ramirez, oder deinen Freund? Du hast die Wahl. Entweder, du streckst ihn mit dem Tomahawk nieder, oder ich jage dir eine Kugel in den Kopf. Die Entscheidung sollte dir leichtfallen. Du hast dich ja auch für Kokain, Heroin und Whiskey entschieden – und gegen Toby, Shinny, Tuchoney und Jim, deine Brüder.«

Ramirez hielt den Tomahawk am ausgestreckten Arm. Er rührte sich nicht, sagte kein Wort. Wenigstens das hielt Canyon ihm zugute. Immerhin lernte der junge Narr schnell.

»Ich will«, sagte Canyon, »dass du deinen Freund tötest und dann sein Fleisch isst. So machen die Kannibalen es schließlich auch.«

Ramirez zitterte am ganzen Körper.

»Habt ihr eure Lektion gelernt, ihr zwei? Werdet ihr jemals wieder eure Brüder verraten?«

»Nein, Sir!«, riefen beide wie aus einem Munde.

»Ich glaube euch nicht.« Canyon schob die Pistole wieder ins Holster und nahm Ramirez den Tomahawk ab. »Leg die linke Hand auf den Tisch, Sergeant.«

Der junge Mann war erleichtert, dass die Pistolenmündung von seiner Schläfe verschwunden war, zögerte aber.

»Wird's bald?«, donnerte Canyon.

Ramirez legte die zitternde Hand flach auf die Granitplatte des Beistelltisches.

Canyon holte mit dem Tomahawk aus und ließ ihn im weiten Bogen hinabsausen. Dabei versuchte er, die Kraft so zu dosieren, dass sie die Hand brach, aber nicht verstümmelte oder gar abtrennte.

Beim Auftreffen gab es ein widerlich dumpfes Geräusch. Ramirez schrie auf. Canyon spürte das warme Blut des Mannes an seinen Knöcheln und dem Unterarm. Er stellte sich mitten zwischen seine Krieger, hob den blutigen Tomahawk und dachte an den Mann, der sich Frank nannte, und daran, wie er ihn zu Tode quälen würde. Ihn und jeden, der ihm etwas bedeutete.

Wieder richtete Canyon den Blick auf seinen Kriegstrupp. »Wir müssen die Eindringlinge finden, wo sie auch sind, und sie töten. Wenn jemand von euch nicht bereit ist, diesen Weg bis zum Ende mit zu beschreiten, mag er jetzt gehen. Er kann nach Hause und das Leben genießen, für das seine Brüder heute Nacht kämpfen. Nun? Wer von euch geht?«

Er ließ seinen Leuten einen Augenblick zum Nachdenken und sah von Mann zu Mann, ehe er sagte: »Niemand? Gut. Toad wird jeder Gruppe ein Suchgebiet zuweisen. Unsere Feinde sind extrem gefährlich und haben Geiseln. Wenn ihr sie entdeckt, nehmt es nicht allein mit ihnen auf. Wir haben sämtliche Kommunikation im Tal abgeschnitten, sowohl Handysignale als auch Festnetzleitungen. Das bedeutet, die Funkgeräte sind unser einziges Kommunikationsmittel. Bleibt in Verbindung und meldet euch regelmäßig. Und nun zieht in den Krieg – für eure Brüder und eure Familien!«

Kapitel 27

Ackerman beobachtete durch das Fenster des alten Handelspostens, wie Emily ihre Sachen in den Jeep lud. Er verabscheute Situationen wie diese, in denen er wusste, dass er etwas Bestimmtes tun, etwas Bestimmtes sagen oder ein bestimmtes Gefühl zum Ausdruck bringen sollte. Er war nicht imstande, solchen Erwartungen zu entsprechen, weil er nicht wusste, *worin* diese Erwartungen bestanden.

Diesmal hatte er das Gefühl, er sollte sich von seiner Teamkameradin verabschieden. Aber er hasste Abschiede. Ein Abschied – zumal unter solch dramatischen und gefahrvollen Umständen – erforderte bestimmte Gesten, die der Unsicherheit und Angst um das Schicksal des jeweils anderen entsprangen.

Doch für Ackerman gab es keine Angst oder Unsicherheit. Nicht dass er keine Sympathie für Emily gehegt hätte oder sogar etwas für sie empfand, aber er machte sich kaum Gedanken darüber, ob er sie jemals wiedersah. Es brachte nichts. Entweder sah er sie wieder oder eben nicht. Sich um die Zukunft zu sorgen hätte für Ackerman selbst dann keinen Sinn gehabt, wenn er dazu fähig gewesen wäre.

Er beobachtete durch das kleine Fenster, wie Marcus Emily zum Abschied umarmte. Aus seinem Blickwinkel konnte er das Gesicht seines Bruders nicht erkennen, aber an Emilys Miene las er ab, dass Marcus ihre Ängste beschwichtigt hatte.

Okay, jetzt du, sagte er sich. *Bring's hinter dich.*

In der Tür des Handelspostens kam ihm Marcus entgegen, der das Gebäude verließ, und zwinkerte ihm verschwörerisch zu.

Emily hielt inne, als sie Ackerman kommen sah. Der Wind frischte auf und zerrte an ihrem dunklen, rötlich schimmernden Haar. Im frühen Morgenlicht sah ihr blasses, asiatisches Gesicht noch weicher und weiblicher aus als sonst.

»Ich habe mich schon gefragt, ob Sie kommen und sich von mir verabschieden«, sagte sie.

»Wir werden nicht lange getrennt sein«, log Ackerman. »Marcus und ich werden die Angelegenheit binnen weniger Stunden erledigen.«

»Selbstsicher wie eh und je.«

»Selbstsicherheit hat mir immer geholfen.« Ackerman zuckte mit den Schultern. »Und der beste Indikator für zukünftige Entwicklungen sind die Erfahrungen der Vergangenheit.«

»Was sind Sie denn nun?« Emily lächelte. »Dichter oder Philosoph?«

»Ich fürchte, weder das eine noch das andere. Wie dem auch sei, Emily, ich wünsche Ihnen eine gute Reise. Fahren Sie vorsichtig. Beachten Sie alle Verkehrsschilder, Ampeln und das Tempolimit. Und vergessen Sie nicht – rechts vor links. Und immer schön anschnallen. Wir wollen schließlich keine weiteren Verwicklungen mit der Polizei der Navajo Nation, sonst gehen unsere indianischen Freunde womöglich auf den Kriegspfad, um sich unsere Skalps zu holen.«

»Ich glaube, das bekomme ich hin, Frank. Als Nächstes ermahnen Sie mich noch, von Fremden keine Süßigkeiten anzunehmen.«

»Wie konnte ich das vergessen! Eine der wichtigsten Regeln.«

»Seit wann beachten Sie Regeln?«

»Tue ich doch gar nicht. Für eine Ausnahmepersönlichkeit gelten die Regeln nicht. Die wichtigste Konsequenz, wenn man eine Ausnahmeerscheinung ist, besteht darin, von den Regeln ausgenommen zu sein.«

Wieder huschte der Anflug eines Lächelns über Emilys Lippen. Kopfschüttelnd fragte sie: »Könnten Sie für einen Moment aufhören, so … *außergewöhnlich* zu sein? Ich habe Ihnen etwas Wichtiges zu sagen.«

Ackerman gefiel nicht, welche Richtung das Gespräch nahm. »Sagen Sie jetzt nicht, Ihnen ist der Sprit ausgegangen.«

Emily lachte. »Sie sind der frustrierendste Mann, den ich je kennengelernt habe, aber ich werde Sie ehrlich vermissen.«

»Wie ich schon sagte, Emily – wir werden nicht lange getrennt sein.«

»Das meine ich nicht. Sobald wir Maggie gefunden haben, werde ich die Shepherd Organization verlassen und wieder als Psychotherapeutin praktizieren. Dieser Job hier lässt sich einfach nicht damit vereinbaren, Mutter zu sein … Erst recht nicht, wenn man alleinerziehend ist.«

Ackerman hatte für einen Moment das Gefühl, den Boden unter den Füßen zu verlieren. *Emily verlässt die Organization?* Er fragte sich, wann er zum letzten Mal um Worte verlegen gewesen war. Schließlich brachte er hervor: »Sie müssen tun, was Sie für das Beste halten.«

Emily schaute ihn schweigend an. Als Ackerman die Tränen in ihren Augen sah, hatte er zu seinem Erstaunen einen Kloß im Hals – eine ganz neue Erfahrung für ihn. Mit einem seltsamen Gefühl der Befangenheit streckte er die Hand aus. »Mit Ihnen zusammenzuarbeiten«, sagte er unbeholfen, »war eine der größten Freuden in meinem Leben. Man wird Sie vermissen. *Ich* werde Sie vermissen.«

Emily schaute auf die Rechte, die er ihr hinhielt, ergriff sie mit beiden Händen und schüttelte sie.

In der festen Überzeugung, dass Emily nicht das Gleiche zu ihm sagen würde, was er zu ihr gesagt hatte, nickte Ackerman ihr zu, drehte sich um und ging davon.

»Ich werde Sie ebenfalls vermissen!«, rief Emily ihm nach.

Nur mit Mühe widerstand er dem Verlangen, sie ein letztes Mal anzuschauen.

Kapitel 28

Captain Yazzie stand am Whiteboard des Postengebäudes, schrieb Notizen und redete laut, vor allem mit sich selbst. Liana versuchte, aufmerksam zu sein oder zumindest so zu tun, aber sie musste immer wieder an Frank denken. Der narbige Fremde war furchteinflößend und faszinierend zugleich. Obwohl auf sich allein gestellt, war bei den Auseinandersetzungen keine Sekunde verstrichen, in der er nicht Herr der Lage gewesen wäre. Er hatte bewiesen, dass er jeden von ihnen jederzeit töten könnte, hatte aber darauf verzichtet. Im Gegenteil: Er hatte sie alle strategisch ausgeschaltet, ohne ihnen bleibenden Schaden zuzufügen.

Je länger Liana darüber nachdachte, desto mehr fragte sie sich, ob sie auf der richtigen Seite stand. Was, wenn Frank wirklich eine Art Bundesagent war, der Canyons Reich des Bösen zu Fall bringen wollte, um seine Freundin zu retten?

Aber woher hatte er die vielen Narben? Vielleicht war er ein ehemaliger Elitesoldat, der während eines geheimen Einsatzes in irgendeinem Krisengebiet in Gefangenschaft geraten und gefoltert worden war. Oder er …

»Officer Nakai? Hören Sie mir noch zu?«

»Jawohl, Sir.«

»Wären Sie dann so nett, Ihre Gedanken mit mir und Ernie zu teilen?«

Der einzige Gedanke, der Liana durch den Kopf schoss, war: *Scheiße!*

Sie gab sich einen Ruck und versuchte, selbstbewusst und

aufmerksam zu erscheinen. »Ich pflichte Ihrer Einschätzung bei, Captain.«

Yazzie hatte die nervtötende Gewohnheit, mit seinem Zippo-Feuerzeug herumzuspielen, das mit der liegenden 8 verziert war, dem Symbol für Unendlichkeit, genau wie der Colt Peacemaker an seiner Hüfte. Bei ihm allerdings glich die 8 einer schwarzen Schlange, die sich auf einem Hintergrund aus weißem Perlmutt in den eigenen Schwanz biss.

Yazzie nickte, schaute auf das Board, schnippte den Deckel des Feuerzeugs auf, riss es an und sagte: »Freut mich, dass wir uns einig sind.«

Einig? Liana verzog das Gesicht. Sie hatte nicht die leiseste Ahnung, wofür sie ihre Zustimmung erteilt hatte. In der Hoffnung, einen Hinweis zu entdecken, blickte sie auf das Whiteboard und sah, was Yazzie darauf geschrieben hatte: *Toby Canyon – vermisster Truck – Pitka: Drohnensuche.*

Soweit erinnerte Liana sich an die Diskussion. Ernie sollte mit der teuren Überwachungsdrohne hinausfahren, die John Canyon dem Posten »gestiftet« hatte. Mithilfe der Drohne sollte Ernie eine Rastersuche des Tals vornehmen in der Hoffnung, den Truck oder irgendetwas anderes zu entdecken, was auf den Aufenthaltsort der Verdächtigen oder ihrer Geiseln schließen ließ. Doch das Board lieferte keinen Hinweis darauf, was der Captain von Liana erwartete.

»Okay«, sagte Yazzie. »Machen Sie sich auf den Weg, Ernie, und halten Sie ständig Funkkontakt. Gehen Sie kein Risiko ein.«

Ernie stand auf, nickte dem Captain zu und schenkte Liana ein müdes Lächeln. Dann ging er hinaus, um seine Suche zu beginnen.

Die Aufmerksamkeit noch ganz auf das Whiteboard gerichtet, verkündete Yazzie: »Die Stelle, an der sie sich verschanzt haben, muss im Umkreis einer halben Autostunde von der Stadt liegen. Frank und seine Helfer, wer immer sie sein mögen, sind fremd hier. Wir kennen diese Gegend hundertmal besser als sie.« Er richtete den Blick auf Liana. »Wenn Sie hier einen Truck und mehrere Geiseln verstecken müssten, wohin würden Sie fahren, Liana?«

Sie hatte bereits darüber nachgedacht, war allerdings zu keinem Ergebnis gekommen. Auch jetzt fiel ihr keine Antwort ein. »Allein im Tal stehen Hunderte abbruchreifer Gebäude. Hinzu kommen Dutzende aufgelassene Uranminenschächte. Selbst bei denen, die zugeschüttet wurden, stehen oft noch die alten Nebengebäude, oder in der Nähe sind Höhlen, die genügend Platz für einen Truck bieten. Und das sind nur die von Menschenhand geschaffenen Verstecke. Von den Naturhöhlen rede ich gar nicht. Allein die Big Mine bietet hundert Verstecke. Hinzu kommen die alte Fischzucht und das Lagerhaus an der Route 50. Und mir fallen aus dem Stegreif wenigstens drei aufgegebene Tankstellen ein.«

»Okay, betrachten wir es aus einer anderen Perspektive. Wir müssen unsere Suche eingrenzen. Gibt es etwas, woran wir nicht denken, das wir aber benutzen könnten, um Frank und die Entführten zu finden?«

»Zum Beispiel?«

»Ich weiß es nicht, aber wenn Toby etwas zustößt, geht John auf den Kriegspfad.«

»Ich glaube, das ist er schon.«

Yazzies Blick blieb unlesbar hinter der dunklen Brille, aber ein flüchtiges Lächeln machte sein hartes, steinernes Gesicht weicher. »Ach, wirklich? Ich wäre mir da nicht so sicher. So etwas haben Sie nämlich noch nie erlebt, Kleine, das kann ich Ihnen versprechen.«

»Finden Sie nicht, Sir, dass es Zeit wird, Hilfe anzufordern?«

»Von wem? Vom FBI? Von unserem allseits beliebten Amt für

indianische Angelegenheiten? Ich bin sicher, dass Canyon bereits unserem Babysitter Whitley vom BIA gesprochen und ihn über die Lage ins Bild gesetzt hat. Außerdem brauchen wir nicht noch mehr Männer. Wir haben genug Leute. Wir wissen nur nicht, wo wir sie einsetzen sollen. Wir müssen sorgfältiger nachdenken.«

Liana riss entsetzt die Augen auf, als sie hörte, wie Agent Whitley und John Canyon im gleichen Atemzug erwähnt wurden. Ihre Lippen bebten, und sie wandte sich rasch ab, um ihre Bestürzung zu verbergen, aber Yazzie schien ganz in eigene Gedanken versunken zu sein.

Welchen Grund sollte Canyon haben, mit Whitley zu sprechen, fragte sich Liana.

Es sei denn, der BIA-Agent stand ebenfalls auf Canyons Gehaltsliste …

Als Yazzie ihr damals befohlen hatte, sich an der Vertuschungsaktion nach dem Verschwinden von Maggie Carlisle zu beteiligen, war Liana drauf und dran gewesen, Whitley zu verständigen und sich ihm anzuvertrauen.

Sie schauderte. *Wenn ich tatsächlich angerufen hätte …*

Sie wollte gar nicht daran denken, was John Canyon Menschen antat, die aus der Reihe tanzten.

Yazzie starrte noch immer auf das Whiteboard und ließ das Zippo geschickt um die Finger der rechten Hand wirbeln, was Liana die ersten tausend Male, die sie es gesehen hatte, sehr beeindruckend fand. Schließlich verkündete er: »Spuren sichern!«, als wäre dieser Befehl die Antwort auf alle Fragen. Über die Schulter hinweg sagte er: »Schnappen Sie sich einen Spurensicherungskoffer.«

»Ja, Sir.« Liana wollte sich gerade auf den Weg zum Streifenwagen machen, als Yazzies Stimme sie innehalten ließ.

»Halt. Kommando zurück. Sparen Sie sich die Mühe. Nichts hiervon kommt je vor Gericht. Wir haben keine Zeit, Beweismittel in ein Labor zu schicken, und ein eigenes Massenspektrometer haben wir nicht. Also ist der Koffer nutzlos.«

Yazzie ging zu der Zelle, in der für kurze Zeit der Mann gesessen hatte, der sich Frank nannte. Um dorthin zu gelangen, musste er sich an Liana vorbeiquetschen, die ihm nicht rechtzeitig ausweichen konnte, sodass sie für einen Moment zwischen den Gitterstäben und der Vorderkante eines Schreibtischs gefangen war. Yazzie blieb ein paar Sekunden länger als nötig auf Körperkontakt. Liana sah, wie seine Nasenflügel sich blähten, als er an ihr vorbeistrich. Yazzie flößte ihr oft mit scheinbar zufälligen Berührungen Unbehagen ein. Es waren keine Übergriffe, aber Liana war aufgefallen, dass er gern dicht an sie herantrat, wie zufällig ihre Hand oder ihren Arm berührte oder an ihren Haaren roch.

Yazzie betrat die Zelle, nahm die Maglite vom Gürtel und leuchtete mit der Stablampe systematisch den Boden und die Pritsche an der hinteren Wand ab. Überraschenderweise hatte Franks Flucht durch die Wand in der Zelle selbst kaum Unordnung angerichtet, und der Großteil des Staubs und Schutts hatte sich draußen vor dem Gebäude auf dem Wüstenboden verteilt.

Yazzie beugte sich über die Pritsche und ließ den Lichtstrahl darüberhuschen; dann strich er leicht mit der Hand darüber hinweg. Nur ein einzelnes dünnes Laken bedeckte die Matratze, die auf einem Stahlgestell lag. Decken gab es keine und nur ein Kissen. Je weniger Betrunkene die Schlafpritsche mit ihrem Erbrochenen oder anderen Körperausscheidungen beschmutzen konnten, desto weniger Arbeit hatte man am Morgen.

Yazzie wollte gerade unter der Pritsche nachsehen, als das Funkgerät an seiner Schulter knisterte. Ernie Pitkas Stimme erklang: »Sir, ich habe Probleme mit dem Akkupack für die Drohne. Können Sie mir kurz helfen?«

Yazzie seufzte. »Verstanden. Bin unterwegs.« Er blickte Liana an und lächelte. »Also wirklich, bei dem Burschen erreicht der Aufzug manchmal nicht das Obergeschoss. Suchen Sie hier weiter. Ich bin gleich zurück.«

Kaum war der Captain verschwunden, atmete Liana tief durch. Sie respektierte Yazzie, und er behandelte sie stets fair, aber wenn sie mit ihm allein war, hatte er etwas an sich, das ihr Unbehagen einflößte.

Liana nahm die Suche wieder auf und besah sich eine Stelle, an der Abdrücke von Schuhsohlen zu sehen waren. Das Blut, das Frank von Kopf bis Fuß bedeckt hatte, war hier auf den Boden getropft, und Frank war hineingetreten. Liana wickelte sich ein Stück Klarsichtband um die Hand, rollte es behutsam über die Abdrücke und schaute nach, ob Partikel daran haften geblieben waren. Sie sah nicht viel außer Staub und Sand, die genauso gut durch ein offenes Fenster hereingeweht sein konnten. Allerdings fielen ihr kleine weiße Körnchen auf, die wie Salz aussahen.

Als sie die Matratze genauer in Augenschein nahm, lugte darunter der Rand von etwas hervor, das nach einem vergilbten Stück Papier aussah. Liana zog es heraus, vergewisserte sich mit einem Blick über die Schulter, dass sie noch immer allein war, und entfaltete den dünnen Zettel. Er entpuppte sich als Durchschlag für den Ladeninhaber aus einem Quittungsbuch, auf den »Red Bluff Trading Post« gestempelt war. Die handschriftliche Aufstellung der Waren war zu verblasst, als dass sie noch lesbar gewesen wäre, aber Franks Botschaft bestand auch nicht darin, sondern in dem Smiley aus Blut, den er mit dem Finger aufs Papier gemalt hatte.

Kapitel 29

Seite an Seite gingen sie auf den alten Schuppen zu, der hinter dem aufgegebenen Red-Bluff-Handelsposten stand. Obwohl Jahre vergangen waren, empfand Marcus es nach wie vor als beinahe surreal, dass der Mann neben ihm einst sein Feind gewesen war. Und jetzt? Jetzt wünschte Marcus sich niemand anderen an seiner Seite. Erstaunlich, wie sehr sich die Dinge innerhalb einer relativ kurzen Zeitspanne ändern konnten. Feinde konnten zu Freunden werden, und Menschen, die einem sehr nahestanden, konnten sich jäh von einem abwenden.

Seltsamerweise war Ackerman so ziemlich der einzige Mensch auf Erden, dem Marcus traute. Frank würde ihm immer den Rücken decken und bis in den Tod zu ihm stehen. Früher hätte Marcus das Gleiche über Andrew Garrison gesagt, den dritten Agenten in ihrem Team, aber ihre Freundschaft war abgekühlt, nachdem der Director der Shepherd Organization Andrew auf eine leitende Position vorbereitete. Andrew erfuhr nun Dinge, über die er mit niemandem aus dem Team reden durfte. Wenn sie sich unterhielten, spürte Marcus, wie die Spannung zwischen ihnen, die vielen Geheimnisse, die Rätsel und Lügen allmählich eine Mauer zwischen ihnen wachsen ließen.

Und Maggie ... Marcus konnte den Gedanken nicht ertragen, wie oft er sie verletzt und von sich gestoßen hatte.

Als könnte er Marcus' Gedanken lesen, sagte Ackerman: »Wir werden sie finden, Bruder.«

»Ich weiß. Ich habe nur meine Zweifel, ob sie dann noch atmet.«

Ackerman ging nicht darauf ein. Stattdessen fragte er: »Welche wunderbaren Spielzeuge hast du denn diesmal mitgebracht?«

Marcus hatte den viertürigen Jeep Wrangler mit so viel Ausrüstung vollgepackt, wie hineinging, und die Kisten in den Schuppen entladen, ehe Emily in den Wagen gestiegen und davongefahren war. Wie ein Händler, der seine Waren feilbietet, schob Marcus nun das Tor des Schuppens beiseite. »Wir haben vier MP5, ein Scharfschützengewehr Kaliber .50, diverse Sorten Handgranaten, C4-Ladungen und einen ganzen Berg Munition.«

»Hast du auch mitgebracht, worum ich dich gebeten hatte?«

Als Antwort ergriff Marcus eine zusammengerollte Decke, die auf den schwarzen Waffenkoffern lag, und breitete sie aus. Zum Vorschein kamen die Gegenstände, die sein Bruder angefordert hatte. Das Bowiemesser mit dem Knochengriff hatte Ackerman während der Suche nach Thomas White erworben. Die Klinge steckte in einer Scheide, die maßgefertigt war, sodass man sie unter dem Hemd auf dem Rücken verborgen tragen konnte. Hinzu kamen zwei Faustmesser des Gladiators, jenes Serienkillers, den das Team vor ein paar Monaten in San Francisco zur Strecke gebracht hatte.

Das dritte Objekt jedoch, die Uhr des Judas, war Marcus ein Rätsel und hatte ihm beunruhigend vor Augen geführt, welche eigentümlichen Gegenstände sein Bruder besaß und wie er darangekommen war.

»Was bedeuten dir diese Dinge, Frank?«, fragte er. »Besonders die Uhr.«

»Ich bin mir zwar nicht sicher, ob ich deine Frage verstehe, aber im Grunde sind sie meine einzigen Besitztümer auf Erden. Theodore zähle ich nicht dazu. Er ist mehr ein Neunauge, das sich an einen Weißen Hai heftet.«

Marcus schmunzelte. Theodore hieß der kleine Hund, den

Ackerman nach anfänglicher Abneigung ins Herz geschlossen hatte. Vor Marcus' geistiges Auge trat ein Bild seines Bruders, wie er ausgelassen mit dem kleinen Shih-Tzu-Welpen spielte. Marcus lachte leise. Emily hatte gemeint, es sei gut für Ackermans Psyche, wenn er sich um das Leben eines anderen Wesens kümmern müsse. Sie hatte recht gehabt. Marcus musste zugeben, dass zwischen dem Tier und seinem Bruder ein seltsames Band entstanden war, das Frank zu helfen schien. Der junge Hund befand sich zur Zeit in Rose Hill, Virginia, beim »Computer Man« Stan Macallan, ihrem technischen Direktor.

»Bist du sicher, dass Computer Man in der Lage ist, sämtliche Bedürfnisse Theodores zu erfüllen?«, fragte Ackerman, der sich beharrlich weigerte, Stan mit seinem richtigen Namen anzusprechen.

»Stan hat einen Doktortitel vom MIT. Da wird er es wohl schaffen, ein paar Tage auf einen kleinen Hund aufzupassen.«

»Da kennst du den Hund nicht. Ich bin immer noch der Meinung, dass Theodore in Dylans Obhut besser aufgehoben wäre.« Ackerman sprach von Marcus' Sohn.

»Tja, leider möchte sein Großvater, der auf die achtzig zugeht, keine Hunde im Haus. Er ist allergisch gegen Hundehaare.«

»Shih Tzus sind hypoallergene Tiere.«

»Und was heißt das?

»Sie haaren nicht.«

»Okay. Aber du weichst meiner Frage wieder mal aus«, entgegnete Marcus.

»Welcher Frage?«

»Behältst du diese Gegenstände als Trophäen von anderen Killern, die wir eliminiert haben?«

Ackerman zuckte mit den Schultern. »Für mich hängen jedenfalls viele schöne Erinnerungen daran. Das Bowiemesser mit dem Knochengriff hat schon das Fleisch netter Zeitgenossen zertrennt, besonders das von Mr. Craig, unserem Freund von der CIA.« Craig, angeblich ein Verhörspezialist, war in Wahrheit ein sadistischer Söldner gewesen. »Und nicht zu vergessen«, fuhr Ackerman fort, »das Fleisch unseres allseits geliebten Daddys. Die Faustmesser sind natürlich die Waffen, mit denen *du* den Gladiator überwunden hast.«

»Aber was ist mit Judas' Uhr?« Marcus zeigte auf den dritten Gegenstand. Ackerman hatte ihn der Leiche des Judas-Killers abgenommen. Eigentlich sollte die Uhr in einer Asservatenkammer Staub ansetzen, statt zwischen den Souvenirs seines Bruders zu liegen.

Als Judas' Zeitmesser erwähnt wurde, leuchteten Ackermans Augen auf. »Hab ich's dir nicht gezeigt? Dann pass auf, es wird dir gefallen.« Ackerman schob sich die titangraue Armbanduhr über das Handgelenk, drehte an der Krone der Uhr und zog einen langen dünnen Draht heraus, der sich im Gehäuse verbarg. »Ihr alle habt gedacht, das ist nur irgendeine Zwiebel, aber ich wusste es besser. Unser alter Freund Judas steckte voller Überraschungen, und dazu gehörte eine meisterhaft gefertigte Garotte, in seiner Uhr versteckt. Ich bin mir nicht ganz sicher, woraus der Draht besteht, aber er ist sehr scharf.« Als er die Krone losließ, schnellte der Draht automatisch ins Gehäuse zurück.

»Ich weiß nicht, was ich davon halten soll, dass du Trophäen aus unseren Fällen hortest«, murmelte Marcus.

»Außer meinen Büchern und einigen wenigen Kleidungsstücken sind diese Trophäen, wie du sie nennst, alles, was ich habe.«

Marcus hörte den Beiklang von Traurigkeit in der Stimme seines Bruders. »Das stimmt doch gar nicht, Frank. Du hast mich. Und Dylan. Und Maggie. Du hast eine Familie. Menschen sind viel wichtiger als jeder Besitz.«

Ackerman zog eine Braue hoch. »Du hast weder Emily noch Dad als Teil der Familie erwähnt.«

Marcus' Miene wurde kalt und hart. »Thomas White gehört nicht zu unserer Familie. Er war bloß ein Spermaspender. Und Emily …«

»… hat die Absicht, die Shepherd Organization zu verlassen.«

»Sie hat es dir gesagt?«

»Ja. Ehe sie aufgebrochen ist.«

Marcus hatte dieses Gespräch mit seinem Bruder erst führen wollen, nachdem sie Maggie gefunden hatten, aber ihm war längst klar geworden, dass die Dinge sich meist nicht so entwickelten, wie er es plante – zumindest nicht, wenn sie sein Privatleben betrafen. »Hör zu, Frank«, sagte er. »Emily muss tun, was für ihre Tochter am besten ist.«

Ackerman bewahrte seine steinerne Miene. »Ich habe keinerlei Hab und Gut, weil Besitz sinnlos ist. Zumindest die emotionale Bindung, die ihr Normalsterblichen zu euren Habseligkeiten aufbaut. Ich habe immer wieder erfahren müssen, dass alles, was wir unser Eigen nennen, binnen eines Wimpernschlags genommen werden kann. Diese Waffen sind nützliche Werkzeuge, im Ernstfall erprobt. Und ja, ich geb's zu: Die Erinnerungen, die sie in mir wecken, sind mir überaus angenehm.« Er wies mit einem Kopfnicken auf die Gegenstände. »Aber ich brauche das Zeug nicht um jeden Preis. Falls mir der Krempel abhandenkommt, finde ich mühelos andere Werkzeuge, mit denen ich die hier ersetzen kann. Mit Menschen ist es das Gleiche.«

»Menschen sind für dich genauso ersetzbar wie ein Messer?«

»Jetzt sei nicht so melodramatisch. Ich sage nur, dass einem beides genommen werden kann, Besitz *und* Menschen. Es hat keinen Sinn, deswegen Tränen zu vergießen. Man muss einfach weitermachen und die zur Verfügung stehenden Mittel nutzen.«

»Tränen vergießen?« Marcus riss die Augen auf. »Du hast *geweint*, weil Emily geht?«

»Quatsch. Sei nicht so begriffsstutzig.«

»Echt lustig, das gerade aus deinem Mund zu hören«, sagte Marcus. »Und deine Harter-Hund-Masche zieht bei mir nicht. Ich weiß, dass Emily dir viel bedeutet.«

»Ich halte Agentin Morgan für eine sehr tüchtige und faszinierende Person. Dank ihr ist diese Welt ein besserer Ort. Das bedeutet aber nicht, dass mein Leben sich verdüstert, nur weil Emily nicht mehr zu meinem persönlichen Bekanntenkreis zählt.«

»Na ja, hypothetisch gesprochen: Wenn dir Emily auf irgendeiner tieferen Ebene wichtig ist, müsstest du wissen, dass es zwischen euch niemals funktionieren könnte. Ihr beide habt zu lange Vorgeschichten. Also gräm dich nicht.«

»Ist das der Grund, weshalb ihr mir Emilys Pläne, die Shepherd Organization zu verlassen, verheimlicht habt? Seid ihr zwei der Meinung, mein Verhalten gegenüber Agentin Morgan ließe auf irgendeine Weise erkennen, dass ich …«

»Okay, okay. Wer ist jetzt melodramatisch?« Marcus hob beschwichtigend die Hände. »Der springende Punkt ist, dass Emily sich mit der Tätigkeit als Agentin mehr aufgehalst hat, als sie bewältigen kann. Deshalb hat sie beschlossen, wieder als Therapeutin zu arbeiten. Wenn ich mir überlege, wie selten ich Dylan sehe und wie schlecht ich mich deshalb fühle, kann ich ihre Gedanken durchaus nachvollziehen. Sobald Maggie in Sicherheit ist, verlässt Emily das Team. So viel steht fest. Du kannst darüber reden, oder du lässt es. Du kannst es an dich heranlassen oder nicht. Es ist allein deine Entscheidung.«

Ackerman fixierte ihn mit dem Laserstrahlblick, mit dem er Marcus schon lange nicht mehr bedacht hatte, und flüsterte: »Behandle mich niemals herablassend, kleiner Bruder, und wage es nicht, mich zu verhätscheln. Emily ist eine schöne Frau mit genau den exotischen Gesichtszügen, die ich von jeher attraktiv gefunden habe. Ich müsste lügen, wenn ich behaupten würde, dass mir nie ein unangebrachter Gedanke durch den Kopf gegangen wäre. Aber mir ist vollkommen klar, dass sich die Sünden der Vergangenheit im Bewusstsein der Menschen nie vollständig auslöschen lassen und dass eine Frau wie Emily niemals ein Monster wie mich lieben könnte.«

»So hab ich's doch gar nicht gemeint. Ich …«

Ackerman unterbrach in einem Tonfall, der klarstellte, dass es keine weitere Diskussion in dieser Sache geben würde: »Wir haben mit diesem Thema genug Zeit verschwendet. Sag mir lieber, wie du zu Canyons Ranch kommen willst, wenn Emily den Jeep nimmt. Wir hätten den Auflieger mit der Wolle und dem Kokain in der Mine einlagern und die Zugmaschine mit hierherbringen sollten. Ich habe dir schon mal gesagt, dass wir unsere Ressourcen nicht optimal nutzen.«

»Ich kann so eine Zugmaschine aber nicht fahren. Wo um alles in der Welt hast *du* das gelernt? Nein, stopp! Ich will es gar nicht wissen. Ich bin mir sicher, dass ich dann nur noch eine weitere schreckliche Geschichte aus deiner Vergangenheit erfahre.«

»Unser Dad, das Herzchen, hat es mir beigebracht. Eine der wenigen angenehmen Erinnerungen aus meiner Kindheit an diesen Mistkerl. Natürlich war ich auch als Trucker herausragend …«

»Natürlich«, spöttelt Marcus.

»Als ich den Truck schon nach ein paar Tagen beherrschte, war der Alte mal wieder mächtig stolz auf mich. Ich könnte dir beibringen, wie man die Zugmaschine fährt. Wie wär's?«

Marcus konnte nicht anders, er musste lächeln, als er seinem Bruder ins Gesicht sah und einen Anflug von Vorfreude über die Aussicht entdeckte, ihn in der Bedienung eines tonnenschweren Trucks zu unterweisen, wie ihr Spermaspender es bei ihm selbst getan hatte. »Wenn wir hier lebend rauskommen, lass ich mich gern unterrichten«, sagte Marcus schließlich. »Bis dahin brauchen wir die Zugmaschine nicht. Was unser Fahrzeugpark angeht, ist der Director auf meine Wünsche eingegangen.«

Ackerman blickte ihn skeptisch an. »Auf welche Wünsche?«

»Bringen wir den Kram ins Hauptgebäude. Dann kannst du mir helfen, mein neuestes Glanzstück zusammenzusetzen.«

Kapitel 30

Nach der Montage von Marcus' neuem Spielzeug beäugte Ackerman das merkwürdige tragbare Gefährt und meinte: »Sieht aus wie eine Kreuzung zwischen Geländemaschine, Quad und Panzerspähwagen.«

Je mehr er über die Funktionen des seltsamen Motorrads und dessen Design nachdachte, desto mehr hatte er den Eindruck, dass es ausreichend Stabilität und Kraft für eine Vielzahl von Anwendungsmöglichkeiten auf und abseits der Fahrbahn bot. Die Einzelteile waren zusammengelegt gewesen und hatten bequem in den Laderaum des Jeeps gepasst, zusammen mit den Waffenkoffern und Munitionskisten. Die Brüder hatten keine fünf Minuten gebraucht, um das kleine Motorrad mit den Ballonreifen zusammenzubauen. Mit etwas Übung, schätzte Ackerman, könnte er es doppelt so schnell schaffen. Ihm kamen zahlreiche Anwendungen für solch ein »Spielzeug« in den Sinn, und viele hatten nichts mit Transport zu tun.

»Erinnert mich irgendwie an ein Fahrzeug von G.I. Joe«, sagte Marcus.

»Wer?«

»Die Actionfiguren. Die hatte ich als Kind am liebsten. Die und die Star-Wars-Figuren.«

»Oh, verstehe. Tja, Dad hat mir kein Spielzeug erlaubt, weil es angeblich das Hirn eines Kindes schädigt. Die Skalpelle und Sonden, mit denen er in meinem Schädel herumgefuhrwerkt hat, hielt er offenbar für harmlos.«

Marcus zog sein betretenes Zeit-das-Thema-zu-wechseln-

Gesicht. »Das Bike nennt sich ›Tarus 2x2‹, soviel ich weiß. Es wird von einer russischen Firma gebaut und ist derzeit nur in Osteuropa zu bekommen.«

»Wie bist du dann an das Ding herangekommen?«

»Der Director hat mich zu Savoy and Sons Pawnbrokers in Washington geschickt.«

»Das erklärt natürlich alles. Und was ist das?«

»Nach außen ein Pfandhaus, in Wahrheit ein privates Arsenal illegaler Waffen. Dort hat man mir gesagt, ich soll mir nehmen, was ich brauche.«

Ackerman gab sich gekränkt. »Warum bin ich nicht auch zu diesem Waffeneinkaufsbummel eingeladen worden?« Er betrachtete das Bike. »Viel Platz bietet es nicht gerade. Bei deinem Sturmangriff wirst du nichts anderes mitführen können als eine MP5 und deine Pistole.«

»Richtig.« Marcus nickte. »Leichte Ausrüstung. Wo wir gerade beim Thema sind – was hast du mit der Angelschnur vor?« Er nickte zu der Rolle Hi-Seas-Grand-Slam-Schnur, die aus superdünnen Einzelfasern geflochten war. Ackerman hatte die Schnur zusätzlich zu seinen »Trophäen« angefordert. Sie war extrem dünn, hielt aber einem Gewicht von bis zu zweihundert Kilo stand.

»Ihre Anwendungsmöglichkeiten sind zu zahlreich, um sie alle aufzuführen«, sagte Ackerman. »Sobald du aufgebrochen ist, werde ich unsere Geiseln mit der Schnur und den Jutesäcken, die ich im Auflieger gefunden habe, neu fesseln. Solange sie sich benehmen, geschieht ihnen nichts. Wo wir gerade davon reden – ich würde gern noch mal auf unsere Richtlinien zurückkommen, was den Umgang mit Gegnern betrifft.«

»Die Regeln sind ganz einfach«, erklärte Marcus. »Niemand wird getötet, es sei denn, es gibt keine andere Möglichkeit. Das ist übrigens keine Richtlinie, sondern ein Gebot.«

»Ein Gebot?«, entgegnete Ackerman. »Gebote zu erlassen

steht allein Gott zu. Aber wo wir schon dabei sind – ich habe mir überlegt, dass wir unsere Definition der Lebewesen, die von deinem göttlichen Gebot geschützt werden, ausweiten sollten.«

Marcus verdrehte die Augen und ließ den Nacken knacken, bei ihm stets ein Zeichen für Angespanntheit. »Willst du etwa vorschlagen, dass wir Veganer werden? Ich habe das Gefühl, dein Theodore hat dir ganz schön den Kopf verdreht.«

»Oh ja. Meine Güte, wenn ich mir vorstelle, meinen Hund zu verspeisen. Man würde mich zu Recht als Unhold betrachten. Aber die gleichen Menschen, die eine solche Tat verurteilen würden, haben kein Problem damit, Kühe und Schweine zu essen, obwohl sie intelligenter und gelehriger sind als … als …«

»Was schaust du mich so an?«, fragte Marcus lauernd.

»Jedenfalls«, fuhr Ackerman fort, »hat unsere Kultur uns die Vorstellung eingepflanzt, das Leben der einen Kreatur sei wertvoller als das der anderen. Erklär mir, wieso das Leben eines Hundes kostbarer sein soll als das eines Schweins. Findest du das nicht heuchlerisch?«

»Keine Ahnung, Frank.« Marcus' Brooklyn-Dialekt wurde stärker, wie immer, wenn er eine Sache leid wurde. »Vielleicht ist es heuchlerisch, ja, aber irgendwann in der Vergangenheit haben unsere Ahnen nun mal entschieden, dass Schweine, Kühe und was weiß ich gutes Mastvieh sind und Hunde gute Gefährten und Helfer.«

»Aber du sagst doch immer, wir dürfen nicht einfach herumlaufen und töten«, sagte Ackerman.

»Menschen, Bruderherz, Menschen. Wer einem anderen das Leben nimmt, mischt sich in Gottes Plan ein.«

»Hat derselbe Gott nicht auch die Tiere erschaffen, die früher oder später auf deinem Teller landen?«

Verzweifelt warf Marcus die Arme hoch. »Okay, okay! Wenn wir das hier überleben, treten wir PETA bei. Jetzt muss ich mich aber für den Aufbruch fertigmachen, und du musst dich auf Besuch vorbereiten. Lange wird es nicht dauern, bis Yazzie und seine Leute die Ausnüchterungszelle durchsuchen und die Einladung finden, die du ihnen hinterlassen hast. Du musst bereit sein.« Er schmunzelte. »Aber du wirst ja wohl mit ein paar Rothäuten fertig.«

»Das hat General Custer sich auch gesagt«, entgegnete Ackerman, »bis Sitting Bull ihm einen Arschtritt verpasst hat.«

»Hast du überhaupt einen Plan, was du mit Canyon und seinen Leuten anstellst? Wie willst du sie lange genug beschäftigt halten, dass mir die Zeit bleibt, Maggie zu finden?«

Ackerman zwinkerte ihm zu. »Ich bin zuversichtlich, dass mir was Passendendes einfällt, wenn es akut wird. Außerdem – seit wann musst du dir um mich Gedanken machen?«

»Ich mache mir immer Gedanken um dich. Du bist nicht unzerstörbar. Eines Tages wirst du das lernen – auf die harte Tour.«

Ackerman zuckte mit den Schultern. »Vielleicht. Aber vergiss nicht, ich habe im Lauf der Jahre meine Fähigkeiten verfeinert. Ich weiß genau, wie weit ich mich antreiben kann und wozu ich fähig bin.«

Marcus schaute ihm fest in die Augen. Dabei rieb er über das Kruzifix-Tattoo auf seiner Brust – eine nervöse Angewohnheit, die Ackerman bereits von ihn kannte. »Ich hoffe, du hast recht, Frank«, sagte er. »Trotzdem sorge ich mich, dass du eines Tages danebenliegst. Ich weiß, dass du den Tod nicht fürchtest, aber diesmal steht Maggies Leben auf dem Spiel. Alleine schaffe ich es nicht. Wenn du es also vermasselst und getötet wirst … bitte nicht heute.«

»Du kümmerst dich um deine Aufgabe, Bruderherz, und ich mich um meine«, sagte Ackerman. »Ein Rat auch an dich: In diesen Hügeln laufen eine Menge Kojoten herum, aber auch mindestens ein Wolf.«

»Du redest von John Canyon?«

Ackerman nickte.

»Er ist im passenden Alter für den Taker«, meinte Marcus nachdenklich. »Glaubst du, er ist unser Mann?«

»Er ist ein Mörder. Ich bin mir aber nicht sicher, ob er auch der Killer ist, der mit deiner Zukünftigen durchgebrannt ist«, erwiderte Ackerman. »Okay, du musst dich jetzt auf den Weg machen. Ich werde hier noch ein bisschen aufräumen, bevor ich meine Gäste empfange.«

Kapitel 31

Dreißig Jahre zuvor

Das kleine Mädchen schrie, als es das Blut sah, das im Schlafzimmer seiner Mutter den Teppich tränkte.

Der Junge trat zu ihr, ohrfeigte sie grob, packte sie bei den Schultern und fuhr sie an: »Hol die Bleichlauge, los! Sie steht in der Küche unter der Spüle. Mom und ich müssen einen Toten loswerden.«

Xavier wusste, dass eine lange, anstrengende Befragung durch die Navajo Police, vielleicht sogar durch FBI-Leute vor ihm und Mom lag, wenn sie zuließen, dass es nach einem Todesfall durch Fremdeinwirkung aussah. Zum Glück wusste der Junge bereits, was er tun würde. Es war kein Plan, der in aller Eile aus dem Handgelenk geschüttelt worden war, oh nein. Er hatte ihn sich ausgiebig durch den Kopf gehen lassen. Für jeden Stammkunden seiner Mutter hatte er sich einen ähnlichen Entsorgungsplan ausgedacht.

Im Fall von Dr. Chee – diesem notgeilen Arzt, der versucht hatte, seine Mom zu erwürgen, und der vermutlich kein besonders erwähnenswerter Mediziner war, sonst hätte er außerhalb des Reservats für gutes Geld gearbeitet – sah Xaviers Plan vor, dass seine Mutter zuerst den Toten entkleidete. Dr. Chee war ein kleiner Mann von ungefähr der gleichen Größe wie Xaviers Mom. Mithilfe von ein paar Polstern würde es nicht schwierig sein, Mom so aussehen zu lassen wie den verblichenen Doktor. Zumindest aus der Entfernung.

Der Plan war aufgegangen. Unbehelligt waren Xavier und der falsche Dr. Chee in der Klapperkiste des Arztes, einem altersschwachen Station Wagon, losgefahren – direkt vor den Augen der neugierigen Nachbarn.

Sobald sie die Stadt hinter sich hatten, befahl Xavier seiner Mutter, auf eine alte Wüstenstraße abzubiegen, die von dichtem Gebüsch gesäumt wurde. Nach ein paar Meilen fuhr Mom an den Straßenrand und lenkte das Fahrzeug zwischen die Sträucher. Xavier ließ seine Mutter bei dem Station Wagon zurück, während er selbst durch ein trockenes Flussbett in tiefer Dunkelheit zurück nach Hause ging. Er holte die Leiche aus dem Haus, die Mom und er in Müllsäcke gehüllt hatten, und lud sie auf eine Schubkarre. Dann stapfte er durch das Flussbett zurück zum Kombi und lud die Leiche ins Heck. Xavier war überaus kräftig für sein Alter, aber er brauchte lange, bis er wieder bei Mom war, erschöpft und schweißgebadet.

Wieder fuhren sie mehrere Meilen in die Hügellandschaft.

Unterwegs erklärte Xavier Mom seinen Plan. »Wir fahren, bis wir eine gute Stelle gefunden haben. Ich hab schon ein paar Ideen. Wir legen die Leiche ab, damit die Kojoten sie fressen. Mit ein bisschen Glück gibt's keinen Fitzel mehr von Dr. Chee, bevor ihn jemand finden kann.«

Seine Mutter schluchzte, während sie den Wagen in die Dunkelheit lenkte. »Was ist mit dem Auto? Was sollen wir den Leuten sagen?«

»Dass Chee mich zu einem Ausflug eingeladen und dann versucht hat, mich zu missbrauchen, aber ich hab mich gewehrt. Die Wunden, die es beweisen könnten, hat er mir ja schon zugefügt. Ich fahre den Wagen zurück in die Stadt und verständige die Polizei. Ich sag ihnen einfach, ich hätte Dr. Chee zur Autotür rausgestoßen und dann mit dem Wagen die Flucht ergriffen. Natürlich werden sie ihn suchen, aber ich schicke sie in die falsche Richtung. Das Gebiet ist viel zu groß, um es vollständig abzusuchen.«

»Was ist mit mir? Die Nachbarn werden sehen, wie ich mit dir zurückkomme. Besonders die alte Mrs. Begay. Für die gibt's nichts Schöneres, als zu beobachten, wer mich besuchen kommt.«

»Von ihrem Fenster aus kann sie das Haus oder die Auffahrt nicht einsehen. Das hab ich überprüft.«

»Sei dir mal nicht so sicher.«

»Es spielt sowieso keine Rolle. Ich setz dich außerhalb der Stadt ab, und du folgst dem Flussbett zum Haus. Dann fahre ich das Auto nach Hause, und wir machen sauber. Anschließend rufen wir die Cops.«

Mit zittriger Flüsterstimme sagte Mom: »Das hast du dir alles im Voraus überlegt? O Gott …« An der atemlosen Angst, die in ihrer Stimme mitschwang, erkannte der Junge, dass seine Mutter ihn zum ersten Mal fürchtete.

»Nur damit das klar ist«, sagte Xavier. »Ich hab jetzt das Sagen, und es wird sich einiges ändern.«

Kapitel 32

Liana Nakai lenkte ihren Streifenwagen, einen Ford Explorer, vor den alten Red-Bluff-Handelsposten und hielt. Fast zwei Jahre lag es zurück, dass man die Gebäude mit Brettern vernagelt hatte. Der verstorbene Besitzer war weitläufig mit Liana verwandt gewesen; ihrer beider Großmütter hatten dem Bitter-Water-Stamm angehört.

Liana ließ den Motor noch einige Zeit laufen und die Scheinwerfer brennen, deren starkes Licht die Dunkelheit durchschnitt. Sie gab sich nicht die geringste Mühe, ungesehen zu bleiben – eine Gewohnheit aus der Kultur der Diné, in der es als unhöflich galt, sich unangekündigt dem Haus eines anderen zu nähern.

Nach zwei, drei Minuten stellte sie den Motor ab und stieg aus. Die Scheinwerfer, die auf das Haus gerichtet waren, ließ sie brennen. Irgendwie rechnete sie damit, dass Frank auf die Veranda trat und sie begrüßte, wie jeder es getan hätte, der sich in dieser Gegend aufhielt, aber es ließ sich niemand blicken. Nachdem der 3,5-Liter-Motor ein letztes Mal gerumpelt hatte, wartete Liana noch einen Moment neben dem Fahrzeug.

Nichts.

Dass niemand auftauchte, bedeutete zu Lianas Bedauern, dass sie das gruselige alte Bauwerk selbst durchsuchen musste. Sie konnte nur hoffen, dass Frank sie nicht umbrachte, sobald er sie sah.

Staub stieg auf und trug Wacholderduft heran, in den sich eigenartigerweise die schwachen Gerüche von Blut und Schweiß mischten. Mit der rechten Hand zog Liana die Glock aus dem

Holster und löste mit der Linken die Maglite-Stablampe vom Gürtel. Stumm ermahnte sie sich, ihre viel zu rege Fantasie zu zügeln.

Du bist kein kleines Mädchen mehr, das Rennechsen ins Gebüsch jagt, rief sie sich zur Ordnung. *Du bist Officer Liana Nakai von der Navajo Nation Police. Höchste Zeit, dass du dich auch so verhältst und deinen Mann stehst … deine Frau, genauer gesagt.*

Die Stufen zur Veranda quietschten und knarrten unter ihrem Gewicht. Liana erinnerte sich von früher, dass auf der Veranda verwitterte, geschnitzte Figuren standen, an denen der damalige Besitzer sich versucht hatte. Seit in Farmington ein Walmart eröffnet worden war, hatten viele Läden, die von Ansässigen betrieben wurden, Pleite gemacht, was Liana sehr bedauerte.

»Frank?«, flüsterte sie und schob sich durch die offene Vordertür.

Nur der Wüstenwind, der durch die zerbrochenen Fensterscheiben strich, antwortete ihr.

Das vordere Zimmer war der Verkaufsraum gewesen; an seiner linken Seite standen noch immer die langen Reihen selbstgebauter Holzregale. Vermutlich hatte vor hundertfünfzig Jahren ein Gemischtwarenladen im Wilden Westen ähnlich ausgesehen.

Wieder rief Liana nach Frank, ohne Antwort zu bekommen. Diesmal aber hörte sie ein leises schlurfendes Geräusch aus dem zweiten Raum, der früher als Lager gedient hatte. Liana erstarrte, sah sich um. Durch die Fenster des Verkaufsraums fiel fahles Umgebungslicht ins Innere – bleicher, silbriger Mondschein sowie das gelbe Licht der Scheinwerfer ihres Explorers.

Zögernd betrat sie den stockfinsteren Lagerraum, in den kein noch so blasses Licht mehr fiel. Die Dunkelheit war so vollkommen, das selbst der grelle Strahl der Maglite kaum dagegen anzukommen schien.

Dann sah sie ihn.

Frank saß mitten im Zimmer. Düstere Schatten schienen ihn zu umwabern, als gehorchten sie seinem Befehl und fürchteten ihn zugleich. Die Arme verschränkt, den Kopf gesenkt, saß er auf einer Lattenkiste, die vor langer Zeit Milchflaschen enthalten hatte. Er hatte sich eine frische Cargohose mit Tarnmuster übergezogen. Sein Oberkörper war nicht mehr nackt, sondern von einem eng sitzenden, langärmeligen schwarzen Shirt bedeckt, das aus einem Material bestand, das Liana an schweißableitendes Dri-Fit erinnerte. Unter dem Shirt zeichneten sich seine steinharten Muskeln ab.

Nach ihrer Einstellung beim Navajo Nation Police Department hatte Liana ein Fitnessstudio in Shiprock besucht und war dort vielen Bodybuildern begegnet. Aber so muskulös Frank auch aussah – bei ihm war es anders. Trotz seiner breiten Schultern waren seine Muskeln nicht so massig wie bei vielen Steroidjunkies im Fitnessstudio. Er wirkte eher wie ein Zehnkämpfer oder ein Triathlet. Sein Körper war trocken, hart wie Stein und mit Muskelsträngen bepackt. Adern und Sehnen traten deutlich hervor. Liana fragte sich, ob sein Körperfettanteil auch nur ein halbes Prozent betrug.

Einen flüchtigen Augenblick lang überlegte sie, wie es sich wohl anfühlte, wenn dieser Körper sich an sie schmiegte …

»Halten Sie die Hände, wo ich sie sehen kann, Frank«, forderte sie ihn leise auf – beinahe so, als wollte sie nicht, dass er sie hörte. Ackerman reagierte nicht. Besorgt ließ Liana den Strahl der Taschenlampe über seine Gestalt gleiten und suchte nach Verletzungen. Dabei fiel ihr auf seinem Hemd an der linken Körperseite ein feuchtglänzender Fleck auf. Blut tropfte aus der Wunde und sammelte sich am Boden.

Besorgt fragte sie sich, ob er noch lebte. Canyon musste ihn mit den Schrotschüssen schwerer verletzt haben als bislang angenommen. Oder Frank hatte sich bei seiner Flucht an der Verschalung des Postengebäudes eine Schnittwunde zugezogen. Wie auch immer – der Mann, der vor ihr auf einer Milchkiste verblutete, wirkte bei Weitem nicht so bedrohlich wie der Fremde, der erst vor zwei Stunden aus der Ausnüchterungszelle ausgebrochen war.

Liana trat einen Schritt auf ihn zu. Entschlossener und nachdrücklicher als zuvor verlangte sie: »Nehmen Sie die Hände hoch, Frank. Auf der Stelle.«

In diesem Augenblick entdeckte sie das Messer. Ein schweres Bowiemesser mit Knochengriff, das einen Schritt vor ihm aufrecht im Holzboden steckte. An der Klinge klebte Blut.

Einen schrecklichen Moment lang hatte Liana das Gefühl, in eine Stampede geraten zu sein. Es war fast totenstill, aber das Pochen in ihrem Innern war schier ohrenbetäubend.

Und noch immer hatte der große, narbige Mann sich nicht bewegt.

»Frank?«, sagte Liana. »Wenn Sie mich hören … ich lege Ihnen jetzt Handschellen an. Danach sehe ich nach Ihren Wunden und besorge Ihnen ärztliche Hilfe.«

Als er unvermittelt sprach, zuckte Liana zurück, als wäre sie von einer Klapperschlange gebissen worden. »Müssen wir alles wiederholen?«, fragte er. »Ich dachte, unsere Beziehung sei weit genug gediehen, dass ich meine körperliche Überlegenheit nicht schon wieder unter Beweis stellen muss.«

Liana hielt die Waffe vor sich wie ein Vampirjäger das Kreuz als Schutz vor dem Bösen. »Haben Sie nicht gehört? Sie sollen langsam die Hände heben!«

»Ziehen Sie sich eine Kiste heran, Officer Liana, und setzen Sie sich. Wir haben uns viel zu sagen, aber die Zeit reicht nur für wenige Worte.«

»Was haben mit Sie Toby Canyon und den anderen gemacht?«

»Oh, der Kindergarten. Die sind im vorderen Raum. Auf dem

Weg hierher sind Sie an denen vorbeigegangen.« Zum ersten Mal hob er den Blick zu ihr.

»Aber … ich habe niemand gesehen!«

»Weil Sie nicht genau genug hingeschaut haben. Aber lassen wir das. Mir fehlen die Zeit, die Energie und die rechte Muße, Ihnen eine weitere Lektion zu erteilen. Aber Ihren Kampfgeist bewundere ich aufrichtig.« Lächelnd schüttelte er den Kopf und musterte sie von Kopf bis Fuß. »Sie sind eine echte Ulknummer, Officer Liana. Ihre schnuckelige Uniform … und dann fuhrwerken Sie mit Ihrer hübschen kleinen Pistole herum, als könnten Sie sich damit auch nur ansatzweise vor mir schützen. Es ist wirklich ein Erlebnis mit Ihnen. Ich wünschte, wir hätten mehr Zeit zum Spielen, Liana, aber leider hat das Schicksal andere Pläne. Deshalb möchte ich Sie noch einmal freundlich bitten: Stecken Sie das Ding weg, und ziehen Sie sich eine Sitzgelegenheit heran.«

»Und wenn nicht? Was, wenn ich nicht nach Ihren Regeln spiele?«

Er fixierte sie mit seinen stechenden grauen Augen. Im Licht der Stablampe, das sich darin spiegelte, sahen sie aus wie zwei Teiche aus Feuer. »Wir alle müssen Spielregeln einhalten, Officer. Selbst ich bin an Raum, Zeit und die Gesetze der Physik gebunden. Sie können sich natürlich weigern, bei diesem Spiel namens Leben mitzumachen, oder sich Ihre eigenen Regeln ausdenken. Vergessen Sie aber nie, dass jede Aktion eine Reaktion nach sich zieht und jede Entscheidung ihre Konsequenzen hat. Und wenn Sie sich nicht an meine Regeln halten … nun, dann bin ich gezwungen, Ihnen eine Auszeit zu verordnen, Süße.«

Mit einem Laut des Unwillens schob Liana die Glock zurück ins Holster und zog eine zweite Milchflaschenkiste heran. Sie achtete darauf, ein paar Schritte Abstand zwischen sich und Frank zu halten. Während sie sich niederließ, sagte sie: »Halten wir eines mal fest: Ich bin nicht Ihr Schatz, Ihre Süße oder Ihre Blume der Prärie. Ich bin Officer Liana Nakai von der Navajo Nation Police, und mir ist es egal, wer Sie sind, ich erlaube niemand, in diesem herablassenden Ton mit mir zu reden.«

Er setzte sich auf, lächelte und nickte knapp. »Wie Sie wollen, Liana. Ich bewundere Frauen mit Mumm. Sofern es nicht zu viel Mumm ist.«

»Was ist hier los, Frank? Ich will die Wahrheit hören. Die ganze Geschichte.«

Er verdrehte die Augen. »Meine Geduld schwindet, Officer Liana.«

»Zu Captain Yazzie haben Sie gesagt, dass jeder gute Jäger vor allem Geduld braucht.«

»Damit wollte ich meinem Unmut Ausdruck verleihen, dass ich für Normalsterbliche immer alles wiederholen muss. Als müsste ich euch vorher sagen, was ich euch sagen werde, es euch dann sagen und euch anschließend sagen, was ich euch gerade gesagt habe. Das kann ganz schön enervierend sein …«

Frank verstummte, und sein Kopf sank nach vorn. Erschrocken bemerkte Liana die Veränderung, die mit ihm vorgegangen war: Er sah blass aus, seltsam leer – die Hülle des Mannes, der eben noch unbesiegbar erschienen war.

»Frank? Frank, wachen Sie auf«, drängte sie. »Ich fahre Sie zum Krankenhaus, sonst verbluten Sie.«

»Quatsch. Ich könnte Bäume ausreißen.«

»Aber … Sie sind gerade mitten im Satz bewusstlos geworden!«

»Ich bin bloß in mich gegangen. Wie wär's mit einem Spielchen?«

»Frank! Ich …«

»Sie kennen sicher ›Ich sehe was, was du nicht siehst‹. Wie wär's mit einer Variante? ›Ich rieche was, was du nicht riechst.‹«

»Hören Sie, Frank, jetzt ist wirklich nicht die Zeit …«

»Riechen Sie was, Liana?«

Mit einem ergebenen Seufzer schloss sie die Augen. »Ich rieche Wacholder, Staub, morsches Holz, Blut …«

»Sie haben ein feines Näschen. Aber ist da noch mehr, viel mehr.«

»Was hat das mit unseren Problemen zu tun?«

»Erinnern Sie sich, was ich Yazzie über die Jagd erzählt habe? Über die Faustregel, wie man seine Beute beschleicht?«

Liana versuchte, sich das Gespräch ins Gedächtnis zu rufen, aber die ganze Nacht erschien ihr verschwommen, ein wirres Durcheinander aus Chaos und Angst. Während sie sich zu erinnern versuchte, sank Franks Kopf wieder nach vorn.

»Ging es nicht darum, immer windabgewandt zu bleiben?«, fragte Liana.

Frank lachte leise. Selbst diese winzige Anstrengung schien ihn zu erschöpfen. Seine Lider flatterten, als er flüsterte: »Stimmt. Am wichtigsten ist …«

Francis Ackerman, der stets unbesiegbar wie ein Cyborg aus der Zukunft gewirkt hatte und jetzt hilflos wie ein Kind erschien, riss erneut der Faden. Und diesmal verlor er das Bewusstsein. Langsam sank er nach vorn und kippte von der Milchflaschenkiste auf den Fußboden.

»O Gott!« Liana fuhr sich durch das rabenschwarze Haar und rieb sich den Kopf, als sie fieberhaft überlegte, wie sie diesen großen, muskulösen Mann ganz allein aus dem Handelsposten schleppen und in den Explorer verfrachten sollte. Sie ging zu ihm, um seinen Puls zu fühlen und nachzusehen, ob sie ihn wecken konnte. Frank murmelte leise vor sich hin. Als Liana sich näher zu ihm beugte, sagte er leise, aber klar und deutlich: »Wir bekommen Besuch. Wenn es losgeht, verschwinden Sie im vorderen Raum. Bleiben Sie mir aus dem Weg. Ich kümmere mich um den Rest. Klar?«

»Frank, ich …«

»Haben Sie verstanden?«

»Ja.«

»Gut.« Frank blinzelte und ließ den Kopf erneut auf die schmutzigen Bretter des Fußbodens sinken.

Kapitel 33

Als kleines Mädchen hatte Liana den Tod ihres Großvaters miterlebt. Heute wusste sie, dass Grandpa an Lungenkrebs gestorben war, aber damals hatten sie kein Geld für Bilagáana-Ärzte, und die traditionellen Gesänge und Rituale der Diné zeigten wenig Wirkung. Sie erinnerte sich, wie Männer aus dem Stamm Großvater ins Freie trugen, als sie spürten, dass seine Zeit gekommen war. Auf diese Weise sollte es seinem *Chindi* ermöglicht werden, in die Geisterwelt überzugehen, statt sich im Haus festzusetzen, sodass sie es aus Furcht vor der Geisterkrankheit hätten niederbrennen müssen. Großmutter erklärte, das *Chindi* umfasse alles, was an einem Menschen schlecht sei – der dunkle Rückstand, den der Verstorbene nicht in universelle Harmonie bringen konnte.

Liana hatte ihrer Großmutter immer sehr nahegestanden und weigerte sich, ihr von der Seite zu weichen, ganz gleich, welche Gefahren von bösen Geistern drohten. Unmittelbar vor dem Tod des alten Mannes hatte Grandma ihr erklärt, sie dürften Großvaters Namen nicht aussprechen, und weder bei seinem Dahinscheiden noch irgendwann später dürften sie die kleinste Regung zeigen. Sichtbare Trauer unterbreche die Reise des Geistes in die nächste Welt und hole ihn in diese Welt zurück.

Als Liana nun auf die leblose Gestalt des Mannes blickte, der sich Frank nannte, sah er genauso leblos aus wie damals Großvater. Als er gestorben war, hatte Grandma gesagt, er hinterlasse nur ein schwaches *Chindi*, von dem keine große Gefahr ausgehe, aber als Liana nun an die Energie des Fremden dachte und dessen Narben betrachtete, die auf ein düsteres Vorleben schließen

ließen, wurde ihr klar, wie stark und gefährlich sein *Chindi* sein musste.

Was haben Franks geheimnisvolle Warnungen zu bedeuten, fragte sie sich. *Oder fantasiert er nur aufgrund des hohen Blutverlusts?*

In diesem Moment hörte sie draußen Bewegung.

Regelmäßige, schwere Schritte, zuerst dumpf auf harter Erde, dann polternd auf Holz. Jemand stieg die hinteren Stufen zum Handelsposten hoch. Der Posten stand auf einem Felsvorsprung, zu dem sich nur eine einzige schmale Straße hinaufwand. Der alte Besitzer war in Vietnam gewesen; er hatte die Gebäude auf dem Felsen errichtet, weil er nach seinen traumatischen Kriegserlebnissen stets freien Blick auf sämtliche Zugänge haben wollte. Vermutlich hatten Frank und sein Team sich den Handelsposten aus genau dem gleichen Grund ausgesucht.

Liana hatte keine Motorgeräusche gehört. Offenbar hatten die Angreifer ein gutes Stück entfernt geparkt und sich zu Fuß angeschlichen. Möglicherweise hatten sie alles beobachtet und beeilten sich jetzt, solange Frank außer Gefecht war.

Die Schritte wurden lauter und verstummten unmittelbar draußen.

Liana zog die Glock 22 aus dem Holster und richtete die Waffe auf die Tür, zu der die Stufen hinter dem Haus führten.

In dem Sekundenbruchteil, bevor die Tür aufflog, fragte Liana sich panisch, ob die Angreifer feuernd ins Gebäude kamen.

Die Wucht des Fußtritts ließ die Hintertür förmlich explodieren. Holz und Staub wirbelten durch die Luft. Trotzdem sah Liana den jungen Burschen, der mit einem AK-47 ins Gebäude stürmte. Sie erkannte ihn sofort. Es war Ramirez, einer von John Canyons Leuten. Yazzie hatte den Mann mehr als einmal in die Ausnüchterungszelle geworfen, nachdem die Canyon-Boys eine neue Lieferung Schwarzgebrannten bekommen hatten – oder eine neue Ladung Drogen, wie Liana stark vermutete.

Wie die meisten von Canyons Killern und Schlägern war auch Ramirez bei der Army gewesen. Canyon hatte vor Jahren eine Art Programm ins Leben gerufen, bei dem Gangmitglieder sich die Vorzüge einer Dienstzeit beim Militär zunutze machen sollten. Die meisten jungen Männer kamen nach ihrer Entlassung aus der Army zu ihm und erhielten Arbeit auf der Ranch. Angeblich hatte es von jeher zu Canyons Plan gehört, dass seine späteren Killer und Knochenbrecher auf Staatskosten eine Kampfausbildung bekamen; auf diese Weise waren sie einen Tick besser als andere. Zwar gab es unter seinen Leuten auch Versager, die er wegen ihres Verhaltens oder ihrer Sucht feuern oder beseitigen musste, aber es gab auch Asse, die sich beim Militär hervorgetan hatten und sich jetzt bereitwillig Master Sergeant John Canyon unterstellten.

»Keine Bewegung!«, rief Liana, den Finger am Abzug.

Das Halbblut namens Ramirez grinste sie an und hielt die Mündung der AK-47 auf den Boden gerichtet.

Liana leuchtete ihm mit der Stablampe direkt in die Augen. »Lassen Sie die Waffe fallen, oder …«

Ramirez schwenkte das Sturmgewehr an seiner Schulter mit einer Präzision zu ihr herum, die langen und harten Drill verriet. »Nehmen Sie die Pistole runter, Officer«, verlangte er. »Wir stehen auf der gleichen Seite.«

»Was reden Sie da. Ich habe mit Canyon nichts zu schaffen!«

Langsam legte Ramirez sich den Trageriemen des Sturmgewehrs über die Schulter und hob die Hände. Blutige Verbände bedeckten seine Linke, und Liana sah die Schwellungen und blauen Flecken in seinem Gesicht. »Sie irren sich«, sagte er und blickte auf den bewusstlosen Ackerman. »Schließlich sind wir beide hier, um Toby Canyon vor diesem narbigen Verrückten zu retten. Haben Sie ihn so hier vorgefunden? Haben Sie seinen Puls gefühlt?«

Liana öffnete den Mund, um zu antworten, als ihr ein plötzlicher Gedanke kam. *Wie lange war Ramirez draußen vor dem Gebäude? Hat er mich die ganze Zeit belauscht? Hat er auf den günstigsten Augenblick für seinen Angriff gewartet? Das würde Franks Bedingung erfüllen, dass ein Jäger Geduld haben muss. Warum aber sollte Ramirez mir Fragen über Franks Zustand stellen – Fragen, auf die er bereits die Antworten kennt?*

Es gab nur eine Erklärung: Das Halbblut wollte sie auf die Probe stellen. Und das wiederum ließ erkennen, dass sie keineswegs auf der gleichen Seite standen.

Liana sah, dass Ramirez mit der rechten Hand noch immer den Pistolengriff des Sturmgewehrs umfasste, auch wenn der Lauf jetzt zur Decke wies.

»Legen Sie das Gewehr weg«, sagte sie. »Dann reden wir.«

Ramirez lächelte verzerrt. Es war ein Ausdruck, der Liana kalte Schauer über den Rücken jagte. »Sind Sie etwa geil auf diesen Bilagáana, Officer Nakai?«, fragte er.

»Ich sagte, Sie sollen die Waffe weglegen, Mr. Ramirez!«

»Sie kennen meinen Namen? Interessant. Suchen Sie vielleicht einen Grund, mir näherzukommen?«

»Es ist mein Job, jeden Abschaum in meinem Distrikt zu kennen. Und jetzt runter mit der Waffe, verdammt!«

Ramirez verzog die Lippen. Sein linkes Auge zuckte. Beinahe wünschte sich Liana, er würde eine Dummheit begehen. Sie war überzeugt, schnell genug zu sein, um den Exsoldaten niederzuschießen, ehe er sie angreifen konnte.

Im nächsten Moment kam ihr ein erschreckender Gedanke. Eisige Furcht kroch in ihr hoch. Sie wusste, dass sie eine verhängnisvolle Fehleinschätzung begangen hatte.

Zuerst spürte sie eine Veränderung in der Atmosphäre, einen feinen Luftzug auf der Haut. Dann drückte auch schon der kalte Stahl einer Mündung auf ihren Nacken.

»Ich glaube«, sagte Ramirez' Partner, der sie von hinten bedrohte, »*Sie* sind es, die jetzt die Knarre hinlegen sollte. Ich wiederhole mich nicht gern.«

Liana fluchte unhörbar auf *Diné bizaad*, der Sprache ihres Volkes, gehorchte dann aber. Sie bückte sich und legte die Glock vorsichtig auf den Bretterfußboden.

»Braves Mädchen«, sagte Ramirez. »Jetzt runter auf die Knie. Hände über den Kopf. Wir wollen Ihnen nichts tun, Officer. Aber wenn Sie uns Ärger machen, zögern wir keine Sekunde.«

Wieder gehorchte Liana. Sie wusste, dass Canyon seinen Leuten befahl, Auseinandersetzungen mit Polizisten zu vermeiden und vor allem, keinen Cop zu töten, und seine Schläger wichen nie weit von seinen Befehlen ab.

Ramirez legte das Sturmgewehr wieder an, zielte auf Liana und winkte seinem Partner. »Dreh ihn um, Slim«, verlangte er. »Ich möchte mir den Kerl mal ansehen, der so viel Stunk fabriziert hat.«

»Ich dachte, du hättest ihn heute auf der Ranch gesehen«, erwiderte sein Partner.

»Ich hab gar nichts gesehen. Er kam aus dem Nichts und hat mir die Luft abgeklemmt, bis ich bewusstlos wurde. Bevor ich einen Blick auf den Typen werfen konnte, war alles vorbei.«

Slim, das Sturmgewehr im Anschlag, machte einen vorsichtigen Schritt auf Frank zu und stieß ihn mit dem Gewehrlauf an.

»Jetzt dreh ihn schon um«, verlangte Ramirez. »Wahrscheinlich lebt der Kerl nicht mehr. Sei nicht so lahmarschig!«

Slim bedachte das Halbblut mit einem wütenden Blick. »Wenn du so versessen drauf bist, 'ner Leiche in die Augen zu sehen, dann dreh ihn selbst um! Ich bin vollkommen zufrieden, wenn der Typ hier verblutet, bis Mr. Canyon kommt.«

Offenbar fürchtete der Dürre, Franks *Chindi* könne ihm nach Hause folgen – ein Gedanke, der auch Liana Angst einflößte, obwohl sie sich nie als Traditionalistin bezeichnet hätte. Während die beiden Männer einander beschimpften, fiel ihr etwas Merkwürdiges auf. Franks Bowiemesser mit dem Knochengriff, das vor ihm im Boden gesteckt hatte, war verschwunden …

Seltsam, ging es Liana durch den Kopf. Sie hatte nicht gesehen, wie jemand das Messer an sich nahm – weder Frank noch Ramirez oder Slim. Trotzdem war die Waffe verschwunden.

Das konnte nur bedeuten, dass Frank …

Liana hob den Blick von der Stelle, wo das Messer im Holz gesteckt hatte, schaute auf die Männer und sah, wie Ramirez zu Frank trat und ihn mit dem Fuß umdrehte.

Im gleichen Augenblick riss der Exsoldat die Augen auf und brüllte: »Handgranate!«

Kapitel 34

Ackerman wäre fast eingenickt, während er zuhörte, wie die Normalos sich zum Narren machten. Eine Zeit lang fand er die Auseinandersetzung ganz unterhaltsam, obwohl keine der Personen, die stritten und einander drohten, ihre Drohungen wirklich in die Tat umsetzen wollte. Die tatsächliche Gefahr ignorierten sie die ganze Zeit.

Ackerman hatte nur darauf gewartet, dass einer der drei versuchte, ihn umzudrehen und nach Lebenszeichen zu suchen. Der Mann, den Liana mit Ramirez angesprochen hatte, gab schließlich den Startschuss, indem er auf Ackerman zutrat und ihn auf den Rücken drehte.

Ackerman hatte über seine Schritte nachgedacht, seit ihm die Gerüche von billigem Rasierwasser, das scharfe Aroma von zweitklassigem Fusel und der Gestank von Schafskot in die Nase gestiegen waren – Gerüche, die jedem anhafteten, der für Canyon arbeitete. Diese Duftmischung, zum Red Bluff Trading Post hinaufgetragen von starken Aufwinden, die mit leisem Heulen den schroffen Abgrund hinter den Gebäuden hinauftosten, hatte Ackerman das Herannahen der Gegner verraten. Er hatte sogar den Geruch eines gut geölten Sturmgewehrs erkannt.

Von da an war es für Ackerman nur doch darum gegangen, den Halbtoten zu markieren und sich bereit zu machen.

Jetzt begrüßte er Ramirez mit dem Anblick einer scharfen Handgranate, deren Sicherungsstift abgezogen war.

Ackerman genoss den Anblick, als Ramirez entsetzt Mund

und Augen aufriss, beschloss dann aber, die Lage weiter zu verschärfen.

Er ließ den Sicherungshebel der Handgranate los.

Ramirez brüllte eine Warnung und stürzte zur Hintertür. Sein dürrer Partner und Liana flohen in den vorderen Raum.

Ackerman schleuderte ihnen die Rauchgranate hinterher, die bereits dichten Nebel versprühte. Dann zückte er das Bowiemesser mit dem Knochengriff, das er sich in den Hosenbund gesteckt hatte, schnellte vom Boden hoch und stürzte sich auf die fliehende Gestalt von Ramirez, den er als größere der beiden – allerdings kaum erwähnenswerten – Bedrohungen betrachtete.

Noch immer in Bewegung schwang Ackerman den Arm in weitem Bogen. Die Klinge, die er so scharf geschliffen hatte wie ein Rasiermesser, drang von hinten in Ramirez' Bein, durchtrennte mühelos Haut und Sehnen und fällte den Fliehenden. Das Halbblut prallte mit dem Gesicht auf den morschen Bretterfußboden.

Ackerman packte Ramirez' Gürtel und zerrte den schreienden Mann vom Ausgang weg, wobei ihm süßer Schmerz durch die verletzte Seite schoss.

Dass sein Gegner Exsoldat war, offenbarte sich in der Schnelligkeit, mit der Ramirez sich vom Schock seiner Verletzung erholte. Mit einem wütenden Aufschrei fuhr er zu Ackerman herum und versuchte, eine Serie von Schlägen anzubringen. Unter anderen Umständen hätte Ackerman es genossen, sich mit dem Halbblut zu messen, den er für einen ehemaligen Marineinfanteristen hielt. Doch er hatte einen weiteren Gegner und musste zugleich eine unschuldige Unbeteiligte schützen.

Ramirez war ein erfahrener Kämpfer. Er bot sämtliche miesen Tricks auf, die er auf den Straßen und beim Militär gelernt hatte, um Ackerman zu Boden zu werfen, hatte aber nicht den Hauch einer Chance. Seine Bemühungen fanden ein jähes Ende, als ihm das Messer in den linken Arm drang. Er ließ das Sturmgewehr los und kreischte vor Schmerz.

Ackerman ließ die Klinge stecken und entriss dem Gegner die Kalaschnikow. Während Ramirez schmerzerfüllt den Messergriff umfasste, zog Ackerman das Magazin aus dem AK-47 und warf die Patrone in der Kammer aus. »Angenehme Träume«, sagte er, ehe er Ramirez kampfunfähig machte, indem er ihm den Kolben der Kalaschnikow an die Stirn schmetterte.

Der Kopf des Halbbluts wurde mit beängstigender Wucht in den Nacken geschleudert. Ackerman war sicher, dass Ramirez entweder das Bewusstsein verloren hatte oder sich wünschte, es wäre so.

Das Gebäude hatte sich inzwischen mit Nebel gefüllt, doch Ackerman konnte im chemischen Dunst zwei Schemen ausmachen. Zum Glück waren sie leicht auseinanderzuhalten: Der verbliebene Angreifer war einen Kopf größer als Liana. Leider verhielt die junge Stammespolizistin sich nicht so, wie Ackerman sie angewiesen hatte. Er beobachtete, wie der kleinere Schemen auf den größeren zueilte und versuchte, diesem das Sturmgewehr zu entwinden.

Ackerman verdrehte die Augen. Allein zu arbeiten war sehr viel einfacher.

Er packte Ramirez' entladenes Gewehr beim Schaft und wirbelte es herum, sodass der Kolben zum vorderen Raum zeigte und der Pistolengriff zur Decke. Auf diese Weise war die Waffe ausbalanciert. »Liana! Runter!«, rief er, nahm den rechten Arm zurück und schleuderte die Waffe wie einen Speer gegen den Kopf des dürren Mannes. Als er den Rumpf verdrehte, um die größtmögliche Kraft in seinen Wurf zu legen, schossen ihm weißglühende Lanzen aus Schmerz durch die Bauchmuskulatur – für Ackerman der pure Genuss, während ein normaler Mensch das Bewusstsein verloren hätte. Aber er spürte auch die klebrige Wärme, als frisches Blut aus seinen Wunden schoss. Ihm wurde klar, wie gut Liana mit ihrer Einschätzung gelegen hatte: Wenn seine Wunden nicht bald behandelt wurden, verlor er zu viel Blut und starb.

Das Gewehr, das Ackerman zum Wurfgeschoss umfunktioniert hatte, traf sein Ziel und schleuderte den rattengesichtigen Mann mehrere Schritte zurück. Zu Ackermans Erstaunen blieb der Kerl auf den Beinen und behielt sein Gewehr in Händen. Immerhin reagierte Liana auf Ackermans Zuruf und zog sich geduckt von dem Eindringling zurück.

Ackerman war mit zwei langen, gleitenden Schritten beim Gegner, packte dessen Handgelenk, drehte ihm den Arm auf den Rücken und renkte ihm mit einem hörbaren Knacken die Schulter aus.

Der Mann brüllte auf und ließ das AK-47 los. Ackerman entlud die Waffe genauso wie zuvor das andere Gewehr. Der Dürre sank zu Boden und hielt sich den Arm, wiegte sich schmerzgeplagt vor und zurück und fluchte in der Sprache seines Volkes.

Ackerman hob die Nebelgranate auf, ging damit zur Hintertür und schleuderte das praktische kleine Ding über den Rand des Abgrunds.

Als er am benommenen Ramirez vorbeikam, zog er ihm mit einem Ruck das Bowiemesser aus dem Unterarm. Das Halbblut erlangte mit einem Schmerzensschrei das Bewusstsein wieder. Ackerman zog sich seine Milchflaschenkiste heran und wartete, dass der chemische Nebel, den die Granate hinterlassen hatte, sich verzog. Als die Sicht wieder annehmbar war, sagte er: »Wenn ihr zwei leben wollt, muss ich euch bitten, die Hosen auszuziehen.«

Rattengesicht, der im vorderen Raum noch immer vor sich hin jammerte, kreischte wild: »Du hast mir den Arm gebrochen!«

»Der ist nur ausgekugelt. Hör auf zu winseln. Du kannst dich glücklich schätzen, dass es nicht dein ungewaschener Hals war, den ich verdreht habe.«

Ramirez zog den Gürtel aus der Hose und schlang ihn sich als Aderpresse um den Arm. »Was werden Sie mit uns tun?«, fragte er.

Ackerman blickte von einem zum anderen und zuckte mit den Schultern. »Das liegt an euch, Freunde.«

Kapitel 35

Nur selten hatte John Canyon auf die traditionelle Weise seines Volkes gebetet, und er war nie daran interessiert gewesen, die alten Geschichten seines Volkes kennenzulernen. Jedenfalls nicht, bevor er in den Krieg gezogen war. Erst in den Nächten am Persischen Golf, wenn er am Abend zuvor seinen Schlafsack nach Walzenspinnen und Skorpionen abgesucht und den Reißverschluss bis an den Hals hochgezogen hatte aus Angst, irgendetwas Stachliges, Giftiges könnte versuchen, mit ihm zu kuscheln, hatte er sich an Gebete seiner Vorväter erinnert …

In Schönheit wandle ich
Mit Schönheit vor mir wandle ich
Mit Schönheit hinter mir wandle ich
Mit Schönheit über mir wandle ich
Mit Schönheit um mich wandle ich
Sie ist wieder Schönheit geworden
Hózhóogo naasháa doo
Shitsijí' hózhóogo naasháa doo
Shikéédéé hózhóogo naasháa doo
Shideigi hózhóogo naasháa doo
T'áá altso shinaagóó hózhóogo naasháa doo
Hózhó náhásdlíí'
Hózhó náhásdlíí'
Hózhó náhásdlíí'
Hózhó náhásdlíí'

Diese Gebete – zumindest die Abschnitte, die ihm noch einfielen – hatten Canyon geholfen, den Krieg zu überleben. Die gleichen Gebete hatten ihn ermutigt, später einen neuen Weg einzuschlagen – nicht nur für sich selbst, sondern für sein Volk.

Auch an diesem Tag rezitierte er stumm die Zeilen des Gedichts, als er an seinen Sohn dachte und sich ausmalte, was er dem Mann antun würde, der Toby entführt hatte. John und Toby waren einander nie wirklich nahe gewesen. Der Vater hatte früh beschlossen, dass es besser sei, wenn die Mutter des Jungen die täglichen Pflichten erledigte, während er sich darauf konzentrierte, seinem Sohn – und seinem Volk – ein Vermächtnis zu schaffen. Trotz aller Opfer, die er dafür gebracht hatte, schien Toby ihn abzulehnen. Canyon hoffte, dass es nur eine Phase war, wie alle jungen Krieger sie durchmachten – ein Übergang zum Mannesalter und nicht der verderbliche Einfluss der Bilagáana-Kultur.

Die Straße vor ihm war dunkel. Canyon saß am Lenkrad seines Pick-ups. Ihm folgte eine Kolonne seiner Leute in verschiedenen Fahrzeugen, ein Kriegstrupp auf dem Marsch. Der Rest der Welt schlief.

Genau wie mein geliebtes Eheweib, ging es Canyon voller Bitterkeit durch den Kopf.

Seine Gedanken schweiften zu Reyna. Seine Frau lehnte ihn noch heftiger ab als der Junge und verbrachte den Großteil ihrer Zeit in der Präsidentensuite des Casinos. Canyon nahm einen Teil Verantwortung auf sich, dass sich zwischen ihnen beiden eine unüberwindliche Kluft gebildet hatte. Aber es lag nicht nur an ihm: Ein wesentlicher Grund für Reynas ständige Abwesenheit war das Kokain, das sie sich jede Woche für umgerechnet fünftausend Dollar in die Nase pfiff, bis Canyon ihr vor Kurzem den Nachschub gedrosselt hatte. Erreicht hatte er damit nur, dass sie jetzt den ganzen Tag im Bett verbrachte.

Canyon schüttelte den Kopf. Er hatte keine Ahnung, aus welchem Grund Reyna so unglücklich war. Sie hatte alles. Sie war die Königin seines Reiches und wurde auch so behandelt. Diese Frau, die er einst aus der Gosse gezogen hatte, führte ein Leben in Saus und Braus. Canyon nahm an, dass Reynas Probleme auf eine unselige Verbindung ihrer Drogensucht und ihren seltsamen religiösen Vorstellungen zurückzuführen waren, weniger auf die Vernachlässigung durch ihn, ihren Mann.

Von Tobys Entführung wusste sie nichts, und Canyon hatte nicht vor, ihr etwas davon zu sagen.

Die Straße wand sich zwischen den Hügeln hindurch und hinauf zu einem großen Felsvorsprung, wo irgendein Trottel vor langer Zeit einen Gemischtwarenladen eröffnet hatte, den Red Bluff Trading Post. Er hatte die Unentwegten versorgt, die weit verstreut lebten und sich weigerten, die Gegend zu verlassen, obwohl die Erde und das Wasser durch den Uranabbau der Bilagáana größtenteils verseucht waren. Der Laden hatte schließen müssen, als er die Kunden, die tiefer im Tal wohnten, an den Walmart in Farrington verlor.

Ramirez hatte die blutige Lektion, die er erhalten hatte, offenbar kapiert, denn niemand anders als er hatte dieses Versteck der Fremden aufgestöbert. Der ehemalige Marineinfanterist war in Canyons Augen stets ein tüchtiger Soldat gewesen. Von seinem Versagen am Abend zuvor und seinem Kampf gegen die Sucht abgesehen, war Ramirez ein perfektes Beispiel für einen hoffnungsvollen Jungen gewesen, den Canyon aus dem Dreck geholt hatte. Ohne Canyons Intervention und Unterweisung wäre das Halbblut als namenloser Schläger geendet. Canyon hatte ihm die Hoffnung auf eine Zukunft geschenkt – genau das, was er seinem ganzen Volk schenkte.

Die Bilagáana hatten sein Volk auf eine Straße durch die Finsternis geschickt, aber genau wie die Scheinwerfer seines Wagens nun durch die Dunkelheit der Nacht schnitten, wollte Canyon ein Licht für alle Diné entzünden, die keine Hoffnung und keine Aussichten mehr hatten. Er schenkte ihnen einträgliche Beschäftigungen, gute, feste Unterkünfte und ein insgesamt besseres Leben.

Die Kolonne durchquerte eine Hügelkette und gelangte in das kleine Tal vor Red Bluff. Den Handelsposten konnte Canyon noch nicht ausmachen, vermutete aber, dass sie keine Meile mehr entfernt waren. In ein paar Minuten …

In diesem Augenblick geschah es.

Die Scheinwerfer seines Pick-ups rissen zwei Männer aus der Dunkelheit, die ihm auf der Straße entgegentaumelten. Canyon machte eine Vollbremsung. Die Fahrer seiner Kolonne hinter ihm reagierten gerade noch rechtzeitig und schlitterten kreuz und quer über die Straße, ehe sie zum Stehen kamen. Fluchend sprang Canyon aus dem großen Ford F-150 und näherte sich den taumelnden Männern. Beide trugen nur Unterwäsche. Die Hände waren ihnen auf den Rücken gefesselt worden; die Hosen hatte man ihnen über die Köpfe gezogen, sodass die Hosenbeine im Nachtwind wie ein Kopfputz hinter ihnen her flatterten. Sie stützten sich gegenseitig.

Einer der Männer war Ramirez, wie Canyon nun erkannte. Das Halbblut hatte sichtlich Mühe beim Gehen. Sein Unterarm und eine Wade waren verbunden; ebenso die Hand, die Canyon mit dem Steintomahawk bearbeitet hatte. Blut sickerte durch den weißen Stoff.

Der andere Mann war Slim, Ramirez' rattengesichtiger Partner.

Ramirez wich Canyons Blick aus. Weder er noch Slim versuchten, sich Ausflüchte einfallen zu lassen oder irgendeine windige Erklärung anzubringen. Sie wussten es besser.

Canyon nahm den Blick von seinen beiden unfähigen Gefolgsleuten und schaute hinauf zu dem alten Handelsposten, der sich auf dem Red Bluff erhob wie eine Burg auf einem Hügel. Canyon wusste, dass er nicht mehr auf das Überraschungsmoment zählen konnte. Es würde jetzt noch schwieriger sein, den Narbigen zur Strecke zu bringen. Er hatte mit seiner Übermacht anrücken wollen, um dadurch die Aufmerksamkeit Franks und seines unbekannten Helfers auf sich zu ziehen. Währenddessen sollten Ramirez und sein Partner, die bereits versteckt in Position waren, von hinten ins Gebäude eindringen und Frank durch einen Überraschungsangriff überwältigen. Dieser Plan war gründlich gescheitert.

Canyon würdigte beide Männer keines Blickes. »Ihr solltet auf uns warten.«

Ramirez starrte noch immer auf die unbefestigte Straße vor ihnen. »Es war meine Entscheidung, Sir. Wir dachten, wir könnten die Sache auf eigene Faust beenden. Dieser Frank ist schwer verletzt, und bei ihm war nur Nakai.«

»Liana Nakai?«

»Ja, Sir. Wir haben gehört, wie sie und der Fremde sich unterhielten. Sie beschwor ihn mehrmals, sich ins Krankenhaus fahren zu lassen, und dann wurde er bewusstlos. Er ist von seinem Sitz gekippt und mit dem Gesicht auf den Boden aufgeschlagen. Ich wollte diese Chance ausnutzen, Sir, aber der Kerl muss gewusst haben, dass wir da sind. Als wir ihn auf den Rücken drehten, hat er uns überrumpelt. Der Kerl ist bis an die Zähne bewaffnet! Er hat Handgranaten, Waffenkoffer, Munitionskisten, was weiß ich. Es sah aus, als wäre er auf einen Krieg vorbereitet.«

»Dann soll er seinen Krieg bekommen!« Canyon wandte sich der Kolonne zu und winkte Todacheeney herbei, seine rechte Hand. »Toad, fahr die beiden Idioten zurück zur Ranch und lass sie verbinden. Ich will nicht, dass einer von ihnen abkratzt, bevor ich Gelegenheit bekomme, sie eigenhändig umzubringen.«

Kapitel 36

Aus den Augenwinkeln beobachtete Ackerman, wie Liana nervös auf und ab ging und immer wieder verzweifelt die Arme hochwarf. »Das gibt's nicht!«, stieß sie hervor. »Das war's mit meiner Karriere! Das war's mit meinem *Leben!*«

Ackerman warf ihr einen teils genervten, teils amüsierten Blick zu. »Könnten Sie ein paar Mal tief Luft holen? Oder bis zehn zählen? Oder in eine Papiertüte atmen?«, fragte er. »Manche Leute hier versuchen zu arbeiten.«

»Ich verstehe Sie nicht«, entgegnete Liana kopfschüttelnd. »Wie können Sie so gelassen bleiben? Ein Trupp ausgebildeter Mörder ist Ihnen auf den Fersen, und die Gefangenen …«

»Oh, die sind brav«, sagte Ackerman. Er hatte Tobias Canyon und dessen Kumpane mit Angelschur und Jutestreifen gefesselt und unter die ehemalige Kassentheke des Handelspostens gesetzt. »Ich kann Ihre Besorgnis nachvollziehen, Officer Liana, aber ich habe die Lage voll im Griff. Bleiben Sie cool, und genießen Sie die Fahrt.«

»Kommen Sie mir nicht so herablassend! Ich bin Officer der Navajo Nation Police!«

Ackerman schaute zu ihr. Sie war wirklich eine Schönheit. Haar so schwarz wie die Mitternacht, hohe Jochbeine und eine makellose bronzene Haut. Doch ihre Wangen waren vor Aufregung gerötet, und in den Augen stand Angst. »Schon okay, Officer«, sagte er. »Trotzdem wäre ich Ihnen dankbar, wenn Sie es unterlassen könnten, so nahe beim Nitroglyzerin auf und ab zu stapfen.«

Liana erstarrte. Mit weit aufgerissenen Augen suchte sie den Boden um ihre Füße ab, als hätte sie eine Diamant-Klapperschlange rasseln gehört.

»Nitroglyzerin? Wollen Sie mich auf den Arm nehmen?«, flüsterte sie.

»Ganz und gar nicht. In dem Schuppen da draußen habe ich zwei Fässer mit gealtertem Dynamit gefunden. Normalerweise würde man deswegen die Feuerwehr rufen, um die Gefahr durch eine kontrollierte Sprengung beseitigen zu lassen. Für Feuerwehreinheiten in den ländlichen USA ist das durchaus eine alltägliche Beschäftigung. Wie Sie vielleicht wissen, schwitzt gealtertes Dynamit Nitroglyzerin aus. Das Nitro sammelt sich zu Pfützen und bildet einen höllisch brisanten Cocktail, den man ohne Zündschnüre oder Sprengkapseln mühelos zur Explosion bringen kann.«

»Und als Sie dieses höllisch brisante, schwitzende, hochgefährliche Dynamit gefunden haben, war Ihr erster Gedanke, es aufzusammeln und ins Haus zu bringen?«

»Man kann im Haus keinen Nagel einschlagen, wenn man seinen Hammer im Werkzeugschuppen lässt.«

Liana seufzte. »Bitte sagen Sie mir, dass Sie einen Plan haben.«

»Haben Sie draußen die alte gusseiserne Badewanne gesehen? Sie steht auf einer Sperrholzplatte mit Rädern, damit sie mobil ist. Ich habe sie neben dem Trailer gefunden. Ich vermute, der frühere Besitzer hatte die Räder drangemacht, damit er die Wanne in die Sonne ziehen und ein warmes Bad nehmen konnte. Zu schade, dass wir sie nicht benutzen können.«

»Benutzen?« Liana starrte ihn verwirrt an. »Wozu?«

»Nicht für ein gemeinsames Bad, so gern ich das genossen hätte.« Ackerman grinste sie an. »Ich hatte eine eher exotische Verwendung in Erwägung gezogen.«

»Und welche, wenn ich fragen darf?«

»Ich hatte mir überlegt, aus der Wanne eine Art fahrende Bombe zu bauen und sie den Hang hinunterrollen zu lassen. Das lange Gefälle hätte es möglich gemacht, mit dem Ding den Fuß des Felsens zu erreichen, wo Canyon das Lager für sich und seine Horde aufschlagen wird. Das Gusseisen hätte verhindert, dass eine Kugel, die auf die Wanne abgefeuert wird, das Dynamit trifft und vorzeitig zündet. Am Ende aber kam ich zu dem Schluss, dass die Unebenheiten der Straße und die damit verbundene hohe Wahrscheinlichkeit, dass die Wanne gegen einen Stein stößt und umkippt, bevor sie Mr. Canyon erreicht, sowie eine Vielzahl anderer Faktoren das Vorhaben undurchführbar machen. Es gab zu viele Variablen … Unsicherheitsfaktoren, könnte man sagen. So wie Sie.«

Liana zog eine Braue hoch. »Wie *ich?*«

»Oh ja. Unberechenbar sind Sie, das steht mal fest. Und eine krasse Ablenkung, wenn ich offen sein darf. Vergessen Sie nicht – Sie hätten niemals herkommen sollen. Mein Plan sah vor, die Sache alleine durchzuziehen. Daher sind Sie, Officer Nakai, ein Unsicherheitsfaktor. Eine zufällige Anomalie, die mir in den Weg geraten ist. Sie sind die Fliege, ich das Auto. Sie waren damit beschäftigt, Ihrem hübschen kleinen Leben nachzugehen, als Sie gegen meine Windschutzscheibe geklatscht sind. Nein, das ist eine schwache Analogie. Ich bin eher ein D-Zug als ein Auto. Oder besser noch, ein Jet. Und Sie sind das Vögelchen, das gegen die Pilotenkanzel geflattert ist …«

»Ihnen ist klar, dass es sehr wahrscheinlich zu einem Schusswechsel kommen wird? Hier, in diesem Gebäude? In diesem Raum hier!«, unterbrach sie ihn. »Und wenn eine Kugel das Dynamit trifft …«

»Dann wird's zappenduster.« Er unterbrach sie ebenfalls. »Ich bin mir der Eigenschaften meiner Sprengstoffe durchaus bewusst,

Officer Liana. Aber ich habe nicht vor, hier drin jemanden eine Waffe abfeuern zu lassen. Deshalb habe ich Vorbereitungen getroffen. Unsere Gegner müssten meine Nachricht jeden Moment erhalten und mit uns in Verbindung treten.«

»Welche Nachricht? Wie es aussieht, ist das Handynetz ausgefallen. Es ist in der Gegend hier nie besonders, aber auf dem ganzen Weg vom Posten hierher hatte ich keinen Empfang.«

»Ich weiß. Ich glaube, das liegt daran, dass Mr. Canyon den Kommunikationsfluss in seinem Königreich unterbrochen hat.«

»Diese Macht hat er nicht.«

Ackerman zuckte mit den Achseln. »Wie dem auch sei, wir sind kommunikationstechnisch von der Außenwelt abgeschnitten. Leider sind wir nicht mit einem Satellitentelefon ausgestattet. Tja, niemand denkt an alles, nicht einmal ich. Am wichtigsten aber ist erst einmal, dass wir unseren Angreifern die Warnung zukommen lassen, dass sie es nicht riskieren sollen, versehentlich den kleinen Toby abzuknallen, den Alleinerben des Canyon-Imperiums.«

»Eine Nachricht? Ohne Handy? Wie soll das gehen?«

»Ich habe ein Handfunkgerät, auf die passende Frequenz eingestellt, in die Hosentasche von Mr. Ramirez praktiziert …«

Ackerman verstummte, als er leise Motorgeräusche in der Ferne hörte.

»Wenn man vom Teufel spricht«, murmelte er. »Dann wollen wir mal.« Er öffnete den Koffer mit dem Barrett-Scharfschützengewehr und setzte die Waffe in aller Seeleruhe zusammen. Er brauchte keine halbe Minute, bis er ein Magazin einführte, das zehn panzerbrechende, vierzehn Zentimeter lange Patronen enthielt. Zum Schluss zog er den Schlitten zurück, sodass das erste Geschoss in die Kammer glitt und die Waffe feuerbereit war. Er legte das Auge an das Zielfernrohr, spähte hindurch. »Ah, da sind sie ja schon. Dann wollen wir ihnen mal einen Willkommensgruß schicken.« Er visierte sein Ziel an, das sich rasch näherte. »Lehnen Sie sich zurück, Officer Liana«, wiederholte er. »Bleiben Sie cool, und genießen Sie die Fahrt.«

Den letzten Satz beendete er mit einem Schuss aus dem Scharfschützengewehr.

»O Gott!« Liana eilte zum Fenster, hielt vergeblich danach Ausschau, worauf Ackerman gefeuert hatte, und rief: »Worauf zum Teufel schießen Sie?«

Er reichte ihr ein Fernglas. »Hier. Überzeugen Sie sich, dass ich niemanden getötet habe. Es sei denn, Sie zählen Mr. Canyons F-150 als Opfer. Bei den Summen, die manche Leute heutzutage für Autos ausgeben, ist es vielleicht gar nicht so abwegig, Fahrzeuge als Familienangehörige zu betrachten. Seien wir doch ehrlich. Viele Menschen haben kein Problem damit, vierzigtausend Dollar für ein Automobil hinzublättern, reagieren aber entsetzt, wenn sie den gleichen Betrag für die Bildung ihres Kindes aufbringen sollen.«

»Ich verstehe Sie nicht, Frank. Mit diesem ... Geschütz hätten Sie jemand töten können!«

»Ich habe aber nur den Motorblock zerschossen.« Durch das Zielfernrohr beobachtete Ackerman, wie der Pick-up Öl verlor und schwarze Qualmwolken ausstieß. Canyon hatte Mühe, das schlingernde Fahrzeug wieder unter Kontrolle zu bekommen und am Umkippen zu hindern. Dank seiner beachtlichen Fahrkünste gelang es ihm, den Pick-up an den Fahrbahnrand zu lenken.

»Ich wollte Canyon und Co die Botschaft übermitteln«, fuhr Ackerman fort, »dass wir gut bewaffnet sind und nicht wollen, dass sie näherkommen. Tja, die Nachricht ist angekommen. Jetzt bleibt ihnen keine andere Möglichkeit, als mithilfe des Funkgeräts, das ich ihnen zukommen ließ, Kontakt mit uns aufzunehmen. So einfach ist das.«

»Sie haben das alles *geplant?*«, fragte Liana fassungslos. »Sie wollten, dass Canyon und seine Männer hierherkommen und Sie finden?«

»Genau deshalb habe ich meine Visitenkarte in Ihrem Posten zurückgelassen. Als braves Mädchen hätten Sie es eigentlich Ihrem Vorgesetzten melden müssen, der wiederum Mr. Canyon zu benachrichtigen hatte. Sie haben es aber nicht getan. Tja, wie ich bereits sagte: Sie sind ein Unsicherheitsfaktor. Aber wie es aussieht, ist trotzdem alles so gekommen, wie es kommen sollte. Ich nehme an, Ihr Chef hat vermutet, was Sie tun würden, und hat Sie mithilfe der GPS-Ortung Ihres Streifenwagens verfolgt.«

»Mein Leben ist vorbei!«, flüsterte Liana; dann funkelte sie Ackerman an. »Vielleicht haben *Sie* das alles so geplant, aber was ist mit mir? Die beiden Männer, die Sie freigelassen haben, werden Canyon und Captain Yazzie sagen, dass ich mit Ihnen zusammenarbeite. Sie haben mich soeben zum Tode verurteilt!«

Er lachte. »Kaum. Sie haben in die Siegermannschaft gewechselt.«

»Ich glaube, Sie leiden unter übersteigertem Selbstvertrauen.«

»Warum sagt ihr Normalos mir das ständig?«

»Das überleben wir beide nicht, Frank.«

»Auch den Spruch habe ich schon so oft gehört.«

»Wie können Sie so verdammt gelassen sein?«

Er lachte stillvergnügt in sich hinein. »Kennen Sie den besten Indikator zukünftigen Verhaltens und zukünftiger Entwicklungen? *Früheres* Verhalten und *frühere* Entwicklungen. Und wie Sie sehen – trotz der Heerscharen von Gegnern, die versucht haben, mich zu töten, trotz all derer, die mir Narben zugefügt, mich gefoltert, niedergestochen und verbrannt haben – trotz alledem erfreue ich mich bester Gesundheit.«

Kapitel 37

Vergangenheit

Schließlich fragte Maggie: »Liebst du mich? Ja oder nein?«

Die unverblümte Frage erschreckte Marcus und ließ ihn zögern. Er war sich nicht sicher, wie er auf eine solche Frage antworten sollte.

Offenbar wertete Maggie sein Schweigen als Absage. »Das ist dann wohl die Antwort.«

»Hey, so einfach ist das nicht!«

»Oh doch. Entweder liebst du mich, oder du liebst mich nicht.«

»Es spielt keine Rolle. Du begreifst es nur nicht. Was meinst du, würde passieren? Dass wir heiraten, Kinder haben und sie zwischen unseren Fällen großziehen? Früher, da wollte ich nichts anderes als normal sein. Mit dir eine Familie gründen. Aber das geht nicht, weil ich nicht normal bin. Ich bin genauso kaputt wie die Kerle, die wir jagen.«

»Ich kann nicht aus der Organisation aussteigen, falls du das willst«, sagte sie.

»Ich weiß nicht, was ich will. Ich weiß nur, dass ich vor mir selbst nicht davonlaufen kann.«

Begleitet von kaltem, lastendem Schweigen fuhren Maggie und Marcus auf der Route 12 an Häusern, Geschäften und kahlen Bäumen vorbei, undeutliche Schemen am dunklen Rand der Scheinwerferkegel. Der Schneefall hatte nachgelassen, und Schneepflüge waren in voller Aktion. Sie hatten bereits drei davon gesehen, seit sie losgefahren waren.

Doch Marcus hatte gehört, dass der Sturm erst noch richtig losbrechen würde.

Dritter Teil

Kapitel 38

John Canyon stand mit verzerrtem Gesicht neben seinem schrottreifen Pick-up und starrte die Steigung aus sonnengebleichtem Schotter hinauf zu dem verlassenen Handelsposten. Im silbernen Mondlicht und den grellen Scheinwerferkegeln seiner Kolonne ließen sich die Umrisse der Gebäude gut erkennen. Canyon schätzte den Abstand auf fünfhundert Meter – eine Distanz, die die wirksame Reichweite der automatischen Sturmgewehre und Maschinenpistolen, die Canyon und seine Leute mit sich führten, überstieg. Sie selbst hingegen befanden sich in Reichweite des militärischen Scharfschützengewehrs, das Frank, der Mann ohne Furcht, dort oben einsetzte.

Canyon blieb nach außen hin gelassen. Die Jahre beim Militär und die Notwendigkeit, mit Dummköpfen zusammenzuarbeiten, hatten ihm ein ziemlich dickes Fell verschafft. Aber dieser Fremde war anders. Frank war in sein Haus eingedrungen und hatte ihn verdammt nervös, ja ängstlich gemacht. Einem Mann wie ihm war Canyon nie zuvor begegnet. Er schien vollkommen frei von Angst zu sein und besaß eine unheimliche und bedrohliche Aura, die Beklommenheit weckte. Seine Furchtlosigkeit schien in anderen Furcht zu wecken.

Canyon nahm das kleine Funkgerät zur Hand, das Toad in Ramirez' Hosentasche entdeckt hatte, und drückte den Knopf am Gehäuse. »Falls Sie mich hören, Frank: Sie haben sich deutlich ausgedrückt«, sagte er. »Wir halten uns zurück. Vorerst. Kommen.«

»Hallo, John«, hörte er die Antwort aus dem kleinen Lautsprecher. »Wie schön, Sie so rasch wiederzuhören. Ich nehme an, Sie haben meine vermisste Kollegin gefunden und sind nunmehr bereit, sie an mich zu übergeben. Falls dem so ist, erhalten Sie in Kürze Ihre Anweisungen. Falls nicht, bleibt Ihr Sohn weiterhin mein Gast. Ich versuche wirklich, es Ihnen so einfach zu machen wie möglich. Kommen.«

Canyon knirschte mit den Zähnen. »Sie werden für alles bezahlen. Erst entführen Sie meinen Sohn, jetzt zerstören Sie meinen F-150.«

»Sie haben vergessen, ›Kommen‹ zu sagen. Wie auch immer, Sie besitzen gewiss genug Drogengeld, um problemlos einen neuen Pick-up zu finanzieren. Kommen.«

Canyon packte das kleine Funkgerät so fest, dass er befürchtete, das Gehäuse zu zerbrechen. Er hatte keine Ahnung, woher dieser Verrückte so viel über ihn und seine Geschäfte wusste, aber eines stand fest: Der Kerl wusste zu viel, als dass man ihn leben lassen konnte.

Mit zusammengebissenen Zähnen erwiderte er: »Mein anderes Fahrzeug sehe ich auch nicht. Sie wissen, wovon ich rede. Von dem Truck, den Sie mir gestohlen haben, mit allen meinen kleinen Freunden darin. Kommen.«

»Keine Sorge, John. Ihren Schafen und Ihren Drogen geht es gut. Wussten Sie eigentlich, dass die Inka die Cocapflanze für ein Geschenk der Götter hielten? Und dass reines Kokain 1859 zum ersten Mal aus den Blättern der Cocapflanze isoliert und in Frankreich von 1863 an in Form von Cocawein verkauft wurde? Das muss ein wahrhaft berauschendes Getränk gewesen sein.«

»Ist mein Sohn bei Ihnen, oder ist er im Truck?«

»Er ist in Sicherheit. An Ihrer Stelle würde ich mir mehr Sorgen um mich selbst machen. Sie sind der Mann mit dem Fadenkreuz auf der Stirn, der befürchten muss, dass mein nervöser Zeigefinger am Abzug des BMG-Gewehres Kaliber .50 plötzlich zuckt, sodass Ihre Schafe ohne Herrn und Meister dastehen. Wissen Sie, was ein solches Kaliber einem Menschen antun kann, John? Natürlich wissen Sie es. Sie müssen es während Ihrer Zeit beim Militär beobachtet haben. Um einem solchen Schicksal zu entgehen, John, sollten Sie Ihre Fertigkeiten auf dem Gebiet der Spurensuche fruchtbareren Zielen zuwenden. Zum Beispiel, Maggie Carlisle zu finden und sie mir zu übergeben, um das Leben Ihren Sprösslings zu retten. Ist das soweit verstanden worden? Kommen.«

»Sie werden hier nicht lebend rauskommen!«

»Ich könnte Sie töten, John«, sagte Frank. »Jetzt, in genau diesem Augenblick. Und das ist Ihnen vollkommen klar. Dennoch beschließen Sie, mich herauszufordern?«

»Wenn Sie mich töten wollten, hätten Sie es längst getan. Ich habe Ihre Freundin nicht entführt! Sie bellen den falschen Baum an. Das ist Ihre letzte Chance. Sie kapitulieren auf der Stelle und übergeben mir die Geiseln und meinen Truck. Dann werde ich mir überlegen, was weiter geschieht. Vielleicht kommen Sie mit allen Körperteilen davon, Sie und Ihre kleine Partnerin. Kommen.«

»Tja, da wären wir also wieder in der Ausgangssituation. Sie sitzen da unten und behaupten, Sie hätten die Oberhand, während ich hier oben sitze und *weiß*, dass ich die Oberhand habe. Warum besteht ihr Normalos nur darauf, dass ich euch immer wieder meine Fähigkeiten beweise? Alles wäre viel entspannter, wenn ihr einfach auf bereits gemachte Erfahrungen zurückgreifen und zwei und zwei zusammenzählen könntet. Das würde uns allen viel Zeit sparen. Und die Zeit läuft ab, John. Für Sie und Ihren Sprössling. Kommen.«

Canyon riss der Geduldsfaden. »Ich bringe dich um, du Bilagáana-Bastard!«, brüllte er. »Dich und jeden, der dir wichtig ist. Ich habe dein Flittchen nicht! Ich weiß nicht, wo das Luder steckt! Und selbst wenn ich es wüsste – ich würde es dir nicht sagen, denn du hast es zu weit getrieben. Du kommst hier nicht mehr lebend raus, du narbiger Mistkerl. Ich sprenge dich und den beschissenen Posten da oben vom Angesicht der Erde. Mir kommen nämlich Zweifel, ob mein Sohn wirklich bei dir ist.«

»Oh, da liegt das Problem? Wenn Sie gern ein Lebenszeichen von Junior hätten – ich brauche nur einen Augenblick, um ihn auszuwickeln. Wir reden gleich weiter. Ende und aus.«

Kapitel 39

Um sich Informationen über Canyon zu beschaffen, hatte Marcus als Erstes das Grand Canyon Hotel and Casino aufgesucht und einem Barkeeper einen Hundertdollarschein zugeschoben. Auf diese Weise erfuhr er eine ganze Menge über Canyon und dessen Geschäfte. Er hörte auch, dass Mrs. Canyon nicht mit ihrem Gatten auf der Ranch lebte, sondern ihre Zeit fast ausschließlich in ihrer Suite im Casino verbrachte. Marcus interessierten die Eheprobleme der Canyons zwar nicht besonders, aber er wusste jetzt immerhin, dass er sich keine Gedanken machen musste, eine Unbeteiligte könne sich auf Canyons Anwesen aufhalten.

Canyons Ranch bestand aus Tausenden Morgen Weideland, auf denen Scheunen, Getreidesilos und Stallungen standen, in denen das Vieh untergebracht war, vorzugsweise Schafe. Maggie konnte in jedem einzelnen dieser Gebäude gefangen gehalten werden. Marcus hoffte, dass die Ranch nicht allzu stark bewacht wurde, solange Canyon und dessen Leute von Ackerman ablenkt wurden. Vermutlich gab es ein paar Posten, aber da seine Frau im Casino wohnte, war es auch denkbar, dass Canyon keine Notwendigkeit gesehen hatte, jemand zum Schutz seines Hauses zurückzulassen.

Marcus huschte von Schatten zu Schatten und schaute systematisch zuerst in die Nebengebäude der Ranch, bevor er sich in einem weiten Kreis dem Haupthaus näherte. Das ausgedehnte puebloartige Bauwerk konnte es mit jedem Herrensitz aufnehmen. Zwei Stockwerke in Hellbraun und Weiß, von einem Dach aus orangeroten Keramikziegeln gekrönt, mannshohe Fenster in der langgestreckten, eleganten Fassade.

Marcus schaute vom Haus zu den Stallungen für die Schafe, die er bereits durchsucht hatte. In einem der Ställe hatte er Werkzeug entdeckt, das dazu diente, Drogen für den Transport in falscher Haut und imitierter Wolle zu verbergen. Wie es aussah, betrieb Canyon den Drogenschmuggel in großem Maßstab. Marcus ging davon aus, dass Canyons Leute den Stoff über die mexikanische Grenze holten – oder die Kartelle brachten es über die Grenze zu Canyon. Die Rancher verbargen die Drogen dann am Körper der Schafe. Auf diesem Weg gelangten sie schließlich in den Süden der Vereinigten Staaten und von dort in jede Großstadt auf dem nordamerikanischen Kontinent.

Marcus empfand widerwillige Bewunderung für den Einfallsreichtum des Exsoldaten und dessen Bestreben, sich aus der Hoffnungslosigkeit der Welt zu befreien, in die er hineingeboren worden war. Marcus wusste um die Misere, in der John Canyons Volk sich befand, und nahm aufrichtig Anteil daran. Die Diné waren von den US-Behörden aus ihrer Heimat vertrieben und faktisch in Konzentrationslager gesperrt worden. Die Opfer dieser brutalen Zwangsmaßnahmen waren nur durch zwei Generationen von den heute lebenden Navajo getrennt. Der gleiche Staat hatte dann versucht, dem Volk systematisch seine Kultur zu nehmen mit dem Ziel, die Navajo in eine Gesellschaft einzugliedern, die von der US-Regierung als zivilisiert betrachtet wurde. Der Gedanke daran verursachte Marcus Übelkeit. Die Problematik hatte nie die öffentliche Aufmerksamkeit erhalten, die sie verdiente.

Doch er war nicht gekommen, um über soziale Ungerechtigkeit zu diskutieren. Er verfolgte nur ein Ziel: Maggies Rettung.

Einen Augenblick überlegte er, das Wagnis einzugehen und geradewegs ins Haupthaus einzudringen, aber er wusste, dass er damit riskierte, den gesamten Einsatz auffliegen zu lassen. Nein, es war besser, er blieb vorsichtig und kundschaftete die Lage noch eine Zeit lang aus, als kopfüber ins Haupthaus zu stürmen.

Während Marcus die Villa beobachtete, verdrängte er die Sorge um Maggie. Stattdessen schweiften seine Gedanken zu Ackerman. Ob sein Bruder mit dem Angriff der Übermacht fertigwurde? Marcus dachte an die zahllosen Gräueltaten und Ungerechtigkeiten, denen Ackerman ausgesetzt gewesen war und die er wie durch ein Wunder überlebt hatte.

Auch Marcus selbst war von Thomas White monatelang in völliger Dunkelheit gefangen gehalten und sowohl körperlicher als auch seelischer Folter unterzogen worden. Aber nichts von dem, was Marcus hatte erdulden müssen, kam dem Martyrium gleich, dem sein Bruder über viele Jahre hinweg ausgesetzt gewesen war. Mehr als einmal hatte Marcus Schmerz, panische Angst und erstickende Todesnähe verspürt, hatte sie aber nie auf eine Art kennengelernt wie Ackerman, den diese Hölle auf Erden zu einem vollkommen anderen Menschen gemacht hatte – ein Mann, der keine Furcht mehr kannte.

Und er selbst? Marcus hatte einmal geglaubt, aufgrund der eigenen traumatischen Erlebnisse die Fähigkeit entwickelt zu haben, Bedrohungen im Voraus kommen zu sehen, sodass er ihnen rechtzeitig entgegentreten konnte. Er war von dieser Vorstellung geradezu besessen gewesen. Saß er im Restaurant, behielt er die Eingänge im Auge, das Kommen und Gehen der Leute; er beobachtete jeden Menschen, schaute ihm in die Augen, achtete auf die Eigenarten jedes Einzelnen. Diese Angewohnheit hatte Marcus zu einem scharfen Beobachter werden lassen, der das Verhalten anderer analysierte, um ihr Handeln vorhersagen zu können.

Seine Triebkraft war die Angst, dass sich ein Wolf aus der Dunkelheit heranschlich und ein Schaf riss. Doch die Erfahrung hatte ihn gelehrt, dass Menschen, die im Licht standen, oft gefährlicher waren als jene, die sich in den Schatten duckten, und dass jede Art von Schutz oder Sicherheit, die diese Bezeichnung verdiente, Illusion war. Wenn Wölfe ein Schaf reißen wollten, bekamen sie es auch.

Mehrere Minuten lang beobachtete Marcus das Haupthaus, wurde zur Fliege an der Wand, zu einem Schatten unter den Schatten. Er achtete auf jede Einzelheit, mit der sich ein Wächter oder eine Überwachungskamera verriet. Nach allem, was er sah, bot die Ranch nur wenig auf, was Hightech-Sicherheitsanlagen anging. Andererseits war genau das der Knackpunkt bei erstklassiger Sicherheitstechnik: Die besten Systeme entdeckte man gar nicht erst. Bei dem vielen Geld, das Canyon zur Verfügung stand, bei den vielen Leuten, die er beschäftigte, wurde Marcus den Verdacht nicht los, dass John Canyons Zuhause in diesem abgelegenen Winkel der Navajo Nation sich eines Sicherheitssystems rühmen könnte, das einer Villa in Hollywood zur Ehre gereicht hätte.

Die Frage, die Marcus sich stellen musste, lautete nicht, ob das Haus Kameras und Alarmanlagen aufwies, sondern nur, ob es jemanden gab, der sie überwachte. Unter normalen Umständen hätte Marcus' Instinkt ihm geraten, abzuwarten und noch eine Weile zu beobachten, um die Routineabläufe besser kennenzulernen, aber er musste wissen, ob Maggie in dem Gebäude war.

Seine Ungeduld trieb ihn schließlich aus der Deckung. Er war es satt, zu beobachten und abzuwarten. Er war bereit zu handeln und herauszufinden, ob Maggie sich in dem Gebäude befand – und ob John Canyon wirklich ihr Entführer war.

Falls Maggie überhaupt noch lebte.

Geduckt bewegte er sich auf den Herrensitz zu, die schallgedämpfte MP5 im Schulteranschlag, und sah sich nach möglichen Zielen um. Er huschte direkt zum Eingang. Wie sagte Ackerman so gern? Die kürzeste Verbindung zwischen zwei Punkten ist immer die Gerade. Solche Feststellungen traf Ackerman oft. In seinem Fall aber dienten sie meist als Rechtfertigung, weil er jemandem die Nase blutig geschlagen oder Schlimmeres mit ihm angestellt hatte.

Je näher Marcus dem Haus kam, umso schneller bewegte er sich. Als er die Vordertür erreichte, trat er mit voller Kraft gegen eine Stelle direkt neben dem Knauf und brach das Schloss aus dem Rahmen. Das Türblatt schwang nach innen, doch es war kein Alarm zu hören, zumindest noch nicht.

Es war Marcus ohnehin egal. Die Grenze war überschritten. Er hatte seine Furcht jetzt endgültig hinter sich gelassen.

Nahezu lautlos huschte er durch das Erdgeschoss des ausgedehnten Hauses. Er spürte, wie zugleich mit der Anspannung seine Aggression wuchs; beinahe hoffte er, ein Wächter würde es wagen, sein Gesicht zu zeigen, sodass er seine aufgestaute Wut abreagieren konnte.

Im Parterre gelangte er in ein großes Foyer, dann in ein Wohnzimmer, das über zwei Etagen ging, von dort in ein Esszimmer, ein Frühstückszimmer, eine Bar, die keine Wünsche offenließ, eine Küche, mehrere Badezimmer und ein Arbeitszimmer. Sämtliche Räume waren geschmackvoll mit echtem indianischen Kunsthandwerk und Devotionalien von Canyons Volk ausgestattet.

Während Marcus von Raum zu Raum vordrang, hielt er ständig nach einer Treppe Ausschau, die in einen Keller führte. Obwohl es mehr als genug Fälle gab, dass ein Killer sein Mordzimmer in einem oberen Stockwerk eingerichtet hatte, zog es die meisten ins Untergeschoss oder in einen Keller, als sollten ihre Opfer noch zu Lebzeiten unter der Erde und dem Grab nahe sein. Ein Keller vermittelte zudem ein Gefühl der Abgeschiedenheit und Isolation.

Erst am Ende seines Streifzugs entdeckte Marcus den Zugang in die unterirdischen Tiefen von Canyons Herrensitz. Er schaltete das Licht ein, stieg ein paar Stufen hinunter und schloss leise die Tür hinter sich.

Marcus atmete tief durch, stählte seine Nerven für das, was immer er finden würde.

Maggies Leiche?, schoss es ihm durch den Kopf.

Sein Adrenalinpegel jagte in die Höhe, doch er bemühte sich, Körper und Emotionen zu beherrschen. Er zwang sich, langsam weiterzugehen, leise und wachsam. Er spitzte die Ohren, lauschte, hoffte auf ein Geräusch, eine Bewegung, irgendeinen Hinweis, dass etwas falsch oder fehl am Platz war.

Vor allem achtete er auf Geräusche, mit denen sich ein Feind verriet, der ihm auflauerte.

Da war nichts.

Marcus nahm die nächsten Stufen ins Halbdunkel des Kellers, noch immer angespannt lauschend.

In diesem Moment hörte er es.

Leise, aber unverkennbar.

Ihm stockte das Herz. Er hatte dieses Geräusch schon einmal gehört. Man vergaß es nie.

Das Geräusch, wenn man auf eine scharfe Tretmine tritt.

Kapitel 40

Vergangenheit

Marcus zog sanft den Arm unter Maggie Carlisles nacktem Körper hervor. Sie bewegte sich träge, rollte die Schultern und sagte müde: »Du brauchst endlich mal ein richtiges Bett.«

»Das ist ein richtiges Bett.«

»Das ist ein Futon. In der Todeszelle schläft man besser als bei dir.«

»Ich weiß nun mal, wie man Mädels behandelt.«

Marcus erhob sich. Der dünne Stahlrohrrahmen des Futons knarrte, als er sein Gewicht verlagerte.

Maggie gähnte. »Wo willst du hin?«

»Nirgendwohin. Schlaf weiter. Ich brauche eine Schmerztablette. Mir platzt der Schädel.«

Maggie drehte sich herum und zeigte ihren wundervoll geschwungenen, gebräunten Rücken und ihr goldblondes Haar.

Kapitel 41

Mit jedem Ticken der Uhr spürte Ackerman, wie das Leben mehr und mehr aus ihm herauslief. Er betrachtete seinen Körper als eine Maschine, die zu Erstaunlichem fähig war, die aber wie jedes mechanische Wunderwerk Schmiermittel und Treibstoff benötigte. Doch seiner Maschine ging allmählich der Sprit aus. Nur war es bei ihm kein Benzin, sondern Blut. Ganz gleich, wie zäh er war, wie raffiniert, wie stark – ohne Blut würden seine Zahnräder und Kolben bald stillstehen.

Ehe er sich diesem Problem zuwenden konnte, musste er John Canyon und dessen Kriegstrupp in die Schranken weisen. Zuerst die Abschreckung des Feindes vor den Toren, bevor er sich die Zeit zum Bluten nehmen durfte.

Ackerman ging in die Hocke, sodass sein Kopf auf gleicher Höhe war wie der von Toby Canyon, den er mit der Hi-Seas-Angelschnur an einen alten Holzstuhl gefesselt hatte. »Du wirst jetzt ein braver Junge sein. Sag deinem Daddy, dass alles okay ist, und dass es dir gut geht«, verlangte Ackerman.

Tobias Canyon starrte ihn trotzig an. Mit dem rechten Arm hielt Ackerman ihm das kleine Walkie-Talkie hin und nickte – das Zeichen an den Jungen hineinzusprechen.

Mit hasserfülltem Gesicht beugte Toby sich zu dem kleinen schwarzen Kästchen vor. »Dad … es tut mir leid. Aber es geht mir einigermaßen.« Plötzlich sprudelte er hervor: »Ich weiß, wo sie den Truck versteckt haben! Er steht …«

Ackerman riss das Sprechfunkgerät von Tobys Lippen und verpasste ihm eine Ohrfeige.

Tobys Kopf flog herum. Er spuckte Blut auf Ackermans schwarzes Shirt, stieß wilde Flüche aus beschimpfte ihn in einer Sprache, die Ackerman nicht kannte; deshalb interessierte es ihn auch nicht. Er rechnete damit, dass schon bald sehr viel mehr Blut floss.

Er wartete, bis der Junge verstummt war; dann sagte er: »Okay, mach deinem Herzen Luft. Aber ich drück den Sendeknopf des Funkgeräts erst dann, wenn du deinem Erzeuger genau das sagst, was ich dir befohlen habe, kapiert?«

Ackerman unterstrich seine Anordnung, indem er die Spitze seines Bowiemessers im Takt seiner Worte gegen die weiche Stelle unter Tobys Kinn drückte. »Halt dich diesmal an die Spielregeln«, fügte er hinzu. »Es macht mich immer rasend, wenn die Leute meine Regeln missachten.«

Kapitel 42

Marcus hatte sich geirrt. Das leise Klicken, das er beim Hinuntersteigen der Treppe gehört hatte, war nicht das Geräusch einer Tretmine gewesen. Er erkannte seinen Irrtum, als die Stimme des Mannes erklang, der sich hinter den nackten Treppenstufen versteckte: »Keine Bewegung. Die Finger von der Waffe, und die Flossen hoch! Na los!«

Marcus verbiss sich einen Fluch. Für so etwas war jetzt definitiv nicht die Zeit. Stattdessen rief er sich das klickende Geräusch in Erinnerung. Es musste das Einrasten eines Hahns gewesen sein, der gespannt worden war. Aber das Klicken passte weder zu einer abgesägten Schrotflinte, noch zu einer halbautomatischen Pistole …

Mit einem Mal hatte Marcus die Erklärung: Es hatte sich wie die Aktivierung einer Sprengfalle angehört, weil eine gut geölte Trommel sich gedreht hatte, als der Hahn zurückgezogen wurde. Das Klicken stammte von einem altmodischen Revolver.

Marcus' MP5 war einem Sechsschüsser in fast jeder Hinsicht überlegen. Der Abzugswiderstand seiner Waffe lag erheblich niedriger als bei einem Revolver selbst mit gespanntem Hahn. Der Mann unter der Treppe hatte außerdem den Nachteil, zwischen den Stufenbrettern hindurchfeuern zu müssen.

Ich muss schnell genug die Treppe runter, überlegte Marcus, *und der Kerl hat mich aus dem Visier und muss neu auf mich zielen.*

Die weitaus stärkere Bewaffnung hatte er selbst. Mit der vollautomatischen MP5, die am Gurt vor seiner Brust hing, konnte er die ganze Treppe in Kleinholz verwandeln.

»Ich ergebe mich!«, stieß Marcus in gespielter Furcht hervor. »Bitte, tun Sie nichts Unüberlegtes. Ich werde jetzt …«

Noch während er sprach, warf er sich nach vorn, riss noch in der Luft den rechten Arm mit der Waffe hoch, richtete sie auf den Gegner und zog den Abzug durch. Der Feuerstoß riss Splitter aus dem nackten Holz, die zusammen mit dem Rauch des verbrannten Schießpulvers und den leeren Patronenhülsen durch die Luft wirbelten.

Marcus versuchte, geschmeidig zu landen, prallte aber mit der Schulter so hart auf den Betonfußboden, dass es ihm für Sekunden die Luft nahm. Doch für Blessuren hatte er jetzt keine Zeit. Er rollte sich in Deckung, warf das Magazin aus, griff in die Tasche seiner Kampfweste, um ein frisches herauszuholen …

Und hielt inne, als er eine zittrige Stimme hörte: »Mister, ich will Sie nicht verletzen, aber wenn es sein muss, schieße ich. Keine Bewegung!«

Marcus starrte in die Mündung einer 12er-Flinte, offenbar eine Polizeiausführung, denn die Waffe wurde von einem Mann gehalten, in dem er Ernie Pitka erkannte, einen der beiden Officers aus der Substation der Navajo Nation Police.

Fieberhaft überlegte Marcus, wie er den jungen Stammespolizisten ausschalten konnte. Aber jede Möglichkeit, die ihm einfiel, barg das Risiko, entweder selbst getötet zu werden oder Pitka lebensgefährlich zu verletzen. Und wenn Maggie jetzt dabei wäre, das wusste Marcus, würde sie ihn an seine eigenen Worte erinnern und ihn ermahnen, ihre eigentliche Aufgabe niemals aus den Augen zu verlieren: Sie retteten Menschen. Sie verletzten sie nicht. Sie töteten sie nicht. Auch wenn es manchmal nötig war, sich zu wehren, verteidigten sie sich immer mit dem Ziel, Menschenleben zu schützen, nicht zu beenden.

Trotzdem, Marcus konnte sich nicht einfach ergeben. Er konnte sich nicht einfach festnehmen lassen. Nicht nur sein eigenes Leben stand auf dem Spiel, auch Maggies. Und Ackermans. Wer konnte sagen, wie viele Menschen der Taker noch tötete, dieser Serienkiller, der eine Fährte aus Blut, Schmerz, Tränen und zerstörten Familien hinterließ. Sie mussten seinem Treiben ein Ende setzen.

Marcus überlegte, wie leicht es wäre, den Flintenlauf zu packen und an die Decke zu richten, während er gleichzeitig ein Messer aus der Kampfweste zog.

Doch auch er hatte einen Kodex, nach dem er lebte. Und dieser Kodex sah nicht vor, einen unschuldigen Cop zu verletzen, der nichts weiter versuchte, als in einem korrupten System seinen Job so gut zu machen, wie er konnte.

»Hände hoch! Sofort!«, rief Officer Pitka.

Marcus gehorchte. »Okay, ganz ruhig. Wir stehen auf der gleichen Seite. Ich weiß über Sie Bescheid, Pitka. Ich weiß, dass Sie ein guter Cop sind.«

»Auf die Knie. Langsam.«

»Okay, okay.«

In diesem Moment hörte Marcus schwere Schritte im Rücken. Dann erschien Yazzie in seinem Blickfeld.

Der Captain stellte sich zu seinem Untergebenen. Er rang nach Atem, während er sich das Hemd auszog. Als er die Uniform abstreifte, wurden drei 9-Millimeter-Geschosse sichtbar, die sich in seine Schutzweste gebohrt hatten. Mit rauer Stimme sagte er: »Mann, was haben wir heute für einen Spaß, wir alle. Ist fast wie Paintball, tut nur mehr weh.«

Yazzie beendete seine Bemerkung damit, dass er Marcus seinen silbernen Colt Peacemaker mit den goldenen Verzierungen über die Schläfe zog.

Bevor ihn Schwärze umschloss, sah Marcus noch das Aufblitzen von Metall und das wutverzerrte Gesicht Captain Yazzies.

Kapitel 43

Drei Wochen zuvor

Zum dritten Mal schaute Maggie auf den Zettel mit der Adresse, die Baxter Kincaid für sie herausgefunden hatte.

Sie vertraute den Fähigkeiten des Privatdetektivs, aber diesmal schien er sich geirrt zu haben. Ihr Vater war ein trunksüchtiger Versager und hatte seine Familie im Stich gelassen. Er könnte sich niemals ein Haus wie das leisten, vor dem sie stand. Der Garten war professionell gepflegt, allerdings nicht so extravagant, dass die Sträucher in Gestalt von Tieren geschnitten gewesen wären oder Marmorspringbrunnen den Garten geziert hätten. Doch Bäume und Sträucher standen vollkommen symmetrisch, und die Blumen blühten wunderschön in einem perfekten ästhetischen Gleichgewicht. Es war ein Haus von der Art, in dem glänzende, sterile, nichtssagende Plastikfamilien lebten. Als Villa konnte man den zweistöckigen Ziegelbau zwar nicht bezeichnen, aber er gehörte definitiv der gehobenen Kategorie an.

Während auf ihren Vater das genaue Gegenteil zutraf.

Irgendetwas an dem Haus verursachte Maggie eine Gänsehaut, obwohl alles harmonisch und in perfekter Ordnung war – ganz so, als stamme der Entwurf von ihr. Auch die leisen Stimmen, die sich sonst immer in ihrem Hinterkopf meldeten, wenn etwas nicht stimmte, schwiegen. Trotzdem kam es Maggie vor, als passte hier irgendetwas nicht zusammen. Ihr Vater konnte unmöglich in diesem Haus wohnen. Das Zuhause ihrer Kindheit war nie so aufgeräumt gewesen, so friedlich und harmonisch. Sie hatte ihre Kindheit im absoluten Chaos verbracht.

Nach der Entführung ihres Bruders hatte die Ehe ihrer Eltern kein Jahr mehr gehalten. Mom stürzte in einen finsteren Abgrund der Verzweiflung und zog sich in sich selbst zurück, während ihr Vater versuchte, sich zu Tode zu trinken. Wenn einer von beiden aus seiner Grube der Selbstzerstörung stieg, ließen sie ihren Zorn aneinander aus, während Maggie allein und verängstigt dabeistand und an nichts anderes denken konnte als daran, dass sie ihren Bruder nicht beschützt hatte. Dass sie für das Chaos verantwortlich war, das ihre Familie vergiftete.

Immer öfter hatte sie ihre Eltern schreien und schimpfen gehört, war aber nie Zeugin geworden, wie ihr Vater die Hand gegen ihre Mutter erhob. Maggie hatte gelernt, die Streitereien auszublenden; sie hatte nicht einmal bemerkt, mit welcher Intensität ihre Eltern sich gegenseitig mit ihrem Hass bespien.

Genauso war es an dem Tag gewesen, an dem ihr Vater sie verlassen hatte. Er hatte Mom beschimpft und ihr dann ins Gesicht geschlagen. Als sie das Klatschen der Ohrfeige und den Aufschrei ihrer Mutter hörte, hob Maggie, die verängstigt bei den Eltern am Küchentisch saß, den Kopf. Sie sah, wie Mom zurücktaumelte, über einen Stuhl stolperte und zu Boden stürzte. Sie erinnerte sich, wie Vater sich entschuldigt und Mom angefleht hatte, sich zu beruhigen. Doch ihre Mutter war keinen Worten mehr zugänglich gewesen und hatte auf der Stelle die Polizei gerufen.

Nichts davon war für Maggie besonders traumatisch gewesen. Seit der Entführung ihres Bruders war sie in gewisser Weise immun gegen den Schmerz, gegen die Streitereien ihrer Eltern und deren Gleichgültigkeit gegenüber ihrer Tochter. Doch der Ausdruck im Gesicht ihres Vaters, als er von Mom zu ihr, Maggie, blickte und dann mit nichts als den Sachen, die er am Leib trug, das Haus verließ, verfolgte sie seit jenem Tag bis in ihre Träume hinein. In seinem Gesicht war nichts als kalte Berechnung gewesen. Maggie hatte seine Gedanken mit schrecklicher Deutlichkeit lesen können: Er hatte abgeschätzt, ob es im Haus noch jemanden gab, den er liebte. Und dann hatte er binnen einer Sekunde entschieden, dass weder seine Frau noch seine Tochter es wert seien, dass er sie mitnahm.

Ihr Vater wurde zur Fahndung ausgeschrieben, und in den nächsten beiden Jahren hörten sie fast nichts von ihm oder über ihn. Das Wenige, das ihnen zu Ohren kam, waren schlechte Neuigkeiten. Schließlich blieb jede Nachricht aus. Ein wenig hatte Maggie sogar gehofft, ihr Vater wäre gestorben.

Eine Sekunde blinden Zorns, eine rasche und folgenschwere Entscheidung gegen Frau und Tochter, und ihr Vater war für immer aus ihrem Leben verschwunden.

Bis jetzt.

Maggie zwang sich, ihre Abneigung gegen das Haus zu überwinden. Sie stieg aus dem Mietwagen und näherte sich wie im Traum dem Gartenweg. Um sie her, auf den Nachbargrundstücken, tollten und kreischten Kinder, sprangen mit lautem Platschen in die Swimmingpools. Von den Terrassen wehte Grillgeruch heran. Maggie zitterte, als sie auf den kleinen altweißen Klingelknopf neben der Tür drückte und auf Bewegung im Haus lauschte.

Ein Mädchen von elf oder zwölf Jahren öffnete die Tür. Maggie hatte mehr Mühe, sich ihre Empfindungen nicht anmerken zu lassen, als stünde sie einem Massenmörder gegenüber. Das kleine Mädchen war modern gekleidet und frisiert, aber davon abgesehen hätte sie aus einem von Maggies Alben mit ihren Schulfotos stammen können. Bronzefarbene Haut, blondes Haar, blaue Augen … ganz wie ihr Vater.

Das Kind, das bald kein Kind mehr sein würde, hielt ein Mobiltelefon in der Hand und blickte kaum davon auf. »Kann ich Ihnen helfen?«

Maggie fragte sich für einen Moment, ob sie träumte. Wäre Marcus dabei gewesen, hätte er sich vermutlich nicht zurückhalten können und erklärt, die Situation erinnere an eine Szene aus *Das Imperium schlägt zurück*. Zumindest galt das für den alten Marcus. Maggie vermisste ihn. Fast so sehr wie ihren Bruder.

Zum Glück kamen ihr die Worte ganz von selbst über die Lippen, nachdem sie sich geräuspert hatte. »Hallo. Sind deine Eltern zu Hause?«

Die Daumen des Mädchens tanzten über das Display. Sie schien die Frage nicht zu hören, rief dann aber: »Dad!«

Maggie war dankbar, dass das Mädchen an die Tür gekommen war und ihr ein paar Sekunden Zeit verschafft hatte, sich an die Situation anzupassen. Jetzt war sie imstande, eine Miene kühler Gleichgültigkeit zu zeigen und keine Verwirrung, wenn ihr Vater kam, um sie zu begrüßen.

Er sah besser aus, als sie ihn je zuvor gesehen hatte. Offenbar war er seit längerer Zeit nüchtern, und er schien körperlich in besserer Form zu sein als auf den Fotos in seinem Highschool-Jahrbuch. Nur seine Haare waren nicht mehr sandblond, sondern schlohweiß.

»Entschuldigen Sie meine Tochter. Sie …«

Maggie hatte bereits die Sonnenbrille abgenommen. Sie wollte, dass er sie deutlich sehen konnte, wenn er näherkam, und hoffte, dass er seine verlassene und vergessene Tochter wenigstens wiedererkannte.

Seine aufgerissenen Augen verrieten Maggie, dass ihr dieser Wunsch erfüllt worden war.

Sie zog die keimresistente Lederbrieftasche, die Marcus ihr geschenkt hatte, aus der Kostümjacke, klappte sie auf, um sich auszuweisen und versuchte, in genau dem Ton zu sprechen, den sie bei jemandem angeschlagen hätte, den sie vernehmen wollte. »Special Agent Maggie Carlisle. Ich muss Ihnen ein paar Fragen stellen, Mr. Carlisle.«

Die Hände ihres Vaters zitterten, und seine Augen traten so weit hervor, als wollten sie jeden Moment aus dem Schädel platzen. Er trat auf Maggie zu und drängte sie von der Haustür zurück, die er hinter sich ins Schloss zog.

Maggie traten Tränen die Augen. Mit dieser simplen Bewegung sprach ihr Vater Bände. Er hatte die Tür zwischen seinem neuen Leben und seiner älteren, vergessenen Tochter zugeworfen.

Von Wut angestachelt rief Maggie: »Sie haben ein wunderschönes Haus, Mr. Carlisle.«

»Ich habe mir oft überlegt, was ich sagen würde, Mags …«

»Nennen Sie mich nicht so. Ich bin hier, weil ich etwas erfahren muss. Um es gleich klarzustellen – Sie sind für mich nichts weiter als irgendein Arschloch, das mir zufällig über den Weg läuft.«

Er nickte und schaute ihr in die Augen. »Das habe ich verdient.«

»Sie verdienen sehr viel Schlimmeres. Wovon bestreiten Sie Ihren Lebensunterhalt, Mr. Carlisle?«

»Ich habe eine Spedition. Hör zu, Maggie, im Moment ist es nicht sehr günstig. Vielleicht sollten wir uns später …«

»Jetzt ist genau der richtige Moment. In Tommys Fall hat es neue Entwicklungen gegeben. Sie erinnern sich noch an ihn? Ihren Sohn Tommy?«

»Lass uns später zusammen einen Kaffee trinken. Da gibt es einiges, wovon du nichts weißt. Du hast viele Gründe, wütend auf mich zu sein. Aber *wenn* du schon wütend bist, dann sollte es wenigstens aus den richtigen Gründen so sein.«

Maggie grub die Nägel ihrer linken Hand in ihre Handfläche, um ihre Wut zu zügeln und die Fassung zu wahren. »Sie werden mir ein paar Fragen beantworten. Jetzt und hier. Danach sehen Sie mich nie wieder, ganz wie Sie es wollten.«

»Das habe ich nie gewollt, Mags. Hör zu, deine Großmutter hat mir gedroht. Sie hat gesagt …«

Maggie hob beide Hände. »Das ist mir egal. Ich muss Ihnen nur ein paar Fragen stellen. Es geht um den Tag, an dem Ihr Sohn Tommy entführt wurde.«

»Mags, verdammt noch mal, das will ich dir doch gerade erklären! Tommy war dein Bruder, aber nicht mein Sohn.«

Maggie wandte eine Technik der Aggressionsbewältigung an, die Ackerman ihr beigebracht hatte: Sie stellte sich vor, wie sie ihren Vater körperlich verletzte. Damit unterdrückte sie das Verlangen, ihm im wirklichen Leben etwas anzutun. »Haben Sie wieder geheiratet, Mr. Carlisle?«, fragte sie.

»Ja.«

»Wie heißt Ihre neue Frau?«

»Teresa.«

»Weiß Teresa, dass Sie Frau und Kinder im Stich gelassen haben?«

»Verdammt, Maggie, da gibt es so vieles, was du nicht weißt!«

»Wie viele Kinder?«

Er senkte den Blick und fuhr sich durch das weiße Haar. »Zwei Jungen und ein Mädchen.«

Maggie schloss die Augen und stellte sich vor, wie sie ihrem Erzeuger den Pistolengriff ins Gesicht knallte. Ihr Vater hatte wieder geheiratet. Sie war darauf vorbereitet gewesen, aber aus irgendeinem Grund war ihr die Möglichkeit, er könne weitere Kinder haben, nie in den Sinn gekommen.

Wenn er die Kinder, die er bereits hat, schon nicht will, ging es Maggie durch den Kopf, *weshalb dann noch mehr in die Welt setzen?*

Sie reckte sich, stand kerzengerade vor ihm. »Sag mir, was ich nicht weiß.«

»Das kann ich im Augenblick nicht. Wir treffen uns später, in Ordnung? Dann …«

»Entweder redest du jetzt mit mir, oder ich schleife dich in die nächste Polizeiwache und vernehme dich dort. Was meinst du, würde das deiner neuen Familie gefallen?«

»Es tut mir leid, Mags. Wirklich. Willst du das hören? Auch ich habe viel durchgemacht, und ich habe versucht, aus meinen Fehlern zu lernen und etwas Neues anzufangen.«

»Fehler? Wir sind *Fehler* für dich?«

»Nein, ich … Ich wollte damit nur sagen, dass ich jetzt versuche, ein besserer Ehemann und Vater zu sein. Aber ich bin nicht allein an allem schuld. Deine Mutter … ist dir nie aufgefallen, dass Tommy ein dunkler Typ war?«

»Alle in der Familie haben einen dunklen Teint. Worauf willst du hinaus, verdammt?«

Ihr Vater seufzte. »Ich habe einen DNA-Test machen lassen. Tommy war dein Halbbruder, Maggie, aber nicht mein Sohn. Deine Mutter … sie hat herumgehurt. Deshalb habe ich mit dem Trinken angefangen. Ich hätte gern den Mut aufgebracht, dich ebenfalls dem DNA-Test unterziehen zu lassen, aber es hätte mir das Herz gebrochen, wenn sich herausgestellt hätte, dass du …«

»Hör sofort auf!«

»Deine Mutter hat mir die Schuld gegeben, als Tommy entführt wurde. Und deine Großmutter hat mir gedroht, der Polizei zu sagen, dass ich …«

»Halt den Mund!«, schrie Maggie.

Ihr Vater zuckte zurück, blickte auf die Fenster seines perfekten neues Hauses. Offenbar wollte er nicht, dass seine perfekte neue Familie zu viele Fragen stellte.

Maggie hatte akzeptiert, damals verlassen worden zu sein. Aber dass ihr Vater sie zusammen mit dem Rest seiner ersten Familie *ersetzt* hatte, brach ihr schier das Herz. Wie hätte sie sich auf eine solche Entdeckung vorbereiten sollen?

Sie schloss die Augen, atmete tief ein und zählte bis zehn. »Es war ein Fehler, dass ich hergekommen bin«, sagte sie dann. »Wie es aussieht, hast du hier ein schönes Leben. Tut mir leid, dass ich gestört habe.«

Sie wandte sich zum Gehen und hatte die Hälfte des Weges zum Mietwagen zurückgelegt, als ihr Vater rief: »Warte! Bitte, komm mit rein, Mags.«

Maggie grub die Fingernägel in ihre Handballen, bis sie spürte, wie Blut floss, aber sie drehte sich nicht um. Unter Aufbietung aller Willenskraft ging sie zur Fahrertür des Mietwagens, glitt hinter das Lenkrad und ließ den Motor an.

Mit kreischenden Reifen jagte der Wagen davon.

Maggie fuhr, bis sie durch die Tränenschleier nichts mehr sehen konnte. Erst dann hielt sie am Straßenrand und schlug weinend die Hände vor das Gesicht.

Kapitel 44

In der Stille kam Liana sich seltsam benebelt vor, wie in einem Traum, einem Dämmerzustand.

Es war, als wäre sie zur Zuschauerin in ihrem eigenen Leben geworden oder als wäre sie am Abend in der einen Dimension schlafen gegangen und am Morgen in einer anderen erwacht. Dabei war sie keine fünfzig Meilen von dem Ort entfernt, an dem sie zur Welt gekommen war. Sie war in ihrem Revier. In diesen Bergen hier war sie als Kind umhergestreift. Hier hatte sie Verhaftungen vorgenommen.

Eigentlich stammte nur eine Einzelheit aus einer anderen Welt mit anderen Regeln. Der Fremde. Der Mann, der sich Frank nannte. Frank hatte die Lage souverän beherrscht. Liana hatte darüber ganz vergessen, dass er ernsthaft verletzt war. Und in welcher Wirklichkeit Frank auch zu Hause sein mochte – für Liana stand fest, dass er von seinen letzten Kraftreserven zehrte.

Nun beobachtete sie ihn dabei, wie er Toby ein paar Worte zu dessen Vater sagen ließ und Canyon und seinen Leuten befahl, ihm ja nicht näherzukommen. Als seine Botschaft überbracht und seine Feinde vorerst kaltgestellt waren, ließ er Toby an den Stuhl gefesselt zurück und ging ins Hinterzimmer des Handelspostens. Dabei kam er an Liana vorbei. Er warf ihr einen Blick zu. »Behalten Sie unsere Gäste bitte kurz im Auge, Officer Liana. Ich muss mich ein wenig frischmachen.«

Liana, noch immer ein wenig benommen von den Ereignissen der letzten Stunden, nickte ihm zu. Sie trat ans Fenster und beobachtete Canyon und dessen Söldner durchs Fernglas. Die Meute schien sich auf eine Art Belagerung einzurichten; sie huschten umher, verstärkten ihre Deckung und versperrten die Straße mit ihren Fahrzeugen.

Liana hoffte, dass alles nur ein schlechter Traum sei. War es keiner, war binnen einer Nacht ihr gesamtes Leben zerstört worden. Zum ersten Mal wurde ihr klar, wie schnell man sich nach raschen Entscheidungen auf der falschen Seite wiederfinden konnte.

Sie schaute zu Toby Canyon. Er war um ein bisschen jünger als sie, aber Liana kannte ihn einigermaßen und hatte das eine oder andere Mal mit ihm gesprochen. Meist war es dabei um kleinere Gesetzesverstöße gegangen, nichts Gravierendes. Liana sah, wie Tobys Augen sie stumm um Hilfe anflehten, jetzt, da Frank im anderen Raum war. In seinen jungen Augen lag keine Wut, nur Angst und Hilflosigkeit.

Vielleicht hat er sogar recht, ging es Liana durch den Kopf. *Vielleicht habe ich mich für die falsche Seite entschieden.*

John Canyon und seine Leute standen mit Sicherheit nicht auf der Seite der Rechtschaffenen, aber der Fremde namens Frank? Er schien sich sogar von der Vernunft abgewandt zu haben. Was war schlimmer und gefährlicher?

Liana legte einen Finger auf die Lippen und bedeutete Toby, still zu sein; dann trat sie vom Fenster weg und ging in Richtung Hinterzimmer, aus dem sie gedämpftes Keuchen hörte. Als sie um die Ecke bog, sah sie, wie Frank sich das langärmelige schwarze Shirt auszog, das mit seinem Blut getränkt war und auf der linken Seite an der Taille festklebte. Er wirkte blass und ausgezehrt.

Als Frank den Stoff von seiner linken Seite löste, quoll Blut aus mehreren Wunden. Er schien Lianas Gegenwart gar nicht zu bemerken, als er nun seine Verletzungen untersuchte, wobei er leise vor sich hin murmelte. Doch im nächsten Moment wandte er sich zu ihr, blickte sie fest an und sagte in seinem gewohnt ruhigen Bariton: »Ich ertappe Sie nicht zum ersten Mal, wie Sie meine Narben anstarren.«

»Ich habe gar nicht auf die Narben geachtet«, erwiderte Liana.

»Dann ergötzten Sie sich an der Schönheit meines Körpers?«

»Nein, ich … ich wollte nur …« Liana verstummte ein wenig verlegen. »Wir müssen etwas wegen Ihrer Verletzungen unternehmen.«

»Ich weiß. Der menschliche Körper verfügt über wunderbare Mechanismen, um Fremdkörper auszustoßen. Tja, ich habe leider das Pech, dass die Geschosssplitter, die in meinen Körper eingedrungen sind, verhindern, dass ihre Eintrittswege sich durch Blutgerinnung verschließen. Ich dachte schon daran, die Wunden zu veröden, aber ich bin mir nicht sicher, ob nicht einer der Splitter womöglich zu nahe an meine Wirbelsäule wandert.«

Liana schüttelte den Kopf. »Sie reden mit solcher Ruhe darüber, als wäre es die Wettervorhersage oder ein Rezept für Thunfischsalat.«

»Wie soll ich sonst darüber reden?«

»Ich weiß es nicht. Vielleicht wie ein normaler Mensch, der Angst vor dem Tod hat.«

Ackerman lachte leise und musste davon husten. »Ihnen fehlt eine Portion Optimismus, Officer Liana! Sterben werde ich nicht daran. Vielleicht habe ich mich ein bisschen überschätzt. Oder, genauer gesagt, ich habe Mr. Canyons Fähigkeiten unterschätzt. Er ist schneller, als ich dachte.«

»Wir werden uns ergeben müssen«, meinte Liana. »Die bereiten sich auf eine Belagerung vor.«

Frank lachte und hustete erneut. »Bringen Sie mich doch nicht andauernd zum Lachen!« Nachdem er wieder zu Atem gekommen war, fuhr er fort: »Obwohl die russische Flotte in der Schlacht von Tsushima ihre Kapitulation signalisierte, begriff die japanische Seite die Nachricht nicht und feuerte weiter. Das Wort ›Kapitulation‹ stand nicht in den Kodebüchern der japanischen Kriegsmarine.«

»Was soll das jetzt bedeuten?«, fuhr Liana auf. »Ich weiß, Sie sind ein großer harter Bursche und kennen das Wort ›Kapitulation‹ gar nicht, aber Ihnen sollte so langsam klarwerden, dass es nicht mehr lange dauert, und Sie lernen die Bedeutung des Wortes ›sterben‹ kennen.«

Er schien zum ersten Mal darüber nachzudenken, und ein seltsamer Ausdruck zog durch sein Gesicht, als wäre ihm tatsächlich noch nie der Gedanke an den Tod genommen. »Sie haben recht«, sagte er schließlich. »Deshalb muss ich Sie bitten, einen kleinen chirurgischen Eingriff vorzunehmen und die Geschosssplitter zu entfernen. Anschließend unterstützen Sie mich beim Verschließen der Wunden, okay?«

»Nein, zur Hölle!«, rief Liana erschocken und wütend zugleich. »Ich bin Cop. Mit dem Anblick von Blut komme ich klar, aber es ist etwas vollkommen anderes, an jemandem herumzuschnippeln und einen chirurgischen Eingriff zu machen. So was könnte ich nicht einmal unter idealen Bedingungen, und von denen sind wir weit entfernt. Wir haben weder ausreichend Licht noch Instrumente, noch sonst etwas!«

Frank schien ihr gar nicht zuzuhören. Er hatte sich erhoben und schwankte nun hin und her wie ein Betrunkener. Ein Schleier hatte sich vor seine sonst so klaren Augen gelegt. Seine Stimme war rau und ungewohnt leise, als er sagte: »Wir können es schaffen, Officer Liana. Was mir vorschwebt, ist ja keine Operation im eigentlichen Sinne. Sie müssten mir nur ein paar Dinge beschaffen … ein paar Gegenstände besorgen und ein paar simple Anweisungen befolgen.«

»Ach, wirklich?« Sie kniff die Augen zusammen.

»Wirklich. Also, hören Sie zu. Der erste Gegenstand ist eine von diesen Milchflaschenkisten. Leider wollen meine Beine nicht so richtig.«

Sie sah, dass er nach vorn stolperte, eilte zu ihm und half ihm, sich zu setzen.

»Danke. Kommen wir zu dem zweiten Gegenstand. Hinter dem Haus liegt ein Haufen wertloser alter Metallschrott. Ich habe dort einen kaputten Mikrowellenherd gesehen. Bringen Sie ihn mir.«

»Und wie soll Ihnen eine kaputte alte Mikrowelle das Leben retten?«

Frank knurrte tief in der Kehle; dann sagte er leise: »Vertrauen Sie mir einfach, und holen Sie die verdammte Mikrowelle. Oder soll ich meine womöglich letzten Atemzüge darauf verwenden, Ihnen Nachhilfeunterricht in angewandter Physik zu erteilen?«

Liana wusste nicht, ob Frank vom Schmerz und Blutverlust delirierte oder schon wieder zu etwas ansetzte, das sie verwirrte und in Erstaunen versetzte. Doch sie wusste, dass es wenig Sinn hatte, mit ihm zu streiten. Also eilte sie zu dem Schrotthaufen, um nach dem Mikrowellenherd zu suchen.

Kapitel 45

Aus irgendeinem Grund dachte Ackerman in letzter Zeit viel an seine Reise über die Grenze. Besonders an seine Regenbogengöttin, die junge Maya, die er vor Jahren auf der Straße nach Cancún kennengelernt hatte.

Als er nun auf der alten Holzkiste saß und darauf wartete, dass Liana zurückkehrte, fragte er sich, wieso ihm diese längst vergangenen Tage ausgerechnet jetzt in den Sinn kamen. Lag es an der Beziehung zwischen John Canyon, dem König der Navajo Nation in New Mexico, und seinen Geschäftspartnern aus den mexikanischen Kartellen?

Über die Schulter wisperte ihm Thomas White ins Ohr: *»Du denkst an diese Tage, weil du im Sterben liegst und dein Leben vor deinen Augen vorüberzieht. Dein Gehirn führt dir deine Erinnerungen vor wie einen Film, um dir etwas Angenehmes zu zeigen, woran du dich festhalten kannst. Aber in deinem Fall sind solche Reminiszenzen äußerst rar – du hast ja kaum etwas Angenehmes kennengelernt.«*

»Das ist nicht wahr«, widersprach Ackerman. »Ich betrachte mich als glücklichen Mann mit einer Fülle schöner Erinnerungen.«

»Ach, komm schon, Junior. Wir wissen beide, dass zwischen purer Freude und der Erregung, die du bei einem Mord empfindest, ein himmelweiter Unterschied besteht.«

»Mach dir keine Hoffnungen, ich sterbe nicht. Es gibt keinen Grund, dass mein Leben wie ein Film an mir vorüberzieht.«

White lachte. *»Das sieht dir ähnlich. Du versuchst sogar den Tod herunterzuspielen, als wäre er gar nichts. Na, wir werden sehen, wie* *dir das bekommt. Wenn du erst schwach genug bist, gestattet mir der Sensenmann vielleicht, dich mit Haut und Haaren zu übernehmen.*«

»Freu dich nicht zu früh. So weit wird es nie kommen.«

»*Aber Junge, es passiert doch schon. Du stehst auf der Kippe. Mehr als ein kleiner Schubs ist nicht mehr nötig.*«

»Red du nur. Ich höre dir gar nicht mehr zu.«

»*Oh, ich weiß schon. Du hast da so eine Regel, nicht mit Phantomen und Trugbildern und Gespenstern aus der Vergangenheit zu kommunizieren. Irgendetwas von wegen* A Beautiful Mind *und intellektueller Ablehnung deiner eigenen Psychose …*«

»Du kannst jetzt mit deinem stumpfsinnigen Geschwätz aufhören. Ich habe Besseres zu tun, als mir deinen Stuss anzuhören.«

»*Du solltest dir aber die Zeit nehmen, mir zu lauschen, Junior. Ich kenne dich besser als du dich selbst.*«

Ackerman gab keine Antwort.

»*Zum Beispiel*«, fuhr Thomas White fort, »*denkst du immerzu an deine perfekte Frau, deine kleine Maya-Regenbogengöttin. Und weshalb? Weil Officer Liana in der Nähe ist!*«

Ackerman dachte über diese Beobachtung nach, obwohl er sich äußerlich nichts anmerken ließ.

Sein Vater lachte. »*Siehst du? Du vergisst immer, dass ich in deinem Kopf bin. Überanalysiere es nicht. Liana ist eine attraktive junge Dame, und du bist ein halbwegs junger Mann.*«

»Was meinst du mit ›halbwegs‹?«

»*Ich habe nur versucht, großzügig zu sein. Was mich auf etwas anderes bringt. Vielleicht wäre Liana eine gute Kandidatin für die Fortsetzung der Ackerman-Linie. Jünger wirst du mit Sicherheit nicht.*«

Die bloße Vorstellung ließ Ackermans Zorn auflodern. Er hörte die Schreie seiner alten Dämonen. Allein der Gedanke, sein Erbgut weiterzugeben – und damit vielleicht auch seinen Fluch –, weckte in ihm den Wunsch, blindwütig um sich zu schlagen, zu toben und jemanden zu verletzen. Nicht wegen der Beleidigung, die sein Vater ihm zugefügt hatte, sondern wegen der unsäglichen Qualen, die Whites Bemerkungen aus den dunkelsten Tiefen von Ackermans Seele ans Licht zerrte.

»Das wird niemals geschehen«, flüsterte er.

Thomas White grinste. *»Meinst du nicht eher, es wird niemals* wieder *geschehen?«*

Ackerman wollte sich gerade zu seinem Vater umdrehen und ihm seinen Hass entgegenschleudern, als Liana ihn in die Wirklichkeit zurückholte, indem sie fragte: »Frank? Alles in Ordnung? Haben Sie mit jemandem geredet?«

Ackerman hörte sie kaum. Tränen brannten in seinen Augen. Er fragte sich, ob es tatsächlich mit ihm zu Ende ging. War sein letzter Tag auf Erden angebrochen?

»Frank, ich habe die Mikrowelle«, sagte Liana. »Was soll ich jetzt tun?«

Ackerman lächelte matt. Er war unendlich müde. »Ich bin froh, dass Sie hier sind, Liana. Habe ich Ihnen je die Geschichte von meiner Regenbogenprinzessin erzählt?«

»Sie haben mir kaum etwas erzählt. Vor ein paar Stunden sind wir uns zum ersten Mal begegnet.«

»Ach ja, stimmt. Mir kommt es so vor, als würde ich Sie schon viel länger kennen.«

»Ich … äh … was soll ich jetzt mit der Mikrowelle anstellen, Frank?«

»Zuerst müssen Sie mir noch etwas holen …« Ackerman fielen die Augen zu.

»Was ist mit Ihnen, Frank? Sind Sie noch wach?«

Er öffnete die Augen, blickte sie an. »Wenngleich mein physischer Körper langsam ausblutet, ist mit meinem Verstand und meiner Seele alles in Ordnung. Wir benötigen eine Autobatterie.«

»*Was?* Wo soll ich die denn hernehmen?«

»Aus einem Fahrzeug.«

»Aber ich habe meinen Explorer in den Schuppen gefahren.

»Ich weiß.«

»Sie müssen den Verstand verloren haben, wenn Sie glauben, dass ich Canyon und seinen Leuten schnurstracks ins Fadenkreuz laufe. Ich weiß ja nicht einmal, ob Sie genügend bei Verstand sind, um mir Befehle zu geben. Canyon und seine Scharfschützen würden mich sehen und …«

»Er weiß bereits, dass Sie hier sind. Und er weiß längst, dass Sie die Seiten gewechselt haben.«

»Ich mache mir eher Sorgen, dass diese Leute auf mich *schießen!*«

»Die Typen sind darauf aus, *mich* umzulegen. Ich habe allerdings keine Ahnung, was die mit Ihnen anstellen, wenn ich schlappmache. Deshalb ist es auch in Ihrem Interesse, mir die Batterie zu beschaffen.«

»Also gut. Sagen Sie mir, wofür Sie den verdammte Kram brauchen. Dann überlege ich mir, ob ich Ihnen die Batterie hole.«

Ackerman schwieg. Er hatte nicht die Absicht, sich der jungen Polizistin schon wieder groß und breit zu erklären. Statt zu antworten, ließ er den Kopf zur Seite sinken und tat so, als hätte der Schlaf der Erschöpfung ihn überwunden.

Kapitel 46

Dreißig Jahre zuvor

Nach dem schicksalhaften Tag mit Dr. Chee änderte sich das Leben des Jungen von Grund auf.

Zum einen betrachtete er sich nun als Mann. Er war sogar überzeugt davon, den meisten Männern, die doppelt so alt waren wie er, überlegen zu sein. Zum anderen verlangte er von seiner Mutter den Schlüssel zu der Blechdose, die oben in ihrem Kleiderschrank stand und den alten Colt seines Großvaters enthielt.

In den nächsten beiden Jahren wurde der rostige alte Revolver zu Xaviers bestem Freund. Wenn er im Eingangszimmer saß und auf Moms nächsten Freier wartete, reinigte er die Waffe, übte damit oder trug sie offen an der Hüfte. Moms Kunden konnten das ruhig sehen. Dass er ein harter Bursche war, hatte sich bereits herumgesprochen. In der Schule hatten die Mitschüler sich zuvor schon von ihm ferngehalten, weil er ihnen unheimlich war. Jetzt mieden sie ihn aus Angst. Mit der Zeit machten die Leute einen weiten Bogen um ihn und seine Geschäfte – was Xavier bestens in den Kram passte.

Die Waffe war ein Single-Action-Revolver, ein sogenannter Peacemaker. Sein Großvater hatte ihn auf einem Flohmarkt in Flagstaff gekauft. Xavier hatte sich über die Waffe schlaugemacht: Single Action bedeutete, dass man den Hahn spannen musste, bevor man abdrücken konnte. Der Hahn drehte die Trommel um eine Kammer und machte die Waffe schussbereit. Bei moderneren Double-Action-Revolvern wurden durch Betätigen des Abzugs der Hahn gespannt und die Trommel gedreht, aber nicht bei seinem Peacemaker. Er wusste, dass man den Peacemaker als die Waffe bezeichnete, mit der man »den Westen gewonnen« hatte, aber Xavier betrachtete ihn als das Werkzeug, mit dem man seine Ahnen aus ihrer Heimat vertrieben und in Freilandgefängnisse gesperrt hatte, die man Reservate nannte.

Aber die Waffe konnte ja nichts dafür. Man sollte ein Werkzeug nicht danach beurteilen, wie und von wem es benutzt wird.

Xavier konnte kaum abwarten, sein neues Spielzeug bei einem Kunden seiner Mutter einzusetzen. Zwei Jahre füllte er nun schon seine kleinen getupften Notizbücher mit Zeichnungen, in denen er seine Feinde niederschoss wie ein Revolverheld aus dem Wilden Westen. Am meisten verabscheute er die Bilagáana-Männer, die nur für eine schnelle Nummer vorbeikamen. Für sie sparte er sich seinen ganz besonderen Hass auf.

Xavier hatte geglaubt, dass sich mit Prostitution gutes Geld verdienen ließ, musste aber erkennen, dass der Löwenanteil in Form von Bestechungsgeldern an die Polizei und in die diversen Süchte seiner Mutter floss. Trotzdem dauerte es nicht lange, und Xavier hatte genug auf die Seite geschafft, um sich ein Lehrvideo über das Schnellziehen zu kaufen. Er hatte sich den alten Cowboy, der die verschiedenen Techniken in allen Einzelheiten erklärte, so oft angesehen, dass er den Inhalt des VHS-Bandes auswendig kannte. Stundenlang konnte er sich im Wohnzimmer oder in den Büschen hinter dem Wohnwagen mit Üben beschäftigen und verfeinerte seinen Umgang mit dem Revolver zu einer Kunstform.

Xavier träumte davon, dass sein Können und der Schutz, den der Revolver ihm gab, eines Tages dafür sorgten, dass er nicht mehr schreiend in der Nacht aufwachte oder fürchten musste, ein Kunde seiner Mutter könne sich auf der Suche nach Abwechslung nachts in sein Zimmer schleichen. Das einzige Problem bestand darin, dass Schusswaffen im Reservat verboten waren und Munition sich nur schwer beschaffen ließ. Zum Glück hatte er sich mit einem alten Mann in Prescott angefreundet, der abgeschossene Hülsen wieder mit frischen Patronen lud.

Eines Tages stand Xavier wieder einmal zwischen den Sträuchern hinter dem Wohnwagen und übte, riss den Revolver aus dem Holster und zielte. In seiner Vorstellung sah er das Gesicht eines ganz bestimmten weißen Mannes vor sich, der seit ein paar Monaten alle zwei Wochen zu seiner Mom kam. Jedes Mal fuhr der Mann in einem großen neuen Cadillac vor. Xavier malte sich aus, wie er Mr. Cadillac den Kopf wegpustete, als er wieder den Sechsschüsser hochriss.

Die Stimme seiner Schwester ließ ihn zusammenzucken. »Hab mir schon gedacht, dass du hier draußen bist und mit dir allein spielst.«

Xavier fletschte die Zähne, verlegen, dass er mitten in seiner Fantasie ertappt worden war. Seine kleine Schwester lachte leise, aber er brachte sie mit seinem tödlichen Blick zum Schweigen.

Sie zog ein mürrisches Gesicht. »Momma ist heute zu krank zum Arbeiten.«

»Sieh zu, dass sie ihren Schuss bekommt, dann geht's wieder.«

»Sie hat Blut gehustet. Wir müssen sie nach Shiprock zum Arzt bringen.«

Xavier schüttelte den Kopf. »Was soll uns denn so ein dämlicher Doktor sagen, was wir nicht schon längst wüssten?«

»Zum Beispiel, was Momma fehlt.«

»Sie stirbt, Reyna. Sie hat die gleiche Krankheit, wie Großvater sie hatte. Es ist nur eine Frage der Zeit. Und keiner kann irgendwas für sie tun.«

Tränen stiegen dem Mädchen in die Augen. »Das kannst du nicht wissen.«

»Ich weiß es, und du weißt es auch. Du hast selbst gehört, wie

Großvater von der Arbeit in den Minen für die Bilagáana-Regierung erzählt hat. Ohne Atemmasken, ohne Schutzkleidung, ohne Entgiftung von der Radioaktivität. Immer kam er mit Uranstaub an den Sachen nach Hause und hat Mom in die Arme genommen. Und seine verseuchten Overalls kamen zusammen mit der übrigen Wäsche in die gleiche Maschine.«

»Halt den Mund! Ich will das nicht mehr hören. Momma kann heute nicht arbeiten. Sag ihre Termine ab.«

»Wenn sie den Tag freinimmt, liegt sie nur rum und knallt sich mit Drogen zu. Wenn sie schon daliegt, kann sie auch ein bisschen Geld verdienen.«

»Nein! Mom geht heute zum Arzt, und wenn ich die Polizei rufen muss, damit die uns hinfährt«, erwiderte Reyna entschlossen.

Xavier knurrte tief in der Kehle, schob den Revolver dann aber wieder ins Holster an seiner Hüfte. »Na gut. Wir fahren sie nach Shiprock. Aber glaub mir, es ist sinnlos.«

Reyna lächelte. Wenn sie lächelte, war sie wunderschön. »Danke«, sagte sie.

Xavier nickte nur, schnallte den Revolvergurt ab und legte die Waffe auf eine alte Bank. Er wusste genau, dass die Fahrt Zeitverschwendung war, aber wenn es Reyna glücklich machte und Mom zurück an die Arbeit brachte, dann lohnte es sich mitzuspielen. Doch er wusste, dass Mom todgeweiht war. Bald würde sie zu einem weiteren Opfer der Kriege, die die Bilagáana führten. Genau wie zuvor Großvater. Und eines Tages würden Reyna und er vermutlich dieses Schicksal teilen. Xavier hatte gehört, ihr Grundwasser und ihr Boden seien verseucht – sogar das Wasser, das sie tranken und in dem sie badeten. Dabei mussten sie es in Zweihundert-Liter-Tanks heranschaffen, weil der Großteil des Reservats weder an die Wasserleitungen noch ans Stromnetz angeschlossen war.

Es machte ihn unsagbar wütend.

Xavier träumte davon, eines Tages am Highway 666 eine Raststätte zu eröffnen, in die Bilagáana auf der Durchreise einkehrten. Er wollte den Boden eines der Stollen aufreißen, in denen Großvater geschuftet hatte, oder in irgendeiner der frei zugänglichen, nie entsorgten Uranminen im Reservat, die es zu Hunderten gab. In seinen Tagträumen mischte er dann den ahnungslosen Bilagáana und ihren Kindern den Uranstaub ins Essen.

Xavier lächelte immer breiter, je länger er sich seine Rache ausmalte, bei der er die Gifte der Bilagáana gegen sie selbst verwendete.

Kapitel 47

Liana stand auf der Rückseite des verwitterten Gemischtwarenladens und sprach sich Mut zu.

Du bist Polizistin. Du schaffst das!

Doch als sie sich in Bewegung setzen wollte, gehorchten ihr die Beine nicht. Vor Angst stand sie starr da. Sturmgewehre und Pistolen konnten ihr auf diese Entfernung nicht gefährlich werden, ein .30-06-Gewehr mit Zielfernrohr allerdings schon.

Liana hatte sich das Hirn zermartert auf der Suche nach einer anderen Möglichkeit als der, ihre Deckung zu verlassen und die freie Fläche zwischen Hauptgebäude und Schuppen zu überqueren. Irgendeinem Trick, mit dem sie die Heckenschützen und deren tödliche Geschosse übertölpeln konnte. Leider bestand ihr bester Plan nach wie vor darin, einfach so schnell zu laufen, wie sie nur konnte.

Dann kam ihr ein Gedanke.

Sie erinnerte sich an eine Folge von *MythBusters – Die Wissensjäger*. Sie hatte ein Experiment verfolgt, bei dem sich angeblich zeigte, dass man beim Rennen durch den Regen genauso nass wurde, wie wenn man ihn gemessenen Schrittes durchquerte. Sollte es möglich sein, dass sie weniger Aufmerksamkeit erregte, wenn sie in aller Seelenruhe zum Schuppen ging und mit der Batterie zurückkehrte?

Aber Geschosse waren keine Regentropfen.

Na los, mach schon! Renn, so schnell du kannst! Sonst verblutet Frank!

Nach einem Moment innerer Auflehnung trieb eine tief in ihr

verborgene Reserve an Mut sie voran, hinaus ins Freie, in die Gefahrenzone. Liana rannte los. Sie spürte, wie Fadenkreuze über sie hinwegstrichen, als die Schützen in Canyons Lager sie anvisierten. Doch keiner von ihnen würde es wagen, ohne Canyons Genehmigung zu feuern. Die Männer warteten auf den Befehl, zu töten oder nicht zu töten. Und das bedeutete, dass ihr Leben in Canyons Händen lag.

Halb geschafft, dachte sie.

Nun aber kam das gefährlichste Stück. Vom Ladengebäude bis zum Schuppen waren es nur zwanzig Meter, aber Canyon und seine Schützen hatten auf diesem Abschnitt klare Sicht auf Liana.

Drei Viertel geschafft.

Liana hörte das laute Pochen ihres Herzens über das Geräusch ihrer rennenden Schritte hinweg.

Wenn Canyon dich tot sehen wollte, hätten sie dich längst erschossen, machte sie sich Mut.

Nur noch fünf Schritte.

Keuchend erreichte Liana den baufälligen Schuppen, warf die Seitentür auf, stürzte zu ihrem Ford Explorer und lehnte sich daran. Sie versuchte, zu Atem zu kommen und ihr heftiges Zittern zu unterbinden. Als sie die Hände ausstreckte, bebten sie, als leide sie an der Parkinson-Krankheit. Liana arbeitete noch nicht lange bei der Navajo Nation Police, hatte aber schon etliche brenzlige Situationen hinter sich. Mehrmals hatte sie bei Verkehrskontrollen die Waffe gegen randalierende Fahrer gezogen, hatte zahlreiche Personen wegen illegalem Besitz von Alkohol und Waffen festgenommen, Betrunkene überwältigt und häusliche Streitereien geschlichtet. Morde aber hatte es in ihrem Zuständigkeitsbereich noch nie gegeben. Zumindest keine, über die sie Bescheid gewusst hätte.

Liana war dem Tod noch nie so nahe gewesen wie auf diesen paar Metern und den wenigen Sekunden, die sie gebraucht hatte, um die Strecke hinter sich zu bringen. Wie es aussah, hatte Canyon tatsächlich beschlossen, sie zu verschonen, sonst hätten die Heckenschützen sie erwischt.

Doch Liana zog noch eine andere, weniger erfreuliche Möglichkeit in Betracht. Vielleicht war alles zu plötzlich gekommen, als dass die Söldner reagieren und die Entscheidung ihres Bosses einholen konnten, zu schießen oder nicht zu schießen. Das aber würde bedeuten, dass die eigentliche Gefahr ihr erst drohte, wenn sie vom Schuppen zum Handelsposten zurückkehrte.

Als Liana die Motorhaube des Explorers öffnete und die Batterie ausbaute, versuchte sie, nicht an den Sprint zurück in die Sicherheit des Handelspostens zu denken. Vor allem, weil sie diesmal eine schwere Autobatterie mit sich schleppen würde … wobei sie noch immer keinen blassen Schimmer hatte, wozu eigentlich.

Vielleicht riskierte sie ihr Leben für die Wahnvorstellung eines halbtoten Verrückten.

Kapitel 48

Ackerman versuchte, seine restliche Energie zu sparen, ohne vor Erschöpfung einzuschlafen, aber je länger er auf der kleinen Holzkiste saß und zu schlummern vorgab, desto mehr lief er Gefahr, tatsächlich einzunicken.

Er sagte sich, dass er Abwechslung brauche, ein bisschen Bewegung, damit das wenige Blut, das noch in seinen Adern kreiste, im Fluss blieb. Alles war besser, als untätig hier hocken zu bleiben. Also kehrte er in den vorderen Raum zurück, trat ans Fenster und beobachtete seine Gegner durch das Zielfernrohr des Barrett-Gewehrs. Sein linkes Bein war taub und nutzlos, sodass er es auf dem ganzen Weg nachziehen musste. Kein gutes Zeichen.

Hinter ihm sagte Toby Canyon mit leiser Häme: »Sie sehen ganz schön beschissen aus, Mister. Alles wird besser, wenn Sie aufgeben, solange Sie noch können.«

Ackerman erhob sich zu voller Größe und wandte sich dem jungen Burschen zu. Lange würde es nicht mehr dauern, ein oder zwei Jahre, und Toby kam zum Militär und würde dort ausgebildet. Und dann würde er zurückkehren und seine neu erworbenen Fähigkeiten im Kampf gegen die USA einsetzen. Ganz wie sein Vater und dessen Fußsoldaten.

Ackerman seufzte. »Ich hab schon wieder vergessen, dich zu knebeln, Quasselstrippe.«

»Wenn Sie keine ärztliche Hilfe bekommen, sind Sie bald ein toter Mann. Das ist eine Tatsache.«

Drei schnelle, kraftvolle Schritte brachten Ackerman in Tobys unmittelbare Nähe. Er weigerte sich, seine Verletzungen zu zeigen, und bewegte sich so geschmeidig wie immer, was ihm Schmerzen durch den ganzen Körper jagte, die jeden anderen in Bewusstlosigkeit hätten versinken lassen, doch für Ackerman war es wie eine Massage. Ein wenig Unbehagen weckte es allerdings auch bei ihm – ein sicheres Zeichen, dass sein Körper nicht mehr lange mitmachte.

Statt das Bowiemesser zu zücken, riss Ackerman eines seiner Faustmesser aus der Schnellzugscheide in seinem Kreuz. Mit einer fließenden Bewegung, wie er sie Tausende Male beim Schattenboxen eingeübt hatte, stieß er die Klinge genau auf Toby Canyons Auge zu, als wollte er den Dolch direkt ins Zentrum der Pupille bohren. Im letzten Moment stoppte er die Bewegung. Die Klingenspitze schwebte so nahe über Tobys weißlichem Augapfel, dass der Junge sich keinen Millimeter bewegen konnte, ohne sich zu verletzen.

Es war nackte Angst, mit der Toby auf Ackermans Aktion reagierte. Genau das, was er hatte erreichen wollen.

Er schob den Dolch in die Schnellzugscheide zurück und beugte sich zu Toby vor. »An deiner Stelle würde ich mir keine großen Hoffnungen machen. Ich habe nicht vor, in nächster Zeit den Löffel abzugeben.« Er lächelte. »Weißt du, ich hatte stets angenommen, es sei schieres Glück, dass ich dem Tod unter so zahlreichen und außergewöhnlichen Umständen von der Schippe springen konnte, aber mittlerweile frage ich mich, ob ich den Tod wirklich nur übertölple. Ich glaube eher, dass der Tod sich vor mir fürchtet. Deshalb würde ich an deiner Stelle nicht darauf setzen, dass der Schnitter hier und heute seine Sense gegen mich schwingt und dir aus der Patsche hilft.«

»Mein Vater wird Ihnen die Eier abschneiden und Sie Ihnen zu fressen geben!«, stieß Toby wild hervor.

Ackerman lachte laut auf, keuchte und hustete. »Du weißt ja wohl, dass man so etwas in einem kultivierten Gespräch nicht sagt. Vor allem nicht zu jemandem, der so viele scharfe Gegenstände mit sich herumträgt.«

Toby starrte ihn nur wütend an.

Von der Hintertür aus erklang Lianas Stimme. »Aber … ich dachte, Sie würden tief und fest schlafen!«

»Es war ein Sekundenschlaf. Haben Sie die Autobatterie?«

»Ja, und ich hatte in meinem ganzen Leben noch nie solche Angst.«

Ackerman hob erstaunt die Augenbrauen. »Wieso? Weil vielleicht ein Eichhörnchen im Motorraum nistet? Die tun nichts.«

»Sehr witzig. Sie haben mich fertiggemacht mit Ihrem Gerede von Heckenschützen!«

Ackerman winkte ab. »Ich war mir zu fünfundachtzig Prozent sicher, dass Canyon nicht auf Sie schießt.«

»Da fühle ich mich doch gleich viel besser.«

Ackerman klebte Toby Canyon einen Streifen Dichtband über Mund und Ohren.

»Was machen wir jetzt?«, fragte Liana.

Statt seine Zeit mit Erklärungen zu vergeuden, wandte Ackerman sich um. Er wollte zurück in das Hinterzimmer mit dem alten Mikrowellenherd. Zu seinem Leidwesen kam er nur einen Schritt weit; dann stolperte er und musste sich an einem Regal festhalten.

Liana eilte zu ihm und stützte ihn. »Sehen Sie?«, sagte sie. »Das kommt dabei heraus, wenn man so starrköpfig ist wie Sie und nicht wahrhaben will, dass man verletzt ist.«

Ackerman flüsterte: »Der Geist ist willig, aber das Fleisch ist schwach. Helfen Sie mir nach hinten, Officer Liana. Viel Arbeit, wenig Zeit. Fangen wir an.«

Kapitel 49

Vergangenheit

»Ich kann nicht fassen, dass wir ihn nicht einfach beseitigt haben«, sagte sie.

»Er hat sich ergeben«, erklärte Marcus.

»Was macht das schon. Er hat keinen Atemzug mehr verdient.«

»Wir brauchen ihn.«

»Er wird uns nicht helfen. Das ist gegen seine Natur.«

Marcus drehte sich vom Fenster weg und lehnte sich an den alten vergilbten Putz der Schlafzimmerwand.

»Mein Vater ist da draußen. Er verübt eine Mordserie, die den ganzen Staat in Angst und Schrecken versetzt. Und Ackerman ist der Einzige, der meinen Vater kennt. Wir haben keine wirklich gute Spur und brauchen händeringend jedes bisschen Hilfe, das wir überhaupt nur irgendwie kriegen können.«

»Dein Bruder? Wir dürfen diesem Monster nicht vertrauen.«

»Wer hat denn von Vertrauen gesprochen? Aber Frank ist der Einzige, der meinen Vater noch mehr hasst als ich.«

»Das ist auch so eine Sache.«

»Was meinst du damit?«

*»Es gefällt mir nicht, wie schnell du dich daran gewöhnt hast, Ackerman als deinen Bruder zu betrachten. Ihr seid keine Familie.« Maggie legte ihm eine Hand auf die Brust. »*Wir *sind deine Familie. Ackerman ist eine Bestie.«*

»Wenn er eine Bestie ist, was bin dann ich?«

»Du bist anders als er.«

Marcus setzte sich aufs Bett und schloss die Augen. Im Zimmer roch es nach Maggies Putzmitteln. »Du kennst mich nicht«, murmelte er. »Nicht richtig.«

Kapitel 50

Marcus wurde aus einem Albtraum gerissen, als Captain Yazzie ihm einen Becher kaltes Wasser ins Gesicht schleuderte.

Er spuckte und keuchte, lächelte den korrupten Cop jedoch an. Er fand es ganz lustig, dass die Wirklichkeit seinem Traum in jeder Hinsicht vorzuziehen war. Er hatte geträumt, er wäre wieder in der Turnhalle der Highschool. Im Schneidersitz saß er am Spielfeldrand und konnte undeutlich die schemenhaften Gestalten mehrerer Personen erkennen. Alle standen da und beobachteten ihn. Er spürte ihre Blicke, wie sie über ihn hinwegkrochen und ihn einschätzten. An der gegnerischen Freiwurflinie stand eine Krankentrage mit einem weißen Laken, unter dem sich ein Körper abzeichnete. Auf dem Weiß des Lakens breiteten sich ganz langsam rote Flecken aus – so, als öffneten Blumen ihre Blüten. In diesem Moment hörte er ein Geräusch und wandte sich kurz von der Trage ab. Als er sich wieder umdrehte, stand da nicht mehr eine Trage, sondern vier. Marcus sprang entsetzt auf, während vor seinen Augen immer mehr Tragen erschienen, bis er vor einem Spielfeld voller Rolltragen stand, auf denen blutende Körper unter schneeweißen Laken lagen.

Vorhin, in seinem Albtraum, hatte Marcus genau gewusst, dass er unter einem dieser Laken Maggies Leiche finden würde. Aber jetzt, da er aufgewacht war und einem Mann ins Gesicht blickte, der möglicherweise wusste, wo Maggie steckte, empfand er nichts als freudiges Erstaunen. Im Traum war sie tot gewesen. In der Wirklichkeit gab es noch Hoffnung, sie lebend zu finden.

»Wird mir wohl nicht viel nützen, wenn ich mich als Bundesagent ausweise«, sagte Marcus.

Die Augen des Polizeicaptains blieben undeutbar hinter seiner John-Lennon-Sonnenbrille. »Wir haben Ihren Ausweis gefunden«, erklärte er. »Aber so eine Dienstmarke bedeutet ja noch lange nicht, dass Sie wirklich Bundesagent sind. Wir haben Sie von unseren Freunden beim Amt für indianische Angelegenheiten überprüfen lassen. Ebenso sämtliche Mitarbeiter, auf die die Beschreibung des Mannes passt, der sich Frank nennt. Wir sind auf zwei Personen gestoßen, einen gewissen Marcus Williams und einen Francois Dantonio, der als freier Berater verzeichnet ist. Aber den offiziellen Angaben zufolge sind diese beide Gentlemen derzeit beurlaubt. Und das wiederum bedeutet, dass Sie nicht als Vertreter der US-Regierung hier sind. Selbst wenn Sie es wären, befinden Sie sich nicht auf Hoheitsgebiet der USA, sondern in der Navajo Nation. Wir sind ein souveränes Territorium außerhalb Ihrer Zuständigkeit – was ohnehin nur dann zählen würde, wenn Sie beide *überhaupt* irgendwelche Zuständigkeit besäßen, was nicht der Fall ist.«

Marcus war mit Händen und Füßen an einen Küchenstuhl gefesselt. Er blinzelte, um den Rest der Benommenheit abzuschütteln, und schaute von Captain Yazzie zu Ernie Pitka.

Er blickte zwischen den beiden Cops hin und her. »Guten Morgen, Gentlemen. Kann mir jemand eine Tasse Kaffee holen? Und vielleicht einen Happen Paracetamol?«

»Sie und Ihr Partner«, sagte Yazzie, »scheinen sich nach dem Tod zu sehnen. Und keiner von Ihnen beiden weiß, wann es besser ist, den Mund zu halten. Ich frage Sie nur noch einmal, bevor es unangenehm wird: Wo ist der Truck?« Noch während er sprach, zog er ein Springmesser aus dem Stiefel und schlitzte Marcus' Tarnhose vom Fuß bis hinauf zur Mitte des Oberschenkels auf. Dann riss er den Stoff auseinander und entblößte Marcus' nackte Haut.

»Das war meine Lieblingshose, Sie Arsch.«

Yazzie schlug ihm ins Gesicht. »Der Truck! Wo ist er?«

»Ich weiß nicht, wovon Sie reden.« Marcus warf einen raschen Blick zu Ernie und bemerkte, dass der junge Lakai des Captains immer nervöser wurde, je mehr die Lage eskalierte.

»Der Truck, den Ihr Partner gestohlen hat!«, brüllte Yazzie.

»Ich habe keinen Partner. Ich bin ein einsamer Wolf.«

Yazzie musterte ihn mit kaltem Blick. »Wir wissen nicht, wo Ihre Freundin Maggie Carlisle sich aufhält. Wir wissen nicht, was ihr zugestoßen ist. Nach allem, was wir wissen, könnte sie ihren Wagen zu Schrott gefahren haben, oder sie hat sich in den Hügeln verfahren und ist irgendwo liegen geblieben. So was kommt öfter vor, als Sie denken. Wollen Sie wirklich einen Krieg mit den falschen Leuten vom Zaun brechen?«

»Ich glaube«, entgegnete Marcus, »wir sind an genau der richtigen Adresse.« Er blickte den jüngeren Officer an. »Was ist mit Ihnen, Pitka? Sind Sie bereit, für Ihren Boss zu sterben?«

Der junge Stammespolizist stand wie gelähmt da. Er blickte zwischen dem Gefangenen und seinem Captain hin und her, sagte aber kein Wort.

»Wir werden Maggie finden, so oder so«, fuhr Marcus fort. »Und wenn wir dazu die gesamte Navajo Nation zerlegen müssen. Allmählich werden mir Ihre Spielchen langweilig. Reden mag ich auch nicht mehr. Lieber komme ich schnellstmöglich zum Kern der Sache. Sie stellen gern Ultimaten, Captain? Dann will *ich* Ihnen mal eins stellen: Sagen Sie mir, wo ich Maggie Carlisle finde, oder Sie erleben den Morgen nicht.«

»Es ist nicht besonders höflich, einen Polizeikollegen zu bedrohen.«

»Sie sind kein Cop. Sie sind 'ne Kakerlake.«

Yazzie lächelte und zeigte damit zum ersten Mal, seit sie hier saßen, eine menschliche Regung. »Mögen Sie Insekten, Agent

Williams?«, fragte er. »Ich habe einen Freund, den ich Ihnen vorstellen möchte.« Yazzie bückte sich und hob eine braune Papiertüte auf, die auf dem Fußboden neben ihm gestanden hatte. Er nahm ein Einmachglas heraus, in dem der größte Skorpion saß, den Marcus je gesehen hatte.

Ohne sich eine Reaktion auf den Inhalt des Glases anmerken zu lassen, sagte Marcus: »Das ist kein Insekt. Die Skorpione gehören zu den Arachniden, den Spinnentieren, Sie Ignorant.«

Wieder schlug Yazzie ihm ins Gesicht. »Mein kleiner Freund hier«, sagte er dann, »ist ein Arizona-Rindenskorpion. Lassen Sie sich von dem Namen nicht täuschen, er kommt hier in New Mexico sehr häufig vor. Deshalb hatte ich eine üppige Auswahl, als ich den größten, hässlichsten und fiesesten von ihnen gesucht habe. Skorpione werden unter Schwarzlicht sichtbar; deshalb war es ganz simpel, ihn bei einem Nachtspaziergang mit einer speziellen Taschenlampe aufzustöbern.«

»Das ist echt beeindruckend«, sagte Marcus. »Fotografieren Sie Ihren Freund, dann kann ich das Foto rahmen und es bei mir zu Hause an die Wand hängen.«

Als Yazzie das Glas ein wenig schüttelte, richtete der Skorpion drohend den Schwanz mit dem Giftstachel auf. »Wo ist der Truck, den Ihr Partner auf der Ranch gestohlen hat?«

»Ihr regt euch aber mächtig auf wegen einer Ladung Schafe. Nach dem Canyon-Jungen haben Sie sich noch gar nicht erkundigt.«

»Wir haben Ihren Partner am Handelsposten festgesetzt. Wir wissen, dass er die Geiseln dort festhält. Wir haben ihn nur deshalb noch nicht ausgeschaltet, weil wir erst erfahren wollen, wo der Truck ist.«

»Glauben Sie im Ernst, Sie könnten mich jetzt noch dazu bringen, Ihnen den Standort des Trucks zu verraten? Jetzt, wo ich weiß, dass Sie einen Mann töten wollen, sobald Sie es wissen?«

Yazzie zuckte mit den Schultern. »Also gut. Mir ist das völlig egal. Es ist Johns Problem. Aber wie dem auch sei, Sie und Ihr Partner sind tote Männer.«

Yazzie schüttelte das Glas, schraubte den Deckel ab und stülpte es auf Marcus' entblößten Oberschenkel.

Der giftigste Skorpion Nordamerikas krabbelte über Marcus' nackte Haut.

Kapitel 51

Liana wusste noch immer nicht, was Frank mit dem Mikrowellenherd und der Batterie vorhatte, als sie ihm ins Hinterzimmer half.

Dort setzte er sich und machte sich an die Arbeit. Liana konnte nur zusehen, während er rasch und zielstrebig vorging. Er schraubte das Gehäuse der schrottreifen Mikrowelle auf, entfernte die Frontplatte und zog die inneren Baugruppen und die Verdrahtung heraus. Schließlich trennte er einen kleinen Metallwürfel ab, aus dem Kabel ragten.

»Was machen Sie da?«

»Ich hab den Transformator ausgebaut. Jetzt werde ich ihn öffnen, um an die Primärspule zu gelangen.«

»Und wieso?«

Ohne seine Arbeit an den Komponenten der Mikrowelle zu unterbrechen, blickte er Liana an. »Cool bleiben, Officer Liana. Alles wird zu gegebener Zeit offenbart. Bitte holen Sie mir eine Schachtel Kaliber-.50-Patronen aus dem vorderen Raum, ja?«

Mittlerweile wusste Liana, dass es keinen Sinn hatte, diesem Mann Fragen zu stellen oder mit ihm zu diskutieren. Also gehorchte sie und kam Augenblicke später mit den schweren Patronen in den Lagerraum zurück. Frank reichte ihr eine Zange aus dem kleinen Werkzeugkasten, der neben ihm stand, und wies sie an, die Geschosse herauszuziehen, damit sie an die Treibladung kam. Während Liana an den Projektilen hebelte, schnitt Ackerman mit einer Akku-Trennscheibe das Transformatorgehäuse auf.

»Wussten Sie eigentlich«, sagte er, ohne seine Arbeit zu unterbrechen, »dass die erste Bluttransfusion an einem Menschen mit Schafsblut durchgeführt wurde?«

»Du meine Güte! Nein, das war mir nicht bekannt.«

»Jean-Baptiste Denys war ein französischer Arzt. Er vollzog die Behandlung im Jahre 1667 an einem Fünfzehnjährigen. Durch schieres Glück überlebte der Junge den Eingriff, ohne hinterher Gras zu fressen oder ›Mäh‹ zu machen. Ermutigt von diesem Erfolg, nahm Denys eine weitere Transfusion an einem geisteskranken Mann in Paris vor. Er glaubte, er könne den Wahnsinn seines Patienten heilen, indem er sein Blut durch das reine Blut eines Kalbs ersetzte.«

»Aber Menschenblut verträgt sich doch oft nicht einmal mit dem Blut eines anderen Menschen! Das Blut eines Tieres müsste tödlich sein.«

»Ganz recht. Allerdings war es letztlich nicht die Transfusion, die den Patienten das Leben kostete. Vielmehr wurde der Mann von konkurrierenden Ärzten vergiftet, die Denys in Verruf bringen wollen. Am Ende sprach das Gericht Denys von jeder Schuld am Tod des Mannes frei, untersagte ihm aber jede Bluttransfusion für die Zukunft. Nicht, weil den Richtern die Unverträglichkeiten oder andere Gefahren bekannt gewesen wären, sondern weil sie befürchteten, beim Vermischen von Blut könnten Ungeheuer entstehen. Halb menschliche, halb tierische Mischwesen.«

»Du meine Güte«, murmelte Liana.

»Kein Bange.« Ackerman lächelte. »Ich benutze die Teile der Mikrowelle, um eine Transfusion mit meinem eigenen Blut vorzunehmen. Ein schlimmeres Mischwesen als ich selbst kann also nicht dabei rauskommen.«

»Und wie genau soll das gehen?«

Ohne bei seiner Beschäftigung innezuhalten, antwortete

Frank: »Ich habe einen sehr starken Elektromagneten gebastelt. Den halten Sie über meine Wunde. Er wird die Geschosssplitter aus meinem Fleisch ziehen.«

»Ist so etwas nicht außerordentlich schmerzhaft?«

»Oh ja. Deshalb kann ich's gar nicht abwarten.«

»Haben wir ein Betäubungsmittel oder wenigstens Schmerztabletten?«

Er lächelte sie an. »Der Schmerz, Officer Liana, ist mein Vertrauter. Ein guter alter Freund, könnte man sagen. Deshalb möchte ich ihn weder mildern noch abtöten. Um ehrlich zu sein, fühle ich mich nur lebendig, wenn ich Schmerzen erdulde oder verursache. Was mich auf eine Sache bringt, die ich erwähnen sollte … es ist mir allerdings ein bisschen peinlich.«

Liana wölbte eine Augenbraue, schwieg jedoch.

»Wenn wir mit dem Eingriff beginnen, wird der Schmerz mehrere kleine physiologische Reaktionen verursachen, die ich nur als Genuss beschreiben kann. Während dieser Zeit könnte etwas geschehen.«

Sie kniff die Augen zusammen. »Und was?«

»Was ich zu sagen versuche … Wenn Sie mir wehtun, könnte es mich erregen.«

Sie riss die Augen auf. »Sie brauchen den Schmerz, damit …«

»Oh nein, nein! In dieser Hinsicht bin ich absolut funktionstüchtig, ob mit oder ohne Schmerz. Wissen Sie, Schmerz ist nicht das Einzige, was mich erregt, aber mit Sicherheit gehört er dazu.«

Liana wusste nicht, wie sie auf diese Offenbarung reagieren sollte. »Okay … auf jeden Fall danke für die Warnung«, sagte sie.

»Wir sollten uns beeilen. Ich rechne sehr bald mit einem Angriff Ihres Freundes Mr. Canyon. Wenn es keine weiteren Fragen mehr gibt – Ihr Patient ist so weit, Doc.« Er streckte die Rechte vor, nahm ihre Hand, blickte ihr tief in die Augen und sagte: »Ich bin froh, dass Sie mich bei diesem kleinen Abenteuer begleiten, Officer Liana.«

»Äh … ich tu's gern. Und ich gebe mein Bestes.«

»Niemand kann je mehr von Ihnen verlangen.«

»Aber ich … Ich weiß nicht, ob ich das durchhalte. Ich meine, das ist doch …«

»Was? Verrückt? Leben ist Chaos. Sie denken jetzt vielleicht, dass Ihre Welt außer Kontrolle geraten ist und dass es nichts gibt, was Sie dagegen tun können. Die Wahrheit aber sieht so aus, dass Sie niemals so etwas wie Kontrolle besessen haben. Kontrolle ist eine Illusion. Kontrollieren können Sie nur, was zwischen Ihren Ohren vorgeht. Worauf es ankommt, Officer Liana: Sie müssen fähig sein, zu jeder Zeit und an jedem Ort Frieden und Erfüllung zu finden. Das können Sie schaffen. Ich weiß, dass Gott Sie mir heute Nacht aus einem bestimmten Grund zur Seite stellt, ganz so, wie er mich genau jetzt an genau diesen Ort geführt hat. Sie schaffen das, Officer Liana. Ich habe Vertrauen zu Ihnen. Schon in dem Moment, als ich in Ihren Polizeiposten kam und Ihnen in die Augen sah, erkannte ich einen ganz besonderen Menschen. Ich konnte Ihnen ansehen, dass Sie reinen Herzens sind. Und ich weiß, dass Sie Ihr Bestes geben werden, um mir das Leben zu retten. Aber selbst wenn ich sterben sollte, möchte ich, dass Sie eines wissen: Es war mir ein Vergnügen, Sie für die kurze Zeit gekannt zu haben, die wir heute Nacht miteinander verbracht haben.«

»Ich …« Für einen Moment verschlug es Liana vor Rührung die Sprache. »Ich hoffe nur, Ihr komischer Apparat funktioniert. Wir haben ziemlich viel Zeit darauf verwendet.«

»Die Zeit ist unser Feind, aber das hier ist auch nicht mein erstes Rodeo. Es wird funktionieren.« Langsam ließ er sich nieder und schaute zu ihr hoch. »Ach ja, das hätte ich fast vergessen. Nachdem der Magnet sämtliche Metallsplitter aus meinen

Wunden gezogen hat, müssen wir den Blutfluss zum Stillstand bringen. Deshalb müssen Sie das Schießpulver, das Sie gesammelt haben, in die Wundöffnungen schütten und mich dann in Brand setzen.«

Kapitel 52

Vergangenheit

Maggie zwang sich zu einem Lächeln, zitterte vor Wut aber so sehr, dass es nicht zu übersehen war. Marcus saß einen Augenblick lang wie vom Blitz getroffen da. Anscheinend wusste er nicht, was er sagen oder wie er reagieren sollte. Sie hatte ihn auf frischer Tat ertappt.

»Möchtest du mich deiner Freundin nicht vorstellen, Marcus?«, fragte Maggie.

Er blickte zwischen den beiden Frauen hin und her. Schließlich sagte er: »Maggie, das ist Special Agent Vasques vom FBI. Sie arbeitet mit uns an dem Fall. Vasques, das ist Special Agent Carlisle. Sie gehört zu meiner Einheit im Justizministerium.«

Maggie blickte Vasques an und begutachtete die Konkurrenz. Die dunkelhaarige FBI-Beamtin war mit ihrem Teint von der Farbe hellen Karamells, den hohen Jochbeinen und den großen braunen Augen ziemlich hübsch. Maggies anfängliche Aversion schwand, ebenso das Verlangen, der anderen Frau die Faust ins Gesicht zu schlagen. Schließlich war Vasques nicht daran schuld, dass Marcus ihr, Maggie, einen Dolch in den Rücken rammte.

»Erfreut, Sie kennenzulernen«, sagte Maggie knapp. Die Frauen schüttelten einander die Hand.

Vasques stand deutlich ins Gesicht geschrieben, was sie dachte. Sie spürte genau, dass irgendetwas vor sich ging. »Ich bin mir sicher«, sagte sie zu Marcus, »Sie möchten Agentin Carlisle ins Bild setzen, und ich möchte mit Belacourt reden. Deshalb werde ich mich jetzt verabschieden.«

»Gut, ich fahre Sie zurück zu Ihrem Büro.«

Vasques ergriff ihre Handtasche und glitt aus der Nische. »Das ist nicht nötig. Ich nehme ein Taxi.«

Marcus wollte Einwände erheben, doch Maggie warf ihm einen warnenden Blick zu, und seine Worte erstarben ihm in der Kehle.

Als Vasques verschwunden war, sagte Maggie: »Jetzt verstehe ich, weshalb du mich nicht dabeihaben wolltest.«

»Oh, bitte, Maggie. Du liegst daneben.«

»Du weißt verdammt genau, was hier los war.«

»Ich weiß vor allem eines: Ich habe eine Untergebene, die eine dienstliche Anweisung missachtet hat. Genau wie in Harrisburg. Was soll ich deiner Meinung nach jetzt unternehmen?«

Maggie konnte nicht mehr an sich halten. Sie sprang auf und wischte seine Kaffeetasse vom Tisch in seinen Schoß. Dann stürmte sie aus dem Restaurant. Am liebsten hätte sie geweint, geschrien, irgendetwas zerschmettert. Wie hatte sie nur so dumm und blind sein können?

Sie hörte, wie Marcus ihr hinterherrief, aber im Augenblick legte sie nicht den geringsten Wert auf seine Gesellschaft. Sie wusste nicht einmal, ob sie ihn je wiedersehen wollte.

Marcus eilte ihr hinterher, holte sie ein. Seine Hand umklammerte ihren Oberarm, doch sie riss sich von ihm los. »Fass mich nicht an!«

»Verdammt, Maggie, was ist in dich gefahren? Du führst dich auf, als hättest du den Verstand verloren.«

»Ach, jetzt bin ich eine Irre? Wahrscheinlich willst du deshalb *nicht mehr, dass ich an Ermittlungen teilnehme. Weil ich verrückt geworden bin.«*

»Verdreh mir nicht das Wort im Mund. Ich sagte, du benimmst dich, als hättest du den Verstand verloren. Das ist ein Unterschied.«

»Es spielt sowieso keine Rolle.« Mit der Faust schlug sie auf den Rufknopf des Aufzugs. »Wenn du dich beeilst, holst du deine kleine Freundin vielleicht noch ein.«

Marcus neigte den Kopf zur Seite, bis die Wirbel knackten. Maggie kannte diese Angewohnheit. Sie war jedes Mal zu beobachten, wenn Marcus sich für einen Kampf bereitmachte. »Maggie, lass uns über die Sache reden.«

»Ich habe nichts zu sagen.«

»Zwischen Vasques und mir läuft nichts. Und wenn es so wäre, würde es dich nichts angehen.«

Ihre Augen wurden groß. Sie konnte nicht glauben, was sie da hörte. Zuerst betrog er sie, und dann führte er sich auf, als wäre nie etwas zwischen ihnen gewesen!

Maggie schlug ihm ins Gesicht. Als sich hinter ihr die Aufzugtüren öffneten, trat sie in die Kabine und drückte den Knopf, der die Türen wieder zufahren ließ und den Rest der Welt ausschloss.

Kapitel 53

Manchmal betrachtete Marcus sein eidetisches Gedächtnis als Segen, manchmal als Fluch.

Jetzt, in dieser Situation, war es ein besonders teuflischer Fluch. Aus einem Special auf Discovery Channel, das er sich vor Jahren an einem verregten Sonntagnachmittag angesehen hatte, wusste Marcus, dass der Arizona-Rindenskorpion die größte Art der in Nordamerika heimischen Arachniden war. Obendrein die giftigste. Doch selbst ein erwachsenes Exemplar konnte ihn nicht töten, solange er keine allergische Reaktion oder Überempfindlichkeit gegen das Gift zeigte. Trotzdem sehnte er nicht gerade herbei, den Stich dieses Skorpions oder dessen unangenehme Begleiterscheinungen ertragen zu müssen. Aber wenn er sein Bein locker ließ und die Muskeln nicht anspannte, betrachtete das alienhafte Tier ihn vielleicht nicht als Bedrohung …

»Ich glaube, er mag Sie«, sagte Yazzie.

»Ich finde ihn auch niedlich. Darf ich ihn behalten? Ich meine, wenn wir die Foltergeschichte hinter uns haben. Ich würde ihn gern Harvey nennen, wenn Sie nichts dagegen haben.«

»Mein Freund Harvey? Wie süß. Okay, sagen Sie Ihrem Freund guten Tag.« Mit unglaublicher Geschwindigkeit riss Yazzie den Colt Peacemaker aus dem Holster, schlug mit dem Lauf fest gegen das Einmachglas und erschreckte den großen Skorpion. Harvey hob den Schwanz und zuckte, bereit für einen Giftstich, während Marcus sich gegen die Schmerzen wappnete.

Als der Skorpion nach ein paar Sekunden nicht zugestochen hatte, trat Officer Pitka vor und meldete sich mit bebender

Stimme. »Sir, das … das können Sie nicht machen. Der Mann ist Bundesagent, und wir sind Cops.«

Yazzie reagierte kaum. Er zeigte weder Zorn, noch brüllte er seinen Untergebenen an. Gelassen sagte er: »Hör zu, Ernie. Geh nach draußen und setz dich ans Funkgerät, ja? Informiere Mr. Canyon, dass wir Agent Williams hier in Gewahrsam halten und ihn derzeit über das Versteck des Trucks vernehmen.«

Ernie wollte etwas einwenden, doch Yazzie brachte ihn zum Schweigen, indem er den Colt Peacemaker um den Finger wirbeln ließ wie ein Revolverheld im Wilden Westen, ehe er ihn mit fließender Bewegung zurück ins Holster schob. »Abmarsch, Officer.«

Der verängstigte junge Mann suchte Marcus' Blick, als wolle er sich entschuldigen; dann eilte er davon und schloss die Tür hinter sich.

Der von schlechtem Gewissen geplagte Ernie konnte nicht ahnen, dass Marcus froh war über sein Verschwinden. Gegen einen Gegner lagen seine Chancen ungleich höher als gegen zwei, selbst wenn einer von ihnen nur widerstrebend kämpfte.

Als Ernie verschwunden war, richtete Marcus seine Aufmerksamkeit wieder auf den Skorpion. Die Arachnide stand vollkommen reglos da, aufgerichtet und stichbereit. Marcus beobachtete das Tier, ließ es keinen Sekundenbruchteil aus den Augen, als er nun vorsichtig das Bein entspannte und versuchte, seinen Puls zu beruhigen. Früher hätte er in der Nähe einer solchen Kreatur am ganzen Körper gezittert, aber die traumatischen Erlebnisse im Verlies seines Vaters in Leavenworth, Kansas, hatten bewirkt, dass er kaum noch Angst kannte. Was er hinter sich hatte, war zwar nur ein schwacher Schatten jener unsäglichen Schrecken, denen Ackerman ausgesetzt gewesen war, aber auch bei Marcus hatten diese Erlebnisse tiefe Wunden hinterlassen.

Als Ernie den Raum verließ, fiel Licht aus dem Flur herein,

und Marcus erhielt einen besseren Blick auf die Umgebung. Sie befanden sich in einer Art Lagerraum im Kellergeschoss. Die Wände bestanden aus Betonziegeln und Holzbalken. Auf Regalen an den inneren Wänden reihten sich Plastikbeutel, die mit Kreppband und Filzstift etikettiert waren. Marcus las »Weihnachten« und »Ostern«.

»Wussten Sie, dass Skorpione ihr Revier mit großer Wildheit verteidigen? Und dass sie Kannibalen sind? Es ist bei ihnen recht verbreitet, ihre Paarungspartner und ihren Nachwuchs zu fressen.«

»Hätte Ihre Mutter sich doch nur ein Beispiel daran genommen.«

Yazzie beugte sich zu ihm und flüsterte: »Als ich noch ein Junge war, habe ich meine Mutter angezündet und zugesehen, wie sie verbrannte. Ich habe immer die Verwandtschaft zu Tieren wie dem hier empfunden. Die Wissenschaftler glauben, dass sie sich zu Kannibalen entwickelt haben, weil sie oft mit wenig Nahrung auskommen müssen und die einzige Möglichkeit zu überleben darin besteht, die eigenen Artgenossen zu fressen. Ihr Kannibalismus hat den Skorpion aber auch zu dem ältesten noch lebenden Landtier der Welt gemacht. Seit wenigstens hundert Millionen Jahren hat er sich so gut wie gar nicht mehr verändert. Er ist schon mit den Dinosauriern über diese Erde gewandelt. Exemplare, die vor dreißig Millionen Jahren in Bernstein konserviert wurden, sehen genauso aus wie dieser Bursche hier. Das hat etwas Faszinierendes, Perfektes an sich, nicht wahr? Etwas, von dem wir lernen können.«

»Wenn Sie sich mit diesem Ungeziefer so verbunden fühlen, wieso krabbelt Harvey dann nicht auf *Ihrem* Bein?«

»Sie und Ihr Partner sind harte Burschen, das will ich nicht bestreiten. Aber jeder zerbricht irgendwann, Agent Williams. Jeder hat eine Schwäche.«

»Da könnten Sie recht haben, Captain. Aber Sie haben nicht das, was es braucht, um mich zu zerbrechen. Ich bin von Experten gefoltert worden, und gegen meinen Vater sind Sie ein Nichts. Sie können genauso gut gleich aufgeben.«

Yazzie zuckte mit den Achseln. »Vielleicht, aber ich mache noch ein bisschen weiter, nur um sicherzugehen.« Er zog wieder das Springmesser aus dem Stiefelschaft und schnitt tief in Marcus' Oberschenkel, dicht oberhalb des Einmachglases mit dem großen Skorpion. Blut quoll hervor, und Marcus zuckte unwillkürlich zusammen, aber größere Befriedigung schenkte er Yazzie nicht.

Der Polizeicaptain fuhr fort: »Wussten Sie, dass Skorpione Wühltiere sind? Ich habe schon oft beobachtet, was beispielsweise Ratten anrichten, wenn sie sich in menschliches Fleisch graben, aber ich frage mich von jeher, wie ein Skorpion sich verhält. Ob er mit ein bisschen Ermutigung wohl das Gleiche tut wie ein Nager und sich in einen Menschen frisst? Ich schlage vor, wir machen das Experiment und finden es heraus.«

Kapitel 54

Ganz wie angekündigt schien Frank den Eingriff zu genießen, denn er gab wiederholt einen Laut von sich, der Liana an den einer Katze erinnerte, die genau an der richtigen Stelle gekrault wird. Am Ende aber verlor er das Bewusstsein und lag schlaff und reglos da, sodass Liana mehrmals ihre Versuche unterbrach, mit dem selbstgebastelten Elektromagneten wie mit einem Staubsauger die Metallfragmente aus den Wunden zu ziehen, und ängstlich seinen Puls fühlte.

Als sie endlich fertig war und keine Splitter mehr zum Vorschein kamen, streute sie das Schießpulver aus den Gewehrpatronen in die blutigen kleinen Löcher. Sie versuchte Frank zu warnen, aber er war noch immer nicht ansprechbar. Skeptisch checkte sie seinen Puls, beschloss dann aber weiterzumachen.

Als sie das Schießpulver entzündete, schoss eine grell leuchtende, pilzförmige Wolke hoch, und es roch durchdringend nach bratendem Fleisch. Frank gab nur einmal ein leises lustvolles Stöhnen von sich, als passte der Schmerz zu etwas Unanständigem, von dem er träumte.

Wieder versuchte Liana, ihn zu wecken in der Hoffnung, dass er einen Bissen aß oder einen Schluck trank, aber er war nach wie vor nicht ansprechbar. Er brauchte Zeit, sich zu erholen, musste aber zumindest ein wenig Flüssigkeit zu sich nehmen. Zum Glück hatten die Bundesagenten ausreichend Lebensmittelvorräte und Trinkwasser in Flaschen mitgebracht – fast alles, was man brauchte, um eine lange, blutige Belagerung zu überstehen.

Liana fächelte den Gestank nach verbranntem Fleisch weg, drehte Frank mit einiger Mühe auf den Rücken und hob seinen Kopf an. Aus einem Faltbecher, den sie bei den Vorräten gefunden hatte, flößte sie ihm Wasser ein. Als Polizistin hatte Liana eine Ersthelferausbildung absolviert; deshalb wusste sie, dass Frank extrem dehydriert war. Sie musste seinen Blutzuckerspiegel erhöhen, vor allem aber Wasser zuführen, sonst konnte sein Körper kein neues Blut bilden.

Frank schluckte die angebotene Flüssigkeit, erwachte aber nicht aus seinem Dämmerschlaf. Liana beschloss, ihn ruhen zu lassen, und kehrte in den vorderen Raum zurück. Dort ging sie voller Unrast auf und ab und kaute sich die Fingernägel fast bis auf das Nagelbett herunter. Immer wieder rief sie sich ins Gedächtnis, dass sie ausgebildete Polizeibeamtin sei und cool bleiben müsse, doch eine andere Stimme in ihr schrie ununterbrochen, dass sie durch nichts, was sie auf der Akademie gelernt habe, auf die jetzige Situation vorbereitet sei. Ihr Leben war aus den Schienen gesprungen. Sie war kein Cop mehr. Sie war …

Was sie war, konnte Liana gar nicht mit Bestimmtheit sagen. Sie wusste nur, dass sie sich aus irgendeinem Grund neben dem bewusstlosen Frank sicherer fühlte als dort draußen. Geborgener, als sie sich in John Canyons Nähe jemals gefühlt hatte.

Liana stellte das Auf-und-ab-Gehen und das Nägelkauen ein, als der winzige Lautsprecher von Franks Funkgerät krachte und zischte und blechern John Canyons Stimme herausdrang. »Nicht schießen. Ich komme zu euch rauf, mit weißer Flagge. Ich will mich davon überzeugen, dass es meinem Jungen gut geht, und dann einen Deal mit euch machen.«

Liana eilte ans Fenster und hob das Fernglas vor die Augen. Tatsächlich entdeckte sie eine einsame Gestalt, die sich auf der Schotterstraße langsam dem alten Handelsposten näherte. Augenblicklich stürzte sie zu Frank, versuchte ihn wachzurütteln.

Ihre Zähne klapperten, als sie immer wieder flüsterte: »Wach auf, wach auf, wach doch auf!«

Doch wie zuvor reagierte Frank nur mit leisem Maunzen.

Liana wusste, sie war auf sich allein gestellt.

Kapitel 55

Fünfundzwanzig Jahre zuvor

Die Krankheit beeinträchtigte Momma schließlich so sehr, dass sie ihren Job als Liebesdienerin aufgeben musste. Zum Glück war Xavier einfallsreich und fand andere Möglichkeiten, das Geld für die Miete zu beschaffen und Essen auf den Tisch zu bringen.

Währenddessen entwickelte seine kleine Schwester Reyna sich zu einer bildhübschen Teenagerin, die sich gern schick kleidete, was Xavier sehr gefiel. Er hatte es gern, wenn Reyna sich hübsch machte. Und er hatte es noch lieber, wenn sie glücklich war. Außerdem ging es ihnen besser: Zu den Verdienstmöglichkeiten, die Xavier sich erschlossen hatte, gehörten lukrative Ausflüge in die Ruinen der Alten – oder der Anasazi, wie die Bilagáana-Archäologen sie nannten.

Eines Tages, bei einem seiner Alleingänge, stieß Xavier in den Hügeln auf eine abgelegene Stätte, die noch niemand zuvor entdeckt zu haben schien. Er kletterte in dieser Gegend gern auf eigene Faust herum; er liebte solche einsamen Touren. Am liebsten stieg er hinauf in die Cañons und wandelte auf den Pfaden seiner Ahnen. Manchmal opferte er einem dunklen, längst vergessenen Gott der Anasazi ein kleines Tier, bekam aber nie eine Antwort aus der fernen Vergangenheit.

Bis er eines Tages auf die Goldader stieß.

Xavier hatte mehrere Eisen im Feuer, was das Geldverdienen anging, denn er hatte die Saat zu etlichen Geschäften gelegt. Diese Saat würde bald aufgehen. Doch seine Ideen brachten

Probleme mit sich, die überwunden werden mussten, und es gab Unwägbarkeiten, die er nicht vorhersehen konnte. Deshalb war es wichtig, sich so viele Standbeine wie möglich zu schaffen.

Bei einer seiner größten Entdeckungen, die er hoch droben in einem Cañon nördlich von Shiprock gemacht hatte, bestand das Problem schlicht und einfach darin, dass er Hilfe brauchte, um die dort verborgenen Schätze zu bergen. Als Xavier die abgelegene Stätte aufgestöbert hatte, war er ohne Seil und Sicherung in den Felsen geklettert, wie er es gern tat; dabei hatte er eine schmale Lücke und ein paar uralte Griffe entdeckt, die in den Fels geschlagen waren. Auf diese Weise war er auf das abgelegene Heiligtum des untergegangenen Volkes gestoßen.

Es gab nur wenige Menschen auf der Welt, denen Xavier traute. Einer davon war seine Schwester, aber sie wäre keine große Hilfe, wenn es darum ging, kostbare alte Funde eine Felswand hinunterzutragen. Xavier hatte an den Stellen, an denen man klettern musste, Strickleitern angebracht und hatte es mit Reyna alleine versucht. Sie gab sich alle Mühe und stellte sich geschickt an, doch Xavier sah ein, dass er einen zusätzlichen Helfer brauchte. Jemand mit breitem Rücken. Auf den Verstand kam es nicht so sehr an.

Als erster Kandidat kam ihm ein Junge aus seiner Schule in den Sinn. Eugene Bernally war zwei Jahre älter als Xavier, aber sie gingen in die gleiche Klasse, weil Eugene zweimal sitzen geblieben war. Xavier bereitete Eugene schon seit einiger Zeit darauf vor, für ihn zu arbeiten, denn Eugene war unkompliziert. Er nahm, was man ihm gab, ohne zu fragen, ob sein Anteil gerecht sei. Davon abgesehen war er ein geschickter Kletterer, trotz seines Übergewichts. Mit der Aussicht auf Abenteuer und Bezahlung ließ Eugene sich mühelos an Bord holen. Bei Reyna sah die Sache anders aus, aber am Ende tat auch sie jedes Mal, was ihr großer Bruder wollte. Und das war gut so. Schließlich würde Momma bald nicht mehr bei ihnen sein, und dann hatten sie nur noch sich beide.

Reyna war sauer, dass sie zum »Sperrmüllsammeln« abkommandiert wurde, wie sie es nannte. Vor allem hasste sie es, auf dem Mittelsitz des alten klapprigen Cheyenne Pick-ups zu sitzen, in dem sie über die festgepackte Wüstenstraße zu dem verborgenen Schatz fuhren. Sie hatte den Schaltknüppel zwischen den Beinen, und Xavier musste darüberfassen, wenn er den Gang wechselte. Dabei berührte er sie fast jedes Mal. Und rechts von ihr saß der dicke Eugene, der offenbar gar nicht anders konnte, als sich in Gegenwart hübscher Mädchen besonders gruselig zu benehmen.

Schließlich lenkte Xavier den alten Pick-up an den Straßenrand und stellte ihn hinter Sträuchern und Kriechwacholder ab. »Ab hier geht's zu Fuß weiter«, verkündete er.

Sie stiegen aus und legten die Rucksäcke an, in denen sie Wasser und Konserven mit sich führten, mit denen sie sich stärken wollten, sobald sie den Tempel erreicht hatten. Dort oben würden sie die Rucksäcke mit Kunstgegenständen vollstopfen und sich an den Abstieg machen.

Von Gier, Abenteuerlust und Angst getrieben stieg das Trio die Hügel hinauf und erkletterte die roten Felscañons. Xavier hatte oft gerätselt, weshalb die Alten ihre Behausungen an so unzugänglichen Stellen errichtet hatten. Ihre Dörfer lagen oft unter natürlichen Steindächern und Steilwänden hoch in den Bergen, fernab jeder Wasser- und Nahrungsquelle.

Xavier ging voran und zeigte den anderen, wo sie den besten Halt fanden. Reyna kletterte in der Mitte, damit Xavier ihr helfen und sicherstellen konnte, dass sie heil oben ankam. Eugene bildete den Schluss und verschlang Reyna fast den ganzen Aufstieg lang mit gierigen Blicken.

Selbst mithilfe der Strickleitern, die Xavier angebracht hatte, war es eine zermürbende Kletterei; dabei war es der einfache Teil der ganzen Aktion: Mit Rucksäcken voller zerbrechlicher Keramik und anderen Kostbarkeiten die Felsen hinunterzusteigen würde noch viel schwieriger sein. Xavier hatte überlegt, die Tasche mit der Beute an einem Seil die Steilwand hinunterzulassen, aber das Seil, das sie mit sich führten, war ein raues, rissiges Hanfseil, das viel zu schwer war und nicht einmal bis zum Boden reichte. Bei diesem Gedanken grinste Xavier. Von dem Geld, das sie bei diesem Unternehmen verdienen würden, konnte er ihnen für die nächste Expedition viel bessere Ausrüstung beschaffen.

Endlich erreichten sie die obere Kante der Wand und gelangten auf ein kleines Hochplateau. Die Ruinen verbargen sich unter einer massiven Felsplatte, die es unmöglich machte, sie aus der Luft zu entdecken, und die weit vorstehende Felswand hatte die Relikte über die Jahrhunderte hinweg genauso perfekt vor einer Entdeckung aus dem Tal bewahrt. Fanden Diné solch eine Stätte, was selten genug vorkam, merkten sie sich den Fundort, ließen aber alles so, wie es war. Die Bilagáana-Archäologen dagegen, von den Diné »Dreckwühler« genannt, verschleppten die Funde gern in Museen. Noch viel schlimmer waren die weißen Raubgräber, die die Kostbarkeiten auf dem Schwarzen Markt verhökerten. Die meisten größeren Stätten waren bereits geplündert von Wühlern und Aasgeiern, die einen schnellen Dollar verdienen wollten, indem sie den Diné ihre Geschichte raubten.

Und diese Stätte hier strotzte nur so vor indianischer Geschichte. Xavier spürte sie überall ringsum – in den Felsen, der klaren Luft, den kargen Pflanzen, im blauen Himmel. Er spürte die Geister der Ahnen.

Von dem Moment an, als er die Ruinen zum ersten Mal erblickt hatte, voller Ehrfurcht und Staunen, war ihm klar gewesen, dass er auf etwas ganz Besonderes gestoßen war.

Kapitel 56

Harvey, Großvater aller Arizona-Rindenskorpione, schien das viele Blut nicht zu gefallen. Es schien ihm sogar Angst einzuflößen. Aber dank Discovery Channel und seiner Schlaflosigkeit wusste Marcus, dass Skorpione ihren Stich nur als letztes Mittel einsetzten. Die Arachniden brauchten manchmal Wochen, um ihren Giftvorrat zu erneuern; deshalb waren die Beißscheren ihre Waffe der Wahl.

Doch Marcus' Blut strömte immer näher an den Skorpion heran, während das Tier versuchte, die Seitenwand des Einmachglases hinaufzukrabbeln und zu fliehen. Marcus erkannte, dass Harvey bis an die Grenze getrieben wurde, und machte sich auf den Stich gefasst.

Nichts auf Erden hätte ihn auf die Blitzartigkeit und Vehemenz des Angriffs vorbereiten können. So schnell, dass die Bewegung verschwamm, zuckte der Schwanz des Skorpions nach vorn, drang in Marcus' Fleisch und schnellte blutig in die Ausgangshaltung zurück.

Marcus zuckte krampfhaft zusammen. Zuerst kam es ihm vor, als würde von der Einstichstelle aus flüssiges Eis in seinen Körper schießen, doch als das Gift sich ausbreitete, verwandelte sich die Kälte in Feuer. Als Nächstes kam der Schmerz. Dann Taubheit.

Yazzie lachte. »Gut gemacht, Harvey. Aber verausgabe dich nicht. Wir fangen erst an. Und keine Angst, jetzt brauchst du nur noch deine Scheren.« Er zog ein Zippo-Feuerzeug aus der Tasche, hielt es an das Einmachglas und schnippte es an. Harvey fuhr zu der neuen Bedrohung durch die Flamme herum. Marcus erstarrte, als er spürte, wie sich die winzigen, harten Beine des Tieres in die Messerwunde an seinem Oberschenkel gruben.

Yazzie strich mit der Flamme über das Glas, während er sie dem zunehmend aufgeregten Skorpion immer weiter näherte. »Skorpione verfügen über einen erstaunlichen Überlebenswillen. Man kann kaum verhindern, dass sie zu einem ins Haus kommen, weil sie sich in fast jede Lücke zwängen und zu allem durchgraben können. Um zu überleben, fressen sie ihren eigenen Nachwuchs. Ich glaube nicht, dass viel Überzeugungsarbeit nötig ist, damit unser kleiner Freund den Weg unter Ihre Haut und in ihr Fleisch findet. Je wärmer es in dem Glas wird, desto verlockender wird ihm diese Möglichkeit erscheinen … Oder können Sie mir doch sagen, wo Sie den Truck versteckt haben?«

Marcus wurde schummrig von dem Gift in seinem Kreislauf. Ein dünner Schweißfilm erschien auf seiner Stirn. Übelkeit erfasste ihn.

War nicht besonders nett vor dir, mich zu stechen, Harvey, dachte er benommen. *Aber vielleicht hast du mir soeben eine Chance verschafft …*

Yazzie wollte gerade weiterreden, als Marcus sich heftig erbrach. Der Captain wich gerade noch rechtzeitig zurück und starrte Marcus voller Abscheu ab.

Marcus entging nicht, das Yazzie für einen Moment aus dem Konzept geraten war. Er musste versuchen, diese hauchdünne Chance zu nutzen.

Was hast du zu verlieren?

Er setzte die Füße flach auf den Boden, warf sich in den Fesseln vor und legte sein gesamtes Körpergewicht hinein. Mit einem dumpfen Laut rammte der kippende Holzstuhl mitsamt Marcus' beachtlicher Masse Yazzies Oberschenkel, riss ihn von den Beinen und schleuderte ihn rücklings gegen eine Betonziegelwand. Es knallte laut, als sein Hinterkopf gegen die Ziegel prallte. Die Knie knickten ihm ein, und er ging zu Boden.

Benommen versuchte er, sich aufzurappeln, doch es war zu spät. Vom eigenen Vorwärtsschwung getragen, krachte Marcus mitsamt dem Stuhl gegen ihn. Yazzies Oberkörper wurde gegen die Wand gedrückt. Marcus war so gegen ihn geprallt, dass er Yazzie nahe genug war, um ihm mit der Stirn einen wuchtigen Kopfstoß zu verpassen. Dabei rutschte der Stuhl ein Stück nach hinten, sodass die Rückenlehne auf den Hals des Captains fiel und ihm die Blutzufuhr zum Gehirn abschnitt.

Yazzie, schon halb bewusstlos, stöhnte dumpf, wand sich, kämpfte gegen das Unausweichliche, doch nach wenigen Sekunden verlor er das Bewusstsein, und sein Körper erschlaffte. Marcus ließ ihn zu Boden gleiten, indem er sich im Stuhl nach hinten warf, sodass er von Yazzie wegkippte.

Wieder überfiel ihn heftiger Schwindel. Das Skorpiongift und die körperliche Anstrengung brachten ihn an den Rand der Bewusstlosigkeit. Wie aus weiter Ferne hörte er Yazzies Stöhnen und das Kratzen und Trippeln kleiner, harter Beine. Als er hinschaute, entdeckte er das zerbrochene Einmachglas und den Skorpion, der sich in eine dunkle Ecke des Raumes bewegte.

»Sehr vernünftig, Harvey«, sagte Marcus mit schleppender Stimme. »Verpiss dich.«

Er wartete, bis die Welt sich nicht mehr so rasend schnell um ihn drehte. Dann lauschte er, ob Pitka dem Captain zu Hilfe kam, konnte aber nichts hören außer den Geräuschen um ihn herum. Der junge Cop schien das Gebäude wie befohlen verlassen zu haben und funkte jetzt vermutlich John Canyon an.

Mit tauben Gliedmaßen, noch immer erfüllt von Übelkeit und mit heftig pochendem Kopfschmerz, der ihm die Augen aus den Höhlen drückte, prüfte Marcus seine Fesseln, zog, zerrte und suchte nach einer Schwachstelle. Kurz dachte er an das Springmesser in Yazzies Stiefel, aber es war so gut wie unmöglich, an die Waffe heranzukommen. Auf jeden Fall würde es lange dauern.

Marcus spürte, dass er das rechte Handgelenk ein kleines Stück nach links und rechts bewegen konnte, denn das rechte Stuhlbein war beim Aufprall halb durchgebrochen. Er zerrte und zog, ohne Yazzie aus den Augen zu lassen. Nach und nach wurde die Fessel noch lockerer; schon jetzt bekam Marcus die Hand fast gänzlich durch die Schlinge. Sein Atem ging schwer. Schweiß lief ihm über die Stirn. Er mühte sich verzweifelt, bekam die Hand aber nicht frei.

Es hilft nichts, sagte er sich resigniert. *Dann musst du versuchen, an Yazzies Messer heranzukommen, eine andere Chance hast du nicht.*

In diesem Moment löste sich seine zerrende rechte Hand mit einem heftigen Ruck aus der Schlinge.

Sein Arm war frei!

Marcus war so ausgelaugt, dass er kaum Freude empfinden konnte. Mehrmals atmete er tief durch. Die Erschöpfung, unterstützt vom Gift des Skorpions, trieb ihn erneut an die Grenzen einer Ohnmacht, doch er kämpfte gegen die aufziehende Dunkelheit an.

Du darfst jetzt nicht schlappmachen!

Marcus riss sich zusammen. Mühsam befreite er erst den rechten Arm aus dem Strick, dann den linken, und schließlich beide Beine. Eine Ewigkeit schien vergangen zu sein, als er sich trotz heftiger Schmerzen im ganzen Körper aus den nutzlos gewordenen Fesseln befreit hatte.

Langsam kroch er vom Stuhl weg. Als er sich endlich aufrappelte, wankte er und musste sich an einem der Wandregale festhalten.

Nachdem die schlimmste Übelkeit verflogen war und die Welt sich nicht mehr um ihn drehte, blickte Marcus auf den noch immer bewusstlosen Stammespolizisten. »Okay, Kotzbrocken«, sagte er. »Jetzt bin *ich* mit den Fragen an der Reihe.«

Kapitel 57

Liana hatte nicht die leiseste Ahnung, was sie sagen oder tun sollte. Ratlos starrte sie auf das kleine Funkgerät. Dann warf sie einen Blick auf Frank, der bewusstlos auf dem Boden des Hinterzimmers lag. Oder lebte er nicht mehr? Sie hielt den Atem an, als sie darauf wartete, dass sein wie gemeißelt aussehender Sixpack sich wieder hob und senkte.

Da! Er lebte, aber er reagierte nicht. Liana hob den Kopf, spähte vorsichtig durch das zerbrochene Vorderfenster, hob das Fernglas an die Augen und beobachtete für einen Moment Canyon, der den Weg zu ihnen heraufstapfte. Er hatte den rechten Arm gehoben und schwenkte eine weiße Fahne. In der linken Hand hielt er das Funkgerät, das Frank ihm zugespielt hatte.

»Jetzt bist du auf dich allein gestellt, Mädchen«, sagte Liana leise zu sich selbst. »Dann zeig mal, was du draufhast.«

Vom Klang ihrer eigenen Stimme überlief Liana eine Gänsehaut. Es kam ihr fast so vor, als gehöre die Stimme nicht ihr, sondern Grandma Helen, die bei Moms Begräbnis genau diese Worte zu ihr, Liana, gesagt hatte: »Jetzt bist du auf dich allein gestellt, Mädchen. Das heißt aber nicht, dass du allein wärst. Die Geister der Ahnen werden stets über dich wachen.«

Ein wenig Hilfe von den Geistern hätte Liana gut gebrauchen können, denn sie fand nicht die richtigen Worte, um Canyons Vormarsch aufzuhalten. Sie war immer schon ein wenig impulsiv gewesen; manchmal deuteten die Leute diese Eigenschaft falsch und hielten sie für jemanden, der gern die Dinge an sich riss. Doch Liana betrachtete sich mehr als einen Menschen, der sich im Hintergrund hielt und hart arbeitete, dabei aber fast immer unterhalb des Radars flog.

Jetzt aber musste sie jemanden darstellen, dessen Charakter ihr so gar nicht entsprach. Sie hatte keine Ahnung, wie sie es angehen sollte.

Was würde Frank sagen?, fragte sie sich.

Schon der Versuch, es sich vorzustellen, war eine Übung in Vergeblichkeit. Wie sollte sie das Verhalten eines Mannes durchschauen, der erst vor wenigen Stunden in ihr Leben getreten war? Vor allem, wenn es sich um einen Mann wie Frank drehte. Sie hätte ebenso gut versuchen können, das Verhalten eines Außerirdischen vorherzusagen.

Kurz entschlossen hielt sie sich das Funkgerät vor die Lippen und sprach hinein, was ihr als Erstes in den Sinn kam: »Officer Liana Nakai hier, Navajo Nation Police. Mr. Canyon, ich fordere Sie auf, zu Ihrem Wagen zurückzukehren. Sie und Ihre Männer werden weitere Aktionen unterlassen und das Gebiet hier räumen. Haben Sie verstanden? Die Lage hier ist unter Kontrolle. Sie brauchen sich um Ihren Sohn und seine Freunde keine Gedanken zu machen. Sie sind unverletzt und in meinem Gewahrsam.«

Durch das Fernglas beobachtete sie, wie Canyon verwirrt auf das Funkgerät in seiner Hand starrte. Dann drückte er die Ruftaste und antwortete: »Hallo? Canyon hier! Hören Sie zu, Officer. Der Bissen, den Sie genommen haben, ist zu groß, als dass Sie ihn schlucken könnten. Sie werden daran ersticken, wenn Sie nicht aufpassen. Wo steckt Ihr neuer Freund?«

»Er ist hier, ebenfalls in meinem Gewahrsam.«

»Hören Sie, Officer, diese Sache sprengt den Geltungsrahmen des Gesetzes. Sie und die anderen sogenannten Cops waren von Anfang an keine richtigen Polizisten. Sie sind bloß ein Haufen besserer Wachleute. Sie wissen offenbar nicht, in was Sie hineingeraten sind und mit welchen Mächten Sie Ihr Spielchen treiben.«

»Ich weiß aber, was mein neuer Freund sagt. Wenn Sie versuchen, sich ohne Einladung dem Gebäude hier zu nähern, jagt er Ihnen eine Kugel vom Kaliber .50 durch den Schädel. Packen Sie zusammen und rücken Sie ab. Das ist das Beste, was Sie und Ihre Männer vorerst tun können. Das hier ist Sache der Polizei, und nur die Polizei wird sie regeln, niemand sonst.«

Canyon lachte. »Sie haben wirklich keine Ahnung, was? Ihr sogenannter Freund hat nicht nur meinen Sohn entführt, er hat unsere letzte Lieferung gestohlen! Die Ware ist mehrere Millionen Dollar wert – mehr als das Leben jedes Einzelnen in dieser ganzen beschissenen Stadt hier. Deshalb müssen Sie eines begreifen, Officer Nakai von der Navajo Nation Police. Sie, Ihr narbiger Freund, sein Partner und jeder andere Beteiligte – ihr seid so gut wie tot!«

Liana sah ihre schlimmsten Befürchtungen bestätigt. Ihr stockte das Herz, und nur mit Mühe bewahrte sie die Fassung. »Das sind mutige Wort von einem Mann, auf dessen Kopf ein Scharfschützengewehr gerichtet ist.«

»Sie können es nicht wagen, auf mich zu feuern. Ich treffe hier ohnehin nur Feststellungen, Officer. Richten Sie Ihrem Freund Frank aus, dass wir seinen Partner haben. Captain Yazzie verhört ihn in genau diesem Augenblick. Es wäre besser für alle Beteiligten, wenn Sie sich ergeben und uns sagen, wo wir den Truck finden. Vielleicht überstehen Sie die Nacht dann sogar lebend.«

»Wie ich Ihnen schon einmal sagte, Mr. Canyon, geht es mir nicht darum, Frank vor *Ihnen* zu beschützen, sondern umgekehrt.« Um ihre Worte zu unterstreichen, hob Liana das Gewehr und zielte auf den bereits zu Schrott geschossenen Pick-up. Sie drückte ab, setzte eine zweite Kugel in den Motorblock. Der ungewohnt heftige Rückstoß des Barrett warf sie beinahe zu Boden.

Eine Waffe wie diese hatte Liana noch nie abgefeuert; eine so verheerende Kraft hatte sie nie erlebt. Sie bekam nicht mit, wie der Schuss auf Canyon und dessen Leute wirkte, doch sie vermutete, dass der Einschlag der schweren Kugel für sie den Eindruck hinterließ, als hätte ein Kampfjet den Pick-up angegriffen.

»Ich fürchte«, sprach sie ins Funkgerät, »mein neuer Freund will nicht mehr reden. Er verlangt, dass Sie ihm Maggie Carlisle bringen, dann überstehen *Sie* die Nacht vielleicht lebend. Ende und aus.«

Liana legte das Gewehr zurück auf den Tisch. Als sie erneut durch das Fernglas spähte, rieb sie sich die Schulter, die sich anfühlte wie ausgekugelt. Zu ihrer Genugtuung sah sie, dass Canyon sich auf den Rückweg zu seinen Leuten machte. Sie nahm einen tiefen Atemzug und wartete ein paar Sekunden, bis das Pochen ihres Herzens und das Zittern ihrer Hände nachließ. Als sie sich dann zu Frank umdrehte, bot sich ihr ein völlig unerwarteter Anblick. Frank schaute sie an und lächelte matt.

»Haben Sie alles … mitgehört?«, fragte Liana.

Franks Antwort war kaum zu verstehen. Liana ging zu ihm und beugte sich so tief zu ihm hinunter, dass ihre Gesichter nur eine Handbreit voneinander entfernt waren.

»Wenn Canyon will, dass Sie ihn nach vorne heraus beobachten …«, sagte Frank leise.

Seine Stimme verlor sich, doch Liana hatte verstanden. Sie beendete den Satz für ihn: »Dann kommen seine Leute wahrscheinlich von hinten!«

Kapitel 58

Nachdem er Yazzie nach Waffen durchsucht und den Captain gefesselt hatte, verließ Marcus das Gebäude, um sich um Officer Pitka zu kümmern. Vom Eingang aus sah er, dass der Cop im Streifenwagen am Funkgerät saß. Marcus machte sich den toten Winkel zunutze und näherte sich dem Wagen schräg von hinten, ohne dass er im Spiegel auftauchte, bis er das offene Seitenfenster erreichte.

Wortlos drückte er Ernie den Revolver des Captains an den Kopf und spannte den Hahn.

Das Klicken des Colt Peacemaker war ein überaus angenehmes Geräusch in Marcus' Ohren. Die Trommel der gut geölten Waffe drehte sich genau so leise, wie es sein sollte; alle Bauteile griffen ineinander wie bei einem hochwertigen Uhrwerk.

»Hände hoch, Freundchen«, sagte Marcus.

Der junge Cop erstarrte und riss die Augen auf.

»Denken Sie nicht an den Captain oder daran, was heute Nacht passiert«, fuhr Marcus fort. »Denken Sie nur an die Waffe an Ihrem Kopf und an den Mann, der Ihnen jeden Augenblick eine Kugel ins Hirn jagen könnte. Ich habe die Halbheiten satt. Sie haben drei Sekunden, um mir alles zu sagen, was Sie über Maggie Carlisle wissen. Wenn Sie mir in dieser Zeit nichts liefern, spritzt Ihr Blut über die Sitzpolster. Kapiert?«

»Bitte, ich …«, stieß Ernie hervor. Dann ratterte er eine Flut an Informationen herunter – so schnell, dass Marcus ihm kaum folgen konnte. »Ich bin bloß ein normaler Cop … stelle Strafzettel aus, schreibe Berichte, fahre Streife. Mit Sachen wie der hier haben wir normalerweise nichts zu tun … Ja, okay, wir wissen, dass hier unter der Oberfläche irgendwas gärt und dass Canyon kein Musterbürger ist, aber … du meine Güte … Normalerweise würde ich heute Nacht herumfahren, nach dem Rechten sehen … Eigentlich wäre ich sogar zu Hause und läge im Bett, weil ich heute gar nicht eingeteilt war, aber … Sie wissen schon, da kam dieser blutüberströmte Kerl in den Posten, und man hat mich gerufen, als Unterstützung. Ich weiß nichts von einer Agentin, die zu uns kam und Fragen stellte. Ich war auf Streife, als die Frau herkam. Ich habe sie nie gesehen. Aber Liana war dabei, als die Agentin mit Yazzie geredet hat …«

Mensch, Ernie, dachte Marcus, *ich hab noch nicht mal zu zählen angefangen, und du redest wie ein Wasserfall.*

»Welche Agentin?«, fragte er. »Maggie Carlisle?«

»Ja. Liana war im Büro und schrieb Berichte, als Carlisle kam und Captain Yazzie sprechen wollte. Die beiden unterhielten sich. Keine große Sache. Die Wände sind dünn. Liana hätte gehört, wäre es zu einer Auseinandersetzung gekommen. Aber sie sagte, alles sei normal verlaufen, nur dass Ihre Freundin nach Canyon und seinen Leuten gefragt hat. Nachdem sie ihre Fragen losgeworden war, hat sie sich bei Yazzie bedankt und ist gegangen. Liana hat nichts mehr von der Sache gehört, bis ein anderer Agent vom FBI kam und sich erkundigt hat, ob Carlisle hier gewesen sei. Zu dem Zeitpunkt hatte Liana von Yazzie bereits den Befehl erhalten, dass sie behaupten soll, sie wüsste von nichts.«

»Sehr gut, Ernie«, sagte Marcus. »Sonst noch etwas, das Sie gehört oder gesehen haben? Von dem Sie glauben, es könnte mir helfen, meine Freundin wiederzufinden? Wollen Sie ein echter Cop sein, Ernie? Jetzt ist Ihre Chance gekommen. Was immer an Korruption in diesem Tal gelaufen ist, heute Nacht ist damit Schluss. Canyon wird die Segel streichen, dafür sorgen ich und mein Partner. Wahrscheinlich wird es Kollateralschäden geben, darunter alle, die zu Canyon halten oder uns im Weg stehen.«

Ernie zitterte am ganzen Körper. »Mehr weiß ich nicht, Sir. Ich tue meinen Job und halte den Kopf unten. Es ist ein beschissener Posten, aber ich bekomme dadurch den Fuß in die Tür, denn ich will mich für die Zentrale in Shiprock bewerben, so schnell es geht.«

»Gute Idee«, sagte Marcus. »Jedenfalls dann, wenn Sie lange genug leben. Und das wird der Fall sein, wenn Sie genau das tun, was ich sage.«

»Okay. Was kann ich tun?«

»Wissen Sie, wo der Haupthandymast für diese Gegend steht? Der das Tal mit Mobilfunk versorgt?«

Kapitel 59

Ackerman fühlte sich erschöpft von der Anstrengung, die Augen offen zu halten.

Das ist lächerlich, dachte er.

Liana schaute auf ihn hinunter. »Wenn sie kommen, was machen wir dann?«

Am liebsten hätte er geantwortet: »Ein schönes langes Schläfchen.« Leider fehlte ihnen die Zeit zur Entspannung. Heute war noch viel zu tun; deshalb antwortete er: »Tun Sie genau das, was ich Ihnen jetzt sage. Setzen Sie mich auf. Dann drücken Sie mir mein Bowiemesser in die linke Hand, Ihre Pistole in die rechte. Legen Sie mir beide Hände auf den Schoß.«

Liana gehorchte, hob das Bowiemesser auf und zog ihre Glock aus dem Holster.

»Aber wie sollten sich Canyons Leute anschleichen?«, fragte sie. »Wir haben die ganze Straße im Blick.«

»Ich nehme an, er hat sie auf die andere Seite geschickt und lässt sie die Felswand raufklettern.«

»Vielleicht kann ich sie daran hindern, wenn ich …«

Ackerman schüttelte den Kopf. »Zu spät. Sie sind fast da.«

»Und was kann ich tun, Frank?«

Er überlegte angestrengt, wehrte sich gegen die Erschöpfung. Schiere Willenskraft hinderte ihn daran, seiner unendlichen Müdigkeit nachzugeben. Er war sich bewusst, dass er nicht mehr lange durchhalten würde, wenn kein Wunder geschah. Sehr bald würde sein Körper ihn im Stich lassen.

Erst jetzt antwortete er auf Lianas Frage: »Benutzen Sie, was

Ihnen zu Verfügung steht. Und denken Sie daran – zu verlieren heißt, dass man zu wenig geschummelt hat.«

Liana blickte ihn verwirrt an. In dem Moment, als sie zu einer Frage ansetzte, stürmten zwei Männer durch die Hintertür herein, beide mit Neun-Millimeter-Berettas bewaffnet.

Liana riss eine MP5-Maschinenpistole vom Tisch und richtete sie auf die Eindringlinge.

Einer der beiden Männer, ein verwegen aussehender Bursche mit Kopftuch, rief Ackerman und Liana zu, die Waffen fallen zu lassen, während die Blicke seines Begleiters in die Runde huschten, auf der Suche nach den Geiseln.

Ackermans Kopf sank immer wieder nach vorn. Er hatte Schwierigkeiten, sich auf die Wirklichkeit zu konzentrieren. Seine Gedanken schweiften ab. Er hatte das Gefühl, auf einem endlosen Meer dahinzutreiben. Seine Batterien waren leer.

Er hatte diese Situation schon mehrmals erlebt, aber noch nie unter solchen Umständen. Er wollte nur noch schlafen, schlafen, schlafen. Welche Folgen das hätte, daran dachte er in seiner endlosen Müdigkeit nicht. Entweder regelte sich alles von allein oder eben nicht. Wenn es da nicht eine Sache gegeben hätte: In Ackermans Erbgut war nicht vorgesehen, dass er aufgab.

In diesem Moment hörte er, wie Thomas White ihm ins Ohr flüsterte: *»Überlass mir das Kommando, nur für einen Augenblick, dann bereinige ich die Situation. Ich könnte das nötige letzte Quäntchen Energie in dir mobilisieren, du musst es nur sagen. Na los, komm schon, gib nach und überlass mir die Zügel. Du kannst es ja doch nicht verhindern.«*

»Niemals!«, stieß Ackerman laut hervor. Im selben Moment spürte er, dass alle Anwesenden ihre Blicke auf ihn richteten.

»Ich lasse nicht zu, dass du diese Leute abschlachtest«, fügte er leise hinzu. »Vergiss es, du dreckiger alter Mistkerl.«

Die Vorstellung, dass White sich wie ein Wurm in sein Hirn

fraß, riss Ackerman endgültig aus seiner Müdigkeit und lieferte die Wut, die er brauchte, um weiterzumachen. Doch er spürte seine Extremitäten kaum noch. Er wusste, dass er nicht einmal in der Lage war, Beine und Arme zu bewegen.

Reiß dich zusammen, Weichei, trieb er sich an.

Wie er die Energie aufbrachte, hätte Ackerman nicht sagen können, doch von irgendwoher bezog er die Kraft und den Kampfgeist, den Kopf zu bewegen und sein Gesicht zu einem Mienenspiel zu zwingen, das der jeweiligen Situation angepasst war. Sein Blick schweifte zu den beiden Eindringlingen, dann zu Liana, die ihn fassungslos musterte. »Hab ich zu laut gesprochen? Oh, tut mir leid. Achtet nicht auf mich, ich hab nur wieder mal Ärger mit einer der Stimmen in meinem Kopf.«

Der Outlaw mit dem Kopftuch fuhr ihn an: »Leg die Knarre weg und nimm die Pfoten hoch!«

Ackerman musterte ihn. »Sag mal, Kumpel«, meinte er dann, »was redet ihr eigentlich so über mich?«

»Was?« Der Mann hielt den Blick auf das Bowiemesser und die Glock in Ackermans Händen gerichtet. »Wer?«

»Deine Freunde. Ich hatte Zusammenstöße mit ein paar von euch Heinis, einschließlich eurem glorreichen Anführer, Mr. Canyon. Während der Ereignisse heute Nacht wurde doch sicher das eine oder andere über mich geredet, oder?«

Der Kopftuchträger hielt die Beretta leicht auf die Seite geneigt und benutzte sie, um seine Antwort zu unterstreichen. »Ja. Dass du 'ne Flasche bist. Und jetzt nimm endlich die Hände hoch!«

Ackerman begegnete dem Blick des jungen Mannes. Der Bursche machte auf hart, aber Ackerman war das Beben in seiner Stimme nicht entgangen. Er zeigte alle Anzeichen einer Lüge – und verborgener Furcht.

Ackerman lachte leise. »Eine Flasche? Wir wissen beide, dass diese Einschätzung falsch ist. Lass mich raten. Die anderen sagen Dinge über mich wie: ›Er kann auf dem Sturm reiten.‹ Oder: ›Er hat einen Fuß in dieser Welt, den anderen im Reich der Geister.‹ Oder: ›Er kann Kugeln ausweichen.‹ Vielleicht hat es Geraune gegeben, ich könnte eine Art Hexenmeister sein. Oder wie nennt ihr so jemanden? Gestaltwandler, nicht wahr?«

Deutlich spürte er das Unbehagen der anderen. Hexenkunst und die Existenz von Gestaltwandlern durften bei den Diné niemals auch nur erwähnt werden.

Kopftuch entgegnete: »Du bist nicht schneller als 'ne Kugel, weißer Mann. So wie ich es sehe, haben wir dich mit heruntergelassener Hose erwischt.«

Ackerman zuckte mit den Schultern. »Da könntest du recht haben. Aber man täuscht sich leicht. Es ist ein bisschen so, wie wenn du in der Wildnis einem Grizzly begegnest und davonläufst.«

Als Ackerman in die Gesichter der Gegner schaute, erkannte er an den verwirrten Mienen, dass er sie dort hatte, wo er sie haben wollte. »Ihr wisst nicht, wovon ich rede? Wenn ihr mit einem Freund in der Wildnis einem Grizzly begegnet, müsst ihr nicht schneller sein als der Bär. Es reicht, wenn ihr schneller seid als …«

»Der Freund«, fiel Kopftuch ihm ins Wort. »Was soll der Quatsch?«

»Das Prinzip ist das Gleiche«, erklärte Ackerman. »Ich brauche nicht schneller zu sein als eine Kugel. Ich muss nur zusehen, dass ich schneller reagiere als ihr und aus der Flugbahn der Kugel bin, bevor ihr abdrückt. Wenn ihr mich zu einer Konfrontation zwingt, werden euch ein paar Körperteile fehlen, falls ihr jemals wieder von hier wegkommt.«

Der Kopftuchträger fletschte die Zähne. »Du bist kein Geist. Aber wenn du jetzt nicht die Waffen weglegst und die Hände hochnimmst, bist du in zwei Sekunden einer.«

Ackerman fixierte den Jungen mit einem durchdringenden Blick. »Bist du schneller als der Gestaltwandler? Diese Situation hat nur eine begrenzte Anzahl möglicher Endergebnisse. Ihr habt Befehl, uns lebend gefangen zu nehmen, weil es hier draußen eine Million Stellen gibt, an denen wir den Truck versteckt haben könnten. Da ihr meinen Partner in Gewahrsam habt, könnten die Einsatzregeln allerdings angepasst worden sein. Euer Wohltäter ist intelligent. Er darf nicht riskieren, uns jetzt schon abzuservieren. Nicht, wenn er es vermeiden kann. Deshalb werden euch seine Dankbarkeit und sein Respekt sicher sein, wenn ihr uns lebend zu ihm bringt. Jetzt fragt ihr euch wahrscheinlich, wie ihr das bewerkstelligen könnt. Nun, ich werde mich nicht ergeben. Ihr euch ebenso wenig, wenn ich es richtig sehe. Deshalb schlage ich eine andere Vorgehensweise vor. Ihr zwei legt die Waffen nieder, und wir tun das Gleiche. Und dann zeigt ihr uns, was für harte Kerle ihr seid, okay? Im Kampf Mann gegen Frau.«

Die beiden Outlaws starrten ihn verwirrt an.

»Ihr habt richtig gehört. Ihr werdet gegen Officer Liana Nakai um das Privileg kämpfen, uns dem selbsternannten Beschützer eures Reiches zu übergeben.«

Liana blickte ihn an, als wäre ihm ein zweiter Kopf gewachsen. Ohne auf sie zu achten, fuhr Ackerman fort: »Ich bin sicher, dass zwei stramme Kerle wie ihr keine Mühe haben werden, Miss Liana in fairem Kampf zu besiegen. Also los. Wenn ihr es schafft, ergeben wir uns und begleiten euch ohne Widerstand zu eurem Anführer. Dann hättet ihr euch einen Ehrenplatz im Wigwam eures großen Häuptlings Canyon erobert.«

Kopftuch, der das Sagen zu haben schien, erwiderte grinsend: »Okay, aber du musst als Erster die Waffen wegwerfen.«

Ackerman verzog das Gesicht. »Wie langweilig. Lasst uns ein Spielchen machen.«

Die beiden Outlaws starrten ihn an. »Ein Spielchen?«, fragte Kopftuch.

Ackerman lächelte. »Ich lege meine Waffen ab und lasse mich von Liana fesseln.«

Kapitel 60

Eine Woche zuvor

Die FBI-Außenstelle in Houston stand auf einem von weißen Säulen umgrenzten Grundstück, umschlossen von einem schwarzen, schmiedeisernen Zaun. Das Gebäude war so lang wie hoch, und die Fassade bestand vollständig aus verspiegelten Fenstern.

Special Agent Victoria Vasques hatte ihr Büro an der Südwand im dritten Stock mit Blick auf einen Saal voller Agenten, die in Bürowaben arbeiteten. Überall roch es nach Fastfood und Industriereiniger.

Die junge Frau, die Maggie am Eingang empfangen hatte, verabschiedete sich an der Tür zu Vasques' Büro. Die FBI-Agentin stand auf und kam Maggie entgegen. Die Frauen schüttelten einander befangen die Hand, ehe Vasques auf einen Stuhl vor ihrem Schreibtisch wies.

»Ist das hier nicht eine Eins-zu-eins-Kopie Ihres Büros in Chicago?«, fragte Maggie.

Vicky Vasques zuckte mit den Schultern. »Sie kennen doch das FBI. Die neigen zu Uniformität. Wie geht es Ihnen?«

»Sehr gut«, log Maggie.

Vasques öffnete eine Schreibtischschublade, nahm ein Fleischbällchen-Sandwich heraus und fragte Maggie mit einem raschen Blick, ob es okay sei, wenn sie es aß.

»Nur zu«, sagte Maggie. »Ich weiß, wie beschäftigt Sie sind.«

Vasquez verzog das Gesicht. »Kann man wohl sagen. Ich bin seit zweiundsiebzig Stunden auf den Beinen. Wir fahnden nach einem Lastwagen voller Mädchen, die über die Grenze geschmuggelt wurden. Sie sind als Prostituierte in irgendeiner Stadt der USA vorgesehen. Wir haben sie noch nicht gefunden.«

»Mein Gott«, flüsterte Maggie. »Dann danke ich Ihnen umso mehr, dass Sie sich Zeit für mich nehmen. Ich hoffe nur, Sie können mir helfen.«

Vasques lächelte. »Nach allem, was Sie und Ihr Team in Chicago für mich getan haben, bin ich Ihnen etwas schuldig. Apropos Team …« Sie wickelte das Sandwich aus und setzte zum Abbeißen an. »Wie geht es Marcus?« Die Agentin betonte ihre Frage, indem sie für Maggies Geschmack allzu herzhaft zubiss.

»Wir sind noch zusammen, falls Sie das meinen«, antwortete Maggie kühl.

Vasques nickte. »Verstehe. Klar. Geht mich auch nichts an. Ich sollte wohl lieber essen, während Sie mir sagen, weshalb Sie hier sind.«

In der nächsten Viertelstunde erzählte Maggie alles, was sie über die rätselhafte Entführung ihres Bruders zu berichten hatte; einiges wusste Vasques bereits. Doch Maggies Hilfeersuchen zielte auf etwas ganz Bestimmtes: Es ging um die Identifizierung von Personen auf dem Foto aus der Post, das sie ein paar Wochen zuvor bekommen hatte – jener mysteriöse Schnappschuss, der ihren Bruder zu einem Zeitpunkt zeigte, als seine Entführung noch nicht allzu lange zurückliegen konnte. Maggie hatte den Abzug durch die Gesichtserkennung laufen lassen, hatte aber nur Datenbanken benutzt, auf die sie ohne Stans Hilfe Zugriff hatte, sodass sie den ohnehin dürftigen Ergebnissen nicht traute. Ihre Hoffnung war, dass Vasques dank ihrer Beschäftigung mit Fällen von Menschenschmuggel Akten besaß, die Auskunft über die Personen auf dem Foto geben konnten, oder dass sie diese Personen sogar persönlich kannte.

Maggie holte das Foto heraus und schob es Vasques über den

Schreibtisch zu. »Ich habe das hier vor ein paar Monaten mit der Post bekommen. Es hat meine Welt auf den Kopf gestellt.«

Vasques hatte ihr Sandwich beiseitegelegt, kaum dass Maggie ihr eröffnet hatte, dass es sich nicht um einen normalen Fall handelte, sondern um die Entführung ihres Bruders. Nun betrachtete sie das Foto eingehend.

»Erkennen Sie jemanden?«, fragte Maggie hoffnungsvoll.

Vasques starrte auf das Bild, schüttelte den Kopf. »Tut mir leid, aber ich … Moment mal.« Plötzlich verriet ihre Miene, dass sie jemanden erkannt hatte. »Er ist auf Ihrem Foto viel jünger … aber die Initialen JC, die auf der Rückseite stehen, passen zu einer Person, die ich hier zu sehen glaube.«

Maggie fragte aufgeregt: »Es sind Initialen?«

Vasques drehte das Foto wieder um und betrachtete die Rückseite. »Ich glaube schon. Der JC, den Sie hier haben, passt zu einem Mann, den ich kenne: John Canyon. Wenn ich sage, ich kenne ihn, meine ich damit natürlich nur, dass ich die Überwachungsprotokolle gelesen habe. Canyon leitet die größte Verbrecherorganisation in der Nordhälfte der Navajo Nation. Ein cleverer Kerl. Niemand weiß genau, wie er sich ins größere Bild einfügt.«

»Und RC?«, fragte Maggie gespannt.

»Das dürfte Reyna Canyon sein, Johns Frau.«

Maggie kritzelte die Angaben in ihr Notizbuch.

Die hübsche hispanische Agentin wollte ihr das Foto zurückgeben, betrachtete es dann aber noch einen Augenblick lang und fragte: »Die Initialen JR … haben Sie eine Ahnung, wer auf dem Foto das sein könnte?«

Maggie spürte, wie ihr eine Träne über die Wange lief. »Das dürfte mein jüngerer Bruder Tommy sein. Seine Haare sind lang, als wäre das Bild nicht allzu lange nach seiner Entführung aufgenommen worden. Ein paar Monate nur.«

Ohne das Foto zurückzugeben, betrachtete Vasques die letzte Initiale auf der Rückseite, ein einzelnes »X«. Das Gesicht auf der Vorderseite war von weißer, roter und schwarzer Farbe und einem gewaltigen Kopfputz verdeckt, dessen Federn teilweise herunterhingen. Der oder die Fotografierte schien außerdem die Augen vor dem Blitz geschlossen zu haben, was das Gesicht noch unkenntlicher machte.

»Was halten Sie von dieser letzten Person?«, fragte Vasques.

Maggie zuckte mit den Schultern. »Ich bin mir nicht sicher. Es ist schwer, überhaupt etwas vom Gesicht zu erkennen. Vielleicht war X nur ein Tänzer, mit dem sie sich knipsen ließen. Oder der Fotograf hat auf diese Weise jedes Mal Unbekannte gekennzeichnet. Was meinen Sie?«

Vasques nickte. »Eine einleuchtende Erklärung.«

»Wie sicher sind Sie, dass die beiden John und Reyna Canyon sind?«

Vasques zögerte kurz. »Vor Gericht hätte es keinen Bestand, aber die Initialen passen. Ich habe keinen Zweifel, dass es sich um John und Reyna Canyon handelt.«

Maggie nahm das Foto wieder an sich und schob es in ihre Kostümjacke zurück. Sie stand auf. »Mehr brauche ich nicht.«

Vasques wirkte nicht überzeugt. »Sie sollten sich nicht allein mit Canyon anlegen, Maggie. Sie haben doch Unterstützung?«

Maggie lächelte. »Wir haben keinen so großen Etat wie das FBI, aber ich komme zurecht.«

Vasques erhob sich ebenfalls. »Wenn Sie etwas brauchen, lassen Sie es mich wissen.«

Maggie schüttelte ihr die Hand. Sie wollte sich schon der Tür zuwenden, als sie noch einmal zurückschaute. »Darf ich Ihnen zwei Ratschläge erteilen, Vicky?«

Vasques deutete ein Lächeln an. »Aber gern.«

»Mein erster Rat ist: Schlafen Sie ein bisschen. Sie sehen

schlecht aus. Der zweite: Hören Sie mit dem Rauchen auf. Wenn ich mich recht erinnere, hatten Sie sich gerade von einer Nikotinsüchtigen in eine Kaugummisüchtige verwandelt, als wir uns das letzte Mal gesehen haben, aber es hat offenbar nicht vorgehalten.«

Vasques sah ehrlich verblüfft aus und blickte auf ihren Schreibtisch, ob dort eine vergessene Zigarettenschachtel oder ein Feuerzeug läge. »Woher wissen Sie, dass ich wieder rauche?«

Maggie lächelte sie ein wenig boshaft an. »Man riecht's.«

Kapitel 61

Anerkennend betrachtete Marcus den funkelnden Colt Peacemaker, als er in den kleinen Lagerraum trat, den der Captain in eine Verhörzelle umgewandelt hatte. Mitten im Raum saß Yazzie, an einen Stuhl gefesselt – ein Zwilling jenes Möbelstücks, auf dem Marcus mit Harvey Bekanntschaft geschlossen hatte. Allerdings hatte Marcus darauf geachtet, das Nylonseil so um Yazzie zu schlingen, dass der Mann sich unmöglich befreien konnte.

Yazzies Waffe war die ausgezeichnete Replik eines Peacemakers mit sorgfältig ausgeführten Details, versilbert und mit goldenen Akzenten. Der Griff bestand aus Perlmutt und zeigte das Unendlichkeitssymbol, die liegende Acht, in Gestalt einer Schlange, die sich in den eigenen Schwanz biss. Marcus bemerkte, dass das gleiche Zeichen auf Yazzies Handgelenk tätowiert war.

Er ging in die Ecke des Raums, wo ein alter Küchentisch samt zugehörigen Sitzmöbeln stand und Staub ansetzte. Er holte sich einen Stuhl, stellte ihn vor Yazzie ab und wischte den Staub weg. Ohne den Revolver aus der Hand zu legen, setzte er sich. »Mir gefällt Ihr Colt«, sagte er. »Haben Sie die Modifikationen selbst vorgenommen?«

Yazzie antwortete nicht.

»Ein Single Action Army«, fuhr Marcus fort. »Ich habe schon Revolver mit abgefeiltem Korn gesehen, aber noch nie so perfekt wie bei dem hier. Und Sie haben fast alle Rändelung am Hahn entfernt. Das ist eine Schnellziehwaffe für Wettbewerbe.«

Yazzie schwieg weiter.

Marcus lachte leise. »Oh, Verzeihung, ich hab doch glatt

Ihren Knebel vergessen.« Er streckte die Hand aus, zog Yazzie die schwarze Nike-Socke aus dem Mund und schüttelte sie aus. Dann nahm er den Fuß aus dem Kampfstiefel, streifte sich die Socke über und schob den Fuß zurück ins Schuhwerk.

Yazzie zog ein finsteres Gesicht. »Ich bin mein eigener Büchsenmacher.«

Marcus rollte die glatte Trommel über seinen linken Unterarm, schloss die Augen und lauschte den leisen Geräuschen des präzisen Mechanismus. »Sie sind ein Künstler. Wenn ich mir ansehe, wie Sie den Revolver modifiziert haben und wie schnell Sie damit sind, stellt sich mir die Frage, ob Sie schon mal an einem dieser Cowboy-Schnellziehwettbewerbe teilgenommen haben.«

»An den legalen nicht. Da geht es nur um Pokale und Prahlerei. Bei den illegalen geht es um Geld. Und mir ist Geld lieber, als mir von einem Haufen Fremder das Ego streicheln zu lassen.«

Marcus hatte von illegalen Schnellziehwettbewerben gehört, bei denen die Teilnehmer kugelsichere Westen trugen und dann gegeneinander zogen wie bei einer Wildwestschießerei. Statt mit Wachskugeln auf Zielscheiben zu feuern, wie bei legalen Schnellziehwettbewerben üblich, schossen die Underground-Spieler mit scharfen Patronen auf Gegner aus Fleisch und Blut. Die Gefahren waren offensichtlich, und man konnte Wetten darauf abschließen – für einen verbotenen Wettkampfsport die perfekte Kombination.

»Hören Sie, Agent Williams«, sagte Yazzie, »wir stehen auf derselben Seite, und …«

Marcus schnitt ihm mit einem eigenen kleinen Schnellziehtrick die Worte ab. Er riss das Ka-Bar-Messer aus der Gürtelscheide und stach Yazzie mit tausendfach geübter Schnelligkeit und Präzision die Spitze an ungefähr der Stelle ins Bein, an welcher der Captain ihm zuvor die Schnittwunde zugefügt hatte.

Yazzie kreischte auf. Genauso schnell, wie Marcus das Kampfmesser gezogen und zugestoßen hatte, riss er die Klinge wieder frei und steckte die Stichwaffe zurück. Erneut schrie Yazzie auf.

»Tut mir leid«, sagte Marcus, »ich wollte nur für einen gewissen Ausgleich sorgen, bevor wir das Gespräch beginnen. Allerdings schulde ich Ihnen noch einen Skorpionstich.« Er ließ den Blick schweifen. »Harvey? Bist du noch da?«

Yazzie atmete schwer, und seine Worte kamen stoßweise. »Kommen wir gleich auf den Punkt. Ich bin kein richtiger Cop, eher so etwas wie ein Wachmann. Ich bin auch nicht bei der Navajo Nation beschäftigt, sondern Angestellter von John Canyon, wie fast jeder hier im Tal. Ich bin vielleicht nicht rechtschaffen genug, um von einem Bilagáana wie Ihnen als richtiger Polizist betrachtet zu werden, aber ich tue mein Bestes, um unter den miesen Umständen, die hier herrschen, Recht und Ordnung aufrechtzuerhalten. Und vergessen Sie nicht, dass hier eine Menge Leute ein gutes Leben führen – ein besseres Leben jedenfalls, als sie sich je erhoffen konnten. Vielleicht sollten Sie auch mal an diese Menschen denken, bevor Sie in die Oase pinkeln, die Canyon hier aufgebaut hat.«

»Ihrem Arbeitgeber steht ein mieser Tag bevor, Yazzie. Morgen werden hier viele Leute ohne Job dastehen.«

»Da wäre ich mir nicht so sicher. Canyon ist gerissen.«

»Ja, ist mir aufgefallen. Wissen Sie, je mehr ich über diesen Fall nachdenke, desto mehr gelange ich zu der Überzeugung, dass der Mann, den Maggie hier gesucht hatte, nicht unbedingt der Gleiche sein muss wie der, der sie entführt hat. Maggie ist hergekommen und hat Fragen nach John Canyon und seinen Umtrieben gestellt. Was er vor zwanzig Jahren gemacht hat. Das kann schon gereicht haben. Eine Bundesagentin, die Fragen stellt. Jemand wie Canyon tötet seine Gegner zuerst und stellt seine Fragen später, nicht wahr? Deshalb ist mir im Augenblick der alte

Fall, in dem Maggie nachgeforscht hat, völlig egal. Auf Gerechtigkeit kommt es mir nicht an. Canyon und seine Drogen sind mir nicht wichtig. Für mich ist nur wichtig, dass ich Maggie zurückbekomme. Deshalb will ich wissen, wo ich Maggie finde und was ihr zugestoßen ist.«

»Canyon mag ein Mörder sein, und er mag Männer haben, die für ihn töten«, entgegnete Yazzie. »Aber *ich* töte nicht für ihn.«

Unwillkürlich spannte Marcus die Muskeln. »Sie scheinen mich nicht zu verstehen. Das alles ist mir scheißegal. Mich interessiert nur Maggie. Und wenn ich mir etwas in den Kopf setze, bin ich wie die Kugel aus einem Hochleistungsgewehr. Ich weiche nicht vom Kurs ab. Ich werde nicht durch irgendwelchen Kram abgelenkt, den ich unterwegs sehe. Ich fliege geradeaus, unbeirrt, bis ich mein Ziel treffe. Was mir in den Weg kommt, zerfetze ich. Also frage ich Sie ein letztes Mal: Wo ist Maggie Carlisle?«

»Ich habe es den Feds schon gesagt, und auch Ihrem Partner. Ich habe die Frau nie zu Gesicht bekommen! Ich weiß nicht, wo sie steckt!«

Marcus schmetterte Yazzie die Faust an das Kinn. »Jedes Mal, wenn Sie mich anlügen, werde ich Ihnen wehtun. Haben Sie verstanden? Mein Partner quasselt in Situationen wie dieser pausenlos oder benutzt irgendein kompliziertes Foltergerät, das seit dem 17. Jahrhundert aus der Mode ist, aber ich bin mehr der direkte Typ. Wenn ich etwas von Ihnen wissen will, hole ich es auf die altmodische Art aus Ihnen heraus. Mit bloßen Fäusten. Wenn das nichts hilft, mit einem Schlagring. Oder mit einem Hammer. Ich fange mit den Fingerknöcheln an und schlage sie zu Brei. Wenn Sie dann noch nicht im Koma liegen, kommt die Bonusrunde mit dem Hammer. Ich beginne mit den Zehen und arbeite mich vor, bis ich Ihnen jeden Knochen im Leib gebrochen habe. Als Erstes nehme ich mir immer die kleinen Zehen vor. Sie platzen wie Kirschtomaten.«

Zwischen zusammengebissenen Zähnen spie Yazzie hervor: »Ich bin Ihrer Freundin nie begegnet!«

»Sie lügen, Captain. Ich weiß, dass Maggie in Ihrem Büro war. Mag sein, dass Canyon Ihnen befohlen hat, bei der Lüge zu bleiben, aber Ihre Karten liegen auf dem Tisch. Zu bluffen hat keinen Sinn mehr.«

Yazzie schwieg und versuchte zu ergründen, woher Marcus die Wahrheit kannte. Aber der ließ ihm keine Gelegenheit zum Nachdenken, sondern streifte den alten Messingschlagring über. Er musste sich zügeln, nicht zuzuschlagen, sonst hatte er die Drohung, den Gegner ins Koma zu prügeln, am Ende noch ungewollt in die Tat umgesetzt. Den Schlagring hatte Marcus von seinem Vater geerbt. Nicht von dem Serienkiller, der sich heute Thomas White nannte, sondern von seinem Adoptivvater, Detective John Williams vom New York Police Department. Marcus hatte die beiden zueinander passenden Schlagringe in Williams' Nachlass entdeckt, als er noch Teenager war, hatte aber nicht begriffen, wozu sein Dad so etwas brauchte. Erst kürzlich hatte Marcus erfahren müssen, dass der Mann, den er als seinen wahren Vater betrachtete, bei Weitem nicht der Inbegriff der Rechtschaffenheit gewesen war, für den er ihn immer gehalten hatte. Für John Williams hatte der Zweck die Mittel geheiligt.

Yazzie riss die Augen auf, als er den Schlagring sah, und erstarrte. Offenbar wusste er genau, was eine solche Waffe anrichten konnte.

»Glauben Sie mir«, flüsterte Marcus. »Ich werde keine Sekunde zögern, das Ding zu benutzen, wenn Sie mir nicht endlich die Wahrheit sagen.«

Yazzie wurde blass. »Also gut«, gab er nach. »Sie haben gewonnen. Die Frau … sie war bei mir im Büro. Sie hatte Fragen über Canyon und dessen Geschäfte. Außerdem wollte sie etwas über eine Reihe von Serienmorden wissen, die seit Jahren in Arizona und New Mexico verübt werden. Ich habe ihr die offizielle Version über Canyon und dessen Aktivitäten erzählt und ihr gesagt, dass ich über die Serienmorde nichts wüsste. Alle wurden außerhalb meines Zuständigkeitsbereichs verübt. Die Frau ging, und ich habe sie nie wiedergesehen. Das ist alles.«

Marcus dachte nach. Was Yazzie sagte, schien mit dem übereinzustimmen, was Ackerman gehört und Ernie Pitka bestätigt hatte. Doch Marcus wusste, dass Yazzie ihm einiges verschwieg. »Und kaum war sie bei Ihnen zur Tür raus, haben Sie Canyon angerufen und ihm gesagt, dass eine Bundesagentin Fragen über ihn stellt. Vielleicht hat Maggie Ihnen sogar gesagt, wo sie abgestiegen ist. Wahrscheinlich im Casinohotel. Canyon hätte Maggie also in einem Gebäude gehabt, das ihm gehört. Und Sie haben ihn geradewegs zu ihr geführt.«

»Ich habe nur meine Arbeit getan. Wir wissen beide, was es heißt, Befehlsempfänger zu sein. Was für ein Wachmann wäre ich, würde ich meinem Chef verschweigen, dass eine Bundesagentin Fragen über ihn stellt.«

»Selbst wenn die Geschichte stimmt, sagen Sie immer noch nicht alles. Denn wenn ich im Schnellvorlauf auf letzte Nacht gehe, zu dem Moment, als mein Partner sich im wahrsten Sinne des Wortes aus Ihrem Gefängnis herausgesprengt hat – da wird ein kluger Bursche wie Sie seinen Freund, den guten John Canyon, doch ganz bestimmt gefragt haben, was er mit der Information, die Sie ihm zugespielt hatten, denn so angestellt hat.« Marcus hob die Hand mit dem Schlagring. »Ich bin ein bisschen besorgt, dass dieses Ding hier dauerhafte Hirnschäden bei Ihnen hervorrufen könnte, denn wenn das geschieht, können Sie meine Fragen nicht mehr beantworten. Aber mit Ihren Zehen kann ich mich stundenlang befassen, ohne das Wissen zu beschädigen, dass Sie weiter oben abgespeichert haben. Also, was hat Canyon Ihnen gesagt, was er mit Maggie angestellt hat, als Sie ihn angerufen haben?«

Yazzie blickte ihn mit verzerrtem Gesicht an. »Für jemanden, der ein rechtschaffener Strafverfolgungsbeamter sein sollte, scheint Folter Ihnen wenig auszumachen.«

»Sagen wir mal, es ist mir nicht ganz fremd, mit meinen Buntstiften über den Strich zu malen. Und ganz wie Sie sagten – hier gibt es kein Gesetz außer dem, das John Canyon macht.«

»Ich hänge seit der Highschool an Canyons Rockzipfeln. Ich habe immer das Potenzial in ihm gesehen. Er war ein kluger und charismatischer Mann mit einem Traum. Ein Mann, den ich respektiert habe … jedenfalls die meiste Zeit. Wieso sollte ich meinen Freund verraten? Einen Mann, der versucht, unser Volk zu retten? Warum sollte ich John Canyon dem Repräsentanten eines Staates ausliefern, der mein Volk seit Jahrhunderten unterdrückt und ihm sein Erbe stiehlt? Das ist ein ziemlich gutes Ideal, dafür zu sterben, wie ich finde.«

Marcus beugte sich vor und sagte leise: »Ich dachte, ich hätte meine Gründe klar und deutlich gemacht mit diesen Geschichten von wegen Hammer und Zehen zerquetschen wie reife Weintrauben.«

»Ich dachte, es wären Kirschtomaten.«

»Wie nett, dass Sie so aufmerksam zuhören. Ich habe in einem von Canyons Gebäuden sehr schönes Fleischerwerkzeug gesehen. Vielleicht bringe ich es mit, wenn ich den Hammer holen gehe. Und noch etwas, Kumpel. Ihre Karriere und Ihr Leben sind im Eimer. Heute Nacht kommt niemand davon. Canyon ist fertig, sein Laden nur noch Schutt und Asche. Sie sind Wachmann auf einem sinkenden Schiff. Die Frage ist nur noch, ob Sie es in ein Rettungsboot schaffen oder mit dem Kahn untergehen. Vielleicht kommen Sie so gerade eben davon. Verraten Sie mir, wo Maggie ist. Sagen Sie mir alles, was Sie sonst noch wissen. Möglicherweise fällt mir dann etwas zu Ihrer Rettung ein.«

Yazzie blieb stumm wie ein Stein.

»Sie reden von Freunden und Familie, von Ihrem Volk«, drängte Marcus weiter. »Nun, Maggie ist nicht nur meine Freundin und Kollegin, sie ist die Liebe meines Lebens. Ich habe von dem Augenblick an, als wir uns kennenlernten, fast alles vermasselt. Ich habe viel bei ihr gutzumachen. Deshalb müssen Sie eines begreifen: Es gibt nichts, was ich nicht tun würde, um Maggie zurückzubekommen. Ich genieße es nicht wie mein Bruder, anderen wehzutun. Das heißt aber nicht, dass ich nicht gut darin wäre.«

Yazzie hob die Augenbrauen. »Was denn – er ist Ihr Bruder?« Marcus hätte sich am liebsten auf die Zunge gebissen. In der Hitze des Gefechts hatte er sich tatsächlich verplappert. »Glauben Sie wirklich«, fuhr Yazzie fort, »dass Sie und Ihr Bruder mit Canyon und einer ganzen Armee fertigwerden?«

»Nach allem, was ich gesehen habe, hat Canyon nicht mehr als zwei Dutzend Männer. Eine Armee ist das nicht gerade.«

Yazzie schüttelte den Kopf. »Das war, bevor er Mr. Alvarez um Verstärkung gebeten hat. Das ist der Mann, dessen Lieferung Sie abgefangen haben. Alvarez will die Drogen noch verbissener zurück als wir. Wenn seine Abgesandten hier ankommen, werden sie die Politik der verbrannten Erde anwenden und jeden Zeugen umbringen. Nur Sie und Ihren Bruder nicht. Bei Ihnen werden sie sehr schmerzhafte Vernehmungstechniken anwenden – so lange, bis Sie ihnen sagen, was Sie mit der Ware angestellt haben.«

»Ein Grund mehr für Sie, mir alles zu sagen, bevor diese Leute hier sind.«

»Ich kann Ihnen nicht ganz folgen.«

»Ob dieser Alvarez hier aufmarschiert oder nicht – Canyons Geschäfte sind mit dem heutigen Tag zu Ende. Wir haben Freunde, die dafür sorgen werden, dass es morgen Mittag hier im Tal von FBI-Leuten wimmelt. Vielleicht können Canyon oder dieser Alvarez mich und meinen Bruder umbringen, aber sie können niemals der geballten Macht des Gesetzes standhalten.

Und genau damit bekommen sie es zu tun, ob sie nun zehn oder zehntausend Kartellsöldner aufbieten. Denken Sie an Ihre Leute, Yazzie. An Ihr Volk, das Sie so oft beschwören. Wollen Sie dessen Untergang?«

Marcus glaubte beinahe zu sehen, wie sich im Hirn des Captains die Rädchen drehten, als er die Informationen verarbeitete.

»Sie haben recht«, sagte Yazzie schließlich. »Ich sage Ihnen alles, was ich weiß. Aber vorher versprechen Sie mir Immunität, falls Canyon untergeht.«

»Meinetwegen«, entgegnete Marcus. »Es könnte sein, dass Sie vor Gericht aussagen müssen. Solange es der Wahrheit entspricht, was Sie mir sagen, gilt unsere Abmachung.«

»Und wenn Sie Maggie Carlisle nicht lebend zurückbekommen? Haben wir dann immer noch einen Deal?«

Marcus durchfuhr es eiskalt. »Was wollen Sie damit sagen?«

Yazzie wich seinem Blick aus. »Ich fürchte, es wird Ihnen gar nicht gefallen, was ich zu erzählen habe.«

O Gott, nein …

Seit Maggies Verschwinden hatte Marcus nie das Gefühl gehabt, er könne sie nicht wieder zurückgewinnen. Sie hatten so viel gemeinsam durchgemacht, hatten sich so oft gestritten und wieder versöhnt. Er konnte sich eine Welt ohne Maggie nicht vorstellen.

Eine rote Wolke schob sich vor seine Augen. Mit einem Mal schlug ihm das Herz bis zum Hals. Er merkte, wie seine mühsam aufrechterhaltene Beherrschung zerbröckelte. Alles vernichtende Wut schoss in ihm hoch. Er hatte sich Sorgen gemacht wegen dem, was Ackerman anrichten könnte, wenn sie Beweise fanden, dass Maggie ermordet worden war. Nun aber hatte er Zweifel, dass eine der mittelalterlichen Foltermethoden seines Bruders auch nur annähernd mit der Brutalität konkurrieren konnte, die er selbst entfesseln würde.

Bevor er wusste, was er tat, war Marcus aufgesprungen, stand ganz nahe vor Yazzie, hatte dessen Kopf zwischen die Hände geklemmt und drückte immer fester zu.

»Sag mir, wo Maggie ist!«, brüllte er und starrte in die hervorquellenden Augen der Captains, in denen sich zum ersten Mal Panik spiegelte. *»Sag es mir!«*

Kapitel 62

Zwei Wochen zuvor

Der Tag war schön und sonnig. Die Gerüche von Leder und Gewürzen hingen in der Luft. Zahlreiche Zuschauer, die an langen Picknicktischen saßen oder auf Decken im Schatten der Bäume lagen, schauten den Tänzern zu oder schlenderten an den Ständen und Auslagen vorbei, um die bunten Navajo-Decken zu betrachten, die farbenfrohen Perlenarbeiten, den Schmuck und die kunstvoll mit Federn und Muscheln verzierten indianischen Kleidungsstücke.

Maggie hielt sich weiter hinten, ein Stück außerhalb des Gedränges, um ein größeres Blickfeld zu haben.

Der Taker könnte jeder der Männer hier sein, ging es ihr durch den Kopf, während sie den Blick über die Menge schweifen ließ. *Vielleicht macht er sich nach all den Jahren auch diesmal wieder auf die Suche nach einem Opfer, genau von hier aus …*

Eine raue Stimme fragte hinter ihr: »Kann ich Ihnen helfen, Ma'am?«

Maggie drehte sich um und blickte in das Gesicht eines jungen Stammespolizisten. Er trug eine hellbraune Uniform mit einer goldenen Dienstmarke, dazu ein goldglänzendes Schulterabzeichen mit dem Schriftzug *Navajo Police* über der Jahreszahl *1868*. Maggie schätzte ihn auf ungefähr dreißig, doch sein rundes Gesicht zeigte bereits Runzeln und Lachfältchen. Sein schwarzes Haar war kurz geschnitten, und er war groß und gut gebaut.

Maggie nahm die Sonnenbrille ab, schaute ihm in die Augen und deutete ein Lächeln an.

»Nein, vielen Dank. Ich schaue nur zu.« Sie wollte sich wieder der Menge zuwenden, fügte dann aber höflich hinzu: »Es ist Jahre her, seit ich das letzte Mal bei einem Powwow gewesen bin. Ich war noch ein Kind. Deshalb versuche ich, ein paar Erinnerungen aufzufrischen.«

»Verstehe.« Der Cop lächelte breit und aufrichtig. »Ich hoffe, es sind schöne Erinnerungen.«

Nein, sind es nicht. Maggie wechselte das Thema. »Ich wusste gar nicht, dass die Sicherheit bei solchen Veranstaltungen so streng gehandhabt wird.«

»Die meisten Powwows werden von den Tänzern überwacht. Wir haben unsere eigenen Regeln, an die sich fast jeder hält. In letzter Zeit hat es verstärkt Bandenaktivitäten gegeben, aber nichts, worüber man sich Sorgen machen müsste. Wir achten schon darauf, dass keinem was passiert.«

»Bandenaktivitäten?« Maggie horchte auf. Konnte damals, an dem schicksalhaften Tag, als sie beim Powwow gewesen waren, eine Bande ihre Familie beobachtet haben? Waren sie aus irgendeinem Grund aus der Menge herausgepickt worden?

»Leider ja.« Der Officer nickte.

»Wie lange gibt es so etwas schon?«

Der Officer zog misstrauisch eine Braue hoch und legte den Kopf in den Nacken, bevor er antwortete. »Gangs gibt es auf den Powwows, solange ich zurückdenken kann. Sie verkaufen Drogen und machen Ärger. Unsere Arbeit besteht zu einem wesentlichen Teil darin, Jugendliche daran zu hindern, in diese Banden einzutreten, indem wir ihnen Alternativen bieten.«

»Welche Banden sind das?«

»Viele Gangs eifern großen Verbrecherorganisationen nach, zu denen sie aber nur lockere Verbindungen haben, wenn überhaupt. Es gibt Versionen der Latin Kings, Bloods, Crips – das volle Programm.«

Maggie nickte. Banden! Das passte zu der schrecklichen Beobachtung, dass immer wieder Kinder verschwanden, denn die Gangs waren oft am Menschenhandel beteiligt. Wichtiger für sie aber war der Zusammenhang mit den Powwows. Maggie hatte die Daten und Orte überprüft: Bei jedem Taker-Fall hatte es in fünfzig Meilen Umkreis ein Powwow gegeben. Aber weil mit Ausnahme ihres Bruders keines der entführten Kinder eine solche Veranstaltung besucht hatte, waren die Cops dem Zusammenhang nicht weiter auf den Grund gegangen.

»Tragen diese Gangs irgendwelche Abzeichen? Tattoos? Gesichtsbemalungen? Getönte Kontaktlinsen? Gibt es typische Verhaltensweisen oder Traditionen?«

Aus dem Gesicht des Officers verschwand die letzte Spur eines Lächelns. »Sind Sie Reporterin?«

Die Frage kam für Maggie unerwartet. Sie blinzelte. »Nein, ich bin Agentin in Diensten des Justizministeriums. Ich untersuche einen alten Fall, der mit den Powwows zusammenhängen könnte. Die Sache ist allerdings fünfundzwanzig Jahre her.«

Nachdem der Officer sich ihren Dienstausweis angesehen hatte, meinte er: »Ich würde Ihn ja gerne helfen, aber das war lange vor meiner Zeit, Ma'am.«

»Schon gut. Ich habe hier nur gehalten, um zu sehen, ob die Umgebung irgendwelche Erinnerungen bei mir weckt. Wie kommen Sie eigentlich darauf, ich könnte Reporterin sein?«

Der Officer blickte unbehaglich drein und zuckte mit den Schultern. »In letzter Zeit waren viele Zeitungsleute hier. Sie haben uns Fragen nach unserem Glauben gestellt und alles so was. Es fing an, als das FBI nach Analyse der Verbrechensdatenbanken zu dem Schluss kam, in Flagstaff und anderen Grenzstädten könnte ein Serienmörder sein Unwesen treiben. Für manche ist er ein Gestaltwandler – das hat die Geschichte zu einer Sensation gemacht. Wenigstens für die Leute, die die Nachrichten machen.«

»Ein Gestaltwandler?«, fragte Maggie.

»Ach, bloß eine Sage. Abergläubische lassen sich von der Hysterie allerdings anstecken. In unserer Kultur ist ein Gestaltwandler ein Hexenmeister mit der Fähigkeit, von einem Tier Besitz zu ergreifen oder sich selbst in ein Tier zu verwandeln.«

»Wie ein Werwolf?«

»Eher ein Wer-Kojote. Aber ja, das ist der Gedanke. All dieses Gerede über Hexenkunst und Gestaltwandler flößt den Leuten meines Volkes Unbehagen ein. Trotzdem, hin und wieder bekommen wir einen Fall, bei dem jemand behauptet, von einem Gestaltwandler verflucht worden zu sein, oder man hätte ihn mit Leichenpulver vergiftet und dergleichen. Das alles ist Unsinn, aber niemand hat je behauptet, die Menschen wären besonders vernünftig.«

Maggie nickte. Sie verstand genau, was er meinte. »Was ist mit einem Mann namens John Canyon? Haben Sie schon mal von ihm gehört?«

Das freundliche Gesicht des Officers wurde augenblicklich zu Stein. Ohne auf die Frage einzugehen, sagte er: »Ich muss mit meiner Runde weitermachen, Ma'am. Einen schönen Tag noch und viel Spaß auf dem Powwow.«

Kapitel 63

Liana sah Frank bestürzt an, ehe sie den Blick wieder auf die beiden Bewaffneten richtete, die sie noch immer über den Lauf der MP5 anvisierte.

Du hast ihn bestimmt nicht richtig verstanden, sagte sie sich. Doch die beiden Outlaws mit den Berettas wirkten genauso perplex wie sie selbst, also musste Frank seinen verrückten Vorschlag tatsächlich ernst gemeint haben.

»Wenn es euch lieber ist«, fuhr Frank fort, »könnte ihr es auf einen Kampf gegen mich ankommen lassen, aber ich bin überzeugt, dass Miss Liana euch Warmduscher fertigmacht, ohne auch nur ins Schwitzen zu geraten.«

Der Bursche mit dem Kopftuch, offenbar der Wortführer, hob das Kinn. »Na gut, Mann. Aber sag deiner Kleinen, sie soll die MP weglegen.«

Lianas Mündung geriet nicht ins Wanken, als der Kerl seine Forderung stellte, sondern zielte genau auf seinen Kopf.

In diesem Moment nahm sie aus dem Augenwinkel eine blitzartige Bewegung wahr. Zuerst dachte sie, ein weiterer Gegner wäre aufgetaucht; dann wurde ihr klar, dass Frank in Aktion getreten war, obwohl er vorhin noch kurz vor dem Kollaps gestanden hatte. Mit einer kaum wahrnehmbaren Bewegung des Handgelenks hatte er das Bowiemesser geschleudert. Die Klinge flirrte durch die Luft, schlug neben dem Fuß des Kopftuchträgers in eins der Bretter und blieb zitternd stecken.

Der Outlaw sprang zurück. »Was soll der Scheiß!«, rief er.

Frank lachte leise. »Ich möchte, dass du etwas begreifst. Du und dein Kumpel, ihr lebt nur deshalb noch, weil ich beschlossen habe, euch leben zu lassen. Nur ein winziger Ruck nach links oder rechts, und das Messer säße jetzt in deinen Weichteilen. Ich stelle dich nicht vor eine Wahl, Buddy. Ich schenke dir die Möglichkeit, eine für dich positive Wendung der Ereignisse herbeizuführen. Uns auf andere Weise zu überwinden ist unmöglich. Okay, Freunde, Miss Liana und ich legen jetzt unsere Waffen weg. Ich schlage vor, ihr nehmt mein übertrieben großzügiges Angebot an und tut es uns gleich.«

Die beiden Pistoleros tauschten einen unbehaglichen Blick, doch keiner von beiden kam Franks Aufforderung nach.

»Ich kann Menschen sehr schnell einschätzen«, erklärte Frank. »Ich kann ihre Bewegungen, ihre Haltung, ihr Mienenspiel analysieren und präzise bestimmen, ob jemand ein Raubtier oder ein Beutetier ist. Ihr beide stinkt nach Beutetier. Ihr unterscheidet euch kaum von den Schafen, die Canyon mit seinen Drogen bepackt und durch die Lande schickt. Ihr seid nichts weiter als Vieh. Miss Liana hingegen, meine Mitarbeiterin, hat das Potenzial zu einer wahrhaften Prädatorin, die Figuren wie euch zum Frühstück frisst. Schon deshalb kann ich es nicht erwarten, sie in Aktion zu erleben.«

»Du bist ja völlig durchgeknallt, Mann«, rief der Kopftuchträger.

Frank zwinkerte Liana zu. »Warum nur höre ich das immer wieder?«

Liana starrte auf das Bowiemesser, das in einem perfekten rechten Winkel an genau der Stelle im Holz steckte, wo der Fuß des Outlaws gewesen war. »Kommt vielleicht daher, dass Sie andauernd versuchen, jemand zu schlagen oder zu stechen.«

»Was ist jetzt?«, wollte Frank von den beiden Outlaws wissen. »Haben wir einen Deal oder nicht?«

Kopftuch starrte ihn an. »Aber ihr legt die Waffen zuerst weg!«

»Nein.« Frank schüttelte den Kopf. »Ihr drei legt eure Schießeisen gleichzeitig auf den Boden, damit sichergestellt ist, dass die Spielregeln eingehalten werden. Wie sollen wir unsere kleine Darbietung nennen? Wie wär's mit ›Last Lady Standing‹?«

»Nichts zu machen, Mann«, sagte Kopftuch. »Wir behalten unsere Waffen in der Hand.«

»Ich auch«, erklärte Liana. »Denn wir sind im Vorteil, allein schon wegen meiner Maschinenpistole. Macht es euch also nicht schwerer, als es sein muss. Legt die Pistolen weg. Dann lasse ich euch vorne raus, und ihr dürft zu euren Freunden zurück.«

Als der dumpfe Schlag ertönte, spannte Liana instinktiv jeden Muskel im Körper. Erst dann sah sie, dass Frank die Glock auf den Boden hatte fallen lassen. »Ich gebe euch zehn Sekunden, um die richtige Entscheidung zu treffen«, sagte er, »bevor ich interveniere. Schätzt ihr euch tatsächlich so ein, wie ich glaube, dass ihr euch einschätzt? Ich bin sicher, Miss Liana kann euch Komiker auf die Bretter schicken, ohne dass ihr einen einzigen Treffer landet. Na los. Zeigt mir, dass ich euch unterschätze. Ihr werdet doch wohl mit einer einzelnen Frau fertig?«

»Halt endlich die Fresse!«, zischte Kopftuch.

Zum ersten Mal ergriff sein schweigsamer Begleiter das Wort. »Ich hab die Schnauze voll von dem Mist. Der Typ hat recht. Wir werden doch wohl mit dem Luder fertig!«

Kopftuch musterte ihn nachdenklich von der Seite, ehe er den Blick auf Liana, dann wieder auf Frank richtete. »Okay. Wir zwei gegen deine Lady. Aber die Kleine fesselt dich, damit wir sicher sein können, dass du dich nicht einmischst.«

»Na klar doch«, sagte Frank. »Also haben wir eine Abmachung?«

Liana kam es vor, als würde ihre Welt immer unwirklicher, je länger sie in Franks Nähe war. Sah er wirklich ein Raubtier in ihr? In ihrem Herzen hatte sie sich stets nur als Beute gefühlt. Wie auch immer – er wollte, dass sie zwei bewaffnete Männer besiegte, bei denen sie davon ausgehen musste, dass sie beim US-Militär gedrillt worden waren. Liana kannte die beiden nicht; neue Gesichter waren in Roanhorse nichts Ungewöhnliches.

Sie trat hinter Frank, ohne die Mündung der MP5 von den Outlaws zu nehmen, kauerte sich hinter seinen Stuhl und machte sich wortlos daran, seine Hände mit den Kabelbindern zu fesseln, die er offenbar für diesen Zweck mitgebracht hatte. Dabei hielt sie die beiden Männer in Schach, indem sie die Mündung der MP auf die Stuhllehne legte.

»Was zum Teufel haben Sie vor?«, flüsterte sie Frank zu.

»Spielen Sie einfach mit«, gab er ebenso leise zurück. »Ich führe, Sie folgen.«

Liana stand auf und kehrte an die Stelle zurück, wo sie vorher gestanden hatte. Dabei nahm sie die MP keine Sekunde von den Gegnern, die ihre Waffen ebenfalls im Anschlag hielten. Frank beachteten sie gar nicht mehr.

War das von Anfang an seine Absicht gewesen?, fragte sich Liana.

»Wir legen die Waffen jetzt gleichzeitig auf den Boden«, sagte Kopftuch. »Sonst läuft da nichts.«

Alles in Liana schrie auf. Sie wollte ihre weit überlegene MP nicht ablegen, um keinen Preis. Wie kam Frank auf den aberwitzigen Gedanken, sie könne zwei militärisch ausgebildete, kräftige junge Outlaws mit bloßen Händen besiegen? Indem sie »ihre Ressourcen nutzte«, wie er ihr geraten hatte? Und »auf jede erdenkliche Weise schummelte«? Aber was waren ihre Ressourcen? Und wie sollte sie sich aus dieser Situation herausschummeln?

Als die Outlaws langsam in die Knie gingen und ansetzten, die Pistolen auf die Bretter zu legen, tat Liana es ihnen gleich, wobei sie fieberhaft nachdachte. Welche Ressourcen meinte Frank? Was stand ihr zur Verfügung? Das Beste, was sie aufzubieten hatte, war die Waffe, die sie weglegen sollte. Was hatte sie sonst noch? Ihr

Blick fiel auf Franks Messer, das noch im Boden steckte. Erwartete er, dass sie es benutzte? Oder bezog er sich auf ihren Verstand, den sie einsetzen sollte?

Liana blickte auf ihre Gegner. Würden sie ihr den Vortritt lassen? Oder würden sie sich auf sie stürzen, sobald die Waffen am Boden lagen? Wahrscheinlich Letzteres.

Verdammt, was soll ich tun?

Wie aus dem Nichts stand ihr die Antwort vor Augen.

Der Taser.

Sie war Polizeibeamtin und trug Schutzweste und Uniform, zu der ein Gürtel gehörte, an dem Pistolenholster, Handschellen und der Taser hingen – neben anderer Ausrüstung.

Als Liana ansetzte, die MP auf den Boden zu legen, war sie sicher, dass der Taser die »Ressource« war, die Frank gemeint hatte. Außerdem war es unfair, ihn in diesem Kampf einzusetzen. Schummeln. Was Liana nicht im Geringsten störte.

Nachdem alle die Waffen abgelegt hatten und sich gegenüberstanden, hoben die beiden Outlaws die Fäuste. Der mit dem Kopftuch winkte Liana mit siegessicherem Grinsen näher. »Na los, du Flittchen, komm!«

Liana attackierte. Dabei riss sie mit der linken Hand den Taser aus dem Holster im Rücken und feuerte ihn auf den zweiten Gangster ab. Der Mann zuckte krampfartig und stieß schrille Schreie aus, als fünfzigtausend Volt durch seinen Körper jagten. Liana hielt den Abzug gedrückt, während sie die rechte Hand zu der kleinen Gürteltasche führte, die vor dem Holster angebracht war, in der normalerweise die Glock steckte.

»Miststück!«, brüllte der Kopftuchträger und stürmte auf sie los, Hass in den Augen.

Liana versuchte, ruhig zu bleiben, während sie mit fliegenden Fingern an der Tasche fummelte.

Komm schon, komm schon!

Dann, endlich, hatte sie die Dose mit dem Pfefferspray gepackt und riss sie hoch. Der Gegner war noch zwei Schritte von ihr entfernt, als sie das kleine Gefäß in sein Gesicht entleerte.

Der Mann blieb so abrupt stehen, als wäre er gegen eine Wand gerannt. Er presste sich die Hände auf die Augen und brüllte ohrenbetäubend. Doch Liana war noch nicht mit ihm fertig. Sie trat ihm zwischen die Beine und schmetterte ihm die Pfeffersprayдose genau auf die Schläfe, als er in die Knie ging.

Der Hieb schickte Kopftuch ins Reich der Träume.

Der zweite Outlaw wand sich am Boden und versuchte, auf die Beine zu kommen. Liana drückte ihm den Taser zwischen die Schulterblätter und betätigte noch einmal den Abzug.

»Touché!«, hörte sie Franks Ausruf. »Blattschuss!«

Als sie ihn anschaute, grinste er von einem Ohr zum anderen. »Sie sind Poesie in Bewegung. Ich hätte es selbst nicht besser machen können.«

Liana empfand seltsamen Stolz über Franks Lob. »Was machen wir jetzt mit den beiden?«

»Wir ziehen ihnen die Hosen aus, setzen sie ihnen auf den Kopf und schicken sie zu ihrem Oberboss zurück.«

Liana runzelte die Stirn. »Was hat es damit auf sich, den Leuten immer die Hosen über die Köpfe zu ziehen?«

»Hat keinen besonderen Grund«, antwortete Frank. »Ich find's einfach cool. Offenbar müssen Sie noch lernen, mehr Spaß aus Ihrem Leben herauszuholen, Officer Liana.«

Kapitel 64

Marcus fühlte sich leer, als hätte sich in seinem Innern eine Falltür geöffnet und alles, was ihn ausmachte, wäre hindurchgefallen. Seit Maggies Verschwinden lebte er in einem sich ständig verschlimmernden Albtraum, der ihn von innen aushöhlte. Selbst seine Wut schien es aufgegeben zu haben, sich mit Zähnen und Klauen aus dem bodenlosen Abgrund zu befreien, der sich in ihm aufgetan hatte. Er befürchtete, dass in seinem Innern bald nichts mehr übrig war als finstere Leere, kalt und unendlich wie die Weiten des Universums.

Er hatte sich hinter Yazzie auf die Rückbank des Ford Explorer gesetzt, während der Captain am Lenkrad des Streifenwagens saß. Marcus hatte diesen Platz nicht nur aus Gründen der Sicherheit gewählt. Er wollte nicht, dass sein Gefangener sah, wie er weinte.

Noch war Marcus nicht völlig überzeugt, dass Maggie tot war. Irgendwo, tief in ihm, glimmte noch ein schwaches Licht der Hoffnung. Um die schreckliche Gewissheit zu haben, dass Maggie nicht mehr lebte, musste er ihre Leiche sehen. Aber nach allem, was Yazzie ihm im Keller der Ranch erzählt hatte, wäre es ein Wunder, Maggie lebend wiederzusehen.

Nach ihrem Verschwinden, erzählte Yazzie, sei er bei Jim Canyon gewesen und habe von ihm wissen wollen, was mit der vermissten Agentin geschehen sei. Canyon habe geantwortet, er sei mit Maggie in die Berge gefahren und habe sich dort, in der Abgeschiedenheit, ihrer entledigt. Sie habe ihn gewarnt, hatte er hinzugefügt, »die Brüder« hätten ihn bald im Visier und dass es kein Entrinnen für ihn gäbe. Damals, berichtete Yazzie, habe Canyon nichts auf diese Drohung gegeben; er habe gar nicht gewusst, wen Maggie damit meinte. Aber dann sei dieser Verrückte in Yazzies Polizeiposten aufgetaucht, von oben bis unten voller Blut.

Marcus war sich noch immer nicht sicher, ob er dem Captain trauen konnte, aber die Geschichte, die er erzählte, klang plausibel. Weil er es bereits gewusst hatte? Oder lag es an der Warnung, die Maggie angeblich ausgesprochen hatte? Sie hatte ihn, Marcus, und Ackerman öfters nur als »die Brüder« bezeichnet.

Solange er nichts in Erfahrung brachte, was gegen Yazzies Geschichte sprach, musste er davon ausgehen, dass sie stimmte.

Eine Maschinenpistole auf dem Schoß, beobachtete er aus tränenverschleierten Augen, wie die grandiose Wüstenlandschaft im Licht der aufgehenden Sonne am Wagenfenster vorüberglitt.

Hier irgendwo soll Maggie gestorben sein?

Yazzie ergriff wieder das Wort. »Darf ich Ihnen eine Frage stellen, Agent Williams?«

In Marcus' Kopf klang Yazzies Stimme auf seltsame Weise wie in einem Traum. »Lassen Sie mich in Ruhe. Halten Sie den Mund und fahren Sie.«

Yazzie ignorierte Marcus' Worte. »Sie haben gar nichts zu meinen Augen gesagt«, fuhr er fort. »Das erlebe ich selten. Haben Sie es überhaupt bemerkt?«

Natürlich hatte Marcus die Augen bemerkt. Ihm entging so gut wie nichts. Aber weshalb sollte er einen Kommentar dazu abgeben? Yazzie war mit partiellem okulärem Albinismus zur Welt gekommen; einem seiner Augen fehlten die natürlichen Pigmente. Marcus kannte etliche Augenerkrankungen. Er hatte sie recherchiert, weil er selbst an einer Anomalie litt, die sektorielle Heterochromie genannt wurde: Eines seiner Augen hatte zwei verschiedene Farben. »Natürlich ist es mir aufgefallen«, antwortete er nun. »Aber warum sollte ich etwas dazu sagen?«

»Meiner Erfahrung nach macht der Anblick die Menschen unruhig. Das war schon immer so. Deshalb trage ich ständig die Brille oder getönte Kontaktlinsen, wenn ich weiß, dass ich in eine Situation komme, in der ich die Brille abnehmen muss. Als Sie mich an den Stuhl gefesselt haben, hatte ich die Brille nicht auf. Sie haben mir direkt in die Augen geschaut, ohne auch nur mit der Wimper zu zucken. Es ist lange her, dass jemand so gelassen reagiert hat.«

»Wollen Sie auf irgendwas hinaus?«

»Nur, dass ich es zu schätzen weiß, dass Sie nicht darauf herumreiten. Als Kind bin ich wegen meiner Augen oft gemobbt worden. Die Leute nannten sie ›Geisteraugen‹. Es wurde erst besser, als ich Teenager war und für Canyon arbeitete. Da konnte ich mir getönte Kontaktlinsen leisten.«

Marcus konnte die Probleme nachvollziehen. Er hatte Schikanen und psychische Misshandlung am eigenen Leib erlebt und wusste, welche Narben so etwas auf der Seele hinterlassen konnte. »Gemobbt zu werden ist aber kein Grund, selbst zu mobben«, wandte er ein.

»Da haben Sie vermutlich recht, aber ich habe früh gelernt, dass man entweder die Kurbel dreht oder in den Fleischwolf kommt.«

Marcus sagte nichts.

»Mir erscheint es ziemlich merkwürdig«, fuhr Yazzie fort, »dass Ihre Agentin Carlisle ganz allein hierhergekommen ist. Ist es üblich, dass eine Bundesagentin Ermittlungen anstellt, ohne jemanden dabeizuhaben, der ihr notfalls den Rücken deckt?«

Die Gedanken an Maggie, die für ein paar Augenblicke in den Hintergrund getreten waren, stürmen wieder mit voller Wucht auf Marcus ein.

»Halten Sie die Klappe«, sagte er grob, »und fahren Sie.«

»Es tut mir leid um Ihre Freundin, aber …«

»Noch ein Wort, Yazzie, und ich fessle Sie an die Gepäckstangen.«

Kapitel 65

Ackerman hielt sich tief in den Schatten und vom zerbrochenen Vorderfenster fern, um nicht von Scharfschützen entdeckt zu werden, als er den beiden gedemütigten Outlaws hinterherschaute. Sie stiegen die Verandastufen hinunter und traten den langen Marsch der Schande zu ihren Kumpanen an, die am unteren Ende der Klippe warteten.

»Ich finde immer noch, wir hätten ihnen die Hosen ausziehen sollen.«

Liana stand neben ihm und beobachtete die Reaktion ihrer Gegner durchs Fernglas. »Also wirklich, Frank, das ist kindisch. Wenn überhaupt, hätten wir diese Kerle als Geiseln behalten sollen. Jetzt sind sie zwei Waffen mehr, die auf uns gerichtet sind.«

»Ob mit oder ohne Hose.« Ackerman nickte, riss die Folie einer Einmannpackung auf und begann in der Hoffnung zu essen, dass er seine Kräfte zurückerlangte. Er hatte bereits mehrere Flaschen Wasser hinuntergestürzt.

»Hey, Sie haben Ihren Appetit zurück, Frank! Ein gutes Zeichen.«

»Wussten Sie«, sagte Ackerman, »dass Insekten in der Lage sind, die Zellen an einer Wunde zu differenzieren und zu reorganisieren? Diese Fähigkeit haben Menschen im Lauf der Jahrmillionen fast vollständig verloren. Die meisten Insekten können ganze Gliedmaßen verlieren, und sie regenerieren, ohne dabei großartig an Antriebskraft einzubüßen. Während mir diese Fähigkeit leider abgeht, habe ich im Zuge meiner Feuerproben diverse Eigenschaften entwickelt, die mich in Sachen Regeneration an die Spitze der menschlichen Entwicklung setzen.«

»Bitte erzählen Sie mir nicht, dass Sie glauben, Sie könnten sich ein Bein nachwachsen lassen wie eine Spinne.«

»Wäre nicht übel, was? Nein, Officer Liana, ich wollte damit nur sagen, dass ich weder Schmerzen noch Angst empfinde – jedenfalls nicht auf eine Weise, die Ihr neurotypisches Gehirn zu begreifen imstande wäre. Realität ist das, was wir real sein lassen *wollen*. Und ich verfüge über einen starken Willen.«

»Das habe ich bemerkt«, entgegnete Liana. »Aber wenn Sie nicht vorsichtig sind, nützt er Ihnen gar nichts, weil Ihre Wunden sich wieder öffnen werden. Und dann verlieren Sie das bisschen Blut, das Sie noch haben, und sterben. *Das* ist die Realität.«

»Keine Bange, Blume der Apachen. Ich habe Schlimmeres überlebt. Im Vergleich dazu sind das hier Mückenstiche. Das Problem war vor allem, dass meine operative Effizienz aufgrund des Blutverlusts unter hundert Prozent gefallen war.«

»Wow. Hört sich ganz schön gelehrt an, Doktor Roboto. Aber Sie sollten sich lieber meine Diagnose anhören: Wenn Ihre Wunden sich wieder öffnen, liegen Ihre Blutreserven bei null Prozent.« Liana ließ das Fernglas sinken. »Canyon sieht aus wie eine Zecke kurz vor dem Platzen.«

»Dann wollen wir für ihn hoffen, dass er zur Vernunft kommt, bevor ihn dieses Schicksal ereilt. Vielleicht gibt er seine idiotischen Bemühungen auf, richtet seine Energie auf die Suche nach Agentin Carlisle und findet sie, bevor seine Zeit abläuft.«

»Das mit der Frist, die Sie ihm gestellt haben – war das Ihr Ernst?«

»Mir ist es immer ernst.«

»Was passiert, wenn ihm die Zeit ausgeht?«

»Na, das erklärt sich wohl von selbst. Zeit ist das eine Attribut der Wirklichkeit, dem wir nicht entrinnen können. Wenn Ihnen die Zeit ausgeht, können Sie nichts dagegen tun, rein gar nichts.«

Liana wölbte eine Augenbraue. »Ich habe jedenfalls mein Bestes getan, um Ihnen mehr Zeit zu verschaffen. Was glauben Sie, was wäre aus Ihnen geworden, wenn ich nicht hierhergekommen wäre?«

»Möglicherweise eine ausgesprochen attraktive Wüstenmumie. Deshalb bin ich dankbar für Ihre Handreichungen. Aber wenn ich ehrlich sein soll … ich hätte die Situation genauso gut bewältigt, wäre ich auf mich allein gestellt gewesen.«

»Hey!«

»Na ja … ich muss gestehen, ich war schwer beeindruckt, wie Sie sich bei den Ereignissen dieser Nacht gehalten haben.«

»War das ein Kompliment?«

»Eine ehrliche Feststellung. Aber ich bin nicht leicht zu beeindrucken.« Er streckte die Hand vor und legte sie ihr auf die Schulter. Dann, unvermittelt, strich er ihr flüchtig über die glatte Haut, deren Pigment eine Mischung der üppigen Farben der Sandsteincañons und Basaltkegel war, die das Land ihrer Ahnen kennzeichneten. »Sie haben sich bewundernswert geschlagen, Officer Nakai«, flüsterte er, »und ich danke Ihnen für alles.«

Er sah, dass Liana tatsächlich rot anlief, was in ihrem Fall bedeutete, dass ihre dunkle Haut noch dunkler wurde.

Nachdem endgültig feststand, dass die beiden Outlaws abgezogen waren, wandte Ackerman seine Gedanken der nächsten Phase des Unternehmens zu. Er bewegte sich durch die Dunkelheit zu den Arbeitstischen längs der Wand, auf denen sie Waffen und Gerät abgelegt hatten, nahm einen Tarnrucksack an sich, pflückte C4-Sprengladungen und Handgranaten aus dem Schaumstoffpolster eines schweren Koffers und packte alles ein.

Liana stellte sich neben ihn. »Was tun Sie da?«

»Ich bereite mich auf den Moment vor, an dem Mr. Canyons Zeit unweigerlich abläuft.«

Marcus hatte die C4-Ladungen sowie drei verschiedene Typen von Handgranaten beschafft, die unterschiedlich geformt waren und in jeweils eigenen Kästen lagen. Der erste Typ waren Nebelgranaten, der zweite Blendgranaten. Typ drei waren eiförmige Sprenggranaten mit Splittermantel, potenziell tödlich. Ackerman nahm eine von ihnen aus dem Kasten und schraubte ihren Zünder ab, um an das Innenleben zu gelangen.

Liana schaute ihm über die Schulter. Offenbar betrachtete sie ihn als Fels zum Anlehnen, was völlig normal war und nur allzu verständlich – und es war ihm auch keineswegs unangenehm. Doch er merkte ihr an, dass ihr eine Frage auf der Zunge lag. Wahrscheinlich platzte sie vor lauter Fragen – allerdings von der Sorte, die nach Ackermans Ansicht nicht eigens beantwortet werden mussten.

Doch als Liana schließlich den Mund öffnete, erlebte er eine Überraschung.

»Wer ist Itzel?«, wollte sie wissen. »Sie haben den Namen immer wieder vor sich hin gemurmelt, als Sie besinnungslos waren.«

Itzel.

Ackerman hatte diesen Namen viele Jahre nicht mehr gehört. Es war der Name seiner Maya-Prinzessin, seiner Regenbogengöttin.

Er zögerte, unsicher, was er antworten und wie viel er ihr anvertrauen sollte. Er hatte nie die therapeutische Wirkung erlebt, wenn man über seine Probleme oder Verletzungen aus der Vergangenheit sprach. Doch als er sich nun umdrehte und Liana in die großen braunen Augen blickte, die ihn so sehr an Itzels Augen erinnerten, sagte er: »Sie war eine Maya, die ich an der Straße nach Cancún kennengelernt habe. Sie war die Liebe meines Lebens.«

Kapitel 66

John Canyon merkte, dass ihm das Blut ins Gesicht schoss, als er zusehen musste, wie der Kopftuchträger und dessen Kumpan zu ihm zurückgeschickt wurden. Seine Muskeln waren steif vor Anspannung, seine Zähne zusammengebissen, und ihm dröhnte der Schädel. Sein Blick huschte in die Runde. Er wollte etwas zerschmettern, wollte jemandem wehtun. Aber der Mann, dem sein Hass galt, war oben auf dem Hügel, unerreichbar, und schien sich ihm immer wieder zu entziehen.

Die beiden Trottel, die er mit dem Überraschungsangriff von hinten beauftragt hatte, kamen die lange, ansteigende Zufahrtsstraße zu ihm hinunter. Es schien ihnen gut zu gehen, und sie trugen die Hosen noch dort, wohin sie gehörten. Offenbar war es ihnen beim Kampf gegen Frank und dessen neuer Schülerin besser ergangen als den ersten beiden Kundschaftern.

Verdammte Idioten!

Canyon senkte den Feldstecher, wandte sich vom Handelsposten ab und schritt an den Rand des Belagerungscamps am Fuß der Erhebung. Ein paar Leute hatte er auf die Rückseite geschickt, damit ihnen die Beute nicht entkam, falls diese die Felswand hinunterkletterte. Insgesamt hatte er vierundzwanzig Männer vor Ort, eine ordentliche Größe für einen Trupp. Die Fahrzeuge hatte er auf der Fahrbahn abstellen lassen, sodass sie die Straße sperrten, sollte der Fremde auf diesem Weg zu fliehen versuchen.

Als Canyon nun seine Männer betrachtete, die ihre Gewehre auf den Handelsposten gerichtet hielten oder kampfbereit in

Deckung warteten, fühlte er sich an seine Dienstzeit im Ersten Golfkrieg erinnert. Master Sergeant John Canyon hatte viele gute Erinnerungen an seine Kameraden beim Marine Corps, an den Gemeinschaftssinn, aber seine Gedanken schienen sich immer den negativen Seiten zuzuwenden, den Fehlern und Sünden der Vergangenheit. Er dachte an Situationen, in denen das Oberkommando Mist gebaut hatte, sodass sie fast draufgegangen wären. Einmal waren ihnen sogar die falschen Uniformen geschickt worden, Dschungel- statt Wüstentarnung, was zur Folge hatte, dass er und seine Leute aussahen wie wandelnde Maulbeersträucher, die sich über den Sand bewegten. Aber die meisten Erinnerungen waren weniger lustig. Canyon dachte daran, wie sie auf ein irakisches Camp gestoßen waren, das voller Leichen war. Die Toten hatten an ihren Feuerstellen gesessen, Blechtassen mit Kaffee noch in der Hand oder neben sich auf dem Boden – genau die gleichen Blechtassen, aus denen Canyon und seine Kameraden jeden Morgen ihren Kaffee tranken.

Aber der Feind am Persischen Golf war ein ganz anderer gewesen. Dort hatte er es mit Menschen zu tun gehabt. Dieser Frank jedoch schien einer fremden Spezies anzugehören.

Canyon blieb stehen, als er Ramirez und Slim bemerkte, die beiden ersten Opfer Franks, die gar nicht hier sein sollten. Canyon runzelte die Stirn. Was hatten die beiden Versager noch hier zu suchen? Er hatte seiner rechten Hand, Toad Todacheeney, befohlen, die beiden zur Ranch zurückzubringen.

Canyon winkte Toad zu sich und fuhr ihn an: »Was ist los? Ich hatte dich angewiesen, mir die beiden Idioten aus den Augen zu schaffen!«

Der massige, vierschrötige Toad trug Tarnkleidung und hielt sich wie ein erfahrener Soldat, doch Canyon kannte ihn aus alten Gang-Zeiten und wusste, dass der Mann keinen einzigen Tag beim Militär gedient hatte. Außer seinen Plattfüßen hatten miserable Ergebnisse bei den psychologischen Tests gegen ihn gesprochen.

Toad legte den Kopf in den Nacken und drehte ihn wie eine Eule hin und her – eine nervöse Angewohnheit, die erkennen ließ, dass er einer Frage auswich.

»Ramirez wollte unbedingt bleiben und weitermachen«, sagte er schließlich. »Du kennst ihn. Er ist ein harter Bursche. Er will sich dir um jeden Preis beweisen.«

»Wenn er sich mir beweisen will, soll er gehorchen!«

»Ich weiß, ich weiß. Aber beides kann er nicht, wenn er auf der Ranch auf dich warten soll.«

Canyon flüsterte: »Ich wollte dich nicht nur wegen der beiden Versager zurückschicken. Vor allem solltest du einen Blick auf Yazzie werfen, was der Kerl so treibt.«

»Du glaubst, er hat die Ranch nicht im Griff?«

»Darum geht es nicht.«

»Sondern?«

»Ich bin mir nicht sicher, wie weit ich mich auf unseren guten Captain noch verlassen kann.«

Toad machte große Augen. »Aber Yazzie gehört zur Familie. Er ist dein Schwager.«

»Du bist vielleicht der Einzige, dem ich noch traue, auch wenn du jahrelang fort warst. Bei meiner Frau und ihrem Bruder bin ich mir da nicht mehr so sicher.«

»Warum?«

»Wenn man mit Monstern und Irren zusammenarbeitet, muss man damit rechnen, dass das Monster sich wie ein Monster benimmt und der Irre seine wahre Natur zeigt.«

»Und was von beiden ist Yazzie?«

Canyon lachte. »Yazzie? Beides.«

Toad schüttelte den Kopf. »Aber ich kenne Xavier fast so lange wie du. Ich habe so was nie an ihm bemerkt.«

»Du kennst ihn nicht so gut wie ich. Du hast nicht gesehen, was er getan hat. Du hast die Menschen nicht gesehen, die er getötet hat. Was von ihnen übrig war, wenn er sie verhört hatte. Du hast das Blut nicht aufwischen müssen.« Er verzog das Gesicht. »So langsam frage ich mich, ob unser wahrer Feind nicht die ganze Zeit unter uns gewesen ist.«

Kapitel 67

Ackerman hatte nie jemandem von Itzel erzählt, nicht einmal seinem Bruder oder Emily Morgan, seiner nunmehr ehemaligen Therapeutin. Weshalb er beschlossen hatte, mit Liana über die schöne Maya zu sprechen, konnte er selbst nicht sagen. Vielleicht lag es an der vagen Ähnlichkeit zwischen beiden Frauen. Die dunklen Haare, die großen braunen Augen, die gleiche ungestüme Natur eines freien Geistes. Ackerman bemerkte nicht zum ersten Mal, dass Itzel und Liana wie seltene schöne Blumen waren, die erst noch aufblühen und ihre ganze Anmut erlangen mussten. Itzel hatte nie die Chance dazu gehabt. Liana würde sie bekommen, da war Ackerman sicher.

Sollte er sich endlich die Frage stellen, wieso er die Geschichte seiner ersten Liebe noch nie einem anderen Menschen anvertraut hatte? Wenn er an zwischenmenschliche Beziehungen in jüngerer Zeit zurückdachte – da war nicht viel gewesen. Er hatte versucht, sich seinem Bruder und Maggie mitzuteilen, aber beide hatten abgewinkt, weil er auf die blutigen Details zu sprechen gekommen war. Liana brauchte er damit erst recht nicht zu behelligen. Sie musste nichts von Itzels Ermordung erfahren oder von der Verbrechensserie, die sie beide gemeinsam vor Itzels Tod unternommen hatten. Oder von seiner Rache. Es genügte, wenn Liana die Geschichte ihrer Liebe kannte.

»Was ist aus ihr geworden?«, fragte Liana.

»Sie ist gestorben. Viel zu früh.«

»Das tut mir leid.«

»Ist lange her.«

»Itzel ist ein schöner Name. Woher stammte sie?«

»Sie war eine Maya. Wir haben uns in Yucatán kennengelernt, als ich siebzehn oder achtzehn war. Ihr Name bedeutet ›Regenbogengöttin‹. Als ich sie das erste Mal sah, trug sie ein Kleid in Regenbogenfarben. Ihre Schönheit zog mich vollkommen in ihren Bann. Ich verbrachte einige Zeit in ihrem Dorf und lernte sie und ihre Familie kennen. Ich sprach ein wenig Spanisch, und sie ein paar Brocken Englisch. Aber um uns zu verständigen, bedurfte es keiner Worte. Zwischen uns beiden bestand von Anfang an eine Verbindung. Sie wusste immer, was ich dachte, und ich wusste, was sie dachte. Sie war die einzige Frau, die ich je geliebt habe und die meine Liebe erwidert hat.«

»Es tut mir leid, dass Sie Itzel verloren haben.«

»Es muss Ihnen nicht leidtun, Liana. Die Ereignisse haben sich damals so entwickelt, wie sie sollten. Wir können die Vergangenheit nicht ändern. Und ich gehöre nicht zu denen, die über Umstände nachdenken, die man nicht beeinflussen kann. Sie sind tot, und ich kann nichts daran ändern.«

»Sie sprechen in der Mehrzahl?«

»Ja. Erst als Itzel nicht mehr lebte, fand ich heraus, dass sie ein Kind von mir erwartete.«

Liana riss die Augen auf. Ackerman sah, dass Tränen darin schimmerten. Als er bemerkte, dass auch seine Augen feucht wurden, sagte er sich, dass es an der Zeit sei, das Thema zu wechseln.

»Wie auch immer.« Er seufzte. »Das alles ist lange her. Es geschah in einem anderen Leben. In vieler Hinsicht war der junge Mann damals, der die Regenbogenkönigin geliebt und verloren hat, ein anderer Mensch als ich.« Er lächelte wehmütig. »Ich weiß gar nicht, warum ich Ihnen das alles erzähle. Befassen wir uns lieber mit …«

Liana überraschte ihn erneut. Sie streckte ihre schlanken Arme aus, umfasste seine Taille, schmiegte sich an ihn und legte den Kopf an seine Brust. Zuerst wusste Ackerman nicht, wie er reagieren sollte. Dann legte auch er die Arme um sie und zog sie an sich. Doch nach ein paar Augenblicken löste Liana sich wieder von ihm.

»Wofür war das denn?«, fragte Ackerman.

»Das war bloß eine Umarmung. Manchmal tun wir Menschen so etwas, wenn wir eine positive emotionale Reaktion auf jemand anderen zeigen.«

»Hey!« Ackerman lachte auf. »Sie reden ja fast so wie ich. Werden Sie mir bloß nicht ähnlicher, sonst wird man auch Sie bald als unnormales Menschenkind betrachten.«

»Na und? Sich selbst kann man sowieso nicht entkommen, egal wohin man geht. Außerdem ist nichts verkehrt daran, außergewöhnlich zu sein.«

»Und es ist auch nichts verkehrt daran, gewöhnlich zu sein.« Während er den Rucksack mit den Handgranaten zuschnürte, fügte Ackerman augenzwinkernd hinzu: »Vielleicht ist es sogar besser, dass Itzel nicht mehr ihr Unwesen treiben kann. Sie war außergewöhnlich, aber sie war noch viel durchgeknallter als ich.«

Kapitel 68

Fünfundzwanzig Jahre zuvor

Xavier hatte den Umkreis und das Innere des uralten Heiligtums als unnatürlich warm empfunden. Offenbar hatten heiße Wüstenwinde einen Weg durch den Cañon unter ihnen gefunden und die Höhle mit trockener Hitze erfüllt.

Zu den wenigen glücklichen Erinnerungen an seine Kindheit zählte ein Sommer, in dem Mom und Onkel Red mit ihm und Reyna an den Strand des Lea Lake in der Nähe von Roswell gefahren waren. Der See gehörte zum Lake State Park, dessen Namen von neun tiefen Cenotes herrührte, die sich aus eingestürzten Kalksteinhöhlen gebildet hatten. Am Tag ihres Ausflugs an den Lea Lake fand dort zufällig ein Jahrmarkt statt. Xavier erinnerte sich an die Spielbuden, an die Zuckerwatte und die Jongleure. Vor allem aber stand ihm noch immer der Künstler vor Augen, der am Ufer des Lea Lake eine meisterhafte Sandburg gebaut hatte. Xavier war von den Details fasziniert gewesen, den kleinen Fenstern und der Art, wie der Sand sich zusammenfügte. Es hatte ihn damals in Bann geschlagen.

Als Xavier nun, Jahre später, auf das indianische Heiligtum blickte, fühlte er sich an die Sandburg von damals erinnert. Er hatte viele Ruinen der Alten gesehen. Ihre Städte sahen aus, als hätte ein Riese sie in den Sand gemeißelt. Hier aber war es anders. Die Bauwerke waren größer und schienen für eine Zusammenkunft, ein bedeutendes Treffen bestimmt. Er spürte, wie tief seine Ahnen diese Stätte verehrt hatten.

Xavier entweihte das Andenken des alten Volkes nur sehr ungern, aber sein Überlebenswille und seine Gier überstiegen jede sentimentale Anwandlung, die ihm beim Gedanken an die vergessenen Höhlenstämme befallen mochte. Er rieb sich die Hände und zwinkerte Reyna zu. »Fangen wir an. So ein Tempel plündert sich nicht von allein.«

Während Xavier sich schwungvoll in die Arbeit stürzte, wirkten die anderen still und befangen. Selbst Xavier musste zugeben, dass auch er sich ein bisschen bedrückt fühlte, seit er hier war, als hätte die Last der Zeitalter im Innern des Heiligtums die Schwerkraft erhöht. Und die Luft war anders. Sie war heiß, aber auch irgendwie … tot.

Der innere Tempel, der tiefer im Fels innerhalb einer Naturhöhle lag, bestand aus fünf Kammern, die wie die Speichen eines Rades angeordnet waren. Im Zentrum lag ein großer offener Raum. In dieser runden Zentralkammer zierten fremdartige Symbole und Bildzeichen die Wände; die seltsamen Zeichen zogen sich bis hinauf an die gewölbte Decke. Sie erinnerten Xavier an die Abbildungen in anderen Anasazi-Grabungsstätten, die er gesehen hatte, und doch gab es einen gewaltigen Unterschied: Diese Zeichen hier waren düsterer, furchteinflößender und rätselhafter. In der Zentralkammer gab es nur die Symbole; die Nebenräume jedoch enthielten einen wahren Schatz an Kunstobjekten.

Eugene schluckte heftig. Sein großer Adamsapfel bewegte sich auf und ab, als wäre in seinem Hals ein kleines Tier gefangen. »Mir gefällt's hier nicht. Hier stimmt was nicht, Leute.«

»Ja, vergessen wir die Sache«, pflichtete Reyna ihm bei. »Wenn wir den Dreckwühlern von dem Tempel erzählen, bekommen wir vielleicht eine Belohnung. Es wird sowieso bald dunkel. Wir sollten umkehren.«

Xavier aber wollte sich nicht von alten Gespenstern, ob echt oder eingebildet, davon abschrecken lassen, die Früchte seiner

Mühen zu ernten. »Niemand geht, bis die Arbeit getan ist«, sagte er leise, aber nachdrücklich und wies den beiden einen Bereich zu, wo sie mehrere Fundstücke einwickeln und verpacken sollten. Er hatte die kostbarsten Stücke bereits ausgewählt.

Bevor er sich an der Plünderung beteiligte, zückte Xavier eine Einmalkamera, die er sich in einer Drogerie besorgt hatte, um seine Entdeckung zu dokumentieren. Reyna und Eugene wies er an, sich weiter um das Verpacken der Fundstücke zu kümmern, während er selbst von Höhlenkammer zu Höhlenkammer ging und knipste, bis der Film voll war. Erst dann beteiligte er sich am Einpacken der Kostbarkeiten aus ferner Vergangenheit, die seiner Schwester und ihm eine Zukunft verschaffen sollten.

Längere Zeit arbeiteten sie stumm und verbissen, bis sie sie ihre Beute in der Zentralkammer zusammengetragen und verstaut hatten. Sie standen kurz vor dem Aufbruch, als Xavier das Geräusch hörte, ein scharfes Krachen und Knacken.

Erschrocken suchte er den Blick Eugenes, der nur zwei, drei Schritte entfernt stand, und wusste sofort, dass sie beide das Gleiche dachten.

In diesem Moment brach der Boden unter ihren Füßen weg.

Kapitel 69

In der Weite der Wüstenlandschaft nimmt der Schall oft unberechenbare Wege. Deshalb hatte Canyon sich bereit erklärt, das Gespräch mit Toad in dessen Behausung fortzusetzen. Normalerweise hätte er den Schauplatz einer Geiselnahme, bei der es um seinen Sohn ging, unter keinen Umständen verlassen, aber weil Toads Zuhause keine zehn Meter entfernt am Straßenrand parkte, hatte Canyon die Einladung seines Freundes auf einen Schluck zur Beruhigung gern angenommen.

Nun saß er auf der kleinen Couch in Toad Todacheeneys Wohnmobil, trank seinen Whiskey und erzählte seine Geschichte. Toad hatte in den wilden Anfangsjahren für Canyon gearbeitet, als dieser vom Persischen Golf zurückgekehrt war und begonnen hatte, die Banden New Mexicos zu einer Einheit unter seinem Befehl zusammenzuschmieden. Dank seiner Kriegserlebnisse wusste Canyon, dass die Macht nur der an sich reißen konnte, der die größte Stärke und Rücksichtslosigkeit zur Schau stellte; deshalb hatte er den brutalsten Mann, den er kannte, für seine Zwecke eingespannt: Xavier Yazzie.

Und der rückte nun immer mehr in den Mittelpunkt des Gesprächs.

Canyon nahm einen Schluck von der dunklen Flüssigkeit und fragte: »Habe ich dir eigentlich schon mal erzählt, wie ich Reyna kennengelernt habe?«

Toad schüttelte den Kopf, beugte sich erwartungsvoll im Fernsehsessel vor und umfasste sein Glas mit beiden Händen.

»Xavier hat uns miteinander bekannt gemacht. Ausgerechnet!

Ihm war aufgefallen, wie ich Reyna angestarrt habe. ›Wenn du mit ihr gehen willst‹, hat er mir zugeflüstert, ›mache ich es für dich klar.‹ Ich sagte ihm, ich hätte einen eigenen Mund, und wenn ich mit einem Mädchen eine Verabredung haben wolle, könne ich das selbst in die Hand nehmen. Trotzdem ließ ich Yazzie das Rendezvous arrangieren. Schließlich war er Reynas Bruder. Ich wollte es mir nicht mit ihm verderben. Ein Jahr später waren Reyna und ich verheiratet. Erst später erfuhr ich, in welchem Umfeld sie und Yazzie aufgewachsen waren. Reyna sprach kaum darüber, aber ich habe es von anderen gehört.« Wieder nahm er einen Schluck. »Seitdem frage ich mich immer wieder, was Yazzie mit seinem Angebot damals gemeint hatte. Wollte er mir eine Verabredung mit Reyna verschaffen, oder war von einer kostenlosen Nacht mit ihr die Rede?«

Toad sagte nichts dazu. Der stämmige Mann nickte nur und trank einen Schluck.

»Nach unserer Heirat«, fuhr Canyon fort, »habe ich darauf geachtet, dass ich immer eine passende Beschäftigung für meinen Schwager hatte, denn er war Experte für bestimmte Jobs. Immer wenn ich ihm befahl, rivalisierende Gangbosse zu beseitigen, fuhr er sie raus in die Wüste, um dort die Leichen loszuwerden. Ich weiß bis heute nicht, was er da draußen mit ihnen angestellt hat, aber ich habe mal gesehen, was von ihnen übrig war. Es sah aus, als wären sie von Tieren gefressen worden. Die wenigen, die entdeckt wurden, fand man nackt und mit gespreizten Gliedmaßen an Pflöcke im Boden gefesselt.«

Als Toad diese Beschreibung hörte, furchte er die Stirn. »So was hab ich schon mal gehört …«

»Ja, die Bilagáana-Prostituierten, die in den Grenzstädten entführt und ermordet werden. Das Werk eines Serienkillers, der seit Jahren aktiv ist und in jeder größeren Stadt zwischen Cortez und Flagstaff zugeschlagen hat. Erst jetzt werden die Fälle miteinander in Verbindung gebracht, weil die Ermittler irgendeine neue Datenbank benutzen.«

»Und du glaubst, Yazzie steckt dahinter?«

»Ich weiß nicht, was ich glauben soll. Aber vor ein paar Monaten fand ich heraus, dass im Casino Geld aus einem Schließfach verschwunden ist, zu dem nur wenige Personen Zugang haben. Eine dieser Personen ist meine Frau.«

»Und Yazzie?«, fragte Toad.

»Nein. Reyna schien mir die einzig mögliche Erklärung für das Verschwinden des Geldes zu sein. Ich habe sie darauf angesprochen, denn ich hatte den Verdacht, dass sie wieder drückte, aber sie hat mir geschworen, dass sie das Zeug nicht mehr anrührt. Sie war so wütend über meinen Verdacht, dass sie aus der Ranch ausgezogen ist und seitdem im Penthouse wohnt, wie du weißt.«

»Aber du glaubst trotzdem, Reyna hat das Geld geklaut?«

Canyon schüttelte den Kopf. »Nein. Ich glaube, Yazzie und Reyna stecken gemeinsam dahinter. Ich habe seit Längerem den Verdacht, dass es einen anderen Mann in Reynas Leben gibt, aber jedes Mal, wenn ich sicher war, sie mit ihrem Geliebten zu ertappen, war sie mit ihrem Bruder zusammen.«

Toads Augen wurden so groß, dass es beinahe komisch wirkte. Wenngleich er seinen Spitznamen nicht seines Äußeren wegen trug, entdeckte Canyon immer wieder gewisse Ähnlichkeiten zwischen Toad und einer Kröte.

»Du meinst, deine Frau und ihr Bruder stecken unter einer Decke?«, fragte Toad.

»Wenn ich mir sicher sein könnte, hätte ich längst etwas unternommen. Ich habe aber bloß Verdachtsmomente. Ich weiß nur, dass Yazzie irgendetwas vorhat, und ich traue ihm nicht. Er ist ein Ungeheuer. Er kennt keine Loyalität, weil er niemanden liebt außer sich selbst. Er versteht es wie kein Zweiter, andere Menschen zu lenken, und er plant seine Züge immer lange im Voraus. Der

Mann ist gefährlich. Ich fürchte, mir war bis jetzt nicht klar, *wie* gefährlich.«

Toad lehnte sich zurück und starrte auf sein Glas. »Das ist verrückt. Ich kann mir nicht vorstellen, dass Reyna so was all die Jahre mitgemacht hat.«

»Man weißt nie, welche Kämpfe in den Köpfen anderer toben. Vielleicht geht das zwischen den beiden schon, seit sie noch halbe Kinder waren. Ich hatte von Anfang an ein seltsames Gefühl, wenn sie in einem Zimmer waren. Es war eine seltsame Spannung zwischen ihnen ... für Bruder und Schwester waren sie einander viel zu nahe. Aber wie sagst du deiner Frau, dass sie und ihr Bruder ein zu enges Verhältnis besitzen?«

Toad riss den Mund auf. »Du meinst ... auch im *Bett?*«

Canyon zuckte nur mit den Schultern.

»Warum erzählst du mir das alles erst jetzt?«, fragte Toad.

Canyon antwortete mit einer Gegenfrage. »Du warst lange weg. Weißt du eigentlich, dass Yazzie inzwischen auch der Sicherheitsdirektor des Casinos ist?«

Toad schüttelte den Kopf. »Nein! Ich dachte, diese Begay hätte das Sagen.«

»Ramona Begay ist Leiterin des Sicherheitsdienstes, aber Yazzie hat mich dazu gebracht, dass ich ihn zu Begays Vorgesetztem ernannt habe. Er meinte, auf lange Sicht sei das nützlich, falls unsere illegalen Geschäfte auffliegen, und kurzfristig würde es ihm bei seiner Arbeit als Cop helfen. Ich habe mir damals keine besonderen Gedanken darum gemacht, aber ein Mann in Yazzies Stellung könnte mit den Jahren ein Vermögen auf die Seite geschafft haben. Und noch was: Yazzie hätte Zutritt zum Zimmer dieser vermissten Agentin gehabt. Er hätte sie aus dem Casinohotel schaffen können, ohne dass jemand davon erfuhr.«

»Wieso sollte er eine Agentin töten und den Verdacht auf uns lenken?«

»Keine Ahnung. Ich wusste allerdings, dass er irgendwas im Schilde führt, seit wir das Casino aufgebaut haben. Der Südturm wurde unter seiner direkten Leitung errichtet. Das muss irgendeinen Grund haben, den ich nie herausfinden konnte.«

Toad atmete tief durch. »Nimm's mir nicht übel, Boss, aber du scheinst nicht besonders viel zu wissen.«

»Ich sag dir das alles, weil ich nicht will, dass mein Psychopath von Schwager mich noch einmal überrumpelt. Fahr zur Ranch und behalte ihn im Auge. Bleib an ihm dran, bis dieser Scheiß hier erledigt ist. War das klar genug?«

Toad nickte, streckte den Arm nach hinten aus, stellte das leere Glas auf einer Arbeitsfläche des beengten Wohnmobils ab und stand auf. »Du brauchst dir um nichts Sorgen zu machen, Boss. Ich kümmere mich darum.«

Canyon erhob sich ebenfalls. Er hatte die Tür noch nicht erreicht, als Ramirez den Kopf hindurchsteckte und rief: »Sir, das müssen Sie sehen!«

Als die Männer aus dem Wohnmobil stiegen, rechnete Canyon mit irgendeiner Überraschung aus dem belagerten Handelsposten, doch Ramirez deutete in die Gegenrichtung, wo ein glühend roter Lichtstreifen am Horizont das Grau des frühen Morgens zerschnitt. Eine Leuchtkugel. Es war eine Nachricht, und sie stammte entweder von den Gangstern des Kartells, die ihre Ankunft ankündigten, oder von Franks Partner.

Canyon wandte sich Todacheeney zu. »Wie lange haben wir von Yazzie nichts mehr gehört?«

»Viel zu lange«, antwortete Toad. »Ich versuche ihn zu erreichen, Boss.«

Canyon blickte Ramirez an. »Funk unsere Freunde südlich der Grenze an. Finde heraus, ob die Leuchtkugel von denen kommt. Wenn nicht, sollen sie auf dem Weg hierher danach sehen.«

»Wie erreiche ich sie?«, fragte Ramirez.

»Frag Ahiga. Er kennt die Frequenz.«

Ehe Ramirez sich auf den Weg machen konnte, packte Canyon ihn bei der Schulter, riss ihn herum und zischte ihm zu: »Wenn du mich noch einmal enttäuschst, nützen dir aller Sekundenkleber und alles Dichtband der Welt nichts mehr. Hast du verstanden?«

»Jawohl, Sir.«

»Fein. Und sag es auch den anderen: Der Krieg kommt nicht mehr hierher, er ist schon da.«

Kapitel 70

Nachdem Marcus die Leuchtpistole dreimal abgefeuert hatte, nur zur Sicherheit, stieg er wieder zu Yazzie in den Streifenwagen und ließ die Schlüssel auf die Mittelkonsole fallen. Yazzie nahm sie und startete den Motor. »Ist Ihnen keine bessere Möglichkeit eingefallen, Ihrem Bruder Bescheid zu sagen, dass Sie kommen?«, fragte er. »Canyon und seine Leute haben die Leuchtkugeln ebenfalls gesehen, jede Wette.«

Marcus lehnte sich im Ledersitz zurück und legte die MP5 auf seine Oberschenkel. »Spielt keine Rolle, ob die wissen, dass wir kommen. Auch nicht, ob sie zwanzig oder zweihundert sind. Mein Bruder und ich, wir sind so etwas wie eine biblische Plage. Heuschrecken, die vom Himmel fallen, sind im Vergleich zu uns ein warmer Sommerregen.«

»Und was jetzt?«, fragte Yazzie.

»Wir warten.«

»Worauf? Ich …«

»Schweigend.«

Marcus blickte in den Sonnenaufgang, der sich über den fernen roten Hügeln zeigte. Für einen flüchtigen Augenblick genoss er die Farben und die Schönheit des Panoramas – »den meisterhaften Pinselstrich des Schöpfers«, wie Ackerman mit seiner Vorliebe für blumige Sprüche es einmal ausgedrückt hatte. Marcus wünschte sich, er hätte sich mit Maggie mehr Zeit für solche Dinge genommen. Sie beide hätten das Leben intensiver auskosten sollen, hätten mehr von der Welt mit ihren Wundern sehen müssen.

Mit dem Gedanken an Maggie kam die Leere zurück, die Verzweiflung, die Hoffnungslosigkeit. Doch es gab eine Kraft in seinem Innern, die zu starrsinnig war, um eine Niederlage zu akzeptieren. Er wusste, dass er die Hoffnung niemals aufgeben würde, bevor er Maggies Leiche gesehen hatte. Selbst wenn die Chance, dass sie noch lebte, eins zu einer Million betrug – er würde die Suche niemals aufgeben.

Niemals.

Wie blind er gewesen war. Was er in diesem Augenblick empfand, die erstickende Panik, dieses erdrückende Gefühl des Verlusts – so musste Maggie sich ihr Leben lang gefühlt haben. Wegen Tommy, ihrem kleinen Bruder. Wie schrecklich musste es für sie gewesen sein, sich ständig fragen zu müssen, ob Tommy noch lebte, ob er vielleicht irgendwo auf der Welt Qualen durchlitt. Nur weil Maggie noch starrsinniger war als er, hatte sie niemals innegehalten, nie aufgegeben bei der Suche nach ihrem Bruder und denjenigen, die ihn entführt hatten.

Genau wie ich, dachte Marcus. *Niemals würde ich die Suche nach Maggie aufgeben.*

Er hätte ihre Sorgen um Tommy schon viel früher erkennen können, hätte sie viel früher unterstützen müssen. Stattdessen war er immer zu sehr in seine Probleme verstrickt gewesen, die Kämpfe mit seinen Dämonen.

Er war beinahe froh über die Ablenkung, als Yazzie sagte: »Wir bekommen Gesellschaft.«

Marcus blickte über die Schulter. Yazzie hatte recht. Scheinwerferlicht bewegte sich in ihre Richtung. Es schien von einem großen Fahrzeug zu stammen – einem Truck vielleicht oder einem schweren Militärfahrzeug.

»Geben Sie Gas, Yazzie«, sagte Marcus. »Fahren Sie einen U-Turn. Bringen Sie den Motorblock zwischen uns und …«

»Ich weiß, wie man für Deckung sorgt«, sagte Yazzie, während er aufs Gaspedal trat und das Lenkrad herumriss, sodass der schwere Wagen Staub und Schotter in die Wüstenluft schleuderte.

Kapitel 71

Das Auge am Zielfernrohr des Scharfschützengewehrs, überlegte Ackerman, wie schnell er den Gegnern, die er anvisierte, das Gehirn aus dem Schädel blasen könnte. Er beobachtete Canyon und den gedrungenen Kerl, der seine rechte Hand zu sein schien, wie sie ein altes Wohnmobil betraten, das am Rand des Lagers parkte.

Ein vorausschauendes Mitglied der Belagerungstruppe hätte erkennen müssen, dass man bei einer längeren Belagerung auch sanitäre Anlagen benötigte, wurde Ackerman bewusst. Und daraus wiederum ließ sich folgern, dass Canyon seine Drohungen niemals ernst genommen hatte …

Ackerman fluchte lautlos. Er hatte dem Kerl ein Ultimatum gestellt und eine Frist genannt. Ignoriert zu werden war er nicht gewohnt.

Bei diesem Gedanken sträuben sich ihm die Nackenhaare, und der reißende Wolf in ihm erwachte. Wieder spähte er durch die Optik des Präzisionsgewehres. Wie leicht es wäre, von einem Ziel zum nächsten zu wechseln. Abdrücken. Neu anvisieren. Binnen weniger Sekunden hätte er die meisten Canyon-Schergen ausgeschaltet, bevor sie in Deckung fliehen konnten. Anscheinend wollten manche Leute erst dann zuhören, wenn sie Todesangst hatten.

In diesem Moment hörte er die Stimme Thomas Whites aus der Dunkelheit hinter ihm. Über Ackermans Schulter hinweg flüsterte er: »*Tu es. Drück ab. Die Typen da unten würden dich bei der ersten Gelegenheit töten, ohne mit der Wimper zu zucken. Und diese Gelegenheit erhalten sie in Kürze! Warum die Waagschalen nicht ein wenig ausgleichen? Ihnen wenigstens ein bisschen Angst einjagen?*«

Ackerman versuchte, die Stimme seines Vaters zu ignorieren. Er wandte sich Liana zu, die sich seit dem letzten Angriff nie mehr als zwei Schritte von ihm entfernt hatte. »Sieben«, sagte er. »Falls Sie sich das auch gefragt haben.«

Sie legte verwundert den Kopf schief. »*Was* soll ich mich gefragt haben?«

»Wie viele von denen ich mit dem Kaliber .50 abservieren könnte, bevor sie in Deckung sind.«

»Wie können Sie so etwas sagen. Ich bin Polizistin. Ich habe die Aufgabe, Menschen zu schützen und nicht, Leben zu vernichten.«

Ackerman lächelte. »Sie sind herrlich naiv. Erzählen Sie mir etwas über sich. Keine Bange, Sie können mir alles anvertrauen. Ihr schwärzestes Geheimnis. Ihren tiefsten Sehnsüchte. Die heimlichste Fantasie. Die heißesten Träume. Ich gelobe, Sie nicht zu verurteilen. Sie werden sehen, dass ich ein Erforscher der Menschen bin, eine Art Kulturanthropologe.«

Liana musterte ihn verdutzt. Schließlich sagte sie: »Ich bin mir nicht sicher, ob jetzt der geeignete Augenblick ist, dass wir uns näher kennenlernen.«

»Für uns, die wir an die Gesetze von Raum und Zeit gebunden sind, wird es niemals einen besseren Augenblick geben als das Jetzt, wenn man jemand anderen näher kennenlernen will. Denn genau jetzt und hier könnte der letzte Augenblick gekommen sein, der uns vergönnt ist. Wir sollten aus der Vergangenheit lernen und für die Zukunft planen, aber wir müssen bestrebt sein, in der Gegenwart zu leben.«

»Ach, wirklich?«, entgegnete Liana. »Wenn Ihre gegenwärtigen Umstände Mist sind, ist es viel leichter, seine Hoffnung in die Zukunft zu setzen.«

»Wie es aussieht, müssen Sie noch lernen, aus Ihren derzeitigen Umständen das Beste zu machen. Glauben Sie mir, Liana, Sie haben nichts gesehen, erlebt, gefürchtet oder erduldet, was ich nicht auch durchgemacht hätte.« Er sah, wie sie auf sein langärmeliges schwarzes Shirt blickte; offenbar standen ihr seine Narben, die jetzt unter dem Stoff verborgen waren, wieder deutlich vor Augen. Sie sagte nichts.

Ackerman wiederholte seine Bitte. »Erzählen Sie mir von sich, Liana. Im Moment haben wir nichts Besseres zu tun.«

»Da gibt es nicht viel zu erzählen«, begann sie. »Ich bin im südlichen Teil des Reservats aufgewachsen und hatte dann das Glück, aus dieser Enge herauszukommen. Ich habe eine Universität Ihres Volkes im Osten besucht. Am Ende bin ich zurückgekehrt, weil ich mich um meine kranke Großmutter kümmern wollte. Diesen Job habe ich angenommen, damit ich die Rechnungen bezahlen kann. Viel mehr gibt es über mich nicht zu erzählen.«

Ackerman schaute sie an – ein wenig mitleidig, wie ihr schien. »Ein großes Abenteuer war Ihr bisheriges Leben ja nicht gerade«, murmelte er.

»Na hören Sie mal!«, erwiderte sie gereizt. »Was haben Sie denn erwartet?«

»Okay, ich frage mal ganz konkret: Was lieben Sie?«

»*Was?*« Liana lachte auf, wandte aber kurz den Blick ab, offenbar leicht verlegen. »Wollen Sie wissen, ob ich jemanden Festes habe?«

»Sagen Sie jetzt bloß nicht, dass Sie mit diesem Ernie was am Laufen haben.«

»Ernie? Also wirklich, Frank, ich …

Ein rotes Licht, das unvermittelt am Himmel erschien und hinter dem Camp ihrer Feinde erstrahlte, schnitt ihr das Wort ab. Das Leuchten kam aus Richtung Roanhorse, vielleicht zwei Meilen entfernt.

»Marcus«, flüsterte Ackerman, der es sofort als das Signal seines Bruders erkannte. Es war das Zeichen, was in der nächsten Phase ihres Plans geschehen sollte. Die Brüder hatten verschiedene mögliche Ergebnisse von Marcus' Erkundung der Canyon-Ranch eingeplant und für jede dieser Möglichkeiten ein Zeichen vereinbart.

Die rote Leuchtkugel war das, was Ackerman sich am wenigsten gewünscht hatte.

Liana, die neben ihm stand, beobachtete, wie die letzte rote Glut der Leuchtrakete am Himmel erlosch. »Das war Ihr Partner, nicht wahr? Sie sagten ja, er schickt uns ein Signal. Was bedeutet es?«

Ackerman trat vom Präzisionsgewehr zurück und stellte sich rücklings an die Wand. Langsam ließ er sich an dem rauen Holz auf den Fußboden sinken.

»Es ist das Zeichen, dass Maggie tot ist«, antwortete er ungewohnt leise. »Und dass wir sie jetzt alle umbringen.«

Kapitel 72

Drei Tage zuvor

Auf dem Namensschild am Uniformhemd der jungen Frau stand *Officer Nakai.* Sie öffnete Maggie die Tür. »Er telefoniert gerade«, sagte sie, »aber er ist gleich für Sie da.«

Maggie trat in das kleine Büro im hinteren Teil des abgelegenen Polizeipostens. Unter ihren Füßen knarrte der Boden; die Wände kamen ihr dünn wie Papier vor. Sie setzte sich auf einen alten, aber stabil aussehenden Stahlrohrsessel vor dem Schreibtisch des Captains. Er hatte ihr den Rücken zugewandt; hinter ihm hing ein Stetson an einem Wandhaken. Maggie sah nur die langen, graumelierten schwarzen Haare des Mannes, die er zu einem Pferdeschwanz gebunden hatte. Er telefonierte mit jemandem; vermutlich ein Stadtrat oder ein Stammesführer. Ohne sich umzudrehen, hielt er einen Finger hoch, um Maggie anzudeuten, dass es nur einen Moment dauern würde.

Maggie hatte die Absicht, Canyon eine Falle zu stellen, musste vorher aber wissen, ob die örtliche Polizei verlässlich oder gekauft war. Als ersten Schritt wollte sie sich Yazzie vorstellen, um einschätzen zu können, ob dem Mann zu trauen war.

Sie nutzte die Gelegenheit, um den Blick über Yazzies Schreibtisch und durch das kleine Büro schweifen zu lassen, das der Captain sein Zuhause nannte. Die Wände waren größtenteils nackt; nur eine Handvoll Fotos hingen neben ein paar rostigen alten Handfeuerwaffen, indianischen Kunstgegenständen und Federschmuck. Zwischen den Federn sprang Maggie ein Bild ins Auge. Es zeigte einen jungen Mann in einem Kostüm, das dem sehr ähnlich war, das »X« auf ihrem geheimnisvollen alten Foto trug.

Seltsam.

Magie überkam ein ungutes Gefühl, das sie aber nicht einordnen konnte. Während sie noch überlegte, was ihre Beobachtung bedeuten könne, betrachtete sie die anderen Fotos und entdeckte Schnappschüsse von der Frau, die Vasques als Reyna Canyon identifiziert hatte und die ebenfalls auf Maggies altem Schnappschuss zu sehen war.

Dann fiel ihr Blick auf ein Foto ziemlich weit links an der Wand, und ihr blieb fast das Herz stehen. Die Aufnahme zeigte einen jungen Mann, der direkt in die Kamera starrte, einen finsteren Ausdruck im Gesicht.

In dieser Sekunde wusste Maggie, dass sie nicht mehr gegen John Canyon ermittelte.

Der Mann mit den schwarzen Augen, der echte Taker, saß direkt vor ihr.

Das Monster.

Maggie saß in der Höhle des Löwen, im Bauch der Bestie. Sie überlegte, auf der Stelle die Pistole zu ziehen, zögerte dann aber. Vergilbte alte Fotos konnte sie vor keinem Untersuchungsausschuss der Welt als Rechtfertigung für einen Waffengebrauch mit möglicherweise tödlichem Ausgang anführen.

Dieses X auf meinem Foto, überlegte sie fieberhaft, *könnte es für einen Spitznamen stehen, den Reyna für ihren Bruder benutzt hat? Ist es vielleicht der Anfangsbuchstabe seines Vornamens?*

Maggie schaute zum Schreibtisch, auf das Namensschild des Captains, aber da stand nur *Captain Yazzie.* Sonst gab es im ganzen Büro nichts, auf dem sein Name hätte stehen können, wie ihr ein weiterer schneller Blick verriet. Es gab keine gerahmten Urkunden, keine Zeugnisse, keine Auszeichnungen irgendwelcher Art.

Yazzie riss sie aus ihren Gedanken, indem er den Hörer auflegte und sich zu ihr umdrehte, um ihr die Hand zu reichen. Er trug eine Brille mit kleinen ovalen Gläsern, die tiefdunkel getönt waren und seine Augen vollständig verdeckten. Maggie schauderte. Ihr war mit einem Mal eiskalt. Unwillkürlich fragte sich das kleine Mädchen in ihr, ob unter Yazzies Brille zwei schwarze Augäpfel verborgen waren, die jedem, der hineinschaute, einen Blick in die Finsternis der Hölle gewährten.

Wie aus weiter Ferne hörte sie den Captain fragen: »Also dann. Welchem Umstand verdanken wir das Vergnügen eines Besuchs vom Justizministerium? Ich glaube nicht, dass ich schon mal mit einem Ihrer Kollegen gesprochen habe.«

Jener Teil von Maggie, der nicht vor Furcht und Abscheu bebte, übernahm das Kommando, ließ sie aufstehen und Yazzies Hand schütteln. »Streng genommen«, sagte sie, »unterstehen dem Justizministerium mehrere Behörden. Ich arbeite für einen Verein namens Shepherd Organization.«

Yazzie grinste. »Nach dem guten Hirten? Na, das nenne ich einen Zufall. Hier in Roanhorse befindet sich eine der größten Schafzuchten im gesamten Südwesten.«

Maggie setzte sich wieder und lehnte sich im Stuhl zurück, während Yazzie sie musterte. Verzweifelt versuchte sie sich an die Geschichte zu erinnern, die sie sich für das Treffen mit dem örtlichen Polizeichef sorgsam zurechtgelegt hatte, doch die Lügen wollten ihr einfach nicht mehr einfallen. Ihr Gehirn war vollkommen leer. Die ganze Arbeit an der »Legende« und der Plan, mit dem sie die Einheimischen hatte manipulieren wollen – alles war ausgelöscht von nackter Angst.

Sie lachte nervös. »Ich wollte nur kurz vorbeischauen. Ich werde Ihre Zeit kaum in Anspruch nehmen.«

Erst jetzt fiel ihr auf, dass Yazzie den Eindruck erweckte, als wollte er aufstehen. Er war angespannt, beinahe sprungbereit in einer Haltung, aus der heraus er sich blitzschnell würde bewegen können. »Also gut«, sagte er. »Was untersuchen Sie denn?«

Maggie mühte sich um eine Antwort. »Ich … ich bin nicht ermächtigt, Einzelheiten preiszugeben, aber so viel kann ich Ihnen sagen: Es geht um das Casino. Deshalb könnten sich die Ermittlungen auf dort Beschäftigte erstrecken, die hier in Ihrem Bezirk wohnen. Ich wollte Sie anstandshalber informieren und mich Ihnen vorstellen … nur für den Fall, dass sich etwas ergibt.«

Alles in allem, fand sie, hatte sie ganz gut improvisiert. Jetzt musste sie nur noch aus diesem Büro entkommen und ein Gespräch übers Handy führen, mit dem sie die wahre Identität des Mannes, der sie ihr Leben lang gequält hatte, vor aller Welt aufdeckte.

Der Taker.

Yazzie neigte überrascht den Kopf. »Tatsächlich? Ich habe nichts von Ermittlungen gegen das Casino gehört. Haben Sie denn schon mit dem zuständigen Sicherheitspersonal gesprochen?«

»Nein, es ist eine Nacht-und-Nebel-Aktion geplant. Ich muss Sie bitten, mit niemandem über die Sache zu sprechen. Ich vertraue es Ihnen nur an, weil Sie ebenfalls Gesetzesbeamter sind. Auf private Sicherheitsdienstleister gebe ich nicht viel.«

»Ich kenne die Leute im Casino ganz gut. Sie sind kompetent. Soll ich als Ihre Kontaktperson auftreten?«

Maggie lächelte zur Antwort und stand auf. »Das weiß ich zu schätzen, aber es wird nicht nötig sein. Ich hoffe, ich bin hier bald wieder weg. Sie einzubeziehen, Captain, wird nicht nötig sein. Falls erforderlich, komme ich auf Sie zu, aber im Augenblick betrachten Sie mein Kommen bitte nur als Höflichkeitsbesuch. Tja, dann will ich mich mal auf den Weg machen.«

Als sie zur Tür in der papierdünnen Wand des Büros ging, konnte sie spüren, dass Yazzie sich ebenfalls erhob und an sie herantrat.

»Warten Sie doch, meine Liebe. Ich berate Sie gern und leiste Ihnen Unterstützung. Gehen wir doch in die Einzelheiten Ihrer Ermittlung, dann werden wir ja sehen, wohin es führt.«

»Tut mir leid«, erwiderte Maggie. »Ich kann keine laufende Ermittlung mit jemandem besprechen, der nicht dem Justizministerium angehört. Aber ich melde mich bald bei Ihnen. Vielen Dank für Ihr Entgegenkommen, Captain.«

»Das Vergnügen war ganz auf meiner Seite, Agentin … Verzeihung, ich hatte Ihren Namen nicht verstanden.«

»Ich bin Agentin Carlisle.«

»Ich meinte den Vornamen. Ich heiße Xavier. Schrecklich, nicht wahr? Ich habe meinen Namen nie gemocht. Viele Leute wissen nicht einmal, wie man ihn ausspricht.«

Xavier.

Maggie wurden die Knie weich.

Das X, durchfuhr es sie. *Das Kürzel auf meinem Foto.*

Sie suchte krampfhaft nach einer Lüge, doch Ihr verängstigtes Gehirn war zu nichts anderem fähig als zur Wahrheit. »Maggie … mein Vorname ist Maggie.«

Sie roch Waffenöl und Kautabak an seiner Kleidung, als er einen Schritt nähertrat. »Ich kannte mal ein kleines Mädchen namens Maggie.«

Das Herz pochte ihr bis zum Hals. »Es war mir ein Vergnügen, Xavier. Wenn Sie mich jetzt entschuldigen würden, ich bin todmüde. Ich werde mich im Hotel ein wenig hinlegen.«

»Tun Sie das. Wenn Sie mich brauchen – Sie finden mich hier.«

Auf dem Weg nach draußen nickte Maggie der jungen Beamtin zu.

»Alles in Ordnung, Ma'am?«, fragte Liana Nakai.

»Ja, vielen Dank. Wiedersehen.«

Um ein Haar wäre Maggie die beiden Stufen vor dem winzigen Posten der Navajo Nation Police hinuntergestolpert. Ihr Leihwagen stand nur drei Meter entfernt, aber ihr kam es meilenweit vor. Mit zittrigen Fingern nestelte sie an den Schlüsseln, als sie sich der Fahrertür näherte, und drückte den Knopf, der den Wagen entriegelte. Sie ließ sich in den Sitz fallen, schlug die Tür zu und verriegelte die Schlösser wieder.

Das Blut rauschte in ihren Ohren. Vor ihren Augen flimmerte es, und sie bekam kaum Luft.

Xavier. Er war »X« auf dem Foto. Er war die Variable, nach der sie gesucht hatte. Captain Xavier Yazzie von der Navajo Nation Police war der Taker.

Als sie sich die Begegnung wieder vor Augen rief, sah sie andere Bilder vor sich, die seit Jahren verschwommen waren und plötzlich scharf wurden. Mit einem Mal erinnerte sie sich, dass sie ihn beim Powwow gesehen hatte, als sie mit ihrer Familie dort gewesen war. Sie erinnerte sich plötzlich messerscharf an den Tag, an das Gesicht des Mannes mit den schwarzen Augen.

Maggie ließ den Motor an. Dabei wählte sie auf ihrem Wegwerfhandy Marcus' Nummer. Sie wollte unbedingt loswerden, was sie erfahren hatte – und dass sie befürchtete, das Schreckgespenst ihrer Kindheit könnte ihr nachsetzen. Furchtsam behielt sie die Tür des Postens im Auge, doch es kam niemand heraus. Niemand verfolgte sie.

Maggie griff nach dem Schaltknüppel, um den Rückwärtsgang einzulegen, als ein Klopfen am Fenster sie so sehr erschreckte, dass ihr das Mobiltelefon aus der Hand fiel.

Sie drehte den Kopf und blickte in das lächelnde Gesicht von Captain Xavier Yazzie.

O Gott! Wie ist er aus dem Gebäude gekommen, ohne dass ich es bemerkt habe? Es muss eine Hintertür geben!

Sie streckte die linke Hand aus, um das Fenster hinunterzufahren, wie Yazzie es ihr von der anderen Seite der Scheibe aus mit einer Geste zu verstehen gab, während ihre rechte Hand sich zur Waffe bewegte.

Wenn er eine Dummheit versucht, schieße ich ihn über den Haufen.

Maggies Zähne schlugen hörbar aufeinander, als sie befangen fragte: »Habe ich etwas vergessen?«

Yazzie lachte. »Nein, nein. Ich glaube nicht, dass Sie etwas vergessen haben. Und ich auch nicht.«

Mit einer Bewegung, die so schnell war, dass man sie mit bloßem Auge nicht verfolgen konnte, erschien ein zylindrischer Gegenstand in seiner Hand. Einen Sekundenbruchteil später spürte sie das feuchte Spray in Gesicht und Augen.

Maggie handelte rein instinktiv. Sie schlug zu, traf Yazzies Brust und trieb ihn vom Fenster zurück. Wieder schlug sie nach ihm, verfehlte ihn aber um Längen. In ihren Augen loderte Feuer. Sie wankte im Sitz. Verzweifelt tastete sie nach der Waffe.

Verdammt, womit hat er mich angesprüht!

Maggie hatte schon Pfefferspray und Tränengas abbekommen, aber das hier war etwas anderes.

Endlich bekam sie die Pistole zu fassen, doch ihr fehlte die Kraft, die Waffe zu halten. Sämtliche Geräusche verstummten, und das letzte Licht erlosch. Bevor die Dunkelheit sie völlig umhüllte, nahm Maggie den süßlichen Geruch von Sevofluran wahr, ein starkes Betäubungsmittel.

Dann gab es nichts mehr.

Vierter Teil

Kapitel 73

Obwohl sie Frank erst wenige Stunden kannte, fühlte Liana sich an seiner Seite seltsam geborgen. Während ihrer gemeinsamen Zeit war Frank angeschossen und verbrannt worden und beinahe verblutet. Trotzdem hatte sie ihm nie auch nur den Hauch von Besorgnis angemerkt. Aber jetzt, als er an der Wand auf dem Plankenfußboden saß, wirkte er müde und hoffnungslos. Die Vorstellung, dass es irgendetwas gab, das diesen Mann aus der Bahn werfen konnte, erfüllte Liana mit Panik.

Sie kniete sich vor ihn. »Was bedeutet das Signal wirklich, Frank?«

Als er den Blick zu ihr hob, glänzten seine Wangen vor Tränen. »Es bedeutet, dass meine kleine Schwester tot ist. Und John Canyon ist der Schuldige. Es bedeutet, dass Marcus und ich Plan C einleiten.«

»Plan C?«

»Der einzige Sinn dieses Stellungskriegs bestand darin, Canyon abzulenken, damit mein Bruder auf der Ranch und überall sonst, wo er es für nötig hielt, nach Maggie suchen konnte. Meine Aufgabe war es, die kleinen Bienen zu beschäftigen, während Marcus sich in den Stock schlich, um nachzusehen, ob sie unsere Königin gestohlen haben.«

»Sprechen Sie nicht immer in Rätseln, Frank.«

»Die rote Leuchtkugel«, fuhr er fort, »verrät mir, dass mein Bruder entweder Maggies Leiche gefunden hat oder andere Beweise, die ihm zeigen, dass Canyon für ihren Tod verantwortlich ist.«

»Es tut mir leid um Ihre Freundin.«

»Mir auch.«

»Und was nun?«

»Wie ich bereits sagte, machen wir mit Plan C weiter.«

»Was ist Plan C?«

»Der Plan, der auf Plan B folgt.«

Liana seufzte tief »Könnten Sie mir Details nennen?«

»Ich werde versuchen, so nahe wie möglich an Canyon und seine Leute heranzukommen, indem ich eine Geisel benutze. Während ich sie dann ablenke, greift mein Bruder von der anderen Seite an.«

»Ablenken? Wie?«

»Ich werde sie vollquasseln.«

Wider Willen musste Liana lächeln. »Oh ja, das können Sie. Aber werden sie das nicht erwarten, nachdem sie die Leuchtkugel gesehen haben?«

Ackerman schaute sie an. »Keine Sorge. Wir sind ziemlich wehrhafte Jungs, mein Bruder und ich, und wir haben ein paar Asse im Ärmel.«

»Was ist mit mir? Was kann ich tun?«

»In Deckung bleiben und hoffen, dass mein Bruder und ich nicht den Löffel abgeben. Falls es doch passiert, haben Sie Tobys Freunde als Druckmittel. Unseren kleinen Toby werde ich nämlich als Geisel mitnehmen. Fragt sich dann allerdings, wie viel Druck Sie mit Tobys Freunden ausüben können.«

»Ich soll hier untätig sitzen, während Sie es mit einer halben Armee aufnehmen? Niemals! Was ist mit dem Scharfschützengewehr? Wie viel Munition haben wir dafür?«

Frank schüttelte den Kopf. »Kommt nicht infrage.«

Sie schaute ihm in die Augen. »Ich kann meine Entscheidungen selbst treffen, Frank.«

»Haben Sie jemals einen Menschen getötet?«

»Nein.«

»Wie oft haben Sie Ihre Dienstwaffe gezogen?«

»Nur ein paar Mal. Aber ich glaube, ich habe heute Nacht bewiesen, dass ich zurechtkomme.«

»Es geht nicht darum, zurechtzukommen. Das sage ich Ihnen, um Sie zu schützen. Wenn Sie jemanden getötet haben, und sei es in Notwehr, werden Sie es nie wieder los.«

»Was ist mit Ihnen, Frank? Ich glaube nicht, dass Sie sich tot stellen, wenn diese Leute kommen.«

»Ich werde tun, was ich tun muss, denn mein Bruder wird dort unten sein. Die Männer, die auf ihn schießen, werden auch auf Sie und mich schießen. Ich werde mein Bestes tun, diese Leute nur kampfunfähig zu machen, doch es könnte sein, dass es ein paar Tote gibt. Aber das ist unerheblich. Es ist nicht mein erstes Rodeo. Ich habe so viele Menschen auf dem Gewissen, da machen ein paar Gespenster mehr oder weniger nichts aus. Sie aber, Liana, würden auf einen Weg geraten, dem Sie niemals folgen sollten.«

»Die Männer da unten sind Mörder, Frank. Jeder Einzelne. Ein paar von ihnen mögen noch jung sein, aber glauben Sie mir, ich habe gesehen, was diese Kreaturen einer Frau antun können. Ich habe den Hass in ihren Augen gesehen. Und jetzt lauern sie dort mit illegalen Waffen und drohen, eine Polizistin und einen Bundesagenten zu töten. Soweit es mich betrifft, rechtfertigt das jede Maßnahme, uns und alle Unbeteiligten zu schützen, die womöglich in die Schusslinie geraten.«

»Haben Sie schon mal gesehen, was eine Kugel vom Kaliber .50 BMG bei einem Menschen anrichtet, Liana? Sie zerfetzt ihn. Sie schlägt nicht einfach ein Loch in ihn – sie reißt ihn auseinander. Es ist, als ob Sie hingehen und jemandem eine Handgranate in den Rachen stopfen. Und noch etwas: Es gibt niemanden, Liana, der unrettbar verdammt wäre. Wenn wir anderen das Leben nehmen, beenden wir damit möglicherweise eine Geschichte voller Glück, die erst noch hätte erzählt werden müssen.«

Sie stand unbeeindruckt vor ihm. »Ich weiß, was ich tue. Ich will niemanden töten oder verletzen, aber ich werde auf keinen Fall tatenlos zuschauen, wenn jemand wie John Canyon alles zertritt, was mir wichtig ist und woran ich glaube. Ob es Ihnen gefällt oder nicht, ich werde kämpfen! Also können Sie mir genauso gut sagen, wie ich helfen kann. In meinen Augen versucht jeder von diesen Kerlen da unten, Selbstmord durch Gesetzesbeamte zu begehen, indem er unser Leben bedroht.«

Er lachte. »Ich bin alles andere als Polizist, aber ›Selbstmord durch Ackerman‹ klingt gar nicht so übel.«

Ackerman.

Liana riss die Augen auf, als sie den Namen hörte. Es war der Name eines der berüchtigtsten Mörder in der Geschichte der Vereinigten Staaten. Sie dachte an seine Narben, seine Bemerkungen über die eigene Vergangenheit, seine unglaublichen Fähigkeiten, seine Eigenarten – und mit einem Mal fügten sich die Puzzleteile zusammen.

Ihre Stimme bebte, als sie flüsterte: »O Gott … Sie sind Francis Ackerman junior?«

Er zwinkerte ihr zu. »Freut mich, Sie kennenzulernen. Aber erzählen Sie's nicht weiter. Meine Identität ist geheim. Die Information sollte auch nur dazu dienen, meine Argumente zu unterstreichen.«

Kapitel 74

Nachdem er Liana mit einem Funkheadset ausgestattet und sie in die Handhabung des Scharfschützengewehrs eingewiesen hatte, nahm Ackerman eine Handgranate vom Tisch und ging zu der Ecke des Raumes, in der Tobias Canyon und seine Freunde gefesselt und geknebelt am Boden saßen.

Das Dichtband in der einen Hand, eine Splittergranate in der anderen, trat Ackerman auf die Gefangenen zu. »Na, Freunde?« Er schaute Toby an, der ihn aus weit aufgerissenen Augen anstarrte. »Machen wir ein kleines Spielchen, ja? Soll ich dir sagen, wie ich es gern nenne? ›Lieber ein Ei im Mund, als zwei in der Hand.‹ Leider musst du ein wenig deine Fantasie bemühen, weil das Ei in unserem Fall kugelförmig ist, aber das Bild gefällt mir trotzdem. Bitte recht freundlich!«

Unter den entsetzten Blicken der anderen steckte er Toby die Splittergranate so tief in den Mund, wie es nur ging, und befestigte sie dann mit Dichtband auf eine Weise, dass der Sicherungsstift zugänglich und der Bügel beweglich war. Dann zerschnitt er die Angelschnur, die noch immer um Hände, Füße und Brust des jungen Mannes lag. Anschließend fesselte er dem vor Entsetzen starren Toby erneut die Hände und klebte ihm eine weitere Handgranate hinten an den Gürtel, diesmal eine Rauchgranate.

Als Ackermans Vorbereitungen abgeschlossen waren, schob er Toby zum Ausgang. »Frisch voran, mein Junge.«

Liana stand an der Tür zur überdachten Veranda des Handelspostens, von der Stufen hinunterführen. Es war ein Anblick, der Ackermans Herz auf merkwürdige Weise flattern ließ: Liana stand dort und wartete, als wäre sie eine Ehefrau, die ihm die Thermosflasche reichte und ihn auf die Wange küsste, bevor er zur Arbeit fuhr.

Er bedachte sie mit einem aufrichtigen Lächeln. »Bekomme ich einen Abschiedskuss?«

»Niemals! Ich wollte, ich wäre Ihnen nie begegnet.«

»Das ist aber gar nicht nett. Erst recht nicht gegenüber einem Mann, der offenen Auges in die Löwengrube steigt.«

»Mein Leben war tausendmal einfacher, bevor Sie hineingestürmt sind«, schimpfte Liana; dann aber wurde ihre Miene weich und ihre Stimme leiser. »Aber das heißt noch lange nicht, dass ich erleben möchte, wie Sie getötet werden. Warum legen Sie nicht eine Schutzweste an und nehmen eine von den Berettas?«

»Ich habe meine Faustmesser. Eine Körperpanzerung habe ich noch nie benutzt. Sie schränkt die Beweglichkeit zu sehr ein.«

»Dann nehmen Sie wenigstens eine Weste.«

Toby Canyon murmelte irgendetwas unter seinem Knebel, der aus der Splittergranate bestand.

Ackerman schaute ihn an. »*Du* willst eine Weste? Du brauchst keine Weste. Du hast mich. Niemand wird auf dich schießen.« Er richtete den Blick wieder auf Liana. »Und ich ziehe die Bewegungsfreiheit der zusätzlichen Panzerung vor. Also null Weste.«

»Ich lasse Sie nicht zur Tür raus, ohne dass Sie eine Schutzweste anlegen und eine Beretta mitnehmen.«

Ackerman fand den Ausdruck ihres Gesichts entzückend. Sie erinnerte ihn an ein kleines Mädchen, das einem Elternteil befiehlt, eine Jacke anzuziehen, damit er sich nicht erkältet. Er verdrehte die Augen und sagte: »Na gut. Her mit der Weste und der Pistole.«

Sie wirkte überrascht. »Wirklich?«

»Wirklich. Ich weiß zwar nicht, wie Sie mich aufhalten wollen, wenn ich mich Ihren Forderungen nicht unterwerfe, aber da ein

Streitgespräch viel Zeit verschlingen würde und wir einen engen Terminplan haben, halte ich es für einfacher, wenn ich nachgebe.«

Liana lächelte. »Schön.«

Ackerman wies auf die drei Geiseln. »Passen Sie mir gut auf unsere Krabbelgruppe auf.«

Liana schmunzelte. »Wird gemacht.«

»Übrigens, Sie haben ja gesehen, wie ich freigelassene Gefangene gern ausstaffiere. Sollen Toby und ich ohne Hose gehen?«

»Ackerman!«, rief Liana, zeigte aber ein leichtes, eigenartiges Lächeln, als sie wenig später die Schutzweste an ihm festschnallte und eine der erbeuteten Berettas hinten in seinen Hosenbund steckte. Zum Schluss legte Ackerman sich den schweren Rucksack um. Dann packte er Tobys Arm und zog den Jungen mit zum Ausgang.

Bereits in der Tür wandte er sich noch einmal zu Liana um und zwinkerte ihr zu. »Keine Sorge, Darling. Das ist mein Job. Bring die Kinder zur Schule, und geh mit dem Hund um den Block.«

Er stieß Toby Canyon die Treppenstufen der Veranda hinunter und trat den langen Marsch auf das wartende Feindesheer an.

Kapitel 75

Ackerman blieb in Bewegung und stieß Toby vor sich her, ohne den Ringfinger aus der Öse des Sicherungsstifts an der Handgranate zu nehmen, die zur Hälfte im Mund des Jungen steckte. Wenn einem von Canyons Lakaien der Zeigefinger juckte, würde er es sich ganz schnell anders überlegen, sobald er begriff, dass jeder Versuch, Ackerman niederzustrecken, Tobias' Schädel in alle Winde verwehen würde. Die zweite Handgranate, am Rücken des Jungen befestigt, war letztendlich wichtiger als die Sprenggranate in Tobys Mund, wie Ackerman wusste. Deshalb hielt er sich bereit, deren Sicherungsstift jederzeit zu ziehen.

Ackerman und seine Geisel hatten die Hälfte der Straße ohne Zwischenfall zurückgelegt, als er sich mit Rücksicht auf den schwächelnden Toby für eine Rast entschied. Er musste zugeben, dass die Erholungspause auch ihm guttat. Die friedliche Stille des frühen Morgens war ebenso betörend wie der würzige Geruch der Kreosotbüsche und des Salbeis.

Ackerman aktivierte seinen Kommunikator. »Liana? Wie wär's mit einem Lagebericht?«

Über den kleinen drahtlosen Transceiver in seinem Ohr meldete Liana: »Die scheinen unruhig zu sein. Sie winden sich da unten wie Klapperschlangen in einem Nest. Von Ihrem Bruder sehe ich nichts, aber sie haben ein paar neue Barrikaden errichtet. Und fast alle Männer blicken in Richtung Roanhorse, weg von uns.«

»Okay. War alles zu erwarten.«

»Frank, ich … darf ich Ihnen eine persönliche Frage stellen?«

Ackerman zog eine Augenbraue hoch. »Fragen dürfen Sie

mich alles. Könnte allerdings sein, dass die Zeit nicht für eine Antwort reicht.«

»Vorhin, als wir diese rote Leuchtkugel beobachtet hatten, da habe ich in Ihren Augen einen Ausdruck gesehen, der überhaupt nicht zu Ihnen passt. Es sah fast so aus, als fürchteten Sie sich.«

Ungewohnt zögernd antwortete er: »Das müssen Sie falsch interpretiert haben. Ich bin neurologisch unfähig, Angst zu haben.«

»Jeder fürchtet sich vor irgendetwas. Vielleicht haben Sie nur noch nicht herausgefunden, was es bei Ihnen ist. Ich habe eindeutig Angst in Ihrem Gesicht gesehen.«

Ackerman wusste, dass Liana richtiglag. Er hatte einen seltsamen, flüchtigen Augenblick lang das erlebt, was normale Menschen Furcht nannten. Dennoch beteuerte er: »Seien Sie versichert, Liana, ich fürchte mich vor nichts und niemandem. Nicht vor dem Tod, nicht vor Lähmung oder Erblindung oder davor, Demütigung und Folter zu erleiden. Was mir Angst macht, ist allein die Vorstellung, wieder so zu werden, wie ich gewesen bin. Die Kontrolle zu verlieren und ungewollt auf meine alten Pfade zurückzukehren. Wieder den dunklen Wind zu spüren, der die Jahre voller Mord und Blutrausch beherrscht hat. Wissen Sie, was das Beängstigende ist? Dass ich jetzt in eine Situation gerate, in der ich gezwungen sein könnte, wieder zu töten. Damals, in den dunklen Jahren, war das Töten eine Sucht für mich. Wenn ich jetzt auf das Lager da unten schaue, auf die vielen potenziellen Opfer, komme ich mir vor wie ein Alkoholiker, dem man den Schlüssel zu einer Brauerei gibt. Vielleicht wäre alle Welt besser dran, wenn ich Ihnen erlaube, mich zu töten …«

»Frank! Bitte, sagen Sie nicht so etwas!«

»Glauben Sie mir – wenn ich wieder zu dem würde, der ich war, wäre die Welt ohne mich besser dran.«

»Was hat Sie so verändert?«, fragte Liana leise. »Wie wurden Sie von einem Todessüchtigen zu einem Beschützer des Lebens?«

Beschützer?, ging es ihm durch den Kopf. *Marcus ist ein Beschützer. Ich war immer nur Zerstörer.*

»Dass ich ein anderer geworden bin, lag vor allem an der Begegnung mit meinem Bruder. Schon als ich ihn das erste Mal gesehen habe, wusste ich, dass sich etwas Grundlegendes geändert hatte und dass unsere Verbindung etwas Besonderes war. Anfangs wusste ich nicht, was ich davon halten sollte. Später wurde mir klar, dass es die Ähnlichkeit meines Bruders mit unserem Vater gewesen ist, die mich zu ihm hinzog, lange bevor ich wusste, dass wir Geschwister sind. Aber es gibt noch andere Gründe für meine Veränderung,«

»Und welche?« Liana flüsterte es beinahe.

»Es war die Offenbarung, dass alles aus einem bestimmten Grund geschieht. Das Universum folgt einem großen Plan, Liana, und wir alle sind Teil davon. Jeder Schmerz, den ich erlitten habe, jedes Leben, das ich nahm, jeder Tropfen Blut, den ich vergossen habe – alles hatte seinen Grund. Manchmal, Liana, kann man die Hand Gottes nicht erkennen, bis man die Ereignisse im Nachhinein betrachtet. Wochen, Monate, sogar Jahre später. Als ich meinen Bruder kennenlernte, blickte ich zurück auf mein Leben, und plötzlich sah ich ein wunderschönes, großartiges Versprechen. Ich sah, dass mein Weg mich nicht in die Zerstörung und ins Vergessen führt, sondern zur Läuterung.«

»Und hat sich das geändert?«, fragte Liana leise. »Haben Sie dem Pfad in die Zerstörung und ins Vergessen jemals wieder folgen wollen?«

»Nein.«

»Warum machen Sie sich dann Gedanken, Sie könnten wieder zu dem Mann werden, der Sie früher waren? Mir kommt es vor, als wäre diese Offenbarung, diese Einsicht, die Sie hatten, viel zu wundervoll, als dass man sie einfach vergessen und so weitermachen könnte wie zuvor. Es hat Sie verändert, Frank. Sie können nie mehr so werden wie früher. Genauso wenig, wie der Kojote je den Mond fängt.«

Ihre Worte nahmen ihm eine riesige Last vom Herzen und erfüllten ihn mit Wärme. »Falls wir hier lebend rauskommen, wäre es dann unangebracht, wenn ich Sie um einen Kuss bitte?«

Lianas Antwort ließ sein Herz auf merkwürdige Art schneller schlagen.

»Im Gegenteil«, sagte sie. »Das würde mir sehr gefallen.«

Kapitel 76

Als Ackerman sich dem Lager näherte, erwartete ihn John Canyon vor der Barrikade. Er stand da wie ein Feldherr, der seinen Männern mit leuchtendem Beispiel vorangeht. Seine Leute hatten zwei offene Pick-ups auf die Seite gekippt. Die Ladeflächen zeigten in Richtung des Handelspostens und bildeten ein großes V aus Stahl auf dem Wüstenboden.

Zwischen den beiden Pick-ups parkte ein Kastenwagen. Die Hecktüren standen offen; zwei Männer saßen dort und richteten ihre Kalaschnikows auf Ackerman. Er sah, dass von verschiedenen Punkten entlang der Barrikade weitere Waffen verschiedenster Kaliber in seine Richtung zeigten. Eine Menge Finger an einer Menge Abzüge.

Hinter den beiden auf die Seite gekippten Pick-ups waren weitere Fahrzeuge abgestellt, die von Männergruppen umstanden wurden. Zur Linken, einen Steinwurf weit entfernt, sah Ackerman ein Wohnmobil, das als Gefechtsstand diente, wie er vermutete.

Ein gut organisiertes kleines Belagerungsheer. Und eine geschickt angelegte Straßensperre. Es wäre schwierig gewesen, hier mit einem Fahrzeug durchzubrechen und zu entkommen.

Zufrieden stellte Ackerman fest, dass Canyon seine Mittel mehr oder weniger so einsetzte, wie er und Marcus es vermutet hatten. Obwohl er als Kind niemals *Flottenmanöver* gespielt hatte, fühlte er sich, als hätte er bei diesem Brettspiel soeben das Schlachtschiff entdeckt.

Ackerman blieb drei Meter vor der Barrikade stehen, den Finger weiterhin im Ring der Handgranate in Toby Canyons Mund. Er löste den schweren Rucksack von seinen Schultern, der mit leisem Klirren im Sand landete. Gelassen blickte er Canyon an. »Meine Mitarbeiterin hat mich informiert, dass Sie mich gern oben im Handelposten aufsuchen wollten, um ein Gespräch unter vier Augen zu führen. Aber da Sie ein Mann von Ehre sind, habe mir ich gesagt, Junge, erweise Mr. Canyon den ihm zustehenden Respekt. Gehe ihm entgegen, um ihn und seine Leute persönlich zu begrüßen. Nun, hier bin ich. Ihren Sohn habe ich auch gleich mitgebracht. Er ist im Moment allerdings nicht sehr redselig.«

Canyon trat vor und starrte mit weit aufgerissenen Augen auf Toby. »Himmel! Was hat er da vor dem Mund?«

»Keine Bange«, sagt Ackerman. »Ist bloß eine Handgrate. Ich hatte beide Hände voll, und da hat er sich angeboten, mir beim Tragen zu helfen. Ein freundlicher Junge. Sie sollten sich ein Beispiel an ihm nehmen.«

»Eine Granate? Großer Gott!«

Ackerman grinste. »Glauben Sie mir, Canyon, Gott hat nicht das Geringste damit zu tun. Eher die Gegenseite.«

»Hören Sie auf mit dem Blödsinn. Reden wir Klartext. Ich will meinen Sohn, und ich will meinen Truck. Ich bin sicher, Sie und Ihre kleine Freundin wollen lebend von hier weg. Also: Wie viel wird es mich kosten?«

Ackerman neigte den Kopf zur Seite. »Offenbar habe ich mich unklar ausgedrückt, als ich Ihnen meine Forderung genannt habe. Ich sagte, Sie hätten mir bis zu einem bestimmten Zeitpunkt Agentin Carlisle zu übergeben, oder ich würde Sie und Ihr kleines Reich vernichten. Ich bin aber gern bereit, meine Forderung auf eine Weise zu wiederholen, die Sie besser verstehen …«

»Wie kommen Sie auf den Gedanken, Sie hätten irgendwelchen Spielraum, um *mir* Bedingungen zu stellen? Schauen Sie sich um! Ich habe eine größere Feuerkraft, als Sie jemals haben werden. Sie leben nur deshalb noch, weil ich von Ihnen etwas wissen will. Zu meinem Glück sind Sie nicht der Einzige, der die gewünschten Information besitzt. Mir ist es egal, von wem ich es erfahre, von Ihnen oder Ihrem *Bruder*. Ich rechne übrigens damit, dass er bald hier ist.«

Ackerman merkte, wie sein Auge zuckte, als Canyon das Wort »Bruder« benutzte. »Oh ja, ich gehe auch davon aus, dass Marcus bald hier auftaucht. Ich bin mir allerdings nicht ganz sicher, ob Sie seine Gesellschaft zu schätzen wissen. Mit ihm kann man nicht annähernd so viel Spaß haben wie mit mir. Er kommt immer gleich auf den Punkt.«

»Genau wie ich« sagte Canyon. »Lassen Sie Toby frei, oder Sie sind tot.«

»Sie scheinen nicht zu begreifen, Canyon, dass wieder die gleiche Konstellation herrscht wie früher: Sie sind in einer Position der Schwäche, reden sich aber ein, die Schalthebel der Macht in Händen zu halten. Irgendwie stimmt mich das traurig.«

»Sie haben den Verstand verloren, Sie Witzbold! Ich weiß nicht, wo diese Carlisle ist, verdammt noch mal! Ich glaube, Ihnen sollte mal jemand die Augen öffnen.« Er nickte einem seiner Untergebenen zu und sagte knapp: »Na los.«

Der Mann sagte in ein Funkgerät: »Kommt rein.«

Ackerman wusste nicht, mit wem der Kerl sprach und inwieweit es für dieses Gespräch von Bedeutung war, aber er mochte keine Überraschungen, solange nicht er selbst es war, der für die Überraschungen sorgte.

»Keine Dummheiten, Canyon«, sagte er. »Sie wollen doch nicht, dass Ihr Sohn den Kopf verliert?«

Canyon verzog höhnisch das Gesicht. »Schauen Sie einfach zu, mein großmäuliger Freund.«

Ackerman trat auf die Seite des Kastenwagens, um das näherkommende Ungetüm besser sehen zu können. Zuerst waren im

Dämmer des frühen Morgens ein Paar grelle Lichtkreise zu sehen, die rasch zu zwei Frontscheinwerfern an einem massigen, dunklen Umriss wurden. Dann schälte sich das größte und schwärzeste gepanzerte *Monstruo*, das Ackerman je gesehen hatte, aus dem fahlen Licht der Morgendämmerung. Solche gepanzerten Trucks setzten die Drogenkartelle ein, weshalb sie auch »Narco-Tanks« genannt wurden.

Das improvisierte Kampffahrzeug kam in einer riesigen Staubwolke zum Stehen.

Einen Augenblick später sah Ackerman, wie sein Bruder mit erhobenen Händen von der Ladefläche stieg.

Kapitel 77

Special Agent Marcus Williams hatte nicht den Hauch einer Chance gehabt.

Fünf schwerbewaffnete Männer mit schallgedämpften MPs waren wie aus dem Nichts mit einem gepanzerten Narco-Tank aus der Morgendämmerung hervorgebrochen und hatten dem Streifenwagen den Weg abgeschnitten. Marcus war kein Selbstmörder; er hatte sich auf der Stelle ergeben. Seine MP5 und die andere Ausrüstung lagen noch in Yazzies Ford, und seine Schlagringe waren in die Taschen jenes mexikanischen Outlaw gewandert, der ihm nun die Mündung einer MAC-10 ins Kreuz drückte.

Yazzies verzierten Colt Peacemaker hatten die Kartellsöldner nicht angerührt; sie waren offenbar gut mit dem Captain bekannt und mehr noch: Sie schienen einen Heidenrespekt vor ihm zu haben.

Nun stießen sie Marcus unsanft nach vorn, bis er über die Barriere aus Fahrzeugen hinwegschauen konnte und eine verwirrende Szene vor sich sah: Canyon stand ein paar Schritte vor Ackerman, der wiederum den Sohn des Rauschgiftbosses gepackt hielt.

Zorn erfasste Marcus beim Anblick des Drogenbosses. Unwillkürlich spannte er die Muskeln, wahrte aber mühsam eine ungerührte Miene. Doch er konnte sich kaum bezähmen. Am liebsten wäre er auf Canyon losgegangen, um mit allen erlaubten und unerlaubten Mitteln die Wahrheit aus ihm herauszuholen. Aber die mehr als zwanzig Canyon-Soldaten mit ihren Sturmgewehren und die Kartellsöldner mit ihren Maschinenpistolen machten es unmöglich, Canyon zu erreichen, ohne vorher in Fetzen geschossen zu werden.

Über den auf die Seite gekippten Pick-up hinweg lächelte Ackerman ihn an. »Schön, dir über den Weg zu laufen, Bruder. Auch wenn du schon mal besser ausgesehen hast.«

»Yazzie, du verdammter Narr!«, brüllte Canyon plötzlich los. »Ich dachte, du hättest alles im Griff.«

Das Gesicht des Captains blieb unbewegt, während seine Augen hinter den ovalen Brillengläsern verborgen blieben. »Das dachte ich auch. Aber die beiden sind aalglatt. Schwer zu fassen.«

Marcus trat ein paar Schritte näher an Canyon heran. Er sah, dass die Hälfte der Waffenmündungen ihn verfolgten, während die andere Hälfte auf Ackerman und Canyons Sohn gerichtet blieb, den Ackerman offenbar als Druckmittel benutzte.

Marcus spürte, dass er vor Wut und Angst heftig zitterte, als er stehen blieb und Canyon fragte: »Was haben Sie mit Agentin Carlisle gemacht? Raus mit der Sprache.«

Der Drogenboss lachte leise. »Warum fragt alle Welt mich das immer wieder? Ich weiß nicht, wohin Ihre verdammte Agentin verschwunden ist!«

»Ihrem Captain Yazzie zufolge«, sagte Marcus, »haben Sie Carlisle ermordet und ihre Leiche in den Hügeln liegen lassen.«

»Was?« Canyon fuhr zu Yazzie herum, starrte ihn argwöhnisch am. »Das meint der Kerl nicht im Ernst, oder?«

»Völliger Unsinn, was er da redet.« Yazzie schüttelte den Kopf. »Er lügt, um seinen Hals zu retten, indem er uns gegeneinander auszuspielen versucht. Ich kann dir versprechen …«

»Ich habe hier etwas«, fiel Marcus ihm ins Wort, »das sehr aufschlussreich für Sie sein wird, Canyon.« Er blickte den Drogenboss an. »Ich müsste allerdings in meine Tasche greifen. In Ordnung?«

Als Canyon nickte, zog Marcus das Mobiltelefon aus einer

Tasche links vorn an seiner Tarnhose. Er strich mit dem Finger über das Display, von Canyon argwöhnisch beäugt.

»Also dann«, sagte Marcus. »Hören Sie sich das an.«

Eine Stimme drang aus dem kleinen Lautsprecher. Marcus stellte das Gerät auf volle Lautstärke.

Yazzies Stimme sagte: *»Als ich Canyon zur Rede gestellt hatte, sagte er mir, er sei mit der Frau in die Berge gefahren und hätte sich ihrer entledigt. Ich tue mein Bestes, um hier Recht und Ordnung aufrechtzuerhalten, aber wenn man für eine Bestie wie John Canyon arbeitet, ist das verdammt nicht einfach. Was sollte ich tun? Er hat sogar FBI-Leute in der Tasche, und was weiß ich noch alles. Ich hatte Angst um mein Leben.«*

John Canyon schnappte nach Luft. In seinen Augen loderte Hass, als er auf Yazzie starrte. Dann brüllte er los, mit überkippender Stimme, und bedachte den Captain mit Flüchen und Obszönitäten in einer Sprache, die Marcus nicht verstand.

Zum ersten Mal wirkte Yazzie beeindruckt. In seiner Maske der Selbstgefälligkeit erschien ein Riss, doch er hatte sich sofort wieder in der Gewalt, blickte zu den Kartellsöldnern und nickte ihnen zu. Die vier Mexikaner, die Marcus mit MPs in Schach gehalten hatten, schwenkten ihre Waffen auf Canyon und dessen Leute. Auch mehrere von Canyons Männern richteten ihre Waffen auf neue Ziele. Wie es aussah, hatte Yazzie sie umgedreht, und jetzt verrieten sie ihre alten Kumpane.

Canyons Wut war stärker als seine Furcht. »Was soll das? Was ist hier los, du Hurensohn?«, brüllte er Yazzie an.

»Ich stehe im Gespräch mit Mr. Alvarez«, erwiderte der Captain gelassen. »Wir sind der Ansicht, dass die Leitung deiner Geschäfte in andere Hände gelegt werden muss.«

Canyon spuckte auf den Boden. »Darauf wartest du schon lange, was?«

»Nein.« Yazzie schüttelte den Kopf. »Ich war zufrieden mit

meiner Rolle. Aber jemand muss bezahlen für das, was passiert ist. Die Feds haben den Truck. Sie haben Beweise, die deine Geschäfte ruinieren werden. Und sie haben deine Kommunikationsblockade beendet. Handys und dergleichen funktionieren wieder.«

Marcus mischte sich ein. »Ausnahmsweise sagt er die Wahrheit. Ihr Officer Pitka war so freundlich, die Handysperre zu deaktivieren. In ein paar Stunden wimmelt es hier von Einsatzkräften.« Er blickte auf Canyon. Offenbar wusste der Mann, was mit Maggie geschehen war. Und Marcus war entschlossen, endlich die Wahrheit über ihr Schicksal ans Tageslicht zu fördern. »Ihre Familienstreitigkeiten und Ihr Machtkampf interessieren mich einen Dreck«, sagte er. »Ich will wissen, was mit Agentin Carlisle ist. Wenn Sie eine Bundesagentin umgebracht haben, werden sämtliche Fahnder der USA hinter Ihnen her sein – das wissen Sie doch wohl? Aber wenn Sie unschuldig sind, wie Sie behaupten, können Sie mir die Wahrheit sagen! Vielleicht kommen Sie dann glimpflich davon.«

Sekundenlang schwebte bedrohliche Stille über dem Lager. Marcus wusste, dass in diesen Augenblicken alles auf der Kippe stand. Ein unruhiger Zeigefinger, und es gäbe ein Blutbad. Doch in diesem Moment war ihm alles egal. Er *musste* erfahren, was mit Maggie war. Mit der Ungewissheit über ihr Schicksal konnte er nicht weiterleben.

Nach schier endlosen Sekunden nickte Canyon. »Also gut. Ich sage Ihnen, was ich weiß. Ich habe mit dem Verschwinden der Frau nichts zu tun. Yazzie ist ein pathologischer Lügner. Was er auf dieser Sprachaufzeichnung sagt, ist erstunken und erlogen. Er hat mich nie wegen dieser Frau angerufen. Ich kann Ihnen sogar den Grund dafür nennen. Sie war nicht meinetwegen hier. Sie war hier, weil sie auf der Suche nach dem Taker war – dem Mann, der vor Jahren ihren Bruder verschleppt hat. Er war eines der verschwundenen Kinder. Ich habe nie zu Yazzie gesagt, ich hätte dieser Carlisle etwas angetan. Wie denn auch, wo ich nicht einmal weiß, was mit ihr geschehen ist.«

Er hielt inne, wandte sich seinen Leuten zu. »Wisst ihr eigentlich, welche Heldentaten unser großer Captain vollbracht hat? Er hat Kinder entführt. Jedes Jahr, am Tag ihrer Adoption, wie er es nannte, hat er ein Stück von ihrer Kleidung oder eine Strähne vom Haar an die Familien geschickt, nur um sie weiter zu quälen. Das ging so, bis ich es vor zwei Jahren herausfand und der Sache ein Ende machte. Er ist ein perverses Scheusal.«

Yazzie lachte auf. »Eine interessante Aussage aus dem Mund eines Mannes, wie du einer bist. Wenn ich mich recht entsinne, hat niemand anders als du den Verkauf dieser Kinder gemanagt und am meisten davon profitiert.« Er blickte in die Runde. »Und den Familien«, rief er, »habe ich die Stoffreste, Haare und alles andere geschickt, weil es ein uralter Brauch unserer Ahnen ist! Wenn ein Gefangener genommen wurde, hat man jedes Jahr einen Stofffetzen oder eine Haarsträhne an seine Familie geschickt, damit sie wusste, dass er noch lebt.«

»Mit welch schwachsinnigen Argumenten du diesen Irrsinn rechtfertigen willst, spielt keine Rolle«, sagte Canyon. »Was ist mit den Frauen? Die vielen Bilagáana-Frauen, die verschwunden sind? Die armen Frauen, deren Überreste wir immer wieder aufgespießt in der Wüste finden, nachdem sie bei lebendigem Leibe von Ungeziefer gefressen wurden?«

Yazzie zuckte mit den Schultern. »Das sind … sagen wir mal, die Früchte meines Einfallsreichtums, den meine neuen Geschäftsfreunde südlich der Grenze so sehr an mir schätzen. So etwas Exquisites wie eine Folter mit diversen kleinen Tierchen bringt nicht jeder zustande.«

Marcus stand da wie erstarrt. Ein schrecklicher Gedanke überkam ihn. Die Leichen der jungen Frauen, die man in der Wüste gefunden hatte, waren auf grauenhafte Weise entstellt gewesen – von so vielen Tieren angefressen, dass eine Identifizierung in den meisten Fällen unmöglich gewesen war.

Abscheu und Verachtung lagen in Marcus' Gesicht, als er Yazzie anschaute. »Sie haben Ihre Opfer mit Rattenfolter umgebracht, ist es nicht so?«

Zum ersten Mal, seit Marcus ihn kannte, zeigte Yazzie eine Regung: Ein zynisches Grinsen legte sich auf sein Gesicht.

»Jetzt verstehe ich«, fuhr Marcus leise fort. »Deshalb haben Sie mit diesem Skorpion und dem Feuerzeug an mir herumexperimentiert. Es war eine abgemilderte Version dessen, was Sie den Mädchen angetan haben. Alles, was Canyon sagt, ist wahr.«

Über den Pick-up hinweg fragte Canyon: »Rattenfolter? Was um alles in der Welt soll das sein?«

Marcus blickte seinen Bruder an und nickte auffordernd.

»Bei der Rattenfolter«, begann Ackerman, »geht es im Prinzip darum, dass man eine Ratte dazu bewegt, sich durch den Körper eines Menschen zu fressen. Bei der üblichen Anordnung setzt man Ratten auf den Unterleib eines nackten Opfers und stülpt einen Eimer über die Tiere, den man anschließend erhitzt. Die Ratten folgen ihrem natürlichen Instinkt und fliehen vor dem Feuer. Und der einzige Fluchtweg … nun ja, er führt durch den Körper des bedauernswerten Individuums. Kurz und gut: Man bringt die Ratten dazu, sich durch die betreffende Person zu nagen, weil es der einzige Weg in die Freiheit ist. Ich brauche wohl nicht anzumerken, dass es dem Opfer gar nicht gut bekommt. Übrigens findet diese Technik sogar Erwähnung in der Literatur, bei George Orwell beispielsweise. Eine der frühesten verbürgten Anwendungen der Rattenfolter mit dem Ziel, Informationen zu erlangen, stammt aus der Zeit des Niederländischen Aufstandes im sechzehnten Jahrhundert … keine schöne Zeit, da bin ich mir sicher. Die Foltermethode taucht sogar in einer Fallstudie Sigmund Freuds über einen Patienten auf, der davon besessen war, seinen Vater und einen Freund der Rattenfolter zu unterziehen. Persönlich kann ich berichten, dass ich einmal eine ähnliche Foltermethode angewendet habe, indem ich jemanden aufschnitt, mithilfe eines Rohres eine Ratte einführte und das Opfer wieder zunähte, um dann …«

»Danke, Frank«, fiel Marcus ihm ins Wort. »Ich glaube, wir wissen jetzt, worum es geht.« Er wandte sich wieder Yazzie zu. Sein Stimme war lauernd, als er fragte: »Haben Sie Maggie auch so etwas angetan?«

Yazzie schien darüber nachzudenken. »Sie war zu schade, um die Wüstenratten mit ihrem Fleisch zu füttern«, sagte er dann. »Ich wüsste nicht, welchen Unterschied es jetzt noch macht, deshalb kann ich Ihnen sagen, dass Ihre Freundin noch gelebt hat, als ich sie zuletzt gesehen habe. Das könnte sich allerdings geändert haben.«

Marcus glaubte, sich verhört zu haben.

Ihre Freundin hat noch gelebt, als ich sie zuletzt gesehen habe …

»Was haben Sie mit ihr angestellt, um Himmels willen?«, fragte er atemlos.

»Selbst wenn ich es Ihnen sage, Sie würden es nicht verstehen. Lassen Sie uns lieber darüber reden, wie wir aus der Pattsituation hier herauskommen.«

»Gute Idee«, meldete Ackerman sich zu Wort und blickte in die Runde. »Wir wissen jetzt, dass Yazzie unser Mann ist. Offenbar ist er im Besitz genau der Informationen, die wir haben wollen.« Er wandte sich Canyon zu. »Wir sind bereit, unsere Geiseln gegen Yazzie auszutauschen, darunter den aus gutem Grund sehr schweigsamen jungen Mann hier.« Er wies mit einer Kopfbewegung auf Toby, der noch immer vor ihm stand, die Handgranate im Mund. »Das ist ein faires Angebot, solange ihr nach den Regeln spielt, die besagen, dass der Chef der Polizei bereit sein sollte, bei solch einem Austausch das eigene Leben für das seiner Mitbürger in die Waagschale zu werfen.«

Yazzie lachte. »Sie haben sie ja nicht alle! Ich habe Partner sowohl südlich der Grenze als auch in Canyons Diensten – Leute, die überzeugt sind, dass seine Zeit abgelaufen ist. Toby und die drei anderen sind mir scheißegal. Na los, töten Sie den Jungen.«

»*Łeechaa'itsa'ii biyaazh!*«, brüllte Canyon. »Hurensohn! Du bist sein Onkel!«

Ohne auf Canyon zu achten, redete Yazzie weiter auf Marcus ein: »Sie und Ihr Bruder sind nur deshalb noch am Leben, weil ich den Truck haben will. Wo steht er?« Er wies mit einem Kopfnicken auf die Kartellsöldner. »Meine mexikanischen Freunde werden Sie in Stücke schießen, wenn Sie es mir nicht auf der Stelle sagen. Also, ich höre.«

Ackerman lächelte. »Aber, aber. Sie sind doch Geschäftmann. Sie wollen wissen, wo sich eine Ware befindet, die Millionen Dollar wert ist, und mein Bruder und ich wollen wissen, wo sich unsere kleine Schwester befindet, die unbezahlbar ist. Also lassen Sie uns verhandeln.«

»Nennen Sie mir einen Grund, weshalb ich Sie nicht einfach töten sollte.«

»Aber gern«, sagte Ackerman. »Mir geht da schon die ganze Zeit ein Gedanke durch den Kopf.«

Beim letzten Wort riss er die Sicherungsstifte der beide Handgranaten heraus, die er an Tobys Körper befestigt hatte, und stieß den Jungen in Richtung seines Vaters. Aus der Bewegung heraus riss er seinen schweren Rucksack hoch, tauchte zur Seite weg und warf sich hinter der Ladefläche eines der beiden umgekippten Pick-ups in Deckung. Ein paar Augenblicke hatte niemand freies Schussfeld auf ihn, außer vielleicht John Canyon, aber der war momentan zu sehr mit seinem Sohn beschäftigt.

Das nackte Chaos brach los. Waffen klirrten. Aufgeregtes Stimmengewirr war zu hören. Schreie gellten. Raue Stimmen riefen Befehle.

In aller Seelenruhe setzte Ackerman den schweren, bis obenhin gefüllten Rucksack ab. Er holte die Rauchgranaten heraus, zog sie ab und warf sie über die Schulter ins Camp. Noch während die ersten Warnrufe zu hören waren, nahm Ackerman die C4-Ladungen aus dem Sack und schleuderte sie so weit von sich, wie er konnte. Sie segelten in hohem Bogen mitten zwischen Canyons Fahrzeuge.

In dem Moment, als die ersten Kugeln in die Ladefläche hackten, hinter der Ackerman in Deckung lag, und er die Schritte von einem halben Dutzend Gegnern hörte, die auf sein Versteck losstürmten, brachte er den Fernzünder für das C4 zum Vorschein.

»Zu spät, Freunde«, flüsterte er, schnippte die kleine Plastikschutzkappe des Zünders hoch, schloss die Augen und lächelte, als er den roten Knopf drückte und die Hölle entfesselte.

Kapitel 78

Fünfundzwanzig Jahre zuvor

Der Sturz schien endlos lange zu dauern. Xavier verspürte ein Übelkeit erregendes Ziehen im Magen, wie auf der Achterbahn, dann nacktes Entsetzen, durchsetzt mit Schreien der Angst, dann greller Schmerz, als er auf einem Berg spitzer Steine landete.

Nur dass es keine Steine waren. Als Xavier sich stöhnend herumwälzte, starrte er genau in die Fratze eines versteinerten menschlichen Schädels.

Xavier schrie nicht auf, zuckte nicht einmal zurück. Er versuchte nur, sich hochzustemmen, brach aber auf dem Knochenhaufen zusammen.

Mein Bein!

Er fluchte leise, als er sich sein gebrochenes Bein anschaute. Eine blutige Knochenspitze ragte aus der Wade. Merkwürdigerweise spürte er nichts.

Der Schock, sagte er sich. *Was sonst.*

Von irgendwo oben fiel Licht zu ihm hinunter. In dem geisterhaft blassen Schimmer entdeckte er Eugene, der am anderen Ende der Kammer lag, ebenfalls auf einem Bett aus bleichen Knochen.

Xavier kroch zu ihm, drehte ihn um und untersuchte die Wunden des Freundes.

Als Eugene die Berührungen spürte, erwachte er aus der Bewusstlosigkeit und brüllte aus vollem Hals. Obwohl er der Ältere war, kam er mit dem Schock und den Schmerzen längst nicht so gut zurecht wie Xavier. Tief in Eugenes Seite steckte das abgebrochene, spitze Ende eines Knochens, ein Oberschenkelknochen, wie es schien.

Wieder fluchte Xavier leise, packte den erstbesten Schädel und schmetterte ihn wütend ihn gegen die Wand aus Sandstein. Erst jetzt erkannte er, dass die Grube vielleicht sechs Meter tief und tropfenförmig war. Xavier hatte über solche Kammern der Anasazi-Kultur gelesen. Man nannte sie *Kiva.* Üblicherweise waren sie für religiöse Zeremonien bestimmt.

Als Xavier hinauf zur Öffnung der Grube schaute, in die sie gestürzt waren, entdeckte er Reyna, die zu ihnen hinunterstarrte. »Hol Hilfe!«, rief er ihr zu. »Wir sind beide verletzt!«

Die drei Gefährten hatten niemandem gesagt, wohin sie wollten. Deshalb wusste Xavier, dass er und Eugene in dieser Grube vermodern würden, wenn keine Hilfe kam. Ihr Leben lag in Reynas Hand.

Doch Reyna rührte sich nicht.

»Was ist?«, rief Xavier. »Hol Hilfe!«

Seine Schwester starrte ihn stumm an.

Xavier erwiderte ihren Blick.

Plötzlich las er in ihrem Gesicht, was ihr durch den Kopf ging.

Das kann nicht sein!

In genau dem Augenblick, als Reyna die Fassungslosigkeit auf dem Gesicht ihres Bruders sah, lächelte sie, drehte sich um und ging davon.

Kapitel 79

John Canyons letzte und einzige Hoffnung, die Handgranate rechtzeitig aus dem Mund seines Sohnes zu reißen, bestand darin, das Band mit einem Messer zu zerschneiden, die Granate zu packen und so schnell wie möglich wegzuschleudern. Das Band zu zerreißen wäre an den Verstärkungsfasern gescheitert. Vielleicht hätte er die Finger unter das Band schieben und es seinem Sohn vom Kopf reißen können, aber er bezweifelte, dass die drei, vier Sekunden ausreichten, die ihm blieben, bevor die Granate explodierte. Ganz gleich, was er tat, bei diesem Wettlauf schlug ihn der verdammte Klebstoff.

Und selbst wenn es ihm gelang – er hätte nur die Granate in Tobys Mund beseitigt. Die zweite Granate, die in Tobys Rücken, würde auf jeden Fall detonieren.

Als Toby auf ihn zu taumelte, während der Bügel der Handgranate davonflog, tat Canyon das Einzige, was ihm einfiel. Er versuchte gar nicht erst, dem Jungen zu helfen, sondern warf sich in Deckung.

John Canyon, Kriegsveteran und brutaler Boss eines Verbrechersyndikats, ließ sich zu Boden fallen und schützte seinen Kopf mit den Armen. Er hoffte, die Druckwelle zu überleben – und sei es nur, um später den unabwendbaren Tod seines Sohnes zu rächen.

Während Canyon dalag, hörte er die aufgeregten Rufe der Mexikaner und seiner eigenen Männer, gefolgt von Feuerstößen aus automatischen Waffen.

Mittlerweile waren mindestens fünf Sekunden vergangen, seit

Frank seine Geisel von sich weggestoßen hatte, aber die Handgranate war noch immer nicht explodiert.

Vorsichtig hob Canyon den Blick. Er sah, wie Toby hustend und keuchend an den Fesseln zerrte, mit denen die Handgranaten an seinem Körper befestigt waren.

Inzwischen waren zehn Sekunden vergangen.

Noch immer keine Detonation.

Die Splitterhandgranate hat keinen Zünder!, schoss es Canyon durch den Kopf.

Die andere aber spie jetzt dichten Nebel aus.

Eine Sekunde später bebte die Erde.

Kapitel 80

Marcus wusste, was geschehen würde, doch er konnte sich nicht darauf vorbereiten. Kaum hatte Frank den Jungen von sich weggestoßen und die Rauchgranate gezündet, brach im Camp das Chaos aus. Ein paar Sekunden lang schien niemand zu wissen, was zu tun war und wohin er die Mündung seiner Waffe richten sollte. Mehrere Leute John Canyons, die in der Nähe standen, hatten das Feuer auf Frank eröffnet, als dieser blitzschnell zur Seite abgetaucht war, aber Marcus wusste, dass keiner der Schützen schnell genug gewesen war.

Ackerman machte ihm kein Kopfzerbrechen.

Wohl aber der fünfte Kartellsöldner, der hinter ihm stand und eine MAC-10-Maschinenpistole auf seinen Rücken richtete.

Nachdem er beobachtet hatte, wie Frank hinter dem umgestürzten Pick-up verschwunden war, erstarrte Marcus, die Hände erhoben, die Schultern gesenkt. Er wartete ein paar Sekunden, um sicherzugehen, dass die Aufmerksamkeit des Kartellsöldners abgelenkt war, bevor er selbst in Aktion trat.

Als er aus dem Augenwinkel sah, dass rings um ihn her die Hölle losbrach, fuhr Marcus zu dem Mexikaner herum. Er packte die MAC-10 am langen schwarzen Schalldämpfer, der auf den Lauf geschraubt war, und benutzte die Hebelkraft und seinen Unterarm, um dem Mann das Handgelenk zu brechen. Der Kartellsöldner, ein hässlicher Bursche von vielleicht zwanzig Jahren, schrie auf und ließ die Waffe los. Marcus riss sie an sich, schwang sie herum wie eine Keule und drosch dem Gegner den stählernen Lauf an den Kopf.

Überall um sie herum war jetzt Gewehrfeuer aufgeflammt.

Marcus wusste, dass ihm nur wenige Sekunden blieben, bis Frank die restlichen Granaten und das C4 zündete. Genau deshalb wollte Marcus den Outlaw nicht nur entwaffnen und kampfunfähig machen – er hatte weitergehende Pläne mit ihm. Er schlang den linken Arm um den Hals des desorientierten Gegners und riss ihn mit sich zu Boden, indem er sein eigenes Gewicht nach vorn warf. Im Würgegriff hielt Marcus den Gegner an Ort und Stelle, ehe er ihn als menschlichen Schutzschild über sich rollte.

In diesem Augeblick detonierten die ersten Bomben. Ganz in der Nähe flog einer der Pick-ups in einem Feuerball in die Luft. Die Druckwelle raubte Marcus für einen Moment den Atem. Die Hitzewoge, die über ihn und den Outlaw hinwegfegte, erschien ihm wie der Atem der Hölle und war kaum auszuhalten. Rauch und Staub verschlangen die Luft. Metall kreischte, als weitere Fahrzeuge zerrissen, herumgeworfen und hochgeschleudert wurden. Sand wirbelte, Steine sirrten wie Geschosse umher.

Marcus kannte die Gewalt solcher Sprengvorrichtungen. Er konnte die Verwüstungen zwar nicht sehen, doch die Schreie, die sogar das Schrillen in seinen Ohren übertönten, wurden immer lauter, vielstimmiger. Der beißende Gestank von brennendem Plastik und Benzin stach ihm in die Nase.

Leider lag der Großteil seiner Ausrüstung noch immer in Yazzies Streifenwagen, deshalb fehlte ihm die Atemmaske. Dann musste es eben ohne Atemschutz gehen! Obwohl es in seinen Ohren klingelte und die Welt sich in rasendem Wirbel um ihn zu drehen schien, musste er handeln. Jetzt sofort. Es war ihre einzige Chance.

Marcus wusste, dass er in diesem Nebel nur blind feuern konnte, egal welche Schusswaffe er benutzte. Deshalb entschied er sich für die Schlagringe seines Vaters, die sich der Kartellsöldner in die Taschen gesteckt hatte. Marcus nahm ihm die Waffen ab, schob den schlaffen Körper des Mannes von sich herunter, als das Krachen der Sprengladungen verebbte, und rappelte sich auf.

Die ersten Schritte stolperte er noch, dann hatte er sich gefangen.

Marcus Williams machte sich auf die Suche nach Xavier Yazzie.

Kapitel 81

Zwei Tage zuvor

Bevor Yazzie sie in die Knochengrube warf, hatte er Maggie Carlisle mit zynischer Großzügigkeit zwei Gegenstände mit auf den Weg gegeben: eine Armbanduhr und eine Taschenlampe zum Selbstladen. Die Uhr, damit sie wusste, wie viel Zeit ihr noch blieb, und die Taschenlampe, damit sie ihre albtraumhafte Umgebung sehen konnte.

Nachdem sie in der Grube aufgewacht und der schlimmste Schock überwunden war, hatte Maggie mit der Lampe jeden Zoll der Höhle abgesucht, die Yazzie als »Kiva« bezeichnet hatte. Maggie war zu dem schrecklichen Ergebnis gelangt, dass es keinen Ausgang gab. Trotz ihrer scheinbar hoffungslosen Lage hatte sie sich darangemacht, eine provisorische Waffe zu basteln, was nicht schwierig gewesen war: Sie hatte den gebrochenen, scharfkantigen Knochen eines Opfers benutzt, der entfernt einem Dolch ähnelte, hatte ihn an einem größeren Knochen spitz geschliffen und auch die Bruchkante weiter geschärft.

Nach einiger Zeit bemerkte sie den Verwesungsgestank in der Höhle nicht mehr, aber die leisen, widerlichen Geräusche der Käfer, die bald auch sie fressen würden, wenn kein Wunder geschah, ließen sich unmöglich ausblenden. Ihre einzige Hoffnung bestand darin, Kräfte zu sparen und auf Rettung zu warten – oder darauf, dass Yazzie dieses Spielchens müde wurde und ein anderes begann.

Ihr blieb wenig mehr zu tun, als zu schlafen und in der Finsternis ihren beklemmenden Gedanken nachzuhängen. Bald schon war es die Kraft nicht mehr wert, die Taschenlampe mit der Kurbel aufzuladen oder auf die Uhr zu schauen. Beides hatte nur zur Folge, dass ihr Selbstvertrauen noch mehr zermürbt und ihre Verzweiflung weiter genährt wurde.

Schrecklicher Durst brannte in ihrer Kehle.

Das Licht, das plötzlich in die tropfenförmige Kiva fiel, stach Maggie in den Augen. Sie hob einen Arm, schützte sich vor dem grellen Schein. Bevor sie die andere Frau sah, hörte Maggie, wie sie zu ihr hinunterstürzte. Ihre Schreie erfüllten die Grube, bis sie krachend auf den Knochenhaufen landete. Sie wälzte sich hin und her, schluchzte vor Schmerz und Angst. Die Unbekannte trug ein enges Cocktailkleid und zu viel Make-up, wie Maggie jetzt sah. Sie fragte sich, ob die Fremde eine Prostituierte war – ein typisches Opfer Yazzies und vieler anderer Serienmörder.

Als Maggie sich an das helle Licht gewöhnt hatte, sah sie Yazzie, der über ihr im Ring der Kivaöffnung stand. »Ich habe dir eine Spielgefährtin gebracht, kleines Mädchen.«

Maggie brachte die Energie auf, sich zu der anderen Frau hinüberzukämpfen und sie auf Verletzungen zu untersuchen. Zu ihrem Erstaunen stellte sie fest, dass die Unbekannte weitgehend unverletzt war. Allerdings wirkte sie benebelt, als stünde sie unter einem starken Betäubungsmittel.

Maggie beugte sich zu ihr. »Ich bin Bundesagentin. Sie brauchen keine Angst zu haben. Ich bringe Sie hier wieder raus.«

Hoch über ihnen lachte Yazzie, setzte sich in die Öffnung und ließ die Füße herunterbaumeln. »Ich will dir eine Geschichte erzählen, kleines Mädchen. Eine Geschichte aus der Zeit, als ich noch jung war. Ich habe diesen Tempel hier entdeckt und wollte Geld scheffeln, viel Geld, indem ich die Alten ausplünderte. Aber Er, der die Welt verschlingt, hatte andere Pläne mit mir. Ein Freund und ich stürzten in diese Kiva hier, in der du und deine neue Freundin jetzt festsitzen. Während unserer Zeit da unten schenkte Er, der die Welt verschlingt, mir eine Vision und die Kraft, zu überleben. Die Kraft, für die Gottheit zu wirken und ihm zu helfen, wieder groß zu werden.«

Maggie fragte sich, ob Yazzie ihr seinen Wahnsinn unter die Nase reiben wollte oder ob die Geschichte irgendeinen tieferen Sinn hatte. Doch sie verschwendete keine Energie auf eine spöttische Erwiderung.

»Überlebt habe ich nur«, fuhr Yazzie fort, »weil ich die Stärke besaß, meinen Begleiter zu töten, sein Blut zu trinken und sein Fleisch zu verzehren. Auf diese Weise konnte ich mich am Leben halten, bis Hilfe kam. Deshalb ist es nur gerecht, dir die gleiche Chance zu bieten, kleines Mädchen. Wie du sicher erkannt hast, ist Carol eine Prostituierte und Drogensüchtige, eine Zecke eurer Bilagáana-Gesellschaft. Aber wenn du ihr Blut trinkst, überlebst du vielleicht lange genug, um aus der Grube zu entkommen.«

Maggie erschauderte. »Und was will Ihr wahnsinniger Gott von uns?«

Yazzie lachte, während er den Blechdeckel über die Todesgrube schob. Bevor der letzte Lichtstreifen verschwand, rief er: »Falls du mich hören kannst, Carol – das Angebot gilt auch für dich. Wenn *du* Maggie tötest und ihr Blut trinkst, wirst *du* es sein, die überlebt.«

Maggie hörte ihn kichern, während sich wieder undurchdringliche Finsternis in der Grube ausbreitete. Sie drehte an der Kurbel der Taschenlampe, um ein wenig Licht in die Kiva zu bringen und sich weiter um Carol zu kümmern.

Doch Maggies Leidensgefährtin schien kaum bei sich zu sein. Mit Tränen in den Augen schaute sie zu Maggie hoch.

Maggie wiederholte, was sie bereits gesagt hatte, und fügte mit einem Lächeln hinzu: »Und keine Bange, ich stehe nicht auf Menschenblut.«

Ehe sie wusste, wie ihr geschah, packte Carol den erstbesten Knochen und schlug damit nach ihr. »Aber ich auf deins, Miststück!«, kreischte sie.

Mit einiger Mühe entwand Maggie ihr die makabere Waffe, holte aus und schmetterte ihr die Faust an die Schläfe. Ein hässliches Krachen war zu hören, als Carol auf das Bett aus Knochen und Verwesung zurückfiel.

»Ich fürchte, daraus wird nichts«, sagte Maggie. »Aber ich kann dich gut verstehen, Mädchen. Auch ich würde meine Seele verkaufen, um hier rauszukommen.«

Sie ließ Carol dort liegen, wo sie zwischen die menschlichen Überreste gefallen war, ergriff die Lampe und kroch erschöpft zu ihrem eigenen Knochenbett zurück, um auf einen Helfer zu warten, der vermutlich niemals kommen würde.

Kapitel 82

Liana beobachtete durch das Zielfernrohr des Scharfschützengewehrs das Geschehen im Tal. Die schwere Waffe flößte ihr gehörigen Respekt ein. Plötzlich sah sie durch das Zielfernrohr, wie ein großer Mann, wahrscheinlich Frank, eine kleinere Gestalt von sich stieß, bei der es sich vermutlich um Toby Canyon handelte. Dann hechtete der große Mann zur Seite und verschwand hinter einem Kleinlaster.

Sekunden später brach die Hölle los.

Flammen schossen empor. Holz- und Metallteile wirbelten umher. Die Faust Gottes schien mehrere Pick-ups zu treffen, die als brennende Wracks durch die Luft geschleudert wurden. Atemlos beobachtete Liana durch die starke Optik, wie sich binnen weniger Augenblicke eine dichte Wolke aus Feuer und Rauch, Staub und Trümmern über die Barrikade aus Fahrzeugen legte.

Als hätte jemand mit Sprengstoff hantiert, schoss es Liana durch den Kopf.

Als der Staub sich legte, hüllten dichte Rauchwolken die Brände ein. Liana konnte kaum erkennen, was dort unten vorging, nicht einmal, wenn sie durch das starke Zielfernrohr spähte.

Was war mit Frank?

Sie dachte an das, was er ihr über die Gespenster erzählt hatte, die die Lebenden heimsuchten. Die Diné glaubten, dass nach dem Tod eines Menschen alles, was er an Schlechtem und Bösem getan hatte, in Gestalt seines *Chindi* zurückblieb. Starb jemand in einem Haus, musste es niedergerissen werden. Die meisten Diné vermieden es, sich in die Gegenwart einer Leiche zu begeben, weil die Gefahr bestand, dass das *Chindi* ihnen zu ihrem eigenen Hogan folgte, ihrem Zuhause.

Konnten die Geister, vor denen Frank sie gewarnt hatte, die *Chindi* aller Menschen sein, die er auf dem Gewissen hatte? Suchten sie ihn jetzt heim und quälten ihn?

Wieder spähte Liana durch das Zielfernrohr, erkannte aber nur verschwommene Umrisse, die sich durch dichten Nebel bewegten.

Wo steckte Frank?

Du musst etwas tun!, spornte sie sich an.

Sie musste zu Frank hinunter. Er konnte schwer verletzt sein, vielleicht sogar im Sterben liegen.

Der Streifenwagen war der schnellte Weg ins Tal. Er stand nur ein paar Meter entfernt.

Kurz entschlossen eilte Liana los. Zwei Minuten später, bewaffnet mit ihrer Dienstpistole und einer AK-47, war sie halb die Stufen hinter dem Haus hinunter, als ihr einfiel, dass sie zuerst die Batterie wieder einbauen musste. Wütend biss sie sich auf die Lippe wegen ihrer Voreiligkeit, eilte in den Handelsposten zurück, legte die Batterie auf einen Handkarren und rollte sie zu dem alten Schuppen.

Als sie neben dem Wagen stand, wuchtete sie den schweren Bleiakku hoch und ließ ihn in die Halterung neben dem Motorblock fallen. Dann schloss sie die Kabel an und drückte die ächzende alte Garagentür auf.

Bevor sie sich hinter das Lenkrad setzte, entsicherte sie das AK-47, prüfte ihre Glock und nahm die Flinte aus der Halterung. Sie holte tief Atem und drehte den Zündschlüssel.

Es schnarrte und klickte.

Noch ein Versuch.

Wieder surrte und klickte es unter der Motorhaube, langsamer diesmal.

»Verdammt!« Liana schlug aufs Lenkrad, atmete tief durch und versuchte dann noch einmal, den Wagen anzulassen.

Aus dem Motorraum kam kein Mucks mehr.

Offenbar hatte Ackermans Elektromagnet die Batterie gründlich geleert.

Mit einem wütenden Schrei packte Liana ihre Waffen, stieg aus und knallte die Wagentür zu.

Was jetzt?

Verzweifelt suchte sie nach einer anderen Möglichkeit, zum Kampfplatz zu gelangen.

Zu Fuß die lange Zufahrtsstraße hinunterzurennen wäre glatter Selbstmord. Sie wäre die meiste Zeit ohne Deckung und damit eine sichere Beute für die gegnerischen Gewehrschützen. Außerdem würde es viel zu viel Zeit kosten. Sie brauchte eine schnellere Möglichkeit, um zum Fuß des Felsens zu gelangen, wo Canyon seine Barrikade errichtet hatte.

Der Streifenwagen schied aus.

Sie brauchte etwas anderes, das Räder hatte.

Liana lachte bitter auf, als ihr eine aberwitzige Idee durch den Kopf ging. Hier im Handelsposten gab es tatsächlich ein Gefährt mit vier Rädern: die gusseiserne Badewanne des alten Besitzers. Das Ding, erinnerte sich Liana, war für die Ewigkeit gebaut und würde sogar Beschuss standhalten. Der Anblick der Wanne hatte sie an die Seifenkiste aus einer Episode der *Kleinen Strolche* erinnert, die sie als Kind gesehen hatte.

Wie es wohl wäre, mit einem solchen Ding den Hang hinunterzurattern?

Einen verrückten Augenblick lang erwog sie tatsächlich, eine solche Wahnsinnsfahrt zu unternehmen.

Na klar. Ist ja auch ganz einfach. Du legst deine Flinte in die Wanne, schiebst sie so weit, dass sie von selbst zu rollen anfängt, und springst rein. Am besten nackt. Du könntest ja während der Fahrt baden.

Ackerman würde das garantiert gefallen. Allerdings hatte die Sache einen Haken. Sie würde mit dem Ding niemals den Felsen hinunterkommen. Jedenfalls nicht lebend. Es wäre genauso sicher Selbstmord, wie den Weg zu Fuß anzutreten.

Tut mir leid, Frank, dachte sie traurig. *Ich kann im Moment nichts für dich tun.*

Liana tröstete sich mit dem sicheren Wissen, dass ein Mann wie Frank durchaus imstande war, sich selbst zu helfen, falls er überlebt hatte.

Sie würde tun, was Frank gesagt hatte. Sie würde hier oben warten und die drei Geiseln bewachen, bis alles vorüber war – so oder so.

Kapitel 83

Während Ackerman mit der rechten Hand den roten Knopf drückte, zog er sich mit der linken die Atemschutzmaske über. Die Maske schützte das ganze Gesicht; allerdings fehlte die Pressluftflasche, die den Träger der Maske im Notfall mit Sauerstoff versorgte. Der Clou aber war eine kleine Kamera, die an der Seite angebracht war. Sie nahm Wärmebilder auf, die sie auf die Innenseite der Maskenscheibe projizierte. Die Technik hieß *Sight* und erlaubte beispielweise Feuerwehrleuten, durch dichten Rauch zu sehen und Personen zu befreien, die in einer Feuersbrunst eingeschlossen waren.

Kaum trug Ackerman die Maske, fegte die erste Druckwelle seine C4-Ladungen über ihn hinweg. Ihre Gewalt überraschte sogar ihn. Er hörte Rufe, das Krachen von Explosionen, das Fauchen von Flammen, schrille Schreie, das Rattern von Maschinenpistolen. Gebannt beobachtete er, wie ein halbes Dutzend Fahrzeuge in die Luft gerissen wurden.

Das C4 ist ein verdammtes Teufelzeug, dachte er mit einer Mischung aus Zufriedenheit und einem Anflug von Bedauern, wusste er doch, dass sein Überfall unweigerlich auch Todesopfer nach sich ziehen würde.

Tja, wir haben den Streit nicht angefangen. Ihr Rothäute hättet Maggie herausgeben sollen, dann hättet ihr euren schicken Fuhrpark behalten können.

Seine Gedanken stockten, als er sah, wie ein weiteres Fahrzeug hinauf in den Nebel geschleudert wurde. Es überschlug sich in der Luft und flog genau in seine Richtung.

Oh Scheiße.

Zehn Meter von ihm entfernt krachte das brennende Auto zu Boden – zwei Tonnen Metall und Fiberglas, die ihn um ein Haar zermalmt hätten.

Ackerman wusste, lange würde er seine Deckung nicht mehr halten können, deshalb griff er in seinen inzwischen fast leeren Rucksack und schleuderte seine letzten Nebelgranaten mitten in die brennende Fahrzeugbarrikade.

Er schaltete die Wärmebildkamera seiner Atemmaske ein und nahm die Faustmesser aus dem Rucksack, die ganz unten gelegen hatten. Sie passten perfekt in seine Hände; die Klingen ragten zwischen Mittel- und Ringfinger hervor.

Bevor er seinen Ein-Mann-Feldzug begann, zog er die Beretta, die Liana ihm aufgedrängt hatte, hinten aus der Tarnhose und warf sie auf den Wüstensand, auf dem jetzt das Licht der lodernden Flammen spielte. Die Pistole brauchte er nicht. Er hatte den Vorteil der Unsichtbarkeit: Er sah die Gegner in den Wärmebildern auf der Innenseite seiner Maskenscheibe. Canyons Totschläger und die Kartellsöldner hingegen waren in der dichten, erstickenden Wolke aus Rauch, künstlichem Nebel und Tränengas gefangen, das Ackerman der Mischung beigefügt hatte.

Als er in die wogenden Rauchwolken blickte, machte er im Wärmebild die Umrisse der ersten Ziele aus. Während seine Widersacher mit den beißenden Dämpfen kämpften, atmete Ackerman durch die Filter seiner Gasmaske. Zufrieden beobachtete er auf den Wärmebildern, wie seine Gegner sich durch den Nebel kämpften.

Euch fehlt der Durchblick, Leute, dachte er zufrieden. *Vorher schon und jetzt erst recht.*

Die Situation erinnerte an einen Spielfilm aus den Achtzigern, *Predator*. Wie der Außerirdische in diesem Streifen konnte Ackerman sehen, wo alle anderen blind waren.

Er umfasste die Faustmesser und spannte die Muskeln. Beinahe rechnete er damit, die Stimme Thomas Whites zu hören, die ihm wieder etwas ins Ohr flüsterte, aber die Stimme schwieg. Doch Ackerman wusste auch so, dass der berüchtigte Psychopath und dessen ebenso genialer wie abnormer Verstand ein Teil von ihm waren, wie sehr er sich auch der Illusion hingab, von ihm frei zu sein.

Aber was jetzt kam, war *sein* Spiel.

Also los.

Das erste Ziel, auf das Ackerman traf, benutzte er als Versuchskaninchen, denn er musste ermitteln, auf welche Entfernung er für seine Feinde unsichtbar blieb. Der Mann, den er in unterschiedlichen Rot-, Orange- und Gelbtönen sah, kauerte neben dem Wrack eines Kleinlasters, das Sturmgewehr schussbereit.

Im Nebel verborgen vollführte Ackerman eine Reihe schneller Bewegungen, um festzustellen, ob und wie der Gegner reagierte. Wie nicht anders zu erwarten, konnte der Bursche ihn nicht sehen.

Gut.

Ackerman startete einen überfallartigen Angriff. Wie ein Dämon kam er aus dem Nebel, die blitzenden Faustmesser hoch erhoben. Er stieß dem vor Schreck erstarrten Mann beide Klingen ins Fleisch und zog sie, vom eigenen Schwung getragen, sofort wieder heraus. Noch in der Luft wirbelte er herum, zielte mit der Rechten auf den Pistolengriff des Sturmgewehrs und spießte die linke Hand des Mannes auf. Gleichzeitig trieb er das Faustmesser in seiner linken Hand in den Bizeps des Opfers. Eine krachende Linke an die Schläfe, und das Gewehr des Mannes segelte durch die Luft. Ihm knickten die Knie ein, und lautlos verschwand er in den wogenden Nebelschwaden, die über den Boden krochen. Die ganze Aktion hatte nur Sekunden gedauert.

In diesem Moment geschah es.

Der altbekannte Blutrausch aus seinen dunklen Jahren überfiel Ackerman. Und was noch schlimmer war: Er hieß ihn willkommen wie einen alten Freund, als er nun weiter durch die Nebel vordrang und sich einen Weg durch das Meer aus potenziellen Opfern schlug und stieß, hieb und schnitt.

Er wusste nicht, wann er sich das letzte Mal so machtvoll gefühlt hatte, so unbesiegbar, so voller Kraft und Leben. Es war pure Euphorie, rauschhaft und betörend. Dies hier war *sein* Schlachtfeld, *sein* Spiel, für das er geschaffen worden war.

Er glitt durch den Rauch wie ein rächender Gott, wie ein Gespenst des Todes, ein Verderben bringender Sturm. Er sprang, tauchte ab, glitt nach links, nach rechts, huschte vor, zog sich zurück, rollte über den Boden, schlängelte sich geschmeidig zwischen den Gegnern hindurch, lautlos wie ein Schatten, unverwundbar, unbesiegbar. Es berauschte ihn, war lockend und verführerisch wie in seinen düsteren Jahren, als er der am meisten gefürchtete Killer der USA gewesen war. Wie ein Dämon aus der Hölle huschte er durch die wabernden Schwaden, ein dunkler Schemen im Dunst, tödlich und Verderben bringend.

Das hier ist mein *Spiel.*

Wieder ein Gegner. Ein rechter Haken, und der Mann verschwand im Bodennebel. Den nächsten traf ein Hieb mit Ellbogen mitten im Gesicht. Zwei Sekunden später war ein weiterer Angreifer heran, der laut und siegessicher brüllend eine Machete schwang. Ackermans Faustmesser traf ihn in die Wange und schlug ihm mehrere Zähne aus. Dem nächsten Opfer, mit einem schweren Revolver bewaffnet, stach er in beide Oberarme. Die Waffe flog in hohen Bogen durch die Luft, und heulend ergriff der Mann die Flucht, stolperte über die eigenen Beine und verschwand in dem See aus wogendem Nebel. Ackerman kicherte.

In diesem Moment attackierte ihn ein hünenhafter, bärtiger Mexikaner. Er grinste, als er Ackerman sah. Ackerman, der sich das Bowiemesser eines besiegten Gegners unter den Gürtel gesteckt hatte, riss die Waffe hervor. Die Klinge blitzte und traf den Mexikaner genau dort, wo sie treffen sollte: unter dem Kinn, gerade tief genug, um die Haut zu durchdringen. Der Hüne erstarrte, sein Grinsen erlosch. Er wusste, hätte Ackerman zugestochen, wäre ihm die Klinge bis ins Hirn gedrungen.

Diesmal grinste Ackerman, als er den bärtigen Riesen mit einer blitzschnellen Dublette zu Boden schickte.

Schon hielt er nach dem nächsten Gegner Ausschau.

Es war wie ein Rausch.

Statt wie bisher jede Sekunde eines jeden Tages darum zu kämpfen, die dunkle Kraft in ihm zu bändigen, gab er die Dämonen in seinem Innern frei. Wie in seinen schrecklichsten Jahren erfüllte er die Wünsche des Monstrums, das in ihm lauerte.

Und warum auch nicht? Dieses Gewürm war ihm im Weg. Jede dieser lächerlichen Kreaturen wollte ihn und seinen Bruder töten. Warum nicht seinen Spaß mit diesem Abschaum haben? Warum nicht der Löwe sein, der die Lämmer reißt?

Warum nicht die Kontrolle über sich selbst aufgeben?

Bei diesem Gedanken erschrak Ackerman bis ins Mark. Atemlos lauschte er auf die Stimme seines Vaters, doch er hörte nur die Rufe und Schreie der Gegner.

Der Gedanke an Thomas White brachte ihn wieder zur Besinnung. Er durfte sich nicht gehen lassen, durfte nicht in einen Blutrausch verfallen wie damals.

Und am allerwenigsten durfte er zulassen, dass sein Vater die Macht über ihn an sich riss.

Kapitel 84

Seit Maggies spurlosem Verschwinden war Marcus durch das Leben geirrt, ziellos, hoffnungslos. Und jetzt, wo er endlich ein Ziel hatte, konnte er kaum einen Meter weit sehen, als er nun in die Richtung vordrang, in der er Yazzie zuletzt gesehen hatte.

Seit er die Explosion dank der unfreiwilligen Hilfe des hässlichen Kartellsöldners glimpflich überstanden hatte, stapfte er fast blind umher und musste sich heftiger Angriffe erwehren, denn jeder, dem er über den Weg lief, versuchte ihn umzubringen. Nur den, den er suchte, hatte er noch nicht gefunden.

Yazzie.

Er war zehn Schritte weit gekommen, als ihm im dichten Rauch gleich drei Widersacher entgegentraten: ein Killer des Kartells sowie zwei von Canyons Leuten. Marcus war wütend auf diese Kerle, auf Gott und die Welt und hatte nicht die Absicht, sich lange mit den dreien aufzuhalten. Er machte kurzen Prozess und schlug sie schnell, aber gründlich zusammen.

Die nächsten beiden Gegner, auf die er traf, gehörten zu Canyon und waren mit Kalaschnikows bewaffnet. Da Sturmgewehre im Nahkampf unpraktisch waren, sah Marcus die Läufe der Waffen als Erstes; wie Bajonette ragten sie in den Dunst. Die beiden Gangster arbeiteten im Team. Beide waren bisher unbeschadet von der Explosion. Und beide waren keine Gegner für einen zornigen Marcus.

Er packte die erste AK-47 am Schaft und stieß die Waffe kräftig nach hinten. Der Gewehrkolben knallte dem Schützen ins Gesicht. Der zweite Mann wirbelte herum, wollte feuern, doch

Marcus tauchte nach rechts ab, um Augenblicke später auf der linken Seite des Mannes aus den dunstigen Schwaden emporzuschnellen. Er schmetterte dem Gegner den Schlagring an die Schläfe. Er war sich nicht ganz sicher, ob der Hieb zu heftig gewesen war, doch so ungern er es zugab, in diesem Moment war es ihm ziemlich egal. Er dachte an nichts anderes als daran, Yazzie zu finden und Maggie vielleicht doch noch zu retten.

Wenn Yazzie die Wahrheit gesagt hatte, lebte sie vielleicht noch.

Es wäre ein Wunder, schoss es ihm durch den Kopf.

In diesem Moment näherte sich ein weiterer Angreifer. Marcus hörte den Mann, bevor er ihn sah. Er duckte sich in den Nebel und wartete, brachte sich in Stellung, blieb mucksmäuschenstill, bis er klare Sicht auf ein Schienbein hatte, das sich aus den Schwaden schälte. Als würde er eine Armbrust mit der Hand spannen, zog Marcus den rechten Arm zurück und schlug dem Schützen so fest gegen die Wade, dass er den Knochen brechen hörte. Der Mann fiel schreiend auf die Knie. Dabei drückte er unwillkürlich den Abzug seiner Kalaschnikow und durchsiebte einen Begleiter, der ihm in drei Schritten Abstand gefolgt war.

Marcus verzog das Gesicht. Sicher, er war nicht direkt verantwortlich für den Tod des zweiten Mannes – wieso hatte der erste Gegner auch den Finger am Abzug? Dennoch spürte er, wie ihm ein Teil der Last des Todes auf die Schultern geladen wurde.

Ein weiterer Angreifer stand plötzlich wie aus dem Boden gewachsen vor ihm. Der Mann hatte Verbrennungen erlitten und schien völlig die Orientierung verloren zu haben. Marcus entwaffnete ihn mit einer Links-rechts-Kombination, schlang ihm einen Arm um den Hals, spannte Bizeps und Unterarm und übte Druck aus wie eine Würgeschlange, bis der Mann in seinem Griff erschlaffte. Marcus ließ den Bewusstlosen zu Boden gleiten.

Er setzte seinen Weg durch den Nebel fort. Stolpernd, hustend vom beißenden Rauch und anderen Dämpfen prügelte, schlug und trat er sich durch die Sperrmauer aus Canyons Leuten. Ihm brannten die Augen, und seine Nase lief. Offenbar hatte Frank ein paar Tränengasgranaten geworfen.

Trotzdem, er musste sich durchkämpfen.

Er musste Yazzie finden.

Zuerst aber fand er einen Sterbenden.

Kapitel 85

Die Wucht der Explosion riss Yazzie von den Beinen.

Er spürte, wie er in die Luft gehoben wurde; dann warf die Druckwelle ihn meterweit durch Rauch und Staub. Der markerschütternde Aufprall raubte ihm sekundenlang den Atem. Keuchend lag er da und versuchte, sich zu orientieren. Ätzender Rauch stach im in die Nase. Seine Augen waren voller Sand und Staub und brannten wie Feuer. Er hustete, wischte sich durchs Gesicht und blickte sich um.

Er konnte keine fünf Meter weit sehen. Alles war von dem dichten Rauchvorhang verhüllt, aus dem Schüsse, Schreie und die Donnerschläge weiterer Detonationen drangen. Der beißende Gestank nach Benzin und brennenden Trümmern ließ ihn würgen. Er hatte das widerliche Gefühl, als wäre der Staub in jede Pore seines Körpers gedrungen.

Als er versuchte, sich aufzusetzen, durchschoss Schmerz sein rechtes Bein, als triebe ihm jemand einen Dolch ins Fleisch. Zuerst wagte er nicht, nach der Ursache der Schmerzes zu suchen. Als er endlich den Mut aufbrachte, stellte er fest, dass sich ein Metallsplitter in den rechten Oberschenkel gebohrt hatte. Zum Glück steckte er nicht allzu tief. Mit einem entschlossenen Ruck zog Yazzie ihn heraus. Er hoffte, dass keine große Ader verletzt war – dann würde der Blutfluss sich möglicherweise nicht stillen lassen. Doch er hatte Glück. Zwar strömte Blut aus der Wunde, aber alles in allem war die Sache glimpflich abgegangen.

Er nahm die Aderpresse, die er als Cop stets mit sich führte, aus dem Holster an seinem Gürtel und verarztete das Bein.

Solche kleinen Verletzungen waren nicht das Problem. Er machte sich viel mehr Gedanken wegen der beiden Brüder, die wie Krieger aus der Mythologie seiner Ahnen waren. Sie schienen von einer dunklen Kraft beseelt zu sein, besonders der Narbige.

Yazzie erhob sich auf wackligen Beinen und hinkte an eine Stelle, von der aus er das rauchbedeckte Lager sehen konnte. Dabei sah er sich nach seinem Hut und der Brille um, aber beides war verschwunden. Als er leise fluchend an sein Holster griff, stellte er fest, dass er auch seine Waffe verloren hatte, als die Bomben explodiert waren.

Panisch ließ er den Blick schweifen.

Da!

Ein paar Schritte entfernt blitzte etwas Silbernes in der Nebelsuppe auf, als das flackernde Licht der Flammen darauf fiel. Zu Yazzies unendlicher Erleichterung war es sein Colt.

Er hob ihn beinahe liebevoll auf. Mit der Waffe in der Hand fühlte er sich gleich um Welten besser. Der Revolver schien ihn zu stärken, schien wieder Ordnung in seine Welt zu bringen, die aus den Fugen geraten war.

Yazzie prüfte den Lauf, ließ die Trommel rotieren und nickte zufrieden.

Alles funktionierte bestens.

Er schob den Colt zurück ins Holster, stapfte los und machte sich auf die Suche nach einem fahrbaren Untersatz. Jetzt galt es erst einmal, von dieser Party hier wegzukommen.

Nach drei, vier Minuten lichtete der Rauch sich ein wenig, sodass Yazzie den Van erkennen konnte, der sich ein Stück voraus aus dem Dunst schälte. Es war Canyons Wagen, wie Yazzie erst jetzt erkannte. Er war zwischen zwei Pick-ups geparkt. Der Van schien unbeschädigt zu sein.

Yazzie vergeudete keine Sekunde und stapfte zum Heck des Fahrzeugs. Die Hecktüren waren geschlossen. Mit der rechten

Hand öffnete er sie und zog mit der gleichen Bewegung den Colt Peacemaker, auf alles gefasst.

Zwei mit Pistolen bewaffnete Männer aus Canyons Privatarmee verbargen sich im Laderaum.

Der eine war Jamie Ramirez. Er riss die Augen auf und rief erstaunt: »Onkel Xavier!«

Ramirez' dünner, rattengesichtiger Kumpan, der bereits als Junge Jamies Schatten gewesen war, senkte die Waffe, die er im Anschlag gehalten hatte.

Yazzie schob den Peacemaker wieder ins Holster. »Unter dem vielen Blut und Staub hätte ich euch fast nicht erkannt. Was macht ihr hier?«

Den jungen Männern stand die Angst in den Augen. »*El Diablo*«, stieß Ramirez hervor. »Er kam aus der Nacht und ist wie der dunkle Hund aus der Sage durch unsere Reihen gefahren.«

Yazzie verkniff sich ein Lachen. *El Diablo* – wie köstlich. Offenbar hatten die beiden eine weitere Begegnung mit Frank gehabt, als sie blind durch den Rauch geirrt waren. Oder sie hatten von anderen gehört, was mit jedem geschah, der diesem narbigen Monster in die Quere kam.

»Macht euch nicht die Hose voll«, sagte Yazzie. »Sehen wir lieber zu, dass wir von hier wegkommen. Slim, du bleibst hier hinten auf der Ladefläche. Du, Jamie, kommst mit mir nach vorn.«

Yazzie stieg in den Wagen, setzte sich hinters Lenkrad und schlug die Tür zu. Ein wenig zögernd drehte er den Zündschlüssel. Wer konnte sagen, ob diese beiden verdammten Brüder dem Wagen keine Sprengladung verpasst hatten?

Yazzie hielt den Atem an, als der Anlasser jaulte und ratterte.

Dann sprang der Motor an, ohne dass der Van ihnen um die Ohren flog.

Ramirez ließ sich auf den Beifahrersitz fallen, die Waffe in der Hand. »Wohin fahren wir?«

»Erst zum Casino«, antwortete Yazzie, in dem bereits ein Plan reifte. Die beiden jungen Burschen kamen ihm gerade recht. »Dann setze ich euch ab, und ihr erhaltet weitere Instruktionen. Tu einfach, was ich sage, Junge. Dann verlässt du dieses Tal vielleicht noch heute als reicher Mann.«

Kapitel 86

Einer der letzten Gangster des Kartells, die sich noch wehrten, war ein Kerl mit einem Pferdeschwanz und einer Lederweste über einem weißen T-Shirt. Er schien beschlossen zu haben, durch Eigenwilligkeit zu glänzen. Er stand in Deckung eines brennenden Pick-ups, in jeder Hand eine MAC-10-Maschinenpistole. Hin und wieder schwenkte er die Waffen, wobei er jedes Mal ungezielte Salven in den Rauch jagte, ohne sich darüber im Klaren zu sein, dass er auch die eigenen Leute treffen konnte.

Ackerman kicherte. Er sah mit erschreckender Deutlichkeit, dass der Maschinenpistolero keine Ahnung hatte, was den Gebrauch zweier Schusswaffen im Akimbo-Stil anging.

Was für ein Trottel.

Ackerman attackierte. Tief geduckt huschte er auf den Mann zu, schräg von der Seite, stets in Deckung des brennenden Wracks und außerhalb der Schusslinie des sporadischen Feuers. Drei Meter vor dem Ziel schnellte Ackerman hoch. Mit einem gewaltigen Satz flog er über die Flammenwand vor dem Pick-up hinweg. Der Sprung brachte ihn dicht an den noch immer ahnungslosen Gegner. Der Kerl riss Augen und Mund auf, als Ackerman so plötzlich vor ihm stand, als wäre er vom Himmel gefallen. Ackermans Faustmesser blitzten, als er dem Pferdeschwanz beide Klingen in die Unterarme stieß. Das Rattern der MPs verstummte abrupt. Die Waffen flogen dem Mann aus der Hand und verschwanden im Rauch. Ackerman riss die Messer hoch, stach nach dem Kopf des Gegners und trieb ihm die Klingen zielsicher links und rechts durch beide Ohrläppchen.

Pferdeschwanz schrie vor Schmerz und Schock.

Ackermans rechter Arm schnellte hoch. Eine kurze Drehung in der Schulter, und sein Ellbogen knallte gegen Pferdeschwanz' Schläfe. Der Mann verdrehte die Augen und ging krachend zu Boden.

Ackerman hätte die blutigen Klingen der Faustmesser gern saubergeleckt, aber die Maske hinderte ihn daran.

Wahrscheinlich ist es besser so, sagte er sich. *Wer weiß, was der Typ genommen hat, dass er sich so dämlich anstellt.*

Er fuhr herum, als er das Klirren und Krachen von Glas und berstendem Metall hörte.

Ein Farmlaster raste genau auf ihn zu und rammte mit lautem Getöse einen im Weg stehenden Van. Die Wucht des Aufpralls schleuderte den Van in Ackermans Richtung.

Als zwei Tonnen glühendes Metall auf ihn zu flogen, ohne dass er ausweichen konnte, blieb ihm nur ein Fluchtweg: Er sprang nach vorn auf den brennenden Pick-up und klammerte sich auf der Ladefläche fest. Sie bot kaum Griffmöglichkeiten, und zu allem Überfluss war jede davon glühend heiß. Es zischte und qualmte, als Ackerman sich festklammerte. Der vertraute Geruch von verbrannter Haut stieg ihm in die Nase.

Der Van traf den Pick-up mit verheerender Wucht. Der Aufprall schleuderte das Fahrzeug mit solcher Kraft herum, dass es am Boden zwei volle Drehungen machte. Kaum war der Pick-up zum Stillstand gekommen, riss Ackerman die Hände los und sprang mit einem mächtigen Satz von der Ladefläche.

Der Schmerz sandte stromstoßartige Schauer durch seinen Körper, als er zu der Bresche blickte, die Farmlaster und Van in Canyons Barrikade gerissen hatten.

In diesem Moment rief eine Stimme, die ihm bekannt vorkam: »Bitte, helfen Sie uns!«

Ackerman zog sich die Maske vom Gesicht und drehte sich um.

Vor ihm stand Toby Canyon.

»Scheiße, wo kommst du auf einmal her?«, fragte Ackerman.

»Wir brauchen Ihre Hilfe. Mein Vater …«

Ackerman schob den Jungen ein Stück zurück und musterte ihn. »Du hast die Granate gut verdaut, wie ich sehe.«

Toby funkelte ihn an. »Warum reden Sie so blöd? Ich weiß, dass das Ding nicht scharf war.«

»War ja auch nur ein Spiel. Ein Spiel mit Eiern, erinnerst du dich?« Ackerman grinste. »Lieber eins im Mund, als zwei in der Hand.«

»Sie müssen mit mir zu meinem Vater kommen«, drängte Toby. »Schnell!«

»Wo ist denn dein Vater?«

Toby streckte den Arm aus. »Gleich da vorn.«

»Okay.« Ackerman nickte ihm zu. »Führ mich hin.«

Kapitel 87

Die Schlacht war so gut wie geschlagen.

Der Rauch hatte sich mittlerweile so weit verzogen, dass er kaum noch die Sicht behinderte. Als er und Toby die verwüstete Straßensperre erreichten, sah Ackerman die Nachwirkungen seines Sturmlaufs: besinnungslose und blutende Männer, von denen die meisten mit ausgebreiteten Armen am Boden lagen. Andere wälzten sich stöhnend hin und her oder hielten sich blutende Wunden. Durch die Rauchfahnen sah Ackerman, dass auch auf der anderen Straßenseite, in Marcus' Revier, Männer am Boden lagen.

Toby führte ihn um das Wrack eines Kastenwagens herum, das auf der Seite lag.

Und da stand Marcus.

Er hatte Ausrüstung und Schutzweste abgelegt und trug am Oberkörper nur ein blutiges, rußverschmiertes Unterhemd. Er stand mit dem Rücken zum Kastenwagen, beide Hände unter den Aufbau geschoben, und versuchte, das Wrack hochzustemmen.

Ackerman schüttelte ungläubig den Kopf. Sein Bruder versuchte doch tatsächlich, ein Fahrzeug von zwei Tonnen Gewicht ganz allein zu heben, um jemandem zu helfen, der darunter eingeklemmt war.

Als Ackerman nähertrat, sah er, dass der Mann unter dem Kastenwagen niemand anderer war als John Canyon.

In diesem Augenblick entdeckte Marcus seinen Bruder und rief: »Wo hast du dich so lange rumgetrieben, Frank? Komm, hilf mir mal!«

Ackerman trat an Marcus' Seite und schaute sich an, wo der Kastenwagen auf Canyons Körper gelandet war. Nachdem er mit geübtem Auge die Wunden des Mannes begutachtet hatte, suchte er Marcus' Blick und schüttelte den Kopf. Marcus fluchte lautlos und gab seine Bemühungen auf.

Toby schien bemerkt zu haben, was zwischen den beiden großen fremden Männern vorging. »Was ist?«, fragte er ängstlich. »Warum hören Sie auf?«

Ackerman erhob sich zu voller Größe und blickte Toby in die Augen. »Tut mir leid, mein Freund. Wir können ihn nicht befreien. Selbst wenn wir den Wagen heben könnten, wäre er in einer Minute tot. Wenn er mein Vater wäre – ich würde die Gelegenheit nutzen, mich von ihm zu verabschieden.«

Toby starrte zu Boden, die Zähne zusammengebissen.

»Du kennst das Zitat«, sagte Ackerman. »Wer das Schwert nimmt, der soll durch das Schwert umkommen. Ein Weg, wie dein Vater ihn gegangen ist, kennt nur ein Ende.« Ackerman legte ihm eine Hand auf die Schulter. »Geh zu ihm. Er braucht dich jetzt mehr denn je.«

Toby trat zu seinem sterbenden Vater, der hilflos unter dem Wrack eingeklemmt war, und kniete neben dem Sterbenden. Tränen liefen ihm über die Wangen.

Der tödlich verletzte Drogenboss blickte auf seinen Sohn.

Im Licht des frühen Morgens, im flackernden Schein der Flammen entdeckte Canyon in seinem Sohn ein klein wenig von sich selbst. Er hatte immer geglaubt, der Junge schlage seiner Mutter nach, nun aber schaute er in seine eigenen Augen, in denen das gleiche Feuer leuchtete wie bei ihm selbst vor langer Zeit. Leider hatte er sich nie die Zeit genommen, genauer hinzuschauen. Jetzt war es zu spät.

»Bald kommt Hilfe«, log Toby. »Du kommst wieder in Ordnung, Dad. Du darfst dich nur nicht bewegen.«

Canyon lachte leise und schmerzerfüllt. Er spürte, wie dabei irgendetwas in ihm zerriss. »Wenn du lügst, merke ich es jedes Mal, genau wie bei deiner Mutter.«

»Verzeih mir, dass ich versagt habe, Dad. Ich hätte mich nicht gefangen nehmen lassen dürfen.«

»Dir braucht nichts leidzutun. Ich bedaure nur, dass ich nie für dich da war. Mir war es immer so wichtig, unserem Volk eine Zukunft zu geben, dass ich dabei das Wichtigste übersehen habe: Ich hätte dieses Ziel viel eher durch dich erreichen können. Du hättest längst an meiner Seite arbeiten müssen.«

Tobys Gesicht war tränennass. »Ich hätte gegen dich angekämpft, immer und überall.«

»Vielleicht. Aber wir wären wenigstens zusammen gewesen ... als Vater und Sohn. Ich bin stolz auf dich, Toby. Ich hoffe, du wirst ein besserer Mann, als ich es war.« Canyon hustete Blut. »Ich bin dankbar, dass ich Gelegenheit bekomme, mich von dir zu verabschieden.«

Toby senkte den Kopf, weinte jetzt hemmungslos an der Brust seines Vaters. »Dafür bringe ich ihn um«, flüsterte er. »Dafür wird er bezahlen!«

»Wer?«, fragte Canyon.

»Dieser große Fremde. Francis Ackerman. Ich habe den Namen mitbekommen, als er und Liana oben im Handelsposten miteinander geredet haben.«

»Sagtest du ... Ackerman?«, flüsterte Canyon. »Bist du dir sicher?«

Toby nickte. »Ja.«

Ein Ruck ging durch Canyons Körper. Noch einmal kehrte Leben in seine Augen zurück. Er nahm alle verbliebene Kraft zusammen, packte Toby am Hemd und zog ihn zu sich heran. »Wo ist er?«

»Aber Dad ...«

»Hör mir jetzt zu, Toby. Es gibt nur einen, der für das alles hier verantwortlich ist. Dein Onkel Xavier. Ich kann meine Rache an dem Mistkerl nur bekommen, indem ich dem Feind meines Feindes helfe, und der Schlimmste von ihnen ist Ackerman. Also, wo ist er?«

»Ich bin hier«, sagte eine dunkle Stimme.

Frank kniete sich neben den Sterbenden. Mit Staub, Ruß und Blut bedeckt sah er noch furchteinflößender aus als sonst. Und da war noch etwas. Irgendetwas in seinen Augen, das sogar dem sterbenden Canyon über alle Maßen Furcht einflößte.

»Hören Sie gut zu, Ackerman«, begann er mühsam. »Ich werde Ihnen jetzt verraten, wo Agentin Carlisle ist, auch wenn ich nicht weiß, ob sie noch lebt. Als Gegenleistung müssen Sie mir versprechen, Yazzie zu jagen und zu töten. Sie sind der Einzige, der dazu imstande ist.«

»Zuerst will ich wissen, wo Maggie ist.«

Mit schmerzverzerrtem Gesicht sagte Canyon: »In einer … Kiva.«

»Kiva?«

»Eine Kiva«, flüsterte Canyon, »ist ein Zeremonienraum unserer Ahnen. Yazzie … er hat mich einmal in die Hügel mitgenommen … nördlich von Roanhorse … wohin genau, weiß ich nicht mehr. Es ist Jahre her … wir waren noch halbe Kinder. Oben in den Bergen, irgendwo zwischen Felsen versteckt, liegt ein Heiligtum der Alten … ein Tempel, den die Dreckwühler der Bilagáana nie entdeckt haben. Dort oben gab es eine Kiva, gefüllt mit Knochen und verrottenden Leichen. Yazzie … hat mir von einem Geist erzählt … einem Dämon, der ihn besucht habe, als er selbst vor vielen Jahren in diese Grube gefallen war. ›Er, der die Welt verschlingt‹, nannte er ihn. Yazzie ist völlig verrückt … er hat immer schon an einen solchen Unsinn geglaubt. Ich habe ihn im Lauf der Jahre öfters über diesen … Weltenverschlinger reden hören ... er verehrt dieses Wesen ... wie einen Gott.« Canyon stockte, atmete tief und qualvoll. »Jedenfalls ... dorthin hat er die Agentin verschleppt ... Maggie Carlisle.«

»Okay«, sagte Frank, plötzlich hellhörig geworden. »Aber wenn Sie nicht wissen, wo genau dieser Tempel ist, nutzt mir das gar nichts. Wie sollen wir ihn finden?«

Canyon schüttelte den Kopf. »Das kann Ihnen nur Yazzie sagen.«

»Okay, und wo steckt der?«

»Er ist zum ... Casino. Er wird versuchen, Reyna mitzunehmen, seine Schwester ... meine Frau. Vor allem ihr Geld. Wenn Sie Yazzie jetzt nicht aufhalten, verschwindet er nach Mexiko. Deshalb ... müssen Sie sich beeilen. Er ... wird im Penthouse sein ... im Südturm, dreizehnter Stock, in der Wohnung meiner Frau ... Versprechen Sie mir, dass Sie Yazzie für mich töten.«

»Schnappen, nicht töten«, antwortete Frank. »Aber sobald er uns gesagt hat, was wir wissen wollen«, er zwinkerte dem Sterbenden zu, »schicken wir Ihnen den Kerl hinterher.«

Kapitel 88

Marcus war todmüde, sodass er sich am liebsten auf den nackten Erdboden gelegt hätte, um ein paar Stunden den Schlaf der Erschöpfung zu schlafen. Doch sie hatten nicht die Zeit, sich auszuruhen. Der Rauch verzog sich immer mehr; der Wind nahm zu und beschleunigte das Aufklaren. Sie mussten sich auf die Jagd nach Yazzie machen, bevor der sich auf Nimmerwiedersehen absetzte und Maggie für immer und ewig verschwunden blieb.

Nach Canyons Tod hatten Ackerman und Marcus sich gegenseitig verarztet, so gut es ging, und die zerstörten Fahrzeuge nach brauchbaren Gegenständen durchsucht. Das mit Abstand Wichtigste war jetzt allerdings ein unversehrtes Fahrzeug, um zum Casino zu gelangen. Im schlimmsten Fall würden sie zu Fuß zu der Stelle gehen müssen, an der Yazzie und Marcus den Streifenwagen des Captains zurückgelassen hatten, als der Narco-Tank wie aus dem Nichts erschienen war und sie überfallen hatte. Doch es musste alles schnell gehen. Die Zeit arbeitete gegen sie.

Noch etwas kam hinzu. So ungern Marcus es sich eingestand: Der Stich des Skorpions machte ihm noch immer zu schaffen. Sein Bein war fast taub, und hin und wieder überfielen ihn Schwindel und Übelkeit.

Nun gingen die Brüder auf der Suche nach einem Gefährt Seite an Seite über das rauchende Schlachtfeld, über dem noch immer eine Dunstglocke lag. Als Ackerman sah, dass Marcus leicht das Bein nachzog, fragte er: »Was ist passiert?«

»Yazzie hat mich mit einem Arizona-Rindenskorpion bekanntgemacht. Er hieß Harvey.«

»Wie nett.«

»Dir hätte er gefallen. Harvey war groß, böse, hässlich und giftig.«

»So wie du.«

»Blödmann.«

»Canyon war wohl doch keine solche Schweinebacke, wie wir dachten, was?«, fragte Ackerman.

»Hat ganz den Anschein. Sonst hätte er uns nicht verraten, wohin Yazzie sich abgesetzt hat.«

»Er hat den Kerl gehasst bis aufs Blut. Er wollte ihn tatsächlich tot sehen.«

»Und das ist ein guter Grund«, meinte Marcus, »dass wir Canyon trauen können.«

»Ja. Auch was das Casino und dieses Penthouse angeht. Dreizehnter Stock im Südturm, nicht wahr?«

Marcus nickte.

»Kannst du dich von deiner Erkundungstour noch gut genug an den Laden erinnern?«, wollte Ackerman wissen.

»Na klar«, antwortete Marcus überzeugt. »Ich habe ein fotografisches Gedächtnis, schon vergessen? Und die hundert Dollar Trinkgeld, die ich dem Barkeeper gegeben hatte, haben Wunder gewirkt. Es hat mir sogar ziemlich genau erklärt, wo im Südturm Mrs. Canyon wohnt.«

»Na schön«, meinte Ackerman. »Da gibt es nur ein Problem.«

»Und welches?«, fragte Marcus.

»Um in diesen Laden reinzukommen, bräuchten wir einen Panzer.«

In diesem Moment entdeckte Marcus ein Stück voraus im Dunst die schemenhaften Umrisse eines Fahrzeugs, das wie geschaffen für sie wäre, falls es nach der Schlacht noch brauchbar war.

»Ein Panzer?« Marcus lächelte. »Kein Problem, wir haben einen.«

Er zeigte auf die Umrisse des massigen Gefährts, das vor ihnen im Dunst zu sehen war.

Die Brüder gingen die Reihe zerstörter Fahrzeuge entlang. Wie ein mystisches Ungeheuer schälte sich das *Monstruo* aus dem Rauch. Marcus hatte von gigantischen Fahrzeugen wie diesem gelesen, die von Drogenkartellen und anderen in die mexikanischen Drogenkriege verstrickten Gangs gebaut und benutzt wurden. Oft waren es modifizierte Trucks, Pick-ups oder SUVs, die in militärische Waffensysteme mit den unterschiedlichsten Angriffs- und Verteidigungsfähigkeiten verwandelt wurden. Selbst die kleinsten Narco-Tanks waren mit zentimeterdicken Stahlplatten gepanzert.

Das schwarze Ungetüm, das nun im Rauch sichtbar wurde, machte den Eindruck, als könnte es sogar dem Beschuss eines Kampfpanzers standhalten.

Bei näherer Betrachtung traf das sogar zu, denn eine von Ackermans C4-Ladungen war unter dem Narco-Tank detoniert, hatte ihm aber kaum etwas anhaben können.

Marcus schaute seinen Bruder an und lächelte. »Was meinst du, ob die Schlüssel stecken?«

Kapitel 89

Yazzies Plan nahm immer deutlicher Gestalt an.

Nachdem er Ramirez und Slim Anweisungen erteilt und die beiden mit den Schlüsseln zu seinem Streifenwagen an der Hauptstraße unweit des Casinos abgesetzt hatte, fuhr Yazzie den Van in eine Parktasche im untersten Stockwerk der Tiefgarage. Von dort gelangte er durch einen wenig benutzten Gang zum Serviceaufzug im Südturm des Casinoanlage.

Jetzt war höchste Eile geboten. Er musste sich seine Schwester und seinen Notgroschen schnappen, ehe die Verfolger auftauchten, allen voran dieser verdammte Narbige und sein Bruder.

Der Serviceaufzug duftete nach frischer Bettwäsche. Die Zimmermädchen mussten Reyna schon neue Handtücher und Bettlaken gebracht haben. Yazzie rechnete aber nicht damit, dass seine Schwester bereits wach war. Das Rauschgift stellte bei ihr den Tag und die Nacht auf den Kopf. Andererseits war sie es gewohnt, die ganze Nacht hindurch aufzubleiben. *Wie unsere Mutter damals*, dachte Yazzie verächtlich.

Der Serviceaufzug öffnete sich in eine langgezogene Vorratskammer hinter der Küche des Penthouse. Yazzie durchquerte diesen Raum mit schnellen Schritten und gelangte in das offene Wohnzimmer, unter dessen vier Meter hoher Decke freiliegende Balken zu sehen waren. Die verputzten Innenwände zeigten helle Braun- und pastellene, warme Rottöne. Durch die teils geöffneten Fenster wehte der Duft nach Kreosotstrauch und Salbei ins Innere. Es roch wundervoll, wie die Wüste nach einem Regen.

Ein weiter Weg trennte Yazzie und seine Schwester von dem Gestank nach billigem Fusel und Zigaretten und den Gerüchen nach Sex und Schweiß, die über ihrer Kindheit hingen.

Doch Reyna interessierte sie sich seit Langem nur noch für ihren nächsten Schuss und für ihr Bett.

Mit der freien Hand öffnete Yazzie die Tür zum Balkon des dreizehnten Stocks und atmete tief durch. Die Luft hier oben roch jedes Mal herrlich rein und sauber. Hoch über den Ausdünstungen der Städte, wo nur der Wind, die Vögel und die Geister der Ahnen lebten.

Gedankenversunken schaute Yazzie über das weite Land. Nichts davon gehörte ihm oder Canyon oder sonst wem. Kein Mensch konnte das Land und den Himmel besitzen. John Canyon – der auf seiner Farm wie ein Sklave bis zum Hals in Schafsdreck schuftete – glaubte, er herrsche über dieses Königreich. In Wahrheit hielt er, Yazzie, die Zügel in der Hand und fuhr die Ernte ein. Seine Rolle als Galionsfigur spielte Canyon allerdings sehr gut. Doch falls er das Debakel am Handelsposten überlebte, würde er sich bei den Bundesermittlern für seinen Drogenschmuggel verantworten müssen.

Yazzie grinste. *Ich bin dann längst im Süden, weit hinter der Grenze, lieber Schwager, und habe deine Frau und ihr Geld.*

»Xavier?«

Er wandte sich vom Panorama ab und sah Reyna, die neben der Tür stand.

»Was willst du hier, Xavier?«

Die Sucht hatte ihr einst so schönes Gesicht hohlwangig werden lassen. *Kein Wunder*, dachte Yazzie. *Sie zieht sich für zweihundert Dollar täglich Kokain durch die Nase.*

»Gut, dass du auf den Beinen bist, Reyna. Hast du wieder die Nacht durchgemacht?«

Sie musterte ihn verächtlich. »Was willst du?«

»Pack das Wichtigste zusammen. Wir verschwinden von hier. Mach schnell.«

»Mit dir gehe ich nirgendwohin, Xavier.«

»Du tust, was ich sage!«

»Ohne meinen Sohn mache ich keinen Schritt.«

Yazzies Gesicht verzerrte sich. »Deinem Sohn geht es gut. Er ist nicht derjenige, der in Schwierigkeiten steckt. Aber wir. Die Feds sind hierher unterwegs.«

»Bundesagenten? Aber … wieso denn?«

»Erzähle ich dir unterwegs. Los jetzt. Wir reisen mit leichtem Gepäck. Wir müssen uns beeilen.«

Sie schüttelte den Kopf. »Ich sagte doch, mit dir gehe ich nirgendwohin.«

»Wir lassen den Jungen nachkommen, sobald wir in Sicherheit sind. Und jetzt tu, was ich sage. Mach dich fertig. Oder soll ich dich erst windelweich prügeln und dich dann zum Auto zerren? Also, was ist jetzt? Beeil dich. Wir haben nicht viel Zeit.«

Sie starrte ihn aus blutunterlaufenen Augen an. Yazzie roch den Whiskey in ihrem Atem. Wie sehr sie ihn an ihre Mutter erinnerte, diese Hure.

»Ich hasse dich«, stieß Reyna hervor. »Hättest du mich doch nur vor all den Jahren sterben lassen! Als du in die Grube gefallen bist, wusste ich genau, wie man zu den Ruinen zurückfindet. Ich kenne das Land besser, als du es jemals kennen wirst. Ich habe deine Retter ziellos durch die Gegend geführt und so getan, als hätte ich mich verirrt, weil ich dich nicht wiedersehen wollte. Aber ich bin nicht wie du. Ich habe ein Gewissen. Deshalb habe ich sie schließlich doch hinauf in die Berge geführt. Ich habe dir das Leben gerettet … der größte Fehler, den ich je begangen habe.«

Yazzie machte einen Schritt auf sie zu. »Keine Sorge. Dein Wunsch hat sich erfüllt. Dein Bruder Xavier ist in der Grube gestorben, umgeben von den Geistern der Alten. Du hast ihn nicht gerettet. Dein Bruder Xavier starb, und etwas anderes, Mächtigeres stieg aus der Grube empor.« Mit einem Mal brüllte er los: »Und wenn die Familientherapie jetzt endlich vorbei ist, dann tu, was ich dir sage!«

Tränen schimmerten in Reynas einst so schönen braunen Augen. Sie wusste, dass sie niemals gegen ihn ankommen würde.

Sie hatte schon wieder verloren, wie so oft im Leben.

Furchtsam zog sie sich zurück, um zu tun, was Yazzie angeordnet hatte.

Wie schon immer, seit sie Kinder gewesen waren.

Kapitel 90

Um ihren Angriff im Innern des Casinogebäudes abzustimmen, hatten Ackerman und Marcus sich abgesprochen. Sie wollten versuchen, sich von der Wucht ihres Angriffs tragen zu lassen, mit dem Narco-Tank durch das Casino zu pflügen und bis in die Nähe des Südturms durchzubrechen, um sich anschließend zum Serviceaufzug durchzuschlagen. Dort würde Ackerman in der Tiefgarage Stellung beziehen und auf die Beute lauern, die Marcus ihm zutreiben wollte, bis sie unentrinnbar in der Falle saß.

Es war ein Angriff mit der Brechstange, aber anders konnten sie ihr Ziel nicht erreichen.

Was diesen ersten Teil des Plans betraf, mussten Ackerman und Marcus darauf hoffen, dass Canyon die Wahrheit gesagt hatte. Aber der Hass des Drogenbarons auf Yazzie war echt gewesen; der Sterbende hatte keinen Grund gehabt, ihn anzulügen. Ackerman hätte es ohnehin gespürt.

Nun aber trat der Angriff in die kritische Phase ein.

Der Casinokomplex bestand aus mehreren miteinander verbundenen sandfarbenen Gebäuden aus Glas und Beton. Die Fenster waren mit einem roten, reflektierenden Material getönt und erweckten den Eindruck einer Luftspiegelung – ein beeindruckender Effekt. Am eindruckvollsten war Marcus bei seinem Erkundungsbesuch allerdings die Miniaturversion des Grand Canyons erschienen. Teils innerhalb, teils außerhalb des Casinogebäudes war ein kreisrundes Loch in den Boden eingelassen und mit verstärktem Plexiglas verschlossen worden. Ein Teil der Glasfläche, unter der sich der künstliche Grand Canyon erstreckte, befand sich unter dem Parkplatz.

Bei seinem Besuch hatte Marcus auch die Führung mitgemacht, bei der es durch einen Panoramabereich ging, wo auf Tafeln der Bau dieses Mini-Grand-Canyons veranschaulicht wurde. Die Wirkung war realistisch und schwindelerregend. Der künstliche Grand Canyon war nur zwanzig Meter tief, aber durch geschickten Einsatz von Licht und Schatten und anderer optischer Tricks und Täuschungen erweckte der Bereich unter dem Plexiglas den Eindruck, als stünde man über den echten Schluchten. Kein Wunder, dass dieses Zauberwerk der Illusion scharenweise Touristen anzog und ins Casino lockte.

So wie an diesem Morgen. Zahllose Besucher und Glücksspieler strömten schon jetzt über den Parkplatz des Casinos.

Noch hielt Marcus sich von der Menge fern. Er wollte nicht, dass der riesige, kantige Narco-Tank allzu große Aufmerksamkeit erregte. Kurz fragte er sich, wie die Gangster der Kartells dieses Gefährt über die Grenze geschafft hatten. Wahrscheinlich mit dicken Bargeldbündeln, die dafür sorgten, dass die richtigen Leute in die falsche Richtung schauten.

Marcus hielt am Straßenrand in der Nähe einer Tankstelle sowie mehrerer Fastfoodbuden, Boutiquen und Souvenirläden, die sich wegen der Besucher, die das Casino herlockte, hier angesiedelt hatten. Hier hatte es nie eine Ortschaft gegeben; genau wie in Las Vegas war hier alles aus dem Boden gestampft worden, als das Casino errichtet worden war.

Marcus schloss die Augen und rief sich den Weg durch das Gebäude ins Gedächtnis. Bei seinem Besuch war er den gesamten Bereich um das Casino abgegangen. Mithilfe seines fotografischen Gedächtnisses machte er seinen Erkundungsgang nun ein zweites Mal und rief sich den Grundriss des Casinos und den Weg, den sie nehmen mussten, vor Augen.

»Okay, Bruderherz«, sagte er schließlich zu Ackerman. »Gehen wir's an.«

Marcus bog auf die Hauptstraße ein, die hinauf zur Spielbank führte. Genau vor ihnen erschien jetzt das funkelnde Casinogebäude.

Es war so weit.

Marcus gab entschlossen Gas. Er hatte nicht die Absicht, den Fuß vom Pedal zu nehmen, bis er mit dem Narco-Tank durch das Casino gepflügt war und sich in Schlagdistanz zum Südturm befand.

Marcus schaute zum Gebäude, kalkulierte blitzschnell den Weg des geringsten Widerstands bei größtmöglicher Wirkung. Dann war das motorisierte Ungeheuer bis auf fünfzig Meter heran. Die Leute stoben schreiend auseinander. Marcus drückte auf die Hupe, damit auch der Letzte aus dem Weg sprang.

Dann wappneten er und Ackerman sich für den Aufprall. Der Vordereingang des Casinos befand sich in einer gigantischen Säule aus Glas, so hoch wie das Gebäude selbst.

Marcus bremste nicht, als er und Ackerman mit dem schwarzen Monstrum hindurchbrachen und in einer Wolke aus Holz- und Plastiktrümmern durch das Gebäude pflügten. Funkelnde Scherben stürzten wie ein Wasserfall aus Glas auf das *Monstruo* herab.

Schon bald schob das Fahrzeug einen Berg aus Trümmern vor sich her und kam nur noch mühsam voran. Der Motor wummerte; die dicken Reifen drehten sich kreischend auf dem Marmorboden.

»Runterschalten!«, rief Ackerman.

Marcus schaltete in einen niedrigeren Gang. Der Narco-Tank gewann wieder an Geschwindigkeit und durchpflügte das Casino rücksichtslos. Was ihm in den Weg kam, zermalmte er unter seinen dicken Reifen. Besucher warfen sich in Panik zur Seite, bewaffnete Security-Mitarbeiter und Kartellkiller, die sich unter die Leute gemischt hatten, eröffneten das Feuer auf das schwarze Monstrum. Doch ihre Kugeln prallten sirrend von den Kotflügeln ab. Vorder- wie Hinterräder wurden von Panzerplatten geschützt und waren doppelt bereift. Der Narco-Tank rollte nicht auf vier, sondern auf acht Reifen.

In einer stinkenden schwarze Wolke aus Auspuffgas und verbranntem Reifengummi erreichte das Panzerfahrzeug den Aufzug des Südturms. Dort riss Marcus das *Monstruo* in einem engen U-Turn herum und stellte den wummernden Motor ab. Er und Ackerman stießen die Panzertüren auf und sprangen aus der schwarzen Monstrosität.

Die Casinobesucher, die in der Nähe standen, waren starr vor Angst und Entsetzen.

Ackerman grinste. Bisher lief ihr Coup einfacher als erwartet.

Im Sichtschutz der Staub- und Auspuffwolke stürmte Marcus mit angeschlagener Waffe hinunter zur Tiefgarage, um von dort aus zum Südturm zu laufen, wo sich der Serviceaufzug befand, der ihn zu seinem unerwarteten Rendezvous mit Yazzie bringen sollte.

Nach einem letzten Blick über die Schulter klopfte Ackerman auf die stählerne Flanke des Panzerplattenungetüms. »Sobald ich zurück bin, Dicker, kommst du in meinen Fuhrpark«, sagte er.

Dann folgte er Marcus, um seinen Posten in der Tiefgarage zu beziehen, wo er Yazzie abfangen würde.

Jetzt musste alles blitzschnell gehen.

Kapitel 91

»Komm endlich, Reyna!«, brüllte Yazzie durch das Penthouse. Er trug jetzt eine neue Brille und einen anderen Hut, die er für den Fall der Fälle in der Wohnung seiner Schwester deponiert hatte.

Genau dieser Fall war jetzt eingetreten.

»Reyna?«

Keine Reaktion.

»Reyna!«

Stille.

Miststück. Yazzie fluchte in sich hinein.

In diesem Moment hörte er das Donnern eines kräftigen Motors irgendwo tief unter sich, drüben am Casinogebäude.

Sind sie das schon?

Er trat an das Geländer und sah voller Entsetzen, wie der Narco-Tank herangejagt kam. Wie ein schwarzer Keil stieß er in die Front des Casinogebäudes. Glaswände explodierten. Metall- und Holzteile wirbelten umher. Das Klirren, Kreischen und Krachen, vermischt mit panischen Schreien, drang bis zu Yazzie hinauf.

Und dazwischen wummerte der schwere Motor des Narco-Tanks.

Kapitel 92

In seiner Deckung auf dem Gang vor dem Serviceaufzug hörte Ackerman das ferne Stimmengewirr, das Heulen von Sirenen und die anderen Geräusche des Aufruhrs, den ihr Auftritt mit dem Narco-Tank verursacht hatte.

Noch ließ Yazzie sich nicht blicken.

Wie es wohl Liana geht oben auf dem Felsen?, fragte sich Ackerman. *Wäre zu schön gewesen, hätte ich sie noch einmal wiedergesehen. Die Braut ist clever, hat Mut und sieht klasse aus. Genau meine Kragenweite. Vielleicht, wenn ich …*

Das Surren der Motoren und das »Ping« des Aufzugs rissen Ackerman aus seinen Gedanken. Er hörte, wie der Lift hielt und die Türen rumpelnd auseinanderfuhren, gefolgt von einem Augenblick der Stille. Nicht einmal Schritte waren zu hören. Ackerman nahm an, dass der Ankömmling Yazzie war, der nun mit schussbereitem Revolver in den Gang spähte, um sicherzugehen, dass er sich ungesehen absetzen konnte.

Nachdem er endlich das Geräusch von zwei Personen gehört hatte, die den Aufzug verließen und dem Gang zur Tiefgarage folgten, wartete Ackerman noch ein paar Sekunden im Halbdunkel seiner Deckung. Dann erhob er sich geschmeidig und folgte den Schritten.

Und da stand er, mit dem Rücken zu Ackerman. Der Taker. Die verhärmte Frau neben ihm musste seine Schwester Reyna sein.

Lautlos näherte Ackerman sich den beiden von hinten. Als er bis auf drei Schritte heran war, sagte er: »Ich ziele auf deinen

Rücken, Kumpel. Dreh dich nicht um. Leg die Waffe auf den Boden – schön langsam.«

Yazzie erstarrte. Er machte keine falsche Bewegung, aber er gehorchte auch nicht.

Ackerman grinste. »Dreizehnter Stock – das konnte ja nicht gut gehen.«

»Was wollen Sie? Mich umbringen? Sie werden es niemals wagen, auf mich zu schießen, denn Sie wissen immer noch nicht, wo Ihre vermisste Freundin steckt. Nur ich kann sie retten, denn ich allein weiß, wo sie ist. Also, nennen Sie mir einen guten Grund, weshalb ich die Waffe weglegen soll.«

Ackerman schwieg. Dieser Logik war schwerlich etwas entgegenzusetzen.

»Sehen Sie?«, höhnte Yazzie. »Sie wagen es nicht. Und wenn doch, nehme ich den Aufenthaltsort Ihrer kleinen Schwester mit ins Grab. Selbst wenn Sie mich foltern, bringt Ihnen das nichts. Dann nenne ich Ihnen ein Ziel, das Sie in irgendeinen Abgrund führt. Ich mache Ihnen einen Vorschlag zur Güte: Wenn Sie meine Schwester und mich gehen lassen, rufe ich Sie in zwei Stunden an und sage Ihnen, wo Sie Ihre Maggie finden.«

»Und dann singst du mir auch noch ein Ständchen, was?« Ackerman lachte auf. »Ich hab meine Keine-Toten-Regel heute schon gebrochen. Ob ich dich jetzt auch noch flachlege oder nicht, spielt keine Rolle mehr.«

»Dann finden Sie Ihre Freundin nie.«

»Da wäre ich mir gar nicht so sicher. Canyon wurde sehr redselig, bevor er sich für immer von der Party verabschiedet hat. Er hat ein paar interessante Geschichten über einen unentdeckten Tempel erzählt, der sich in den Hügeln nördlich von Roanhorse verbirgt.«

Während er sprach, hatte Ackerman auf das kleinste Zucken

Yazzies geachtet, und tatsächlich: Bei der Erwähnung des Tempels spannte sich sein Körper.

»Na und?« Er lachte hämisch. »Das ändert gar nichts. Ohne mich finden Sie den Tempel genauso wenig wie Ihre Freundin.«

Wie auf ein Stichwort rief seine Schwester: »Ich führe Sie dorthin, wenn Sie mir helfen.«

»Und wie?«, fragte Ackerman.

»Töten Sie ihn! Töten Sie meinen Bruder! Jetzt sofort!«

Ackerman bemerkte, wie Yazzie die Schultern spannte, als wollte er über die eigene Schwester herfallen,

»Fragen wir ihn, was er davon hält.« Ackerman blickte Yazzie an. »Also, wo finden wir Maggie? Wenn du es uns nicht sagst, verrät es uns dein Schwesterchen.«

Reynas Stimme wurde schrill. »Warum warten Sie noch? Erschießen Sie ihn! Sie wissen nicht, wozu er fähig ist!«

Yazzie ging langsam in die Hocke und legte seinen Revolver auf den Boden. »Sie würde den Tempel trotzdem nicht finden«, sagte er. »Nicht nach all den Jahren. Sie brauchen mich.«

Das erneute »Ping« des Aufzugs untermalte Yazzies letztes Wort. Marcus sprang aus dem Lift, eine MP5 in den Händen, und stürmte zu ihnen in den Servicegang. Er brachte die Waffe in Anschlag, drückte Yazzie die Mündung in den Nacken und fuhr ihn an: »Du bringst uns jetzt zu Maggie. Sofort. Keine faulen Tricks.«

»Cool bleiben, Bruder.« Ackerman lächelte. »Ich hab schon alles unter Dach und Fach.« Er zeigte auf Reyna. »Diese Lady hier, Mr. Yazzies Schwester, ist so freundlich, uns zum Tempel ihres missratenen Bruders zu führen.«

Marcus atmete auf und nahm die Waffe herunter. »Worauf warten wir noch?«

Kapitel 93

Auf ihrem Bett aus moderigen Knochen kämpfte Maggie Carlisle darum, wach zu bleiben. Eine Ahnung sagte ihr, dass ihr Schlaf ewig währte, wenn sie jetzt einnickte, denn ihr Körper musste bis an die Grenze dehydriert sein. Und da in der Grube kaum Luft zirkulierte, war obendrein eine Kohlendioxidvergiftung zu erwarten.

Vom Verhungern und Verdursten gar nicht zu reden, dachte Maggie und lachte bitter auf. *Wenn es nur schnell geht.*

Carol, ihre Mitbewohnerin in der stinkenden Knochengrube, war vor ein paar Stunden gestorben. Maggie hatte gehört, wie sie zu atmen aufhörte, von einem Moment zum anderen und völlig unerwartet, denn sie hatte kurz zuvor noch irgendetwas Unverständliches gemurmelt. Maggie hatte sich Carol angesehen und alles versucht, sie zurück ins Leben zu holen, aber es war ihr nicht gelungen.

Nun lag Maggie da und fragte sich, wie lange sie wohl noch ohne Wasser überlebte. Sie dachte an das Blut, das in Carols Adern gerann, und schauderte. Nein, der Gedanke an Kannibalismus war widerwärtig. Mit jeder Faser ihres Seins sträubte sie sich gegen diese Vorstellung.

Andererseits hatte sie Carol nicht getötet. Sie hatte die Frau im Gegenteil verschont, als sie die Gelegenheit gehabt hatte, sie zu töten. Carol musste noch erschöpfter, noch stärker dehydriert gewesen sein als sie selbst, als ihr kurzes gemeinsames Martyrium begann.

Vielleicht ist es gar nicht so schlimm, wie du glaubst, überlegte

Maggie. *Aber wenn du es tust, dann tu es jetzt sofort, ehe das Fleisch in Verwesung übergeht …*

Sie schüttelte sich heftig und verjagte den Gedanken. *Dann lieber tot sein.*

So gut es ging, deckte Maggie den Leichnam mit Knochen zu, um die Tote nicht mehr sehen zu müssen.

Sie hatte in den letzten Stunden versucht, sich mit dem Gedanken an den Tod anzufreunden, aber das sagte sich so leicht. Sie wollte noch so vieles sehen, so vieles erleben. Vor allem hatte sie das wichtigste Ziel, das sie sich gesetzt hatte, noch nicht erreicht. Den Entführer ihres Bruders mochte sie gefunden haben, aber sie wusste noch immer nicht, was aus Tommy geworden war, und das belastete sie mehr alles andere. Sie musste darauf vertrauen, dass Marcus die Fährte aufnahm und zu Ende führte, was sie, Maggie, begonnen hatte.

Wieder spürte sie, wie ihr die Lider schwer wurden, und wehrte sich dagegen. Wie lange hatte sie nicht mehr geschlafen? Es kam ihr vor, als wäre sie schon seit Wochen in dieser Grube gefangen, aber sie wusste, dass es nicht mehr als zwei Tage sein konnten, sonst wäre sie längst verdurstet.

Als plötzlich Licht von oben auf sie fiel – so hell, dass es ihr sogar durch die geschlossenen Lider in die Augen stach –, glaubte sie für einen verwirrenden Augenblick, gestorben zu sein und den Tunnel aus Licht zu durchschreiten, von dem man so oft las. Der Gedanke machte ihr keine Angst, im Gegenteil. Sie war sogar erleichtert, dass es vorüber war.

In diesem Moment hörte sie die Stimmen zweier Männer.

Einer der beiden fluchte auf Spanisch. Dann kam es offenbar zu einem Streit darüber, wer von den beiden in die Grube steigen und sie, Maggie, bergen sollte.

Die wollen mich hier rausholen!

Trotz ihres umnebelten Verstandes zog Maggie die richtigen

Schlüsse. Sie begriff, dass die beiden Männer gekommen waren, um sie zu bergen, vielleicht sogar, um sie zu retten.

Sie rollte sich mühsam herum, drehte den Männern das Gesicht zu und hob die Hand, winkte ins Licht. Ihre Kehle war zu trocken, als dass sie sprechen konnte, also krächzte sie, um die Aufmerksamkeit der beiden Fremden auf sich zu ziehen.

»Hier … hier unten.«

Im trüben Licht über sich sah sie die Gesichter der beiden Unbekannten. Einer war ein gut aussehender, kräftiger junger Bursche mit bronzefarbenem Teint, offenbar der Anführer. Der andere war ein hässliches, dürres Individuum mit hagerem, rattenähnlichem Gesicht.

Als Maggie den Arm hob und stöhnend zu den Männern hinaufblickte, rief der Hagere entsetzt: »Ein Zombie!«

»Blödmann!« Der andere schlug ihm mit der flachen Hand auf den Hinterkopf. »Wir kommen zu Ihnen, Lady«, sagte er dann in gebrochenem Englisch. »Wir holen Sie da raus.«

Es waren die wundervollsten Worte, die Maggie seit einer halben Ewigkeit gehört hatte. Erleichtert und erschöpft zugleich legte sie den Kopf zurück auf das Bett aus Knochen und schluchzte.

Kapitel 94

Marcus saß am Lenkrad des Kastenwagens, den Yazzie vor ein paar Stunden unweit von Canyons Straßensperre an sich gebracht hatte.

Er holte alles aus dem Wagen heraus, während seine Gedanken sich auf ein einziges Ziel richteten: rechtzeitig zu der Höhle zu gelangen und Maggie wiederzusehen.

Tot?

Oder lebendig?

Die Fahrt in die Berge verlief in drückendem Schweigen. Marcus hatte nur ein paar kurze Worte mit Reyna Canyon gewechselt und sie über den Tod ihres Mannes informiert. Reyna zeigte nicht die Reaktion, die man von einer trauernden Witwe erwartet. Sie schien vom Rauschgiftkonsum so sehr neben der Spur zu sein, dass sie nur das Gesicht verzogen und darauf bestanden hatte, zu ihrem Sohn gebracht zu werden; nach Canyons Tod, erklärte sie, brauche der Junge sie.

Marcus hatte ihr den Wunsch vorerst abgeschlagen. Er wollte nicht das Risiko eingehen, dass Yazzie sie in den Bergen in die Irre führte.

Die Temperatur im Tal stieg, je höher die Sonne kletterte, obwohl sie sich hinter dunklen Gewitterwolken verbarg, die die Wüstenlandschaft mit Grautönen sprenkelten.

Marcus konnte nicht mehr sagen, wann er zuletzt geschlafen hatte, war aber kein bisschen müde. Wie Ackerman war er jenseits aller Müdigkeit, jenseits der Erschöpfung. Jetzt würde er bis zur totalen Erschöpfung durchstehen, was immer auch kam, und wenn es seinen Tod bedeutete.

Reyna navigierte sie tief in die Berge und Cañons nördlich von Roanhorse, wo fast sämtliche Spuren der Zivilisation verschwanden, als die Straße endete.

»Bleiben Sie hier stehen«, forderte sie Marcus schließlich auf.

Marcus stellte den Schaltknauf des Vans auf »Parken« und blickte Reyna fragend an.

»Von hier aus müssen wir zu Fuß weiter«, sagte sie.

Der lange und anstrengende Aufstieg machte allen schwer zu schaffen. Eine Klettertour in der Wildnis war das Letzte, was sie gebrauchen konnten. Nicht einmal die atemberaubende Schönheit der Landschaft, die Farbenpracht der Blumen und Sträucher und deren berauschender Duft konnten sie ablenken. Hier gab es Wüstenbeifuß, Kriechwacholder und Tamariske, Sumach, Blue Mustard und Stechdistel, doch keiner hatte ein Auge dafür.

Ackerman hegte inzwischen den Verdacht, dass niemand anders als Reyna das alte Foto von Tommy und dem Taker an Maggie geschickt hatte, aber das Hirn seines Bruders arbeitete nun mal ganz anders als seines: Marcus brauchte Beweise. Er dachte wie der Cop, der er früher gewesen war – ein Mann, der auf eine Verurteilung hinarbeitete und die Beweiskette einhielt. Ackerman hingegen bevorzugte den direkten Weg und erlaubte seiner Fantasie, dabei die abwegigsten Pfade einzuschlagen, die er auch oft auch in der Wirklichkeit beschritt.

Während des beschwerlichen Marsches wurde kaum ein Wort gesprochen. Marcus gab das Tempo vor; die anderen schienen zu sehr außer Atem zu sein, als dass sie etwas einwenden konnten. Marcus hatte sogar erwogen, vorauszugehen und das Gelände zu erkunden, wollte Yazzie aber keine Sekunde aus den Augen lassen. Reyna musste hin und wieder getragen werden, was Ackerman übernahm, trotz seiner Verletzungen und Schwächungen.

Dann endlich, nach ungefähr zwei Stunden mühseliger Kletterei einen Felshang hinauf, auf dem noch die Reste alter Strickleitern zu sehen waren, die Xavier in jungen Jahren hier angebracht hatte, blieb Reyna keuchend stehen und schaute ihren Bruder auffordernd an.

Yazzies Kooperationsbereitschaft stimmte Ackerman misstrauisch. Seit seiner Festnahme im Casino hatte der Taker keine ernsthafte Gegenwehr geleistet. Auch diesmal drückte Yazzie kommentarlos Sträucher und Büsche zur Seite, beugte sich vor und wischte im Sand herum.

Ein Metallgriff kam zum Vorschein. Yazzie umschloss ihn mit beiden Händen und zog daran.

Ein Blechdeckel hob sich aus dem groben, mit Steinen durchsetzten Sand. Der Tunnel, der darunter zum Vorschein kam, war groß genug für eine Person und führte durch den festgebackenen Wüstenboden zwischen die Felsen.

»Haben Sie den Tunnel gegraben?«, fragte Marcus.

Yazzie schüttelte den Kopf. »Der war immer schon hier. Ich hatte damals die Öffnung auf der anderen Seite gefunden und musste die Erde von Jahrhunderten herausschaffen. Es war ein geheimer Eingang zum Tempel, den vermutlich nur die Priester der Alten benutzt haben.« Er wies auf die Metallabdeckung. »Das da ist natürlich neuen Datums. Mir ging es um leichten Zugang, wenn ich zum Beten herkam. Ich bin seit längerer Zeit der Priester des Tempels.«

Mit zusammengebissenen Zähnen sagte Marcus: »Wenn Sie ein Priester sind, sollten Sie jetzt beten, dass Maggie noch lebt.«

Er warf einen raschen Blick in den Stolleneingang und löste seine Taschenlampe vom Gürtel, ehe er sich als Erster hineinwagte. Offenbar wollte er sichergehen, dass es keine Fallen gab.

Ein paar Sekunden verflogen in atemlosem Schweigen, dann drang Marcus' Stimme aus dem Tunnel: »Alles okay. Ihr könnt mir nachkommen.«

Die Gruppe bewegte sich langsam durch den halbdunklen Gang und fand sich nach ein paar Metern in einer kleinen steinernen Vorkammer wieder, die von schummrigem Licht erfüllt war, das durch Felsritzen fiel. Yazzie schloss die Augen und atmete tief durch, eher er sich an die anderen wandte. »Spürt ihr sie?«, fragte er beinahe andächtig. »Spürt ihr die Präsenz?«

Marcus versetzte ihm einen derben Stoß. »Bring uns zu Maggie, sonst spürst du die Präsenz meines Fußes in deinem Hintern.«

Yazzie zog ein finsteres Gesicht, gehorchte jedoch. Er führte die Gruppe durch schmale Gänge, die vor Hunderten von Jahren in den Stein und Sand dieses unzugänglichsten aller Orte im Indianergebiet gehauen worden waren. Die Sonne, die durch Ritzen und Fugen im Fels schien, erfüllte die Gänge und Stollen mit schummrigem Licht, in dem immer wieder rätselhafte, verwitterte Zeichnungen aus der indianischen Frühzeit an den Wänden zu sehen waren.

Ein schmaler Tunnel führte schließlich in einen natürlich entstandenen Hohlraum, den die Anasazi zu ihrem Allerheiligsten erkoren hatten.

»Haben Sie den Tempel als Erster entdeckt, Yazzie?«, fragte Marcus.

Der Taker schüttelte den Kopf. »Nein. Die meisten dieser Ruinen sind längst geplündert worden, wie überhaupt der größte Teil der Hinterlassenschaften meiner Ahnen. Entweder von Leuten, die die Relikte verscherbeln, oder von den Bilagáana-Dreckwühlern, die sie in ihren Museen zur Schau stellen. Ich glaube allerdings, dass ich die untere Kiva als Erster entdeckt habe.«

»Untere Kiva?«, fragte Marcus. »Was ist das?«

»Eine tropfenförmige Kammer unterhalb dieses Tempelraumes.«

»Ich habe Artikel gelesen, in denen die Theorie aufgestellt wurde, dass die Anasazi nicht wegen irgendwelcher Feinde und

Invasoren verschwunden sind, sondern durch Kannibalismus und Bürgerkrieg innerhalb ihres eigenen Reiches.«

»Unsinn«, stieß Yazzie zornig hervor. »In dieser Kammer hier wurden Ihm, der die Welt verschlingt, seine Opfer dargebracht.«

Ackerman betrachtete die steinernen Altäre. »Er, der die Welt verschlingt? Ein Kumpel von dir?«

»Er ist die Dunkelheit, die eines Tages das Feuer allen Lebens auslöschen wird. Er ist nicht mein Freund. Er ist mein Herr. Mein Gott.«

Ackerman nickte. »Verstehe. Erinnert mich an die Geschichte von dem Huhn in Leeds, England, das jeden Morgen das Ende aller Tage verkündet hat. Es legte Eier, auf denen ›Das Ende naht‹ stand. Natürlich haben sie ätzende Tinte benutzt. Würde mich nicht wundern, wenn das Orakel-Huhn als Chicken Nugget geendet ist.«

»Verhöhnen Sie mich nicht!«

»Das ist nicht unsere Absicht«, sagte Marcus. »Ihr Glaube geht uns nichts an, aber Maggie Carlisle sehr wohl. Wo ist sie? Wir verlieren allmählich die Geduld.«

Mit wutverzerrtem Gesicht spie der Taker hervor: »Sie ist hier, nur Geduld. Es ist nicht mehr weit.«

Er führte sie zu einem weiteren Blechdeckel, der den Eingang zu einem Gelass verbarg, das Yazzie als »untere Kiva« bezeichnet hatte. Während er den Deckel wegzog, sagte er: »Hier habe ich Ihre Freundin zuletzt gesehen.«

Marcus stieß ihn beiseite und warf die Metallplatte herum, als wäre sie federleicht. Mit der Maglite leuchtete er in die dunklen Tiefen vor ihm.

»Mein Gott!«, stieß er hervor.

Im Licht der starken Taschenlampe sah er Berge bleicher Knochen und Schädel. Verwesungsgeruch und eisige Kälte stiegen zu ihm und den anderen empor.

»Maggie?«, rief er in die Grube. »Maggie!«

Keine Antwort. Nur eisige Kälte und der Geruch des Todes.

Hektisch leuchtete Marcus mit dem Lampenstrahl von einer Ecke der Kammer zur anderen. Doch er sah nur ein Meer aus bleichen Knochen und Schädeln, zwischen denen mehrere halb verweste Leichen verrotteten, sowie den halb unter Knochen vergrabenen Körper einer jungen Frau, bei der es sich erkennbar nicht um Maggie handelte.

Wütend richtete er sich auf. »Was soll das, Yazzie? Wo ist Maggie?«

In diesem Augenblick geschah es.

Wie Donner grollte ein Schuss durch das Höhlenlabyrinth.

Ackermans Blicke huschten in die Runde, während er seine Waffe hochriss. Er hatte am Knall erkannt, dass ein Gewehr abgefeuert worden war.

Verwirrt blickte Marcus seinen Bruder an, während er seine Seite betastete. Als er die Hand hob, war sie rot von Blut.

»Frank …«, setzte er an.

Dann kippte er in die Knochengrube.

Kapitel 95

Maggie brauchte nicht lange, bis sie begriff, dass es sich bei den zwei Männern, die sie gleichsam aus dem Reich der Toten geholt hatten, weder um Wanderer handelte, die es in die Einsamkeit der Berge verschlagen hatte, noch um irgendwelche Retter. Aber wer sie auch sein mochten – Maggie hätte die Kraft gefehlt, sich gegen die beiden zu wehren.

Die nächsten Minuten vergingen wie im Fluge. Maggie dämmerte immer wieder weg, um kurz darauf ins Bewusstsein zurückzukehren. Dass die beiden Fremden keinerlei Erfahrung in Rettungsaktionen besaßen, erkannte Maggie schon daran, dass sie unbeholfen und ungewollt grob mit ihr umgingen: Sie packten sie unter den Armen und schleiften sie über den steinigen Boden der Höhle, dann einen kleinen Felspfad hinauf, wo Stalagmiten und Stalaktiten einen natürlichen Vorhang aus Stein geschaffen hatten.

Der gut aussehende Hispano trug ein Gewehr mit Zielfernrohr, während sein dürrer Partner eine Kalaschnikow hielt. Die Männer legten Maggie hinter den Tropfsteinen ab und machten sich daran, ein Lager aufzuschlagen.

»Bitte … ein Schluck … Wasser«, bat Maggie mit krächzender Stimme.

Die beiden Männer sahen einander an. Dann sagte Rattengesicht: »Du hast das Kommando, Ramirez. Was hat dein neuer Boss dir gesagt? Was sollst du tun?«

»Ich tue, was zum Überleben nötig ist. Und wer sagt, dass er mein Boss ist? Gib lieber der Frau was zu trinken.«

Slim gehorchte und flößte Maggie aus einer Feldflasche Wasser ein.

Maggie trank gierig, unendlich dankbar für die Flüssigkeit, die ihre Lebensgeister wieder ein klein wenig weckte. Konnte das hier eine Falle sein, die Canyon von Yazzie gestellt wurde? Maggie hatte keine Ahnung. Nach allem, was sie wusste, konnte es sich ebenso gut um einen Hinterhalt halten, den Marcus oder Ackerman sich hatten einfallen lassen.

Bald versank Maggie wieder in dem Land finsterer Träume, durch das sie bereits seit vielen Stunden irrte. Ein Land voller Skorpione, glühendem Sand und vermodernder Knochen. Hin und wieder, wenn sich die Schleier aus Erschöpfung und Müdigkeit lichteten, dachte sie an den zugespitzten Oberschenkelknochen, den sie in ihrem Hosenbein versteckt hatte. Er war eine wirksame Waffe, falls die Männer auf dumme Gedanken kamen. Nur würde ihr, Maggie, die Kraft fehlen, sich zu wehren.

Sie wusste nicht, wie lange sie immer wieder das Bewusstsein verlor und dann kurzzeitig zur Besinnung kam. Wirklichkeit und Traum vermischten sich zu einem Kaleidoskop schwarz-weißer Bilder, als würde sie auf einem alten Fernsehgerät durch die Kanäle schalten. Die meisten Sender aber zeigten nur Schnee.

Auf einmal hörte sie Stimmen, die durch die Tempelhöhle drangen. Oder war es wieder nur Einbildung? Waren es wieder nur Trugbilder aus ihren Fieberträumen?

Nein, diesmal nicht. Und es waren nicht irgendwelche Stimmen, sie klangen vertraut.

Maggies Herz schlug schneller. Adrenalin schoss durch ihre Adern, vertrieb die letzten Nebel ihrer Fieberträume. Es waren mehrere Stimmen, die sie nun deutlich hören konnte. Aber zwei stachen heraus.

Maggie kannte sie gut, sehr gut sogar.

Sie gehörten Marcus und Ackerman.

Maggie versuchte sich herumzuwälzen, ohne die Aufmerksamkeit der beiden Fremden zu wecken. Die beiden konnten ja auch Geiselnehmer sein oder Grabräuber oder irgendwelche Verrückten aus den Bergen. Vorsicht war geboten.

Wieder drangen die Stimmen an ihr Ohr.

Staub und Sand vom Boden der Nische wehten ihr in Nase und Mund, aber es störte sie nicht, im Gegenteil. Alles, was den Gestank von Tod und Verwesung überdeckte, den sie noch in der Nase hatte, war willkommen.

Die Stimmen kamen näher.

Es waren Marcus und Ackerman, daran gab es keinen Zweifel mehr.

Maggie schaute zu den beiden Männern. Sie tauschten sich mehrmals leise aus. Zwar lag Maggie nahe genug bei ihnen, um sie zu hören, aber sie redeten auf Spanisch – eine Sprache, von der sie nur ein paar Brocken beherrschte.

Maggie beobachtete, wie der Gutaussehende, den der Magere mit »Ramirez« angesprochen hatte, durch das Zielfernrohr seiner Waffe spähte. Er schien das Visier nachzustellen. Auch Rattengesicht legte sich nun auf den Sims der Felsformation und brachte sein AK-47 in Anschlag.

Und zielte in die Richtung, aus der die Stimmen kamen.

O Gott.

Maggie wusste, dass sie handeln musste, und zwar schnell. Sie öffnete ihre Jeans, schob die Hand auf die Rückseite ihres Oberschenkels und zog den Knochen hervor – jene Waffe, die sie an ihrem ersten Tag in der Grube spitz geschliffen hatte und der für Yazzie vorgesehen war.

Doch sie bezweifelte, auch nur mit einem der beiden Männer fertigzuwerden. Das Wasser hatte ihr gutgetan, aber sie war noch immer geschwächt von der langen Tortur und den Wunden an ihrem Bein und ihrer Hand, ganz zu schweigen von den psychischen Qualen. Besser, sie sammelte Kraft und wartete, bis die Nebel endgültig aus ihrem Kopf verschwunden waren.

Nur würde es dann vielleicht zu spät sein …

Maggie versuchte, die Spinnweben aus ihren Augen zu blinzeln, die in den letzten paar Tagen kein Licht gesehen hatten. Wieder warf sie einen Blick zu den beiden Männern. Daran, wie Ramirez sein Gewehr hielt, erkannte sie, dass er eine militärische Ausbildung erhalten hatte. Sie erkannte auch, dass er sich für den Schuss bereit machte.

Maggie durchfuhr es eiskalt.

Ein Mann, der ihr wichtiger war als alles auf der Welt, stand möglicherweise im Fadenkreuz dieses Gewehres.

Die beiden Fremden konzentrierten sich auf ihre Ziele, ohne auf ihre Umgebung zu achten.

Maggie wollte sich hochstemmen und das Knochenmesser zücken, um sich auf die Männer zu stürzen, doch sie war noch immer zu schwach. Ihr wurde klar, dass sie allenfalls Ramirez ausschalten und am Schuss hindern konnte, aber dann würde sein hagerer Kumpan die Kalaschnikow auf sie richten.

Egal. Ihr eigenes Leben spielte keine Rolle.

Mach schnell, trieb sie sich an. *Du musst sie am Schuss hindern!*

Doch ihre Muskeln spielten noch immer nicht mit. Ihr Körper war bleischwer, fast wie ein totes Gewicht. Sie kämpfte dagegen an, atmete durch und versuchte, ihren letzten Kräfte zu mobilisieren. Unendlich langsam stemmte sie sich auf ein Knie und verharrte in dieser Haltung, unsicher, schwankend, während sich alles um sie drehte. Verschwommen sah sie Ramirez, der noch immer durch das Zielfernrohr spähte.

Dann machte sie eine Entdeckung. Ramirez trug eine zweite Waffe. Eine Pistole.

Vielleicht war das die Antwort auf die Frage, wie sie mit diesem Slim fertigwerden konnte.

Wieder hörte sie Marcus' Stimme von irgendwoher aus dem Felslabyrinth.

Maggie machte sich bereit. Ramirez achtete nicht auf sie, oder er hielt sie für keine ausreichend große Bedrohung. Jedenfalls nahm er den Blick nicht von seinem Ziel.

Ein Fehler, den bei Maggie schon viele gemacht und es bitter bereut hatten.

Auch Ramirez musste jetzt dafür bezahlen.

Maggie riss den Arm hoch und warf sich nach vorn, das Knochenmesser zum tödlichen Stoß erhoben. Doch statt ihr Ziel zu treffen, stolperte sie und stürzte. Einen Augenblick verharrte sie auf den Knien, die linke Hand aufgestützt, das Knochenmesser in der Rechten.

In diesem Moment fühlte sie den Stein unter der linken Hand.

Sie packte ihn, sprang vor.

Und verlor jede Erinnerung, als im nächsten Augenblick ein Schuss durch das Höhlenlabyrinth donnerte.

Kapitel 96

Ackerman brauchte nur einen Sekundenbruchteil, dann wusste er, dass sie in eine Falle gelaufen waren.

Er handelte schnell und geistesgegenwärtig, sprang vor und packte Marcus unter den Achseln, bevor er kopfüber in die Knochengrube stürzen konnte. Er wollte ihn an eine Stelle ziehen, wo ihn Felsen vor weiterem Beschuss schützten, und hatte die ersten beiden Schritte in Richtung Sicherheit schon hinter sich gebracht, als weitere Schüsse aus einer anderen Waffe durch die Höhle peitschten. Ein Sturmgewehr. Selbst für Ackerman war es unmöglich, den genauen Ursprung der Geräusche festzustellen; der Schall hallte überall im riesigen Labyrinth wider.

Kaum waren sie in Deckung, legte er Marcus auf den harten Felsboden des Tempels und untersuchte die Wunde. Sie sah nicht gut aus. Die Kugel konnte lebenswichtige Organe verletzt haben. Wenn er nicht bald medizinische Hilfe bekam, bestand Lebensgefahr.

»Wie sieht's aus?«, fragte Marcus.

Ackerman grinste. »Erbe ich dein Erspartes, wenn es vorbei ist?«

Marcus verdrehte die Augen.

Ackerman zerriss das Hemd seines Bruders, legte ihm eine Notkompresse an und befahl ihm, den Stoff fest auf die Wunde zu drücken, während er bereits nach einer Möglichkeit suchte, den Schützen aufzustöbern, der aus dem Hinterhalt geschossen hatte.

Der Schrei eines Mannes riss ihn aus seinen Überlegungen.

In der weiten Höhle klang der Laut seltsam gedämpft. Sein Echo hallte wider, vermischte sich mit sich selbst. Dann ein Aufprall. Der Schmerzensschrei riss ab. Dann Schüsse aus einer Waffe – schon wieder ein anderes Kaliber. Eine Neun-Millimeter-Pistole, vermutete Ackerman.

Im Südturm des Casinos, in der Tiefgarage, hatte er Yazzie den Peacemaker und den Revolvergurt abgenommen, um ihn nötigenfalls selbst zu benutzen. Jetzt zog er den langläufigen Colt aus dem Holster, spannte den Hahn und huschte geduckt zu der Abbiegung im Felsstollen, die er soeben mit Marcus hinter sich gebracht hatte.

Ackerman hatte nicht mehr auf die Umgebung geachtet, als vorhin der erste Schuss gefallen war und die Kugel des Heckenschützen Marcus getroffen hatte. Er war sofort seinem Bruder zu Hilfe geeilt, ohne auf die anderen zu achten. Als er nun die Biegung erreichte, spähte er zum anderen Eingang der Höhle und entdeckte Reyna Canyon, die in einer ähnlichen Felsspalte wie er Zuflucht gesucht hatte. Von Yazzie keine Spur. Auch Marcus' MP5 lag nicht mehr am Rand der Grube, wo er sie fallen gelassen hatte.

Der Überfall musste von zwei Männern verübt worden sein, die auf Yazzies Befehl gehandelt hatten. Der eine war mit einem AK-47 bewaffnet, der andere, der Marcus angeschossen hatte, mit einem Gewehr mit Zielfernrohr.

Keiner der beiden bereitete Ackerman allzu große Sorgen. Ein schwerbewaffneter Yazzie jedoch konnte ihm Sand ins Getriebe streuen.

Von der anderen Seite der Felshöhle blickte Reyna aus angstgeweiteten Augen zu Ackerman herüber. Er hob eine Hand und bedeutete ihr: Bleib, wo du bist.

In diesem Augenblick klickerten Steine von der vorhangähnlichen Tropfsteinformation, wo Ackerman den Schützen vermutete. Er wartete gar nicht erst, bis dort jemand auftauchte; er warf sich nach vorn aus der Deckung, rollte sich ab, schnellte aus der Drehung hoch und zielte mit dem Peacemaker auf die schlanke Gestalt, die sich ihm näherte.

Er wollte gerade abdrücken, als er sie erkannte.

Das gibt's nicht.

»Maggie?«, flüsterte er.

Ein ungekanntes Gefühl der Wärme und Zuneigung durchströmte Ackerman, als ihm seine kleine Schwester, wie er sie nannte, entgegentaumelte.

Er eilte auf sie zu. Sie hielt mit der rechten Hand eine Beretta umklammert. Augenscheinlich war es ihr gelungen, aus der Knochengrube zu entkommen, und irgendwie hatte sie den oder die Männer überwältigt, die den Hinterhalt gelegt und Marcus niedergeschossen hatten.

Ackerman packte Maggie, die mit unsicheren Schritten auf ihn zu stolperte, unter den Armen und führte sie zu der Felsformation, in deren Schutz er den angeschossenen Marcus zurückgelassen hatte.

Als Maggie das Blut sah, das sich auf Marcus' Hemd ausbreitete, riss sie sich von Ackerman los und eilte zu ihm.

Erst jetzt entdeckte Marcus sie. »Maggie …?«

Er kämpfte sich auf die Beine, blickte ihr fassungslos entgegen.

Gerührt beobachtete Ackerman, wie die beiden sich in die Arme fielen und sich innig küssten. Maggie liefen Tränen über die Wangen.

»Muss Liebe schön sein«, murmelte Ackerman. Ihn beschlich das merkwürdige Gefühl, überflüssig zu sein.

Er richtete seine Gedanken auf andere Dinge.

Sehr viel gefährlichere Dinge.

Vor allem auf die Frage, wohin Yazzie verschwunden sein könnte.

Kapitel 97

Maggies überströmende Freude verdrängte Schmerz und Erschöpfung. In dem Augenblick, als sie Marcus umarmte, vergaß sie die Suche nach ihrem Bruder Tommy und dem Mann, der ihn entführt hatte. Sie vergaß die endlosen Stunden, die sie in der Knochengrube verbracht hatte, inmitten von Verfall und Hoffnungslosigkeit, umgeben von Leichen und den Geistern, die Yazzie anbetete. In diesen Sekunden ungetrübten Glücks zählte für sie nur, dass sie den Mann, den sie liebte, in den Armen hielt. Maggie hatte nicht mehr daran geglaubt; umso überwältigender war nun die Freude.

Sie hielten sich so fest, als wollten sie einander nie wieder loslassen. Maggie liefen noch immer Tränen über die Wangen. Sie spürte, dass auch Marcus weinte, als sie ihr Gesicht an seines drückte.

Mit belegter Stimme sagte er: »Ich hätte für dich da sein müssen … hätte begreifen müssen, wie wichtig dir die Suche nach Tommy ist. Es tut mir leid, was in den letzten Jahren zwischen uns gewesen ist. Nichts von alledem hätte geschehen dürfen. Ich …« Marcus' Worte wurden von Husten und einem Rasseln tief in seiner Brust unterbrochen. »Ich hätte dir helfen sollen, hätte alles stehen und liegen lassen müssen. Ich liebe dich. Es tut mir leid, dass es so weit gekommen ist.«

Maggie löste sich gerade so weit von ihm, dass sie ihm in die Augen blicken konnte. »Das spielt jetzt keine Rolle mehr. Auch ich habe Fehler gemacht. Ich hätte niemals allein losziehen dürfen. Ich hätte mich dir anvertrauen sollen. Aber darüber reden wir später. Ich bin jetzt nur froh, dich wiederzuhaben.«

Marcus drückte ihre Hand. »Vielleicht gibt es kein Später. Wir glauben jedes Mal, wir bekommen eine weitere Chance. Dabei weiß man nie, wann einem jemand genommen wird, den man liebt.«

Eine Frau, die Maggie seltsam bekannt vorkam, erschien neben ihr und unterbrach Marcus. »Wir müssen meinen Bruder finden, sonst wird keiner von uns jemals sicher sein. Selbst wenn er Jahre warten musste, er hat immer seine Rache bekommen.«

Marcus drückte die Notkompresse auf seine Schusswunde, verzog schmerzerfüllt das Gesicht und schaute Maggie an. »Das ist die Frau, die dir das Foto geschickt hat. Reyna Canyon.«

Maggie löste den Blick von Marcus. Ja, natürlich, das war die Frau auf dem Foto. Es lagen Jahre dazwischen, aber die Ähnlichkeit war unverkennbar. Zum ersten Mal stand sie der Schwester des Takers gegenüber.

»Warum?« Mehr brachte Maggie nicht heraus.

Reynas Wangen waren feucht von Tränen. »Was mein Bruder und mein Mann getan haben, tut mir schrecklich leid. Ich … ich hätte den beiden viel früher entgegentreten müssen. Aber John hat erst vor Kurzem herausgefunden, dass Xavier diese Päckchen an die Familien der Kinder schickte, die wir geraubt hatten, um die Eltern zu quälen, und …«

»Wir?« Maggie glaubte sich verhört zu haben. »Sie waren daran beteiligt? Sie, Ihr Mann und Ihr Bruder … Sie alle drei waren der Taker?«

»Mein Bruder hatte die Idee, John die nötigen Beziehungen. Ich habe bloß mitgemacht, aber das macht es wohl auch nicht besser.«

»Allerdings nicht. Sie hätten niemals schweigen dürfen. Sie sind so schlimm wie die anderen.«

Reyna richtete den Blick auf den Felsboden. »Ich weiß, es ist keine Entschuldigung, und ich bereue aus tiefster Seele, was ich getan habe. Aber ich habe dafür bezahlt. Die Entfremdung von John, von Toby, meine Rauschgiftsucht … leider kann ich die Uhr nicht zurückdrehen.«

»Was ist aus den Kindern geworden?«, fragte Maggie.

»Ich weiß es nicht in allen Fällen, aber wenn es Ihnen ein Trost ist … ich weiß, dass Ihr Bruder ein anständiges Leben bekam. Dafür habe ich selbst gesorgt.«

Maggie packte Reynas Shirt und zog sie zu sich heran. »Unterstehen Sie sich, mich anzulügen! Wenn Sie wissen, was aus Tommy geworden ist, dann sagen Sie es mir. Sagen Sie mir, wo er ist!«

»Wir konnten ihn nicht verkaufen, als sich herausstellte, dass er ein Halbblut ist«, sagte Reyna leise. »Der Kunde wollte einen weißen Jungen. Mein Bruder wollte Tommy in die Wüste bringen, um ihn dort zu beseitigen, aber ich habe mich mit Zähnen und Klauen dagegen gewehrt und darauf bestanden, dass wir den Jungen irgendwo unterbringen. Mein Onkel Red hat sich dann bereit erklärt, ihn bei sich aufzunehmen. Wir gaben Ihrem Bruder einen neuen Namen und ein neues Leben. Er heißt jetzt Jamie Ramirez und arbeitet für meinen Mann.«

Ramirez?

Maggie wurde schwindlig.

Kann das wirklich sein?

Reyna sprach weiter, doch Maggie hörte gar nicht mehr zu. Für sie war die Welt mit einem Mal lautlos und stumm geworden.

Jamie Ramirez.

Sie dachte an den jungen Hispano, der sie aus der Leichengrube gezogen hatte.

Ja, er könnte es gewesen sein. Er hatte Moms Gesicht und ihre Augen …

Sie bebte jetzt am ganzen Körper, fühlte sich seltsam schwerelos, hin- und hergerissen zwischen Hoffnung und Bangen.

Ich muss es wissen!

Sie stieß die ältere Frau unsanft zur Seite und eilte wieder den Anstieg hinauf zum anderen Ende der Höhle. Der Gedanke daran, wie sie die beiden Männer überwältigt hatte, beschäftigte ihren fieberhaft arbeitenden Verstand.

Sie hatte die Absicht gehabt, beide Heckenschützen mit dem Knochenmesser zu töten ... und dann?

Ja, was war dann passiert?

Sie war gestolpert und auf die Knie gefallen. Dabei hatte sie einen Stein ertastet, der in ihre Faust passte. Ein Stein, mit dem man jemanden bewusstlos schlagen, vielleicht sogar töten konnte.

Und weiter?

Ja, richtig, dann hatte Ramirez einen Schuss abgefeuert, und sie, Maggie, hatte zweimal mit dem Stein nach ihm geschlagen, bis er zu Boden gegangen war. Bewusstlos oder tot? Sie wusste es nicht. Sie wusste nur, dass sie Ramirez die Pistole aus dem Holster gezogen hatte, weil sein Partner plötzlich mitbekommen hatte, was passiert war. Sie hatte keine andere Wahl gehabt, als auf ihn zu schießen.

Aber was war jetzt mit Ramirez?

Habe ich so hart zugeschlagen, dass er gestorben ist?

Sie konnte sich nicht sicher sein. In dem Moment war es ihr nur darum gegangen, die beiden Männer kampfunfähig zu machen, um sich und ihre Lieben zu schützen

Dann war sie losgelaufen, die Pistole noch in der Hand, und auf Ackerman gestoßen.

Die Freude, die Maggie eben noch empfunden hatte, war verflogen und eisiger Angst gewichen.

Sie hatte ihren Bruder gefunden, Tommy, dem sie näher gewesen war, als sie je geglaubt hatte. Und nun? Nach allem, was sie durchgemacht hatte, nach so vielen Jahren der Sorgen, der Ungewissheit und der Suche hatte sie ihren Bruder möglicherweise mit eigenen Händen getötet, kaum dass sie ihn gefunden hatte.

Als Maggie den Tropfsteinvorhang erreichte, hinter dem sie und die beiden Männer im Hinterhalt gelegen hatten, fiel ihr eine riesige Last von der Seele.

Ramirez war verschwunden – mitsamt dem Gewehr.

Sie hatte ihren Bruder nicht getötet! Wie es aussah, hatte sie ihn nicht einmal völlig bewusstlos geschlagen.

Kapitel 98

Ackerman folgte dem Gestank von Yazzies Angst durch die düsteren steinernen Gänge. Sie führten von der natürlichen Felsenhöhle des Tempels zu einer Stelle, von der aus in der Ferne Tageslicht zu sehen war. Der Gang öffnete sich zu einer Ansammlung kleiner Anasazi-Behausungen aus Sandstein, die sich unter einem Felsdach drängten und dem Zahn der Zeit bemerkenswert gut widerstanden hatten. Ackerman sah den Traum eines Archäologen vor sich. Er fühlte sich an die vielgeschossigen Ruinen des Cliff Palace im Mesa Verde National Park in Colorado erinnert, die er vor Jahren gesehen hatte.

Die uralte Siedlung war auf Terrassen errichtet, bei denen es sich um natürliche Felsformationen handelte, die durch Treppen miteinander verbunden waren. Der Gang, der vom Tempel aus auf diese Terrassen führte, endete auf der höchsten Stufe der Nekropole. Ackerman bemerkte, dass die Luft hier oben extrem aufgeheizt war, fast schon verbrannt roch. Er vermutete, dass diese heiße Luft auf natürlichem Weg aus dem von der Sonne aufgeheizten Cañon hier heraufwehte. Der Cliff Palace in Mesa Verde war so gebaut, dass er im Winter vom Sonnenlicht erwärmt wurde. Im Unterschied dazu waren die Bauwerke hier vor der Sonne verborgen, aber der warme Luftstrom glich dies mehr als aus.

Ackerman hielt den Peacemaker noch immer im Anschlag. Der Colt war eine Waffe für nahe Distanzen, aber da Ackerman nun auf freier Fläche stand, nahm er das AK-47 von der Schulter, das er Ramirez' totem Partner abgenommen hatte. Yazzie war ebenfalls mit einer Maschinenpistole bewaffnet, Marcus' MP5, und verfügte über zwei Magazine mit dreißig Schuss, während Ackerman sechs Patronen im Revolver hatte, ein Dutzend weitere in Yazzies Pistolengürtel und dreißig im Sturmgewehr.

Von der Bewaffnung her unterlegen zu sein war kein allzu großes Problem, aber Yazzie war nur leicht verletzt, während Ackermans Wunden sich nach dem Kampf an Canyons Barrikade und beim Marsch in die Hügel wieder geöffnet hatten. Er hatte sich bereits bis an die Grenze getrieben – und weit darüber hinaus. Umso deutlicher wurde ihm jetzt bewusst, dass er wegen des Blutverlusts bald schlappmachen würde. Man konnte es nur als Wunder bezeichnen, dass er so lange durchgehalten hatte, nachdem er bereits auf der Handelsstation am Ende gewesen war. Offenbar war diese außergewöhnliche Regenerationsfähigkeit ein weiteres Nebenprodukt der geistigen und körperlichen Veränderungen durch die operativen Eingriffe seines Vaters.

Ihm war bereits schummrig, und seine Augen hatten Mühe, sich an das schwache Licht zu gewöhnen, das in die Stadt der Alten fiel.

Während er den jahrhundertealten Wegen durch das Felslabyrinth gefolgt war, hatte Ackerman sich immer wieder gefragt, warum Yazzie sie an der Opfergrube nicht allesamt mit seiner MP5 niedergemäht hatte. Wahrscheinlich, weil er ein vorausplanender Mistkerl war. Als der erste Schuss fiel, hatte er den Dingen ihren Lauf gelassen. Wenn seine Männer es schafften, seine Feinde zu töten, wäre das Problem gelöst gewesen – erst recht, wenn sie selbst auch noch dabei draufgingen.

Aber so war es nicht gekommen.

Ackerman glaubte zu wissen, welches Problem sich nun für ihn selbst daraus ergab. Er und Marcus hatten Yazzie oft genug demonstriert, dass sie Spezialisten auf dem Gebiet des Überlebens waren. Deshalb war damit zu rechnen, dass Yazzie einen

Ausweichplan besaß und bereits einen zweiten Hinterhalt gelegt hatte.

Und wo?

Ackerman war der Ansicht, dass der Tunnelausgang dafür am ehesten infrage kam. Yazzie brauchte sich nur vor dem Eingang zu postieren und abzuwarten, dass jemand ins Tageslicht trat. Mit der Maschinenpistole konnte er kurzen Prozess machen.

Ackerman hielt sich ein paar Schritte vom Tunnelausgang entfernt, damit Yazzie ihn nicht sah, und versuchte zu ergründen, aus welcher Richtung der Angriff kommen könnte. Dass er mit dem Gelände nicht vertraut war, bedeutete einen Riesennachteil, denn Yazzie kannte die Ruinen vermutlich wie seine Westentasche. Er kam hierher, seit er ein Junge war.

Ackerman musste seine Theorie dennoch überprüfen. Er zog sein geliebtes langärmeliges Shirt aus, schob das AK-47 durch eine Ärmelöffnung zur anderen, packte das Sturmgewehr beim Kolben und hielt das Hemd vor sich, während er sich langsam voranbewegte.

Yazzie hatte nur eine Maschinenpistole, kein Scharfschützengewehr; vermutlich würde er beim ersten Anzeichen, dass jemand aus dem Ausgang kam, das Feuer eröffnen. Zumindest, wenn dieser Jemand kein pinkfarbenes Shirt trug wie seine Schwester Reyna.

Schüsse dröhnten.

Siehst du?, dachte Ackerman. *Wieder mal recht gehabt.*

Yazzies Kugeln hatten mehrere Löcher in sein schwarzes Shirt gestanzt.

Ackerman zog sich augenblicklich zurück und ging in Deckung. Jetzt kannte er Yazzies Stellung und konnte sich dem Ende des Tunnels nähern, ohne befürchten zu müssen, aus der entgegengesetzten Richtung beschossen zu werden.

»Das war mein Lieblingshemd, Blödmann!«, brüllte er.

Yazzies Stimme antwortete von irgendwo links. »Ein Kojote braucht so etwas nicht. Oder wissen Sie nicht, dass mein verblichener Freund John Canyon Sie für den Kojoten aus der Mythologie der Diné hielt?«

»Kojote? Warum nicht gleich Ratte?«

»Ich glaube, dass Sie ein Mensch aus Fleisch und Blut sind. Ein Mensch, der bald seinem Schöpfer gegenübertritt.«

Ein Lachen stieg aus Ackermans Kehle. Er wollte gerade etwas entgegnen, als er eine Bewegung auf dem Erdboden unter sich spürte.

Irgendetwas knackte.

Dann schloss sich dieses Etwas um seine Füße.

Ackerman wurde über die Kante der höchsten Stufe und geradewegs aus dem Tunnel gerissen.

Kapitel 99

Noch während Ackerman durch die Luft geschleudert wurde, wurde ihm klar, welchen Fehler er begangen hatte. Aber jetzt war es zu spät. Die Falle war zugeschnappt.

Die Schlinge um seinen Fuß bestand aus einem Nylonseil, das mit einem Gegengewicht verbunden war. Yazzie hatte sie im Erdreich des Tunnelbodens verborgen. Als Ackerman an der richtigen Stelle stand, hatte er die Falle ausgelöst, indem er das beschwerte Ende des Seils in den Cañon warf.

Das Erste, womit Ackerman auf dem Weg nach unten zusammenstieß, war das Sandsteindach der Anasazi-Siedlung. Er spürte, wie er sich beim Aufprall irgendetwas brach – zum Glück im linken Arm, sodass er mit der Rechten das Bowiemesser mit dem Knochengriff aus der Scheide ziehen konnte. Dank seiner durchtrainierten Bauchmuskulatur gelang es ihm, den Oberkörper nach vorn zu reißen. Er stieß das Messer vor seinen Füßen in den Boden, durchtrennte das Seil und befreite seinen Fuß von dem Gewicht, mit dem Yazzie ihn beschwert hatte.

Doch bis er das Seil endlich zerschnitten hatte, war er bis auf die unterste Terrasse der Ruinensiedlung geschleift worden.

Obwohl seine Füße noch in Yazzies Schlinge steckten, rollte Ackerman sich weg. Sein Bowiemesser ließ er im Boden zurück. Während die Welt sich um ihn drehte, bemerkte er einen Felsbrocken, der von der Decke gebrochen und auf halbem Weg zwischen der Stadt der Toten und einem Steilabfall unbekannter Tiefe jenseits der geschützten Kammer gelandet war.

Ein Feuerstoß aus der MP5 lärmte durch das Labyrinth.

Ackerman spürte die Einschläge der Geschosse im Erdreich unmittelbar neben sich, rollte sich aber stur weiter in Deckung. Er hatte keine Wahl. Kaum hatte er die relative Sicherheit des abgestürzten Felsens erreicht, zog er Yazzies Revolver und feuerte zwei Schüsse in Richtung seines Gegners.

Yazzie bestrich Ackerman mit einem weiteren Feuerstoß, ehe er rief: »Man sagt, es bringt Unglück, wenn man versucht, einen Mann mit seiner eigenen Waffe zu töten.«

Ackerman hatte eine passende Antwort auf der Zunge, stöhnte aber nur dumpf. Er spürte jetzt die ganze Schwere seiner Verletzungen, die sich mit seiner unendlichen Erschöpfung und seiner bleiernen Müdigkeit zu einem Gegner verbündete, den er wahrscheinlich nicht mehr würde besiegen können.

Dennoch, er konnte nicht widerstehen. Und in taktischer Hinsicht war es immer gut, den Feind am Reden zu halten, während man versuchte, seinen nächsten Angriff vorzubereiten. »Ob es Unglück bringt, jemanden mit seiner eigenen Waffe zu erschießen? Nun ja, dem Mann, dem die Waffe gehört, ganz sicher.«

Als Yazzie antwortete, schien seine Stimme aus einem ganz anderen Teil der Nekropole zu kommen. »Sie sollten keine dummen Sprüche klopfen, Ackerman, Sie sollten sich lieber auf das Sterben vorbereiten.«

Ackerman fragte sich, ob er zwischen seiner Frage und Yazzies Antwort ein paar Sekunden lang das Bewusstsein verloren hatte. Sein linker Arm war taub und unbeweglich. Am Oberarm war eine seltsame Beule, bei der es sich gut um einen Knochen handeln konnte, der versuchte, sich von innen durch die Haut zu bohren. Ackerman zog in Erwägung, den gebrochenen Knochen selbst zu richten, vermutete jedoch, dass ein so heftiger, blitzartiger Schmerz ihm das Bewusstsein raubte, was es dem Gegner ermöglichen würde, ihn ohne Gegenwehr zu überwältigen. Doch er befürchtete, früher oder später ohnehin die Besinnung zu verlieren. Und das würde höchstwahrscheinlich seinen Tod bedeuten.

Mit lauter Stimme fragte Ackerman: »Was wohl aus dir wird, wenn ein Bleichgesicht dich in die ewigen Jagdgründe schickt? Ob deine Ahnen dann schwer sauer auf dich sind?«

Die Antwort kam aus wieder einem anderen Teil der Ruinen. Yazzie lachte schallend. »Das schaffen Sie nie! Aber soweit ich mich mit dem Gott der Weißen auskenne – ich käme wohl in die Hölle. Genau wie Sie, Ackerman. Ihr Gott wird Sie für jedes Menschenleben, das Sie genommen haben, büßen lassen. Mich aber erwartet etwas anderes. Er, der die Welt verschlingt, wird mir jeden Tropfen Blut, den ich in seinem Namen vergossen habe, zehnfach vergelten.«

»Hoffentlich wird ihm schlecht, dem Vielfraß.«

»Jede Schuld muss beglichen werden, Ackerman. Der Teufel bekommt immer, was ihm zusteht. Und bei Ihnen kommt er schon sehr bald kassieren.«

»Meine Schulden sind bezahlt«, rief Ackerman zurück. »Ist eine tolle Story. Ich erzähl sie dir. Leg die Waffe weg, und du erfährst die Geschichte meines Lebens.«

Yazzie reagierte, indem er einen weiteren Feuerstoß in Ackermans Richtung jagte.

Ackerman war sich nicht ganz sicher, wie viele Schüsse Yazzie schon abgegeben hatte – ein weiterer Beweis für seine völlige Erschöpfung. Er wusste aber noch, dass sein Bruder – ganz nach Vorschrift – ein zweites Magazin mit Klebeband am Magazin der MP5 befestigt hatte, sodass Yazzie mindestens sechzig Schuss hatte, und so viele waren noch nicht gefallen.

Ackerman feuerte zweimal zurück und schob vier frische Patronen in die Trommel des Peacemakers. Er wünschte, er hätte das AK-47 und sein Shirt behalten, aber er hatte beides irgendwo zwischen der obersten und der zweithöchsten Stufe der Ruinensiedlung verloren.

»Draußen in der Welt hätten Sie mich vermutlich mühelos erwischt«, sagte Yazzie. »Sie sind schneller und stärker als ich. Aber nicht hier. Hier, zwischen den Schreien der Toten und den Geistern der Alten, hier im Tempel meines Gottes, unter dem wachsamen Auge von Ihm, der die Welt verschlingt, bin ich unbesiegbar.«

Ackerman lachte leise. »Ich hab bloß einen schlechten Tag, Kumpel, sonst wärst du längst hinüber.«

Er betastete die Wunde an seiner Seite und stellte fest, dass er viel Blut verlor. Sein linker Arm fühlte sich an, als wäre er abgetrennt und läge nutzlos auf dem Boden seiner winzigen Deckung.

Yazzie feuerte erneut. »Zeit zu sterben, Kojote.«

»Wenn schon, dann Wolf«, rief Ackerman. »Oder Löwe. Großer Weißer Hai geht auch.«

Unvermittelt hörte er eine andere Stimme. Sie kam von einem Mann, der hinter ihm stand – genau am Abgrund, wo es tief hinunter in den Cañon ging. *»Wolf?«*, flüsterte Thomas White. *»Löwe? Weißer Hai? Ich habe dich stets als Hyäne gesehen, oder als Schlange. Du bist immer auf dem Bauch durch den Dreck gekrochen.«*

»Fang du nicht auch noch an«, murmelte Ackerman.

»Du wirst sterben, Junior«, fuhr sein Vater fort. *»So wunderbar dein Körper auch ist, er versagt. Vielleicht solltest du mich die Kontrolle übernehmen und die Angelegenheit beenden lassen. Ich könnte die letzten Kraftreserven aus deinem Körper quetschen und dir dein erbärmliches kleines Leben retten.«*

Selbst das Augenverdrehen tat Ackerman weh; seine Lider fühlten sich so rau an wie der Wüstenboden.

Er ignorierte seinen Vater, versuchte stattdessen, Yazzie am Reden zu halten. »Dein großer Verschlinger … das klingt schwer nach Krümelmonster, Yaz. Kennst du doch noch, oder?«

»Ihr verfluchten Weißen! Was ihr nicht begreift, verspottet ihr. Eines Tages werden alle Völker eines Sinnes sein und als Abbild vom Ihm, der die Welt verschlingt, neu erschaffen werden.«

»Du hast dir den Vielfraß selbst ausgedacht, was? Eine spirituelle Rechtfertigung für deine fleischlichen Gelüste.«

»Er hat mir eine Vision gesandt und mich darin zu seinem Sendboten erklärt. Ich soll ihm in dieser Welt, auf dieser Ebene, den Weg bahnen.« Diesmal kam Yazzies Antwort von der untersten Stufe und klang mit jedem Wort näher.

Ackerman feuerte eine Kugel in Yazzies Richtung – eine Warnung, Abstand zu halten.

Yazzies Stimme wechselte erneut die Position. Ackerman fragte sich, ob der Mann tatsächlich mit solcher Geschwindigkeit zwischen den Ruinen umherspukte oder ob seine Sinne ihm einen Streich spielten.

Und hatte die Waffe gerade eben nicht ein anderes Kaliber gehabt? Ackerman war sich nicht sicher, konnte sich bei nichts mehr sicher sein. Er war kaum noch in der Lage, den Schlaf der völligen Erschöpfung fernzuhalten.

»Mein Volk ist tot«, rief Yazzie. »Meine Leute wissen es nur noch nicht. Ihre Regierung hat uns eingesperrt und unsere Seele zerstört. Jeden Tag müssen wir uns fragen, wie viel Zeit uns noch bleibt, bevor der radioaktive Staub aus den Uranminen der Weißen uns mit Krebs schlägt, der uns in die Knie zwingt. Für die meisten von uns ist es keine Frage des *ob*, sondern des *wann*. Ich habe unsere durchschnittliche Lebenserwartung schon überschritten.«

»Das kannst du laut sagen. Aber auch ich bin kein Freund der Regierung. Um ehrlich zu sein – ich hab letztes Jahr keine Steuern bezahlt. Aber sag es nicht weiter.«

»Ihr Volk tötet mein Volk seit Generationen. Und jetzt habe ich euch mithilfe eurer Bilagáana-Gier diesen Gefallen erwidert.«

Ackerman war sich nicht sicher, was Yazzie damit meinte, aber im Augenblick hatte er größere Sorgen. Eine davon galt dem Umstand, dass Yazzie immer näher kam. Vermutlich nutzte er seine Geländekenntnisse, um den Gegner zu umgehen und ihm in den Rücken zu fallen.

Ackermans zweite, noch drängendere Sorge war seine bleierne Müdigkeit, die ihm in sämtlichen Kochen steckte. In seinem ganzen Leben hatte er sich noch nie so nach Schlaf gesehnt.

Verdammt, was bin ich groggy.

Aber er konnte es sich nicht leisten, auch nur eine Sekunde zu schlafen.

Nur mal eben die Augen zumachen, okay?

Das Kinn sank ihm auf die Brust. Sofort riss er den Kopf wieder hoch, blinzelte.

Hey, Mann! Penn hier nicht ein.

Er hörte Yazzies Stimme, verstand aber nicht, was er sagte. Er war zu müde.

Jajaja. Hast recht, Schweinepriester.

So unendlich müde …

Jetzt ein weiches Bett.

Sein Kopf sank auf den felsigen Höhlenboden.

Sooo müde …

Ackerman fiel in den tiefen Schlaf totaler Erschöpfung.

Kapitel 100

Das Blut in ihren Adern schien sich in glühende Lava verwandelt zu haben.

Maggie fühlte sich innerlich tot und zugleich lebendiger als je zuvor. Sie war voller Wachheit, voller Erregung und gleichzeitig so abwesend, als stünde sie neben sich. So seltsam hatte sie sich in ihrem ganzen Leben noch nicht gefühlt. Sie sah ihre Umgebung klar und deutlich, und doch kam ihr alles unwirklich vor: das Grau und Schwarz der Felswände, das Spiel von Licht und Schatten.

Ist das ein Traum? Ist alles, was du erlebt hast, wirklich passiert? Oder hast du dir Marcus und Ackerman nur eingebildet?

Vielleicht saß sie ja immer noch in der Grube, inmitten all der Verwesung, mit einer Kohlendioxidvergiftung und den Begleiterscheinungen ihrer Dehydrierung.

Doch ob es nun ein Trugbild war oder Wirklichkeit – zwei Dinge wusste Maggie ganz sicher.

Zum einen, dass es sich bei Jamie Ramirez um Tommy handelte. Je öfter sie sich sein Gesicht vor Augen rief, desto deutlicher sah sie den Erwachsenen, zu dem ihr kleiner Bruder geworden war, den sie seit einer halben Ewigkeit gesucht hatte. Er lebte, aber nun war er verletzt und wartete noch immer darauf, dass sie ihn fand.

Zum anderen wusste Maggie, dass Yazzie sterben musste.

In der rechten Hand hielt sie die Beretta ihres Bruders, in der linken den angeschliffenen Knochen, den sie Yazzie in den Hals rammen wollte, als sie nun den alten Gängen folgte, die erfüllt waren von Stille, geisterhaftem Licht und nachtschwarzen Schatten.

Maggie verharrte, als Stimmen an ihr Ohr drangen, und lauschte. Die Geräusche kamen von vorn.

Vorsichtig ging sie weiter.

Und hielt den Atem an, als sich eine ausgedehnte Anlage vor ihr ausbreitete. Steinalte, seltsame Behausungen, im Halbkreis um eine zentrale Fläche angeordnet. Der Anblick erinnerte Maggie an ein Amphitheater.

Wie das Kolosseum in Rom.

Langsam, beinahe andächtig, bewegte Maggie sich weiter.

Als sie das dritte Geschoss des Amphitheaters erreichte, sah sie die Gladiatoren des heutigen Tages.

Ackerman und Xavier Yazzie, den Taker.

Nur dass Ackerman kein Gegner für Yazzie mehr war. Er lag hinter einem Steinhaufen und schien das Bewusstsein verloren zu haben. Yazzie beugte sich über ihn und schnallte ihm den Revolvergurt ab.

Maggie zielte mit der Beretta auf ihn, aber eine Pistole war auf diese Entfernung keine besonders genaue Waffe. Außerdem zitterten ihre Hände so heftig, dass sie vermutlich nicht einmal das berühmte Scheunentor getroffen hätte. Sie musste näher an Yazzie heran.

Maggie entdeckte eine Treppe mit Steinstufen und stieg sie hinunter. Sie hoffte inständig, dass Ackerman nur bewusstlos war, nicht tot. Sie hatte schon einen Bruder an Yazzie verloren – beinahe.

Doch ob sie Ackerman verloren hatte oder nicht, Yazzie musste sterben.

Unwillkürlich dachte sie an *Moby Dick*. Wie hatte Herman Melville den Hass Ahabs auf den Weißen Wal beschrieben? Als *wäre seine Brust ein Mörser, ließ er das Geschoss seines heißen Herzens an ihm zerbersten.* Ja, genauso fühlte sich jetzt Maggie. Sie konnte Käpt'n Ahabs Blutdurst nachempfinden. Yazzie hatte ihr zu viel genommen. Er musste aufgehalten werden, mit allen Mitteln.

Während Maggie die steinerne Treppe hinunter zum untersten Geschoss der Wohnquartiere lief, wobei ihr mehrmals schwarz vor Augen wurde, schob sie das Knochenmesser in die hintere Hosentasche ihrer Jeans, wo sie es leicht erreichen konnte. Jetzt musste sie nur nahe genug an Yazzie herankommen. Wenn sie ehrlich zu sich selbst war – sie wollte die Pistole nicht benutzen. Sie wollte dem Taker den spitzen Knochen in den Hals bohren und zuschauen, wie er verblutete.

Ob sie in seinen letzten Augenblicken Zeugin dramatischer Ereignisse wurde? Erschienen bei Yazzies Tod seine persönlichen Dämonen, um ihn in die Hölle zu zerren?

Kapitel 101

Als Maggie das unterste Geschoss der amphitheaterähnlichen Ruine erreicht hatte, versuchte sie, so lange wie möglich außer Sicht zu bleiben. Wie es schien, hatte sie damit Erfolg, denn Yazzie verriet durch nichts, dass er sie bemerkt hätte – seltsam für einen Mann, der sonst so umsichtig war.

Unbändige Wut trieb Maggie voran, obwohl eine geradezu kindliche Angst sie erfasste, sich jenem Schreckgespenst entgegenzustellen, das sie fast ihr Leben lang heimgesucht hatte. Sie hatte jeden Tag an Tommy gedacht – und an die Bestie, die ihn verschleppt hatte. Den Mann mit den schwarzen Augen. Den Mann, der sie hatte begreifen lassen, dass es auf der Welt Monster gab. Der Mann, der ihr die Kindheit gestohlen und ihre Familie zerstört hatte.

In diesem Augenblick dämmerte ihr, dass Yazzie sie mit Absicht zu manipulieren versucht hatte, damit sie ihren eigenen Bruder tötete.

Yazzie stand mit dem Rücken zu ihr vor dem besinnungslosen Ackerman und fädelte den Revolvergurt durch die Schlaufen an seiner Hose. Er schob in genau dem Moment das Leder ins Gürtelschloss, als Maggie den zitternden Arm hob und die Beretta auf ihn richtete.

Sie überlegte, ihn einfach von hinten niederzuschießen, ließ es dann aber. Der Bastard sollte sein Ende kommen sehen. Sie wollte, dass er auf den Knien starb und dabei genau wusste, wer ihm ins Jenseits befördert hatte.

Mit einer Stimme, in der sich Wut und Entschlossenheit

mischten, rief Maggie: »Hände hinter den Kopf! Umdrehen! Eine falsche Bewegung, und Sie sind tot!«

Ohne den Blick von Ackerman zu nehmen, hob der Taker langsam die Hände, legte sie in den Nacken und drehte sich zu Maggie um. Erst nachdem er ihre Anweisung befolgt hatte, schaute er sie an. Seine Augen waren nicht mehr schwarz wie bei ihrer ersten Begegnung, wirkten aber genauso furchterregend. Maggie wusste, dass er an partiellem Okulärem Albinismus eines Auges litt; trotzdem erschien er ihr jetzt wie ein Dämon aus den Albträumen ihrer Kindheit – ein Scheusal, das ihr furchtbare Angst einjagte.

Yazzie lächelte ihr zu. »Hallo, kleines Mädchen.«

Maggie spannte die Muskeln an. Sie hatte das verrückte Bedürfnis, loszuheulen, ihrer Angst und ihrem Elend freien Lauf zu lassen, doch ihr Zorn war stärker. Die Pistole lag ruhig in ihrer Hand, als sie fragte: »Hat Ihr Plan vorgesehen, dass ich am Ende meinen eigenen Bruder töte? Haben Sie ihn deshalb hier heraufgeschickt mit dem Befehl, sich in den Hinterhalt zu legen?«

Yazzie zog eine Braue hoch. »Ich habe gehofft, dass etwas in der Art geschehen würde, aber meine Erfahrung hat mich gelehrt, dass man nichts vorausberechnen kann. Wenn jene Dinge geschehen, die man geplant hat, führt es oft zu ganz anderen Ergebnissen als ursprünglich beabsichtigt. Man kann nur die ersten Dominosteine anstoßen, sich zurücklehnen und auf einen günstigen Lauf der Dinge hoffen. Aber ich gebe zu, ich hatte genau dieses Ergebnis als Idealfall betrachtet und gehofft, dass es so kommt.«

»Tja, es hat nicht geklappt. Tommy lebt noch und versteckt sich wahrscheinlich in den Ruinen oder in einem Tunnel. Ich werde ihn finden. Gleich nachdem ich Sie getötet und dafür gesorgt habe, dass Sie uns nie mehr schaden können – oder sonst jemandem.«

Yazzie grinste, schaute an ihr vorbei und sagte: »Töte sie, Jamie.«

Maggie stockte der Atem, aber sie hielt die Waffe weiter auf Yazzie gerichtet. Der »Da-steht-jemand-hinter-dir«-Trick war die älteste List der Welt. Maggie rührte sich nicht, bis ein paar Sekunden später eine ruhige junge Stimme sagte: »Lassen Sie die Waffe fallen, Lady.«

Sie erkannte sofort, wer da sprach, und hob die Hände, ließ die Beretta aber nicht los. Langsam drehte sie sich um und blickte in das Gesicht von Jamie Ramirez, ihrem lange verschollenen Bruder. Er zielte mit dem Jagdgewehr auf sie, mit dem er Marcus angeschossen hatte. Maggie wusste, er würde schießen, wenn sie nicht höllisch aufpasste.

»Worauf wartest du?«, drängte der Taker. »Erschieß sie endlich!«

Maggie betrachtete ihn liebevoll. »Du nennst dich Jamie Ramirez«, sagte sie leise, »aber mit diesem Namen bist du nicht auf die Welt gekommen.«

Sie sah in seinen Augen, dass er es wusste, dass er es vielleicht immer schon gewusst hatte. Entführt und wie ein Stück Vieh verkauft zu werden, vergaß man nicht.

»Erschieß sie, oder ich tu's!«

»Lass sie reden, Onkel«, flüsterte Ramirez.

»Dein richtiger Name ist Tommy Carlisle.« Maggie lächelte. »Dieser Mann hat dich aus dem Garten hinter dem Haus deiner Eltern entführt, als du noch ein kleiner Junge warst. Du hattest eine Schwester. Sie hieß …«

»Maggie«, unterbrach Ramirez sie. Tränen liefen ihm über die Wangen, und sein Griff um das Gewehr lockerte sich.

Hinter den beiden Geschwistern lachte Yazzie leise. »Kleines Mädchen, du hast dich kein bisschen verändert.«

Maggie schaute gerade rechtzeitig über die Schulter, um zu

sehen, wie der Taker den Peacemaker mit einer Schnelligkeit hochriss, die sie niemals für möglich gehalten hätte. Der Colt schien aus der Luft in seiner Hand zu erscheinen. Maggie hörte, wie die Waffe krachte, und musste hilflos mit ansehen, wie ihr Bruder zurücktaumelte, als hätte eine unsichtbare Faust ihn getroffen. Das Gewehr entglitt Tommys Fingern, und das Leben in seinen Augen erlosch.

Ein Schrei stieg Maggie in die Kehle. Ein Schrei voller unendlicher Qual, aus dem alles Leid der geschundenen Kreatur sprach.

Sie fuhr zu Yazzie herum, richtete die Beretta auf ihn.

Bevor sie den Arm heben konnte, spuckte der Peacemaker erneut Feuer, und greller Schmerz durchraste ihre rechte Schulter.

Kapitel 102

Das Krachen einer Patrone vom Kaliber .45 weckte Ackerman aus seinem Traum von einem Blutbad im römischen Kolosseum. Er brauchte einen Moment, um zu begreifen, dass er wach war. Kaum hatte er es realisiert, hörte er den Aufschrei Maggies. Ein Ruck ging durch seinen sehnigen Körper, als er aufzuspringen versuchte, doch war er nicht in der Lage, seine Gliedmaßen zu bewegen, konnte nur die Augen öffnen, die voll Sand und Staub waren.

Er hörte die Stimme von Thomas White, der irgendwo über ihm zu schweben schien: *»Hoch mit dir, Francis, oder du stirbst. Na los, steh auf!«*

»Nenn mich nicht Francis«, sagte Ackerman mit schwerer Zunge. »Und was interessiert es dich, was aus mir wird? Du hast mich immer nur gehasst.«

White widersprach vehement: *»Unsinn! Wie könnte ich mich selbst hassen? Ich bin du. Sieh mich an!«*

Ackerman drehte den Kopf und schaute zu seinem Vater hinauf. White hob die Hände ans Kinn, griff sich an die Kiefer, als trüge er eine Gummimaske, und riss sich die Haut herunter, sodass die Muskeln und Knochen darunter sichtbar wurden. Die gespenstische Erscheinung beugte sich an Ackermans Ohr, flüsterte: *»Ich bin du, Francis. Wenn du jetzt nicht handelst, hat Yazzie gewonnen. Er wird Maggie töten und dich dabei zuschauen lassen, und dann bringt er auch dich um. Wenn du einen Schachzug im Kopf hast, wäre jetzt der richtige Augenblick, deine Figur zu ziehen.«*

Ackerman nickte der Erscheinung zu. »Aber … wir haben keine Waffen. Und selbst wenn … wir könnten sie nicht einsetzen.«

Er wusste nicht mehr, ob er wach war und laut sprach, ob er träumte oder ob es eine Vermischung von Traum und Wirklichkeit war. Fest stand nur, dass er handeln musste – auf der Stelle.

Ackerman mobilisierte alle verbliebenen Kräfte und setzte sich so weit auf, dass er beobachten konnte, was am Rand des Abgrunds vor sich ging, der die Ruinen begrenzte. Den Colt in der Hand, stand der Taker vor Maggie, die am Boden lag. Als er sprach, klang es für Ackerman, als wären sie unter Wasser. »Reden Sie mit sich selbst, Ackerman, oder waren Ihre Worte an mich gerichtet?«

Ackerman schwieg, verschwendete keine Energie auf eine Antwort.

In Yazzies Geisteraugen loderte Wahnsinn, als er Ackerman angrinste. »Sterben Sie mir bloß nicht weg. Nicht, bevor Sie gesehen haben, was ich mit Ihrer sogenannten kleinen Schwester vorhabe.«

Er trat an Maggie heran und riss sie an den Haaren hoch. Sie schrie gellend, hielt sich die zerschossene Schulter. Ackerman hatte inzwischen die Beretta entdeckt, die im Staub hinter Maggie lag, aber die Waffe war zu weit weg, außerhalb seiner Reichweite. Er wusste, dass er handeln musste, aber was war richtig, was falsch? In seiner Armbanduhr verbarg sich eine Garotte; außerdem hatte er die Faustmesser und das Bowiemesser, das er im Boden hatte stecken lassen, nachdem er damit Yazzies Schlinge zerschnitten hatte. Doch als er jetzt mit hastigen Blicken nach dem Messer Ausschau hielt, konnte er es nirgendwo entdecken.

Wahrscheinlich, sagte er sich, *spielt das alles sowieso keine Rolle mehr.*

Er, der unbesiegte, unzerstörbare Francis Ackerman, war am Ende.

Leise und voller Bitterkeit lachte er auf. *Stramme Leistung, Francis.* Ihm fehlte die Kraft, auch nur eine der Waffen zu führen, die er zur Verfügung hatte. Wie auch? Er schaffte es ja kaum, die Augen offen zu halten.

»Nur nicht schlappmachen. Bleiben Sie noch ein bisschen bei uns, Sie Held«, höhnte Yazzie und zerrte Maggie an den Rand des Abgrunds, wo der Steinboden schroff abbrach. Er setzte ihr die Mündung des Peacemakers an die Schläfe und fragte: »Was wäre grausamer – ihr in den Kopf zu schießen, bevor ich sie in den Abgrund stoße, oder sie den Sturz genießen zu lassen?«

Ackerman hob den Arm. »Ich hab noch was zu sagen.«

Yazzie drückte die Revolvermündung noch fester auf Maggies Schläfe. Sie schluchzte. Ihr rechter Arm hing schlaff und leblos herunter, und ihr Shirt war auf der rechten Seite blutgetränkt.

»Da ich von Natur aus neugierig bin, brenne ich darauf zu hören, was Sie zu sagen haben«, erklärte Yazzie. »Aber machen Sie bitte schnell, Ihre kleine Schwester möchte auf die lange Reise gehen.«

Ackerman hatte kaum noch die Kraft, auch nur ein Wort zu sagen, und sein Verstand arbeitete jämmerlich langsam. Noch immer hätte er nicht sagen können, ob er träumte oder wachte. »Ich kann niedrig sein und kann hoch sein«, flüsterte er, »mir ist alles und jedes vertraut, satt sein und hungern, Überfluss haben und Mangel leiden. Ich vermag alles durch den, der mich mächtig macht …«

Yazzie blickte ihn seltsam an. »Ist das aus der Bibel des weißen Mannes?«

Ackerman nickte.

»Versuchen Sie mich hinzuhalten?«

»Kann sein. Ich hab schon früh gelernt, Zeit zu schinden, weil am Ende immer noch irgendwas passiert. Vielleicht haut mein Bruder mich raus, oder mir kommt im letzten Moment ein rettender Einfall. So war es noch jedes Mal.«

Yazzie lachte. »Ich fürchte, dieses Mal warten Sie vergebens auf Ihren Bruder oder auf den großen Geistesblitz. Für uns alle kommt irgendwann der Augenblick, da wir unsere Zeche zahlen müssen. Diesmal gibt es keinen Ausweg für Sie. Aber ich wünsche Ihnen viel Glück für Ihr nächstes Leben.« Yazzie spannte den Hahn des Single-Action-Revolvers, schaute zu Maggie und fragte: »Was ist mir dir? Dir schulde ich wohl auch ein paar letzte Worte.«

Maggie suchte Ackermans Blick. »Bitte sag Marcus, meine Antwort ist ja«, flüsterte sie. »Aus ganzem Herzen, wenn auch in einem anderen Leben.«

Yazzie lachte auf. »Warum sagst du ihm das? Er folgt dir in den Tod, und dein Freund erwartet dich vermutlich schon, wo immer das sein mag. Jetzt, wo ich dir zweimal deine Familie genommen habe, ist es wohl nur gerecht, wenn ich dir die Wahl lasse: Soll ich dich erschießen, oder möchtest du deinen Sturz in den Tod miterleben?«

In diesem Moment zwinkerte Maggie Ackerman zu. Er sah die plötzliche, kalte Entschlossenheit in ihren Augen und wusste, dass sie jeden Augenblick handeln würde, ohne jede Rücksicht, auch nicht auf sich selbst.

Und die Endgültigkeit ihrer letzten Bemerkung über »das andere Leben« ließ etwas Dramatisches erwarten.

Mach schon. Hilf ihr.

Während des kurzen Wortwechsels hatte Ackerman die Hand um eines der Faustmesser geschlossen. Nun konzentrierte er sich, so gut er konnte, um die Klinge geradewegs in Yazzies rechtes Auge zu schleudern.

Fahr zur Hölle!

Mit allerletzter Kraft schleuderte Ackerman das Messer.

Der kleine Dolch schwirrte durch die Luft, ein silbriges Geschoss im Dämmerlicht, doch Ackermans Wurfbewegung war nicht ganz exakt gewesen: Statt wie beabsichtigt in Yazzies rechtes Auge zu dringen, schlitzte die Klinge ihm die Stirn auf und fiel dann klirrend zu Boden. Instinktiv löste Yazzie die Faust aus Maggies Haaren und hielt sich die linke Hand an die blutende Stirn.

Sein Colt ruckte herum, als er ihn auf Ackerman richtete.

Genau diese Bewegung verschaffte Maggie die Gelegenheit, auf die sie gewartet hatte. Ackerman beobachtete, wie sie eine primitive, steinzeitliche Waffe zückte, ein Knochenmesser, das makabre Relikt ihrer endlosen Stunden in Yazzies Leichengrube, dieser Hölle aus Tod und Verwesung. Triumphierend hielt Maggie das Messer in der linken, unverletzten Hand, als sie dem Taker den Unterarm aufschlitzte. Die scharf geschliffene Kante der primitiven Waffe drang bis auf den Knochen.

Yazzie heulte auf, ließ den Revolver fallen.

Wie benommen beobachtete Ackerman, wie Maggie mit der Wildheit eines Tieres, das in die Enge getrieben war, auf Yazzie einschlug. Ihr linker Arm mit dem Knochenmesser schnellte hoch, und mit einem wilden Schrei rammte sie es Yazzie in den Hals, ehe sie ihn über die Kante in den Abgrund stieß.

Maggie saß rittlings auf ihm, als er stürzte.

Noch immer stach sie wie eine Furie auf ihn ein, bis beide aus Ackermans Blickfeld verschwanden.

Ihr Schrei wurde leiser und verstummte dann wie abgeschnitten.

Es wurde totenstill.

Ackerman lag da wie betäubt.

Irgendwann später wälzte er sich kraftlos herum, starrte aus brennenden Augen an den bleigrauen Himmel aus Felsgestein.

Er hoffte, er betete, alles nur geträumt zu haben, doch ein nie gekanntes und alles überwältigendes Gefühl, das bis in die Tiefen seiner Seele drang, ließ ihn erkennen, dass es Wirklichkeit gewesen war.

Francis Ackerman junior fragte sich, ob es dieses Gefühl war, das normal empfindende Menschen als Schmerz bezeichneten.

Kapitel 103

Marcus hatte geträumt, er säße wieder im Verlies seines Vaters in den Katakomben unter der Stadt Leavenworth, Kansas, wo er fast ein Jahr lang in zumeist völliger Finsternis festgehalten worden war.

Als er nun aufwachte, stellte er fest, dass die Wirklichkeit noch weitaus beängstigender war als die Erinnerung. Im Traum hatte er wenigstens gewusst, dass Maggie in Sicherheit war. Nun schoss ihm beim Erwachen als Erstes der Gedanke durch den Kopf, dass er nie die Gelegenheit erhalten hatte, Maggie zu bitten, seine Frau zu werden.

Er blickte auf die leere Betthälfte neben sich.

Keine Maggie. Natürlich nicht. Wie auch? Sie nicht neben sich liegen zu sehen ließ ihn dennoch frösteln bis ins Mark.

Er hörte das Piepsen, Surren und Rattern der medizinischen Geräte rings um ihn. Die Ärzte maßen seine Herzfrequenz und pumpten Flüssigkeiten in seine Adern, die ihn am Leben erhielten. Selbst wenn er nach dem Aufwachen nichts hätte sehen können – er hätte an den Geräuschen und dem antiseptischen Geruch erkannt, dass er im Krankenhaus lag. Um das Bett herum standen Paravents; die Vorhänge waren zugezogen, sodass Marcus die Station oder andere Betten nicht sehen konnte. Aber es hatte den Anschein, dass er in einem normalen Krankenzimmer lag.

Immerhin, dachte er bitter.

Während er sich umsah, verscheuchte er seine Ängste um Maggie. Jetzt, da er sich an die Schmerzen erinnerte, nachdem er angeschossen worden war und an das Gefühl, dem Tod nahe zu sein … bestimmt lag er schon einen oder zwei Tage hier, wenn nicht länger, und hatte geschlafen. Und dafür, dass Maggie nicht da war, gab es bestimmt eine ganz einfache und harmlose Erklärung. Wahrscheinlich war sie kurz weg, um einen Happen zu essen.

Marcus blinzelte sich wach und fragte sich, wie lange er bewusstlos gewesen war. Er hatte nicht vor, eine Krankenschwester zu rufen und sie zu fragen, jedenfalls nicht, bevor er sich ein wenig Klarheit verschafft hatte.

Wieder drängte sich ihm der Gedanke an Maggie auf. Irgendwie rechnete er damit, dass sie jeden Augenblick zur Tür hereinkam. Als er sie zuletzt gesehen hatte, war sie am Leben gewesen, unversehrt und glücklich, ihn wiederzusehen. Es gab keine Veranlassung zu der Befürchtung, dass es ihr jetzt aus irgendeinem Grund schlechter ging; dennoch spürte Marcus mehr, als dass er wusste, dass etwas nicht stimmte. Leises Unbehagen erfüllte ihn, ein ungutes Gefühl, das er nicht erklären konnte.

Er richtete sich ein wenig auf, und der Bettrahmen knarrte. Einige der Apparate piepsten hektisch. Gleichzeitig mit diesem Geräusch wurde der Vorhang zur Seite gerissen, und sein Bruder stand vor ihm. Ackerman trug sein gewohntes langärmeliges T-Shirt, aber das war auch schon alles, was an den normalen Francis Ackerman erinnerte. Er war stets die Verkörperung uneingeschränkten Selbstvertrauens gewesen, das Urbild eines Mannes, der aus jeder Situation als Sieger hervorgeht.

Der Mann aber, der jetzt vor Marcus stand, wirkte ungepflegt, und seine Augen zeigten einen leeren Ausdruck.

Und da war noch etwas anderes, Beängstigendes. An Ackermans Bartwuchs konnte Marcus erkennen, dass er viel länger als nur zwei Tage bewusstlos gewesen war.

Ackerman kam zu ihm und zog ihn wortlos an sich. Marcus erwiderte die Umarmung.

»Ich dachte schon, ich verliere dich auch«, sagte Ackerman.

Auch?

Seine Worte und deren Bedeutung waren wie ein Dolch aus Eis, der Marcus direkt ins Herz drang. »Wo ist Maggie?«, fragte er.

»Du warst fast drei Wochen weg vom Fenster, Bruder. Du hast Stunden um Stunden auf dem Operationstisch gelegen, und …«

»Wo ist Maggie?«

Er sah die stumme Antwort in Franks Augen, aber er wollte sie hören. Ackerman senkte den Blick. Tränen schimmerten in seinen Augen. »Ich habe versagt, Marcus. Ich habe an dir versagt … und an Maggie. Ich konnte sie nicht beschützen.«

»Willst du damit sagen, sie …«

»Sie ist tot, Marcus. Es tut mir leid.«

Maggie. Tot.

Marcus blieb das Herz stehen. Krampfhaft hielt er sich an den Griffen des Krankenhausbettes fest. Trauer kannte er seit langer Zeit. Schmerz, Leid, Tod. Er hatte dem Tod mehr als einmal ins Antlitz geblickt. Er hatte den Verlust von Menschen erlebt, die er liebte – Freunde, Familienangehörige. Aber noch nie hatte er einen solchen Schmerz empfunden. Der Verlust war allumfassend und alles verschlingend, sodass er das Gefühl hatte, sterben zu müssen.

Er konnte kaum noch atmen, nicht mehr klar denken. Nichts erschien ihm mehr wichtig. Seine Verzweiflung schlug in hilflosen Zorn um. Er wollte etwas zerschmettern, irgendetwas, wollte es zerschlagen, zerstören. Er wollte jemandem wehtun, sogar sich selbst. Es kam ihm vor, als durchschreite er mit jedem Gedanken, jedem Atemzug ein endloses Tal der Dunkelheit und Einsamkeit. Er wusste nicht, was er tun, denken und empfinden sollte. Er wollte wütend sein, aber der Schmerz hielt den Zorn auf Abstand. Er spürte, wie er die Stadien der Trauer immer wieder im Kreis durchlief, Leugnen und Wut, Depression und Resignation.

Ackerman setzte an, etwas zu sagen, doch Marcus schnitt ihm das Wort ab. »Lässt du mich einen Moment allein? Bitte.«

»Das versuche ich dir ja die ganze Zeit zu sagen, Marcus. Ich bin mir nicht sicher, wie viel Zeit sie dir geben. Und wenn wir unsere Flucht durchziehen wollen, wäre jetzt der richtige Augenblick – solange sie glauben, du liegst noch im Koma.«

»Flucht? Wovon redest du?«

Ackerman seufzte und zog sich einen Stuhl heran. »Wo soll ich anfangen? Während du geschlafen hast, hat sich eine Menge verändert.« Wieder ein Seufzer. »Ich glaube, wir sitzen in der Tinte, du und ich – gelinde gesagt.«

Kapitel 104

Ackerman blieb kaum die Zeit, Marcus die wichtigsten Einzelheiten zu erklären, dann bemerkte das Krankenhauspersonal auch schon, dass der Patient aus dem Koma erwacht war. Augenblicklich schwärmten Ärzte und Schwestern ins Zimmer und kümmerten sich um Marcus.

Nachdem sie ihn versorgt hatten und das Zimmer nach und nach verließen, hatten sich Andrew Garrison und dessen neuer Freund vom FBI zu ihnen gesellt.

Garrison hatte in früheren Zeiten Marcus' Team angehört, war dann aber vom Director der Shepherd Organization auf eine höhere Position vorbereitet worden. Früher war er Marcus' bester Freund gewesen, doch in letzter Zeit hatten sie sich voneinander entfernt, was vor allem daran lag, dass Garrison wegen seiner neuen Tätigkeit Geheimnisse vor Marcus haben musste. Ackerman war sich nicht sicher, was er von Garrison halten sollte. Der Mann war Marcus sicher ein guter Freund gewesen, doch Ackerman konnte nicht anders, er fand ihn todlangweilig.

Bei dem Anzugträger, der Garrison ins Zimmer gefolgt war, verhielt es sich ganz anders. Ackerman fand den Burschen außerordentlich interessant. FBI Deputy Director Samuel Carter war ein gut aussehender Schwarzer um die sechzig, der eine unaufdringliche Selbstsicherheit an den Tag legte, die davon kündete, dass er über lange Zeit hinweg Situationen bewältigt hatte, in denen es um Leben und Tod ging.

Während das medizinische Personal seine Arbeit machte, die

Messwerte ablas und Fragen stellte, wandte Marcus sich als Erstes an Garrison. »Wo zum Teufel war unsere Verstärkung?«

Garrison schüttelte den Kopf. »Komm mir jetzt nicht so, Marcus. Gib nicht mir die Schuld. Du kennst die Risiken, wenn du auf eigene Faust losziehst.«

»Früher hättest du *alles* für Maggie getan.«

Ackerman konnte Garrison ansehen, dass er sich eisern beherrschte. Der Mann schien Experte zu sein, wenn es darum ging, den eigenen Zorn zu unterdrücken und mit schwierigen Fällen wie Marcus zurechtzukommen.

Nach ein paar Sekunden des Schweigens sagte Garrison: »Vielleicht habe ich für Maggie nicht das Gleiche empfunden wie du, aber ich habe sie geliebt wie eine Schwester. Und ich kannte sie erheblich länger als du.«

Ackerman räusperte sich. »Wenn ich mal etwas einwerfen darf, Leute. Euer Gezänk bringt gar nichts. Keiner von euch ist schuld an dem, was passiert ist. Und dass wir aufeinander herumhacken, hätte Maggie als Letztes gewollt. Wir müssen jetzt in die Zukunft schauen.«

Stille. Ackerman wartete auf eine Erwiderung, irgendeine Reaktion Andrew Garrisons oder seines Bruders. Als beide schwiegen, fuhr Ackerman fort: »Okay, dann möchte ich dir jetzt unseren neuen Freund vorstellen, Marcus.«

Carter trat vor und wollte das Wort ergreifen. In diesem Moment steckte ein Arzt den Kopf zur Tür herein. Als er die Männer an Marcus' Bett sah, ermahnte er sie, der Patient dürfe so kurz nach seinem Erwachen nicht vernommen werden. Carter bedeutete Garrison mit einem Blick, sich um den Arzt zu kümmern.

Nachdem Garrison verschwunden war, lächelte der FBI Deputy Director Marcus an. »Ich könnte einen Kaffee gebrauchen. Was ist mit Ihnen?«

Marcus verzog das Gesicht. »Ganz schön clever, sich an einen Mann heranzupirschen, indem man seine Koffeinsucht ausnutzt.«

»Ich besorge uns Kaffee.« Carter ging zur Tür, wo Garrison und der Arzt sich noch immer stritten, und wandte sich an den Mediziner. »Könnten Sie uns zwei Tassen Kaffee bringen, Doc?«

Der Arzt bedachte den Deputy Director mit ein paar wohlerwogenen Beleidigungen, eilte dann aber davon.

Carter kehrte zu Marcus und Ackerman ins Krankenzimmer zurück, zog sich einen Stuhl heran und setzte sich neben Marcus' Bett. Er seufzte. »Ihr beide seid mir wirklich ein Zwei-Mann-Abrisstrupp. Innerhalb von vierundzwanzig Stunden habt ihr einem souveränen Staat innerhalb unserer Grenzen den Krieg erklärt, etliche Menschen ins Jenseits befördert oder verletzt und obendrein Sachschäden in mehrfacher Millionenhöhe verursacht. Ganz zu schweigen davon, habt ihr beide euch der Entführung und des Diebstahls schuldig gemacht, aber das schlägt in der Gesamtbilanz kaum zu Buche.«

Garrison kehrte mit vier Bechern Kaffee zurück. Ackerman, der keinen Kaffee mochte, lehnte dankend ab. Carter nahm den Deckel vom Kaffeebecher, pustete den Dampf weg und blickte Marcus an. »Sie sollten vorab wissen«, begann er, »dass es kollegiale Höflichkeit ist, wenn ich Sie mit ›Agent Williams‹ anrede, denn technisch gesehen sind Sie nicht mehr beim Justizministerium beschäftigt.«

Marcus schloss die Augen. Seine Lider zitterten, und er schien zu beben wie ein Vulkan vor dem Ausbruch. »Ich wache aus dem Koma auf und erfahre, dass die Liebe meines Lebens tot ist, und bevor ich das noch richtig kapiert habe, kommen Sie mir mit so einem Scheiß!«

Carter nippte an seinem Kaffee und zuckte zurück, so heiß war das Gebräu. »Ich weiß, das kommt sehr abrupt, aber die Sache hat auf politischer Ebene jede Menge Staub aufgewirbelt.«

Marcus setzte sich im Bett auf. Die Apparate reagierten augenblicklich, indem sie schneller piepsten und surrten. »Auf politischer Ebene Staub aufgewirbelt? Politik ist das abgekartetste Spiel, das es gibt.«

»Bruder.« Ackerman legte Marcus eine Hand auf die Schulter. »Lass ihn ausreden, sonst geht er, und du liegst nachher hier im Zimmer und stellst dir genau die Fragen, die jetzt beantwortet werden sollen, okay?« Er nickte Garrison zu.

»Als der Director starb«, begann Garrison, »wurde ich kommissarischer Leiter der Shepherd Organization. Meine erste Amtshandlung bestand darin, das gesamte Programm einzufrieren und die Untersuchung einiger Entscheidungen meines Vorgängers einzuleiten. Aber keine Sorge, nichts davon betrifft euch beide.«

Marcus blickte seinen ehemals besten Freund stirnrunzelnd an. »Das ist leicht gesagt. Du hast dir bestimmt eine hübsche Stelle beim FBI oder einer anderen Behörde gesichert. Du warst ja immer auf den Platz an der Sonne aus, stimmt's, Drew?«

Garrison schüttelte den Kopf und biss sich auf die Zunge. Vermutlich begriff er, dass es sinnlos war, mit Marcus zu streiten.

»Also gut.« Carter beugte sich vor und stellte seinen Styroporbecher auf Marcus' Esstischchen. »Kommen wir zum Wesentlichen. Sie liegen nur deshalb nicht in einem Gefängniskrankenhaus, weil Sie ein Monster wie Xavier Yazzie ausgeschaltet haben.«

»*Wir* haben niemanden ausgeschaltet«, entgegnete Marcus. »Es war Maggie, die Yazzie erledigt hat, und mit ihm seine miesen Geschäfte, die er und Canyon mit dem Verkauf verschleppter Kinder finanziert haben.«

»Ich weiß, aber das ist es ja gerade. Canyon hatte politische Verbindungen. Hätten Sie und Ackerman nur ihn allein zu Fall gebracht, wäre Ihr Sturz unausweichlich gewesen. Doch wie sich herausstellte, war Yazzie schlimmer als jeder Serienmörder. Er war ein psychopathischer Killer, der Menschen entführt und ermordet hat, darunter zahlreiche Kinder, wie Sie ja wissen. Außerdem war er, obwohl Vertreter des Gesetzes, in Canyons illegale Aktivitäten verstrickt. Und da war noch mehr: Dank seiner herausgehobenen Stellung im Casino konnte er am Südturm des Casinohotels bauliche Veränderungen vornehmen lassen. Er bestimmte, welche Gäste dort untergebracht wurden. Ich will nicht auf alle Details eingehen, aber das Wasser, in dem die Gäste im Südturm gebadet und das sie oft auch getrunken haben, stammte aus einer Wasserquelle der Navajos, die durch den Uranabbau verseucht war. Yazzie arbeitete außerdem überaus kreativ mit Uranstaub, der bei all den Gästen höchstwahrscheinlich in den nächsten Jahren Krebs hervorrufen wird. Davon wissen wir nur, weil Yazzie dafür gesorgt hat, dass alle diese Leute nach seinem Tod einen Brief erhalten haben, in dem sie über ihr bevorstehendes Schicksal und die Gründe dafür aufgeklärt wurden. Sein Hass auf die Weißen, die Bilagáana, muss unermesslich gewesen sein.«

Marcus schloss die Augen und schüttelte den Kopf.

Carter fuhr fort: »Sie können sich vorstellen, welchen politischen Wirbel dieses Debakel hervorgerufen hat. Zusätzlich kompliziert wird die Angelegenheit dadurch, dass Ihr Bruder, Mr. Ackerman, offiziell gar nicht existiert. Folglich können wir ihn auch nicht zum Sündenbock machen.«

»Sündenbock?«, fragte Marcus verwirrt. »Was soll das heißen?«

»Ich muss da ein bisschen ausholen …«

»Dann bin *ich* wohl der Sündenbock?« fuhr Marcus auf.

Carter schüttelte den Kopf. »So schlimm, wie es sich anhört, ist es nicht. Und das verdanken Sie Ihrem Bruder.«

Marcus blickte verwirrt zu Ackerman. Der legte ihm eine Hand auf die Schulter und bat den Deputy Director, fortzufahren.

Carter sagte: »Wir haben eine Abmachung getroffen, nach der Sie, Marcus, stillschweigend bestimmte Vorwürfe akzeptieren. Sie werden mit einem Jahr Hausarrest bestraft, danach folgt eine Bewährungsfrist. Verdammt noch mal, Sie müssen doch damit gerechnet haben, dass es Folgen hat, wenn Sie einen Krieg vom Zaun brechen!«

Marcus zog eine Augenbraue hoch. »Ich habe kein Haus. Wie wollen Sie mich da unter Hausarrest stellen? Ich schlafe auf einem Futon in meinem Büro, wenn wir nicht unterwegs sind, und wir sind *immer* unterwegs. Warum eine Wohnung suchen? Ich habe genug Platz in unserer Außenstelle, um dort alles unterzubringen, was ich besitze.«

Carter nickte. »Das alles ist mir bekannt. Ich war ein bisschen überrascht, dass Sie einen Lagerraum ausgeräumt haben, damit Ihr Sohn dort schläft, aber über Geschmack lässt sich bekanntlich nicht streiten. Sie erinnern sich aber, dass Sie eine Ranch in Asherton, Texas, geerbt haben, oder?«

Marcus schüttelte den Kopf. »Die Ranch gehört der Shepherd Organization, nicht mir.«

Carter nahm einen großen Schluck Kaffee und verzog das Gesicht. »Brrr. Wenn man hier nicht schon als Patient liegt – diese Brühe sorgt garantiert dafür, dass man einer wird. Jedenfalls, das Anwesen ist noch immer auf Ihren Namen eingetragen. Ich halte es für ideal, um einen Sohn dort großzuziehen. Ihr Bruder ist der gleichen Ansicht. Die Idee stammt übrigens von ihm.«

Ackerman beobachtete, wie Marcus die Zähne zusammenbiss, den Kopf zur Seite drehte und die Nackenwirbel knacken ließ, so wie immer, wenn er sich kampfbereit machte.

»Du hast mir doch selbst gesagt, wie gut es dir dort gefällt, Marcus«, kam er dem Protest seines Bruders zuvor. »Die Stille, die gute Luft, die Abgeschiedenheit. Dylan gefällt es dort auch. Also, keine Widerrede.«

Marcus und Maggie hatten die Ranch besucht, nachdem Marcus von der Shepherd Organization angeworben worden war. Er hatte Ackerman von den Picknicks erzählt, die er und Maggie mit Dylan unter einer alten Eiche mit Blick auf eine Blumenwiese genossen hatten. Ackerman war überzeugt, dass sein Bruder sich auf der Ranch am besten von den Torturen erholen konnte, die hinter ihm lagen. Mit der Zeit würde er selbst erkennen, dass es so am besten war.

»Von mir aus.« Marcus rieb sich den Nasenrücken. »Also bin ich jetzt Farmer, habe keinen Job mehr und ein Jahr Hausarrest, stimmt's?«

»Technisch gesehen«, erklärte Carter, »sind Sie nicht mehr beim Justizministerium angestellt, also sollten Sie sich um einen anderen Job bemühen können. Allerdings betreffen die Vorwürfe, die gegen Sie erhoben werden, schwere Straftaten, deshalb könnte die Arbeitssuche ein bisschen problematisch für Sie werden. Okay, Sie müssen sich jetzt ausruhen. Aber es war erforderlich, diese Dinge zu besprechen, bevor Ihr Bruder sich in sein neues Leben verabschieden kann.«

Ackerman musterte den Deputy Director aus zusammengekniffenen Augen. Er hatte den Eindruck, als ginge Carter ein wenig feindseliger vor als nötig. »Ich glaube, unser Freund drückt sich ein bisschen arg dramatisch aus, Marcus«, sagte er dann. »Du kannst mit Dylan auf der Ranch wohnen, und ich habe zugestimmt – zur Schadensminderung deiner Vergehen –, in der Zwischenzeit an einem widerwärtigen Projekt zu arbeiten, dass dem Deputy Director durch den Kopf geht.«

Carter lächelte, kippte den restlichen Kaffee herunter und verzog erneut das Gesicht. »Widerwärtig wird es keineswegs, Mr. Ackerman. Es könnte sich sogar etwas sehr Positives daraus entwickeln.« Er schaute Marcus an. »Tja, im Großen und Ganzen war es das, Mr. Williams. Sie haben ein neues Leben,

Sie haben ein Zuhause für sich und Ihren Sohn, Sie werden sogar aus den verbleibenden Mitteln der Shepherd Organization eine großzügige Abfindung erhalten. Das sind ideale Voraussetzungen für einen Neuanfang. Leider werden Sie dieses neue Leben ohne Ihren Bruder verbringen müssen, und Ihnen wird keinerlei Kontakt gestattet sein, jedenfalls nicht für die vorhersehbare Zukunft.«

Ackerman merkte, wie Zorn in ihm aufwallte. »Wollen Sie jetzt den Vorgesetzten rauskehren, Samuel? Sie scheinen da etwas zu übersehen. Wir sind nur hier, weil ich es erlaubt habe. Ich könnte Ihnen genauso gut das Genick brechen und meinen Bruder aus dem Krankenhaus schleusen.«

Carter lächelte. »Aber, aber. Wer wird hier melodramatisch?« Er schaute Marcus an. »Vielleicht bewährt sich ja Ihr geläuterter Serienmörder von einem Bruder, sodass man ihm erlaubt, Sie auf der Ranch zu besuchen. Möglicherweise kann er mich sogar dazu bewegen, Kommunikation zwischen Ihnen beiden zuzulassen. Aber die endgültige Entscheidung darüber müsste auf höchster Ebene getroffen werden, wo man der Ansicht ist, dass Sie beide im Team eine allzu brisante Mischung darstellen.«

Carter erhob sich, nickte Garrison auffordernd zu und sagte abschließend: »Wenn Sie sich gut schlagen, Mr. Ackerman, sehen wir, wie es weitergeht. Vorerst aber sollten Sie sich von Ihrem Bruder verabschieden. Unsere Maschine startet in einer Stunde.«

Der FBI Deputy Director nickte knapp, drehte sich um und ging. Garrison folgte ihm.

Im Krankenzimmer breitete sich lastende Stille aus. Ackerman spürte, dass sein Bruder innerlich schäumte. Es war beinahe körperlich spürbar. Schließlich sagte Marcus: »Wie kannst *du* darüber entscheiden, was für mich und meinen Sohn am besten ist?«

Ackerman hob genervt den Blick zur Decke. »Na komm schon. Du solltest eigentlich wissen, dass Moralpredigten bei mir verfehlt sind. Ich habe getan, was mir als das Beste erschien, um unsere Familie am Leben zu halten. Carter spielt mit harten Bandagen, aber ich kenne ihn mittlerweile lange genug, um zu wissen, dass er ein guter Mann ist. Er wird versuchen, mich zu erpressen, mit dir als Druckmittel, aber wie er schon sagte – die weitere Entwicklung hängt von meinen Leistungen ab. Und da bin ich zuversichtlich, egal, welche Aufgaben er für mich vorgesehen hat. Diese ganze Geschichte wird in ein paar Monaten vergangen und vergessen sein, Marcus. Betrachte es als Urlaub. Und vergiss nicht: Alle diese Entscheidungen mussten getroffen werden, als du im Koma gelegen hast. Ich habe getan, was ich für das Beste hielt.«

Marcus bedeckte sein Gesicht mit einer Hand und ließ sie einen Moment dort ruhen; dann wischte er sich die Augen und verrieb dabei Tränen auf seiner Wange. »Ich habe Maggie verloren«, sagte er leise, »und jetzt verliere ich auch noch dich.«

»Unsinn. Wir werden innerhalb weniger Monate …«

Marcus schnitt ihm das Wort ab. »Du weißt nicht, wie diese Leute arbeiten, Frank. Diese obskuren Organisationen, diese Welten innerhalb von Welten, diese verborgenen Bürokratien in den dunklen Ecken Washingtons. Sie werden versuchen, dich aufzubrauchen und dann wegzuwerfen. Idealerweise schicken sie dich in einen Einsatz, von dem du nicht zurückkommst. Sag mir bitte, dass du wenigstens nicht für die CIA arbeitest.«

Ackerman schüttelte den Kopf. »Nein, für das FBI. Ich nehme an, ich werde ein paar … sagen wir, exotische Fälle bearbeiten, die beim Bureau of Indian Affairs aufgelaufen sind. Sie wollen meine Expertise, was Serienmorde angeht. Ehrlich gesagt bin ich mir nicht sicher, ob sie mich je vor Ort einsetzen oder mir nur Akten zeigen und Fragen stellen. Ich glaube, die wollen nichts anderes, als dass ich das Monster im Keller von Quantico werde.«

Wieder stiegen Marcus Tränen in die Augen, und diesmal versuchte er gar nicht erst, sie wegzuwischen. »Eigentlich sollte von uns beiden *ich* derjenige sein, der für Halt sorgt, für Festigkeit. Ich sollte *dich* beschützen, nicht umgekehrt.«

Ackerman drückte Marcus' Schulter. »Wir sollten uns gegenseitig beschützen. Und genau das habe ich getan. Die Umstände waren alles andere als ideal, aber wir müssen die Dinge nehmen, wie sie sind. Dieser Rückschlag ist heftig, aber wir kommen darüber hinweg. Keine Sorge. Die werden mich beim FBI so furchtbar liebhaben, dass es nur ein Fingerschnippen dauert, bis wir wieder zusammen sind.«

Kapitel 105

Marcus Williams goss sich zwei Fingerbreit Wodka in seinen überdimensionalen Becher mit dem Emblem des Brooklyn Police Departments, füllte ihn mit schwarzem Kaffee auf und trat auf die vordere Veranda seines Ranchhauses in Südtexas. Dylan flitzte an ihm vorbei, sodass Marcus um ein Haar seinen Russischen Kaffee verschüttet hätte. Der Junge rannte unbeholfen in kniehohen Gummistiefeln umher, sodass Marcus ihm nachrief: »Halt dich von dem trockenen Flussbett fern, Dylan. Du kannst da einsinken wie in Treibsand. Und wenn du irgendwelche Tiere findest, sei nett zu ihnen!«

Dylan verdrehte die Augen. »Ich kenne die Goldene Regel, Dad.«

Während sein Sohn zu irgendeinem Fantasieabenteuer eilte, fragte sich Marcus, ob diese Goldene Regel ausreichte. Er wollte seinem Sohn so viel beibringen, wie er nur konnte, wollte ihm unendlich viel sagen, aber es schien immer der falsche Zeitpunkt zu sein. Jedes Mal schien Dylan nicht bereit zu sein, ihm zuzuhören. Also tat Marcus sein Bestes, dem Jungen erst einmal das Krabbeln beizubringen, bevor er laufen lernte.

Als Dylan außer Sicht war, schlenderte Marcus hinaus auf die Wiese. Er kam an einem Blumenfeld vorbei und erreichte schließlich Maggies Baum, der einsam und allein am höchsten Punkt des Grundstücks stand.

Vor der großen Eiche ließ er sich neben Maggies Grabstein ins Gras sinken und legte den Arm auf den Granit. Die Luft roch rein und würzig nach den unverdorbenen Aromen von Erdreich und Pflanzen. Schon einmal hatte Marcus an dieser Stelle verweilt, nach dem Tod seiner Tante. Auch damals hatte er über die Vergänglichkeit des Lebens nachgedacht. Es kam ihm vor, als läge das ein Menschenalter zurück.

Er trank einen Schluck vom Russischen Kaffee, blickte über die Wiese und sagte leise: »Ich habe überlegt, hier ein neues Haus zu bauen, Maggie. Dann müsste ich nicht immer so weit gehen, um dich zu besuchen. Tja, ich bin nun mal ein sentimentaler Kerl. Ich habe an etwas Uriges gedacht, eine Blockhütte. Oder vielleicht doch ein Ranchhaus? Ich weiß es noch nicht. Aber ich habe ja noch Zeit genug, es mir zu überlegen, bis die Sache mit meinem Fußgelenk … Leider habe ich Frank seit deiner Beerdigung nicht mehr gesehen, fast ein halbes Jahr nicht. In dieser ganzen Zeit hat der gute Deputy Director Carter mich ein einziges Mal angerufen und mir gesagt, dass Frank noch lebt und sich gut macht. Ehrlich, Maggie, ich mache mir große Sorgen um Frank.«

Marcus dachte an das letzte Gespräch mit seinem Bruder. Sie beide waren über diesen Hügel zu dem Parkbereich gegangen, wo die Autos der Trauergäste standen. Ackermans Bewacher vom FBI wartete schon ungeduldig neben einer schwarzen Limousine auf ihn.

Ackerman hatte Marcus umarmt, ihn an sich gezogen und geflüstert: »Auch das geht vorbei, Bruder.«

»Du hast mir mal gesagt«, hatte Marcus erwidert, »du seiest die Nacht, eine Ausgeburt der Finsternis. Du bist den Weg in diesen Abgrund so weit gegangen, wie es einem Menschen möglich ist. Aber jetzt weiß ich, dass das Licht in dir dafür gesorgt hat, dass du die Düsternis überwinden konntest. Ich bin stolz auf dich, Frank.«

Ackerman löste sich von ihm, hielt aber noch immer seine Schultern. »Ich bin der Gleiche geblieben, Bruder. Ich habe nur ein neues Ziel und eine neue Sicht auf gewisse Dinge.«

Marcus hatte feuchte Augen bekommen. »Sei vorsichtig, Frank, und denk an alles, was ich dir beigebracht habe.«

Ackerman lachte leise. »Du bist ein Spaßvogel, weißt du das? Du glaubst immer noch, *du* beschützt *mich?* Lass dir von deinem großen Bruder etwas sagen. Bleib cool. Ruh dich aus. Mach dir keine Gedanken. Kümmere dich um den Jungen und lass es locker angehen ...«

Jetzt, nach all den Monaten, lächelte Marcus bei der Erinnerung und trank einen weiteren Schluck vom Russischen Kaffee. »Vielleicht sollte ich mir wirklich keine Sorgen um ihn machen«, sagte er dann. »Schließlich ist er mein *großer* Bruder. Und er ist der stärkste Junge auf dem Spielplatz, so viel ist sicher. Wenn er jetzt hier wäre, würde er mir wahrscheinlich irgendein Bibelzitat an den Kopf werfen, das darauf hinausläuft, dass ich mir keine Sorgen machen soll, aber ich kann nun mal nicht anders. Er ist mein Bruder, und ich liebe ihn. Wie seltsam, dass er erst vor ein paar Jahren in mein Leben getreten ist. Mir kommt es vor, als wäre er immer schon da gewesen. Bei dir, Maggie, war es genauso.«

Marcus schluckte seine Tränen herunter. Eine Zeit lang brachte er kein Wort hervor. Er leerte die Tasse und bekam Kaffeesatz in den Mund. Er merkte es gar nicht.

Irgendwann später stand er auf und schaute auf das Grab. An einigen Stellen bildete sich Moos auf dem Stein. Er wischte es ab. »Wenn ich auf alles zurückblicke – ich habe immer gedacht, ich wäre der Held. Na ja, vielleicht kein Held, aber einer von den Guten. Mittlerweile frage ich mich, ob ich genauso verloren bin wie die, die wir gejagt haben. Habe ich Frank tatsächlich vor einem Leben als Serienmörder bewahrt? War es nicht viel eher Frank, der *mich* gerettet hat?« Er hielt inne, ließ den Blick über die Wiese schweifen. »Wurde ich überhaupt gerettet? Der Director hat immer gern davon gesprochen, dass Polizisten wie Hirten sind, die Schafe vor den Wölfen beschützen. Aber vielleicht hat in Wirklichkeit Ackerman auf uns aufgepasst. Vielleicht waren wir zwei, Maggie, wirklich der kleine Bruder und die kleine Schwester. Vielleicht wären wir besser dran, wenn wir öfter auf ihn gehört hätten.«

Nachdem er das Moos entfernt hatte, wischte Marcus seine letzten Tränen ab und schaute dorthin, wo das Blockhaus entstehen sollte. »Dylan wächst wie Unkraut. Ich möchte ihm ein schönes Zuhause bieten. Er soll eines Tages etwas erben, das ich mit eigenen Händen geschaffen habe. Ich weiß, was du jetzt denkst, Maggie – dass ich ein Junge aus der Stadt bin, und wenn ich mal einen Hammer schwinge, dann nur, um jemandem damit den Schädel einzuschlagen. Aber keine Angst, ich komme schon zurecht. Vor allem bin ich kein Technikfeind wie mein Bruder und weiß, wie man mit YouTube umgeht.«

Er schaute auf den Grabstein und flüsterte: »Wir sehen uns morgen früh, Miss Williams.«

Obwohl dort der Nachname »Carlisle« eingemeißelt war, waren sie beide in Marcus' Augen und seinem Herzen verheiratet. Maggies Liebe besessen zu haben, und sei es nur für kurze Zeit, war ihm mehr als genug.

Und viel mehr, als er verdiente.

Bevor er zurückging, um nach Dylan zu sehen, las Marcus die beiden Zeilen von Maggies Grabinschrift, die in den Granit gemeißelt waren. Die obere lautete:

Gestorben in Ausübung ihrer Pflicht.

Die untere bestand aus den ersten Worten des 23. Psalms:

Der Herr ist mein Hirte, mir wird nichts mangeln.

Kapitel 106

Mit einem Ruck kam der Aufzug zum Stillstand und öffnete sich zum untersten Geschoss der geheimen Einrichtung in der Nähe von Quantico, Virginia, wo die Verhaltensanalyseeinheit des FBI untergebracht war, die berühmte Behavioral Analysis Unit. Der Geruch nach dem Gipsstaub, der an den Heizungsrohren aus Kupfer klebte, lag in der Luft. Unter den Decken verliefen freiliegende Lüftungsleitungen. Die Böden bestanden aus nacktem Beton.

Mittlerweile genoss Ackerman den Geruch, betrachtete die Räumlichkeiten sogar als Zuhause.

FBI Deputy Director Samuel Carter hob den Arm und wies auf die offenen Lifttüren. »Nach Ihnen, Mr. Stine.«

Ackerman schmunzelte. »Nach Ihnen, Mr. Carter. Alter vor Schönheit.«

An seinen neuen Namen musste Ackerman sich erst noch gewöhnen, dabei hatte er ihn selbst ausgesucht. Er hatte darauf bestanden, sich von nun an *Franklin Stine* zu nennen. Carter hatte die Augen verdreht, aber nicht den Fehler gemacht, sich wegen eines so harmlosen Scherzes mit Ackerman zu streiten. Allerdings hatte Carter eine Grenze gezogen, als Ackerman sich *Dr.* Franklin Stine nennen wollte.

»Sie werden sehen«, sagte Carter nun und trat aus dem Aufzug. »Sämtliche Modifikationen an Ihrem Büro, die Sie beantragt hatten, wurden vorgenommen.«

»Ich lasse mich überraschen.« Ackerman ging neben dem stellvertretenden FBI-Chef über den langen Korridor.

»Dass ich auch Ihrer Namensänderung zugestimmt habe, wissen Sie ja schon«, fuhr Carter fort, »und Ihnen außerdem gestattet habe, Ihre Narben zu behalten, solange Sie die blickdicht verdecken.«

»Ja.« Ackerman nickte. »Blickdicht. Ein geiles Wort.«

»Was Ihre Pläne für die Unterkunft angeht, bin ich mir nicht so sicher, zumal Sie hier unten den Hund halten.«

Ackerman blickte den Korridor entlang: halb gestrichen, halb nackter Beton. Trist und trostlos. »Glauben Sie etwa, Theodore wäre das einzige sogenannte Tier hier unten? Ehrlich, Samuel, was soll dieses Dekor? Arbeiten noch andere echte Menschen hier unten, oder bin ich der Einzige?«

Ohne im Schritt innezuhalten, antwortete Carter: »Sie sind nicht der Einzige. Hier wird renoviert. Wenn alles fertig ist, wird es richtig hübsch. Lenken Sie nicht vom Thema ab. Sie können nicht in Ihrem Büro wohnen.«

»Mein Bruder konnte es.«

»Das war etwas anderes.«

Ackerman ließ den Blick über Carters schlanke, aber kräftige Figur schweifen. »Sie sind ziemlich gut in Form, Samuel. Besuchen Sie ein Fitnessstudio? Sie haben den Körper eines Mannes, der halb so alt ist wie Sie.«

»Danke.« Carter lächelte stolz. »Man tut, was man kann. Aber zurück zu der Frage Ihrer Unterkunft. Sie möchten hier unten wohnen, arbeiten, duschen, Ihren Hund ausführen und was weiß ich noch alles, nicht wahr?«

»Und ob.«

»Das geht nicht, Frank.«

»Warum denn nicht? In der Turnhalle gibt's Duschen genug. Und nicht allzu weit weg gibt es eine Kantine und andere Möglichkeiten, etwas zu essen zu bekommen. Und machen Sie sich keine Gedanken um Theodore. Der ist wohlerzogen und stubenrein.« Ackerman wies auf Decke, Wände und Boden. »Hat Theodore auch nur ein Problem hier unten verursacht? Hat jemand in diesem Verlies sich über ihn beschwert? Na also.«

Carter bog um die Ecke, ohne langsamer zu werden. »Hören Sie auf mit der Klugscheißerei.«

»Wenn einer Ihrer Agents oder Mitarbeiter sich beschwert, dass Theodore und ich hier eine ruhige Kugel schieben, können Sie gern …«

Carter blieb stehen. »Was ist mit dieser jungen Indianerin, die ständig quer durch das Land fliegt, um Sie zu besuchen? Meinen Sie nicht auch, sie würde Sie lieber in einer hübschen Wohnung mit einer Küche und einem Esszimmer treffen?«

»Sie wohnt in einem Hotel. Und selbst wenn ich lange genug hierbliebe, dass es sich lohnen würde, eine Wohnung zu beziehen – ich fürchte, sie würde eine solche Wohnung weder behaglich noch bequem finden. Das Hotel ist perfekt für sie.«

Carter schüttelte den Kopf und hob die Arme, als wollte er sich ergeben. Schweigend gingen sie weiter den Korridor entlang, bis sie eine unscheinbare Tür erreichten, hinter der sich früher ein Lagerraum befunden hatte. Ackerman hatte ihn zu seinem Wohn- und Arbeitsquartier umfunktioniert. Neben der Tür war ein nagelneues goldenes Schild angebracht. Darauf stand in großen schwarzen Buchstaben, die in das Metall gestanzt waren:

Franklin Stine

Darunter die Inschrift:

Lasst, die ihr eintretet, alle Hoffnung fahren!

Ackerman grinste. »Gute Arbeit, dieses Schild. Ist es nicht schön, das Zitat aus Dantes *Inferno?* Mir ist, als würde ich jedes Mal lächeln, wenn ich es sehe.«

»Nun ja … ich hoffe jedenfalls, Ihr neues Büro gefällt Ihnen. Ich habe hart dafür gearbeitet … das heißt, ich selbst eigentlich nicht. Ich habe Ihre Wünsche an einen untergeordneten Mitarbeiter weitergegeben, und der hat sich um alles gekümmert. Aber verstehen Sie das jetzt nicht falsch, hart geschuftet habe ich natürlich auch, um in eine Position zu gelangen, in der ich solche Dinge an Untergebene weiterleiten kann, insofern …«

»Cool bleiben, Carter«, sagte Ackerman und öffnete die Tür. Theodore sprang ihm kläffend entgegen. Er bückte sich, kraulte dem Hund die Ohren und flüsterte seinem kleinen Gefährten beruhigende Worte zu. Nach der obligatorischen Begrüßung richtete er sich wieder auf und betrachtete sein neues Domizil.

Die Wände waren pechschwarz – ein Anstrich, um den er gebeten hatte. Der Fußboden bestand aus Beton und konnte ein größeres Gewicht tragen, als Ackerman in diesem weitläufigen Raum unterbringen konnte. Nicht dass er vorgehabt hätte, ihn mit irgendetwas zu füllen, das nicht ohnehin schon da gewesen wäre: ein Aktenstapel, ein Körbchen für Theodore und eine Katzentoilette in der Ecke.

Carter zog eine Augenbraue hoch. »Sie haben Ihren Hund darauf abgerichtet, dass er das Katzenklo benutzt?«

»Oh ja. Theodore erleichtert sich in den Kasten und erleichtert dadurch die Unratbeseitigung, was auch für mich eine Erleichterung ist.«

Der schwarz-weiße Shih Tzu bellte zu den Männern hoch. Ackerman schaut zu ihm hinunter. »Ja, ich weiß.« Er schaute Carter an. »Ich soll Ihnen von Theodore ausrichten, dass Sie ausgezeichnete Arbeit geleistet haben, Sir. Natürlich bin auch ich dieser Meinung.«

Ein selbstzufriedenes Lächeln trat in Carters Gesicht. Wäre Marcus zugegen gewesen, er hätte dieses Lächeln als »scheißfreundlich« bezeichnet. »Ich verstehe nur nicht, was der Teppich soll«, meinte Carter. »Ich dachte, Sie bevorzugen Beton.«

»Der Teppich kommt Theodore zugute. Der nackte Fußboden

tut ihm an den Pfoten weh. Und wie ich sehe, haben Sie meine Anweisungen befolgt, und der Teppich reicht nicht bis an die Wände.« Er schaute auf den Hund. »Guck mal, Theodore.«

Die Ränder des Teppichs waren zu beiden Seiten des Fußbodens einen halben Meter von den Wänden entfernt. Auf diese Weise ließ der Teppich sich jederzeit mühelos aufrollen, wenn Ackerman es wollte.

»Tja, dann …« Ackerman nickte Carter zu. »Scheint alles in bester Ordnung zu sein. Wenn es Ihnen nichts ausmacht, würde ich mich jetzt gern ein bisschen ausruhen. Mein Motor läuft seit der Untersuchung vergangene Woche auf Reserve.«

»So leicht kommen Sie mir nicht davon«, entgegnete Carter. »Was war mit Agent Klein?«

»Klein! Oh, der war ein Trottel. Ich weiß nicht, wie ich ihn anders beschreiben soll. Scheu vielleicht. Ja, genau, er war übermäßig scheu. Und ich habe Ihnen ja gesagt, dass ich keinen Aufpasser brauche.«

»Ihr Partner ist nicht dazu da, um Sie zu beaufsichtigen, Frank. Er ist bei Ihnen, um Ihnen die jeweiligen örtlichen Behörden und alle Personen vom Leib zu halten, die sie als ›Normalos‹ zu bezeichnen pflegen.«

»Ich weiß Ihre Besorgnis zu schätzen, aber ich komme sehr gut alleine zurecht.«

Carter schüttelte den Kopf. »Das ist Teil unserer Vereinbarung und nicht verhandelbar. Verflixt noch mal, jetzt muss ich einen anderen Agenten finden, der Ihnen auf Schritt und Tritt folgt.«

»Halten Sie es ganz so, wie Sie wollen, Deputy Director.«

»Was ist mit Ihrem Bruder und seinem Sohn? Es ist lange her, dass Sie von den beiden gehört haben. Sind Sie sicher, dass Sie keinerlei Kontakt wünschen?«

Ackerman versuchte, nicht zu oft an Marcus und Dylan, seinen Neffen, zu denken. Er hatte einen Job zu erledigen, und die

Arbeit, die er tat, sorgte auch für ihre Sicherheit. Er begegnete Carters Blick. »Noch ist die Zeit nicht reif. Dass mein Bruder in mein Leben getreten ist, war ein solcher Segen für mich, dass ich oft vergesse, wie sehr ich ihm manchmal zur Last gefallen bin. Ich habe ihn aus der Bahn geworfen und zu einer Achterbahnfahrt durch Schmerz und Verzweiflung gezwungen. Ich dachte, ich könnte ihn und Maggie beschützen und könnte jetzt bei ihnen sein, aber ich habe mich geirrt. Ich strebe solche Bindungen und Verantwortungen nicht mehr an.«

Carter nickte und starrte auf den Betonboden. »Verstehe. Ich weiß Ihre Hingabe an den Job zu schätzen, aber eine Familie macht uns stärker. Ich habe oft erlebt, wie Agenten sich im Lauf der Jahre ausgebrannt haben, weil es in ihrem Leben nichts anderes gab als Arbeit.«

»Ach, wissen Sie«, sagte Ackerman todernst, »ich hab ja Theodore.«

Carter stutzte. »Nun ja, sicher …«

»Außerdem bin ich kein Agent. Jemandem wie mir sind Sie noch nie begegnet.«

»Da muss ich Ihnen beipflichten. Der Mann ohne Furcht. Einst das Monster eines verderbt-genialen Arztes, jetzt das Monster im Keller von Quantico. Was ist der wahre Grund, dass Sie hier wohnen möchten? Wollen Sie in den Gängen umhergeistern und einige Ihrer ehemaligen Verfolger heimsuchen?«

Ackerman grinste. »Ich führe kein Sündenregister, mein Freund, aber die Normalos finden mich ziemlich einschüchternd. Okay, wenn wir jetzt fertig sind, würde ich gern ein paar Minuten in mich gehen und dann in REM-Schlaf versinken.«

Carter griff in seine Aktentasche und zog einen Ordner hervor. »Eine letzte Sache. Sehen Sie sich das hier an, falls Sie es noch schaffen, bevor Sie schlafen gehen.«

Ackerman blickte auf den Hefter und zog die Brauen hoch.

»Ein neuer Fall? So schnell? Offenbar ist die ganze Welt verrückt geworden.«

Carter hielt ihm noch immer die Akte hin. »Was ist? Der Herausforderung nicht gewachsen?«

Ackerman entriss ihm die Akte, klemmte sie sich unter den Arm und lächelte seinen neuen Zoowärter an. »Ach, Samuel, Sie wissen doch«, sagte er. »Ein guter Spieler hält stets Ausschau nach einem spannenden Spiel.«

Ende